Berger · Bewegungsbilder

Christian-Paul Berger

Bewegungsbilder

Kleists Marionettentheater zwischen Poesie und Physik

Ferdinand Schöningh
Paderborn · München · Wien · Zürich

Gedruckt mit Unterstützung des Förderungs-
und Beihilfefonds der VG-Wort

Umschlagabbildung: Salzburger Marionettentheater

Im Auftrag des Forschungsinstitutes Brenner-Archiv
an der Universität Innsbruck

Die Deutsche Bibliothek – CIP-Einheitsaufnahme

Berger, Christian Paul:
Bewegungsbilder: Kleists Marionettentheater zwischen Poesie
und Physik / Christian-Paul Berger. – Paderborn; München; Wien;
Zürich: Schöningh, 2000
ISBN 3-506-70786-8

Umschlaggestaltung: Anna Braungart, Regensburg

Gedruckt auf umweltfreundlichem, chlorfrei gebleichtem
und alterungsbeständigem Papier ∞ ISO 9706

Printed in Germany. Herstellung: Ferdinand Schöningh, Paderborn

ISBN 3-506-70786-8

Herrn
Prof. Dr. Friedrich Cramer
gewidmet

Inhalt

Vorwort

von Friedrich Cramer, Göttingen

Heinrich von Kleist hat mit seiner kurzen Erzählung über das „Marionettentheater“ seine Ansicht über das *Bewegungsbild* seiner Zeit und seine Ansichten zur Ästhetik in meisterlicher, knapper, sprachlich vollendeter Form mitgeteilt. Die Niederschrift dieses Aufsatzes steht an einer entscheidenden Wende der europäischen Geistesgeschichte: das festgefügte, in sich geschlossene Leibnizsche System beschrieb die Natur als ein Kontinuum, „natura non facit saltus“, die Hierarchie der Monaden fügte die materielle und geistige Welt zu einem Kontinuum zusammen, aus dem es sozusagen kein Entrinnen mehr gab. Durch das Studium der Kantischen Philosophie wird Kleist jäh und unvermittelt aus dieser heilen Welt herausgeschleudert, wenn er an seine Verlobte schreibt:

„Vor kurzem ward ich mit der neueren, sogenannten Kantischen Philosophie bekannt – und Dir muß ich jetzt daraus einen Gedanken mitteilen, indem ich nicht fürchten darf, daß er Dich so tief, so schmerzhaft erschüttern wird als mich [...]. Wenn alle Menschen statt der Augen grüne Gläser hätten, so würden sie urteilen müssen, die Gegenstände, welche sie dadurch erblicken, sind *grün* – und nie würden sie entscheiden können, ob ihr Auge ihnen die Dinge zeigt, wie sie sind, oder ob es etwas zu ihnen hinzutut, was nicht ihnen, sondern dem Auge gehört. So ist es mit dem Verstande. Wir können nicht entscheiden, ob das, was wir Wahrheit nennen, wahrhaft Wahrheit ist, oder ob es uns nur so scheint.“ An dieser Wende von der Aufklärung zur Moderne steht Kleist, und er sucht *seinen* Standpunkt, indem er *Das Marionettentheater* schreibt.

Kleist stand, auch in seinem physikalischen Wissen, auf der Höhe seiner Zeit. Er hat physikalische Experimente ausgeführt, und mit den Naturforschern seiner Zeit Kontakte gehalten und diskutiert. Die Frage, was Bewegung ist, und wie ein Ding sich selbst organisiert, wurde erstmalig gestellt. Der späte Kant schreibt in der Kritik der Urteilskraft: „In einer Uhr ist ein Teil das Werkzeug der Bewegung des andern, aber nicht *ein Rad* die wirkende Ursache der Hervorbringung des andern; ein Teil ist zwar um des andern Willen, aber nicht durch den selben da. Daher ist auch die hervorbringende Ursache derselben und ihrer Form nicht in der Natur (dieser Materie), sondern außer ihr in einem Wesen, welches nach Ideen eines durch seine Kausalität möglichen Ganzen wirken kann, enthalten. Daher bringt auch so wenig wie ein Rad in der Uhr das andere, noch weniger eine Uhr andere Uhren hervor, sodaß sie andere Materie dazu benutzte (sie organisierte); daher ersetzt sie auch nicht von selbst die ihr entwandten Teile, oder vergütet ihren Mangel in der ersten Bildung durch den Beitritt der übrigen, oder bessert sich etwa selbst aus, wenn sie in Unordnung geraten ist: welches alles wir dagegen von der organisierten Natur erwarten können. – Ein organisiertes

Wesen ist also nicht bloß Maschine, denn die hat lediglich bewegende Kraft; sondern sie besitzt in sich bildende Kraft, und zwar eine solche, die sie den Materien mitteilt, welche sie nicht haben, (sie organisiert): also eine sich fortpflanzende, bildende Kraft, welche durch das Bewegungsvermögen allein (den Mechanism) nicht erklärt werden kann.“[1] Kleist dürfte diese Stelle gekannt haben. Der Terminus *Selbstorganisation* stammt von Kant. Das Marionettentheater ist eine Ausarbeitung und Fortsetzung dieser Kantischen Gedanken; die Marionette organisiert sich zu einem gewissen Grade selbst.

Wir stehen heute an einer ähnlichen Wende, an einem Paradigmenwechsel, wie Kleist um 1800. Mit der Chaostheorie, mit der Quantenunschärfe und der fraktalen Geometrie sind wesentliche Prinzipien der klassischen Physik aufgelöst worden. Nicht daß die klassische Physik nicht mehr gelte, sie erweist sich aber als ein vereinfachender und vereinfachter Grenzfall. Die Dinge sind komplexer, und in ihrer Komplexität häufig gar nicht mehr zu durchschauen. Paradigmatisch dafür ist das Vielkörper-Problem. Nur ein Zweikörper-Problem, also z. B. Erde/Sonne oder Mond/Erde, ist mit linearen Differentialgleichungen zu lösen und dementsprechend sind hier Prognosen möglich. Schon das Dreikörper-Problem erweist sich als nicht-integrierbar, und damit als nicht exakt voraussagbar. Für das klassische Zweikörperproblem steht das Pendel als exakter Zeitgeber, für das Dreikörper-Problem das Doppelpendel, dessen Schwingungsverlauf nicht vorhersagbar ist. Das Doppelpendel hat etwas *Spielerisches*. Hier sind wir wieder bei der Marionette angelangt: Kleist sagt: *„Jede Bewegung, hätte einen Schwerpunkt; es wäre genug, diesen in dem Innern der Figur zu regieren; die Glieder, welche nichts als Pendel wären, folgten ohne irgendein Zutun auf mechanische Weise von selbst.*“ Pendel sind die Glieder der Marionette nun eben gerade nicht, sie sind Doppel- und Mehrfachpendel, miteinander gekoppelt, und sie machen *von selbst* genau wie das Doppelpendel spielerische chaotische Bewegungen. Das Doppelpendel ist eine Möglichkeit, das Chaos direkt zu demonstrieren.

Mit diesen physikalischen Erkenntnissen stehen wir wiederum an einer Wende, die für unser Weltbild sicher genauso folgenreich sein dürfte wie die Kantische Wende, an der Kleist möglicherweise sogar zerbrochen ist. Es nimmt daher nicht wunder, wenn Kleists Marionettentheater heute wieder aufgegriffen und als höchst aktueller Beitrag für einen neuen Eintritt in das naturphilosophische Denken benützt wird. Genau dies leistet der Beitrag von Christian-Paul Berger.

Darüber hinaus liefert Kleists Marionettentheater eine eigene, neue, dynamische ästhetische Theorie. Die *Grazie entwickelt sich*. In gewisser Weise ist das eine Fortsetzung der Lessingschen Ästhetik, die dieser im Laokoon niedergelegt hat: ein dynamischer Prozeß, hier der Untergang Laokoons und seiner Söhne, muß in *einem Moment* künstlerisch dargestellt werden. Lessing schreibt darüber im Laokoon: „Kann der Künstler von der immer veränderlichen Natur nie mehr als einen einzigen Augenblick, und der Maler insbesondere diesen einzigen Augenblick auch nur aus einem einzigen Gesichtspunkte, brauchen; sind aber ihre Werke gemacht, nicht bloß erblickt, sondern betrachtet zu werden: so ist es gewiß, daß jener einzige Augenblick und einzige Gesichtspunkt dieses Augenblicks, nicht fruchtbar genug gewählet werden kann [...] Ferner erhält dieser Augenblick durch die Kunst eine unveränderliche Dauer: so muß er nicht ausdrücken, was sich nicht anders als transitorisch denken läßt." Ich vermute, daß Kleist in seinem Marionettentheater bewußt eine Fortsetzung von Lessings Laokoon intendiert hat.

Heute nach 200 Jahren können wir – ausgerüstet mit den Kenntnissen der Naturgeschichte, der Entwicklungsbiologie, der fraktalen Geometrie und der Physik des deterministischen Chaos – eine ästhetische Theorie aufstellen, die wiederum als eine Fortsetzung der Kleistschen ästhetischen Theorie aufgefaßt werden kann, so wie sie Kleist in seinem Marionettentheater skizziert hat (vgl. F. Cramer: Gratwanderungen, das Chaos der Künste und die Ordnung der Zeit.[2]). Dies ist also ein weiterer Grund, warum das *Marionettentheater* erneute Aktualität gewonnen hat, und es verdient, unter den veränderten Gesichtspunkten der modernen Naturphilosophie analysiert und interpretiert zu werden, so wie es Christian-Paul Berger getan hat.

Einleitung

> *„Könnte man auch antworten: ‚Ich habe etwas mit dieser Bewegung gemeint, was ich nur durch diese Bewegung ausdrücken kann,? [...]*
>
> *Ludwig Wittgenstein*

I

Die hier vorgestellten Gedankengänge zu *Kleists* Marionettentheater sollen die bemerkenswerte Tatsache einsichtig machen, daß sich hinter *Kleists* Gleichnis vom *Weg der Seele des Tänzers*[3] die naturphilosophische Frage nach *Gewißheit, Gefühl* und *Bewegung* verbirgt.

Die Arbeit soll ferner auch deutlich machen, daß die Erforschung dieses Sachverhalts einen speziellen literaturwissenschaftlichen Methodenansatz[4] provoziert, der ein Eingehen auf jene naturwissenschaftliche Denkmuster zuläßt, die *Kleist* seiner ästhetischen Theorie der Bewegung zugrundegelegt hat.

Sein Marionettentheater-Aufsatz präsentiert sich uns daher per se als Aufforderung zu interdisziplinärem Handeln, was nun aber zugleich bedeutet, daß sowohl ein angemessenes naturphilosophisches Beschreibungsmodell als auch eine in sich konsistente Poetik des Marionettentheater-Aufsatzes vonnöten sind, um diesem doppelten Anspruch in seinen wichtigsten Facetten auch tatsächlich gerecht werden zu können.

Kleist selbst hat allerdings in seinem Marionettentheater-Aufsatz nie streng zwischen literarischem und naturphilosophischem Anspruch unterschieden, vielmehr ging es *ihm* um einen Parallelismus bzw. zuweilen sogar um einen Spiralgang, der – und hier treffen wir auf *eine* wichtige Pointe des Marionettentheater-Aufsatzes – zuletzt sogar in jenes völlig paradoxe Identitätspostulat mündet, das in der Konklusion des Aufsatzes durch den Terminus „Grazie“ näher gekennzeichnet bzw. umschrieben wird. Die „Grazie“[5] der Konklusion macht nämlich sowohl den ästhetischen als auch den naturphilosophischen Grundanspruch in einem Wort offenkundig – freilich von einem tiefgründigen Paradox her: *Kleists* dezidierte Absicht war es also u. E., diese Identität im Bereich einer doppeldeutigen Bewegungstheorie der „Grazie“ – zwischen Bewußtsein und Organismus – anhand seiner Episoden und Anekdoten aufzuzeigen. Die „Grazie“ ist dann zum einen Ausdruck für die Selbstorganisation eines Organismus im Sinne des *Cramerschen* Vorwortes und zum anderen aber auch poetische Metapher für ein hoch angeregtes Bewegungsbewußtsein, und zwar im Verständnis einer autonomen, von allen zeitgenössischen literarischen Kontexten unabhängigen Ästhetik der Bewegung. An dieser Zweigesichtigkeit des *Kleistschen* Aufsatzes hat sich daher unser Deutungsmodell und damit in einem auch der Aufbau der vorliegenden Abhandlung zu orientieren. Allerdings sind beide Diskurse im Aufsatz selbst wechselseitig aufeinander bezogen, was zur Folge hat, daß man sie in der deutenden Bewegung nie künstlich auseinanderreißen darf.

Das Konzept einer Puppen-Tänzer-Bewegung präsentiert sich nämlich als eine Einheit, der zum einen eine literarische Gattung (d.h. der Aufsatz bzw. das journalistische Genre) und zum anderen aber ein naturphilosophisches Bewegungsbild, die „Grazie", entspricht; wobei sich letzterer, wie wir noch deutlicher sehen werden, ein genau eingrenzbarer naturphilosophischer Zeitgeist zuordnen läßt. Freilich widerspricht *Kleist* – und das ist mithin ein Grundtenor des Marionettentheaters – diesem Zeitgeist (z.B. der *Winckelmannschen* „Grazie") an zahlreichen Stellen seines Aufsatzes dezidiert, indem er ihn implizit, d.h. als literarische Gattung bzw. als Sprachbild einer Epoche[6] von einem genau umrissenen Bewegungsbegriff her kritisiert. Einige Episoden (z.B. die Fechter- und Bärenkampf-Episode[7]) verfolgen genau diesen Zweck, ihm korrespondiert wiederum nahtlos die journalistische Zwecksetzung. Dies ist ja ganz naheliegend, bedenkt man die Publikationsweise des Textes – schließlich handelt es sich beim Marionettentheater-Aufsatz um ein Feuilleton in den *Berliner Abendblättern*.[8]

II

Der wichtigste inhaltliche Angelpunkt zwischen der ästhetischen und der naturphilosophischen Domäne des *Kleistschen* Marionettentheaters ist nun die Frage nach der *Gewißheit*, so wie sie sich von *Kleists* dichterischem Œuvre her stellt. Aus *Kleists* Sicht der Dinge – so wird im folgenden noch näher zu zeigen sein – stellt sich diese Frage freilich nicht allein vom Zeitgeist (d.h. z.B. von *Kants* transzendentalem Ansatz) her, sondern vielmehr auch im Sinne eines poetischen Postulats, das den Standort *Kleists* in seiner Epoche offenkundig macht. Die Gewißheit wird auf diese Weise zu einem Können, zu einer Fähigkeit, sich in einem chaotischen kulturellen Umfeld bzw. Kontext zu bewegen, ohne an den Zeitgeist appellieren zu müssen. Sie erlangt, wenn man so will, einen traumwandlerischen Charakter bzw. ein überzeitliches, weil existenzielles Moment.

So verstanden, ging es *Kleist* also auch um eine systematische, mithin zeitlose Form der Gewißheit, die allerdings, um jetzt im Sinne eines schwedischen Theaterstücks[9] über *Alan Turing* und den späten *Wittgenstein* zu sprechen, „*jenseits aller Gewißheit*" im üblichen Sinn des Wortes anzutreffen ist; es geht also nicht etwa bloß um Formen der Gewißheit, so wie wir sie im philosophischen Denken seit *Descartes* antreffen und diskutieren. Diese Gewißheit ist vielmehr das auf den Punkt gebrachte poetische Ereignis, das sich von *Kleists* Leben her zeigt, das in seinem Œuvre zum alles überformenden Bewegungsbild geworden ist. Sie entfaltet sich – als eine ganz und gar ungewöhnliche Spielart eines „Lebensplans" – zwischen *Gefühl* und *Bewegung* und wird auf diese Weise zuletzt auch zum literarischen Thema; für diese Entwicklung steht einerseits der *Kleistsche* Begriff „Gefühl"[10], so wie er namentlich in der *Marquise von O.* ausgesprochen wird, und steht andererseits die traumverlorene Bewegung in der dramatischen Entwicklung des *Prinz Friedrich von Homburg*. Beide Bewegungsbegriffe – der des Gefühls also und der des Schlafwandlers, finden nun ihre tiefere Einheit in *Kleists* mehr als dunklem Gleichnis vom *Weg der Seele des Tänzers*.

Das ist nun die zentrale These der vorliegenden Abhandlung. Sie muß Schritt für Schritt – anhand der Episoden und Anekdoten des Marionettentheater-Aufsatzes – entwickelt werden. Es muß daher unsere vordringlichste Aufgabe sein, die im Marionettentheater-Aufsatz angesprochenen Zusammenhänge zwischen Gefühl und Bewegung (als Bewegungsbild) in Art eines Parallelgangs aufzudecken, der, was die Frage nach den Achsenbildungen betrifft, zuletzt auch auf unsere Methodenwahl selbst zurückwirkt.

Denn diese merkwürdige bzw. überaus paradoxe Spielart von Gewißheit eröffnet ja zugleich auch ein systematischen philosophischen Fragehorizont, der sich uns ganz speziell von Texten des literarischen und philosophischen Œuvres *Heinrich von Kleists* her auftut, und der sein modernes Pendant in *Michael Polanyis* Konzept vom *tacit knowing* findet – wie vornehmlich im ersten Kapitel der Arbeit gezeigt werden soll. Daher muß sich die Methode direkt an den literarischen Verläufen und Episoden des Aufsatzes orientieren, um den philosophischen Standpunkt *Kleists* zu erreichen; diesem entspricht ja im Prinzip eine individuelle Poetik.

Kleist selbst beabsichtigte diesen Parallelgang, hinter ihm steht eine klar erkennbare naturphilosophische Position, die sowohl die Romantiker als auch den *Leibniz*-Verehrer[11] *Goethe* kritisieren will. Insgeheim greift nämlich die Bipolarität des von uns konstatierten Bewegungsbildes (zwischen *Leibniz'* Optimismus[12] und *Kants* Kritizismus) auch bei *Kleist* selbst in den methodischen Ansatz hinüber und steuert die wichtigsten Gedankengänge, stellt die Krise seines Lebens bzw. des gescheiterten „Lebensplanes" zuletzt als kritisches Bewegungsbild dar. Wenn man so will, kann man dahinter auch ein Motiv der Läuterung und nicht zuletzt auch *Kleists* Resümee seines Lebens erkennen. Es gibt also, wie insbesondere *Josef Kunz* dargelegt hat[13], auch ein existenzielles Bewegungsmoment im *Kleistschen* Bewegungsbild.

Zuletzt erzwingt also der Marionettentheater-Aufsatz ein vielschichtiges Paradigma, dem unsre Auffassung vom *Kleistschen* Bewegungsbild direkt korrespondiert. Sein Aufbau widerspiegelt sich insbesondere in der Dreiteiligkeit der vorliegenden Abhandlung.

So verstanden, beschäftigen wir uns dann auch, und zwar keineswegs bloß vordergründig, mit dem Verhältnis von Literatur und Naturwissenschaften, so wie es *Kleist* – als Zeitgenosse der Jahrhundertwende vom 18. zum 19. Jahrhundert – verstand, und treffen in diesem Zusammenhang, wie bereits *Friedrich Cramer* in seinem Vorwort anmerkte, auf ein sehr modernes Verständnis von Bewegung und Bewegungskultur (im Spannungsbereich eines ästhetischen und eines naturwissenschaftlichen Paradigmas). Es läßt sich nämlich ganz deutlich zeigen, daß sich für *Kleists* Bewegungsbild ohne größere Schwierigkeiten auch moderne Varianten – im Bereich der Chaostheorie und der Biologie[14] bzw. Biophysik der Bewegungen[15] – finden lassen.

III

Unser wichtigstes Ziel ist daher ein *Bewegungsbild,* in dem unsre dreiteilige Positionsbestimmung des Marionettentheater-Aufsatzes – von der Naturphilosophie, von der Literaturwissenschaft und von der Text-Hermeneutik her – eine einheitliche Methode und Darstellungsweise findet, die sich an *Kleists* Poetik des Marionettenspiels selbst orientiert, und die sich zwanglos auf das übrige erzählerische und dramatische Œuvre *Kleists* anwenden läßt.

Daß es sich hierbei auch um eine überaus komplizierte Spielart von poetisch-physikalischer Simulation (des Marionettentheater-Aufsatzes) handeln muß, ist zentrales Thema des zweiten und dritten Kapitels im ersten Teil unserer Abhandlung.

Zuletzt bleibt aus naturphilosophischer Sicht noch zu fragen, *wie Kleist* die Frage nach der „Gewißheit“ im Spannungsbreich von Gefühl und Bewegung stellt? Die Antwort ist, kurz gesagt, unser Konzept vom Bewegungsbild; es ist, auf den Punkt gebracht, sowohl Interpretation als auch kommentierende Text-Erschließung.

Aus diesem Grund ist, bevor der Aufbau der Abhandlung noch kurz skizziert werden soll, eine vorgeschobene Erörterung des Terminus *Bewegungsbild* zum besseren Verständnis des anschließend Gesagten unumgänglich. Sie ist zugleich Zusammenfassung des im vorhergehenden Gesagten.

Das hier verwendete Konzept eines Bewegungsbilds hat drei grundlegende Eigenschaften, die in unserer Abhandlung an zahlreichen Stellen ausführlich diskutiert werden.

Erstens, das Bewegungsbild drückt anhand von *Bewegungselementen* einen integralen *Bewegungszustand* in Form von *Bewegungsmomenten* aus.

Mit Hilfe der Bewegungselemente wird die Art und die Ursache der Bewegung näher umrissen. Sie beschreiben also die bewegten Teile und deren Bewegungsursachen, und zwar in Hinblick auf ihr fundamentum in re.

Der Bewegungszustand zeigt sich demnach als eine hier und jetzt fixierte Momentaufnahme, die Art und Verlauf der Bewegung vollständig charakterisiert; die Bewegungsmomente sind dabei jeweils selbstständige Teilsysteme der Momentaufnahme: sie ermöglichen und formieren das Bewegungsbild raum-zeitlich und gehorchen einem speziellen Bauplan, der seinerseits durch die Bewegungselemente vorgegeben ist.

Beispiele: Das *morphologische Bewegungsbild*; es zeigt jeweils *ein* signifikantes Moment der Entfaltung eines Objektes, das aus mehreren beweglichen und entwicklungsfähigen Teilen besteht. Als signifikantes Beispiel für ein derartiges Bewegungsbild läßt sich *Goethes Metamorphose der Pflanzen*[16] angeben. Die Bewegungselemente sind dabei in der Hauptsache die entwicklungsfähigen Teile und die Triebkräfte des Pflanzen-Wachstums, so wie sie *Goethe* in seinem Gedicht der Reihe nach anführt (Samen, Keim, Wurzel, Blatt). Die Bewegung setzt sich dann aus Teilbildern zusammen, die als Bewegungsmomente gerade jene wesentlichen Stufen des Pflanzenwachstums verkörpern, die die Pflanze in ihrer Entwicklung und morphologischen Entfaltung durchschreitet:

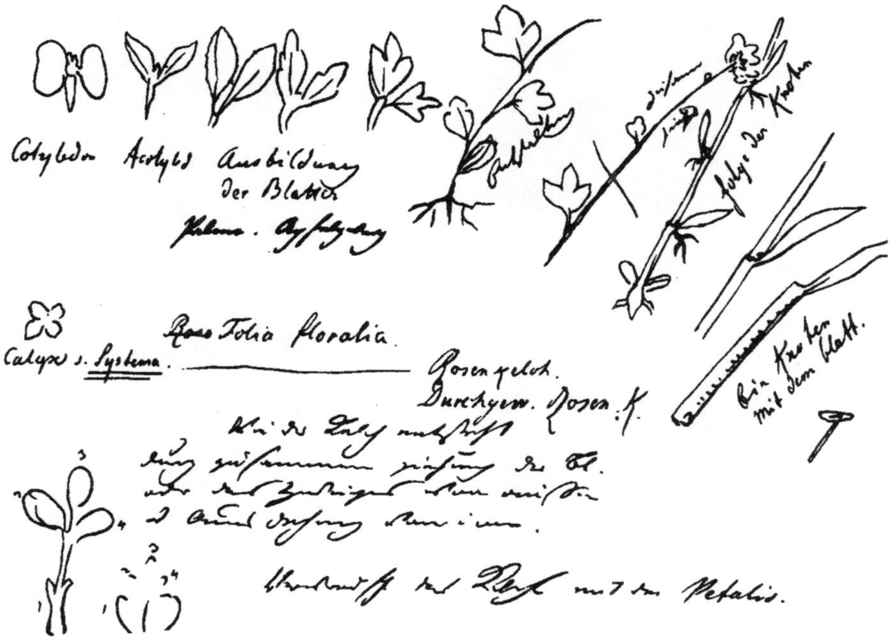

Abb.1 *Beispiel eines morphologischen Bewegungsbildes*

Johann Wolfgang Goethe: *Bildung des Blattes, Verhältnis von Blatt zu Knoten, Verhältnis von Kelchblatt zu Stipel.*
(Federzeichnung um 1790)

Goethe in *Zur Morphologie*: „*Es hat sich daher auch in dem wissenschaftlichen Menschen zu allen Zeiten ein Trieb hervorgetan, die lebendigen Bildungen als solche zu erkennen, ihre äußern sichtbaren, greiflichen Teile im Zusammenhang zu erfassen und so das Ganze in der Anschauung gewissermaßen zu beherrschen. Wie nah dieses wissenschaftliche Verlangen mit dem Kunst- und Nachahmungstriebe zusammenhänge, braucht wohl nicht umständlich ausgeführt zu werden.*“ (in: *Johann Wolfgang Goethe*, *Schriften zur Naturwissenschaft*. Hrsg. von Horst Günther, S.203)

> „Werdend betrachte sie nun, wie nach und nach sich die Pflanze,
> Stufenweise geführt, bildet zu Blüten und Frucht.“

Das morphologische Bewegungsbild zeigt also das hier und jetzt vorliegende Stadium einer in sich abgeschlossenen Struktur bzw. eines Phänomens als Resultat eines geschlossen fortschreitenden Gestaltwandels an, der sich aus zahlreichen einzelnen Stufen (Bewegungsmomenten) zusammensetzt. Entscheidendes Konstituens des Bewegungsbildes ist dabei die *zeitliche* Reihenfolge der Bewegungsmomente. Hier simuliert also ein zeitliches Phänomen ein räumliches – bzw. eine Organisation.

Abb. 2 *Erstes Beispiel für ein ästhetisches Bewegungsbild:*

Laokoon (Marmorgruppe des Hagesandros, Polydoros und Athanodoros, um 50 v. Chr., Vatikanisches Museum).

Das *ästhetische Bewegungsbild* der Laokoongruppe – als ein weiteres Beispiel – drückt sinngemäß – und entsprechend den Intentionen *Lessings* – ebenfalls *ein* entscheidendes Ausdrucks-Moment einer integralen, ästhetisch angelegten Bewegung aus – und zwar diesmal als räumliches Arrangement, das einen entscheidenden Augenblick (Zeitpunkt) simulieren will. Die Bewegungselemente sind dabei jene tragenden Teile der Plastik, die das Bewegungsbild (den Todesschmerz Laokoons und seiner Söhne) als den entscheidenden „Augenblick" der Plastik entstehen lassen und festigen.[17] Die Bewegungsmomente sind dagegen die wichtigsten „bewegten"[18] Bestandteile der Plastik (Laokoon, die Söhne, die Schlange) – und zwar von der mythologischen Bedeutung des Ensembles her; zusammen mit den Bewegungselementen (d.h. mit den von *Lessing* ausführlich dargelegten mythosunabhängigen Elementen des Bauplans) konstituieren sie eben jene räumliche Organisation der Plastik, die uns auf den beabsichtigen ästhetischen Zweck des Kunstwerks hinführen soll. Dies geschieht, indem eine räumliche Anordnung auf einen Zeitpunkt hin konvergiert.

Abb. 3

Das dritte erwähnenswerte Beispiel, das *mechanische Bewegungsbild,* drückt indessen den momentanen Zustand eines unbelebten Objekts aus, das sich aus bewegten Teilen zusammensetzt, die lediglich strengen, mechanischen (z.B. himmelsmechanischen) Gesetzen unterliegen; es zeigt also den Bewegungszustand, so wie er sich hier und jetzt von physikalischen Gesetzmäßigkeiten her präsentiert, z.B.: *Die Ringe des Saturn.* Die Bewegungselemente sind hier feste Eis-Partikel, die sich, strukturiert durch deterministisches Chaos bzw. vom Hintergrund eines Resonanzgeschehens[19] her, zu einer über lange Zeit hinweg stabilen Ringstruktur zusammenfügen. Die Saturn-Ringe lassen sich daher als Bewegungsbild eines chaotischen Systems unter Bedingungen des himmelsmechanischen Mehrkörperproblems begreifen.

Zweitens, das Bewegungsbild verleiht den Bewegungselementen einen *signifikanten Zusammenhang*, der alle wichtigen Elemente zu einer Ganzheit, zu einem ausdeutbaren *Kontinuum* zusammenfaßt. Das Bewegungsbild kann z.B. in Form eines Felds (bzw. einer vernetzten Struktur) organisiert sein (vgl. z.B. *Friedrich Cramers* Konzept eines evolutiven Felds[20]). Es bildet alle möglichen und wirklichen Zustände eines bewegten Systems in einer geschlossenen Struktur ab, verleiht ihnen einen Zusammenhang und damit auch einen in sich geschlossenen Wirkungsbereich, von dem alle Bewegungen ihren Ausgang nehmen. Als ein wichtiges Beispiel läßt sich die Gattung eines literarischen Textes angeben, von der her ja alle möglichen Bewegungen und Verläufe in ihm vorgegeben sind, ferner z.B. auch das geologische Gefüge des Granits, so wie es *Goethe* in seinem gleichnamigen Kurztext versteht. Mit Blick auf *Goethes* Instrumentarium der Naturwissenschaft, ist hier also auch der Begriff *Aperçu* angesprochen.

Drittens, das Bewegungsbild verleiht seinen Bewegungselementen eine genau ausgelegte *Achsenstruktur:* Ein anschauliches Beispiel sind in diesem Zusammenhang die Achsenbildungen von Gebäuden, sie tragen die architektonischen Bewegungsmuster (d.h. die Bewegungselemente). Ein anderes Beispiel wäre das Wachstum der Pflanze entlang von Wachstumsachsen (z.B. Stengel).

Aber auch der physikalische (bzw. modellhaft abstrakte) Bewegungsraum mit seinen Koordinaten: *Impuls*, *Ort* (als Achsen des Phasenraums im Sinne *Henri Poincarès*[21]) ist hier angesprochen.

Zuletzt lassen sich auch die Achsenbildungen in den Illustrationen *Oskar Schlemmers* zum Marionettentheater zur Verdeutlichung des Gesagten heranziehen; – dazu vgl. Kap. 5 der vorliegenden Abhandlung.

Zusammenfassend gesagt, charakterisieren diese drei Grund-Eigenschaften das Bewegungsbild als ein *punktuell* angelegtes, in sich *vernetztes* und *achsenzentriertes* Deutungsmuster, mit dessen Hilfe man dem Phänomen der Bewegung im Zusammenhang mit hermeneutischen Fragestellungen (z.B. zur Textdeutung und Texterschließung) näherkommen kann.

Es ist also zu zeigen, daß es sich bei *Kleists* Marionettentheater-Aufsatz um ein derartiges Bewegungsbild handelt.

IV

Schließlich noch einige Gedanken zum äußeren Aufbau unserer Abhandlung: Der erste Teil entwickelt die für *Kleist* typische Konzeption der Gewißheit auf mehreren *naturphilosophischen* Niveaus (u.a. auch auf dem Niveau eines chaostheoretischen Ansatzes, der auf die Bewegung eines Doppelpendels[22] zurückgreift), der zweite Teil versteht sich als rezeptionsgeschichtliche Analyse zum Phänomen der Bewegung (im Zusammenhang mit Gewißheit und Vollkommenheit); das Bewegungsbild erlangt von daher Zeitachsen (und zwar namentlich mit Blick auf *Leibniz'* und *Rousseaus* Bewegungsbildern). In diesem Abschnitt wird das *Kleistsche* Bewegungsbild dann auch fein typisiert: wir erhalten schließlich *zwei Kleistsche* Bewegungsbilder, die zueinander im Gegensatz stehen. Der dritte Teil unserer Abhandlung versteht sich

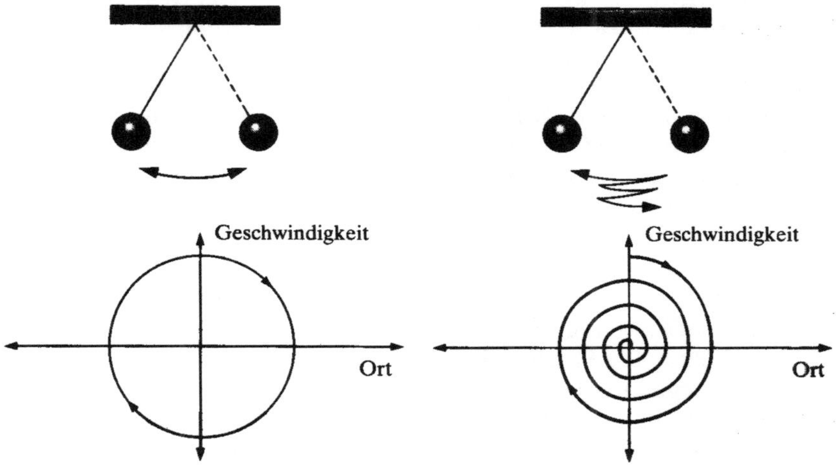

Abb. 4 *Der Phasenraum nach Henri Poincaré (1854-1912):*

Erklärungen zur Abbildung:
Beim *Poincaréschen* Phasenraum handelt es sich um einen abstrakten Raum, dessen Koordinaten *Ort und Geschwindigkeit* sind. Der Phasenraum bildet also das Achsensystem für ein Bewegungsbild, mit dessen Hilfe man das Verhalten dynamischer Systeme studieren kann, deren Bewegungsmomente direkt von Ort und Geschwindigkeit abhängig sind. Beispiel:
Die Bewegung eines Pendels (*obere Graphik*) ist sowohl durch die Startposition als auch durch die Anfangsgeschwindigkeit festgelegt. Man kann die Pendelschwingung aus diesem Grunde im strengen Sinn als eine Bahn im *Poincaréschen* Phasenraum beschreiben. Handelt es sich dabei um ein ideales, reibungsfreies Pendel, dann ist diese Bahn (bzw. das ihr zugehörige *Poincarésche* Bewegungsbild) eine in sich geschlossene Kurve (*Fall links*). Liegt dagegen Reibung vor, dann windet sich die Bahn spiralförmig um einen Punkt, in dem die Pendelbewegung zuletzt zum Stillstand kommt (*Fall rechts*). Das *Poincarésche* Bewegungsbild wird auch *Poincaré-Karte* genannt.

dann ganz speziell als Poetik des zweiten *Kleistschen* Bewegungsbildes, – und zwar mit deskriptivem und texterschließendem Anspruch. Ausgangspunkt ist nunmehr *Kleists* Konzept einer Bipolarität von Formel und Metapher, die auf den Marionettentheater-Aufsatz rückangewendet wird. Den Schluß dieses Abschnitts bilden dann zwei Text-Analysen, deren erste sich mit zwei Szenen des *Prinz Friedrich von Homburg* auseinandersetzt, und deren zweite die Entstehungsgeschichte der Bärenkampf-Episode des Marionettentheater-Aufsatzes zum Thema hat. In beiden Fällen bildet jeweils unser Konzept vom zweiten *Kleistschen* Bewegungsbildes den texthermeneutischen Hintergrund.

Abschließend möchte ich mich noch bei jenen Personen und Institutionen bedanken, die die Abfassung meines Kleist-Buchs direkt und indirekt ermöglicht haben.

An erster Stelle gilt mein Dank Herrn *Prof. Dr. Friedrich Cramer*, dem emeritierten Leiter des Max-Planck-Instituts für experimentelle Medizin in Göttingen, für das Vorwort, für sein Gutachten zum Buch, für die vielen Hinweise und Ideen zu den naturphilosophischen Kapiteln. Es war die Lektüre seines Buchs *Chaos und Ordnung. Die komplexe Struktur des Lebendigen*, die mich überhaupt erst auf die Idee brachte, ein interdisziplinäres Buch zu *Kleists* Marionettentheater-Aufsatz zu schreiben. Damit ging auch ein lang gehegter Wunsch in Erfüllung.

Dem 1997 verstorbenen Doyen der deutschen Kleist-Forschung, Herrn *Prof. Dr. Helmut Sembdner*, verdanke ich einige wichtige Hinweise zur Bewertung von *Kleists* Gespräch mit *Christian Gottlieb Hölder*, das in meinen Argumentationen einen großen Stellenwert besitzt.

Meinem Lehrer und Freund, Herrn *Prof. Dr. Walter Methlagl* danke ich für die vielen anregenden Gespräche im Umkreis des interdisziplinären Forschungsgebiets Literatur und Naturwissenschaft. Seine Goethe-Vorlesung im Sommersemester 1996 hat mir zahlreiche wichtige Anregungen vermittelt; nicht zu vergessen sind auch die Gespräche über den Brenner-Mitarbeiter, Dichter und international renommierten Geologen *Bruno Sander* (einen Pionier der „Gefügekunde“), der den Begriff „Bewegungsbild“ schon lange Zeit vor mir geprägt hat; auch sie waren Quelle zahlreicher wichtiger Anregungen für mein Kleist-Buch.

Von meinem Lehrer und Freund, Herrn *Prof. Dr. Allan Janik*, ferner von meiner Kollegin, Frau *Dr. Monika Seekircher*, erhielt ich zahlreiche nützliche Hinweise und Erklärungen in Sachen *Michael Polanyi* und *tacit knowing*.

Herr *Prof. Dr. Manfred Frank*/Tübingen gab mir zahlreiche wichtige Anregungen und Hinweise zu einigen Sujets der romantischen Naturphilosophie, die ich noch – als nützliche Ergänzungen und Erweiterungen – in mein Buch einarbeiten konnte, – auch bei der Suche nach einem Verleger stand er mir mit Rat und Tat zur Seite.

Mein aufrichtiger Dank gilt auch Herrn *Prof. Dr. Wolfgang Frühwald*/München, dessen wohlwollendes und feinfühliges Gutachten Voraussetzung für die Genehmigung eines Druckkostenzuschusses war.

Der Leiterin des weltberühmten Salzburger Marionettentheaters, Frau *Prof. Gretl Aicher*, und ihrer Mitarbeiterin, Frau *Andrea Engl*, danke ich für die bereitwillig gewährten Interviews, ferner für die zahlreichen, praktischen Erklärungen zum Thema Marionettenspiel, und nicht zuletzt auch für das überaus schöne Titelbild. Ihre sachkundigen und anschaulich vorgetragenen Vorführungen haben mir zahlreiche bleibende Einsichten zur Bewegungskultur und praktischen Ästhetik des Marionettenspiels vermittelt.

Ein zweijähriges Forschungsstipendium zum Thema „Literatur und Naturwissenschaften", gewährt vom *Österreichischen Fonds zur Förderung der wissenschaftlichen Forschung* in Wien, war Grundlage zur Abfassung der vorliegenden Arbeit. Für die großzügige Unterstützung meiner Forschungsarbeiten bedanke ich mich recht herzlich bei den Damen und Herrn des Kuratoriums.

Mein aufrichtiger Dank gebührt auch den Damen und Herren des Kuratoriums des *Förderungs- und Beihilfefonds Wissenschaft der VG Wort Gmbh*/München, die durch ihren Druckkostenzuschuß die Drucklegung meines Buches ermöglicht haben.

Bei den Damen und Herrn des Ferdinand Schöningh-Verlags in Paderborn, insbesondere bei Herrn *Dr. Hans J. Jacobs*, habe ich mich für die Annahme und Drucklegung meines Buches zu bedanken.

Für die bereitwillige Hilfe bei der Erstellung der Bilddateien möchte ich meinem Kollegen an der Bundeshandelsakademie Bregenz, Herrn *Prof. Mag. Peter Broger*, meinen herzlichsten Dank aussprechen.

Herr *Dipl. Ing. Günter Gehring*/Satteins stellte mir die mathematische Software zum Kapitel „Kleist und die Mathematik" zur Verfügung.

Bregenz, Innsbruck, den 28.7.1999

Teil I

Die Gewißheit der Marionette und die Gewißheit des Marionettenspielers

gezeichnet:
unleserlich

nimm die binde ab
könig mensch und lies
unter der blinden schrift
deinen eigenen namen

Hans Magnus Enzensberger

„Kann ein innerliches Gefühl denn,
das doch nur dunkel sich regt, nicht trügen?
Nein! Nein!“

Heinrich von Kleist, „Marquise von O.“ [1]

„Ich bedarf Zeit, denn ich bedarf Gewißheit
und Sicherheit in der Seele, zu dem Schritte,
der die ganze Bahn der Zukunft bestimmen
soll.“

Heinrich von Kleist, Brief an Wilhelmine von Zenge (15.8.1801)[2]

Kap. 1: Über Gewißheit und Sicherheit in der Seele. Zur Fragestellung

Denn sie wäre nichts anders, als der der *Weg der Seele des Tänzers[...]*

Heinrich von Kleist

I

In der praktischen Ästhetik steht die Frage nach der *Gewißheit* normalerweise immer dann im Zentrum, wenn man einem praktischen *Können*[3] – und zwar durchaus im weitesten Sinne des Wortes – ganz speziell von einer vorgegebenen ästhetischen Theorie her nachfragen will. Im Zusammenhang mit unseren Betrachtungen zum Marionettentheater-Aufsatz läßt sich das Können durch unser Konzept vom Bewegungsbild näher umschreiben. Es beruht freilich auch auf Grundeigenschaften, die nicht bloß aus der Text-Empirie abzuleiten sind; die Untersuchung literarischer Texte wie des Marionettentheater-Aufsatzes darf also keinesfalls auf die Einbindung und Darstellung von naturphilosophischen bzw. naturwissenschaftlichen Zusammenhängen verzichten. In *Kleists* Aufsatz ist ja die Bewegung nicht bloß ein literarisches Motiv, sondern vielmehr auch unmittelbares Bild einer physikalischen Empirie, die direkt und ungebrochen in den Text hinein abgebildet wird. *Ein* wichtiges Thema des Gesprächs zwischen „Herrn C." und dem Ich-Erzähler ist nämlich der physikalische Diskurs über die Bewegung der Marionettenpuppe, wobei für den Zusammenhang zwischen poetischem und physikalischem Diskurs *Kleists* Vorstellung von der Gewißheit steht; sie verleiht dem Können ein menschliches Fundament. Damit wäre *Kleists* Grundansatz, so wie wir ihn im folgenden untersuchen wollen, bereits näher umrissen.

Es ist also unsere Aufgabe, die Fragestellungen nach Gewißheit und Schönheit von einer genau eingrenzbaren Bewegungspraxis her in einen gemeinsamen Kontext zu bringen. Hier folgen wir *Kleists* Intentionen direkt, denn er selbst spricht in der Konklusion des Aufsatzes von der „Grazie"[4], die sowohl ein *mechanisches* als auch ein *organisches* (bzw. modern formuliert: ein psychophysisches Phänomen) ist.

Von unserem speziellen Erkenntnisinteresse her wird die Fragestellung dann sofort auch *paradigmatisch*, ja fordert mitunter überhaupt die Bereitschaft zum grundlegenden Paradigmenwechsel, denn wir haben es mit einem zweigesichtigen Phänomenkomplex – zwischen Poesie und Physik – zu tun; ihm kann man mit einseitigen methodologischen Vorstellungen nicht gerecht werden.

Der angesprochene Paradigmenwechsel hat so zu erfolgen, daß literaturwissenschaftliche Erkenntnis zunächst einmal nur der Darstellung naturphilosophischer Gedankengänge dienen muß.

Der nächste Schritt kann dann aber nur die Rückanwendung von derart gewonnenen Einsichten auf die zuvor untersuchte Text-Empirie sein. Auf diese Weise kommen wir dann zuletzt zu einer *Poetik des Bewegungsbildes*, die auf naturphilosophischen bzw. naturwissenschaftlichen Prämissen beruht; sie folgt direkt den Bewegungsgesetzen des untersuchten Textes – und zwar auf wenigstens zwei Darstellungsebenen; diese Vorgangsweise ist besonders in *unserem* Fall sehr wichtig, da es ja in der vorliegenden Abhandlung auch um die kommentierende Text-Erschließung eines Aufsatzes von *Kleist* geht, der ganz offensichtlich sowohl ein philosophisches als *auch* ein literarisches Bewegungsbild in einem einzigen, in sich geschlossenen Kontext – und zwar in Gestalt von literarischen Episoden und Gleichnissen – darlegen will.

Beide Paradigmen (die Ästhetik der Bewegung und die Ästhetik des Gefühls), so die erste methodologische These, lassen sich daher nicht wirklich voneinander trennen. Sie bilden vielmehr auch eine thematische Einheit, die, wie noch zu zeigen sein wird, auch *Kleist* selbst beabsichtigte. Sein Marionettentheater-Aufsatz ist dann, so verstanden, sowohl ein literarisches als auch ein naturphilosophisches Werk, in dem es um die Bewegung bzw. um die Bewegungskultur in *paradigmatischer* Hinsicht (d.h. in Hinblick auf die „Grazie“) geht; die Poetik des Aufsatzes ist schließlich auch noch eine Darstellungsweise, *wie* diese beiden systematischen Grundansprüche der *Kleistschen* Konzeption von der „Grazie“ (d.h. die Bewegung als naturphilosophisches und als poetisches Thema) in ein und demselben Text zusammenkommen können.

Eben diese wichtige Darstellungsabsicht *Kleists* – sie ist u. E. zugleich auch sein wichtigstes Erkenntnisinteresse – zeigt sich uns von einem Text her, der sich einem jeden kritischen Leser schon rein äußerlich betrachtet als ein sehr sorgfältig gestaltetes Relief von übereinandergelagerten, d.h. intertextuell angelegten Bewegungsbildern präsentiert; die sachgemäße Rekonstruktion der zentralen Gedankenbilder dieses Reliefs (im Sinne einer Poetik des Bewegungsbilds) fordert daher naturgemäß selbst eine Passage durch die von *Kleist* reliefartig entwickelten Bewegungsbilder, die jedoch, jetzt als Ganzes gesehen, eine unauftrennbare Einheit in der Aussage und in der Konstruktion bilden. Sie zeigt sich nun im Marionettentheater-Aufsatz ganz deutlich – und sie in Gestalt von Episoden und Gleichnissen darzustellen, ist u. E. tatsächlich auch *Kleists* dezidierte Absicht gewesen. Die einheitliche Bauweise des Aufsatzes zeigt sich ferner auch in Gestalt von komplexartig angelegten Diskursen, denen jeweils eine sehr deutlich ausgeprägte, in den meisten Fällen sogar biographisch verankerte Rezeptionsgeschichte zukommt. Wir können daher den philosophischen Gehalt – und zwar in fast allen Fällen – auch von *Kleists* Biographie bzw. von der biographisch bedeutsamen Bildungsgeschichte seiner Zeit her untersuchen, und treffen dann zuletzt wieder auf eben denselben Zusammenhang. Wir kennzeichnen ihn schon hier mit dem Begriff „kritisches Bewegungsbild“; er läßt sich im übrigen auch einleuchtend als das Zusammenspiel der oben angesprochenen, naturphilosophischen und literarischen Motivgruppen (*Gewißheit, Bewegung* und *Gefühl*) aufzeigen, läßt sich, kurz gesagt, als ein summarisches Bild von Bewegungen durch diese Motivgruppen hindurch darstellen, denen im Marionettentheater-Aufsatz sozusagen jeweils genau abgestimmte dichterische Gleichnisse bzw. naturphilosophische Lehrstücke korrespondieren.

Um es schließlich noch näher zu erläutern, sei schon hier gesagt, daß es sich bei diesen Kontexten zwischen Philosophie und Literatur selbstverständlich jeweils um solche handeln muß, in die in jedem Fall auch einzelne wichtige Werke von *Kleists* Œuvre hineinspielen (in unserem Falle geht es z.B. an einigen Stellen um *Kleistsche* Dramen; sie werden von den genannten Kontexten her jeweils *als* dramatische Bewegungsbilder verstanden). Was nun aber die engeren philosophisch-systematischen Hintergründe zu diesen Rezeptionssträngen betrifft, so spielen in unserer Betrachtung naturgemäß auch knapp geführte diachronische Schnitte durch die Geschichte des Rationalismus und des deutschen Idealismus eine wichtige Rolle. Es wird schließlich noch zu zeigen sein, daß sich derartige philosophische Hintergründe, insbesondere so wie sie direkt im Marionettentheater-Aufsatz vorkommen, zwanglos an einzelne entscheidende Bildungserlebnisse *Kleists* (wie z.B. an seine *Kant*-Krise bzw. an seinen Paris-Aufenthalt 1801) anknüpfen lassen. Unsere Aufgabe ist es daher auch, eine sorgfältige Abstimmung von biographischem und philosophischem Anspruch zu erreichen, um auf diese Weise eine philosophisch getönte Poetik des Marionettentheater-Aufsatzes entwickeln zu können, die sich auch von *Kleists* Biographie her rechtfertigen läßt; das angestrebte Darstellungsziel ist daher in einem auch der summarische Aufweis, daß diese von *Kleist* vollzogene Abstimmung der kritischen Bewegungsbilder sozusagen selbst ein übergeordnetes Bewegungsbild ist – und zwar immer mit Blick auf gattungsbildende und zeit- bzw. geschichtskritische Momente –; unser Aufweis hat also im folgenden auf der Basis des Zusammenspiels jener biographischen und philosophischen Bewegungselemente zu geschehen, die sich im Zuge einer deutenden Bewegung in eben dieses spezifische Erkenntnisinteresse des Bewegungsbildes einordnen lassen.

II

Beginnen wir diesbezüglich mit dem wichtigsten Grund-Beispiel – es ist zugleich überhaupt erkenntnistheoretischer Ausgangspunkt der vorliegenden Abhandlung; gemeint ist hier, wie anfangs schon angedeutet, die Dualität von *Gewißheit* und *Gefühl*.

Beide Themen, d.h. sowohl die Gewißheit als auch das Gefühl, sind ja auch zentrale Themen in *Kleists* Biographie; als solche sind sie daher – jetzt von unserem Paradigma her verstanden – konsequenterweise auch zentrale Elemente eines darzustellenden Bewegungsbildes der biographisch-philosophischen Kontexte. Dabei steht das Gefühl als biographisch verankertes Bewegungselement einem korrespondierenden systematischen – d.h. der Gewißheit – gegenüber. Kurz gesagt, *Kleist* stellt die Frage nach der Gewißheit als eine Frage nach dem Gefühl. Dies soll jetzt unsere zentrale Ausgangsthese sein; sie geht – versteht man sie vorerst einmal nur rezeptionsgeschichtlich – mit Sicherheit auf *J. J. Rousseaus* Erziehungsroman *Emile* zurück (den *Kleist* überaus genau kannte). So finden sich diesbezüglich die wichtigsten Gedankengänge im vierten Buch des *Emile* (und zwar insbesondere im Abschnitt *Glaubensbekenntnis des savoyischen Vikars*), sein wichtigstes Thema ist das Gefühl als jene Kraft im Ich des Menschen, die nach *Rousseau* am meisten Gewißheit für sich beansprucht. Dort sagt der Vikar:

> „Es ist nicht meine Absicht, mich hier in metaphysische Diskussionen einzulassen, die sowohl dein wie mein Fassungsvermögen überschreiten und im Grunde zu nichts führen. Ich habe dir schon gesagt, daß ich nicht mit dir philosophieren will, sondern dir helfen, dein Herz zu befragen. Wenn auch alle Philosophen beweisen würden, daß ich unrecht habe – wenn nur du spürst, daß ich recht habe, will ich nichts weiter.
> Dazu muß man dich nur lehren, die Vorstellungen, die wir erworben haben, von unseren natürlichen Empfindungen zu unterscheiden, denn wir fühlen, bevor wir erkennen.“[5]

Dieser Satz *Rousseaus* „*[...] denn wir fühlen, bevor wir erkennen [...]*“ steht nun in den folgenden Überlegungen im Mittelpunkt; er ist gewissermaßen *der* charakteristische Kern einer jeden literarischen Kultur der Empfindsamkeit; es wird zu zeigen sein, daß ihn auch *Kleist* vorbehaltslos akzeptierte (dies zeigt z.B. die Episode vom *Dornauszieher*[6] im Marionettentheater-Aufsatz ganz deutlich), und damit in eine Art von Konflikt geriet, der mit ein zentrales Thema des Marionettentheater-Aufsatzes ist. Doch soll diesen Untersuchungen hier noch nicht vorgegriffen werden. Wichtiger ist vielmehr zunächst der methodologische Stellenwert des Begriffes „Bewegung“, so wie er zwischen *Gefühl* und *Gewißheit* im obigen Sinne positioniert ist. Ferner steht im Hintergrund auch der einschlägige systematische Anspruch einer Kulturgeschichte der Bewegung zwischen Empfindsamkeit (bzw. Sturm und Drang) und romantischer Aufklärungskritik, soweit sie für *Kleists* Grundanliegen im Marionettentheater-Aufsatz von Bedeutung ist (und zwar, wie wir noch sehen werden, in Hinsicht auf ein *Leibnizsches* bzw. auf ein *Rousseausches* Bewegungsbild). Die Gewißheit muß daher, so gesehen, auch als ein gattungsbildendes Thema innerhalb der literarischen und dramatischen Texte *Kleists* verstanden werden, dessen Grundwurzeln im kritischen Zeitgeist – bzw. in seinem Dilemma – zu finden sind. Für dieses Dilemma steht insbesondere *Kleists Rousseau*-Verständnis. Der Begriff einer Bewegung-Theorie und -Analyse, der es zentral um Momente wie Gewißheit und Gefühl geht, ist ja in Wirklichkeit weder bloß aufklärerisch noch bloß genuin romantisch. *Kleist* erkannte nämlich, daß es sich hier nicht bloß um programmatische Ansprüche einer Epoche, sondern vielmehr um ein zeitlos gültiges Problem handelt, das in die Poetik direkt hineinspielt. Auch beabsichtigte er nicht etwa nur eine dialektische Durchdringung dieses Problems in der Gestalt einer Triade à la *Hegel*, die den Anspruch des Gefühls mit dem der Gewißheit im dialektischen Dreischritt zusammenbringt, um schließlich, sozusagen als Synthese, den Begriff der Bewegung von einem dialektischen Bewegungsbild her zu erlangen. *Kleists* Ziel ist vielmehr das poetisch-physikalische Bewegungsbild, von dem her Bewegung als eine Ganzheit von bewegten Elementen und Komponenten erkennbar wird, die in alle Bereiche des dichterischen und alltäglichen Lebens hineinspielen. Am Anfang seiner Überlegungen steht also, wie zu zeigen sein wird, die *reine*, unabgeleitete Bewegung à la *Rousseau*, die in alle gattungsmäßig erfaßbaren Bereiche des alltäglichen Lebens hineinspielt. Diesen Sachverhalt zeigt insbesondere die Dornauszieher-Episode[7] im Marionettentheater-Aufsatz.

Eine Grundgattung wäre, um ein Beispiel diesbezüglich zu nennen, die *Kleistsche Anekdote*, sie ist ja, und zwar in diesem strengen Sinne, Bewegungsbild, indem sie Sprachwelt und Lebenswelt über das Konzept der Bewegung miteinander verknüpft. Von diesem Anspruch her läßt sich dann das Bewegungsbild zuletzt auch ganz allgemein als literarische Gattung begreifen, was zugleich bedeutet, daß damit die philosophische Frage nach der Gewißheit nunmehr auch zum literarischen Thema wird.

III

Der Aufweis derartiger (genuin literarischer) *Formen der Gewißheit* (als ein u.a. auch literaturwissenschaftlich bedeutsames Problem) ist daher stets mit besonderen Anstrengungen verbunden, und verlangt zuletzt auch einen besonderen Zugang, vielleicht sogar eine Art provokanter Hervorhebung aus den üblichen literaturtheoretischen Horizonten, die diese Spielart einer durch und durch praktischen Gewißheit stets verdunkeln und als Nebensache erscheinen lassen[8] – und zwar durchaus im Sinne unseres Mottos von *Hans Magnus Enzensberger*. Dies soll also im folgenden geschehen.

Das Besondere dieses Zugangs ist nämlich in unserem speziellen Fall – und damit ist bereits hier *eine* wichtige Pointe unserer Überlegungen angesprochen – die Tatsache, daß sich die wichtigsten Gedankengänge, die uns auf diese Konzeption der Gewißheit praktisch hinführen sollen, nicht etwa in einem einschlägigen philosophischen Werk der Goethe-Zeit finden lassen, sondern vielmehr Inhalt eines literarischen Essays *Kleists* sind, dessen wichtigstes Thema die durchaus auch in praktischer Absicht gestellte Frage nach der *Kunst des Marionettenspiels* ist.

Aber auch in *Kleists* näherer Biographie zeigt sich dieses Thema ganz deutlich und darf daher nicht einfach übergangen werden; für *Kleist* war nämlich die Frage nach der Wahrheit und der Gewißheit zeitlebens ein wichtiger (und vor allem auch zentraler) Kontrapunkt zum literarischen Arbeiten, der insbesondere nach der sogenannten *Kant*-Krise[9] des Jahres 1801[10] verstärkt wirksam (und damit auch für das gesamte engere literarische Œuvre bedeutsam) wurde. Das wichtigste Ergebnis dieser *Kant*-Krise war ja u.a. auch eine tiefwurzelnde Skepsis am Sinn des Lebens im Allgemeinen und ein Zweifeln an der Bedeutung der Wissenschaften und Künste (für das praktische Leben)[11] im Besonderen. Im Zusammenhang mit dieser Krise, die ja ihrem tieferen Wesen nach auch eine existenzielle, bzw. überhaupt Ausdruck einer permanent gewordenen Lebenskrise war, stellte sich für *Kleist* die Frage nach der Gewißheit zuletzt immer auch in naturphilosophischer Hinsicht, jedoch nicht eigentlich direkt (d.h. in streng systematischer Hinsicht).

Dies war allerdings schon sehr früh der Fall: Am Ende der neunziger Jahre des 18. Jahrhunderts beschäftigte er sich nämlich, wie schon angedeutet, vermehrt mit den Naturwissenschaften, und zwar vornehmlich auch mit der Mathematik und der Physik, wobei es ihm zuweilen sehr schwer fiel, die strenge mathematische Gewißheit (d.h. für einen schulmäßigen Rationalisten *das* Parade-Beispiel für Gewißheit überhaupt) zu begreifen.[12] Gerade das Schockerlebnis z.B., einen indirekten Beweis (zu einem relativ einfachen mathematischen Beispiel des Mathematikers und Dichters *G. A. Kästner*) *nicht* verstanden zu haben, wirkte sich auch auf sein weiteres Leben sehr nachhaltig aus, zumal er ja zeitlebens – freilich zumeist eher instinktiv – erkennen mußte, daß im praktischen Leben überhaupt das *„[...] als wahr vorauszusetzen [ist], was [er selbst] für falsch erkennen muß.“*[13] Das Leben beruht, so verstanden, größtenteils auf indirekten Beweisen, während ein direkter Zugang dagegen weitgehend ausgeschlossen bleibt. Ein solches Mißtrauen, – d.h. allgemeiner formuliert: *diese* Art der intellektuell vorgetragenen Skepsis – spielt, wie später noch zu zeigen sein wird, bis in den dramatischen Aufbau des *Prinz von Homburg* hinein. Ferner widerspiegelt sich diese fundamentale – und nicht zuletzt auch für die unmittelbare Lebenspraxis folgenreiche – Einsicht z.B. auch in seinem Hang zu den Paradoxen und zu den Anekdoten, ist also sozusagen zu einer Art von persönlicher Geschichtsphilosophie geworden, die immer auch in sein unmittelbares Leben hineinspielte und damit häufig wichtige Entscheidungen beeinflussen konnte.

Schließlich darf nicht vergessen werden, daß die mit dieser Einsicht in die Indirektheit der Lebenswahrheiten verbundene, d.h. mithin grundlegende Antithetik indessen auch eine genau (d.h. von der Biographie und den Lebenszeugnissen her) bestimmbare Frage nach der Gewißheit des Lebensvollzugs ist, und damit auch einer existenziellen Fragestellung gleichkommt. Ihr Aufweis ermöglicht uns im übrigen Anknüpfungen an vergleichbare Lebensbilder des 20. Jahrhunderts. Freilich ist gerade die These von der existenziellen Bedeutung der *Kleistschen* Frage nach der Gewißheit nicht eigentlich neu[14], in unserem Zusammenhang wird sie aber in völlig neuer Weise (d.h. mit Blick auf die Frage nach dem *Kleistschen* Bewegungsbild[15]) erörtert.

Zur Präzisierung der Frage nach der Herkunft der für *Kleist* so wichtigen Verknüpfung von erkenntnistheoretischem mit existenziellem Anspruch sei die folgende Überlegung skizziert: Am Anfang des neuen Jahrhunderts kam *Kleist* erstmals mit der *Kantischen* Philosophie in Berührung, wobei bis jetzt noch nicht einwandfrei geklärt werden konnte, in welcher Form dies geschah. Sicher – d.h. biographisch bezeugt – ist jedenfalls die Tatsache, daß im Zentrum seines *Kant*-Verständnisses die Frage nach der Wahrheit bzw. nach der Gewißheit steht, und zwar von einer eher subjektivistischen Deutung des Hauptgedankens der transzendentalen Ästhetik her, die sich hinsichtlich der Wahrheitsfrage, und insbesondere auch, was die tiefere Absicht betrifft, ausdrücklich[16] gegen die überkommene Denkweise der *Leibniz-Wolffschen* Schule richtet. So weit die gängige Auffassung[17]! Hinter dem kritischen Ansatz *Kleists*, der ja im übrigen die Konzeption von der „Wahrheit" als „Vollkommenheit" anzweifeln will, verbirgt sich nun aber auch eine (insbesondere für das tiefere Verständnis des Marionettentheater-Aufsatzes sehr wichtige) *existenzielle* Definition der Bewegung, die dann im Zusammenhang mit der Wahrheitsfrage, so unsere (ihrem Wesen nach gänzlich neue) These, implizit mit-kritisiert wird – doch läßt sich dieser Zusammenhang nicht auf den ersten Blick erkennen. Das diesbezügliche Argument *Kleists* lautet so:

> „Aus diesen Gedanken (zur Vollkommenheit à la Leibniz/Der Verf.) bildete sich so nach und nach eine eigne Religion, und das Bestreben, nie auf einen Augenblick hienieden stillzustehen, und immer unaufhörlich einem höhern Grade von Bildung entgegenzuschreiten, [...]"[18]

Wir erkennen schon hier ohne größere Schwierigkeiten das Motiv der „allmählichen Verfertigung", allerdings noch in einem eher optimistisch verstandenen Kontext, bzw. – um jetzt von der Bildkonstruktion her zu sprechen – in einem in sich geschlossenen Kontinuum der Bewegungsmöglichkeiten. Dieses Kontinuum ist gleichzeitig auch das Bild von der „Wahrheit" als der „Vollkommenheit", so wie wir es von *Leibniz' Theodizee* her kennen; und damit ist Wahrheit, von der Bewegung her verstanden, immer auch Bildung. Gleich im Anschluß wird dieses Bild dann aber einer radikalen, und nicht zuletzt auch völlig destruktiven Kritik unterzogen. In diesem Zusammenhang stellt sich die Frage nach der „Wahrheit" nunmehr von einem radikal skeptischen Argument her:

> „Wir können nicht entscheiden, ob das, was wir Wahrheit nennen, wahrhaft Wahrheit ist, oder ob es uns nur so scheint."[19]

Dies bedeutet nun, daß *Kleist* hier eine Auftrennung des Kontinuums der vollkommenen Wahrheiten (in ein subjektives und in ein, von jenem abhängiges, objektives Moment) vornimmt, die sich sowohl auf die Frage nach der Wahrheit selbst als auch auf die nach der Vollkommenheit destruktiv auswirkt. In der Folge entsteht in ihm eine tiefgreifende Skepsis, die sich, wie im folgenden noch näher zu zeigen sein wird, zuletzt in Gestalt eines völlig neuen Bewegungsbildes – dargelegt im Marionettentheater-Aufsatz – zeigt. Schon während seines Paris-Aufenthaltes, namentlich in seinem Brief vom 29.Juli (an *Adolfine von Werdeck*), macht sich diese – nunmehr bereits existenziell gewordene – Skepsis bemerkbar – und zwar in Gestalt einer ironisch vorgetragenen, sehr originellen Wissenschaftskritik:

> „Lucchesini und Humboldt haben mich vorläufig bei einigen französischen Gelehrten eingeführt. Ich soll nämlich hier studieren, ich *soll* es, so will es ein jahrelang entworfener Plan, dem ich folgen muß, wie ein Jüngling einem Hofmeister, von dem er sich nicht losmachen kann. Ich habe auch schon einigen Vorlesungen beigewohnt – Ach, diese Menschen sprechen von Säuren und Alkalien, indessen mir ein allgewaltiges Bedürfnis die Lippe trocknet – Liebe Freun-

din, sagen Sie mir, sind wir da, die Höhe der Sonne zu ermessen, oder uns an ihren Strahlen zu wärmen? Genießen! Genießen! Wo genießen wir? Mit dem Verstande oder mit dem Herzen? Ich *will* es nicht mehr binden und rädern, frei soll es die Flügel bewegen, ungezügelt um seine Sonne soll es fliegen, flöge es auch gefährlich, wie die Mücke um das Licht – Ach, daß wir ein Leben bedürfen, zu lernen, wie wir leben müßten, daß wir im Tode erst ahnden, was der Himmel mit uns will!“[20]

Aus der subjektiven Krise der Wahrheit entwickelt sich zuletzt eine existenzielle; dies zeigt der Brief aus Paris ganz deutlich. Das Medium dieser kritischen Bewegung ist nun aber *Kleists* Vorstellung einer Bildung des Menschen durch die Wissenschaften, die ihm nunmehr mehr und mehr schal wird. Die Bewegungsrichtung dieses kritischen Gedankengangs ist hier freilich noch durch das Wirksamwerden einschlägig *Rousseauscher* Gedankengänge festgelegt; einige Zeit später wird sich dieser vorerst äußerst „direkten“ Bewegungsrichtung das Konzept von der „allmählichen Verfertigung“, und zwar durchaus auch systematisch (d.h. mithin reflektiert) – entgegenstellen. Es kommt, wie wir noch sehen werden, zuletzt zu keiner einfachen Synthese – oder gar zu einem Zustand der goldenen Mitte; vielmehr zeigt sich das neu gewonnenene Bewegungsbild erst im Marionettentheater-Aufsatz ganz deutlich, zeigt sich dort allerdings in der von uns bereits angedeuteten Bipolarität, zeigt sich vor allem auch als eine merkwürdige, vielgliedrige Art der Bewegung – gleichsam eingeklemmt zwischen die Gewißheit des Marionettenspielers und die Gewißheit der Marionette. Allerdings soll diesen Untersuchungen hier noch nicht vorgegriffen werden. Viel wichtiger ist nämlich zunächst einmal der Hinweis auf die Basis-Motive, die alle durch das im vorhergehenden bereits angesprochene, weitgehend systematische Motiv der Gewißheit miteinander verknüpft werden können. So heißt es diesbezüglich in seinem, in Paris verfaßten Brief an *Wilhelmine von Zenge* (und zwar vom 15.8.1801):

„Ich werde das (Die Verpflichtung, Gutes zu tun/Der Verf.) immer deutlicher und deutlicher einsehen, immer lebhafter und lebhafter fühlen lernen, bis Vernunft und Herz mit aller Gewalt meiner Seele einen Entschluß bewirken – Sei ruhig, bis dahin. Ich bedarf Zeit, denn ich bedarf Gewißheit und Sicherheit in der Seele, zu dem Schritte, der die ganze Bahn der Zukunft bestimmen soll.“[21]

Wir treffen hier auf die beiden wichtigsten Momente der bereits angesprochenen Bipolarität in Kleists Leben, die – über die *„[...]Gewißheit und Sicherheit in der Seele[...]“* ineinander übergehen, ohne sich dabei gegenseitig aufzuheben. Gemeint sind hier, wie schnell einsichtig wird, die beiden Bewegungszentren „Vernunft und Herz“, und schließlich auch noch sein Appell und seine Maxime, *[...] immer lebhafter und lebhafter fühlen [zu] lernen [...]*“. Mit diesen beiden Motivgruppen sind zum einen gleichsam die Dualität eines *esprit de finesse* und eines *esprit de géometrie* (*Blaise Pascal*) und zum anderen aber auch die notwendigerweise zu dieser Dualität gehörende *Logik des Herzens* gemeint. Es wird daher im folgenden zu zeigen sein, in welcher Weise diese drei elementaren Motive (und zwar jeweils in zwei

Gruppen angeordnet) mit dem Bauplan des Marionettentheater-Aufsatzes in einer grundlegenden Beziehung stehen – dies ist dann zuletzt, jetzt zusammenfassend verstanden, die Frage nach dem *Kleistschen* Bewegungsbild, so wie sie sich von dieser existenziellen Krise her zeigt.

Ferner ist in diesem Zusammenhang auch noch der Hinweis von nicht geringer Bedeutung, daß die von *Kleist* entwickelten Gedankengänge auch heute noch nichts von ihrer Wichtigkeit und Aktualität eingebüßt haben, und daher auch jetzt noch von nicht zu unterschätzender Bedeutung für eine philosophische Systematik sein können. *Kleist* betont nämlich in seinem Aufsatz eine weitgehend paradoxe Spielart der Frage nach der Gewißheit, indem er das Bewegungs-Können eines Marionettenspielers – und zwar von den damals durchaus bereits traditionellen Betrachtungs-Gegensätzen Imagination und Bewegungs-Mechanik her – auf völlig neue und originelle Weise untersucht. Mißt man ihn an dem, was die Zeitgenossen zu diesem Thema zu sagen hatten, dann ist *Kleists* Ansatz tatsächlich gänzlich neu und radikal (selbst *Kant*[22] hatte es niemals vermocht, derartig kühne Gedankengänge auf das Papier zu bringen). Das wichtigste Resultat von *Kleists* denkerischer Anstrengung, das im übrigen auch heute noch standhält, ist der Aufweis eines fundamentalen Gegensatzes zwischen Imagination und Bewegungsmechanik, der sich freilich nur im Zuge eines genauen Blicks auf die Praxis – und nicht etwa im Zusammenhang mit raffinierten theoretischen Reflexionen zum Thema Bewegung/Imagination – zeigen läßt. Diese wichtige Einsicht *Kleists* ist, wie gesagt, auch heute noch gültig, so daß ihr Bauplan im folgenden noch deutlicher erörtert werden muß. Aus eben diesem Grund ist nun aber diese Einsicht für die meisten intellektuellen Zeitgenossen *Kleists* (z.B. für *Fichte* und seine frühromantischen Anhänger) wohl kaum nachvollziehbar gewesen; diese waren nämlich im Prinzip nur Theoretiker eines eher spekulativen Reflexionsbegriffes und befaßten sich ausschließlich – darin *Kant* mehr als konsequent folgend – mit dem theoretischen Komplex „Setzung" und „Entgegensetzung".[23] *Kleist* war – neben *Schelling* (und von diesem vermutlich unterschwellig beeinflußt[24]) – einer der ersten Intellektuellen seiner Zeit, die den praktischen Gegensatz zwischen Wissen und Können[25] als *eine* wesentliche Grundlage der Naturphilosophie erkannten und philosophisch thematisierten. Betrachtet man z.B. das Können zunächst einmal nur als theoretisches Wissen, dann erkennt man sofort, daß in der Analyse ein wichtiger Bestandteil fehlt; es gilt nämlich im strengen Sinn, daß einem jeden *Können als Wissen* (Imagination und Intelligenz) ein genau abgestimmtes *praktisches Können* entsprechen muß – was indessen nicht bedeutet, daß sich diese Entsprechung sprachlich vollständig ausdrücken läßt; dieser Vorbehalt gilt im übrigen – und hier folgen wir *Kleist* konsequent – *grundsätzlich*; und zwar, ironisch formuliert, sogar als Bedingung der Möglichkeit aller Spielarten des Wissens, die ja letztlich nur von der Erfahrung bzw. von der Praxis her zu erlangen sind. Der sprachlichen Erfassung sind dabei kritische Grenzen gesetzt, die sich schon hier durch die *Kleistsche* Metapher „Gefühl" näher kennzeichnen lassen. *Kleists* Beispiel im Marionettentheater-Aufsatz ist in diesem Zusammenhang gut gewählt: er zeigt diese bis dahin weitgehend übersehene Opposition ganz speziell im Zusammenhang mit dem Marionettenspiel auf, und nannte sie „Hemmung“[26]. Der Terminus bringt nämlich zum Ausdruck, daß einem jedem Moment des Spiels, so verstanden, ein genau eingrenzbares Gegen-Spiel von der Marionette her entspricht – und zwar völlig implizit, d.h. ausgedrückt als „Gefühl“. Im Zentrum steht daher tatsächlich der *reale* Gegensatz zwischen Spieler-Können und Marionettenbewegung und nicht etwa die einseitig spekulative Beschreibung einer ideellen Bewegungs-Dynamik von einer rein idealistischen bzw. sprachlichen Dialektik der Bewegungen her. Und zwar durchaus ganz im Sinne des Grund-Appells der Französischen Revolution (bzw. namentlich ihres Vorläufers *J. J. Rousseau*[27])! Auf diese Weise wird diese Opposition, und zwar vom unverfälschten Bewegungsbegriff her, unterschwellig sogar zum Spiegelbild einer zu erreichenden gesellschaftlichen Ursprünglichkeit und Pluralität. Dies bedeutet dann zugleich, daß der praktische Ästhetiker à la *Kleist* sofort auch zum unterschwelligen Politiker[28] wird – und zwar durchaus im Spannungsbereich der *Rousseauschen* Zivilisationskritik.

Ferner ist auch jene Art neu und zeitlos, wie diese fundamentale Opposition, sie besteht ja praktisch im Gegensatz zwischen Imagination und Bewegung, im Marionettentheater-Aufsatz dialogisch entwickelt und – weitgehend popularisiert – präsentiert wird. Dort wird nämlich überraschenderweise der *transrationale* Aspekt[29] betont, und nicht etwa die damals längst traditionell (bzw. klassisch) gewordene Frage nach wesentlichen rationalen bzw. reflexiven Kriterien zur rein theoretischen Darstellung und Konsolidierung dieser wichtigen und grundlegenden ästhetischen Fragestellung (z.B. im Sinne einer Reflexions-Poetik, wie wir sie von den Frühromantikern her kennen[30]); freilich geschieht dies bei *Kleist* nicht wirklich einseitig auf Kosten der rationalen Komponente, sondern vielmehr im Sinne eines komplexen Zusammenspiels mehrerer Komponenten, deren deutlichste üblicherweise eben die rationale ist.

Aber sie ist eben auch nicht die einzige, und daher bietet sich genau dieser Sachverhalt geradezu als *ein* kritizistischer Ansatzpunkt unserer nun folgenden Erörterungen an, die ganz bewußt nach Verbindungsweisen zur modernen Spielart des *Kleistschen* Bewegungsbildes suchen. Sie betreffen von daher zuletzt auch noch die Frage nach einer Gewißheit des Zugriffs, im Sinne dessen, was *Michael Polanyi* in seinen naturphilosophischen Arbeiten zu diesem wichtigen Thema als *tacit knowledge* bzw. *tacit knowing* bezeichnet. Er versteht darunter ein ganzheitliches Wissen[31], welches nicht logisch-analytisch faßbar ist und sich daher einer exakten Beschreibung entzieht. Es wird nicht theoretisch, sondern durch praktische Betätigung, d.h. einzig und allein durch persönliche Erfahrung erlernt und zeigt sich z.B. im gekonnten Umgang mit Werkzeugen und Maschinen, aber auch im geübten Gebrauch der Sinnesorgane (in dem, was wir „Gefühl“[32] genannt haben). Besonders wichtig ist in diesem Zusammenhang das Moment der Verinnerlichung bzw. Integration, von dem her sich diese Form des Wissens *indirekt* – d.h. von Metaphernsystemen her – analysieren läßt. Jede direkte Analyse führt demgegenüber unweigerlich zum Verlust dieser Wissensform.

Das Zusammenspiel von *Gewißheit und Gefühl*, so wie wir es im vorhergehenden skizziert haben, ist daher, wie leicht zu erkennen ist, ein derartiges Metaphernsystem, dessen sich – so unsere im folgenden zu zeigende These – *Kleist* in seinem Marionettentheater-Aufsatz vorzugsweise bedient, um damit das Bewegungsphänomen poetisch und philosophisch zu umschreiben.

IV

Diese besondere, weil ja ihrem Wesen nach unendliche Spielart der Gewißheit zeigt sich uns dann, so eine erste wichtige These, als ein weitgehend *gestaltloses* („traumwandlerisches") Phänomen, angesiedelt zwischen Imagination (im Sinne von Reflexionen) und Mechanismus (im Sinne von mechanischer Bewegung[33] bzw. im Sinne einer Senso-Motorik), versteht sich aber andererseits auch als irrationales Bewegungs-Gefühl im Hintergrund; macht sich im Gefühl[34] (und zwar hier im üblichen Sinn des Wortes) bemerkbar, *daß* wir etwas wissen – freilich *was*, wissen wir nicht so genau; und zeigt sich indessen zuletzt noch – was die unmittelbare Beschreibung betrifft – in Gestalt eines aufs äußerte komprimierten Wissens[35], das sich in der alltäglichen Praxis immer bloß schrittweise entfalten läßt, – und zwar im schweigenden Umgang mit den Dingen: was jedoch nicht zwangsweise bedeutet, daß dieses Wissen zwischen Emotion und Intellekt deswegen in irgendeiner Weise verlorengehen bzw. unauthentisch werden muß, wenn man sich mit ihm auseinandersetzt. Dieses Wissen kann daher auch Gegenstand didaktischer Überlegungen und Übungen sein – jedoch immer nur im *direkten* Zusammenhang mit einer objektorientierten Praxis, und nicht etwa allein als Sprachform (d.h. im Sinne einer Gebrauchsanleitung).

Im folgenden nun unsere Definition, die zugleich Basis-These für alle weiteren Erörterungen sein soll, und zwar gilt diese Definition in Hinsicht auf die wichtigsten, nun folgenden Erörterungen zu *Kleists* Bewegungsbild; wobei nicht vergessen werden darf, daß ja unsere ex negativo formulierte, auf eine skeptische Gedankenbewegung aufbauende Definition auf *Kleist* selbst zurückgeht; und zwar namentlich auf den zuvor erörterten, schon früh existenziell gewordenen Gegensatz zwischen Imagination (bzw. Reflexion) und Realität, so wie er in *Kleists* Kant-Krise erstmals offenkundig wird.[36]

Unsere, auf *Kleists* Œuvre hin zugeschnittene Definition der *tacit knowledge* lautet nun, prägnant formuliert: *Die rationale Entfaltung eines reflektierten Wissens um die Bewegung zerstört sogleich deren Unmittelbarkeit (bzw. ihre „Grazie"), was allerdings in keinem Fall je ausschließt, daß dennoch ein praktischer Zugang zum Bewegungsgeschehen möglich ist, selbst wenn die authentische Komponente dieses Wissens nur teilweise erfaßbar[37] ist.* Diese These läßt sich an einigen Stellen des *Kleistsche* Œuvres mehr oder minder deutlich nachweisen. Sie findet sich aber auch in den Briefen:

> „Auch ich muß mich im Mechanischen verbessern, an Übung zunehmen, und in kürzeren Zeiten, Besseres liefern lernen. Jetzt habe ich ein Trauerspiel unter der Feder. – Ich höre, Du, mein lieber Junge, beschäftigst Dich auch mit der Kunst?

> Es gibt nichts Göttlicheres, als sie! Und nichts Leichteres zugleich; und doch, warum ist es so schwer? Jede erste Bewegung, alles Unwillkürliche, ist schön; und schief und verschroben alles, sobald es sich selbst begreift. O der Verstand! Der unglückselige Verstand! „[38]

Ja es ist tatsächlich oft so, daß je stärker die rationale Erfassung einer Bewegung – d.h. der Versuch einer elementaren Beschreibung – wirksam wird, umso eher dann der praktische Zugang zur unmittelbaren Bewertung des Geschehens unmöglich wird; denn dieses merkwürdige Wissen (im Sinne einer spontanen Bewertung) ist, abgesehen davon, daß es immer auch ein Können (im Sinne einer thematischen Intuition) ist, *nur dann* in Wirkung zu setzen, wenn wir es, um eine Analogie aus der Quantentheorie zu benützen, während seiner Aktivierung nicht direkt beobachten, sondern wenn wir es einfach aktivieren und gleichzeitig einige Teilkomponenten einfach ignorieren; und zwar indem wir eben das „einfach augenblicklich" können, was wir „augenblicklich" darüber wissen. Es ist also, insbesondere vom Timing seines Einsatzes her verstanden, stets auch so etwas wie ein Sprung von einem zu einem anderen diskreten Niveau der Wißbarkeit (im Sinne von *Kleists* Konzepts einer „allmählichen Verfertigung"), und zwar *direkt* im Zusammenhang mit einem praktischen Können. In dieser Tatsache besteht ja im übrigen auch das Wesen des Übungsprozesses, der sich, wenn er richtig verläuft, stets in diskrete Schritte zergliedern läßt. Denn der genaue Einsatz beruht ja, um jetzt mit *Kleist* selbst zu sprechen, auf der weitgehenden Unbewußtheit des richtigen Augenblicks.[39] Sie trägt in den wichtigsten Fällen einen experimentellen Charakter. *Günter Blöcker* spricht im Zusammenhang mit *Kleists* wichtigsten Dramenfiguren sogar ganz ausdrücklich von den *„[...] großen Experimentatoren des Gefühls (dem Kurfürsten, Jupiter, in gewissem Sinne auch Hermann) [...]"*[40], die gleichsam den praktischen Umgang mit diesem Wissen bzw. mit der zugehörigen tacit knowledge – und zwar auf der Ebene dramatischer Entwicklungen – zur Verwirklichung bzw. zur Darstellung bringen.

Beobachten wir nun aber diese merkwürdige Wissensform gerade im Moment ihres Einsatzes (z.B. indem wir spontan über sie reflektieren), dann zerstören wir sie in eben *dem* Moment, wo wir wissen, *daß* wir sie reflektiert wissen. Dies geschieht nicht zuletzt deswegen, weil wir ja dann das Wissen nicht mehr authentisch, sondern vielmehr bereits reflektiert (oder um mit einem Begriff von *Friedrich Schlegel* zu sprechen, „potenziert") wissen; was wir dann aber jetzt und hier beobachten, ist unser Wissenserwerb (und seine kontinuierliche Steigerung), ist also die Gestalt einer dramatischen Reflexion, und nicht etwa ein Können, das mit diesem Wissen in Verbindung steht; vielmehr „können" wir auf diese Weise das Gewußte per definitionem *nicht.* Denn unsere reflexive Einsicht in dieses Wissen-Können bedeutet ja zugleich auch so etwas wie eine Verspätung gegenüber dem authentischen Wissen des Könners, der jetzt und hier spontan handelt: es wird uns dann genau von dieser Verspätung her zuletzt völlig ungewiß. Dieses merkwürdige Wissen ist daher so etwas wie der reine Augenblick (also durchaus Ekstasis bzw. um mit der Novelle *Die Marquise von O.* zu sprechen, paradoxes „Gefühl"[41]) und gleichzeitig immer noch Wissen im üblichen Sinne des Wortes, zumal es ja ein praktisches Können tatsächlich auch steuert.[42] Im Zusammenhang mit der konkreten Spielpraxis erläutert der Marionettist *Wolfgang Kurock* diesen Sachverhalt auf folgende Weise:

> „Der Marionettist muß die Kontrolle seiner Figur solange üben, bis er sie aus dem Gefühl heraus ‚blind' beherrscht. Das läßt sich am praktischen Beispiel zeigen und erklären."[43]

Im Prinzip gilt dies – allerdings mit wichtigen Einschränkungen – analog zur Basis-Definition eines „impliziten Wissens" (bzw. tacit knowing), so wie es *Michael Polanyi* versteht:

> „Ich werde das menschliche Erkennen ausgehend von der Tatsache betrachten, daß wir mehr wissen, als wir zu sagen wissen."[44]

Diese Definition der Gewißheit eines Wissens, und zwar von einem Defizit bzw. von einer Differenz her verstanden, leitet sich also, wie bereits zuvor erörtert, direkt von einem Bewegungsbild ab, in dessen Mitte sich ausdrücklich eine implizite, undefinierbare Singularität (und nicht etwa ein rationales Steuerzentrum) befindet. Die Definition könnte, und zwar jetzt der Anschaulichkeit wegen umgelegt auf das Sprachbild[45], folgendermaßen lauten: ***Gewißheit*** *versteht sich hier als die* ***Intuition[46], daß*** *– z.B. in einem (Sprach-) Bild – das meiste stimmt. Dem Gefühl der Gewißheit korrespondiert daher notwendigerweise ein genaues, vor allem einheitliches Bild einer Sachlage, was freilich nicht zwangsweise bedeuten muß, daß diesem genauen Bild auch ein sachlich vollständiges Sprachmodell entsprechen muß.* Es bestehen also zunächst keine kausale Vermittlungen, sondern vielmehr nur eine Synchronizität bzw. eine Simultaneität. Diese Sachlage ist im übrigen selbst *Bild* einer von simultanen Strukturen her vorgegebenen Situation, die allerdings, authentisch (d.h. hier rational) verstanden, bis zuletzt opak[47] bleiben muß. Diese wichtige Einschränkung betrifft nun sowohl das Können wie auch die existenzielle Situation einer Person. In dieser Hinsicht finden sich in *Kleists* Œuvre keine näheren Differenzierungen mehr, sondern es herrscht ein weitgehend einheitliches Darstellungsinteresse vor, das freilich nicht in allen Fällen Organon der Erkenntnis, immer aber – und zwar trotz dieses Vorbehalts – eines der *Gewißheit*[48] sein muß, so wie sie uns *Kleist* als „Gefühl" vermitteln will:

> „Die Kleistsche Emotion ist entgegen der wiederholten These keineswegs immer ein Organon der Erkenntnis, sondern zunächst ein psychisches Ereignis mit eigenem Recht. [...] Und der Leser kann nie wissen, wann der Hinweis auf ein solches Gefühl über die reine emotionelle Zuständlichkeit hinausverweist oder nicht. Vermittelt wird vornehmlich nur der Eindruck vom Innern des Menschen als einer *terra incognita*, die stets gefährdet ist. Ihre transitorische Modalität ist das äußere Kennzeichen hierfür. Die Kleistsche Emotion darf deshalb nicht gratis für ein ‚symbolisches' Zeichen genommen werden. Sie ist vielmehr in ihrer physischen Konditioniertheit buchstäblich zu nehmen, und dann vielleicht als dramaturgischer Vollstrecker einer psychologisch überreizten, ja pathologischen Situation."[49]

Die Dunkelheit des „Gefühls“ bleibt also notwendigerweise – trotz der zuweilen sogar überdeutlich vorgetragenen Metaphernsysteme und Symboliken, die, so *K. H. Bohrer*, leicht Anlaß zu Mißverständnissen bezüglich der *Kleistschen* Grundintentionen geben können. Alle in die dramatische bzw. novellistische Bewegung involvierten Gefühle sind nämlich zunächst, adäquat verstanden, außerordentlich angespannte Zustände *„[...] mit eigenem Recht[...]“*, was zugleich bedeutet, daß man zu ihrem tieferen Verständnis immer auch ihren Stellenwert in der dem *Kleistschen* Œuvre immanenten Gewißheits-Frage herausarbeiten, gleichsam den Standpunkt ihres „eigenen Rechts“ – und zwar ausdrücklich – lokalisieren muß. Dies bedeutet, daß eine jede Emotion, um *K. H. Bohrers* These hier noch weiter darzulegen, zuletzt nur von einem übergeordneten Bewegungsbild her ihre Bedeutung erlangen kann, so daß nicht einfach von der augenblicklichen „[...] *emotionellen Zuständlichkeit [...]*“ ausgegangen werden und – gleichsam „gratis“ – ein rein symbolischer Bezug hergestellt werden darf. Vielmehr befindet sich zwischen dem (psychologisch bzw. soziologisch erfaßbaren) Eigenwert eines Gefühls (jetzt im alltäglichen Verständnis) und der dramatischen bzw. novellistischen Darstellung als Gewißheits-Gefühl, so wie sie ja *Kleist* in seinem Œuvre fast immer beabsichtigt und entworfen hat, stets ein Bereich der tacit knowledge, um den es uns in den nun folgenden Überlegungen fast ausschließlich gehen soll. Am konzentriertesten wird dieses merkwürdige, zuweilen sogar sehr fraktale Wissen um diesen Bereich freilich erst im Marionettentheater-Aufsatz vorgetragen. Hier ist es nämlich gleichsam ausdrückliche Quintessenz und damit auch tieferer philosophischer Gehalt einer Frage nach der Gewißheit, die sich in einer Frage nach einem artistischen Können verbirgt, das seinerseits auf eine existenzielle Situation, d.h. eingeschränkter formuliert, auf ein existenzielles Interesse zurückverweist. Das Erkenntnisinteresse zeigt sich also in Gestalt einer triadischen Entwicklung, deren drei Schritte, wie folgt, in *einem* Bild zusammengefaßt werden können, das freilich stets auf drei Teilmomenten „eigenen Rechts“ beruhen muß: *Erstens,* die Komponente der Gewißheit einer momentanen Situation, ferner, *zweitens*, die Gewißheit eines Könnens (bzw. eines Wissens im üblichen, d.h. praktischen Sinn des Wortes) und schließlich – als die wichtigste Komponente – die Gewißheit eines Prozesses der „allmählichen Verfertigung“ eines gedanklichen bzw. ästhetischen Zugangs zu den ersten beiden Komponenten. Dieser Zugang ist allerdings nicht ungebrochen möglich. Am eindrucksvollsten – weil in diesem Zusammenhang weitgehend unverstellt angewendet – zeigt sich dieses Schema u.a. in der Novelle *Der Zweikampf.*

V

Diese Gewißheit beruht dann, so zeigt diese Novelle ganz deutlich, zuletzt auch auf Unausdrücklichem, ist daher Wissen, das mehr weiß, als es *ausdrücklich sagen kann.* Somit ist diese Wissen in einem durchaus ironischen Sinn „höheres Wissen“, und zwar – trotz dem bizzarren Anspruch – wirklich im Sinne eines Gottesurteils, so wie es ja in *Der Zweikampf* ausdrücklich, d.h. geradezu in provokanter Absicht (und nicht allein als eher legendenhafte poetische Konstruktion) zur Darstellung gelangt. Ist also auch, und zwar jetzt eher nüchtern verstanden, implizites Wissen bzw. tacit knowledge im Sinne der einfachen Definition *Polanyis*. Im Zentrum dieses merkwürdigen Gottesurteils steht ja nicht etwa bloß ein juristischer Kern (der ja im Zuge eines Gottesurteils gar nicht wirklich erreicht werden kann), sondern vielmehr der *„[...] Eindruck vom Innern des Menschen als einer terra incognita [...]“*[50], so wie sich *K. H. Bohrer* im obigen Zitat – ausdrückt.

Man kann nun gerade diese Art von Gewißheit, gleichsam von einer terra incognita her, wie zuvor bereits angedeutet, sogar auf motivischer Ebene, vornehmlich im dramatischen Œuvre *Kleists* finden (aber auch im erzählerischen Werk spielt sie, wie gesagt, eine bedeutende Rolle, so z.B. in der tragischen Dramatik der Novelle *Der Zweikampf*[51]). Sie ist daher nicht bloß ein systematischer bzw. philosophischer Gehalt[52], der im Marionettentheater-Aufsatz dann gleichsam universell poetisiert und zuletzt von uns – als den philosophisch eingestellten Interpretatoren – aufgedeckt wird, sondern vielmehr die Grundproblematik eines Zusammenspiels poetischer und psychologisch-physikalischer[53] Kategorien, das im gesamten erzählerischen und dramatischen Werk *Kleists* eine zentrale Bedeutung einnimmt[54]. Es ist daher, streng genommen, Bild eines wirklichen Lebensbezugs, der – trotz aller literarischen Fiktion – auf die authentische und nicht etwa allein auf die symbolische (d.h. mithin erkenntnistheoretische bzw. auf die epistemologische) Gewißheitsfindung baut. In diesem Bezug spiegelt sich daher auch *Kleists* Autobiographie ganz direkt; er ist also, so verstanden, auch Selbstinterpretation – und zwar im strengen Sinn des Wortes, vorgetragen in einem novellistischen bzw. in einem dramatischen Œuvre. Der philosophische Schein ist dann zuletzt – d.h. jetzt von seiner praktischen Umsetzung her verstanden – *ein* Bild einer umfassenden Lebenspraxis, ja – jetzt allgemeiner verstanden – *das* Bild einer Epoche, so wie sie *Kleist* von seiner eigenen existenziellen Situation her sah und verstand. Diese These soll nun im folgenden anhand der motivischen Konstruktion und Rekonstruktion eines Bewegungsbildes aufgezeigt werden, das zum einen auf die triadische Struktur des Gewißheitsproblems bei *Kleist* aufbauen muß, und das zum anderen die mit dieser Triadik direkt in Verbindung stehenden poetologischen Strukturen aufzuzeigen hat. Diese, ihrem tieferen Wesen nach hermeneutische Konzeption einer Gewißheit (als Bild einer „allmählichen Verfertigung“), ist nun aus diesem Grunde, wie bereits ausführlich dargelegt, auch ein wichtiges philosophisches Problem, das mit dem poetologischen in direkter Beziehung steht.

VI

Als gutes Beispiel für diese Konzeption einer Gewißheit als „allmähliche Verfertigung“, die ja auch sehr stark mit *Kleists Kant*-Rezeption in Verbindung steht, können recht gut die vierte und die fünfte Szene des zweiten

Akts in *Amphitryon* herangezogen werden. Dort wird diese Fragestellung sogar paradigmatisch entwickelt – allerdings in einem tragikomischen Kontext – ; und zwar vornehmlich in der vierten, d.h. in der *Diadem-Szene* des II. Aktes, gerade sie ist daher tatsächlich ein geniales poetisch-dramatisches Lehrstück für unsere These vom *Kleistschen* Bewegungsbild – ungeachtet der ausdruckstarken dichterischen Sprache (die in diesem Zusammenhang freilich sehr wichtig ist). Im Zentrum der dramatischen Bewegungen steht, um hier wieder im Sinne unserer Einleitung zu reden, eine „*Gewißheit jenseits der Gewißheit*". Vom Blickwinkel einer Poetologie der *Kleistschen* Theater-Kunst her wäre es daher sicherlich nicht unrichtig, würden wir unsere Konzeption einer *Gewißheit als tacit knowledge*, und zwar zunächst nur im Zusammenhang mit *Kleists* dramatischem Œuvre, mit dem Terminus *Alkmene*-Motivik näher kennzeichnen (man könnte sie aber ebensogut mit dem Terminus Käthchen- oder Eve-Motiv kennzeichnen). Vom Bewegungsbild her zeigt sich uns die Alkmene-Motivik in den meisten Fällen als eine Dialektik von Schein und Sein; durchaus auch im Sinne von *Kants* Lehrstück vom transzendentalem Schein, d.h. auch auf erkenntnistheoretischem Niveau angelegt, was – vereinfacht gesagt – bedeutet, daß die Kritik des Anscheins und nicht etwa die unmittelbare Realitätserfahrung bzw. -bewältigung in der Szene in *erster* Position steht. Die situationsbezogene Anspannung zwischen Sein und Schein wird schließlich insoferne aufgelöst, als letzterer unfreiwillig in eine dramatische bzw. kritische Bewegung gerät, und sich als Dynamik zeigt; und zwar als Aufdeckungsbewegung der in sich widersprüchlichen Situation; es kommt dabei zu einem kritischen Moment der Kollision von Realität und dramatischem Anspruch; ihm folgt sofort die tiefere Einsicht in die Situation, die dadurch entsteht, daß sich die Ereignisse vom „Gefühl" her dramatisch zuspitzen, wobei uns schließlich diese Wendung zuletzt wieder zum – jetzt schon eher durchschaubaren – Schein zurückführt – was allerdings nicht heißt, daß wir damit wieder zum Ausgangspunkt zurückgekehrt sind. Der Anschein bleibt dennoch bis zuletzt erhalten und mit ihm die dramatische Schwebe, die die Situation von Anfang an kennzeichnet. Und zwar keinesfalls bloß in einer nur poetischen, d.h. einseitig romantischen Ironie, sondern vielmehr tatsächlich als Ausdruck einer labilen poetisch-physikalischen Wirklichkeitserfahrung, der wir ohne irgendwelche Möglichkeiten zu einer Ausflucht – in Art eines chaotisch determinierten Bewegungsvorgangs – unterliegen. Das dramatische Alkmene-Motiv widerspiegelt daher im strengen Sinne die trügerische und paradoxe Wirklichkeitserfahrung im Sinne des transzendentalen Scheins[55] à la *Kant* und wird auf diese Weise zuletzt auch zur Frage nach der Gewißheit im oben definierten Sinne. Im folgenden einige Ausschnitte der vierten Szene des zweiten Akts von *Amphitryon:*

> „ A(LKMENE): Das Diadem ist es, des Labdakus,/ Das teure Prachtgeschenk Amphitryons,/Worauf sein Namenszug gegraben ist./ CH(ARIS): Dies? Das Diadem des Labdakus?/ Hier ist kein Namenszug Amphitryons. A: Unselige, so bist du sinnberaubt?/Hier stünde nicht, daß man's mit Fingern läse,/ Mit großem, goldgegrabnen Zug ein A? CH: Gewiß nicht, beste Fürstin. Welch ein Wahn?

> Hier steht ein andres fremdes Anfangszeichen./Hier steht ein J. A: Ein J? CH: Ein J. Man irrt nicht. A: Weh mir sodann! Weh mir! Ich bin verloren. [...] Wie soll ich Worte finden, meine Charis,/Das Unerklärliche dir zu erklären?/ Da ich bestürzt mein Zimmer wieder finde,/Nicht wissend, ob ich wache, ob ich träume,/Wenn sich die rasende Behauptung wagt, Daß mir ein anderer erschienen sei; [...] Und jener doppelsinn'ge Scherz mir jetzt/Durch das Gedächtnis zuckt, da der Geliebte,/ Amphitryon, ich weiß nicht, ob du's hörtest,/ Mir auf Amphitryon den Gatten schmähte/ [...] Jetzt faß ich's, will den werten Namenszug,/ Des lieben Lügners eignen Widersacher,/ bewegt an die entzückten Lippen drücken:/Und einen andern fremden Zug erblick ich,/ Und wie vom Blitz steh ich gerührt – ein J!"[56]

Die dramatische Aufdeckung der Täuschung, d.h. des dialektischen Scheins, wird nun aber zugleich auch zur Offenlegung der Ambivalenz Alkmenes[57], die wesentlich tiefer greift, als das vordergründig dargestellte Aufdeckungserlebnis der Täuschung vermuten läßt. Alkmene (und hinter ihr *Kleist* selbst) erkennt nämlich, *daß* es eine Täuschung gibt, die von *äußeren* Zeichen („J" versus „A") her aufgedeckt werden kann, wobei allerdings zunächst offenbleiben muß, wie sich dieses Geschehen in philosophischer, psychologischer und analytischer Hinsicht, und nicht zuletzt auch von praktischen Gesichtspunkten her erschließen und wiedergeben läßt. Wie, so bleibt also zu fragen, kann man in diesem Fall rational zwischen Sein und Schein unterscheiden? Ist dies eine Sache des szenischen Dialogs? Oder bleibt dies nicht vielmehr den „unsäglichen" Bewegungen und Bewegungsmomenten im Stück, anders formuliert, also den Augenblicken und spontan entstehenden Ordnungsstrukturen überlassen? Denn folgt man *Kleist* konsequent, dann hat nur das „Gefühl"[58], so paradox dies zunächst auch klingen mag, die Wahrheit unmittelbar in seinem Besitz, während die Sprache mit ihren Zeichen ganz offensichtlich dem intriganten Schein unterliegt; und zwar zeigt sich diese innere Wahrheit des Gefühls in der ironischen, und in Alkmenes Fall auch tragikomischen Konstruktion[59] einer *Freudschen* Ambivalenz[60], die Bewegungselement in einem dramatischen Bewegungsbild ist. Sie läßt sich, wie folgt, skizzieren: Eigentlich wäre mir „J" lieber als „A", aber „A" ist nun aber einmal mein Ehemann. Dies gilt allerdings nur dann, wenn „J" als „A" auftritt – fast in Art einer bizarren Apotheose des „A", und zwar indem sie das Irreale auf diese Weise als Reales begreift und es auf diese Weise – und zwar äußerlich als Bewegung – bejaht. Die sittliche Weltordnung einer praktischen Vernunft à la *Kant*, die ja im Speziellen auf der Pflicht zur ehelichen Treue beharren muß, ferner jene „Neigung", auf die demgegenüber das „Gefühl" als tacit knowledge[61] insistieren muß, geraten hier zuletzt – trotz der kunstvoll inszenierten vordergründigen Ambivalenz – in einen durch und durch bewegten Scheinkonflikt (und zwar durchaus im Sinne der Schlüsselstelle B 85 in der *Kritik der reinen Vernunft*); dieser Konflikt zeigt sich nun, insbesondere was die Konstruktion des dramatischen Verlaufs betrifft, in Hinsicht auf die tiefere Wahrheit von Alkmenes „innerstem Gefühl"[62], dessen geradezu hysterische Entfaltung auf die sittliche Alkmene umso erschreckender wirken muß, weil ja mit aller Deutlichkeit offenkundig wird, daß „J" und nicht „A" ihr Grund ist[63]. Daher ist nunmehr auch der dialektische Schein in Alkmenes Rede ständig in Bewegung[64]:

> „ALKMENE: O Charis! – Eh will ich irren in mir selbst!/Eh will ich dieses innerste Gefühl,/Das ich am Mutterbusen eingesogen,/ Und das mir sagt, daß ich Alkmene bin,/ Für einen Parther oder Perser halten./ Ist diese Hand mein? Diese Brust hier mein?/Gehört das Bild mir, das der Spiegel strahlt?/Er wäre fremder mir, als ich! Nimm mir/ Das Aug, so hör ich ihn; das Ohr, ich fühl ihn;/ Mir das Gefühl hinweg, ich atm ihn noch;/Nimm Aug und Ohr, Gefühl mir und Geruch,/Mir alle Sinn und gönne mir das Herz:/So läßt du mir die Glocke, die ich brauche, /Aus einer Welt noch find ich ihn heraus."[65]

Das „innerste Gefühl" hätte jedoch die äußerliche Komponente der Täuschung in Art eines *Kantischen* dialektischen Scheins ohnehin nicht erkannt, weil es sie seiner Beschaffenheit wegen gar nicht wirklich hätte erkennen *können*. Dieses im Stück entwickelte „Gefühl" ist nämlich kein kompatibles Auffassungsvermögen der äußeren Wahrheit, sondern betrifft, ja *ist* vielmehr direkt – und in jedem Fall ganz spontan aktiviert – die innere Wahrheit selbst bzw. ist, jetzt anders formuliert, die Genauigkeit der personalen Einsicht in die Situation von einer nicht vollständig beschreibbaren Intuition her, und zwar schrittweise dramatisch entfaltet. In diesem Anspruch vor allem zeigt sich *Kleists* geniale Verwandlung der klassischen *Kantischen* Problemstellung (vom dialektischen Schein) im *Amphitryon*, die allerdings zu ihrem tieferen Verständnis die Einführung der modernen Konzeption von der tacit knowledge unabdinglich notwendig macht[66]. Für Alkmene selbst bleibt nämlich – anders als für die sensibilisierten Zuschauer des Stücks – weiterhin alles rätselhaft. Sie handelt, um jetzt mit *Thomas Bernhard* zu sprechen, von einer „Geistesintrige" her. Die Anwendung von *Polanyis* Konzeption der tacit knowledge auf diese spezifische dramatische Situation macht also die gedanklichen bzw. erkenntnistheoretischen Wurzeln ihrer Ambivalenz (bzw. Zwiespältigkeit) offenkundig, erschließt somit einen theoretischen Kontext, der über das rein immanente ästhetische Interesse des Stücks weit hinausreicht; außerdem läßt sich von dieser Konzeption her *Kleists* Metaphernsystem, bzw., anders formuliert, der in *Amphitryon* entwickelte dramatische Ereignis-Komplex direkt in ein praktisches bzw. systematisches Wissen, das auch ganz unabhängig vom Stück gilt, umsetzen. Das Drama zeigt sich uns, so verstanden, als dramatisches Bewegungsbild im Sinne einer poetisch-physikalischen Simulation eines szenischen Geschehens, und zwar auf der Basis eines personalen Wissens, dem jeweils ein „Gefühl" im Sinne eines tacit knowing entspricht. Wir haben es daher, so verstanden, keinesfalls bloß mit einer individualpsychologischen Form des Wissens bzw. mit einem psychologisch ausdeutbaren „Gefühl" zu tun: Tritt nämlich dieses „Gefühl" (d.h. der Alkmene-Komplex) in Kraft, dann handelt es sich nur recht vordergründig um ein psychologisches Phänomen; in Wirklichkeit wird im dramatischen Ablauf eine konzentrierte Erkenntnisform der tacit knowledge in Szene gesetzt, die sich ihrem tieferen Wesen nach *spontan* und insbesondere, was die Position der Zuschauer betrifft, *integrativ* und als aufdeckende Bewegung zeigt. Dies geschieht – ganz im Sinne der Definition *Polanyis* – als Übermittlung von impliziten Wissen auf der Basis von Bewegungsabläufen, ist also seinem tieferen Wesen nach ein bipolar angelegtes Bewegungsphänomen. Dies impliziert ferner auch, daß, immer wenn ein derartiges „Gefühl“ auftritt, der äußere Schein der Situation (bzw. das naive Verständnis) von der szenischen Bewegung her sofort spontan widerlegt wird; dies hat schließlich zur Folge, daß sich damit augenblicklich die *tiefere* Wirklichkeit (bzw. die Tiefendimension) der ambivalenten Situation zeigt, ohne daß jedoch die Oberfläche des Geschehens angetastet würde. – Freilich können wir darüber nicht vollständig urteilen, wir erkennen diesen Sachverhalt vielmehr spontan und intuitiv, er zeigt sich uns in seinen wichtigsten Teilen als Gestik, als Bewegungsgeschehen, ist also weitgehend sprachlos; im Falle des Dramas *Amphitryon* bedeutet dies ferner noch, daß der dramatische Schein (bzw. seine Schichtung) als wichtigstes dramatisches Bewegungselement gelten muß, wobei sich die mit diesem Gehalt verknüpfte Bewegung – und nicht etwa der sprachliche Diskurs – zuletzt als die Gewißheit des tieferen Handlungssinnes zeigt.

Aus diesem Grunde bleibt die auf diese Weise *fühlende* Alkmene doch noch im Recht, insoferne kann Jupiter dann – welche grandiose tragische Ironie! – in der 5.Szene nicht mit weniger Recht entgegnen, daß eigentlich *er* getäuscht wurde, weil ja Alkmene ihm gegenüber vorgibt, Amphitryon zu lieben und ihn aus diesem Grund hinausschmeißen will. Jupiter sagt über sich selbst – als Schein-Amphitryon: „ *E r war/Der Hintergangene, mein Abgott! I h n/ hat seine Böse Kunst, nicht dich getäuscht, [...]*“.[67] Wie im Phänomenkomplex des Marionettenspiels sind hier Sein und Schein, und zwar zunächst vom dominierenden Schein her, derart innig miteinander verflochten, daß zuletzt immer das Gefühl, und zwar als unfehlbares bzw. innerstes Moment der Darstellung, ausschlaggebend wird, um jene wichtigen Verknotungen zu lösen, die das Drama strukturieren und ihm eine Gattung verleihen. Wir treffen also bereits im *Amphitryon* auf das Problem der „Grazie“. Am Beispiel dieses Dramas kann man also die *Kleistsche* Spielart der tacit knowledge recht gut studieren – sie zeigt sich uns, zusammenfassend gesagt, als radikale Entfaltung eines intriganten bzw. verknoteten Systems, das auf zunächst unlösbar scheinenden Systemzwängen beruht, wobei die Entfaltung notwendigerweise zu neuen Verknotungen führen muß. Eine „wahre“ Lösung scheint indes unmöglich, sie kann – wie insbesondere die Konklusion des Marionettentheater-Aufsatzes zeigen wird – nur im Unendlichen liegen.

Kehren wir also von diesem Beispiel einer im dramatischen Kontext zustande gekommenen Gewißheit wieder ausschließlich zum systematischen Problem der Gewißheit zurück und fassen das bisher Gesagte zusammen: *Kleist* verwandelt, wie wir sehen konnten, die philosophische Gewißheit in eine dramatische bzw. erzählerische; diese beiden Formen der Gewißheit werden, kurz gesagt, durch Metaphernsysteme des „Gefühls“ ausgedrückt bzw., richtiger, umschrieben. Wichtig für unser weiteres Vorgehen ist daher die Einsicht, daß für *Kleist* die Gewißheit also stets in jenem praktischen

Wissen von den Bewegungen zu suchen ist, das sich durch ein genau strukturiertes Bewegungsbild ausdrücken bzw. annähern läßt; ihm entspricht – und zwar von *Kleists* erzählerischem bzw. dramatischen Œuvre her – jeweils eine strenge Gattung, die auf den „Augenblick" bzw. auf spontane Ordnungen und Einsichten aufbaut.

Kap. 2: Zur „Physiognomie des Augenblicks“[68]: Dramatische Bewegungsbilder einer gelebten Geschichte

> *„Statt die fortlaufende Entwicklung eines Phänomens in ihrer Gesamtheit zu betrachten, versucht man einfach, einen Augenblick mit dem unmittelbar vorausgehenden in Beziehung zu setzen; man nimmt an, daß der tatsächliche Zustand der Welt nur von der allerjüngsten Vergangenheit abhängt, sozusagen ohne von der fernen Vergangenheit direkt beeinflußt zu sein.“*
>
> *Henri Poincaré*

Fassen wir den bisher aufgezeigten Aussagekomplex in den nun folgenden Überlegungen zusammen und treffen von daher bereits einige wichtige Verallgemeinerungen bezüglich unserer Ausgangsthesen: Die naive bzw. vordergründige Erfahrung der alltäglichen Welt, und zwar im Zusammenhang mit einer einseitig rationalen Wiedergabe, kann, folgt man *Kleist* konsequent, nicht eigentlich etwas zur Findung der im vorhergehenden erörterten Gewißheit beitragen. Denn diese Gewißheit beruht nämlich auf Singularitäten[69] bzw. auf intellektuell weitgehend undefinierbaren Augenblicken. Sie ist im Prinzip reine Ambivalenz. Verursacht wird sie durch eine fundamentale, ihrem tieferen Wesen nach weitgehend anonyme – vermutlich tatsächlich auch real vorhandene – Differenz zwischen Imagination und Realität, die allein durch die Bewegung (als Paradigma einer Bewegungskultur) überbrückt werden kann; sie zeigt sich z.B. als eine Art von Unschärferelation – konkret z.B. als die Antithese von Schein und Sein – , die sich z.B. immer genau dann bemerkbar macht, wenn von zu suchenden Vermittlungen zwischen Bewegungsbewußtsein und Bewegungsmechanik die Rede ist. Die Vermittlungen scheitern dabei häufig an nichtreflektierbaren Systemzwängen, entscheidend zur Auflösung der Gegensätze ist dann meistens der „Augenblick“, von dem her die Situation in ihrer tieferen Wahrheit „fühlbar“ wird, obwohl sie intellektuell weitgehend ungreifbar und unbeeinflußbar bleibt. Mit dieser Feststellung sind wir auf ein weiteres wichtiges Thema des Marionettentheater-Aufsatzes gestoßen. Es stellt sich uns nunmehr erstmals die Frage nach dem Verhältnis von Sprache und „Gefühl“, so wie sie *Kleist* verstand.

I

Die eigentliche bzw. die tiefere Wahrheit vieler dramatischen Situationen, so wie sie *Kleist* in seinem Œuvre konstruiert, liegt nämlich häufig auf seiten des paradoxen Zusammenspiels und nicht etwa allein in einer der beiden involvierten Spielräume (Imagination und Mechanismus) verankert. Zur Darstellung des Zusammenspiels von Imagination und Mechanismus verwendet *Kleist*, wie im folgenden zu erörtern ist, den im strengen Sinne des Wortes nicht psychologisch verstandenen Begriff „Gefühl“. Das „Gefühl“ ist vielmehr die unaussprechliche Komponente der Gewißheit, ihm korrespondiert die Wahrheit des erzählerischen bzw. dramatischen Sprachbilds notwendigerweise, ohne daß dieser Sachverhalt direkt ausgesprochen werden könnte. Die Wahrheit (im Sinne der Frage nach den Wahrheitskriterien) ist also, um noch einmal auf die vierte Szene des zweiten Aktes in *Amphitryon* zurückzukommen, ein Phänomen der Differenz zwischen Innen- und Außenwelt – und nicht etwa eines der Identität von sprachlicher und geschichtlicher Welt. Eine nähere naturphilosophische Bestimmung (bzw. Eingrenzung) dieser fundamentalen, von *Kleist* zuweilen mit dem Begriff „Gefühl“ umschriebenen Differenz, die sich z.B. – und zwar weitgehend unüberschreitbar – *zwischen* der Genauigkeit eines Fühl-Bildes[70] und des ihm zugehörigen Sprachbildes (bzw. des dramatischen Bildes) erstreckt, soll allerdings vorerst, und zwar aus Platzgründen, noch nicht geleistet werden. Nur soviel ist schon hier zu diesem Thema zu sagen: Die Differenz muß sich, kurz gesagt, von unserem Paradigma eines Bewegungsbildes her verständlich machen, und zwar als Entzug der rationalen Komponente in Form einer Differenz, wobei die sprachliche Erfassung dieses Entzugs nur mit Hilfe von Andeutungen möglich wird. Diese zeigen sich jeweils als sprachlicher „Augenblick“, z.B. als Anekdote. Umgekehrt gesehen, kommt dann die Entfaltung des „Gefühls“ vom Sprachbild her sofort einer Zerstörung jener alles entscheidenden punktuellen, augenblicksverhafteten Einfühlung gleich, die *Kleist* in seinem Œuvre immer wieder thematisiert und dramatisch (bzw. erzählerisch) entwickelt.

Ludwig Wittgenstein kommentiert diesen bemerkenswerten und vor allem auch mehr als paradoxen Sachverhalt einer Inkompatibiliät zwischen Sprache und Gefühl – und zwar mit direktem Bezug auf *Kleist* – in seinen *Vermischten Bemerkungen* auf folgende Weise:

> „ Kleist schrieb einmal, es wäre dem Dichter am liebsten, er könnte die Gedanken an sich ohne Worte übertragen. (Welch seltsames Eingeständnis.)“[71]

Im von *Wittgenstein* angesprochenen *Brief eines Dichters an einen anderen* beschreibt *Kleist* diese „Übertragung“ eines Gedankens bzw. Gefühls als eine weitgehend paradoxe Bewegung, die zwar, weil es ja gar nicht anders möglich ist, prinzipiell der Sprache anvertraut wird, ohne daß freilich jene bei diesem Vorgang die Hauptrolle spielt; vielmehr zeigt sich von der Sprache her so etwas wie ein verfeinertes poetisches Gefühl, wird durch den Satzbau hindurch als Bewegung erkenn- und fühlbar. Es handelt sich nun bei diesem mehr als merkwürdigen „Gefühl“, das für sich genommen *absolute* Gewißheit beansprucht, ganz offensichtlich um eine schwer beschreibbare Art von komprimiertem Wissen; und zwar vielleicht annähernd im Sinne jener Konzeption der Einfühlung, so wie sie etwa *Schleiermacher*, *Dilthey*,

Lipps und neuerdings wieder *Michael Polanyi* diskutiert haben. Die zu diesem „Gefühl“ gehörende Bewegung ist daher zugleich immer auch weitgehender Wegfall und Entzug der sprachlichen Komponente mitten im Sprachbau, der allerdings nicht eigentlich angetastet wird. In diesem Entzug verliert sich das Gefühl in die offene, sprachfremde Bewegung hinein, wird z.B. zum plötzlichen, alles entscheidenden, präreflexiv gewonnenen Einfall des Marionetten-Spielers bzw. zeigt sich, um jetzt wieder auf *Amphitryon* zurückzukommen, als hysterischer Ausbruch der Alkmene, verliert also seine Ursprünglichkeit (d.h. seine Authentizität) und wird – als ein sich selbst Entfremdetes – über eine sprachlose Diskontinuität im Bewußtsein hinweg in ein Sprachbild eingebettet, das dieses „Gefühls“ jedoch nicht wirklich mächtig ist. Was für die Sprachwelt gilt, gilt dann aber sinngemäß auch für die historische Welt als Ganzes: Ohnmacht der Reflexion und Übermacht des „Gefühls“ setzen ja zuletzt eine Bewegung ins Werk, die das Kerngeschehen im Bewegungsbild darstellt, ohne daß hier eine geschichtliche Kontinuität vorliegt, obwohl es immer eine Geschichte bzw. – im Fall des Marionettentheater-Aufsatzes – eine Spielpraxis gibt, die dieser Inkompetenz dezidiert zu widersprechen scheint. *Kleists* Antwort auf diesen Zwiespalt ist, wie wir später ausführlich zeigen werden, die Entdeckung, daß sich das Geschehen zwar in einem Sprach-Bild manifestieren kann, ohne freilich – und zwar durchaus in einem strengen Sinne – aussagbar bzw. überhaupt in irgendeiner traditionellen Weise geschichtlich zu sein.

Von dieser Beschaffenheit her opponiert daher das mit der Bewegung verknüpfte Sprachbild sofort auch gegen seinen eigenen Ursprung, der ja – noch vor dem Sprechakt – *reine Bewegung* ist. Das Widerspiel von Bewegung und Reflexion (so wie es z.B. im Marionettentheater-Aufsatz in der Episode des *Dornausziehers* näher beschrieben wird) gerinnt dann zu einem Wechselspiel von Reflexionen über eine Wirklichkeit, die größtenteils präreflexiv – und nicht etwa im üblichen Sinn schrittweise bzw. historisch deutbar – ist, und erlangt damit so etwas wie einen rationalen Anstrich, ohne allerdings dem tieferen Wesen nach vernünftig zu sein. Dieses Wechselspiel ist daher in Wirklichkeit – d.h. von der entscheidenden Praxis her gedeutet – eigentlich unbewußt und kann, mit Blick auf ein konkretes Beispiel, nur im Sinne des Alkmene-Motivs – d.h. als System von dramatischen Bewegungen – aktiviert werden.

Eben in diesem bemerkenswerten Sachverhalt besteht nun die von *Kleist* aufs ausführlichste thematisierte Opposition zwischen Verstand und Bewegung, was zugleich bedeutet, daß die „wahre“ (bzw. ihrer selbst *gewiß* gewordene) Bewegung per definitionem *sprachlos* und fragmentiert sein muß. Diesen radikalen Schluß – er widerspricht dem Zeitgeist völlig – hat *Kleist* in seinem Marionettentheater-Aufsatz tatsächlich gezogen. Was nun sowohl für die Sprache als auch für die Geschichte gilt, gilt freilich in dieser Form nicht für die Bewegung als Bewegungsbild. Diese wichtige und grundlegende Einsicht will uns *Kleist* allerdings ebenso vermitteln – und zwar gleichsam als die Quintessenz eines Diskurses, der sich u.a. auch als paradoxe bzw. entfremdete Sprach- und Geschichtstheorie – und zwar im Sinne des Konzepts von der „allmählichen Verfertigung – versteht. Das gesamte Bewegungsgeschehen wird sich uns daher zuletzt auch als eine Bewegungsdynamik in Gestalt eines von Blitzen geladenen, höchst instabilen Bewegungsbildes zeigen, in dessen Mitte sich ganz offensichtlich eine gegen die Sprache und Geschichte gerichtete Diskontinuität (das „Unendliche“[72] des Marionettentheater-Aufsatzes, bzw. eher praktisch verstanden, eine völlige Absurdität oder ein unvorhergesehener Zufall) befinden muß. Die Diskontinuität steuert dann den Verlauf des Geschehens zwischen Imagination und Mechanismus entscheidend, ohne freilich für den modernen Psychologen bzw. sinngemäß – im Falle von *Kleists* Aufsatz – für den praktizierenden Marionettenspieler kognitiv bzw. sprachdidaktisch greifbar zu sein. Entscheidend sind also die spontanen Ordnungen, die durch diese Dynamik entstehen können. Dies entpuppt sich uns dann zuletzt als eine sehr unkonventionelle Spielart der romantischen Ironie[73], die strikt auf den Augenblick hin ausgerichtet ist – und nicht etwa auf ein historisches Kontinuum im Sinne *Hegels* baut.

II

Kleists Geschichtstheorie könnte also von daher als eine „offene“ im Sinne *Karl Poppers*[74] bezeichnet werden[75]. Sie richtet sich in dieser Spielart gegen alle wichtigen Formen der linearen Konstruktion. Der Gang der Geschichte ist daher, so verstanden, ein Prozeß der „allmählichen Verfertigung“ – basierend auf zahlreichen – ja im Prinzip unendlich vielen – Sprüngen und Diskontinuitäten („Augenblicken“), die sich, und zwar nicht bloß als Bewegungsbild, zu einer virtuellen Reihe zusammenschließen lassen, der real nur etwas sehr Unbestimmtes, Offenes entspricht. Das Geschichtsbild wird dann gewissermaßen zur poetisch-physikalischen Simulation bzw. zur mehr oder minder offenen Rekonstruktion einer Situation durch die betroffenen bzw. involvierten Handelnden – allerdings ohne größere Garantien, was die Frage nach der historischen Authentizität des Modells betrifft. Kurz gesagt, bilden sich Anekdoten, blitzartig beleuchtete Szenarien – und zwar ganz im Sinne von spontanen Ordnungen. Denn die Entstehung derartiger Sujets – im weitesten Sinne des Wortes – beruht nämlich, etwas überspitzt formuliert, jeweils auf dem richtigen Augenblick, wobei allerdings bis zuletzt offenbleibt, wann dieser genau eintritt; dies bedeutet zugleich, daß die Entladung – und zwar durchaus im elektrostatischen Sinn –, ist sie nun tatsächlich eingetreten, längst überfällig ist; sie ist ja von der angespannten Situation her bereits überdeterminiert.

Hier ist indes dann für den Einzelnen, insbesondere was die Konsequenzen derartiger Entladungen betrifft, *kein* Entrinnen mehr möglich – höchstens eine originelle Geschichtsklitterung bzw. Anekdoten im Sinne eines schwarzen Humors kann es geben, und dies freilich nur im Nachhinein: Die geschichtlich handelnden Menschen sind also – und zwar ohne die Möglichkeit einer umfassenden Reflektierbarkeit (und Steuerbarkeit) ihrer Situation – in diese offene Dynamik jeweils verstrickt – zuweilen sogar völlig intrigant, gelegentlich bis zur totalen Lächerlichkeit, aber häufig auch von der radikalen Konsequenz her, daß über sie die totale Katastrophe kommt und sie letztendlich vernichtet werden. Die Geschichte setzt sich dann aus Momentaufnahmen eines Untergangs zusammen. Beeinflußbar bleiben – jetzt mathematisch gesprochen – nur kleine ε-Umgebungen, der große Zusammenhang ist und bleibt dagegen intrigant und ist dem Einzelnen bis zuletzt undurchschaubar. Der Einfluß dieser weitgehend tragischen Intriganz zeigt sich, und zwar insbesondere wenn jetzt man auf *Kleists* dramatisches und erzählerisches Œuvre blickt, häufig von einer Gestaltslosigkeit und traumwandlerischen Unbewußtheit her, die zunächst einmal immer auch Unübersichtlichkeit[76] und Nicht-Einschätzbarkeit bedeutet. Jede Reflexion über diese Verstrickung ist daher zum einen bereits verspätet (und zwar ganz im Sinne von *Hegels* berühmten Gleichnis vom „Flug der Eule der Minerva[77] in die Dämmerung“) und zum anderen – jetzt sozusagen von ihren Systemeigenschaften her verstanden – Quelle neuer Verstrickungen, zumal ja auch die theoretischen Reflexionen, werden sie erst einmal „allmählich“ in Handlungen umgesetzt, mit derart geballten und zuweilen hochironisch-explosiven „Augenblicken“ geladen sein können. Dies zeigt nicht zuletzt die unten zitierte Pointe der Anekdote *Kleists* von „Mirabeaus Donnerkeil“ recht deutlich. Auf der Basis dieser fulgurativen tacit knowledge – dieses Wissen ist ja, wie eingangs bereits ausführlich erörtert, eher unbewußt und gestaltlos, und wird daher erst im Zuge der „allmählichen Verfertigung“ bewußt – formulierte *Kleist* in seinem Aufsatz *Über die allmähliche Verfertigung der Gedanken beim Reden* eine großartige, praktische Pointe; sie entspringt einer zunächst unbewußten Dynamik im Sinne des Konzepts von der „allmählichen Verfertigung“ und betrifft zuletzt eine, vermutlich sogar authentische, hoch aufgeladene Situation am Beginn der Französischen Revolution; ihr unmittelbarer Ereignisraum (bzw. elektrischer Schlagraum) ist die spontane bzw. fulgurative Aktivierung eines „augenblicklich“ erwachten, radikalen politischen Bewußtseins, das sich sofort und kompromißlos gegen die starre Ordnung des Ancien Régime richtet – und zwar im Zuge eines hochkomprimierten, explosiven Augenblicks[78]. *Kleist* faßt ihn in der nun folgenden Anekdote folgendermaßen zusammen:

> „Vielleicht, daß es auf diese Art zuletzt das Zucken einer Oberlippe war, oder ein zweideutiges Spiel an der Manschette, was in Frankreich den Umsturz der Ordnung der Dinge bewirkte.“[79]

Friedrich Cramer nennt derartige Ereignisse in seinem Buch *Chaos und Ordnung* „Fulgurationspunkte“ und versteht sie als fundamentale Bewegungselemente innerhalb einer offenen historischen Dynamik von Augenblicken, die die Geschichte sozusagen „komprimiert“ in sich enthalten. Aus dem Irrationalen explodiert für ihn in überraschender Weise das rationale Moment heraus, und zwar zuweilen sogar in Gestalt eines nachträglich evolutionär Entfaltbaren[80]. Hier zeigt sich im übrigen auch eine strukturbildende Dynamik, sie verwirklicht einen dynamischen Begriff der Schönheit, und zwar im Sinne eines „Idealismus höherer Ordnung“, der indes auch tragisch sein kann. *Cramer* nimmt dabei ausdrücklich auf *Kleist* Bezug:

> „Als ein Beispiel für das direkte Eingreifen des zündenden Gedankens in die faktische Geschichte will ich ein Kleist-Zitat anführen, das die spontane Geburtsstunde der Französischen Revolution beschreibt.
> [...] An bestimmten Fulgurationspunkten ist alles offen. Die Frage, ob überhaupt eine allgemeingültige Theorie der Geschichtsschreibung möglich ist, läßt sich wissenschaftlich nicht entscheiden. Dadurch wird gewissermaßen ein Idealismus höherer Ordnung möglich, eine idealistische Geschichtsauffassung, die gleichsam durch die materialistische hindurchgegangen ist und wieder ins Reich der Ideen und Irrationalitäten führt, die als fundamental-komplexe Systeme grundsätzlich nicht prognostizierbar und indeterministisch ist.“[81]

Diese Vorstellungen *Cramers* lassen sich, wie man jetzt schon erkennen dürfte, durchaus auch als Verallgemeinerungen des Alkmene-Motivs auffassen; anders formuliert bedeutet dies: man kann das Alkmene-Motiv von dieser Verallgemeinerung her als eine offene Dynamik von – zumeist tatsächlich dramatischen – Entscheidungen verstehen, die allerdings bis zuletzt unklar lassen, was *wirklich* geschehen ist, bezieht man sich bloß auf die statische Oberfläche des Geschehens bzw., anders ausgedrückt, bloß auf die historistische, d.h. kontinuierlich erfaßbare Außenseite der Ereignisse[82]. Entscheidend ist also immer der Augenblick und die mit ihm verknüpfte Dynamik. Die Geschichte ist dann, folgt man *Kleist* konsequent, der explosiv entfaltete Augenblick, aus dem eine radikale Dynamik des Untergangs hervorgeht, der zugleich immer auch ein überraschender, spontan eintretender Aufgang korrespondiert – sie ist gleichsam ein aufblitzender Lichtkegel, der ein ursprünglich dunkles Panorama beleuchtet. Findet man nun ein dramatisches Bild, und sei es bloß eine Abfolge von Anekdoten, die uns die zunächst einmal nur chaotisch erscheinende Ereignisreihe bzw. ihre „Blitze“ zu einem Ganzen zusammenschließen kann, – freilich bei weiterhin offenem Ausgang –, dann berühren wir damit zugleich jenen Typus einer höheren Ordnung, der hinter dem dramatischen Bauplan als spontane Ordnung, und zwar gleichsam eingeklemmt zwischen Untergang und Aufgang, versteckt liegt; – dies geschieht allerdings zur Gänze unwillkürlich, der Verlauf gleicht sozusagen einer elektrischen Entladung zwischen zwei gegensätzlichen Polen, wobei die dramatisch bzw. novellistisch umsetzbare Substanz dann in allen Fällen Bewegung bzw. Bewegungsbild ist.

Hier handelt es sich dann, modern ausgedrückt, um eine tacit knowledge im Zusammenhang mit indeterministischen Systemen, die sich in der alltäglichen Lebenswelt scheinbar determiniert bzw. von spontanen Ordnungen her zeigen. Es entsteht dann in der Tat eine Theorie des Verlaufs (allerdings voll von Diskontinuitäten), bzw. so etwas wie ein idealtypisches *Kleistsches* Drama, das implizit auch eine bizarre Geschichtstheorie darstellt, die ihrerseits auf einem löchrigen Netz bzw. auf Brüchen und Rissen im historischen Kontinuum beruht.

Es wird nun im folgenden noch näher zu zeigen sein, daß *Kleists* Bewegungsbild tatsächlich solchen, ihrem Wesen nach höchst modernen Vorstellungen gehorcht. Zuletzt wird sich uns das poetisch-sprachphilosophische Konzept der „allmählichen Verfertigung“ schließlich als eine hochkomprimierte Geschichtstheorie zeigen, und zwar als Versuch des Zusammenschlusses zahlloser dramatischer Singularitäten bzw. fulgurativer Augenblicke zu einem geordneten Ganzen, – mit dem Ziel, spontane Ordnungen sichtbar und erkennbar zu machen. *Kleist* präsentiert uns diesen Zweck von einem Methodenbewußtsein her, das durchaus noch dem Zeitgeist entsprach, insoferne es ja auf einer Dualität beruht (ohne freilich im Sinne *Hegels* dialektisch zu sein). Die praktische Anwendung der Methode macht dann zuletzt, insbesondere was die Struktur des Arguments betrifft, eine Zweiteilung in der historischen Dynamik sichtbar: Geschichte wird nämlich für *Kleist* – dies zeigt z.B. die Konklusion des Marionettentheater-Aufsatzes ganz deutlich – zum Transit durch ein steuerloses Unendliches, dem ein genau abgegrenztes endlicher Bereich entspricht. Der Gegenstand und das Bild dieses Unendlichen – im Unendlichen verschwindet ja notwendigerweise die Differenz zwischen Bild und Gegenstand – ist die *Kleistsche* „Grazie"; sie trägt damit ganz offensichtlich auch ein historisches, ja endgültiges Moment in sich, das dramatisch bzw. novellistisch gestaltet werden kann. Die „Grazie" hat also, zusammenfassend gesagt, ihre dramatische Geschichte. Sie ist daher so etwas wie eine hochstehende historische Commedia dell'arte[83], bestehend aus einer Vielzahl von mehr oder minder geistreichen Improvisationen, die allerdings nicht immer ungefährlich für die Betroffenen sein müssen.

III

Von dieser Dynamik her versteht sich dann auch die grundlegende Disposition *Kleists*, daß sich die Frage nach der Gewißheit – wird sie bloß im Sinne der vorangegangenen Erörterungen gestellt – nicht allein von der Einheit eines poetischen bzw. geschichtsphilosophischen Sprachbildes her erschöpfend abhandeln läßt. Die „wahre" Gewißheit steht nämlich jenseits der alltäglichen Gewißheiten eines Sprachbildes. Sie wurzelt vielmehr direkt in den augenblicksbezogenen *Einfühlungen*[84] in jene vitalen und existenziellen Möglichkeiten, die der Dynamik einer „allmählichen Verfertigung", z.B. vom poetischen Spielraum her, direkt – d.h. konkret: hier und jetzt – entsprechen können. Mit einiger Verspätung stehen diese Möglichkeiten dann zuletzt auch noch der sprachlichen Reflexion offen. Freilich eher in Gestalt von Anekdoten und Witzen – und nicht etwa in Form von strengen Reflexionsfiguren, denen wiederum strenge Gattungen entsprechen müssen. Die Beziehung Sprache/Realität zeigt sich nämlich, *Kleist* zufolge, als die Auseinandersetzung jener nur instinktiv und spontan erfaßbaren situativen Gegebenheiten mit jenen „allmählich verfertigten Gedanken", die tatsächlich einen originellen und entfaltbaren Bezug zu ersteren besitzen, die also, kurz gesagt, in einer gegebenen Situation überhaupt erst als praktische Voraussetzung für die „allmähliche Verfertigung eines Gedankens" gelten können. Hier herrscht jedoch keinesfalls Beliebigkeit (d.h. dichterische Freiheit), vielmehr beruht das Geschehen auf einer streng gegliederten Dynamik, die sich jedoch immer nur als Abfolge diskreter Augenblicke zeigen kann. Und zwar gilt das ganz im Sinne des von *Kleist* in *Über die allmähliche Verfertigung der Gedanken beim Reden* zitierten französischen Sprichworts: *Der Appetit kommt erst beim Essen*[85]. Dies geschieht ferner im je wirklich erlebten Augenblick, ist also immer auch Einfall (bzw. Geistesblitz) und versteht sich daher nicht etwa als reiner bzw. als idealisierter, langgezogener Denkakt in reflexiver Einstellung; d.h. zuletzt als die Ideologie vom Happy End der Geschichte in einem absoluten Endzweck.

Es kommt also, folgt man *Kleists* Vorstellungen konsequent, nicht „allmählich" zu einer absoluten Vergeistigung und Versittlichung der Geschichte, bewirkt durch die Anreicherung der Situation mit historischem Bewußtsein (in Gestalt von mehr oder minder reflektierbaren Geschichtsbildern), so wie vornehmlich die romantischen Zeitgenossen Kleists (z.B. *Novalis* und *Friedrich Schlegel*) uneingeschränkt glaubten.

Und es kommt vor allem auch nicht, wie andererseits *Hegel* in seiner *Phänomenologie des Geistes*, Abschnitt[86]: *Der wahre Geist, die Sittlichkeit* argumentierte, zu einem letzten, ja seinem tieferen Wesen nach sogar absoluten Zweck der Geschichte, dem eine völlig rational angelegte Wirklichkeit (als Substanz) entsprechen muß: Gemäß *Hegels* Diktion tritt nämlich der „Zweck" immer der Wirklichkeit gegenüber; in der „unendlichen Mitte" dieser Begegnung steht dabei das Selbstbewußtsein – gleichsam als unangefochtener absoluter Fixpunkt und Koordinator:

> „Der Geist ist in seiner einfachen Wahrheit Bewußtseyn, und schlägt seine Momente auseinander. Die *Handlung* trennt ihn in die Substanz und das Bewußtseyn derselben; und trennt ebensowohl die Substanz als das Bewußtseyn. Die Substanz tritt als allgemeines *Wesen* und *Zweck*, sich als der *vereinzelnten* Wirklichkeit gegenüber; die unendliche Mitte ist das Selbstbewußtseyn, welches *an sich* Einheit seiner und der Substanz, es nun *für sich* wird, das allgemeine Wesen und seine vereinzelte Wirklichkeit vereint, diese zu jenem erhebt, – und sittlich handelt – und jenes zu dieser herunterbringt, und den Zweck, die nur gedachte Substanz ausführt; es bringt die Einheit seines Selbsts und der Substanz als *sein Werk* und damit als *Wirklichkeit* hervor."[87]

Für *Hegel* ist nämlich diese Art von geschichtlicher Bild-Erzeugung durch das Selbstbewußtsein immer auch Bild einer sich permanent verwirklichenden Zweckbildungs-Institution „Geschichte"[88], um nicht zu sagen, Bild einer Welt-Maschine, die in triadischen Schritten angeblich immer mehr Vollkommenheit in Gestalt von „Volksgeistern"[89] produziert, die den eigenen Zwecksetzungen strikt und konsequent folgen. Dabei sind diese „Volksgeister" gleichsam der Freiheit unterworfen, als Körper gehorchen sie aber der Notwendigkeit; verschaffen also auf diese Weise dem vergeistigten Wesen des Staates, in dem alles wirklich ist, was vernünftig ist, sozusagen die körperlichen Wirklichkeiten. Dieses Schicksal ist nun, so *Hegel*, der jeweiligen Epoche völlig angemessen.

So versteht sich denn auch die berühmte Triade von der Auf- und Anhebung des Ancien Régime und der Französischen Revolution zur Synthese der diktatorischen Monarchie – d.h. zum Empire *Napoleons* – trotz aller Legendenhaftigkeit der Umstände – für den frühen *Hegel* als *der* vorläufige Endzweck seiner Epoche bzw. als *die* Substanz der zeitgenössischen politischen Vernunft, die dieses System notwendigerweise produziert hat, und die daher in ihm institutionell festgelegt ist. Und zwar festgelegt in einem „Volksgeist“, dessen Verkörperung nach außen hin – und dies gilt natürlich immer nur vorläufig – der, seinem äußeren Anschein nach sogar plebiszitäre napoleonische Staat ist. Dieser wird dann aber im nächsten Schritt selbst zur Antithese, indem er mit einer neuen These – d.h. hier konkret: mit dem preußischen Reform-Staat – in Konflikt gerät; dieser präsentiert sich als eine neue geschichtliche Substanz – sie drückt sich z.B. konkret in den Reformen eines *Hardenberg* (im staatspolitischen Bereich) oder eines *Wilhelm von Humboldt* (im Bereich des preußischen Bildungswesens) aus; auf diese Weise entsteht, um mit *Hegel* zu sprechen, ein neuer „Volksgeist“, der auf neue Institutionen zurückgreifen kann, die wiederum eben diesem Staat völlig angemessen sind; sie zeigen sich dann auch als Ausdruck eines neuen Selbstbewußtseins, dem gewisse bürgerliche Freiheiten und Notwendigkeiten (Abhängigkeiten) entsprechen. Die äußeren Rahmensetzungen dazu lieferten der Militarismus und der Bürokratismus jenes preußischen Staates, dessen unmittelbarer Zeitgenosse *Kleist* war; auf der Basis dieser Rahmensetzungen ist dieser Staat dann – und zwar jetzt wiederum ganz im Sinne von *Hegels* Konzept – „Wirklichkeit“; das ihm entsprechende Selbstbewußtsein konkretisiert sich dabei als der straff organisierte, in sich völlig vernünftige Verwaltungsstaat, der sich in seiner ganzen „Substanz“ gegen *Napoleon* richtet; seiner Konstitution entspricht schließlich genau jene politische Praxis, die dieser neuen „Substanz“ vernunftgemäß korrespondiert; sie zeigt sich z.B in der Bürokratie der allgemeinen Wehrpflicht, zeigt sich nicht zuletzt auch in jenen Formen des Militarismus, an denen auch *Kleist* unmittelbar partizipierte (und die mit ein Grund seines persönlichen Scheiterns waren).

Zusammenfassend gesagt, ist also ein neues Stadium im „Plan des Geistes“[90] erreicht, es zeigt sich uns als jene Epoche, mit der *Kleist* als Individuum unmittelbar konfrontiert war. Aber auch sie enthält schon – und dies keinesfalls unaufällig – die *ihr* angemessene Antithese: Denn die politischen und militärischen Bestrebungen gegen *Napoleon* provizieren gerade jenen wehrhaften, bürgerlichen Nationalstaat, der sich z.B. ganz deutlich in den studentischen Korporationen verkörpert, und dessen höchster Ausdruck jene revolutionären Ereignisse im Jahr 1848 sein werden, die sich dann direkt gegen den feudalen preußischen Staat richteten.

Zum Zeitpunkt der Abfassung der *Phänomenologie des Geistes* war es freilich noch nicht so weit, noch galt es die Eindrücke eines eben eingetretenen Untergangs zu verarbeiten (also nach Figuren einer Rationalisierung des Desasters zu suchen). Daher vorerst noch die berühmte Anekdote (der historischen Vernunft) im Zusammenhang mit Hegels *Phänomenologie des Geistes*, die ja ihrerseits „im Kanonendonner“ der für das preußische Ancien Régime alles entscheidenden Schlacht bei Jena und Auerstädt geschrieben worden sein soll, derzufolge der siegreiche *Napoleon* am Feldherrenhügel von Jena und Auerstädt gleichsam der vollkommene Ausdruck des absoluten Weltgeistes gewesen sei. Während für *Hegel* nach der Schlacht bei Jena und

Auerstädt, die ja in einem auch den vorläufigen Zusammenbruch des preußischen Staates (so wie er von *Friedrich dem Großen* geschaffen wurde) bedeutete, eine neue Epoche der vernünftigen Verkörperung der Freiheit heraufdämmerte, begann freilich für den zutiefst irritierten *Kleist* eine tragikomische Irrfahrt. Im Januar 1807 wurde er von den überängstlichen, wenn nicht – was die Spionage betrifft – neurotischen Gendarmen des „absoluten Weltgeists" unter mysteriösen Begleitumständen verhaftet, und im Februar – unter sehr entwürdigenden Bedingungen – nach Frankreich in die Festungshaft verbracht (und zwar war er zunächst in Joux und dann noch in Châlons-sur-Marne interniert). Erst im August kam er frei und konnte nach Deutschland zurückkehren. Seine Gefangenschaft war im übrigen eine äußerst paradoxe, um nicht zu sagen: eine *Kleistsche* Anekdote, zumal ja niemand eigentlich genau wußte, warum *Kleist* eigentlich interniert war. Das warf ein äußerst kompromittierendes Licht auf die „politische Vernunft" der napoleonischen Gewaltherrschaft und ihrer Willkürmaßnahmen: *„Niemand konnte ihm erklären, weshalb er gefangen sei. Man berief sich auf Befehle von oben. Beschwerden wurden entgegengenommen, aber sie hatten keine Folgen. Kleists Begleiter, ältere Männer, zogen sich ernstliche Krankheiten zu. Da man bei den Gefängnisverwaltungen nicht wußte, ob Kleist Kriegs- oder Zivilinternierter war, erhielt er nicht einmal die Löhnung als Gefangener."*[91] Für *Kleist* zeigte sich hier, und zwar ganz hautnah, die politische Vernunft als eine zutiefst zynische und nicht zuletzt auch noch menschenfeindliche Ausgeburt des totalitären Staates, der das politische Individuums *Kleist*, d.h. mithin aus der Sicht eines unmittelbar Betroffenen, freilich nicht wirklich einen positiven Sinn abgewinnen konnte. Vielmehr blieb bei näherem Hinsehen nur der Eindruck der totalen Verrücktheit und Lächerlichkeit dieses totalitären Staatswesen zurück, das ja im wesentlichen *nur* auf der Person *Napoleons* beruhte, und das eben deswegen gerade stets fragmentarisch und unübersichtlich bleiben mußte (weil ja dem absoluten Genie in der Realität zugleich immer auch die absolute Mittelmäßigkeit und Niedertracht gegenüberstehen mußten, ein seinem tieferen Wesen nach zeitloser Sachverhalt, den im übrigen einige, sehr köstliche Anekdoten *Kleists* beredt zum Ausdruck bringen). Äußeres Zeichen für diese politische Fragmentarität waren für *Kleist* die zahlreichen, zumeist tragikomischen Anekdoten, die im Umlauf waren, und die er – als überaus sensibler Geist – auffangen konnte. Sie boten sich gleichsam an, waren also – und zwar durchaus in einem strengen Sinne – als eine perspektivische Vergrößerung der Ereignisse zu verstehen, so wie sie den kleinen Mann – und damit zuletzt auch *Kleist* selbst – betrafen. So gesehen gab es daher für ihn keine irgendwie positiv geartete, geschichtsphilosophische Perspektive mehr, die – im Sinne eines Umschlags – zuletzt notwendigerweise zum Besseren ausschlagen mußte, und die dem völlig Unsinnigen den Anschein einer gewissen Allgemeingültigkeit verleihen konnte. Vielmehr war also hier zuletzt nur die zynische Vernunft des totalen Militär-Staats im Spiel, die mit einer nicht minder zynischen Gewißheit – und damit keinesfalls in der Gewißheit des *Hegelschen Dreischritts* – in die Vernunft des modernen Verwaltungstaates umschlagen mußte, der indessen ebenso menschenfeindlich werden mußte wie sein Vorgänger. Aus dem Subjekt des genialen Heerführers wird daher dann zuletzt das Subjekt des genialen Verwaltungsbeamten *Hardenberg* (der ja, freilich in einem höheren Sinne, tatsächlich auch ein Stratege sein muß). Im Sinne *Hegels* ließen sich also demzufolge nur derart vernünftige Triaden des Weltgeistes denken, wenn man eher an der allgemeinen Oberfläche des Geschehens blieb – alles Übrige verrechnete *Hegel* dagegen als List der Vernunft, um auf diese Weise zuletzt sogar noch jenen Ereignissen, die auch für ihn ganz offensichtlich ins Absurde hineinschlugen, doch noch einen vernünftigen Anstrich – und zwar durchaus im Sinne einer politischen bzw. institutionellen Vernunft – zu verleihen. So verstanden, verliert sich dann das individuelle Moment allerdings ins Nichts einer geschichtlichen Bedeutungslosigkeit. Das Individuum dient vielmehr allein dazu – und zwar mit all seinem Leiden und seiner Verzweiflung –, daß auf seinem Rücken der vernünftigen Wirklichkeit zum Sieg verholfen wird – und zwar jeweils epochal, d.h. zuletzt sogar überhaupt in Gestalt einer Epoche.

IV

Bei *Kleist* gilt, wie man jetzt schon leicht sehen kann – freilich etwas überspitzt formuliert – genau das Umgekehrte. Er sah in der Geschichte nur die sprunghafte Bewegung der Antithesen in ein völlig offenes Nichts hinein, oder, um mit seinen eigenen Worten zu sprechen, die „verschiedenen Momente“ als die Bewegungselemente eines zu konstruierenden Bewegungsbildes, das freilich im Zuge seiner Konstruktion Teile des bearbeiteten Stoffes *„[...]ganz verschwinden[...]“* lassen muß, um vernünftig bzw. in sich zusammenhängend zu erscheinen. Das ist allerdings eine sehr ironisch vorgetragene Art der Geschichtsklitterung:

> „Die verschiedenen Momente in der Zeit, da mir ein Freund erscheint, kann ich so zusammenknüpfen, daß sie wie *ein Leben* aussehen, und die fremden Zeiträume, die zwischen ihnen sind, ganz verschwinden.“[92]

Hier wird also ganz offen auf die Konstruktion von Geschichte verwiesen, deren Resultat noch einiges offenläßt bzw. auf die Bedeutung der Kette der Momente verwiesen, die sich jeweils so entfalten muß, daß alles zuletzt *„[...]wie ein Leben aussehen[...]“* kann. Der Befund, daß wir in diesem Brief die *Hegelsche* Verfahrensweise einer triadischen Geschichtskonstruktion ins Groteske hinein verzerrt vorfinden – ob bewußt oder unbewußt ist dabei völlig gleichgültig – braucht nicht mehr länger erörtert werden. Viel wichtiger ist nunmehr der Hinweis auf die radikale systematische Kritik *Kleists* an *Hegels* Geschichtsteleologie, sie kann auch heute noch als ein originelles kritisches Modell an derartigen totalitären Geschichtsbildern gelten. *Kleist* bezieht sich bei der Konstruktion des geschichtlichen Verlaufs, wie bereits im vorhergehenden angesprochen, auf das Konzept des Bewegungsbilds. Geschichte ist also bewegter Bilderbogen und Bild dieser Bewegung in einem. Im Brief an *Adolfine von Werdeck* verwendet er für diese Einheit der Bewegungen das genialisch-ironische Gleichnis vom Walzertanz der Geschichte, das die *Hegelsche* Vorstellung von der „Umwälzung" in genau abgemessenen triadischen Schritten, von seiner tiefen Ironie her mitten ins Herz trifft[93] – die Frage, ob sich dieses Walzer-Gleichnis bewußt oder unbewußt gegen *Hegel* gerichtet, ist allerdings auch jetzt noch völlig nebensächlich[94].

Kleist begreift die Geschichte in seinem Gleichnis als schleifenbildenden Walzertanz – man beachte in diesem Zusammenhang insbesondere auch die Vorwegnahme des Tanzmotivs im Marionettentheater-Aufsatz:

> „Was sagen Sie zur Welt, d.h. zur Physiognomie des Augenblicks? Ich finde, daß mitten in seiner Verzerrung etwas Komisches liegt. Es ist, als ob sie im Walzen, gleich einer alten Frau, plötzlich nachgäbe (sie wäre zu Tode getanzt worden, wenn sie festgehalten hätte); und Sie wissen, was dies auf den Walzer für einen Effekt macht. Ich lache darüber, wenn ich es denke. Wissen Sie denn, daß ich auch einen Schleifer mitgemacht habe, nach dem Fort de Joux, über Châlons und wieder zurück?"[95]

Konsequent im Sinne des Gleichnisses *Kleists* kritisiert, tanzt sich also die Geschichte bei *Hegel* zu Tode, weil sie *zu sehr* an der Vernunft festhält und mit ihr ins „schlechte Unendliche" hineingewalzt wird. Dieses betrifft allerdings den Einzelnen und seine endliche Zeit nicht mehr. Im Sinne *Kleists* verstanden, muß geschichtliches Denken vielmehr in der Abfassung von Episoden bzw. Novellen bestehen, deren elementare Substanz, um mit obigem Zitat zu sprechen, nur die „Schleifer" sein können. *Kleist* betont also das Individuum, hebt das Schicksal des Einzelnen hervor, das ihm – wie er ja selbst am eigenen Leib erfahren hat – *alles* ist. Das gilt dann auch – gleichsam rückwirkend – für sein Verständnis von der Französischen Revolution.

Kleists Donnerkeil-Episode ist daher – trotz der Tatsache, daß sie bereits 1805/1806, also wahrscheinlich noch vor *Hegels Phänomenologie des Geistes*, verfaßt wurde – schon eine vorgezogene Karikatur der politischen Vernunft *Hegels* und *Fichtes* – und zwar im Sinne eines Geschichtsverständnisses, das streng der „Physiognomie des Augenblicks" zu gehorchen hat – ob bewußt oder unbewußt gegen den geschichtsphilosophischen Zeitgeist des aufkommenden deutschen Idealismus[96] gesetzt, ist dabei wiederum völlig gleichgültig. Auch das Marionettentheater – jetzt speziell als Gleichnis für seine Geschichtsphilosophie verstanden – produziert, gemessen an *Hegels* Vorstellungen vom Absoluten, nur eine Art „befleckter" Vernunft, die in ihrer Praxis – und hier ähnelt *Kleists Hegel*-Kritik *der Kierkegaards* – sowohl an das Absurde als auch an das Vernünftige zu appellieren hat. Dies kann sogar, wie sich uns allerdings erst am Schluß unserer Abhandlung zeigen wird, als *die* wesentliche Voraussetzung zum Spielgeschehen in der Realität zwischen Bewußtsein und Organismus gelten, so wie sie *Kleist* begreift. Die Maschine produziert daher – geht man jetzt von der Rolle des Einzelnen in ihr aus – notwendigerweise Absurdes. Dies geschieht nicht etwa bloß zufällig, sondern vielmehr als zwingende Konsequenz der Doppeldeutigkeit der menschlichen Situation. Ferner beruht die Realitätserfahrung, die vom Bewegungsbild des Marionettentheaters her suggeriert wird, sehr oft auch nur auf dem Anschein des Vernünftigen, der sich zuletzt, wie ja manche Anekdote *Kleists* mehr als deutlich zeigt, als die Unvernunft schlechthin entpuppt – und dennoch versöhnend und rettend ist. Der Transit durch das Unendliche, so wie er in der Konklusion des Aufsatzes angesprochen wird, drückt nämlich – neben seinem metaphysischen Anspruch – auch eine reale kritische Bewegung aus, wobei das Unendliche zu einer ironischen Position wird, von der aus die Vernunft als unzureichender Standpunkt kritisiert wird. Die „Grazie“ des Marionettentheater-Aufsatzes ist also nicht etwa bloß Bewegungsbild der Vernunft, sondern auch Bild unvorhergesehener Verläufe und Wendungen, ist also, wenn man so will, auch Metakritik der Vernunft, allerdings aus weitgehend nicht-vernünftigen Gründen. So verläßt in *Tagesbegebenheit* der „Kapitän“ wider jede Vernunft – rein aus bescheidener Nachsicht gegenüber dem verlogenen und egoistischen Arbeitsmann Brietz – während eines Gewitters den schützenden Baum, und suchte einen anderen auf. Das scheinbar unvernünftige bzw. nicht-vernünftige Verhalten hatte, so *Kleists* Anekdote, – freilich vom reinen Zufall her – zuletzt doch seine tiefere Berechtigung[97] :

> „Dem Kapitän v. Bürger, vom ehemaligen Regiment Tauentzien, sagte der, auf der neuen Promenade erschlagene Arbeitsmann Brietz: der Baum, unter dem sie beide ständen, wäre auch wohl zu klein für zwei, und er könnte sich wohl unter einen andern stellen. Der Kapitän Bürger, der ein stiller und bescheidener Mann ist, stellte sich wirklich unter einen andern: worauf der [A] Brietz unmittelbar darauf vom Blitz getroffen und getötet ward.“[98]

Bezieht man die nunmehr entlarvte und parodierte *Hegelsche* Vernünftigkeit – d.h. modern formuliert: die *instrumentelle* Vernunft eines Opportunisten, die nur auf vordergründige Zwecke hin ausgerichtet ist – in exemplarischer Weise auf den Bereich der politischen Kultur – und zwar anhand einer weiteren, sehr aussagekräftigen Anekdote *Kleists* –, dann handelt der französische General *Hulin* jenem Staatsinteresse gegenüber, das er militärisch zu vertreten hat, offensichtlich inkonsequent; und zwar nicht bloß dem ersten Anschein nach, sondern tatsächlich unvernünftig bzw. renegatenhaft, wenn er dem seinen militärischen Interessen entgegenkommenden Vorschlag eines preußischen Opportunisten nicht sofort Folge leistet. Im Sinne *Kleists* handelt er freilich konsequent und damit moralisch; sein Handeln ist, um jetzt mit *Kleist* zu sprechen, die *Franzosen-Billigkeit* schlechthin:

> „Zu dem französischen General *Hulin* kam, während des Kriegs, ein ... Bürger, und gab, behufs einer kriegsrechtlichen Bechlagnehmung, zu des Feindes Besten, eine Anzahl, im Pontonhof liegender, Stämme an. Der General, der sich eben anzog, sagte: Nein, mein Freund; diese Stämme können wir nicht nehmen. – ‚Warum nicht?‘ fragte der Bürger. ‚Es ist königliches Eigentum.‘ – Eben darum, sprach der General, indem er ihn flüchtig ansah. Der König von Preußen braucht dergleichen Stämme, um solche Schurken daran hängen zu lassen, wie er. –“[99]

Was zuletzt wirklich von *Hegels* Vernunft als fester und unantastbarer Grundbestand bleibt, ist nämlich, so *Kleist*, nur die zuweilen bizarre und pa-

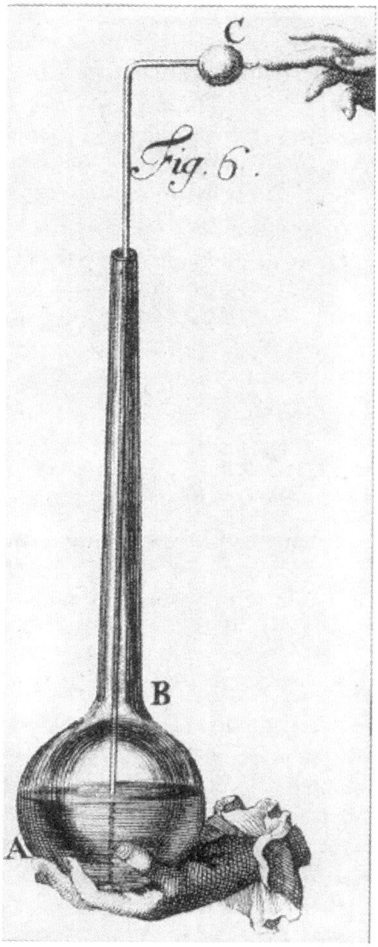

Abb. 5 *Die der Beschreibung Gralaths beigegebene Abbildung der „Kleistschen Flasche“*

radoxe Ironie einer einseitig wirksamen instrumentellen Vernunft, die sich bloß dem Anschein nach als geschichtsvernünftig zeigt, die aber in Wirklichkeit zumeist zweideutig ist – und zwar durchaus im Sinne vom „*[...] zweideutigen Spiel an der Manschette [...]*“ in der bereits von uns diskutierten *Donnerkeil*-Episode. Das *Kleistsche* Bewegungsbild – z.B. in Gestalt der Anekdote – wirkt hier im Sinne einer Metakritik der Vernunft aufdeckend. Für *Kleist* gibt es nämlich, was den Vernunftstandpunkt betrifft, keine völlig in sich konsistente Synthese aus historischen „Augenblicken“, sondern vielmehr dominiert meistens das oszillierende Zusammenspiel der elektrisch geladenen Antithesen, die sich streng genommen nur asymptotisch aneinander annähern können, wobei der Anschein erweckt wird, als handelte es sich bei dieser Annäherung um eine Synthese. Allerdings ist der Lichtbogen, das naturgemäße Produkt der Annäherung elektrisch geladener Enden von Kohlestäben, keine Synthese, sondern – physikalisch gesehen – eine höchst gefährliche Entladungsbrücke, an der man sich, kommt man ihr zu nahe, den Leib verbrennen kann. Doch folgt einer jeden derartigen Pseudo-Synthese in Gestalt einer Ladungskette (jetzt in Hinsicht auf die elektrostatische Speicherung in Leydener Flaschen) sogleich der Zerfall in neue, zuweilen sogar weitaus geladenere „Antithesen"[100] – freilich in gesteigertem Sinne, d.h. es muß nicht zwangsweise damit eine Desillusion verbunden sein. Alles geschieht vielmehr dadurch, daß zuletzt doch noch die neutralisierende Verbindung mit der Erde (bzw. sinnbildlich mit der Realität) aufgenommen wird. So auch in *Allerneuerster Erziehungsplan*:

> „Bringt man den unelektrischen Körper in den Schlagraum des elektrischen, so fällt, es sei nun von diesem zu jenem, oder von jenem zu diesem, der Funken: das Gleichgewicht ist hergestellt, und beide Körper sind einander an Elektrizität, völlig gleich.
> Dieses höchst merkwürdige Gesetz findet sich, auf eine, unseres Wissens, noch wenig beachtete Weise, auch in der moralischen Welt; dergestalt, daß ein Mensch, dessen Zustand indifferent ist, nicht nur augenblicklich aufhört, es zu sein, sobald er mit einem anderen, dessen Eigenschaften, gleichviel auf welche Weise, bestimmt sind, in Berührung tritt: sein Wesen sogar wird, um mich so auszudrücken, gänzlich in den entgegengesetzten Pol hinübergespielt; er nimmt die Bedingung + an, wenn jener von der Bedingung –, und die Bedingung –, wenn jener von der Bedingung + ist."[101]

Poetologisch gesehen, läßt sich *Kleists* Konzeption einer Geschichte, die ja, wie bereits ausführlich erörtert, auf der wechselseitigen Entladung[102] von aufgeladenen Momenten beruht, am besten als eine Abfolge von Anekdoten charakterisieren, die auf eine „Moral der Geschichte" zusteuern, ohne allerdings auf diese Weise einen in sich abgeschlossenen historischen Zweck auszudrücken; aufgrund dieser offenen Dynamik ist die *Kleistsche* Anekdote dann auch eine bereits recht modern anmutende ideologie- bzw. vernunftkritische Gattung; sie ist ferner das kleinste Bauelement einer offenen Geschichtspoetik, die lediglich dramatisch bzw. novellistisch in die Praxis umgesetzt werden kann. Sie ist aber auch episch-dramatisches Bewegungselement des dramatischen Bewegungsbildes, und stellt damit z.B. die in sich geschlossene, im *Kantischen* Sinne idealisierte Hoch-und Staatsaktion der *Schillerschen* Dramen in Frage, in denen es ja stets um die dramatische Synthese von weitgehend indifferenten, politischen Idealen geht (von daher erklärt sich z.B. das Interesse des Frühsozialisten *Ferdinand Lasalle* an *Schillers* Dramen). In eben dieser Hinsicht muß man daher *Kleists* überragende anekdotische Kultur als eine aus den Systemzwängen[103] ausbrechende Spielart der radikalen Zeitkritik ansehen, die bei den Wurzeln des zeitgenössischen Übels, d.h. bei der philosophischen Tendenz zur Geschichtsklitterung, ansetzt und – in Art einer individualistischen Gegentendenz – eine Kultur bzw. eine radikale Kultivierung des Augenblicks fordert.[104] Auf diese Weise wird die mit dieser kritischen Tendenz direkt in Verbindung stehende Poetik der *Kleistschen* Anekdote ein wichtiges Ausdrucksmittel für eine in sich zerrissene Epoche, ja wird vielleicht sogar zum Paradigma ihrer wichtigsten Augenblicke und – damit zusammenhängend – zum Paradigma einer kulturellen Lebenswelt, die den hochfliegenden Konstruktionen der Staatsdramatiker und Staatsphilosophen weitgehend entgangen ist; wird also, zusammenfassend gesagt, zum Zeugnis einer diskontinuierlichen und anonymen Geschichte des selbstentfremdeten Einzelnen (im Sinne *Kierkegaards*), die allerdings – und zwar ganz anders als bei *Albert Camus*[105] – für die Betroffenen nicht gänzlich zum Schlechten ausgeschlagen hat, und die auch von der kleinen Perspektive her lehrreich ist, weil sie ja, auf den Punkt gebracht, immer auch praktische Ethik ist, – und zwar durchaus im Sinne des späten *Wittgenstein*.

Allgemein (d.h. in kulturtheoretischer Absicht) gesagt, bedeutet dies nun auch, daß sich die Komponenten dieses kulturellen Bilds nur als Lebensgefühl – und damit direkt zusammenhängend nur im Rahmen einer kulturellen Gemeinschaftshandlung – zeigen können, wobei die Gedanken und individuellen Gefühle stets im Sinne einer momentanen Einfühlung – d.h. direkt von diesem Lebensgefühl her – gedeutet werden müssen; im *Kleistschen* Sinne sind also Imagination (hier als geladene Größe) und Bewegung (als elastische, angespannte Größe) ineinander verspiegelt und zwar als „Grazie" im Sinne der Konklusion des Marionettentheater-Aufsatzes. Dieses Konzept opponiert daher, wie im folgenden noch näher zu zeigen sein wird, sowohl der Konzeption einer idealisierten Balance, so wie sie die Deutsche Klassik zum Ausdruck bringen wollte, als auch dem Ironiebegriff einer weitgehend sprachverhafteten Romantik und trägt daher bereits postklassische bzw. postromantische Züge. Dies gilt sowohl im Negativen wie im Positiven. *Kleists* anekdotische Geschichtskritik macht nun aber auch deutlich, daß für ihn Synthesen à la *Hegel* stets die Quelle und Rechtfertigung totalitärer Staats-, Denk- und Spiel-Systeme sein müssen. Er vertrat also demgegenüber, um jetzt in einer Kategorie *Karl Poppers* zu sprechen, den offenen Staat, die offene Dynamik der gesellschaftlichen Bewegungen, ferner auch die gesellschaftliche Vielfalt, und mit Blick auf den Marionettentheater-Aufsatz sogar die Konzeption einer multikulturellen Ästhetik, verkörpert z.B. durch die „Burleske", in der ja Anekdotisches stets in spielerische Bewegung umgesetzt wird.

Zur Darlegung der Grundintention des Marionettentheater-Aufsatzes wäre dann allerdings die „Physiognomie des Augenblicks" ein sehr aussagekräftiges Gleichnis. Diese Physiognomie läßt sich nämlich am deutlichsten im Marionettentheater anhand von Bewegungsabläufen sichtbar machen, wobei die Marionette dann zum zentralen Gleichnis für eine existenzielle Dynamik wird, die sich aus „geladenen" Augenblicken zusammensetzt.

Nicht mehr die Herrscher-Pose des Feldherrn am Feldherrenhügel der Geschichte ist nunmehr also das Entscheidende, sondern vielmehr jene Existenz des Einzelnen, die sich in dramatischen und novellistischen Bewegungsbildern, d.h. im Sinne der „Grazie", entwickeln läßt.

V

Nach *Kleist* gibt es nämlich, wie im folgenden noch deutlicher zu zeigen sein wird, viele, ja unendlich viele Arten der graziösen Bewegung in dieser Welt – und es gibt für ihn ferner keine vernünftigen Gründe, die eine Spielvariante der anderen vorzuziehen; näher betrachtet, entpuppen sich nämlich alle – selbst die schlechteren[106] – Spielverläufe als hochinteressante, typisch menschliche Phänomene, die es wert sind, von einem kritisch-phänomenologischen Interesse her ins Auge gefaßt zu werden. Denn selbst die abfallenden, ins Negative tendierenden Verläufe können – und zwar jeweils von einem geschlossenen System ihres Untergangs (z.B. von der dramatischen Gattung Trauerspiel) aus gesehen – ein stabiles, hoch angespanntes, tragisches, freilich doch meistens eher tragikomisches System bilden. Dazu das folgende bemerkenswerte Gleichnis *Kleists* im Brief vom 16.11 1800 an *Wilhelmine von Zenge*:

> „Ich ging an jenem Abend vor dem wichtigsten Tage meines Lebens in Würzburg spazieren. Als die Sonne herabsank war es mir als ob mein Glück unterginge. Mich schauerte wenn ich dachte, daß ich vielleicht von *allem* scheiden müßte, von allem, was mir teuer ist. Da ging ich, in mich gekehrt, durch das gewölbte Tor, sinnend zurück in die Stadt. Warum, dachte ich, sinkt wohl das Gewölbe nicht ein, da es doch *keine* Stütze hat? Es steht, antwortete ich, *weil alle Steine auf einmal einstürzen* wollen – und ich zog aus diesem Gedanken einen unbeschreiblich erquickenden Trost, der mir bis zum entscheidenden Augenblicke immer mit der Hoffnung zur Seite stand, daß auch ich mich halten würde, wenn alles mich sinken läßt.
> Das, mein liebes Minnchen, würde mir kein Buch gesagt haben, und das nenne ich recht eigentlich *lernen von der Natur*.“[107]

Es gibt daher, so verstanden, viel eher Gründe, auf die Spiel-Möglichkeiten im Rahmen einer Koexistenz aller möglichen Spielarten – z.B. in Hinblick auf eine allgemeine Suche nach einer allen Varianten gemeinsamen symbolischen Form (z.B. der „Grazie“) – hinzuweisen, als dem entgegen *eine* besondere einseitig hervorzuheben – und sie im selben Atemzug zu verabsolutieren; so gesehen, ist also der absolute Untergang nicht möglich, weil es hier und jetzt nie bloß eine *einzige* Möglichkeit des Untergehens geben kann. Zumeist korrespondiert der Annahme einer Katastrophe bzw. des Untergangs ein verzögerndes Gegenmoment, das – obwohl selbst Untergang – bremsend und stabilisierend wirkt, allerdings nicht im Sinne einer Synthese bzw. Aufhebung, sondern vielmehr in Form der Koexistenz zweier zueinander gegensätzlicher Formen des Untergangs, die sich sogar auf natürliche Weise aneinander annähern und damit weitgehend aufheben. Auf diese Weise gelangen wir – freilich von einem großen und fundamental ironischen Umweg her – wieder zum unendlichen Selbstbewußtsein (im Sinne der Konklusion des Marionettentheaters) zurück, daß sich jetzt allerdings als eine radikale – ihrem tieferen Wesen nach offene und radikal-demokratische – Gegengestaltung zu einem jeden Absoluten – und zwar im Sinne einer poetisch-physikalischen Analyse des Augenblicks – entpuppt. Sie richtet sich von der Vielfalt der natürlichen Möglichkeiten her gegen alle Formen des absoluten geschichtlichen Anspruchs, ein schönes Beispiel für eine derartige poetisch-chemisch-physikalische Analyse einer Situation liefert z.B. eine Stelle in *Kleists* Brief an *Ulrike von Kleist* vom 25.November 1800, abgefaßt in Berlin (bei Hofe):

> „Als ich diesmal in Potsdam war, waren zwar die Prinzen, besonders der jüngere, sehr freundlich gegen mich, aber der König war es nicht – und wenn er meiner nicht bedarf, so bedarf ich seiner noch weit weniger. Denn mir möchte es nicht schwer werden, einen andern König zu finden, ihm aber, sich andere Untertanen aufzusuchen.
> Am Hofe teilt man die Menschen ein, wie ehemals die Chemiker die Metalle, nämlich in solche, die sich dehnen und strecken lassen, und in solche, die dies nicht tun – Die ersten werden dann fleißig mit dem Hammer der Willkür geklopft, die andern aber, wie die Halbmetalle, als unbrauchbar verworfen.
> Denn selbst die besten Könige entwickeln wohl gern das schlummernde Genie, aber das entwickelte drücken sie stets nieder; und sie sind der Blitz, der entzündliche Körper wohl entflammt, aber die Flamme ausschlägt.
> Ich fühle wohl, daß es unschicklich ist, so etwas selbst zu sagen, indessen kann ich nicht leugnen, daß mir der Gedanke durch die Seele geflogen ist, ob es mir nicht einst so gehen könnte? [...] Ja, wenn man den warmen Körper unter die kalten wirft, so kühlen sie ihn ab – und darum ist es wohl recht gut, wenn man fern von den Menschen bleibt.
> Das wäre auch recht eigentlich mein Wunsch – aber wie ich das ausführen werde, weiß ich noch nicht, und nie ist mir die Zukunft dunkler gewesen als jetzt, obgleich ich nie heitrer hineingesehen habe als jetzt.“[108]

Hier treffen wir auf ein völlig paradoxe Situation, der eine nicht minder paradoxe Analyse von seiten *Kleists* entspricht. Ihr pointiertestes Sinnbild ist, so eine wichtige These, das Gleichnis vom „entzündlichen Körper“, in den jeden Augenblick der Blitz einschlagen kann (während sich *Hegels* Triadik, wie bereits angesprochen, in endloser Schlangenbewegung – gleichsam in Art eines langweiligen Walzers – nach vorne wälzt). Dieses Gleichnis muß *Kleist* zufolge als *das* Gleichnis der Weltzustände überhaupt gelten, es bildet nun zwei für die Konstitution von Geschichte relevante Grundzustände aus – und zwar analog zur Polarität in den elektrischen Erscheinungen: Und zwar ist dies zunächst einmal die entzündliche (d. i. anders formuliert, die begeisterungsfähige) Imagination und schließlich die von ihr veranlaßte Bewegung (bzw. um mit *Kleist* selbst zu reden, die Dynamik einer „allmählichen Verfertigung“[109], vielleicht sogar im Sinne von *Nietzsches* Gegensatz des apollinischen und dionysischen Moments in einem Lebensablauf); erstere ist gleichsam die „brennbare Substanz“, letztere bereits der „Brand“ selbst. *Kleist* sieht gerade darin die Grundsituation, aus ihr gilt es die entsprechenden Schlüsse zu ziehen. Es gibt hier viele mögliche Optionen, u.a. die von *Kleist* selbst erwähnte, die besagt, daß zunächst „in Brand gesteckt“, dann aber vor den Folgen des sich bewegenden Feuers zurückgeschreckt wird[110]. Wieder treffen wir in dieser poetisch-physikalischen Geschichtstheorie auf den „Zündpunkt“ und auf die „allmähliche Verfertigung“; beide Ereignisse spielen in diesem Gleichnis ja direkt (d.h. über die Art des Augenblicks[111]) – und nicht etwa über die Vermittlung eines Weltgeistes – zusammen. Die Imagination spielt dabei die Rolle des Zündstoffs (ist hier also Substanz, und zwar anders als in dem von uns am Beginn des Kapitels zitierten Abschnitt aus *Hegels Phänomenologie des Geistes*, die eigentliche, weil eben augenblicklich entzündliche „Substanz“).

Umgesetzt auf das Gleichnis von der Marionette und ihrem Marionettenspieler, deutet nun diese poetisch-physikalische Disposition auf ein wichtiges Kräftespiel, hinter dem sich auch der oben angesprochene, polare Gegensatz verbirgt: Es muß nämlich das Ziel des Spielers sein, die Koinzidenz von Bewegung und Bewegungsdenken im Rahmen einer praktisch umgesetzten Poetik des Augenblicks zu erreichen – und dies gilt immer auch im Sinne einer unmittelbar praktischen Ästhetik, deren praktische Grund-Ansprüche daher auch – und dies gilt eher insgeheim denn offensichtlich – in eine jede denkbare praktische Ethik hineinspielen. Hier liegt also eine merkwürdige Anspannung vor, die jedoch nur in der Theorie, niemals aber in der Realität aufhören kann. Sie ist ständiges Motiv bei *Kleist* und als solches angespanntes, aufgeladenenes, entflammbares Wissen. Ist nun aber dieser hoch aufgeladene Zustand einmal erreicht, dann herrscht sofort – d.h. blitzartig – Gewißheit im Sinne einer *Dramaturgie des Augenblicks* vor, und zwar von eben dieser Koinzidenz (von Fühlen und Können) her, die sich – wie schon erörtert – auch als eine spontane Einsicht in ein Unsägliches bzw. Unausdrückbares präsentiert. Dieses Wissen entfaltet sich dann zuletzt jeweils in der intuitiven Auffassung jener Möglichkeiten, die in einem konkreten Augenblick schöpferisch beschlossen liegen – gleichsam in Art einer freisetzbaren Energie des Augenblicks, d.h. völlig spontan und doch streng mit Bedeutungen aufgeladen. Es ist daher gewissermaßen eine Art des tacit knowing mit direktem Bezug auf ein offenes System historischer und psychosozialer Spielräume, das nur von hochmotivierten Menschen wahrgenommen und benützt werden kann. Dieses Zusammenspiel von Fühlen und Handeln soll daher im folgenden anhand des Marionettentheater-Aufsatzes näher dargelegt werden – freilich in unserer Abhandlung nicht allein im geschichtsphilosophischen Interesse, dennoch aber immer auch mit Blick auf die Anwendbarkeit in historischen Kontexten. In diesem Zusammenspiel verbirgt sich nämlich, wie ferner noch zu zeigen sein wird, die Frage nach der Gewißheit, so wie wir sie – im direkten Zusammenhang mit Erörterungen zu *Kleists* poetischem und dramatischem Œuvre – aufzeigen wollen. Dies ist dann im wesentlichen dem III. Abschnitt der vorliegenden Abhandlung vorbehalten, in dem es um eine Poetik jenes *Kleistschen* Bewegungsbildes geht, das durch Augenblicke (im obigen Sinn) und durch Diskontinuitäten bestimmt wird.

Daher liegt der systematische Hauptakzent der nun folgenden Gedankengänge des II. Abschnitts zunächst noch eher auf der Konzeption bzw. auf dem Begriff Einheit der fühlbaren Welt (im Sinne des Konzepts einer historisch ausgelegten tacit knowledge) – und zwar stets mit Bezug auf das Paradigma einer *Kleist*-Welt, und nicht etwa allein hinsichtlich der literaturwissenschaftlichen Frage nach der Einheit der involvierten Darstellungs- und Ausdrucksmechanismen.

Vielleicht stellt sich diese Frage dann sogar ganz im Sinne einer Äußerung *Wittgensteins* im *Tractatus: „Die Anschauung der Welt sub specie aeterni ist ihre Anschauung als-begrenztes-Ganzes. Das Gefühl der Welt als begrenztes Ganzes ist das mystische.*“[112] Derartiges könnte nämlich auch *Kleist* gesagt haben.

Kap. 3: Reflexion und Tanz. Bilder von der mentalen und mechanischen Bewegungskultur. Eine Überleitung

> *„Mir leuchtet es immer mehr und mehr ein, daß die Bücher schlechte Sittenlehrer sind. Was wahr ist sagen sie uns wohl, auch wohl, was gut ist, aber es dringt in die Seele nicht ein. Einen Lehrer gibt es, der ist vortrefflich, wenn wir ihn verstehen; es ist die Natur."*
>
> *Kleist an Wilhelmine von Zenge, 16.11 1800*

Zur Eingrenzung dieser komplexen Fragestellung nach der „natürlichen Grazie des Menschen"[113] als Gewißheit eines für alle Menschen gleichermaßen gültigen und wichtigen Könnens[114] beziehen wir uns also, wie bereits im vorhergehenden angekündigt, in den nun folgenden Erörterungen im wesentlichen *nur*[115] noch auf den von *Heinrich von Kleist* verfaßten Aufsatz *Über das Marionettentheater*, der in bemerkenswerter Weise genau auf diese Gedankengänge eingeht, ohne allerdings zuletzt zu endgültigen Ergebnissen zu kommen.

I

Kleists Marionettentheater-Aufsatz wird im folgenden, wie ja in unserem Voraussetzungssystem bereits angekündigt, vom Hintergrund der Frage nach der Gewißheit her gelesen. Der Themenkomplex *Gewißheit* ist dabei stets auch auf den des „impliziten Wissens" (bzw. *tacit knowledge*) à la *Polanyi* bezogen[116]. Die Gewißheit ist gleichsam das authentische Bild des Könnens, der Zusammenhang von Gewißheit und Können das zentrale Thema im Aufsatz, das von *Kleist* im Zuge eines sehr streng strukturierten, weitgehend philosophischen Gesprächs entwickelt wird, in dem auf eine Vielfalt von Bewegungsmöglichkeiten bezuggenommen wird, die sich, was den empirischen Anspruch betrifft, jeweils in Episoden und Anekdoten gliedern läßt. Die Darstellung dieser Vielfalt erzwingt nun, so eine wichtige Ausgangsthese, ein methodologisches Vorgehen, das das Zusammenspiel von Können und Gewißheit auch im Rahmen gattungsbildender Momente – d.h. als einschlägig literarisches Phänomen – aufzeigt. Physikalische und poetische Inhalte kommen so – trotz aller Heterogenität – in einem Gespräch zusammen, dessen äußere Gattung selbst ein Bewegungsbild ist: Kurz gesagt, die Gattung läßt sich nicht ohne den Rekurs auf die Vielfalt der Bewegungen im Aufsatz angeben, wobei aber von vorneherein klar ist, daß *Bewegung* hier allgemeiner als im üblichen Alltagsverständnis zu verstehen ist. Die Marionette drückt al-

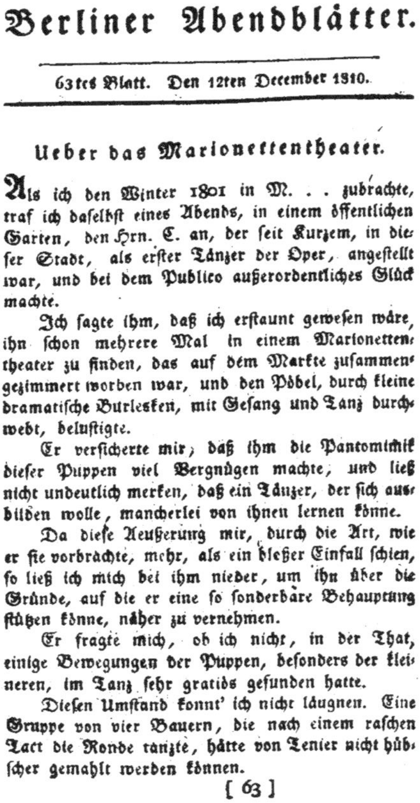

Berliner Abendblätter.

63tes Blatt. Den 12ten December 1810.

Ueber das Marionettentheater.

Als ich den Winter 1801 in M. . . zubrachte, traf ich daselbst eines Abends, in einem öffentlichen Garten, den Hrn. C. an, der seit Kurzem, in dieser Stadt, als erster Tänzer der Oper, angestellt war, und bei dem Publico außerordentliches Glück machte.

Ich sagte ihm, daß ich erstaunt gewesen wäre, ihn schon mehrere Mal in einem Marionettentheater zu finden, das auf dem Markte zusammengezimmert worden war, und den Pöbel, durch kleine dramatische Burlesken, mit Gesang und Tanz durchwebt, belustigte.

Er versicherte mir, daß ihm die Pantomimik dieser Puppen viel Vergnügen machte, und ließ nicht undeutlich merken, daß ein Tänzer, der sich ausbilden wolle, mancherlei von ihnen lernen könne.

Da diese Aeußerung mir, durch die Art, wie er sie vorbrachte, mehr, als ein bloßer Einfall schien, so ließ ich mich bei ihm nieder, um ihn über die Gründe, auf die er eine so sonderbare Behauptung stützen könne, näher zu vernehmen.

Er fragte mich, ob ich nicht, in der That, einige Bewegungen der Puppen, besonders der kleineren, im Tanz sehr gratiös gefunden hatte.

Diesen Umstand konnt' ich nicht läugnen. Eine Gruppe von vier Bauern, die nach einem raschen Tact die Ronde tanzte, hätte von Tenier nicht hübscher gemahlt werden können.

[63]

Abb. 6

so, folgt man *Kleists* Argumentationen konsequent, durch ihr Spiel sowohl die Form als auch den Inhalt von Bewegungen in einer paradigmatischen bzw. exemplarischen Weise aus. Gleiches gilt dann sinngemäß für den Begriff des Marionettenspiels. Daß dieser Anspruch – auch für unser heutiges Verständnis – eher ungewöhnlich ist, braucht indessen nicht näher erörtert werden. Indem nämlich *Kleist* diese Auftrennung des einen integralen Bewegungskonzeptes in viele – oberflächlich verstanden: heterogene – Episoden und Motiviken vornimmt, ist es ihm möglich, alle verwandten und ähnlichen Bewegungen und Bewegungsformen zu einem Bewegungsbild zusammenzuschließen, das eine jede Einseitigkeit im Studium des idealtypischen Bewegungsvorgangs von vorneherein ausschließt. Auf diese Weise entsteht ein gattungsmäßiger Zusammenhang, der durch die traditionelle Gattungsbezeichnung *Aufsatz* nur sehr oberflächlich erfaßt werden kann. Neben diesem Zusammenhang begründet *Kleist* auch eine interdisziplinäre Betrachtungsweise zum Thema, die erst jetzt richtig gewürdigt werden kann, und die seinen Zeitgenossen fremd bleiben mußte, zumal ihr jeder spekulative und idealistisch-systematische Anspruch abgeht. *Kleist* ist in seinem Marionettentheater-Aufsatz ein radikaler Empiriker, dem es ein Grundanliegen war, auch den Text selbst als paradigmatische Empirie zu gestalten. Das im wesentlichen sehr verhaltene spekulative Moment des Marionettentheater-Aufsatzes trägt dabei wenig zur Verklammerung der einzelnen Episoden bei. Diese erfolgt durch Beispiele, die als Ganzes gesehen, ein Bewegungsbild konstituieren. Sowohl synthetische als auch analytische Dokumentationstechniken spielen in diesem Kontext eine wichtige Rolle, wie im folgenden noch näher zu zeigen sein wird. Die Darlegung dieses weitgehend empirischen Zusammenhangs zwischen poetischer Form und naturphilosophisch faßbarem Inhalt des Aufsatzes erzeugt aber sofort auch ein interpretatorisches Wechselspiel, das von uns im folgenden, und zwar durchaus in Art eines typisch *Kleistschen* Gedankenexperimentes, durchgespielt werden soll. Wir erzeugen also, kurz gesagt, einen deutenden Parallelgang, ohne dessen Initiierung u. E. ein tieferes Verständnis des *Kleistschen* Aufsatzes letztlich unmöglich ist.

Dies geschieht auch mit direktem Blick auf *Kleists* Epoche, die ja, wie wir noch deutlicher sehen werden, ganz offenkundig eine besondere Neigung zu derartigen Gedankenexperimenten besaß. Dennoch bleibt *Kleists* Bewegungsbild einzigartig.

Ein weiteres wichtiges Thema unserer deutenden und texterschließenden Analyse muß ferner auch der Aufweis einer Beziehung zwischen dem Inhalt des Aufsatzes und dem naturphilosophischen Zeitgeist von *Kleists* Epoche sein; die Marionette drückt also, kurz gesagt, auch ein anthropologisches Interesse metaphorisch aus, zeigt den Menschen als ein Wesen, das sich nur von der Bewegungskultur her adäquat fassen läßt; im Zentrum dieser Schicht des Reliefs steht somit die Beziehung: Mensch/Bewegung. Von ihr her leitet sich dann singemäß eine anthropologische Komponente unserer Deutung ab – und zwar formal wie inhaltlich. *Kleist* selbst entwickelt diese Komponente anhand des dreiteilig angelegten Beziehungssystems Puppe/Tänzer/Mensch[117], das im Aufsatz ständig präsent ist. Auch das anthropologische Beziehungssystem ist Bewegungsbild und gestattet damit die Transformation einer inhaltliche Ebene des Reliefs in unseren methodologischen Ansatz hinein; hier treffen wir also auf die biographischen Hintergründe im engeren Sinne, so z.B. auf *Kleists* Briefe, auf seine Anekdoten und Kurzgeschichten, auf den erzählerischen Impetus insgesamt, von dem her sich *Kleist* in fast allen seiner Novellen mit ungewöhnlichen Menschen und Ereignissen beschäftigt, ohne dabei in eine romantische Bizarrerie zu verfallen; – anders formuliert, geht es uns in dieser komplexen Deutungsebene – sie bildet mit ein epistemologisches Zentrum der vorliegenden Abhandlung – um das Verhältnis zwischen historischem und systematischen Standpunkt, so wie es der Text des Aufsatzes selbst entwickelt – und zwar mit Blick auf das übrige Œuvre; es geht dabei ganz zentral um die Rolle des Menschen, so wie sie *Kleist* versteht, aus eben diesem Grunde stehen von diesem speziellen Erkenntnisinteresse her ganz besonders auch die rezeptionsgeschichtlichen Hintergründe des Marionettentheater-Aufsatzes im Vordergrund, und zwar sowohl in poetologischer als auch in wissenschaftsgeschichtlicher (bzw. naturphilosophischer) Hinsicht: Es wird, um hier zur Illustration ein konkretes Beispiel zu geben, in den folgenden Kapiteln der vorliegenden Abhandlung u.a. von einem *Leibnizschen* bzw. von einem *Rousseauschen* Bewegungsbild die Rede sein. Beiden Bewegungsbildern ist nun gemeinsam, daß in ihnen jeweils anthropologische Gesichtspunkte eine wichtige Rolle spielen. Denn hinter jedem Begriff vom Menschen steht ja, so *Kleist*, immer auch ein Bewegungsbegriff, steht eine Konzeption, die zum Ausdruck bringen will, wie sich die conditio humana in Bewegungen zeigt und entwickelt. *Kleist* selbst wählt das erkenntnistheoretische Spannungsfeld zwischen *Vollkommenheit der Bewegung* (*Leibniz*) und *Natürlichkeit der Bewegung* (*Rousseau*); von diesem Spannungsfeld her konzipiert er ein Bewegungsbild, das sich dem Leser des Aufsatzes in Art einer diskursiven Gattung zwischen Affirmation und Polemik präsentiert – und zwar im kritizistischen Spiralgang. Eine wichtige Ausgangsthese ist daher in diesem Zusammenhang die Annahme eines historisch-systematischen Rahmens, der *Kleists* Position *direkt* ausdrückt, der ferner von *Kleist* selbst vertreten wurde, und der deshalb auch als eine anthropologische Konstante in seiner Biographie gelten muß[118], die unmittelbar Einfluß auf seinen Bewegungsbegriff genommen hat. Zur näheren Erläuterung dieses Zusammenhangs lassen sich ganz besonders *Kleists* naturphilosophische Gedankengänge im Zusammenhang mit dem Mesmerismus und der *Schellingschen* Potenzenlehre heranziehen, die, obwohl eher unterschwellig angelegt, dennoch einen großen Einfluß auf sein spätes Œuvre ausübten (man blicke z.B. auf seine Begegnung mit dem romantischen Naturphilosophen und *Schelling*-Schüler *Gotthilf Heinrich Schubert* im Jahre 1807). *Kleist* war im übrigen auch, und zwar zeitlebens, naturwissenschaftlich und technisch interessiert (dies zeigen nicht zuletzt zahlreiche einschlägige Artikel in den *Berliner Abendblättern*, die technische und naturwissenschaftliche Zeit-Ereignisse kommentieren). Im Zentrum dieses Interesses steht – vor allem in der letzten Phase seines Lebens – die psychophysisch angelegte Bewegung als teleologisches Bewegungsbild (so z.B. ganz deutlich im dramatischen Aufbau des Schauspiels *Prinz von Homburg*). Dieser wichtige Aspekt ist vom historisch-systematischen Rahmen des Marionettentheater-Aufsatzes her ohne größere Schwierigkeiten aufweisbar, was die These nahelegt, daß der Marionettentheater-Aufsatz gewissermaßen die Poetik des letzten *Kleistschen* Dramas zum Ausdruck bringt.

Der von uns gewählte methodologische Rahmen bringt uns daher mit Gedankengängen in Beziehung, die Bewegung u.a. auch als epochales Phänomen, d.h., kurz formuliert, als *Bewegungskultur* (zwischen mentalem und kinematischem Anspruch innerhalb kultureller Institutionen) aufzeigen. Hier treffen wir daher auf einen mehr oder minder offensichtlichen kulturkritischen Anspruch *Kleists*. Gleich am Beginn des Marionettentheater-Aufsatzes wird nämlich Bewegung auch als Ausdruck einer Bewegungskultur verstanden. Sowohl der Ich-Erzähler als auch „Herr C." verfolgen in ihren Entwicklungen stets auch ein dezidiert kulturphilosophisches Interesse, das sich in den einzelnen Episoden und Anekdoten des Marionettentheater-Aufsatzes, so eine wichtige These, direkt widerspiegelt. Hier sind die Marionette und der Tänzer Pars pro toto für einen ästhetischen Kosmos im Umkreis des Bewegungsphänomens (den *Kleist* am Ende seines Aufsatzes ausdrücklich in geschichtsphilosophischen Gleichnissen anspricht). Als zentrale Motive können in dieser Hinsicht Übergänge zwischen Motiviken der Reflexion und Motiviken des Tanzes gelten; sie bilden die poetische Oberfläche der gedanklichen Entwicklungen und Diskurse des Marionettentheater-Aufsatzes. Die Episoden und Anekdoten erweisen sich in diesem Zusammenhang als feste Leitlinien. Sie sind daher auch die Fassade eines Gedankengebäudes, das, wie schon angedeutet, einen reliefartigen (bzw. intertextuell strukturierten) Aufbau besitzt, von dem her das Bewegungsphänomen kulturell, anthropologisch und naturphilosophisch aufzeigbar ist. Es sind also, so eine weitere Ausgangsthese, insbesondere Bilder von der mentalen und mechanischen Bewegungskultur, die im Aufsatz das Verhältnis von Wissen und Können näher umschreiben – und zwar in festen, genau abgrenzbaren Episoden und Motivgruppen. Voreilige Identifikationen (bzw. einseitig literarische Ausdeutungen und Überinterpretationen dieser Überleitungen) wollte *Kleist* freilich nicht wirklich aussprechen, vielmehr ging es ihm auch um das Paradox, d.h. um die Kollision der Meinungen – und zwar jenseits des ästhetischen Moments, das der Text verkörpert. Erst die Konklusion des Aufsatzes ist um eine – freilich eher abstrakte – Synthese aller Teilaspekte bemüht, die jedoch vielmehr Resonanz-Phänomen als diskursive Übereinstimmung – im strengen Sinne des Wortes – sein will. Das Gespräch endet nämlich keinesfalls im harmonischen Akkord der Bewegungsbilder, es bleibt bis zuletzt dissonant. *Kleists* Anliegen war es nämlich u.a. auch, auf die rationale Unentscheidbarkeit (von den naturphilosophischen Ansätzen der Zeit her) hinzuweisen; diese paradoxe Wendung des Gesprächs rechtfertigt nun aber – und zwar jetzt wieder von unserer Methodologie her gesehen – die Einführung des Begriffes tacit knowledge; er präzisiert nämlich die *Kleistsche* Konklusion von einem modernen Standpunkt her, ohne freilich den Anspruch zu erheben, *Kleist* sei ein Theoretiker der tacit knowledge gewesen. Was wir vielmehr aufzeigen wollen, sind interpretatorische Übergänge zwischen den Bewegungsbildern des Aufsatzes und denen unserer (hermeneutischen) Deutungsebene, die auch heute noch von Wert sein können.

Die Tatsache, daß hier von unserer Seite keinesfalls der Zwang zur eindeutigen bzw. letztgültigen Identifikation besteht, braucht daher nicht mehr näher erörtert werden.

Die Frage nach der Gewißheit und dem Gefühl wird also von unserer Seite zunächst einmal als eine kulturgeschichtliche gestellt, wobei *Kleists* Aufsatz zahlreiche, auch heute noch sachlich richtige Anknüpfungspunkte bietet, die es uns fast zwanglos gestatten, diesen Zusammenhang auch systematisch – d.h. naturphilosophisch, ja biophysikalisch und psychophysisch – in modernen Kategorien zu fassen. Dies soll im folgenden ausdrücklich geschehen.

Zusammenfassend gesagt, wollen wir uns, was die Methodologie unseres Deutungs- und Erschließungsvorganges betrifft, in den wichtigsten argumentativen Schritten stets direkt auf wichtige Inhalte des zu Deutenden bzw. des zu Erschließenden selbst beziehen, so daß in die von uns entworfene (kultur- und naturphilosophische) Meta-Ebene zum Aufsatz stets auch konkrete Inhalte des Textes als methodologische Ansätze und Anhaltspunkte einfließen. So verstanden, enthält unser Bewegungsbild, wie schon zuvor angesprochen, Übergänge, die zwischen den Ebenen des Deutungsvorgangs und dem zu deutendem Diskurs in Art einer Ineinanderspiegelung vermitteln können; konkreter gefaßt, drücken daher derart gesetzte, wechselweise funktionierende Übergänge immer auch jene Beziehungen zwischen Form und Inhalt des Marionettentheater-Aufsatzes aus, die selbst bewegt bzw. beweglich sind. Hinter diesen Übergängen – so wird sich uns später noch deutlich zeigen – verbergen sich also jene Bewegungselemente des Bewegungsbildes, die auch einen systematischen (d.h. einen physikalischen bzw. naturphilosophischen) Wert für sich beanspruchen können. Die Bewegung der Marionette wird, um hier zur Verdeutlichung ein konkretes Beispiel anzugeben, von *Kleist* als eine Art Übergangsbewegung gedeutet; so verstanden, drückt sie zum einen einen poetischen, zum anderen aber auch einen physikalischen Aspekt aus; die Motive des Marionettentheater-Aufsatzes sind also nicht allein poetische Spielformen der Bewegung, sondern zeigen vielmehr ein festes Paradigma der Bewegungskultur (als das Zusammenspiel der Komponenten) auf, um das es *Kleist* ganz offensichtlich in erster Linie ging. Dies bedeutet zuletzt, daß wir derart gewonnene Formprinzipien (im Zusammenhang mit *Kleists* Bewegungsbegriff) direkt in unsere Methodologie einfließen lassen müssen, um uns dem Text des Aufsatzes adäquat annähern zu können. Ein gutes Beispiel zur Dokumentation dieser Vorgangsweise ist das Bewegungsprinzip der Diskurse zwischen dem Ich-Erzähler und „Herrn C.", es offenbart sich in Episoden und Anekdoten, die jeweils genau abgrenzbare Bewegungsformen und Bewegungsprinzipien zum Thema haben. Zum einen wird hier die Bewegung als ein Gattungsphänomen verstanden, zum anderen aber als eine Reihe von naturphilosophischen Problemstellungen, die z.B. anhand von physikalisch-mathematischen Beispielen entwickelt und metaphorisiert werden. Ein jedes Bewegungselement ist daher im selben Moment Teil einer Gattung und naturphilosophisches Beispiel eines übergeordneten Kosmos der Bewegungen. Im Zusammenspiel der Elemente entsteht zuletzt das Bewegungsbild, es drückt sowohl ein mögliches Deutungsmuster als auch die Struktur des Textes, so wie sie *Kleist* konzipiert hat, in einer Leitlinie aus. Die Zusammenfassung der von Kleist arrangierten Episoden (z.B. der Dornauszieher-Episode[119], der Bärenkampf-Episode[120]) zu einem Ganzen ermöglicht also eine poetisch-physikalische Simulation, von der her Bewegung als integrales Bewegungsbild aufzeigt werden kann. Der Aufweis, daß *Kleist* genau *das* im Sinn hatte, ist daher *ein* wichtiges Anliegen der vorliegenden Abhandlung, das unmittelbar auf die methodologische Konzeption unserer Abhandlung zurückwirkt.

Indem wir nun also den Text des Marionettentheater-Aufsatzes als Bewegungsbild analysieren, lassen wir uns, kurz gesagt, selbst vom poetisch-physikalischen Diskurs *Kleists* in unserer Hermeneutik, und zwar weitgehend unvermittelt, „anregen" und beeinflussen[121] (setzen also die Argumentations-Struktur *Kleists* zunächst einmal unangetastet voraus, folgen ihr nach und bleiben ihr sozusagen stets auf den Fersen). So gesehen, wird also *Kleist* auf *Kleist* – möglicherweise sogar in Art eines literaturwissenschaftlichen bzw. hermeneutischen Marionettenspiels – angewendet. Die zirkuläre (bzw. spiralförmige) Struktur unseres Vorgehens ist also Initiation einer bewußt als Spiel-Bewegung verstandenen Arbeit am Text des *Kleistschen* Aufsatzes nach *Kleistschen* Kriterien, ist also sozusagen interpretatorisches Bewegungsbild, ungeachtet der Tatsache, daß uns die tiefere Ironie unseres Vorgehens gelegentlich in eine Sackgasse führt, die sich dann zuletzt allerdings immer als eine von *Kleist* selbst gesetzte entpuppt. Derartige Sackgassen[122] sind dann überaus wichtige Ergebnisse eines kritischen Bewegungsbildes und ihre saubere und seriöse Darstellung kann durchaus auch, und dies sei schon am Ausgangspunkt unserer Überlegungen gesagt, als wichtiges, zu erreichendes Forschungsziel gelten. Mit Hilfe einer derart (d.h. wechselweise) ins Werk gesetzten Analyse erreichen wir zuletzt auch Ergebnisse, die für die philosophische Systematik von Bedeutung sind – dies vornehmlich im Zuge unserer weitgehend textimmanenten Erhellungen und Aufweise, in die ja auch einschlägig naturwissenschaftliche Inhalte eingebunden werden sollen. Und zwar überwiegend im Interesse einer, wie schon gesagt, *zirkulären*, aber freilich weiterhin streng sachorientierten Texterschließung.

Kleists wichtigstes Verdienst besteht nun – von diesem Hintergrund her gesehen -darin, unsere Frage nach dieser Gewißheit in großer Einfachheit und Klarheit, und zwar als Paradigma zwischen literarischer Gattung und Naturphilosophie, gestellt zu haben, so daß wir tatsächlich ohne größere Umstände auf die in diesem Essay entwickelten Gedankengänge zurückgreifen können, um auch unser philosophisches Anliegen von ihnen her zu präzisieren. Soweit also die wichtigsten Prämissen unseres methodologischen Vorgehens, im folgenden nun aber die wichtigsten Themenstellungen.

II

In *Kleists* kleiner Betrachtung zum Marionettentheater[123] treffen wir in der Hauptsache auf die (für den Ballett-Tänzer Herrn C. fundamentale) Frage nach der „Grazie" *zentralisierter* Bewegungen[124] bzw. von Bewegungen, die mehr oder minder bewußt entwickelt werden sollen, indem verschiedene Kräfte – gravitierende und inertiale – von einem Spieler beherrscht werden müssen. Die Frage stellt sich damit, und zwar ganz speziell so verstanden, auch von jenen zwei fundamentalen Bereichen her, auf die hin dieser Begriff von der graziösen Bewegung anwendbar wird: nämlich zum einen auf das *Bewußtsein*[125] (bzw. näher eingeengt, auf ein spontan – und ästhetisch – urteilendes *Kantisches* Subjekt) und zum anderen auf den *reinen Mechanismus*[126] (kurz gesagt, auf ein äußeres Funktionsbild eines Marionettenspiels – und zwar als die Frage nach der Qualität dieses Spiels in Hinsicht auf seine mechanische Durchführung):

> „Er fragte mich, ob ich nicht, in der Tat, einige Bewegungen der Puppen, besonders der kleineren, im Tanz sehr graziös gefunden hatte.“[127]

Im ersteren Sinne wird die traditionelle Frage nach der Gewißheit (daß etwas auch wirklich *so* sei, wie es vordergründig zu sein *scheint*) – und zwar noch weitgehend indirekt – in Hinsicht auf den „Kopf“ des Spielers gestellt, wobei Grazie dann zuletzt ein Phänomen des Kopfes ist, das sich von genau und *authentisch* gesetzten (und zu setzenden) Bewußtseinsakten her ableitet. „Grazie“ ist dann, *Kantisch* gesprochen, das dynamische Produkt[128] einer hochsensibilisierten ästhetischen Urteilskraft:

> „Er erwiderte, daß wenn ein Geschäft, von seiner *mechanischen Seite*, leicht sei, daraus noch nicht folge, daß es ganz ohne *Empfindung* betrieben werden könne.“[129]

Folgt man dem obigen Zitat konsequent, dann bedeutet dies, daß es für *Kleist* also zwei fundamentale Bereiche gibt, die das Spiel seinem Wesen nach bestimmen: Da ist, erstens einmal, jener Bereich, den er die „*mechanische Seite*“ bezeichnet (sie läßt sich auch auf die Bewegungsmotorik des menschlichen Körpers hin einschränken) und ferner, zweitens, jener Bereich, der durch den Terminus „*Empfindung*“ gekennzeichnet ist; hier sollte eigentlich statt „Empfindung“ der wesentlich ausdrucksmächtigere Terminus *Empfindsamkeit* stehen, zumal sich ja gerade dieser Begriff – wie im zweiten Abschnitt der vorliegenden Abhandlung noch näher gezeigt wird – eindeutig mit *Kleists Rousseau*-Rezeption in Beziehung bringen läßt. Die Empfindsamkeit drückt, anders formuliert, – und jetzt wieder direkt auf das Marionettenspiel bezogen – den Aspekt der *ästhetischen Urteilskraft* aus. Dieser Aspekt besagt, daß hinter dem Spiel immer auch ein mehr oder minder spontan urteilendes Spieler-Subjekt steht, das im Zuge des Spiels seine Absichten und ästhetischen Zwecke verwirklichen will. Das Spiel ist also, derart verstanden, eine Bewegung zur praktischen Synthesis hin, in deren Zuge die „mechanische Seite“ mit der „Empfindung“ auf praktischer Ebene zusammenkommen kann.

Beide Bereiche kennen, jetzt speziell von der oben angesprochenen Synthesis her gesehen, jeweils einen bestimmten Typus des Spielers, dessen Handeln sich genau lokalisieren läßt: Mit Blick auf den ersten Bereich des Spiels muß man zunächst einmal einen mechanischen Spieler[130] annehmen, dessen Spieleinsatz auf genau eingeübten Spiel-Gewohnheiten beruht. Von diesen her beherrscht er sein Spiel im besten Fall sogar traumwandlerisch, indem er den Mechanismus des Spiels ständig „praktiziert“ und seiner mehr und mehr mächtig wird, bis er zuletzt selbst zum Mechanismus geworden ist. Zu ihm in markanter Gegenposition steht das ästhetische Subjekt, dessen Bewegungsraum genau jene Reflexion über das Spiel ist, die in der Praxis mit dem Spiel selbst zu harmonisieren hat. Dies geschieht z.B. auf der Basis von Urteilen über die Mechanik des Spiels, die ständig einen Rückkopplungsprozeß (zwischen Motorik und Imagination) in Gang halten.

Man ist nun aber geneigt – insbesondere wenn man von einschlägig rationalistischen Prämissen ausgeht – anzunehmen, das ästhetische Subjekt regiere den Bewegungsablauf von sich aus, indem es die jeweils gespielte Bewegung zunächst einmal auffaßt (um mit *Leibniz* zu sprechen, apperzipiert), um sie dann zuletzt reflektierend und rückwirkend zu interpretieren und zu beurteilen. Intendiertes Ziel ist freilich auch in diesem Falle, das Spiel weiter auszubauen, hier jedoch eher auf der Basis von bewußten Denkbewegungen, die mit den weitgehend unbewußten, weil mechanischen Spielbewegungen stets harmonisch abzustimmen sind. Die technische Grundlage des Spiels ist hier eine Zeitdifferenz (zwischen Apperzeption und Rückantwort auf die Motorik), die in der Praxis *möglichst klein* gehalten werden muß. Das Spiel ist also umso harmonischer, je reduzierter diese Zeitdifferenz ist. Von *Leibniz'* Verständnis her gesehen, wird das Spiel, wie im *Leibniz*-Kapitel noch deutlicher gezeigt wird, genau dann vollkommen (d.h. mithin authentisch), wenn diese Zeitdifferenz zwischen Imagination und Motorik weitgehend *infinitesimal* – d.h., mathematisch gesprochen, zum totalen Differential einer Bewegung – wird. Dies bedeutet dann ferner, daß das Spiel, und zwar unter der rationalistischen Voraussetzung, daß es als prästabiliert harmonisches Bewegungsbild verstanden wird, stets auch als eine in sich geschlossene, mathematische Integration derartiger infinitesimaler Spielereignisse aufgefaßt werden kann – um jetzt mit dem eher ambivalenten *Leibniz*-Schüler *Kleist* selbst zu reden, als der „*Weg der Seele des Tänzers*“[131].

Zusammenfassend gesagt, meint dies auch, daß es zwei elementare, inhaltliche Spiel-Dispositionen gibt, denen jeweils zwei elementare Spieler-Typen entsprechen: Im Diskurs des Marionettentheater-Aufsatzes wird nun von den Gesprächspartnern her – und zwar in einer „allmählich“ sich vertiefenden Gedankenbewegung – ein Darstellungsprinzip (bzw. ein Bewegungsbild) entworfen, das den Zusammenhang zwischen beiden Spiel- und Spielertypen in Form einer *Korrespondenz der Bewegungselemente* anhand von Episoden und Anekdoten darlegen will. Dies ist eine sehr wichtige Ausgangsthese: Sie besagt nämlich, daß *Kleist*, um die Kohärenz des Spielgeschehens zu wahren, nach einem Korrespondenzprinzip sucht, das auch unabhängig vom literarischen Diskurs Geltung behält, und daher zur invarianten Substanz einer Poetik des Bewegungsbildes wird; anders formuliert, gilt also: Einer jeden Bewegung auf der mechanischen Seite des Spiels korrespondiert, z.B. namentlich im Sinne der *Rousseauschen* Konzeption von der Empfindsamkeit, ein genau abgestimmtes ästhetisches Urteil, das jeweils von einem autonomen, empfindsamen Subjekt ausgeht (womit wir u.a. auch, wie insbesondere im vorletzten Kapitel der vorliegenden Abhandlung noch deutlicher zu zeigen ist, bei einem wichtigen Postulat von *Kleists* Dramentheorie angelangt wären). Dabei bleibt zunächst noch offen, welcher der beiden Spielertypen das Spiel nachhaltig dominiert.

Die im Aufsatz allmählich zu Tage tretende Entscheidung dieser Fragestellung typisiert nun aber das Marionettentheater auf allen Bedeutungsebenen ständig neu – und zwar rückwirkend –, *Kleist* erzeugt also Bewegungsbilder, die auch einen dezidiert kritischen Anspruch erheben wollen, so daß wir die Argumentationsfiguren des Marionettentheater-Aufsatzes als von *Kleist* gesetzte Reflexionen zu verstehen haben, die immer wieder auf denselben Punkt zurückkommen. Eine nähere Identifikation dieses Punktes – wir wollen den diesbezüglichen Erörterungen im zehnten Kapitel der vorliegenden Abhandlung nicht vorgreifen – ist an dieser Stelle jedoch noch nicht vonnöten.

Damit sind wir nunmehr bei der zweiten prinzipiellen Fragestellung angelangt, auch sie geht aus dem obigem Zitat direkt hervor (sie wird im Diskurs der Gesprächspartner sogar auf einer eigenen Ebene durchgespielt). Kurz formuliert, lautet sie: *Wer dominiert das Spiel*? Gerade die Beantwortung dieser Frage führt uns dann aber zu jenen ästhetischen Idealtypen, die wir mit dem Terminus Bewegungsbild näher kennzeichnen und differenzieren wollen.

Es gilt also nun zu entscheiden – und dies ist mithin ein präsumptives Ziel des Marionettentheater-Aufsatzes –, welche Komponente im Spiel in welchem Zusammenhang alle übrigen Komponenten des Bewegungsbildes dominiert? Hier gibt es zunächst wiederum zwei prinzipielle Möglichkeiten, die sich – und zwar sowohl von der Auffassung als auch von der Motorik des Spiels her – sofort, d.h. ohne größeren Aufwand, voneinander abgrenzen lassen. Der erste Spielertypus läßt sich, etwas plakativ formuliert, als „Gewohnheitsspieler“ bezeichnen, bei ihm beherrscht der Mechanismus bzw. die Motorik die imaginative Seite des Spiels, wobei sich die Übereinstimmung von Mechanismus und Imagination jeweils auf der Basis von Übungsvorgängen einspielt. Die optimale Dominanz wird genau dann errreicht, wenn das Spiel völlig unbewußt und zugleich graziös abläuft. Nicht die ästhetische Urteilskraft also macht in diesem Fall das Spiel authentisch, sondern vielmehr die Einübung in die Mechanik bzw. Technik des Spiels.

Beim zweiten denkbaren Spielertypus entsteht die Authentizität des Spiels dagegen auf der Basis ästhetischer Reflexionen, die freilich so kurz wie möglich gehalten werden müssen, um nicht den kontinuierlichen Ablauf des Geschehens zu stören. Das Korrespondenzprinzip besagt in diesem Falle, daß das Spiel, ständig – und zwar in kritischer Absicht – neu aufgefaßt und rückwirkend verbessert werden muß. Entscheidend ist hier also die Wahrnehmung des Spiels, die umso authentischer wird, je kleiner die Auffassungs-Differenz wird (dieses Differential wird insbesondere z.B. in der Dornauszieher-Episode des Aufsatzes thematisiert); anders formuliert besagt diese Episode: die zeitliche Auffassungs-Differenz konvergiert in Richtung Auffassungs-Differential, sie wird also *infinitesimal*, d.h. *spontan*. Aus dieser Sicht kann man eigentlich nur den zweiten Typus als den *authentischen Spieler* bezeichnen, denn sein Spiel steht der Frage nach Authentizität direkt offen, die, folgte man z.B. *Leibniz'* Konzeption, freilich stets einseitig von der Ratio her entschieden wird. Das Spiel des authentischen Spielers wird daher immer von einer sich mehr und mehr ausdifferenzierenden ästhetischen Urteilskraft beeinflußt, die auf die Kompetenz des Spielers zurückwirkt; der erste Spielertypus ist dagegen nicht auf die Authentizität der Urteile über das Spiel angewiesen, zumal *er* sich der Puppe bzw. der Motorik seines Körpers eher blind überläßt, und sich in der Konzeption seiner Bewegungen spontan von dieser bestimmen läßt. Hier könnte man sogar eine überraschende Übereinstimmung – und zwar ganz im Sinne *Kleists* – vermuten, wenn man z.B. die Konzeption vom „*Weg der Seele des Tänzers*“ als das *Korrespondenzprinzip* schlechthin begreift. So verstanden, wäre der Gegensatz eigentlich nur das Produkt einer Wortklauberei (Der Gesprächspartner „Herr C.“ spricht diesen Verdacht an einigen Stellen tatsächlich aus). Doch das von *Kleist* im Aufsatz zunächst entwickelte Korrespondenzprinzip – und dies ist die wichtigste Ausgangsthese in der vorliegenden Abhandlung – verlangt noch nicht sofort eine Entscheidung, sondern es besagt zunächst lediglich, daß der „Gewohnheitsspieler“ nicht vom authentischen Spieler zu trennen ist. Diese Tatsache ist nun keinesfalls trivial, betrachtet man sie strikt vom Blickwinkel *Kleists*. Doch besteht bereits eine unterschwellige Tendenz, die gestellten Fragen auch zu beantworten, zumal ja im Gespräch tatsächlich ständig Antworten gegeben werden. Die inhaltliche Konstruktion des Aufsatzes fordert hier eine Auftrennung der Ebenen in die des Diskurses und in die der naturphilosophischen Hintergründe. Der Begriff *Antwort* ist also mehrdeutig. Auf dieser Tatsache beruht die große Anspannung, die das Gespräch hervorkehrt. Vom Diskurs der beiden Gesprächspartner her gesehen, ist dem ersten Anschein nach zunächst einmal der authentische Spieler der Souverän, was zugleich bedeutet, daß der „Gewohnheitsspieler“ nur seine Befehle ausführt, wobei die „graziöse“ Ausführung streng von seiner eingeübten Perfektion abhängig ist. Dies ist auch eine denkbare Umformulierung der Antwort des Herrn C. auf die Frage des Ich-Erzählers, wie der Zusammenhang von mechanischer und empfindsamer Seite des Spiels gestaltet sei (vgl. dazu das Ausgangszitat zu den hier entwickelten Gedankengängen). Die Spielbewegung beruht dann, so verstanden, auf einer *übergeordneten Differenz*, die zwischen Imagination und Motorik besteht, die sich ferner jeweils in einer Person bzw. einem Organismus verkörpert – und die in jedem Falle dringend interpretationsbedürftig ist. Indes interessiert gerade dieser Aspekt den Praktiker des Spiels bzw. des Tanzes sehr wenig bis gar nicht, nichtsdestoweniger ist er aber *das* zentrale Thema in *Kleists* Aufsatz. Es präsentiert sich zunächst einmal in komplexen (und vor allem auch intriganten) Verwicklungen, zumal ja vorerst tatsächlich nur scheinbar und unscharf postuliert werden kann, *wer* eigentlich der Souverän des Spiels ist. Das wenige an Bewegungsbild, das sich aus dieser komplex geschichteten Unschärfezone im ersten Augenblick ergibt, ist also bloß der Hinweis auf ein bipolar angelegtes, eher vordergründiges Zusammenspiel, das freilich von Dominanzen geprägt ist, die weit weniger deutlich lokalisierbar und eingrenzbar sind als etwa das Phänomen des Spiels selbst. Daher beginnt *Kleist* an dieser Stelle konsequent, von zwei Bewegungsbildern her zu argumentieren, die von *einem* Relief her entwickelt werden, und denen beiden gemeinsam ist, daß sie sich in eindringlicher Weise mit der Frage nach den dominierenden Kräften beschäftigen. Gemessen an dieser, alles entscheidenden (und vor allem auch metaphysischen) Frage ist nämlich das in der Spiel-Empirie angelegte Korrespondenzprinzip lediglich eine triviale Voraussetzung.

Beginnen wir nun im folgenden mit der ersten Deutungsmöglichkeit, sie besagt: Im Falle der rationalistischen Variante des Dominanz-Prinzips muß

Abb. 7 *Figur im stabilen Gleichgewicht*

(Ende 18.Jh./Holz, vergoldetes Holz, Messing/ Museo di Storia della Scienza/Firenze) Die Statuette - sie zeigt den Gott Merkur - kann sich frei bewegen und ruht auf einem einzigen Punkt; sie ist stets genau im Gleichgewicht, da der Schwerpunkt des Systems dank der Hebelarme immer tiefer liegt als der Lagerungspunkt der Stauette.

davon ausgegangen werden, daß der zweite Spielertypus (d.h. der Souverän) im Bewegungsbild dominiert, was zugleich bedeutet, daß das dominierende Bewegungselement ein zeitlich zu differenzierender Rückkopplungsprozeß ist. Praktisch gesehen, bedeutet dies ferner, daß der Spieler das Zusammenspiel von einer Grunddifferenz her zu entwickeln sucht, die so klein werden muß, bis sie ein totales Differential, d.h. Spontaneität erreicht.

Das Bewegungsbild drückt daher in diesem Fall den souveränen Gestaltungswillen des Spielers aus, der in die Marionette hineinverpflanzt wird. Das Zentrum des Spiels ist dabei, wie schon angedeutet, eher „im Kopf" lokalisiert. Von dieser Lokalisation her ist dann die Bewegung – und zwar jetzt als bewegtes Element eines Bewegungsbildes verstanden – stets auch ein Geschenk einer inspiriert spielenden Person an die Marionettenpuppe; sie wird also einem toten und weitgehend unbeteiligten Spielzeug von einem Deus ex machina verliehen, der sowohl Mechanismus als auch Imagination *spontan* (bzw. hoch differenziert) aufeinander beziehen kann. Entscheidend ist in diesem Zusammenhang die künstlerische Freiheit[132], die in der Marionette sozusagen eine Verkörperung findet. Die „Grazie" des Spiels ist daher, kurz gesagt, die im Spielzeug sichtbar gewordene Freiheit ihres Spielers.

Die Marionette selbst ist dagegen tot und unfrei. Von dieser Deutungsmöglichkeit ausgehend, spielt also die Freiheit des Spielers direkt in die Marionette hinein, sie drückt sich dann im „*Weg der Seele des Tänzers*" aus; die Marionette macht ihrerseits diesen Weg – und zwar wiederum von der ihr verliehenen „Grazie" her – den Zuschauern des Spiels sichtbar.

Von der Seite des Mechanismus aus gesehen, gründet die derart verstandene Bewegung der Marionette – und zwar stets im Zusammenhang mit der Entwicklung einer konkreten (d.h. tatsächlich spielbaren) Tanzfigur – in einer spontanen, von der Puppe selbst ungestörten und daher beliebig übertragbaren (d.h. freien) Gedankenbewegung des Spielers, ihr Bild ist aus diesem Grunde immer auch streng apriori angelegt, ist mithin anschaulich gewordene Spielstrategie, wobei die tatsächliche Bewegung der Hand freilich immer etwas im Verzug gegenüber der des Kopfes ist; allerdings kann dieser Verzug, d.h. die bereits angesprochene Zeitdifferenz, in der Spiel-Praxis durch Übung – und nicht zuletzt auch durch Gewohnheit – auf ein Minimum eingeschränkt werden.

III

Im anderen Fall bezieht sich aber die Frage nach der Gewißheit des zu initiierenden Bewegungsablaufes, d.h. anders gesagt, die Frage nach den Ursprüngen der „Grazie" auf den Mechanismus und seine Gliederung – und zwar auch hier vollinhaltlich. Damit wird jetzt der Typus des „Gewohnheitsspielers" die dominierende Kraft und mit ihm sinngemäß die Motorik des Körpers bzw. die Mechanik der Marionettenpuppe. Auch diese Position spricht *Kleist* schon ganz am Beginn des Aufsatzes an, sie läßt sich ganz genauso auf die Konzeption vom „*Weg der Seele des Tänzers*" beziehen, wie die im Vorhergehenden entwickelte Gegenposition. Das nunmehr dominierende Bewegungselement ist aber in erster Linie nicht mehr die Seele, sondern vielmehr der *mechanische Schwerpunkt*[133] des Systems. *Kleist* entwickelt, wie wir später noch sehen werden, gerade in dieser Hinsicht ein Deutungsmuster, das diese Zweideutigkeit des Bewegungsbildes in anregender Weise zugänglich macht, ohne allerdings dem Leser voreilige Entscheidungen abzufordern. Man kann nämlich durchaus – dabei z.B. *Rousseau* folgend – Schwerpunkt und Seele als ein und dieselbe Lokalisation im Körper begreifen, dann fällt der oben entwickelte Gegensatz der Bewegungselemente im Bewegungsbild sofort weg. Vornehmlich der Gliederung des Organismus, an ihr partizipieren der Spieler und die Marionette gleichermaßen, muß man, jetzt wieder von der ursprünglichen Gegensätzlichkeit der Positionen her verstanden, ein vom Bewußtsein unabhängiges Eigenleben – und damit eine eigene, ja unendlich vielfältige Bewegungswelt – zuschreiben, die aber nicht etwa prinzipiell „ihrem" Bewußtsein widerspricht. Freilich wird in der zweiten *Kleistschen* Option (zur Deutung der Konzeption vom „*Weg der Seele des Tänzers*") die Frage zunächst einmal in Richtung auf die Dominanz der Hand des Marionettenspielers gestellt, die dem Spieler-Bewußtsein nicht gänzlich frei zur Verfügung steht. Dasselbe gilt übrigens sinngemäß auch für die von der spielenden Hand gegängelte Marionette. Denn zwischen Hand und Kopf befindet sich ja noch der Körper, seinen Übertragungsorganen eignet eine endliche Zeit der Reizleitung, durch die das im Kopf gesetzte Spiel von der Eigenfunktionalität des Übertragungsweges (z.B. von der Nervenbahn her) gestört wird. Das Problem der zeitlichen Differenzierung des Spiels wird also in dieser Option in den Körper hinein verlagert. Es betrifft damit in erster Linie die Korrespondenz zwischen Bewegungsmotorik des Körpers und Spielmechanik der Puppe. Die Fäden der Marionette sind, so verstanden, nur nach außen hin verlängerte Nervenbahnen, durch die die Sensibilität des Spielers zur Marionette hin übertragen wird, wobei diese – durch die Eigendynamik ihres Spiels – rückantwortet – und damit in einem auch das Spiel stört. Die Marionette antwortet nämlich der Einwirkung der Spielerhand durch ihre Trägheit und durch ihr zuweilen störrisches Eigenleben.

Die Übertragung des Spielimpulses auf die Puppe ist aus der Sicht dieses Gedankenexperiments nur dann ungestört möglich, wenn der Sensibilität des Spielers ein – hinsichtlich der Sensitivität der Marionette – weitgehend kompatibles Spielzeug zur Verfügung steht. Damit wird eine unendliche Spiel-Geometrie vorausgesetzt, die genaue, lernbare Spiel-Strategien – z.B. auf der Basis von Gebrauchsanleitungen und Sprachspielen à la *Wittgenstein* – eigentlich nicht kennt. So verstanden, gibt es trotz und neben aller Durchschaubarkeit des Spiels (von der Vernunft bzw. vom Verstand her) durchaus auch ein, zuweilen sehr chaotisches Eigenleben des Bewegungsdings, das – seitens des betrachtenden Menschen – zumeist in mehr oder minder harmonischen Bilder, d.h. als sublimierte, bzw. als gefilterte Ordnung eines Chaos, wahrgenommen wird – und zwar, was den Ablauf der wichtigsten Vorgänge betrifft, schlechthin als *Entzug* der Vormachtstellung des Spielers.

Aus diesem Grunde muß der Spieler der Marionette durch sein Spiel *gegen* den Entzug dieser allein der Marionette angehörenden Disposition ankämpfen. Er spielt sich also Freiraum gegen die Notwendigkeit der Spielgesetze heraus. Das Bild dieses Kampfes ist die Sublimation der chaotischen Eigenbewegung, die dem aktiven Spiel des Spielers stets – und vor allem auch grundsätzlich – opponiert, so daß das Spiel eigentlich nie *[...] anders gefunden werden könne, als dadurch, daß sich der Maschinist in den Schwerpunkt der Marionette versetzt, d.h. mit andern Worten, tanzt.*"[134] Dies wäre die mystische Vereinigung von Spieler und Marionette. Diese ist allerdings nur unbewußt – d.h. auf der Basis einer allmählichen Einübung – möglich. Das Wesen des Spiels (d.h. die Spielregel) verbietet nämlich in der Praxis eine bewußt (bzw. reflektiert) gesetzte Verschmelzung von Marionette und Spieler (Ein Marionettentheater spielt ja mit Marionetten, wie *Kleist* ironisch andeutet, und nicht eben mit zu Marionetten gewordenen Menschen). Dennoch gibt es eine Art Übertragung des Impulses der Marionette in den Spieler, sie ist allerdings nur Metapher (für eine tacit knowledge, um mit *Polanyi* zu sprechen)[135]. Sie bewirkt nun, daß das Chaotische der Eigenbewegung in das Relativsystem des Betrachters des Bewegungsablaufs (allerdings vorerst noch metaphorisch) eingebettet wird; – von dieser Einbettung her wird die Bewegung zuletzt als mein eigenes Spiel, als mir zugehörig, erkannt – jedoch handelt es sich streng genommen nur um den Anschein einer Zugehörigkeit. In Wirklichkeit hat der Spieler, so verstanden, nur Anteil am monotonen Spiel, das selbst von einer rein asymptotischen Approximation, d.h. von einer Annäherung an Wahrscheinlichkeiten überlagert wird, die einzig und allein das Spiel selbst – und zwar jeweils momentan – vorgibt:

> „[...]Ich erwiderte, daß man mir das Geschäft desselben als etwas ziemlich Geistloses vorgestellt hätte: etwa was das Drehen einer Kurbel sei, die eine Leier spielt.
> Keineswegs antwortete er. Vielmehr verhalten sich die Bewegungen seiner Finger zur Bewegung der daran befestigten Puppen ziemlich künstlich, etwa wie Zahlen zu ihren Logarithmen oder die Asymptote zur Hyperbel.“[136]

Die hier angedeutete Monotonie ist also nur vordergründig[137]. In Wirklichkeit besteht ein klares – allerdings theoretisch kaum je vollständig erfaßbares – Verhältnis, das jedoch, so wie *Kleist* ganz zurecht feststellt, im wesentlichen irrational ist, obwohl es, vordergründig gesehen, auf einer rational angelegten, zyklisch-periodischen Bewegung aufbaut – z.B. auf der Mechanik der Kurbelbewegung. Vieles Wichtige bleibt daher für alle Zeiten dem wißbegierigen Erforscher des Spiels ungewiß und unkontrolliert, begibt er sich nur auf die rationale Ebene. Die einseitige Rationalisierung der Vorgänge schafft also nur Halbwahrheiten. Eindeutige Baupläne lassen sich nämlich nicht ohne weiteres angeben, der Umgang mit mechanischen Systemen appelliert vielmehr an Wissensformen, die wir nicht ausdrücklich aussagen können, obwohl wir sie in der unmittelbaren Praxis ganz offensichtlich besitzen. Das Spiel liegt also, und zwar jetzt ausschließlich von seiner mechanischen Praxis her verstanden, weitgehend jenseits der Gewißheit seiner bloß gedanklichen bzw. rationalen Hintergründe. Dies bedeutet auch, und *Kleist* kommt auf diese bemerkenswerte Schlußfolgerung ausdrücklich zurück, daß eine Marionette, die von jenen technischen Einblicken her entwickelt wird, die hochsensible Handwerker graziösen Bewegungsvorgängen einer Puppe abzulesen vermögen –, die also streng von menschlichen Bewegungserfahrungen her gebaut wird –, umso unkontrollierter und komplizierter wird, je feiner die vorgeschlagenen Baupläne von ihrer Theorie her sind – sie wird, was ihre Bewegungspraxis betrifft, zuletzt sogar für die besten Tänzer unkopierbar; und zwar gilt dies, so *Kleist*, in einem strengen Sinne, zumal ja der

Bau einer derart vollkommenen Puppe, folgt man seinen Überlegungen konsequent, die von ihm postulierte, und notwendigerweise bestehende Kluft zwischen theoretischem (d.h. rationalem) und praktischem Anspruch erstmals deutlich erfahrbar macht. Dies ist bereits unmittelbar nach der Übertragung eines menschlichen Könnens auf ein totes Spielzeug der Fall. Die Puppe „übernimmt" das menschliche Wissen und verwandelt es in ihr eigenes, mechanisches Können; konkret verstanden, präsentiert sich diese Kluft als eine fundamentale Zweideutigkeit in der Auffassung von Bewegungsvorgängen, die *Kleist* mit Hilfe dieses originellen Gedankens kunstvoll umschreibt. Vieles im Bereich der Praxis, was zuvor der rationalen bzw. theoretischen Einstellung noch weitgehend plausibel erschienen ist, fällt plötzlich auf merkwürdige Weise ins Reich der Wahrscheinlichkeiten; der Puppenbewegung vergleichbare Bewegungen – ausgeführt von einem Tänzer –, ferner Annäherungsweisen und Reflexionen eines deskriptiv eingestellten Geistes, scheitern auf unerklärliche Weise; die auf ihre Weise vollkommen mechanische Bewegung einer Puppe, deren praktische Ermöglichung im rationalen Entwurf des Konstrukteurs wurzelt, bleibt den Tänzern zuletzt auf provokante Weise unerreichbar. Das Know-how des Konstrukteurs ist also – ist es einmal zur Puppenbewegung geworden – nicht mehr zur Gänze auf den Menschen zurück übertragbar. Dieses Defizit macht damit auch deutlich, daß den Ballett-Tänzern in einem strengen Sinne nur Annäherungen an konstruierte Vorgaben möglich sind, die freilich niemals wirklich erreicht werden können. *Kleist* will ferner auch noch sagen, daß dieses Postulat grundsätzlich und allgemein gilt, d.h. überhaupt charakteristisch ist für alle Formen der Praxis – im weitesten Sinne des Worte, und daß es im Alltag tatsächlich auch eine überaus wichtige Rolle spielt und jeden theoretischen Absolutheitsanspruch von vorneherin ausschließt; von der Theorie her läßt sich nämlich, so *Kleist*, die vom Menschen einer Puppe verliehene Bewegungskultur niemals vollständig kopieren. Die Puppe ist und bleibt, so verstanden, autonom, daran ändert auch der Sachverhalt nichts, daß sie vom Menschen gespielt werden muß und daher in dieser Hinsicht von ihm völlig abhängig ist. Sie ist nämlich trotz der Tatsache, daß sie Menschenwerk ist, in einem strengen Sinne transrational und, was die Bewegungskapazität betrifft, den meisten menschlichen Bewegungsbildern gegenüber eigenständig bzw. transzendent; freilich nimmt der Mensch durch sein Gefühl (bzw. durch ein entsprechendes tacit knowing) doch wieder an der Puppenbewegung teil, allerdings nur in eingeschränktem Maß und vor allem erst nach langer Einübung. Grundsätzlich – und dies ist *Kleists* kritische Pointe – besteht aber eine Inkompatibilität zwischen Bewegung und Vernunft: konkreter formuliert, ist hier insbesonders jene Spielart des menschlichen Bewegungsgefühls betroffen, die sich auf leblose Objekte übertragen läßt:

> „Er lächelte, und sagte, er getraue sich zu behaupten, daß wenn ihm ein Mechanikus, nach den Forderungen, die er an ihn zu machen dächte, eine Marionette bauen wollte, er vermittelst derselben einen Tanz darstellen würde, den weder er, noch irgendein anderer geschickter Tänzer seiner Zeit, Vestris selbst nicht ausgenommen, zu erreichen imstande wären."[138]

Wichtige Facetten des Marionettenspiels sind und bleiben uns daher, was ihr tieferes Wesen betrifft, weitgehend verborgen. Diese Einschränkung, die *Kleist* in seinem Aufsatz in einigen der Episoden ausdrücklich zur Darstellung gelangen läßt, betrifft also, zusammenfassend gesagt, die für das alltägliche Spielverständnis durchaus wichtige Suche nach einer weitgehend rationalen Theorie der Spiel-Praxis.

Diese Suche ist dennoch *ein* zentrales Motiv in *Kleists* Aufsatz. Ihm widerstreitet ein zweites, über dessen Hintergründe allerdings erst in späteren Kapiteln zu sprechen sein wird.

IV

Um jetzt mit *Kant* zu reden, ist das Marionettenspielen seiner tieferen Bestimmung nach auch Angelegenheit eines *Dings an sich*, beruht also auf Trennungen und Unschärfezonen, die unser theoretisches Erkenntnisvermögen direkt und nachhaltig betreffen. Deswegen ist uns die oben skizzierte Wirklichkeit (und Wirksamkeit) des Puppenspiels sogar notwendigerweise fremd. Dies gilt aber andererseits gerade dann nicht mehr ausschließlich, wenn wir die praktische Spielkultur eines Spielers, d.h. seinen praktischen Umgang mit der Figur in die urteilende Betrachtung mit einbeziehen. Dieser Zugang kann uns trotz seines prinzipiell theoretischen Charakters auf bemerkenswerte Weise mit der praktischen Spielkultur vertraut machen, ohne daß wir genau wüßten, wie dies geschieht. Dies ist insbesondere dann der Fall, wenn wir selbst auf praktische Erfahrungen zurückgreifen können. So gesehen, besteht also zwischen der Einsicht in das Spiel und der ihr vorgängigen Praxis – z.B. in Hinsicht auf die spontane Beurteilung des Spielverlaufs – merkwürdigerweise nur dann eine unüberschreitbare Kluft, wenn wir die oben skizzierte Frage einseitig als eine theoretische begreifen. Praktisches und theoretisches Urteilsvermögen können nämlich, so *Kleists* Sicht der Dinge, von einem einseitig theoretischen Interesse her nicht wirklich koinzidieren bzw. übereinstimmen. Dies ist im übrigen auch der Grundtenor seiner Kantkrise.

Diese Unzulänglichkeit bei der Erfassung der Zusammenhänge, denen das Spiel auf theoretischem Niveau unterliegt, bedeutet nun aber auch, daß der Marionettenspieler die Eigenwertigkeit des Spiels *nicht vollständig* in sprachlichen Spiel-Kategorien ausdrücken kann. Bei allen derartigen Versuchen muß also immer Skepsis angebracht sein. Denn hier besteht ja eine Unschärfe-Relation, die der *Heisenbergschen* tatsächlich sehr stark ähnelt. Wir treffen auf Wirklichkeiten im Spiel, die ganz offensichtlich zueinander *komplementär* angeordnet sind. Anders formuliert, heißt das: Ein und derselbe Sachverhalt – z.B. die Marionettenbewegung – läßt sich in der menschlichen Realität durch zwei zueinander komplementäre Erfahrungsweisen ausdrücken, die nur sehr wenig miteinander zu tun haben. Dies gilt vermutlich sogar im Sinne des *Komplementaritätsbegriffs* des dänischen Physikers *Niels Bohr*. Die Analysen im Umfeld des *Kleistschen* Bewegungsbildes laufen also, so verstanden, auf einen Dualismus hinaus.

Aus diesem Grund bleibt dann auch das Problem von der Dominanz im Marionettentheater zuletzt unlösbar – genauer gesagt, wird es sogar überflüssig; seine Lösung scheitert nämlich an der Tatsache, daß auch das sprachliche Ausdrucksmedium jenen Bewegungsgesetzen unterworfen ist, die durch das *Kleistsche* Marionettentheater metaphorisiert werden. Wir treffen daher zuletzt noch auf ein Dilemma, das sich folgendermaßen skizzieren läßt: *Man kann also, kurz gesagt, mit den Mitteln der Sprache niemals vollständig über Bewegung reden. Ebensowenig können – jetzt umgekehrt verstanden – Bewegungsbilder den sprachlichen Kosmos vollständig umfassen. Beide Bereiche sind nämlich zueinander komplementär.*

Eine bestechende Pointe diesbezüglich, die uns *Kleist* freilich erst in der Konklusion seines Aufsatzes – und zwar anhand des Gleichnisses von der „Grazie“ – vermitteln will, besagt sinngemäß, daß Sprachbild und Bewegungsbild aus obigem Grund eigentlich nur im Unendlichen zusammenkommen können. Dies geschieht in Art eines Resonanzvorganges oder besser einer Resonanzkatastrophe, die ja tatsächlich nur im Unendlichen stattfinden kann, und daher zuletzt weder durch einseitige Sprach- noch durch rein mechanische Bewegungsanalysen zugänglich ist. Sowohl die Erkenntnis als auch die Bewegung müssen dieses Unendliche (die Resonanzkatastrophe) passieren; ohne einen derartigen Transit ist eine Korrespondenz zwischen ihnen nicht möglich.

Freilich zeigt sich uns die Konzeption von der „Grazie“ in den ersten Gedankengängen des Aufsatzes noch eher als die Suche nach apriorisch angelegten Modellen jener alltäglichen Ausdrucksmittel eines Spielers, derer er – so nach und nach – im Zuge einer Einübung in die freie Spontaneität – und zwar zwischen Imagination und Motorik – mächtig wird, und die wir, seine Beobachter und Kritiker, in kritische Anschauungsweisen umformen müssen Auf diese Weise entsteht das Konzept vom ersten *Kleistschen* Bewegungsbild.

In ihm wird in erster Linie ein Metaphernsystem thematisiert, das sich von einem rationalen (bzw. prästabilierten und kontinuierlich aufgebauten) Sprachbild her an eine Unschärfezone annähern will. Es geht also *Kleist* zunächst einmal nur um Analogien bzw. um analoge Erkenntnis, ausgedrückt z.B. in der Frage nach einem *„Begriff vom Schönen im Tanz“*:

> „Ich fragte ihn, ob er glaubte, daß der Maschinist, der diese Puppen regierte, selbst ein Tänzer sein, oder wenigstens einen Begriff vom Schönen im Tanz haben müsse?“[139]

Letzte Gewißheit ist allerdings auf der Ebene der Analogien nicht wirklich möglich, weil die von *Kleist* gestellte Frage ja zwei Dinge anspricht, die im strengen Sinne aufeinander angewiesen sind, ohne freilich in direktem Kontakt miteinander zu stehen. Alle Formen der Analogie-Bildung, wie z.B. die Erzeugung eines *„Begriffs vom Schönen“* führen uns daher zuletzt auf ein und dieselbe Unschärfe, die allein schon dadurch entsteht, daß sich eine jede Analogie vorerst einmal an der Praxis des Spiels, und damit eben wiederum auch an der Marionette selbst, zu messen hat.[140]

Treffen wir nun also bei der Analogie-Bildung auf Unschärfen des Sprachspiels im Sinne einer petitio principii, und zwar mit Blick auf eine präsumptive Gebrauchsanleitung zur begrifflichen Erfassung von Bewegungen in einem Marionettenspiel, so im anderen Falle auf die geheimnisvolle Eigenmächtigkeit der Marionette; beide Einflußzonen behindern, zusammenfassend und durchaus auch in *Kleists* Sinne gesagt, unseren freien Einsatz der Marionette und ihrem Spiel gegenüber.

Zuletzt zeigt sich uns von daher noch, wie *Kleist* allerdings eher verhalten zum Ausdruck bringen will, die Verwandtschaft von Marionette und Sprache; sie zeigt sich uns von eben dieser Verweigerung des ungestörten Zugriffs her.

Beiden Realitäten ist nämlich eigen, daß sie der Mensch stets von einer Kluft in der Wirklichkeitserfahrung her bewältigen muß.

Es bleibt nun am Schluß noch zu fragen, welche Lösung *Kleist* in seinem Aufsatz für dieses Dilemma findet? Die Antwort ist: *Kleist* bezieht sich in seinen Überlegungen und Episoden, und dies wird detailliert zu zeigen sein, auf Bewegungsbilder, die sich vom praktischen Zusammenspiel der beiden zuvor erörterten Komponenten ableiten lassen, wobei – und dies ist die Pointe – keine der beiden Komponenten letztendlich jeweils über die andere dominiert. Vielmehr sind beide – im Sinne der Komplementarität – aufeinander angewiesen. Nur auf Umwegen also (und nicht etwa von einem einseitig rationalistischen Verständnis her), kommen wir dann doch noch zu einer praktischen Lösung unseres Dilemmas: Uns bleibt nichts anderes übrig, als die Eigenwilligkeit der Marionette – und nicht zuletzt auch die des Sprach-Spiels – minutiös in ihrer Ausdrucksbewegung zu kopieren, um ihrer zuletzt annähernd mächtig zu werden; und zwar in Gestalt eines Bewegungsbildes.

Dieses Bewegungsbild ist daher schlechthin relativ, es drückt zum einen unser deutendes Bezugsystem aus und erschließt zum anderen aber jenen komplementär angelegten Grundaufbau, der den Aufbau des Marionettentheater-Aufsatzes grundlegend bestimmt.

Teil II

Über die *„[...] Spielart einer schönen Kunst [...]“*. Erörterungen zum ersten und zweiten Kleistschen Bewegungsbild

Kap. 4: Poetisch-physikalische Simulationen: Die Grazie als Bewegungsbild

„Ich hatte schon als Knabe (mich dünkt am Rhein durch eine Schrift von Wieland) mir den Gedanken angeeignet, daß die Vervollkommnung der Zweck der Schöpfung wäre.“

Heinrich von Kleist an Wilhelmine von Zenge (22.3.1801)

Beginnen wir den nun folgenden, eher praktische – d.h. physikalische bzw. psychologische – Aspekte des *Kleistschen* Bewegungsbildes erörternden Abschnitt mit der Stellungnahme eines Praktikers, d.h. eines erfahrenen Marionettisten. Und zwar jetzt erstmals direkt mit Blick auf den *praktischen Gehalt* des Marionettentheater-Aufsatzes.

So schreibt der Marionettenspieler und Lehrbeauftragte am Figurentheaterkolleg des deutschen Instituts für Puppenspiel in Bochum, *Wolfgang Kurock*, folgendes über seine – nach Jahren – erneute Lektüre des *Kleistschen* Aufsatzes:

> „Während ich damals im Einklang mit der Literaturwissenschaft und gemäß der landläufigen Meinung meiner Berufskollegen die Kleistschen Forderungen zum Marionettentheaterspiel lediglich als überspitzte Spekulation eines amateurhaften Besserwissers eingeordnet hatte, so erschien es mir nun beinahe, als läse ich altvertrautes Gedankengut. Denn hier sah ich im Nachhinein alles das ausdrücklich bestätigt, was sich mir aus der Arbeitspraxis heraus an Problemlösungen angeboten hatte.“[1]

Zunächst einmal zerfällt *unsere* Fragestellung hinsichtlich dessen, was *Kurock* – als Praktiker – in seinem hervorragenden Aufsatz „altvertrautes Gedankengut“ (und zwar durchaus auch im Sinne von tacit knowledge) nennt, in zwei praktische Teilfragen; wobei sich aber am Schluß unserer Überlegungen – gleichsam als die Pointe schlechthin – doch noch zeigen wird, daß eigentlich nur *eine* Fragestellung, und zwar in *zwei* möglichen Perspektiven, vorliegt. Konkret gesprochen handelt es sich dabei um die in den Bereich der Spiel-Praxis fallende Frage, ob Marionettenspielen, erstens, eher objekt-, oder demgegenüber, zweitens, eher subjektbezogene Spiel-Praxis ist? Zunächst einmal die erste Fragestellung, sie läßt sich noch auf folgende Weise umschreiben: Gründet *Kleists* Bild von der „Grazie“, als das vom Tänzer C. zu verwirklichende und zu vervollkommnende Vorbild (und zwar von der Marionette her) im eigenwertigen Können der Marionette? Ist also die *Kleistsche* „Grazie“ par excellence zu erreichendes *Vorbild*, d.h. anders formuliert, die Gewißheit bzw. die Sicherheit der Marionette, der wir – die Spieler – nachzueifern haben? Ist diese Grazie also ein weitgehend hermetisches Phänomen, und zwar hermetisch im Sinne einer in sich abgeschlossenen, sich selbst genügenden Welt, deren Strukturen und Regeln ständig in die unsrige zu übertragen sind? Ist also das *Kleistsche* Marionettentheater – als praktisches Beispiel für eine derartige Welt –, jetzt noch einmal anders gefragt, das Bild einer uns zugewandten, ihrem tieferen Wesen nach fremden und anonymen, ja chaotisch strukturierten Naturgesetzlichkeit? *Kleist* bejaht diese Frage, freilich unter Anbringung gewisser neuer Einschränkungen, die überwiegend vom Gesprächspartner C. in die Diskussion gebracht werden.

I

Das Geheimnis der Marionette, so *Kleists* Annahme an den wichtigsten Stellen des Aufsatzes, gründet nämlich nicht etwa bloß in einer fremdartigen Form der Selbstbewußtheit, sondern überhaupt in einem fundamentalen Entfremdungserlebnis, das uns durch den praktischen Umgang mit der Marionette schmerzhaft bewußt wird. Diese mehr als paradoxe Annahme setzt folglich auch voraus, daß uns die Bewegung der Marionette nicht etwa derart fremd ist, daß wir uns hier einfach mit einer animistischen Interpretation (z.B. mit der psychophysisch umschriebenen Metaphorik eines Puppen-Tänzers) behelfen könnten, sondern daß sie uns vielmehr tatsächlich auch existenziell fremd ist; d.h. fremd im Sinne einer *Selbstentfremdung*, die notwendigerweise *in uns selbst* angelegt ist; die sich gewissermaßen als eine dunkle Region in uns zeigt; und zwar in dezidierter Opposition zum alltäglichen Bewegungsphänomen, gleichsam als dunkle, schweigende Nische in unserem Bewegungsbewußtsein.[2]

Dies bedeutet nun zugleich, und jetzt ist die zweite Fragestellung direkt angesprochen, daß das Subjekt nicht unter allen Umständen seiner selbst mächtig ist.[3] *Kleists* Überlegungen zielen also, auf den ersten Blick gesehen, dahin, das Subjekt für ohnmächtig zu erklären, und damit gleichzeitig die Objekt-Bezogenheit des Marionettenspiels hervorzuheben. Zum einen ist das uns fremde Spiel der Marionette ja eine Überschreitung vertrauter Sprach- und Bewegungshorizonte, zum anderen aber reine, ja sogar mechanische Naturgesetzlichkeit. Weniger signifikant ist allerdings das rein psychologische bzw. imaginative Moment. Obzwar die Naturgesetzlichkeit, so wie sie *Kleist* in seinem Aufsatz versteht, *in uns* konstituiert wird (und hier ist *Kleist* ein Kantianer im strengen Sinn des Wortes), ist sie uns doch immer auch ein wesensmäßig Fremdes, das paradoxerweise stets in uns wirksam wird. *Kant* begreift ja (gemäß dem berühmten Diktum in seinen *Prolegomena*) die Natur als das, was unter Gesetzen[4] steht, die – freilich etwas plakativ formuliert – weitgehend von uns gesetzt werden, ohne daß wir diese Setzung zuletzt in voller Tragweite erkennen und würdigen können.

Diese Fremdheit des Marionettenspiels (in Bezug auf das Spieler-Subjekt) hat daher, folgt man dem kritischen und außerordentlich ambivalenten Kantianer *Kleist* konsequent, mit der Fremdheit des naturgesetzlichen Kontinuums zu tun, die sich uns von einer seltsamen Dialektik (eines Bewegungsbildes her) immer auch als Entfremdung[5] zeigt. Die Bewegungen der Marionette erlangen nämlich ihre, uns bisweilen sehr befremdende Eigenwertigkeit zunächst einmal schon allein durch die Bewegungskurven der

Massenpunkte, von denen her sich Bewegung überhaupt erst als integrales Phänomen sichtbar und erkennbar macht. *Kleist* knüpft diesbezüglich ausdrücklich an die *Newtonische* Mechanik[6] des Massenpunktes an, freilich begreift er das Bewegungsbild der Marionette nicht ungestört, zumal ja der Spieler das reine Gravitieren der an Fäden gelagerten Punkte stets durch seine Gegenbewegung empfindlich und nachhaltig stört.

Indem er einige wenige wichtige Einsichten in die moderne Konzeption der inhibitorischen Prozesse bereits andeutungsweise vorwegnimmt[7] (jedoch, was die Ordnung seiner Überlegungen betrifft, nicht wirklich systematisch), beschreibt *Kleist* das Zusammenspiel von Dynamik des Massenpunktes und steuernder Imagination eines Marionettenspielers (und zwar im Kontext einer rhetorischen Frage des Ich-Erzählers) als ein Bewegungsbild, das u.a. in einem sogenannten *Konkurrenzphänomen* zweier bzw. mehrerer Teilprozesse gründet. Derartige Bewegungsvorgänge spielen insbesondere in der Grundlagentheorie der modernen Biologie – z.B. im Zusammenhang mit Wachstumsprozessen – eine wichtige Rolle.

So kann man z.B. das spiralförmige Wachstum der Korbblüte einer Sonnenblume als ein Konkurrenzphänomen mehrerer Teilprozesse auffassen. Zum einen ist das Wachstum ein Prozeß entlang eines helikalen Stengels, der streng einer *Fibonacci*-Reihe[8] gehorcht, zum anderen wird eben dieser deterministische Effekt durch „Nachbar-Prozesse" gestört, z.B. durch inhibitorische Stoffwechselprozesse, die sich in unmittelbarer Nähe des Wachstumszentrums abspielen.[9]

Sinngemäß übertragen in das Marionettenspiel-Beispiel in *Kleists* Aufsatz bedeutet dies nun: Das Zentrum der gravitierenden Massenpunkte ist der Schwerpunkt des Spiel-Systems, die mit dem Spiel verbundene Zykloiden-Bewegung ist der streng gesetzlich verlaufende Prozeß, die Einflüsse einer benachbarten Spieler-Imagination sind dagegen der inhibitorische Prozeß. Sein Zentrum ist die dem Zugfaden benachbarte, dem streng prozessualischen *Newtonischen* Naturgeschehen weitgehend konkurrierende Spieler-Hand. Das integrale Bewegungsbild drückt sich daher zuletzt als ein komplexes Bewegungsmuster (d.h. als „Grazie") aus. Es soll forthin den Namen „*Kleistsches* Bewegungsbild" bekommen (und später noch genauer differenziert werden). Damit ist die von uns angesprochene zweite Fragestellung ausdrücklich formuliert, sie betrifft also die Rolle des Subjekts im *Kleistschen* Bewegungsbild.

So heißt es bereits am Beginn des Aufsatzes diesbezüglich:

> „Ich erkundigte mich nach dem Mechanismus dieser Figuren, und wie es möglich wäre, die einzelnen Glieder derselben und ihre Punkte, ohne Myriaden von Fäden an den Fingern zu haben, so zu regieren, als es der Rhythmus der Bewegungen, oder der Tanz, erfordere?"[10]

Die Antwort auf *diese* Frage liegt, so unsere These, notwendigerweise im *Kleistschen* Bewegungsbild selbst. Im Aufsatz wird diese Fragestellung namentlich vom „Herrn C." – und zwar in diesem Zusammenhang nicht ohne süffisante Ironie – angesprochen. „Herr C." berichtet im folgenden über Eigenschaften der Marionetten vom Verständnis seiner eigenen Tanzerfahrungen her – und zwar eben im Sinne dessen, was wir *Kleistsches* Bewegungsbild genannt haben:

> „Zudem, sprach er, haben diese Puppen den Vorteil, daß sie *antigrav* sind. Von der Trägheit der Materie, dieser dem Tanze entgegenstrebendsten aller Eigenschaften, wissen sie nichts: weil die Kraft, die sie in die Lüfte erhebt, größer ist, als jene, die sie an der Erde fesselt. Was würde unsre gute G ... darum geben, wenn sie sechzig Pfund leichter wäre, oder ein Gewicht von dieser Größe ihr bei ihren Entrechats und Pirouetten, zu Hülfe käme? Die Puppen brauchen den Boden nur, wie die Elfen, um ihn zu *streifen*, und den Schwung der Glieder, *durch die augenblickliche Hemmung* (Hervorheb. d.d. Verf.) neu zu beleben."[11]

Diese „augenblickliche Hemmung" ist nun das von uns angesprochene inhibitorische Moment, und zwar pflanzt es sich von der Hand her in die Bewegung der Puppe hinein fort (bzw. von der Tänzerinnen-Imagination in die Tanz-Motorik der tanzenden Glieder und Gelenke) und stört die Puppe bzw. die Motorik der Tänzerin in ihrem elfenhaften Eigenleben. Das Wesen des Spieler-Zugriffs drückt sich also bildlich in der „augenblicklichen Hemmung" aus, die der Puppe zuteil wird.

II

Kleist merkt im übrigen an, daß die unbewußt agierende Puppe dieses Moment viel graziöser ausdrückt als es z.B. eine offenkundig bereits etwas übergewichtige Balletteuse G. je von ihrer (bewußt gegen das Übergewicht inszenierten) Tanz-Kunst her könnte; denn die Wirkung dieses Phänomens lebt ja von der Unbewußtheit einiger Teile im Bewegungsbild. In einer schlechten Tänzerin sind sich alle Teile stets ihrer Schwerfälligkeit bewußt, und können daher vom schöpferischen Moment einer Inhibition im integralen *Kleistschen* Bewegungsbild nicht eigentlich etwas profitieren. Indem nämlich das Bewußtsein alle Teile des beherrschbaren Bewegungsbildes dominieren will, fällt das Moment der unbewußten Motorik, das allein die Marionette in der Tänzerin zu stiften imstande ist, sofort weitgehend weg. Das Resultat ist schließlich eine unübersehbare Schwerfälligkeit. *Kleist* lastet sie – in tiefsinniger Ironie – ausschließlich dem dominanten Tänzerinnen-Bewußtsein an, dessen transzendentale Souveränität über das eigene Spiel zuletzt auf diese Weise desavouiert und grundsätzlich in Frage gestellt wird:

> „Ich sagte, daß ich gar wohl wüßte, welche Unordnungen, in der natürlichen Grazie des Menschen, das Bewußtsein anrichtet."[12]

Mit Blick auf die analytischen Graphensysteme einer rein mechanischen Bewegung, die sich dem Beobachter im Prinzip als Abrollung von Massenpunkten auf festen Kurvenzügen zeigt, (es handelt sich dabei z.B. um Ortho-, Epi- und Hypozykloiden), bemerkt er ferner:

> „Die Linie, die der Schwerpunkt zu beschreiben hat, wäre zwar sehr einfach, und, wie er glaube, in den meisten Fällen, gerad. In Fällen, wo sie krumm sei, scheine

> das Gesetz ihrer Krümmung wenigstens von der ersten oder höchstens zweiten Ordnung; und auch in diesem letzten Fall nur elliptisch, welche Form der Bewegung den Spitzen des menschlichen Körpers (wegen der Gelenke) überhaupt die natürliche sei, und also dem Maschinisten keine große Kunst koste, zu verzeichnen."[13]

Die Bewegung der menschlichen Gelenke (bzw. der Bewegungsmotorik überhaupt), und zwar hier im Zusammenhang mit ihrer sensomotorischen Auffassung (also im Zusammenhang mit dem Spieler bzw. Tänzer-Können), ist nun, wie wir heute aus der modernen Biophysik wissen, im strengen Sinne des Wortes so etwas wie ein deterministisches Chaos[14], entwickelt sich also zwischen der offensichtlichen „Unordnung"[15] (bewirkt durch zu große Bewußtheit) und einer nach genauen Parametern strukturierten Ordnung[16], bewirkt durch weitgehende Überlassung des bewegten Körpers an seine Eigendynamik[17], die sich, jetzt phoronomisch, d.h. von der Physik der Bewegung her verstanden, in Form von zuweilen äußerst graziösen und anmutigen Linien (bzw. Graphen) *„[...] der ersten oder höchstens zweiten Ordnung[...]"* selbst-organisatorisch aufbaut und ausdrückt. *Kleist* hat dies tatsächlich so (und nicht etwa bloß metaphorisch) verstanden, wie nun gezeigt werden soll. Das ist nun aber eine außerordentlich scharfsinnige Einsicht, die ihn über jenen Wissensstand weit hinaushebt, den seine Zeitgenossen im Zusammenhang mit derartigen Bewegungsphänomenen hatten[18], wie ferner noch zu zeigen sein wird. Der Prozeß der Durchmischung, und zwar hier zunächst einmal mit Blick auf den bewegten Punkt im Bewegungsgeschehen, ist nämlich äußerst komplex angelegt; denn das System der bewegten Punkte der Marionette bewegt sich – ganz im Sinne der äußerst verwickelten und schwierig zu erfassenden Mechanik eines Doppelpendels[19] – zwischen einfachen *linearen* und komplexen *nichtlinearen* Phänomenen. Daher kann man, wie *Kleist* zurecht erkannt hat, zunächst noch *nicht wirklich* entscheiden, *welche* Linie das bewegte System zuletzt beschreibt. In dieser Hinsicht ist sogar unser Wahrnehmungsvermögen weitgehend inkompatibel, wir müssen daher – und zwar insbesondere als Ästhetiker – auf illustrative Annäherungsprozesse zurückgreifen. Der reale Verlauf kann daher im besten Falle nur simuliert werden (und eben das tut *Kleist* ja tatsächlich – freilich nicht im modernen Sinn einer digitalen Bewegungsanalyse). Unser obiges Zitat betont nun gerade diesen, für das Verständnis des Marionettentheater-Aufsatzes zweifellos sehr wichtigen Aspekt; er besagt, kurz formuliert, daß wir es in diesem Falle mit der Beobachtung eines durchmischten Bewegungsverlaufs zu tun haben, der sich – häufig mit gänzlich unentscheidbaren Zwischenstufen – zwischen mechanischer und imaginativer Bewegung abspielt.

Und trotzdem stellt *Kleist* sofort auch fest, daß es *„[...] also dem Maschinisten keine große Kunst koste[...]"*, dennoch gekonnt zu spielen. Das aber scheint nun ein Widerspruch in sich zu sein.

III

Um uns klar zu machen, warum dies zuletzt doch kein Widerspruch sein kann, müssen wir noch einmal auf unser zuvor eingeführtes Modell einer Simulation zurückkommen. Der im Zitat angesprochene „Maschinist“[20] befindet sich nämlich in einer paradoxen Situation, der er sich jedoch in keinem Augenblick seines Spiels je wirklich bewußt ist (es sei denn, er spielt schlecht): Er selbst glaubt nämlich, daß es einfach sei, der Beobachter dagegen sieht bei genauerem Hinsehen, wie kompliziert es demgegenüber ist, für das einfache Spiel einigermaßen adäquate Beschreibungsmöglichkeiten zu finden.

Der Widerspruch löst sich aber erst dann auf, wenn wir diese beiden Positionen (also die des Maschinisten und des Beobachters) fein säuberlich trennen, und von dieser Trennung her auch ihre Interpretationen des Spielgeschehens getrennt diskutieren. Dann gilt folgende scheinbare Antithetik: Der „Maschinist“ zeigt, *daß* er spielen kann. Man sieht sogar, *daß* sein Spiel ganz offensichtlich einfach ist (weil hier einem guten Marionettenspieler ein versierter Kenner des Spiels gegenübersteht, der die Einfachheit und Eleganz des Spiels durchaus würdigen kann). Das ist nun also die erste mögliche Interpretationslage. Sie drückt u.a. z.B. die Situation nach einer Marionettentheater-Vorstellung aus, an der sich die Zuseher erfreuen konnten, weil sie spielerisch gelungen war.

Nun aber zur zweiten möglichen Situation: Der intellektuelle Beobachter (der poetische Physiker à la *Kleist*) ist nun aber – trotz des Vergnügens am gekonnten Spiel – zuweilen verführt, zu glauben, daß das Spiel auch so einfach sei, wie es sich ihm, dem sensibilisierten Mitglied des begeisterten Publikums, zeigt. Dieser Aspekt ist allerdings falsch, wie *Kleist* ganz genau – und sachlich völlig richtig – erkannt hat.

Nicht falsch ist dagegen die von *Kleist* in unserem Zitat in Diskussion gebrachte Möglichkeit, *so zu tun, als setze sich das Spiel aus einfachen, stets intersubjektiven und experimentell reproduzierbaren Elementen* zusammen.

Der intellektuelle Beobachter simuliert also, so verstanden, den Spielverlauf anhand eines Modells (der Simulator ist dabei zunächst seine reproduktive Imaginationskraft[21]). Der Genauigkeitsgrad der Annäherung hängt dabei stets – und zwar eindeutig – von der Qualität der vorausgesetzten Elemente des Bewegungsbildes ab. Er beruht daher zuletzt immer auch wesentlich auf den Qualitätskriterien einer Theorien- und Hypothesen-Bewertung. Es sei schon hier vorweggenommen, daß *Kleist* die richtige Darstellung dieser Interpretationsebene des Spiels (hinsichtlich der Frage nach einer Evaluation) bereits recht gut getroffen hat – ob zufällig oder nicht, soll hier allerdings noch nicht entschieden werden[22]. Seine formalen Bewertungskriterien sind nämlich – wie wir noch sehen werden – recht modern und inhaltlich auch heute noch weitgehend gültig.

Diese, im folgenden noch genauer darzulegende Einsicht macht nun zugleich offenkundig, daß wir *Kleists* Text forthin immer von jener – jedoch bloß vordergründig paradoxen – Doppeldeutigkeit der Interpretationsmöglichkeiten her erschließen müssen, die er selbst sehr genau erkannt hat. Sie zeigt sich häufig in kunstvollen, ironischen Wendungen, die viel mit jenen Inhalten zu tun haben, deren äußere Form sie sein sollen.

Kleist unterscheidet nun, so eine vorläufige Zusammenfassung, zwischen folgenden beiden Deutungsmöglichkeiten, die uns freilich im Marionettentheater-

Aufsatz nie fein säuberlich getrennt zu Gesicht kommen: Erstens, versteht er das Spiel als autonomes Spiel-Ereignis, das spontan gefällt bzw. mißfällt; zweitens aber auch als Spiel-Können, das von einem System elementarer Bewegungszustände her simuliert werden kann, die auf der Annahme eines deterministischen Chaos im Spiel beruhen. Mit diesem Anspruch hat sich *Kleist* nun aber ausdrücklich auf das Feld einer Bewegungsanalyse begeben, die mit Simulatoren arbeitet. In diesem Falle ist der Simulator, etwas überspitzt formuliert, jener poetisch-physikalische Teil seines Marionettentheater-Aufsatzes, in dem sich unser Zitat von der „*Linie des Schwerpunkts*“[23] finden läßt.

IV

Wie sehr sich *Kleist* damit, und zwar insbesondere in puncto der Frage nach der chaotischen Dynamik *„[...] der Linie, die der Schwerpunkt zu beschreiben hat[...]“,* bereits einigen modernen Interpretationen derartiger Formen des chaotisch-dynamischen Bewegungsgeschehens nähert, kann uns insbesondere der Hinweis auf das Kapitel „*Die Ringe des Saturn*“[24] im Abschnitt „*Modelle für ein deterministisches Chaos*“ in *Friedrich Cramers* Buch *Chaos und Ordnung* deutlich machen.

Friedrich Cramer spricht dort über chaotische Bewegungen, von denen her harmonische Strukturen entstehen, obwohl – oder besser: *gerade weil* – sich die bewegten Massen wechselweise stören (in diesem speziellen Zusammenhang spricht er namentlich über das Drei-Körperproblem in der Himmelsmechanik). Er unterscheidet dabei im Zusammenhang mit einfachen Bewegungsabläufen zwischen den beiden Bewegungselementen *Feder- und Pendelschwingungen*, und zwar mit Blick auf die von *Heinz O. Peitgen* und *Peter H. Richter* entwickelte These[25], die besagt, daß sich „komplexe dynamische Systeme“ in Computer-Simulationen häufig auf die Durchmischung[26] *dieser* beiden elementaren Bewegungsbilder zurückführen lassen (und zwar indem man einen Bewegungszustand B_n jeweils, und zwar in Hinsicht auf diese beiden Elementarbewegungen, auf den nächsten Zustand B_{n+1} anwendet, und auf diese Weise einen chaotischen Iterator erzeugt). *Cramer* erläutert diese These ganz speziell im Zusammenhang mit seiner Frage nach der Entstehung der Saturnringe. Die Ringe des Saturn sind ja in der Tat außerordentlich schöne Gebilde, deren Schönheit auf deterministisch chaotische Vorgänge zurückgeht (Das wußte man im übrigen schon in der Mitte des 19. Jahrhunderts[27]). Wir lesen dort:

> „Heinz O. Peitgen und Peter H. Richter, auf die viele der hier berichteten Ideen zurückgehen, haben nun ein vereinfachtes rechnerisches Verfahren angewandt, mit dessen Hilfe man komplexe dynamische Systeme dadurch simulieren kann,daß man jedem Punkt den jeweils nachfolgenden zuordnet. Sie formulierten also Regeln, nach denen ein Punkt nach seinem Vorgänger entsteht. Sie konnten dadurch ähnliche Strukturen wie beim Doppelpendel erhalten. Diese mathematische Abbildung erlaubt es, den Ablauf dynamischer Prozesse am Bildschirm des Computers zu verfolgen.“[28]

Auf die Erörterungen *Kleists* umgelegt, bedeutet dies nun, daß die poetisch-physikalischen Inhalte jenes Zitats von der „Linie des Schwerpunkts“ als Momente einer dichterischen Simulation eines Bewegungsphänomens anzusehen sind. Um uns dies zu vergegenwärtigen muß der besagte Text hier noch einmal wiedergegeben werden:

> „Die Linie, die der Schwerpunkt zu beschreiben hat, wäre zwar sehr einfach, und, wie er glaube, in den meisten Fällen, gerad. In Fällen, wo sie krumm sei, scheine das Gesetz ihrer Krümmung wenigstens von der ersten oder höchstens zweiten Ordnung; und auch in diesem letzten Fall nur elliptisch, welche Form der Bewegung den Spitzen des menschlichen Körpers (wegen der Gelenke) überhaupt die natürliche sei, und also dem Maschinisten keine große Kunst koste, zu verzeichnen.“ [29]

Auch der Praktiker, d.h. hier ganz konkret: der praktisch agierende Marionettist, versteht seine Spielpraxis als ein integrales Geschehen, das sich in klar gegliederte Bewegungselemente aufgliedern läßt (d.h. von bewegten „Punkten“ her mehr oder minder gefühlsbetont gesteuert wird).

V

Wie *Friedrich Cramer* interpretiert daher auch *Wolfgang Kurock* die Entwicklung von harmonischen Bildern von einem integralen, in sich geschlossenen Bewegungsbild her, das freilich jeweils – durch vordergründig unsichtbare –, d.h. mithin durch elementare Bewegungsdynamiken konstituiert wird; in diesem Zusammenhang spricht er zunächst einmal vom Pendel, an das, und dies ist in diesem sehr speziellen Fall die zweite elementare Bewegungsdynamik, verschiedene Nebenpendel angegliedert sind.

Das *Pendel* und seine *Nebenpendel* sind also, im Sinne der *Mechanik des Doppelpendels* verstanden, die Bewegungselemente des Marionettenspiels, mit deren Hilfe der Spieler sein Spiel praktisch gestalten muß. Dies bedeutet dann auch, daß die Spielpraxis des Marionettisten zuletzt ein Iterator im oben erläuterten Sinn sein muß, der jedoch – und dies gilt ganz speziell für den Fall des Marionettenspiels – ein *objektives Geschehen* an sein *subjektives Pendant* annähern – oder, wie sich *Kurock* ausdrückt, *„[...] bestimmte Bewegungsabläufe in seine Figur hineinlisten[...] „* – will:

> „Und sofort danach stieß ich auch auf den Begriff ‚Schwerpunkt der Bewegung‘, der mir, obwohl seltsam formuliert, sogleich das unaufhörliche Bemühen des Marionettenspielers exakt umschrieb, der bestimmte Bewegungsabläufe in seine Figur hineinlisten will: Daß nämlich die Marionette, selber ein Pendel, mit verschiedenen Gliedmaßen als Nebenpendeln und jeweils eigenen Schwerpunkten als bewegte Massen oder Formen genau die von Kleist aufgezeigten Eigenschaften ausweisen. Und wenn Kleist später noch behauptet, der Maschinist brauche nur *einen* Draht oder *einen* Faden, um den Schwerpunkt der Marionette zu regieren, während die Glieder nichts als tote Pendel bleiben und dem Gesetz der Schwerkraft (hier wäre hinzuzusetzen: und der Zentrifugalkraft) folgen, so läßt sich dies alles mit geeigneten Figuren ad oculos demonstrieren.“[30]

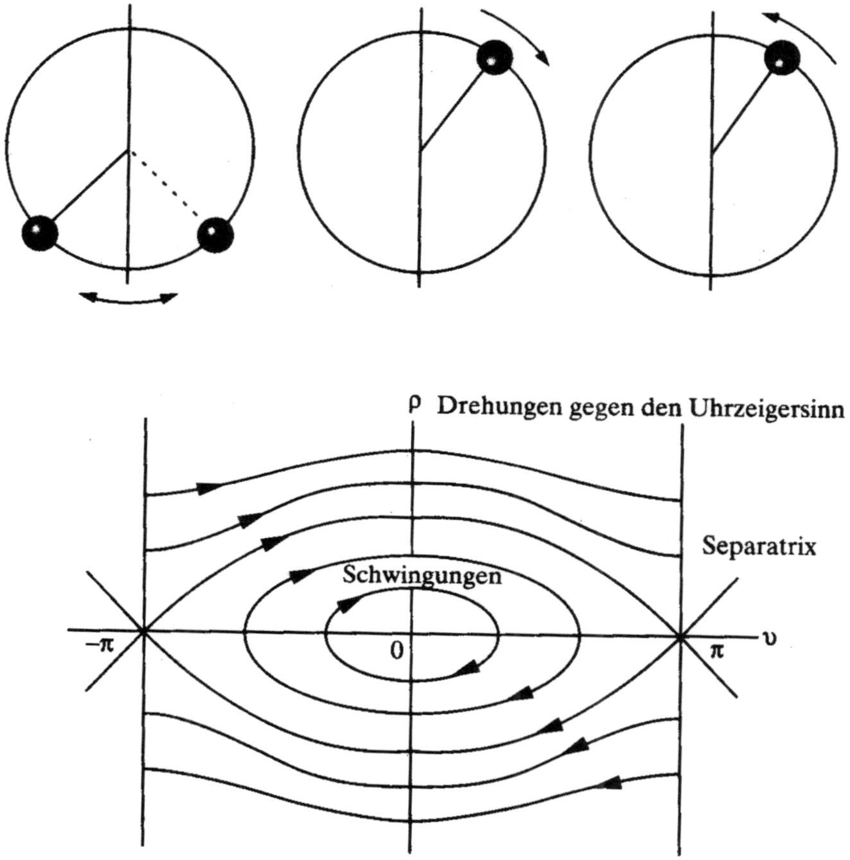

Abb. 8 *Die Poincaré-Karte eines einfachen Pendels*

Erläuterungen zu den Graphiken: Ein einfaches, mathematisch idealisiertes Pendel kann prinzipiell drei Arten von Bewegung ausführen. Es kann hin und her schwingen (*Fall oben links*), es kann sich im Uhrzeigersinn drehen (*Fall oben Mitte*) und es kann sich gegen den Uhrzeigersinn drehen (*Fall oben rechts*). Ferner kann sich das Pendel auch in stabiler, bzw. in instabiler Ruhelage befinden, oder sich an beide Lagen annähern, ohne sie allerdings in endlicher Zeit zu erreichen. Der *Poincarésche Phasenraum* zeigt nun die Bewegungen des Pendels als ein in sich geschlossenes Bewegungsbild. Das untere Diagramm präsentiert das Bewegungsbild des Pendels, als wäre es um einen Zylinder gewickelt, was zur Folge hat, daß seine linken und rechten Kanten koinzidieren. Als „Separatrix" bezeichnet man dann jene Bahn, die die instabile Stellung des Pendels ausdrückt, in der sich das Pendel weder in die eine noch in die andere Richtung bewegen kann. Das Pendel zeigt dabei nach oben und bleibt stehen.

Denken wir uns nun – diesen Gedankengängen nachfolgend – die Bewegung des Schwerpunktes, gleichsam „ad oculos" (im Sinne einer Simulation bzw. eines anschaulichen Gedankenexperiments), in mehrere Bewegungselemente zerlegt – und zwar jeweils bezogen auf einen genau beobachteten Bewegungszustand, dann gibt es hier, dem von *Friedrich Cramer* skizzierten Simulationsmodell entsprechend, grundsätzlich zwei elementare Möglichkeiten: Jeder Zustand B_i ist demzufolge zugleich eine *Feder-Dynamik*[31] und eine *Pendel-Dynamik*[32]. Tatsächlich spricht ja auch *Kleist* selbst in seinem Aufsatz, und zwar ganz ausdrücklich, von der Pendel-Dynamik:

> „Jede Bewegung, sagte er, hätte einen Schwerpunkt; es wäre genug, diesen, in dem Innern der Figur, zu regieren; die Glieder, welche nichts als Pendel wären, folgten, ohne irgendein Zutun, auf eine mechanische Weise von selbst."[33]

Die Feder-Dynamik verleiht dem Schwerpunkt eine gebremste lineare Bewegung, wobei die Bremsung durch die Zug-Hand des Spielers bewirkt wird. Sie leistet nämlich der Schwerkraft gegensinnigen Widerstand, ändert aber am linearen Bewegungszustand nichts. Die Pendel-Dynamik bewirkt dagegen, daß der Schwerpunkt um einen Pendel-Scheitel schwingt und somit in eine Schwingungsebene ausschert, so daß die Bewegungsrichtung daher periodisch geändert wird. Mathematisch gesehen, gibt es hier zahlreiche Möglichkeiten des Verlaufs (z.B. einen weitgehend idealisierten Verlauf nach den Gesetzen des physischen bzw. realistischen Pendels). Entsprechend dem Simulationsmodell wird nun jeder Bewegungszustand, wie bereits definiert, durch eine gegenseitige Einwirkung dieser elementaren Bewegungen festgelegt. In der Simulation gibt es daher ein Nacheinander: Das Moment der Feder-Dynamik wird auf das der Pendel-Dynamik hin angewendet, es entsteht ein sogenannter Iterator. Es kommt also zur Durchmischung. *Friedrich Cramer* charakterisiert die beiden angesprochenen Bewegungselemente so:

> „Wegen der Proportionalität von Schwingungsweite (Auslenkung) und Kraft ist die Federdynamik sehr einfach, während das Pendel aufgrund der in seinem Potential hinzukommenden Cosinusfunktionen ein ungleich komplexeres Bild gibt."[34]

Es gibt nun aber Bewegungszustände, wo die beiden Bewegungselemente einander sehr gleichen, so daß – studierte man die Bewegungselemente unabhängig vom Iterator – kaum ein Unterschied festgestellt werden kann:

> „Zunächst stellt man fest, daß Feder- und Pendelschwingungen im Zentrum ähnlich aussehen. Bei kleinen Winkelausschlägen schwingt ein Pendel genauso wie eine Feder. Üblicherweise bezeichnet man den Punkt x = y = 0, also den stabilen Ruhepunkt von Feder oder Pendel, als ‚elliptisches Zentrum'. Die Schwingung um dieses Zentrum wird als elliptische oder stabile Dynamik bezeichnet. Bei der Feder gibt es nur diese."[35]

Würde nun die Marionette vom Spieler einfach nur gezogen – und zwar ohne große Ausscherung –, dann würden ihre Gliedmaßen – sie entsprechen ja Pendeln –, wie *Kleist* überraschenderweise bereits erkannt hat, *„[...] in diesem letzten Fall nur elliptisch [...]"* ausschwingen, bzw. sich, um wieder mit

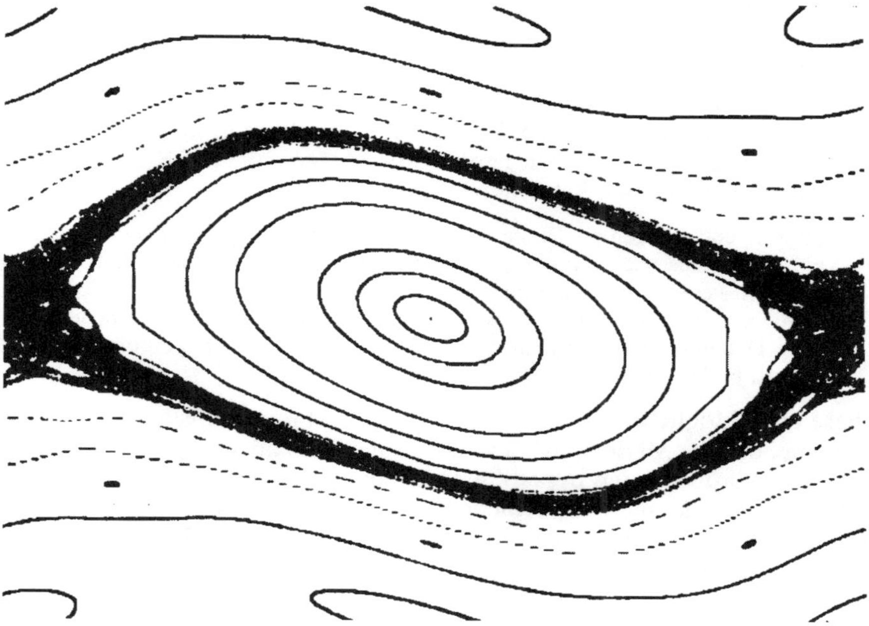

Abb. 9 *Die Poincaré-Karte einer erzwungenen Pendelschwingung*

Erklärungen:
Die Marionettenbewegung kann man am ehesten als eine erzwungene Pendel-Schwingung begreifen. Dies bedeutet, daß der Marionettenspieler die eingependelte Marionette - ihre Glieder sind ja, abstrakt verstanden, tatsächlich ein System von Doppelpendeln - mit Hilfe seines Spielkreuzes in der Horizontalen hin- und herschiebt (z.B. beim Gehen der Marionette). Diese Bewegung beeinflußt dann naturgemäß das *Poincarésche Bewegungsbild* der Marionette. Es gibt, schematisch gesprochen, drei Bereiche, die das Bewegungsbild eines solchen Systems annähernd charakterisieren können; zum einen treffen wir auf *stabile innere Bereiche*, die in sich geschlossene Bahnen aufweisen (mit einem elliptischen Zentrum), in ihnen zeigt sich das Hin- und Herschwingen des Pendels; es gibt ferner eher *weniger stabile äußere Bereiche*, in denen das Pendel im vollen Kreis schwingt. In der Nähe der „Separatrix" bleibt aber das Pendel oben stehen, die Bewegung wird endgültig chaotisch und unvorhersagbar. Anmerkung: Es entzieht sich allerdings meiner näheren Kenntnis, ob die Glieder einer Marionette diesen chaotischen Zustand in der Praxis tatsächlich erreichen können.

Friedrich Cramer zu sprechen, vom „elliptischen Zentrum"[36] her in einer weitgehend stabilen Dynamik bewegen. Dies gilt freilich nur dann uneingeschränkt, wenn man die Marionette das tun läßt, was sie ist – und zwar trotz Spieler-Einwirkung. Es gibt nun gerade in dieser Hinsicht – d.h. im Sinne von unserem Zitat aus *Kleists* Aufsatz – wenigstens zwei mögliche Störquellen, die dieses „elliptische" Spiel der Federdynamik nachhaltig in Frage stellen können. Die eine Möglichkeit liegt darin, daß die Marionette an ihrem Seilzug – aus was für Gründen auch immer – bereits so weit ausgelenkt wird, so daß in der Folge jener Grenzbereich, in dem Federdynamik und Pendeldynamik annähernd übereinstimmen, verlassen wird. Dann würde die nunmehr dominierende Pendeldynamik das Spiel empfindlich stören; und zwar auf der Basis von großen Pendel-Ausschlägen, die auf Resonanzeffekte in einer erzwungenen Schwingung zurückgehen[37]:

> „Beim Pendel liegen die Dinge komplizierter. Ein realistisches Pendel ist immer ein gebremstes oder getriebenes Pendel, die Reibung muß durch Antrieb kompensiert werde; ein realistisches Pendel dissipiert (verliert durch Reibung/Der Verf.) also Energie. Mit größer werdendem Ausschlag gerät die einfache elliptische Dynamik schließlich in den Einflußbereich eines ‚hyperbolischen Zentrums', in dem eine chaotische Dynamik beobachtet wird."[38]

Diese erste Möglichkeit bedeutet nun, daß der Marionettenspieler dafür sorgen muß, daß die Marionette bei seinem Spiel nicht allzusehr ausschert[39], andernfalls würde sie sich hyperbolisch chaotisch bewegen, wobei in diesem Fall schon sehr kleine Unterschiede in den Startbedingungen des jeweiligen Spieleinsatzes sehr große Störungen verursachen können. Es kommt zu sogenannten „Schleuderfiguren."[40]

Kap. 5: Die Dynamik und Synergetik der Einbildungskraft

In Bewegungsbildern, die auf die Pendel- und auf die Federdynamik bauen, gilt, wie *Friedrich Cramer* zuletzt noch feststellt, insgesamt, daß der Fall des elliptischen Zentrums den Zustand der größten Ordnung repräsentiert. Ihn erfüllen z.B. die großen Planeten in ihren Bahnen. Von *Cramers* Simulation her wäre also dann die „Grazie" der stabile Zustand in einem, wie *Kleist* übrigens auch selbst anmerkt, „elliptisch" eingestellten System. Nun stellt sich uns von daher zuletzt noch die sehr wichtige Frage, mit *welchem* Paradigma man den von *Kleist* angesprochenen Zustand einer stabilen Ordnung eines bewegten Systems im Rahmen einer literaturwissenschaftlichen Theorienbildung beschreiben könnte? Es stellt sich uns also jetzt auch die Frage nach einer Theorie, die uns die Darstellung eines Bezugs zwischen einerseits physikalischen bzw. psychophysischen Phänomenen und andererseits poetisch-motivischen Bildern gestattet, die in ein und demselben Aufsatz auf verschiedenen Bedeutungsebenen zusammenspielen. Dabei muß der Anspruch weiterhin sehr *spezifisch bleiben*, denn es geht uns ja in erster Linie um die Erschließung eines Aufsatzes von *Kleist*, in dem von Bewegungsbildern die Rede ist, die u.a. auch in einschlägig physikalischen bzw. psychologischen Kontexten abgehandelt werden können.

Dazu folgende grundsätzliche Überlegungen zur Kontextfindung bzw. zur Kontextualisierung: Insgesamt gesehen, könnte man bei dem oben angesprochenen Zusammenspiel der Dynamiken (Feder- und Pendeldynamik im Sinne *Cramers*, „Weg der Seele" des Puppen-Tänzers im authentischen Sinne *Kleists*) – um es jetzt auch noch mit einem Wort des deutschen Physikers *Hermann Haken* auszudrücken – von einem *synergetischen System* sprechen[41]. Die Synergetik ist dabei eine paradigmatische Theorie, die ein System unter dem Aspekt der Kooperation seiner weitgehend zueinander heterogenen Teile analysiert. Mit dieser Theorie kommt dann ein Konzept der Selbstorganisation in die Diskussion, das sich, so unsere These, auch auf unsere Überlegungen zum Bewegungsbild *Kleists* übertragen läßt. *Kleists* Konzept einer „Grazie" des Bewegungsbildes, so könnte man jetzt von daher beispielsweise postulieren, wäre dann sozusagen das Bild eines synergetischen Systems, das einen ästhetischen (d.h. einen *schönen*) Zustand als das Zusammenspiel von heterogenen, d.h. hier nicht-ästhetischen Bewegungen ausdrückt, die in die Physik, in die Psychologie, bzw. sogar in die Technik des Marionettenbaus hineinspielen. Der resultierende, alle übrigen „versklavende"[42] Zustand wird, jetzt konkret verstanden, von mechanischen und psychophysischen Teilbewegungen her bewirkt und – auf physikalisch-mechanischer Ebene – als Gleichgewichtszustand festgelegt. Die „Grazie" wäre also, so verstanden, ein Bewegungsbild, in dem alle erwähnten Dynamiken, und zwar im oben erörterten, d.h. im *Cramerschen* Sinne verstanden, miteinander kooperieren und Bewegungsmuster ausbilden, die diese Kooperation spontan als selbstorganisiertes, schönes bzw. graziöses Bild sichtbar machen. Dessen Sichtbarwerden ist daher zuletzt auch ein Zustand der Ordnung und Stabilität, der sowohl mit einem psychophysischen Vorgang als auch mit mechanisch-physikalischen Vorgängen in eine *direkte* Verbindung gebracht werden kann, obwohl die aufgezählten Teile des Systems – sieht man sie jetzt einzeln – wenig bis gar nichts miteinander zu tun haben. Es kommt also, so verstanden, ganz und gar darauf an, *welches* Produkt einer Kooperation dieser synergetische Prozeß zuletzt ausbildet. Nicht die einzelnen Teile der Kooperation sind hier also angesprochen, sondern vielmehr ihr integrales Zusammenspiel *als* systemisches Bewegungsbild ist nunmehr im Brennpunkt des wissenschaftlichen Interesses; dieses Produkt – und nicht etwa bloß das Bewegungsspiel der Koaktanten im erzeugenden System – werden vom Betrachter zuletzt als schön bzw. „graziös" empfunden. Dies wird möglich, weil ja das System zum einen auch mechanisch-physikalisch stabil, und zum anderen ästhetisch als stabiles Ganzes (d.h. als Gattung) *erfaßbar* bzw. *reflektierbar* ist. Die „Grazie" ist daher ein integraler Bewegungszustand, der auf einem synergetischen – und nicht etwa bloß einseitig auf einem physikalischen bzw. psychologischen – Gleichgewichtszustand beruht. Es wird zu zeigen sein, daß sich *Kleists* Konzeption der „Grazie" tatsächlich von diesem modernen systemtheoretischen Ansatz her verständlich machen läßt; dies bedeutet zugleich, daß dieses bemerkenswerte Konzept bereits klar vorwegnimmt, daß es *kein* zentrales Steuerungselement der Bewegung des Puppen-Tänzers geben kann, sondern daß sich uns die Bewegung der Marionettenpuppe vielmehr als ein System von Komponenten zeigt; dieses Spielsystem Marionettentheater beseitigt dann zuletzt, wird es konsequent ausgelegt, *alle* Formen einer realen Unterscheidung zwischen Motorik und Imagination, und zeigt auf, daß hier (und zwar ganz im Sinne von *Rousseaus* „Gefühl") eine Einheit vorherrscht, so wie wir sie im ersten Kapitel der vorliegenden Abhandlung postuliert haben. Die Trennung zwischen bewegtem Körper und bewegter Imagination (Reflexion) ist, so verstanden, eigentlich nur ein Artfefakt. *Kleist* hat also (freilich bloß von seinem speziellen, eher eingeschränkten Erkenntnisinteresse her) erkannt, daß die Subjekt-Objekt-Problematik nur eine Art der Interpretation eines komplexen Bewegungsgeschehens ist, in der die Imagination bzw. die Reflexion über alle anderen Modi dominiert. *Kleist* hat im übrigen auch erkannt, daß dieses Bewegungsbild zuletzt an der großen Vielfalt (d.h. an der „Anmut") natürlicher Bewegungen scheitern muß. Die mit dieser künstlichen Dichotomie von Subjekt und Objekt verknüpfte Bewegung ist somit in der Realität stets eine *natürliche Einheit* in der Vielfalt der Komponenten; das involvierte Subjekt und „sein" Objekt sind, um jetzt noch einmal sinngemäß mit *Haken* zu sprechen, lediglich „Moden", die unser Bewußtsein zum Bewegungsphänomen beisteuert. Diese bemerkenswerte Einsicht war *Kleist*, wie im folgenden noch näher zu zeigen sein wird, nur deswegen möglich, weil er die einzelnen Bewegungselemente (bzw. Dynamiken) in seinem Modell (bzw. Bewegungsbild) nicht allein passiv und voneinander losgelöst – d.h. einseitig von ihrer Naturgesetzlichkeit her – aufeinander einwirken läßt, sondern auch noch von einer dritten, im wesentlichen übergeordneten Dynamik her bestimmt, die das Ganze der Bewegung als ästhetische Qualität bzw. als „schöne Ordnung" *sichtbar* macht. Die wichtigste These *Kleists* diesbezüglich besagt nun, daß sich das System der Bewegungen (d.h. das graziöse Marionettentheater) gegenüber den kooperierenden Teilen (d.h. gegenüber der Psychophysik) durchsetzt; dies zeigt sich schließlich im schönen und eleganten Spiel, das keine reale Trennung zwischen Spieler und Puppe mehr kennt; das Spiel unterwirft – und zwar als „Grazie" – alle übrigen „Moden" des Spiels, „versklavt" sowohl den Spieler als auch die Puppe im Spiel und bringt sie letztendlich – als Einheit des Marionettentheaters – temporär zum Verschwinden. Dieses Verschwinden wird, wie wir noch sehen werden, durch die Einführung zweier physikalisch-mathematischer Gleichnisse dargelegt[43], denen beiden gemeinsam ist, daß sie jeweils auf ein *unendliches Moment* der Bewegung hinauslaufen, in dem aber die „Grazie" paradoxerweise am deutlichsten „sichtbar" (bzw., genauer, „erfühlbar") wird. Die Schönheit des Bewegungsvorganges zeigt sich also von einem *Unendlichen* her[44], das sowohl die Imagination als auch die die Bewegung tragende und steuernde Motorik umfaßt. Es ist freilich nicht reflektierbar und bleibt auch unsichtbar.

Man könnte nun also, so verstanden, von der „Grazie" als *der* entscheidenden Komponente der ästhetischen Manifestation der Bewegung in einem synergetischen Bewegungsbild *Kleists* sprechen. Sie gerade dominiert das Geschehen, indem sie alle wesentlichen Komponenten des Bewegungsbildes aufeinander bezieht; von dieser Synthese her bildet sich zuletzt eine Steuer-Bewegung (*Kleist* selbst spricht von der *„Sicherheit der Grazie"*[45]), die indessen im strengen Sinn des Wortes nicht etwa als *ein* besonderer Teil des Systems gelten darf; sie ist vielmehr die sich *zuletzt durchsetzende* Komponente eines weitgehend selbstorganisatorischen Systems, das von gleichwertigen, passiven Bewegungselementen (Imagination, Motorik, Puppe) gesteuert wird. Kein Bewegungselement hat also einen Vorzug gegenüber einem *anderen* Koaktanten im System des Marionettentheaters. Erst das durch die „Grazie" erzwungene Zusammenspiel aller Komponenten – d.h. der aktiven und der passiven – macht dann die Erkennbarkeit bzw. die Reflektierbarkeit dieses Systems möglich. Schönheit ist daher, so verstanden, stets auch ein momentaner, integraler Gleichgewichtszustand in einem Bewegungsbild, bei dem sich zuletzt die „Grazie" gegenüber allen anderen sie mitbestimmenden „Moden" durchsetzt. Dominieren nun aber andere Teile des Systems, z.B. das Bewußtsein bzw. die Pendel- und Federdynamiken, einseitig, dann wird das System zuletzt nicht als schön bzw. graziös empfunden. Im ersteren Falle – d.h. wenn sich also allein das Bewußtsein durchsetzt –, spricht *Kleist* von den „[...] *Unordnungen in der natürlichen Grazie des Menschen, [die] das Bewußtsein anrichtet [...]*"[46]. Der zweite Fall, der von unserem Modell her denkbar ist, entsteht dem entgegen genau dann, wenn Seele und Schwerpunkt der Bewegung nicht übereinstimmen. In diesem Falle würde sich die mechanische Bewegung gegenüber der Seele des Tänzers durchsetzen, was zur Folge hat, daß die Bewegung als unnatürlich, eher mechanisch bzw. *geziert* erscheint:

> „Denn Ziererei erscheint, wie Sie wissen, wenn sich die Seele (vis motrix) in irgendeinem andern Punkte befindet, als in dem Schwerpunkt der Bewegung."[47]

Freilich – und das ist eine wichtige Pointe *Kleists*[48] – läßt sich gerade diese Störung der „Grazie" nur auf den Tänzer und nicht etwa auch auf das Spiel anwenden, in dem die Puppe dominiert. Es ist, so wie „Herr C" im Aufsatz anmerkt, ein *„[...] Vorteil, den diese Puppe vor lebendigen Tänzern voraus haben[...]"* würde, daß in ihr nämlich „vis motrix" und „Schwerpunkt der Bewegung" notwendigerweise übereinstimmen müssen. Daß dies beim Tänzer allerdings nicht immer der Fall ist, ist einzig und allein seiner Imaginationskraft anzulasten, die sich gegenüber den anderen „Moden" stets durchsetzen will.

Zusammenfassend formuliert, hat also eine derart verstandene Theorie des *Kleistschen* Bewegungsbildes stets davon auszugehen, daß *alle* in das Spielgeschehen involvierten Bewegungselemente eines Marionettenspiels – trotz ihrer Unabhängigkeit außerhalb des Systems Marionettentheater – ähnlichen bzw. gleichen Bewegungsmustern (und in einem auch Deutungsmustern) folgen. Diese Behauptung rechtfertigt dann zuletzt noch – und zwar durchaus in einem strengen Sinne – die Zusammengehörigkeit der Bewegungselemente innerhalb ein und derselben literarischen Gattung, wobei letztere dann ebenfalls so etwas wie ein selbstorganisatorisches (d.i. autopoietisches) System sein muß. Die Auffassung der Autopoiesis des Spiels obliegt dabei in erster Linie der Imaginationskraft, die von verschiedenen mechanischen bzw. psychophysischen Komponenten gespeist wird. Sie ist, so eine weitere wichtige These, selbst Bewegung (Der *„Weg der Seele des Tänzers"*[49]), ihr entspricht dann – jetzt poetologisch gesehen – jeweils eine *Gattung*. Im folgenden muß daher u.a. auch gezeigt werden, auf welche Weise *Kleist* diesen Anspruch einer derart angelegten Theorie der Bewegung zwischen Imagination und Motorik innerhalb seines Marionettentheater-Aufsatzes wirksam werden läßt. Dabei ist der gattungstheoretische Aspekt – und zwar mit Blick auf unser spezielles Erkenntnisinteresse – ganz besonders hervorzuheben. Auf diese Weise dargestellt und entwickelt, so sei schon hier festgestellt, ist also die literarische Gattung immer auch Bewegungsbild. In ihr geraten die Diskurse und ihre Sprachformen gleichsam in Bewegung und bilden, wie wir später noch sehr deutlich sehen werden, strenge Reflexionsfiguren, d.h. Bewegungsmuster, freilich nicht im strengen Sinne *Hermann Hakens*, aus, denen jeweils *auch* strenge motivische Bewegungen (d.h. „Episoden") im Marionettentheater-Aufsatz entsprechen. Das *Kleistsche* Bewegungsbild – so geht nämlich aus dem Diskurs des „Herrn C" und des Ich-Erzählers ganz eindeutig hervor – kennt verschiedene, voneinander unabhängige Bewegungsmuster des Diskursiven, denen dann jeweils auch klar eingrenzbare Gattungen der Musterbildung entsprechen.

I

Vom Hintergrund des im vorhergehenden erörterten Paradigmas eines synergetischen Bewegungsbildes ist also gerade das rein mechanische Modell des Bewegungsbildes, das ja bloß Feder- und Pendeldynamiken kennt, ein recht ungenauer Simulator, denn es gibt, wie bereits angedeutet, noch eine zweite mögliche Störung, die allerdings nicht mehr allein im Bereich der Federdynamik und der Pendeldynamik liegt. Gemeint ist hier die Dynamik der Einbildungskraft des Menschen bzw., kurz formuliert, die imaginative Dynamik. Die im vorhergehenden erörterte *Kleis*t-Simulation des Bewegungsbildes entpuppt sich nämlich bei genauerem Hinsehen überwiegend als eine Simulation, in der die Dynamik der Einbildungskraft[50] über die beiden anderen, uns aus *Cramers* Ausführungen bereits bekannten, rein mechanischen Dynamiken dominiert; so gesehen, ist das *Kleistsche* Bewegungsbild dann zuletzt auch ein durchaus eigenständiger Spezialfall. Zur Veranschaulichung die folgenden Zeilen aus dem Aufsatz *Kleists*:

> „Ich erkundigte mich nach dem Mechanismus dieser Figuren, und wie es möglich wäre, die einzelnen Glieder derselben und ihre Punkte, ohne Myriaden von Fäden an den Fingern zu haben, so zu regieren, als es der Rhythmus der Bewegungen, oder der Tanz, erfordere?“[51]

Die *Dynamik der Einbildungskraft* zeigt sich nun im Bestreben des Spielers, von seiner Imagination her so viele Vereinfachungen als nur möglich für das Spiel zu finden, die ihrerseits den Zwang zur Bewegung der mechanischen Teile der Marionette auf ein Minimum einschränken (und zwar durchaus im Sinne des *Occhamschen* Rasiermesser-Gleichnisses[52]). Dazu der Marionettist *Wolfgang Kurock*:

> „Es fiel mir besonders auf, daß Kleist genau das Prinzip des Marionettentanzes durchschaute, als er Herrn C. sagen ließ, der Maschinist brauche nicht jedes Glied der Figur im Verlaufe des Tanzes zu setzen oder zu stellen – wie es die allgemeine Ansicht zu sein scheint, daß nämlich ein ‚Effet‘ eine ganze Folge von Bewegungsabläufen auslösen kann.“[53]

Dieses prinzipielle Ansinnen des perfekten und gewandten Spielers – d.h. die Vereinfachung zum „Effet“ hin – ist nun – gegenüber den naturgesetzlich festgelegten Spielräumen des Spiels im Sinne der beiden Dynamiken *Cramers* – eine deutliche und nachhaltige Störung, die sich letztlich vom Zwang zur gedanklichen Synthetisierung des Spiels her ableitet. Es wird ja immer auch eine Handlung – und nicht etwa allein das Kreisen um ein elliptisches Zentrum – gespielt. Man könnte diese äußerst einflußreiche Störung in etwa die organisatorische Störung des rein mechanischen Bewegungsbildes (vom Spiel des „psychologischen Schwerpunkts“ her) bezeichnen, sie kennzeichnet zugleich den Aspekt der Freiheit des Spielers. Denn im guten Spiel werden ja solche Überlagerungen (Interferenzen) wie Rhythmus, Phrasierung und Artikulation (Text, Musik) mit in das rein mechanische Spiel eingebracht. Dabei ist es äußerst schwierig – aber immerhin möglich – den Papageno des Salzburger Marionettentheaters ein Menuett tanzen[54] zu lassen –

und zwar synchron mit anderen Spielern, die die mit-tanzenden Figuren auch im selben Menuett bewegen.

Der perfekte Spieler ist nun zur Anbringung dieser organisatorischen Störung des rein mechanischen Bewegungsbildes in jedem Fall gezwungen, denn er könnte ja mit seinem endlichen Bewußtsein gar nicht in *einem* Augenblick derartig viele komplexe mechanische bzw. synergetische Spiel-Akte setzen, wie sie das rein mechanische Bewegungsbild verlangt; er muß sich vielmehr überlegen, wo er zu Vereinfachungen (d.h. zu „Effets") ansetzen kann, d.h. er muß an einer Spiel-Ökonomie arbeiten. Schließlich sind es die raffinierten Vereinfachungen, die das elegante Spiel ausmachen – auch *Kleist* sieht dies so, wie ja unser obiges Zitat deutlich zum Ausdruck bringt. So verstanden, ist daher das Spiel immer Interferenz von mechanischem mit imaginativem Bewegungsbild.

Dem widerspricht nun die rein reflektierende Einsicht des Marionettenspielers in sein Spiel freilich zuletzt noch ganz nachhaltig. Denn wie sieht dieses imaginative *Können* aus, wie kann man es z.B. lernen? Etwa durch Reflexionen über die bereits angesprochenen Überlagerungsphänomene? Aber sind nicht die reflektierten Spieler, so wie *Kleist* feststellt, die schlechten? Lernen kann man das Spiel eben nur durch Spielen – und das ist eine wichtige Pointe, deren Analyse weitreichende Konseqenzen zeitigt (mit ihr kommen wir zu den Singularitäten und Diskontinuitäten des zweiten *Kleistschen* Bewegungsbildes). Vom Gesichtspunkt des Spielers aus gesehen, erlangt nämlich der Verlauf des Spiels seine Gewißheit (d.h. zuletzt sein *Können*) nur durch den Weg, den er im Spiel gleichsam *mitfühlt*; und damit kommen wir noch auf eine *dritte* mögliche Störungsquelle: Sie betrifft die Frage nach der Einfühlsamkeit und der Begabung zur Vereinfachung derartiger Spiel-Interferenzen. Auch sie zeigt sich im –, ja *ist* der Weg des begabten Spielers; ähnliches gilt für den Schauspieler und den Ballett-Tänzer; es handelt sich nämlich dabei zugleich um einen Weg, der dem Geschehen des Spiels die Fremdheit des mechanischen Vollzugs nimmt, der sich, wie bereits oben angedeutet, vornehmlich an der Phoronomie des Marionettenspiels bemerkbar macht. Fällt diese Fremdheit des Mechanischen – und zwar auf unaufdringliche und ökonomische Weise – weg, und wird die Mechanik des Spiels dennoch perfekt beherrscht, dann spricht man zuletzt von einem vollendeten Spiel.

In eindringlicher Weise zeigt sich diese komplexe Simulation, die ja tatsächlich auch anschaulich ist, – und zwar statisch bzw. von Achsenstrukturen her angeordnet – in jenen sechs Bewegungsstudien *Oskar Schlemmers*, die in der Insel-Ausgabe von *Kleists* Marionettenthateraufsatz abgedruckt sind.

Schlemmer hat dabei weitgehend geometrisierte Bewegungsbilder einer Tanz-Marionette gezeichnet, deren durchgängige Körper-Transparenz es uns nahelegt, daß hier auch der Tänzer, also „Herr C.", auf idealtypische Weise mitgemeint sein muß. So zeigt sich uns die Interferenz (von Puppen- und Tänzerbewegung) als Bild bzw. als Illustration eines Bewegungsphänomens und beansprucht damit zugleich auch Allgemeingültigkeit. Von dieser Disposition her ergeben sich dann noch kleinere Konsequenzen bei unserer Deutung von *Kleists* Text hinsichtlich der *Bewegungsmitte*. Mit Blick auf die eben erwähnte Überlagerung von Marionetten- und Tänzer-Bewegung in *Schlemmers* Illustrationen soll nämlich im folgenden, und zwar zunächst noch vorläufig, die Kennzeichnung *Puppen-Tänzer* für das Subjekt (bzw. für die Bewegungsmitte) des integralen *Kleistschen* Bewegungsbildes eingeführt werden. Mit dieser Zusammenfassung zweier unabhängiger Bewegungsbilder folgen wir nicht zuletzt auch dem Hauptgedanken *Kleists* selbst, wie im übrigen auch *Wolfgang Kurock* am Beginn seines Aufsatzes feststellt:

> „Gleich eingangs fand ich das Medium genauso beschrieben, wie ich es selber als besonders effektiv dem Publikum vorzustellen gelernt hatte: Kleine dramatische Burlesken, mit Gesang und Tanz durchwebt. Und da war keine Rede von Marionetten-Theater wie etwa vom Schauspiel von Doktor Faust oder der Historie der schönen Genoveva; Kleist spricht stets nur von der *Tanzmarionette*."

Wir bezeichnen also fernerhin die „Tanzmarionette", wie bereits angekündigt, als *Puppen-Tänzer*, um damit das tänzerische Moment (bzw., um jetzt noch einmal mit *Kurock* zu sprechen, das eigentliche Medium eines Bewegungsbildes) formal hervorzuheben. Damit folgen wir zugleich auch der These vom Bewegungsbild als Deutungsmuster (indem wir diese These eben von ihren eigenen Möglichkeiten her reflektieren), um von diesem Deutungsmuster schließlich zu den wichtigsten Bewegungselementen zu gelangen. Im Hintergrund steht dabei weiterhin – und zwar durchaus in strengem Sinne – das poetologische (bzw. das literaturwissenschaftliche) Erkenntnisinteresse, von dem her zuletzt *Kleists* Marionettentheater-Aufsatz erschlossen werden soll.

II

Schlemmers Bewegungbilder[55] – oder vielleicht anders formuliert, seine graphisch dargelegten Einstellungen bzw. Bewegungskonzepte eines Puppen-Tänzers – sind nämlich tatsächlich, und dies soll ja die nun folgende, knapp gehaltene Analyse offenkundig machen, sichtbar gewordene Bewegungselemente der bereits erörterten *Kleistschen* Simulation, sie zeigen also die einzelnen elementaren Bestandteile des *Kleistschen* Bewegungsbildes in sechs Momenten; und sind daher in jeder Hinsicht auch anschauliche Bewegungsmomente, von denen her die *Kleistsche* Poetik der Bewegung auf eindrucksvolle Weise als Bewegungsbild (und zwar streng im Sinne unserer dreiteiligen Definition in der *Einleitung*) sichtbar wird. Zugleich handelt es sich bei diesen Graphiken aber auch um eine graphische Analyse eines in der Praxis nur als Einheit erfaßbaren Eindrucks: sie zeigt uns die Bewegung u.a auch als eine physikalische Mannigfaltigkeit möglicher phoronomischer Wege bzw. als eine Schar von Massenpunkten, die sich um einen Schwerpunkt (d.h. um ein Baryzentrum) herum dynamisch (im Sinne aller drei Grundeigenschaften des Bewegungsbildes) anordnen – und zwar als „spontane Ordnung".

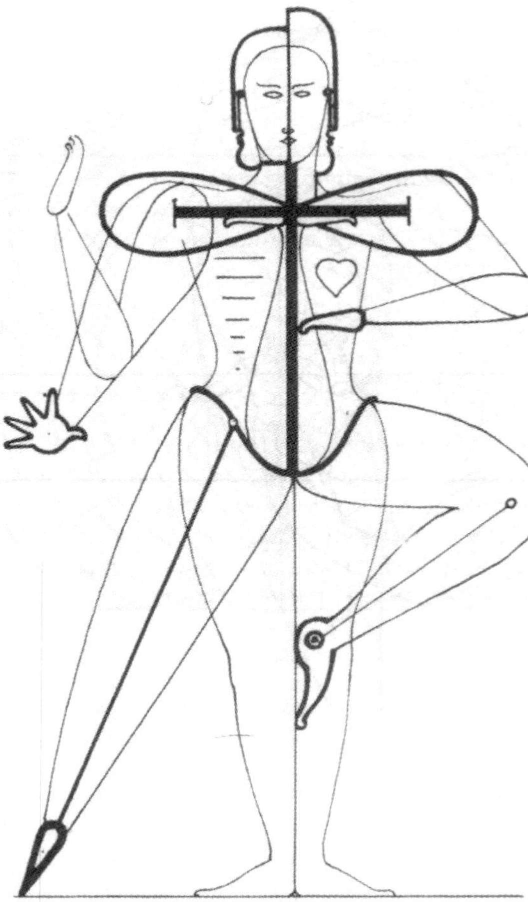

Abb. 10 *Oskar Schlemmer*, **Tänzermensch**,
o.J., Nachlaß Schlemmer

Oskar Schlemmer (1888-1943) stammt aus Stuttgart, er studierte in der Akademie seiner Vaterstadt bei *Adolf Hoelzel* (1853-1934), später wurde er Mitglied des Bauhauses; beeinflußt durch den Abstraktionsgedanken in den späten Arbeiten *Paul Cézannes* beschäftigte er sich schon früh mit dem Verhältnis von abstrakter Geometrie und Malerei; darüber hinaus interessierten ihn auch die zahlenmystischen Spekulationen des Schweizers *Meyer-Amden*, eines religiösen Mystikers, der Zahlen und geometrische Figuren als Abbilder einer transzendenten Welt verstand. *Schlemmers* Grundthema in der Malerei ist der menschliche Körper in seinem Verhältnis zum Raum. In diesem Kontext sind auch die von uns wiedergegebenen Bewegungsstudien und -bilder zu verstehen. Am Anfang der zwanziger Jahre setzte *Schlemmer* sein Wissen um den Zusammenhang von Bewegung und Körper erstmals konkret in die Praxis um und schuf die Figurinen zu seinem sogenannten „Triadischen Ballett“, das 1922 im Stuttgarter Landestheater uraufgeführt wurde.

Abb.11 *Oskar Schlemmer*, **Sich Zurückbeugender**, 1931, Basel: Kunstmuseum

Schlemmers Graphiken veranschaulichen damit auch wichtige spezielle Aspekte (d.h. Bewegungsmomente) des von uns rekonstruierten *Kleistschen* Bewegungsbilds, und zwar wirklich als Zusammenspiel von physikalischen Dynamiken mit der gedanklichen Spiel-Ökonomie, d.h. mit der Imagination.

Die nun folgende Abbildung 11 („*Sich Zurückbeugender*") zeigt z.B. eine Pose: sie ist gleichsam Grundeinstellung zu einem Bewegungsphänomen (und zwar durchaus im Sinne der Photographensprache), die sich jetzt aber als *Lessingscher* Augenblick innerhalb eines synergetischen Bewegungsbildes präsentiert. Die Abbildung zeigt sozusagen einen infinitesimalen Abschnitt einer komplexen Synergetik oder, anders formuliert, einen hochkomprimierten Augenblick im Bewegungsbild; sie zeigt ihn uns als kraftvolle Krümmung, von deren Anspannung her sowohl die Geometrie des Verlaufs als auch das mit ihr verknüpfte Körpergefühl veranschaulicht werden sollen.

Die folgende Abbildung 12 („*Die Zeichen im Menschen*") zerlegt dagegen den Puppen-Tänzer in mögliche Spiel-Wege, ausgedrückt in einem Bewegungs-Netz, entworfen aus zahlreichen Kurvenzügen.

Vermutlich handelt es sich dabei tatsächlich um elliptische und hyperbolische Elemente, vielleicht sogar im Sinne des zuvor erörterten *Cramerschen* Modells, denen sich *Schlemmer* seinerseits vom Bewegungsgefühl des Graphikers her annnähert. Die Illustration zeigt daher den Puppen-Tänzer eingebettet in die Geometrie seiner Bewegungsräume, wobei das dazugehörige Netz gleichsam die *phoronomischen* Spielräume der möglichen Puppen-Tänzer-Wege entfaltet. Zugleich ist der Puppen-Tänzer aber von diesem geometrischen Netz her – in befremdender und ungewohnter Weise – durchsichtig, gleichsam als wäre der reine Mechanismus als Geometrie der Bewegung transparent – und damit leider auch irgendwie unverständlich – geworden. In dieser graphischen Erfassung wird also die Intuition des Spieles bewegungsmechanisch und geometrisch umschrieben, auf ein rationales Moment hin zugespitzt.

Noch viel deutlicher kommt der starre, physikalisch geometrische Körper des Puppen-Tänzers freilich erst in der Statik der *Abbildung 10* zum Ausdruck. Dort ist der Körper *nur* noch Achsenkreuz; dies bedeutet dann, daß jetzt nur noch der achsenzentrierte „*Weg der Seele des Tänzers*" bzw. die „Linie des Schwerpunkts" im Blickfeld sind – auf diese Weise wird das Bewegungsbild Ausdruck einer Reduktion ins Abstrakte und Fragmentarische; es geht also nur noch um Lagebeschreibungen, die den Spielraum des Marionettenspielers auf sehr reduzierte Weise – und zwar durch die Vorgabe des Koordinatensystems und der Bewegungselemente (Posen) – festlegen; diese Umschreibung setzt nun also die Möglichkeiten des freien Spielkönnens als eine Bewegungs-Geometrie, die, und zwar streng von der Sprache der Notwendigkeit her, Bewegung mathematisch-physikalisch, d.h. – kurz gesagt – als rationales Geschehen in Linienzügen und Graphen ausdrückt; und zwar auch im Sinne eines teleologisch strukturierten Bewegungsbilds eines geometrischen Puppen-Tänzers, dessen Bewegung streng geometrisch-harmonisch verläuft und von apriori festgelegten Strukturen bestimmt wird. Der Puppen-Tänzer verschmilzt im geometrischen Raum mit der Kosmologie seines Tanzes.

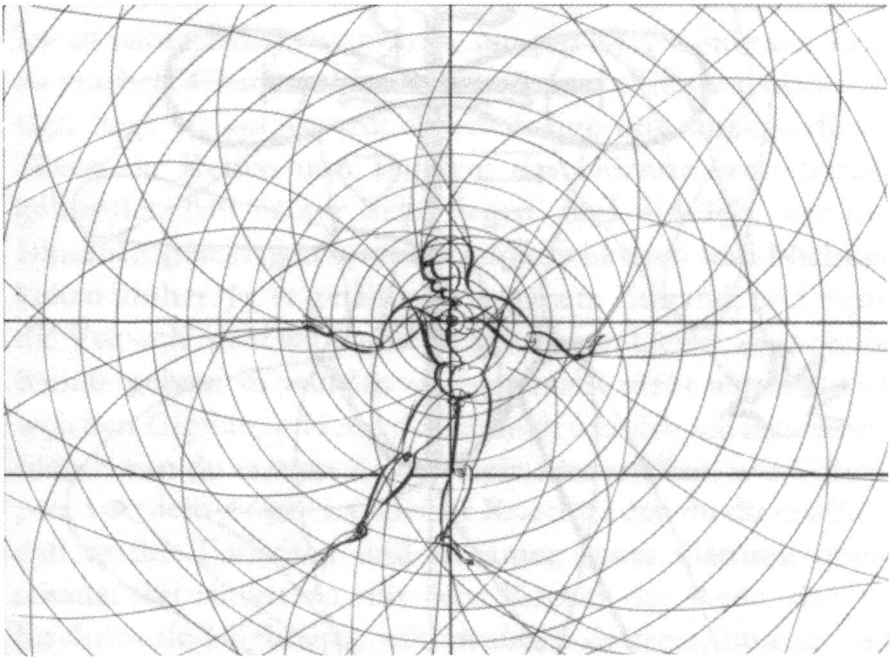

Abb. 12 *Oskar Schlemmer*, **Die Zeichen im Menschen**, 1924, Stuttgart: Staatsgalerie

In dieser Disposition (ausgedrückt durch die Abbildungen 10 und 12) – sie verwandelt im übrigen den Körper in eine cartesianische Res extensa – gründet, wie sich jetzt bereits leicht einsehen läßt, ein von *Schlemmer* bewußt hervorgerufenes Befremden, das viel mit der authentischen Rolle des Körpers in Bewegungsvorgängen zu tun hat. Der Körper gehorcht nämlich in der Praxis kaum je jenen rationalen Vorgaben (bzw. geometrischen Posen), die hier vordergründig im Spiel sind. *Schlemmer* macht nämlich in seiner graphischen Analyse eine Antithese (bzw. eine Anspannung) zwischen Bewegungsmechanik und Bewegungsgefühl offenkundig, die mithin auch ein wichtiges Thema in *Kleists* Marionettentheater-Aufsatz ist. Was eigentlich vom einseitig intellektuellen Verständnis her so etwas wie eine harmonische Synthese der Sinnlichkeit – d.h. eine Verschmelzung von Körper und „Gefühl" im Bewegungsablauf – zu sein hätte, wird also hier, etwas plakativ formuliert, nur mit Hilfe eines geometrischen Netzes umschrieben und damit in provozierender Weise nur *annähernd* ausgedrückt bzw. wird, besser formuliert, bloß seinem oberflächlichsten Erscheinungsbild nach – d.h. als Pose – angedeutet; in Wirklichkeit findet das Geschehen aber jenseits aller Geometrie statt; dennoch ist die Pose sein Ausgangspunkt bzw. Ursprung, ihr korrespondiert die Bewegung als Entfaltung der Pose in die „Grazie" – und zwar wie bereits erörtert – als *eine* Form des tacit knowing, die sich von der Praxis her *nur* im „Gefühl" bzw. in ästhetischen Augenblicken ausdrückt. Die Geometrie der Bewegung macht diese Beziehung lediglich der Form nach transparent, viel wichtiger ist aber die organische (bzw. psychophysische) Anspannung (sie ist jedoch nicht direkt sichtbar). Es entsteht damit eine fundamentale Antithese bzw. ein Konflikt zwischen geometrischer Anschaulichkeit und organischem Bewegungsgefühl. Er wird dann offenkundig, wenn man *Schlemmers* sechs Bewegungsstudien als Ablauf von sechs Bewegungsmomenten begreift, die sowohl räumlich als auch körperlich sind.

In diesem Konflikt zwischen Gefühl und Geometrie des Puppen-Tänzers[56] widerspiegelt sich nun, nebenbei gesagt, überhaupt der Grund-Konflikt von *Kleists* Leben (im Sinne der *Kant*-Krise) – gleichsam in einem Pars pro toto; und zwar äußerst eindrucksvoll und keineswegs unfreiwillig.[57]

Dort wo nämlich gewöhnlich die Einheit einer spontanen Fühlungnahme wirksam ist, findet sich mit Blick auf die graphische Oberfläche nur das löchrige Netz einer imaginären Geometrie (*Kleists* berühmte „grüne Gläser" im Brief mit der *Kant*-Krise[58]). Die Anschauung steht also nur für die Annäherung der Imagination (bzw. Einbildungskraft) an das Geschehen, nicht aber für das Geschehen selbst – dieses ist „Gefühl" und damit jenseits der *Kantischen* Anschauungsform, die absolut genommen nur zur Skepsis führt; denn in Wirklichkeit werden wir nämlich, so der *Kleist* der *Kant*-Krise, von den Anschauungsformen in einer beschränkten Welt gefangengehalten. Sie macht die Bewegung kopflastig. Zuletzt können wir den Konflikt zwischen Kopflastigkeit und Spontaneität nur durch die unbewußt graziöse Bewegung – sie ist ja gewiß – überwinden; dies bedeutet aber, daß wir unsere intellektuelle Attitüde zu diesem Phänomen dann zurückstellen bzw. überhaupt aufgeben müssen, um die „Grazie" zu erreichen.

Schlemmers „Tänzermensch" – als Konstruktion eines Bewegungsbildes – folgt daher dem *Lessingschen* Konzept vom richtigen Augenblick im *Laokoon*. Die Graphik zeigt die achsenzentrierte Pose als *ein* fragmentarisches Bewegungselement, zeigt die Bewegung gleichsam als *den* entscheidenden Moment vor dem Sprung ins Ungeometrische bzw. ins Unendliche der „Grazie", das – zeitlich gesehen – ein Augenblick im Sinne *Lessings* sein muß. Anschaulichkeit und Gefühl werden in ihm – und zwar im Sinne der Konklusion des Aufsatzes – zur „Grazie" verschmolzen.

III

Schlemmer hat hier also *Kleists* tiefsinnige strukturale Ironie und Paradoxie in der Argumentation (über das Spannungsfeld von Bewegung und Imagination) kongenial erkannt und auf *Lessingsche* Weise abgebildet; jene richtet sich ohne jeden Zweifel gegen den *Kant* der transzendentalen Ästhetik, gegen den *Kantischen Newton* also, um gegen diesen *Kant* den der *Kritik der Urteilskraft* – freilich in genialer Einseitigkeit – hervorzuheben.[59] Diesbezüglich gibt es in *Kleists* Theaterberichten (auch sie sind jeweils Beiträge zu den *Berliner Abendblättern*, sind also durchaus im Umkreis des Marionettentheater-Aufsatzes zu sehen) einen bemerkenswerten Bericht – mit Titel: *Ton des Tages* vom 4.10.1810. Er bezieht sich in seiner Kritik auf das von *Julius von Voß* (1768-1832) verfaßte Lustspiel *Ton des Tages*, das eigentlich eine Übersetzung von *Bernard-Joseph Saurins* (1706-1781) Komödie *Mœurs du temps* ist.[60] Offenbar spielte *Iffland* in diesem Stück die Hauptrolle. *Kleist* erörtert nun in seiner Kritik den teleologischen Zusammenhang zwischen dem „menschlichen Verstand“ und der „Hand des Menschen“ am konkreten Beispiel der Hand *Ifflands*, indem er ausdrücklich auf *Kants Kritik der Urteilskraft* bezugnimmt. Für ihn zeigt die Hand – und zwar rein äußerlich – direkt den Verstand, während sich andererseits der Verstand nur in der ihm gemäßen Hand ausdrücken kann. Menschlicher Gliederbau und Bewußtsein werden also über die teleologische Vernunft – in Art eines Bewegungsbildes, das aus *genau* abgestimmten Bewegungselementen besteht – aufeinander bezogen, und zwar in ähnlicher Weise wie in der Konklusion des Marionettentheater-Aufsatzes, in der es ja auch um den Stellenwert der Grazie in einem Bewegungsbild geht. Doch findet sich die von *Kleist* angedeutete Stelle nicht wirklich in *Kants* dritter Kritik, sondern vielmehr in dessen 1798 erstmals erschienenen anthropologischem Werk: *Anthropologie in pragmatischer Hinsicht*. Und zwar im Abschnitt *Der Charakter der Gattung*. Sie lautet:

> „Die Charakterisierung des Menschen, als eines vernünftigen Tieres, liegt schon in der Gestalt und Organisation seiner *Hand*, seiner *Finger* und *Fingerspitzen*, deren teils Bau, teils zartes Gefühl [sic!], dadurch die Natur ihn nicht für Eine Art der Handhabung der Sachen, sondern unbestimmt für alle, mithin für den Gebrauch der Vernunft geschickt gemacht, und dadurch die technische- oder Geschicklichkeitsanlage seiner Gattung, als eines *vernünftigen* Tieres, bezeichnet hat.“[61]

Der praktische Vernunftgebrauch des Menschen drückt sich also, so *Kant*, in der Hand des Menschen auf prägnante Weise (d.h. als Organisation) aus. Dies bedeutet nun zugleich, daß hier eine Übereinstimmung von Bewegung und Imagination auf der Basis eines Organismus postuliert wird, auf die *Kleist* in seinem Theaterbericht ausdrücklich zurückgreift, um das Spiel eines Schauspielers von einem rein teleologischen Bewegungsbild her definieren und damit in einem auch kritisieren zu können:

> „Kant sagt irgendwo, in seiner Kritik der Urteilskraft, daß der menschliche Verstand und die Hand des Menschen, zwei, auf notwendige Weise, zueinander gehörige und aufeinander berechnete, Dinge sind. [...] Die Wahrheit dieses, dem Anschein nach paradoxen Satzes, leuchtet uns nie mehr ein, als wenn wir Herrn Iffland auf der Bühne sehen. Er drückt in der Tat, auf die erstaunenswürdigste Art, fast alle Zustände und innerliche Bewegungen des Gemüts damit aus. [...] Aber von allen seinen Gliedern, behaupten wir, wirkt, in der Regel, keins, zum Ausdruck eines Affekts, so geschäftig mit, als die Hand; sie zieht die Aufmerksamkeit fast von seinem so ausdrucksvollen Gesicht ab: [...]“[62]

Kleist bringt hier – und zwar anders als im Marionettentheater-Aufsatz – die Frage nach der Ausdrückbarkeit von Bewegungen zur Sprache, indem er sie vom Bewußtsein abkoppelt und sie in einem strengen Sinn als inkorporierte Phänomene begreift, was zur Folge hat, daß die Bewegungsästhetik auf teleologisch geordnete Beziehungen zwischen Körper und Geist zurückkommen muß, um sich artikulieren zu können. Der Körper wird, so verstanden, zum dynamischen Zusammenhang, von dem her die einzelne Bewegung integral – als Bewegungselement eines Bewegungsbildes – sichtbar wird. Der Körper ist also demzufolge die sichtbare Gestalt der teleologischen Vernunft und untersteht daher nicht einseitig jenem Bewußtsein, das die körperlichen Zustände und Bewegungen reflektiert; dabei gilt ferner auch, daß allein die „Grazie“ den Zusammenhang zwischen Körper und Bewußtsein sichtbar machen kann. Dieser Zusammenhang läßt sich daher nicht durch rein mechanische Bewegungsbilder darstellen. *Ifflands* Grazie, so wie sie uns *Kleist* beschreibt, ist nämlich zur Gänze organisches Bild, von dem her auch eine Bewegungskultur sichtbar wird, die sich stets ganzheitlich ausdrückt, und zwar z.B. durch die raffinierten Bewegungen der Hand, die, *Kleist* zufolge, bei *Iffland* so übermächtig wirksam wurden, daß sie die Zuschauer zuletzt sogar vom Ausdrucksgeschehen des Gesichtes abzulenken vermochten. *Iffland* hat also, um es jetzt noch einmal anders zu formuluieren, seiner Imagination einen bewegten Körper verliehen, hat also seinen Körper in ein Bewegungsbild verwandelt, dessen Zentrum nicht mehr das Bewußtsein, sondern vielmehr die bewegte Hand ist.

Hinter der von *Kleist* angesprochenen Ablenkung steht also, zusammenfassend gesagt, auch jenes fundamentale Motiv einer Dezentrierung des spielerisch bewegten Bildpunktes, das wir im vorhergehenden so ausführlich – und zwar gleichsam als poetisch-physikalische Simulation – beschrieben haben. Es verweist uns auf eine völlig neue – synergetisch strukturierte – Realität, in der das reflektierende Bewußtsein nicht mehr die dominierende Rolle spielen kann, trotzdem es ein theoretisches Bild des Bewegungsgeschehens (z.B. als Mechanismus) entwerfen kann. Vielmehr geht es nun – und damit sind wir wieder bei *Schlemmers* Illustrationen – um die reine Sichtbarkeit, d.h. um die Zentrierung einer Ausdrucksbewegung auf eine intuitive, körperlich fühlbare Gewißheit hin, und zwar als ein im strengen Sinne des Wortes körperliches Geschehen, und vor allem auch zur Gänze analog zur folgenden Passage des Marionettentheater-Aufsatzes:

> „Wir sehen, daß in dem Maße, als in der organischen Welt, die Reflexion dunkler und schwächer wird, die Grazie darin immer strahlender und herrschender hervortritt.“[63]

Nunmehr ist also der Körper ein völlig selbständiges Bewegungsbild zwischen Grazie und Reflexion, sind ferner alle seine beweglichen, ausdrucksfähigen Teile Bewegungselemente – , die allerdings vom reflexiven Bewußtsein weitgehend abgetrennt sind und die selbstorganisierende Systeme bilden, die nur von einer tacit knowledge her beeinflußt und gesteuert werden können.

Der Übergang vom harmonisierten zum teleologischen Bewegungsbild kommt daher ganz deutlich einer anthropologischen Wende gleich, die *Kleist*

– und dies besagt viel über ihre konkreten Hintergründe – als Journalist und Theaterkritiker – und nicht etwa als Dramatiker[64] oder Essayist – vollzieht; von ihr her erlangen sowohl die setzenden als auch die störenden Ereignisse innerhalb des *Kleistschen* Bewegungsbildes zuletzt eine Gleichwertigkeit, die im Marionettentheater-Aufsatz – und zwar namentlich an der oben zitierten Stelle – jedoch nur *angedeutet* wird. Hier zeigt sich damit auch der gattungsmäßige Unterschied zwischen dem Aufsatz und der viel mehr *körperbetonten* Theaterkritik.

Kleist versuchte nämlich u.a. auch, und zwar mit großem Nachdruck, die Störungen der reinen (weitgehend ins Leere bzw. ins Tautologische hinein gereinigten) Anschauungswelten, so wie wir sie z.B. vom *Kant* der transzendentalen Ästhetik (aber in unserem Jahrhundert auch von *Husserl* und vom frühen *Wittgenstein*[65]) her kennen, in einer fundamental-ironischen Weise zu zerstören, indem er ausdrücklich auf die Körperlichkeit des ästhetischen Bewegungsvorganges verwies. Der Körper ist für ihn sozusagen das Ausdruckszentrum der menschlichen Realität schlechthin. Seine Dynamik verursacht daher in einem auch jene Widersprüchlichkeit (bzw. Sperrigkeit) gegenüber dem reflektierenden Bewußtsein, die *Kleist* in der Konklusion des Marionettentheater-Aufsatzes besonders stark hervorhebt, wobei es seine Absicht war, die Gedanklichkeit des Spiels bzw. den strengen Reflexionsstandpunkt jeweils als unvollständige ästhetische Optionen aufzuzeigen; sein Ziel war es ferner auch, insgesamt alle jene Formen einer einseitigen Reflexionsästhetik zu kritisieren, die das Poetische bzw. Artistische von der körperlichen Dynamik abkoppeln, – um im Gegenzug dazu das faszinierende Mysterium der körperlichen Bewegung auf diese Weise umso stärker hervorzuheben. Ferner ging es *Kleist*, wie im folgenden noch näher zu zeigen sein wird, auch darum, die reine, *einheitliche* Inszenierung des Bewegungsspiels (von der Geometrie her) radikal in Frage zu stellen, – um damit im Gegenzug das reine Gefühl der Tiefen-Bewegung, allerdings jenseits aller Spielarten des Traum-Wirklichkeit-Kitsches, ins Spiel zu bringen; nicht zuletzt wollte er aber auch zeigen bzw. anhand seiner Episoden und Anekdoten zum Marionettentheater anschaulich machen, daß die „Seelen" des Puppen-Tänzers und der Marionette von der eben angesprochenen, äußerst tiefsinnigen Ebene her gesehen eine paradoxe und nicht etwa eine rational faßbare Einheit bilden. Ihr gehorchen in der Folge sowohl der Puppen-Tänzer wie auch die Marionette *bedingungslos*. Dieses Aufeinanderangewiesensein von einem paradoxen Zustand her drückt sich insbesondere auch in den einschlägigen Diskursen des Marionettentheaters aus: Denn weder kann z.B. das die Marionette Betreffende allein in der Sprache des Puppen-Tänzers, noch das den Puppen-Tänzer Betreffende allein in der Sprache der Marionette ausgedrückt werden. Beide, und hier ist ja auch direkt die Subjekt-Objekt-Trennung in unserem Bewußtsein angesprochen, sind streng aufeinander angewiesen. Indem wir nun gerade diesen *geheimnisvollen* Aspekt einer paradoxen Einheit hervorheben, erreichen wir ein neues Verständnis des *Kleistschen* Gleichnisses vom „*Weg der Seele des Tänzers*":

> „Dagegen wäre diese Linie (des Schwerpunktes/Der Verf.) wieder, von einer andern Seite, etwas sehr *Geheimnisvolles* (Hervorheb. d. d. Verf.). Denn sie wäre nichts anders, als der Weg *der Seele des Tänzers*; und er zweifle, daß sie anders gefunden werden könne, als dadurch, daß sich der Maschinist in den Schwerpunkt der Marionette versetzt, d.h. mit andern Worten *tanzt*."[66]

In diesem Sinne gründet die Gewißheit in der gebändigten, eingeübten Spontaneität des Spielers, d.h. *sein* Weg, mithin seine Laufbahn als Spieler, und zwar im Sinne eines teleologischen Bewegungsbildes, sind Bewegungsbilder des Körpers bzw. – sinngemäß – der Marionette, in deren Bewegung sich jedoch der Körper stets widerspiegelt.

In den von uns beschriebenen beiden Fällen gibt es aber – für den jeweiligen Betrachter – noch eine weitere, zunächst ebenso verborgene *unmittelbare* Einheit, die – trotz aller Zweideutigkeit – apriori vorliegt: nämlich verkörpert in der Marionette als bewegliches Spielzeug, das vom Marionettenspieler gesteuert wird. Diese Einheit – d.h. mithin der kleinste gemeinsame Nenner –, von dem her sich diese Frage stellen läßt, ist also, abstrakter verstanden, die Bewegung der Marionette selbst – und dies ohne jede Ironie. So hat es zuletzt auch *Kleist* selbst verstanden.

Führen wir daher zunächst einmal – und zwar gleichsam exemplarisch – den Terminus „Bewegungsbild" als Bild jener eben besprochenen Einheit des Mechanismus bzw. des zu führenden Spielzeugs ein. Damit betonen wir indes eine – freilich bloß vordergründige – Synthese, gewinnen aber auch ein ironisches Bild, in dem sich die Bewegung einer Sache in die einer gedanklichen Anstrengung transponiert: in ihr sehen wir einen Mechanismus als die Einheit, sehen ihn mithin als *das* Zentrum, von dem alle Bewegungen praktisch ihren Ausgang nehmen.

Kleist versteht es nun, mit dieser Zweideutigkeit virtuos zu arbeiten, indem er sie in einem Dialog zwischen dem Tänzer „Herrn C." und einem Ich-Erzähler minutiös und vor allem auch kapriziös – als exemplarischen Bilderbogen, d.h. mithin als Lebensform überhaupt – entwickelt.

Vordergründiges philosophisches Thema dieser Anspannung eines Gedankenspiels, entfaltet zwischen Spontaneität eines Bewußtseins und dem reinem Mechanismus des Gravitierens, ist zunächst einmal nur die Darlegung einer Reihe von partikulären Bewegungsbildern (freilich eingeschränkt auf die Frage nach einem Können), und nicht etwa „Gewißheit" im engeren philosophischen Sinne.

Doch lassen wir uns von dieser Vordergründigkeit nicht mehr als nötig irritieren. In Wirklichkeit geht es nämlich tatsächlich um die Gewißheit (und zwar, wie später noch zu zeigen ist, sogar im Verständnis des späten *Wittgenstein*), doch verhüllt sich diese Frage zunächst noch in der nach der Grazie, die der Bewegung von an Faden gespielten Puppen abgesehen wird. Mit ihnen will sich der Tänzer in seinen Überlegungen messen, von ihrer Beweglichkeit her will er für sich selbst – und damit für seine Profession – ein vertieftes Bewegungsgesetz ableiten. In diesem Ansinnen verbinden sich somit praktische mit theoretischen Ansprüchen.

Kap. 6: Das erste Kleistsche Bewegungsbild

Konzentrieren wir uns nun im folgenden auf eben jene Bewegungsbilder, die *Kleist* in seinem Essay als genau festgelegte Muster entwickelt. Ihr kritischer Stellenwert ist im folgenden näher zu beleuchten.

Zuvor ist allerdings anzumerken, daß es ihm eher um die *Beschreibung* derartiger Bewegungsbilder ging und nicht etwa zentral um deren theoretische Erfassung im Sinne einer naturphilosophischen Systematik; ihre Darlegung ist vielmehr von alltäglichen Erfahrungswerten getragen, und steht, wie ja bereits im vorhergehenden erörtert, mit der Frage nach der Gewißheit eines künstlerischen bzw. artistischen Könnens in direktem Zusammenhang. *Kleists* Gespräch zum Marionettentheater trägt also in erster Linie einen spezifisch literarischen Charakter, und wird daher folglich auch im Diskurs zweier künstlerisch tätiger Menschen entwickelt, die nicht eigentlich einen philosophischen Anspruch erheben wollen. Insgeheim zeigt sich dieser aber sofort, d.h. gleich von Beginn an, zumal sich ja hinter den Stellungnahmen der beiden Gesprächspartner immer auch einschlägige philosophische Lehrstücke verbergen.

Trotz dieser unzweifelhaft vorhandenen philosophischen Bedeutung der Bewegungsbilder orientieren sich die Gesprächspartner aber in erster Linie an der *Praxis* des Bewegungsphänomens, so wie sie sich dem ungezwungenen Beobachter von einer Marionetten-Vorführung her präsentiert. Man kann dies als einen Vorzug ansehen, freilich läßt sich andererseits gerade aus diesem Grund *Kleists* Räsonnement über die Bewegung (als Bewegungskultur zwischen Physik und Poesie) auch nicht wirklich erschöpfend abschließen; es bleiben viele Fragen bis zuletzt unbeantwortet, denn die Antwort wäre ja reine Theorie der Praxis. Das will *Kleis*t aber vermeiden.

Andererseits liegt gerade in der provokanten Offenheit der gedanklichen Bewegungen, die trotzdem klare Schlüsse zuläßt, ferner auch in der kritischen Spannkraft des Diskurses zwischen dem „Herrn C." und dem Ich-Erzähler der eminente philosophische Reiz dieses kleinen Textes. Dabei will die tiefsinnige Ironie der Entwicklungen offenkundig machen, daß man auch dem Phänomen der Sprache und Sprachverwendung nur von einem kritischen Bewegungsbild her nahekommen kann: Sprach-Kritik ist daher, folgt man den Entwicklungen im Marionettentheater konsequent, immer auch auf die *praktische* Analyse der Sprachbewegung angewiesen. Angewandt auf die wichtigsten Kulturtechniken in der Lebenswelt läuft *Kleists* Argumentation auf einen Parallelismus zweier Bewegungswelten hinaus, der sich als Bewegungsbild zwischen Organismus und Bewußtsein zeigt. Es ging ihm ferner auch darum, die damit verknüpfbaren, geheimen Zusammenhänge zwischen Sprache und Bewegung – sie sind ja ein wichtiges praktisches Beispiel dieses Parallelismus – vom Marionettenspiel her zu beschreiben. Diese Vorgangsweise richtet sich damit ausdrücklich gegen die zeitgenössischen romantischen Sprachtheorien, die in der Sprache das wichtigste Steuerzentrum der Lebenswelt sahen; dieser sprachkritische Impuls *Kleists* ist allerdings im Marionettentheater-Aufsatz kaum je so deutlich sichtbar wie etwa im Sprachaufsatz[67] aus dem Jahr 1806.

Anders als im Sprachaufsatz wird nämlich die Bewegung im Marionettentheater-Aufsatz als ein einschlägig naturphilosophisches Thema verstanden, näher festgelegt durch die Bewegungsgesetze der Marionette und durch die Institution Marionettentheater, und zwar auf der Basis eines harmonischen Voraussetzungssystems, das, als Parallelismus angelegt, zwischen den Polen Imagination und Bewegungsmotorik vermitteln soll. An dieses Voraussetzungssystem knüpft *Kleist* einige grundlegende kritische Modelle, die schließlich zu einem in sich geschlossenen Bewegungsbild führen, das wir das erste *Kleistsche* Bewegungsbild nennen wollen.

Neben seinem systematischen Anspruch drückt dieses Bewegungsbild indessen auch *Kleists Leibniz-* und *Rousseau*-Rezeption aus. Sachlich gesehen, steht es zwischen Physik und Poesie; zuweilen ist es sogar sehr selbstkritisch, und läßt sich daher mit biographischen Bezugspunkten verbinden: Es deckt nämlich, wie wir noch deutlicher sehen werden, durch seine bipolar angelegte Intervention im Grenzbereich Poesie und Naturphilosophie die eigene Sprach- und Gefühls-Ohnmacht *Kleists* von einem Parallelismus her auf, der ständig gewissen Störungen unterliegt, die minutiös beschrieben und diskutiert werden; von dieser Aufdeckung her zeigt sich uns – jetzt allgemein verstanden – das große Geheimnis jener Bewegungswelten, in die wir als bewegliche Organismen[68] auf paradoxe Weise eingebettet sind, stufenweise; damit wird aber auch die existenzielle Unsicherheit des Menschen offenkundig, die mit dem derart abgestuften Bewegungsphänomen direkt zusammenhängt, sie wird freilich erst in der Konklusion des Aufsatzes zur entscheidenden Frage[69], die indes bis zuletzt unbeantwortet bleibt.

6.1 Kritische Bilder zur Bewegungskultur. Thesen zu einem harmonischen Parallelismus von Bewegung und Sprache

In *Kleists* Marionettentheater-Aufsatz geht es, wie oben bereits angedeutet, auch um die *Überschreitung* der einseitigen Formen einer Bewegungs- und Sprachkultur, so wie sie z.B. die frühromantische Schule entwickelte, und zwar auf der Basis einer Kritik, die zugleich auch sprachkritische Bewegung sein will. Es geht dabei um einen wechselseitigen bzw. sogar oszillierenden Überstieg vom Bereich der Sprache in den der Bewegung hinein – und umgekehrt. Beide Bewegungsrichtungen im ersten *Kleistschen* Bewegungsbild sind freilich nicht etwa bloß einschlägig philosophische Themen, sondern sind, wie insbesondere *Josef Kunz* gezeigt hat, vielmehr auch Gleichnisse für die Situation des Menschen in einer Welt, die ihm – trotz aller vordergründigen Transparenz – immer zutiefst rätselhaft bleibt. Sie sind also, zusammenfassend gesagt, Ausdruck einer Bewegungskultur, die zutiefst von Unsicherheiten und Instabilitäten geprägt ist.

Zur Aufdeckung und Aufhebung dieser Unsicherheiten im Verhältnis von Imagination und Bewegung müssen daher zunächst einmal harmonische Muster vorausgesetzt werden, die die Bewegungsmotorik auf die Bewegungsimagination abstimmen. Hierbei handelt es sich also um eine Ausgangshypothese[70] *Kleists*, die ihn als einen Schüler *Leibniz'* ausweist. Das Zusammenspiel ist dann, so verstanden, von einem Parallelismus her geregelt, der an einigen Stellen sogar in eine Identität von Imagination und Bewegung übergehen kann. Die Aufdeckung dieser Übergänge führt freilich zuletzt auch zu kritisch-ironischen Episoden. Denn das Zusammenspiel der scheinbar harmonischen Komponenten im Bewegungsbild ist ja in Wirklichkeit – und dies zeigt insbesondere die Konklusion des Aufsatzes mehr als deutlich – eigentlich ein diskontinuierliches Phänomen, das von Brüchen bzw. Bruchstellen bestimmt wird, die das harmonische Voraussetzungssystem zuletzt radikal in Frage stellen.

Trotzdem ist das zentrale *philosophische* Thema *Kleists*[71] im Marionettentheater-Aufsatz zunächst einmal die zentralisierte, harmonische Bewegung. Am Anfang des Gesprächs stehen die durchgeformten, apriori gültigen und in einem Kontinuum stilisierbaren Bewegungselemente einer grundsätzlich steuerbaren Bewegungskultur zur Debatte.

Dieser einschlägig rationale Anspruch fordert nun von methodologischer Seite her die Einführung des ersten *Kleistschen* Bewegungsbildes; es zeigt sich in allen wichtigen Episoden des Aufsatzes als ein eigenständiges Gesprächsthema, dem jeweils genau abgegrenzte Motiviken und Gleichnisse entsprechen (z.B. die Episode vom Jüngling, der den „Dornauszieher"[72] nachahmen will, in ihr wird das Motiv der „Anmut" im Sinne von *Rousseaus* „erster Bewegung" behandelt). Schließlich geht es aber auch noch um die Aufdeckung und Darstellung von ungewöhnlichen, weitgehend paradoxen Zugängen zu diesem prästabilierten Motiv der Bewegung, die über den rein ästhetischen Anspruch hinausgehen; ein wichtiges Motiv in diesem Zusammenhang ist der „Augenblick", und zwar durchaus im Sinne von *Lessings* augenblicksverhafteten Bewegungsbegriff im XVIII. Kapitel des *Laokoon*. *Kleist* variiert dieses Thema der *Lessingschen* Ästhetik in verschiedenen quantitativen Stufen; zunächst begreift er den „Augenblick" ganz im Sinne *Leibniz'* als eine endliche Größe, später – namentlich in der Konklusion des Aufsatzes – identifiziert er ihn mit dem Unendlichen – und zwar auf der Basis eines physikalisch-mathematischen Gleichnisses, das zu mathematischen Singularitäten führt; die kritischen Übergänge im Aufsatz zeigen sich somit auch als Übergänge von der literarischen zur mathematisch-physikalischen bzw. – allgemeiner verstanden – zur naturphilosophisch angehauchten Sprach- und Bewegungskultur. Dies bedeutet daher, daß die von uns angesprochene Überschreitung der harmonisch geregelten Zusammenhänge zwischen Sprach- und Lebenswelt schließlich selbst eine übergeordnete Bewegung ist, also gewissermaßen eine kritische Oberschwingung (und zwar ins Parabelhafte, ins Gleichnishafte bzw. zuletzt sogar ins einschlägig Philosophische hinein), die jedoch – trotz ihres literarischen Charakters – die physikalische Realität des Bewegungsphänomens nie aus dem Auge verlieren will.

Kleists kritisches Bewegungsbild ist daher im strengen Sinne ein Modell zwischen Poesie und Physik; es handelt sich dabei, jetzt qualitativ gesehen, um das in den nächsten Kapiteln noch ausführlicher zu erörternde methodische Konzept des Zusammenspiels von poetischer Metapher und naturwissenschaftlicher Formel[73], das ohne Zweifel von *Leibniz* herrührt.

Genauer betrachtet, treffen wir daher auf eine zutiefst ironische Bewegung, die auf der Basis eines kritischen Bewegungsbildes sowohl ihre eigene Sprache als auch ihr eigenes Sprach-Bewußtsein ständig kristisiert und relativiert und damit die wesentlichen Formen einer rationalistisch getönten Reflexionsweise grundlegend in Frage stellt; das Schlußbild dieser Bewegung ist dabei die von *Kleist* ausdrücklich angesprochene bewegte „Grazie" des Marionettentheater-Aufsatzes; sie zeigt sich zunächst noch als das rationale Spiel eines Bewegungsbildes in einer zusammenhängenden Oberfläche (z.B. als die Burleske), die sich von einem komplexen Bewegungsphänomen her bildet, später wird sie allerdings – und zwar unter dem Druck einer qualitativ kritischen Bewegung – die mehr als paradoxe „Grazie" der Konklusion des Aufsatzes, d.h. das mehr und mehr sich verdeutlichende Bild einer diskontinuierlichen Schwebe, die zuletzt alles Harmonische und Rationale der Anfänge grundlegend in Frage stellt.

Die oben angesprochene Transzendenz der Bewegung in die Sprache hinein – und sinngemäß auch die umgekehrte Transzendenz – wird indessen von *Kleist* auch so dargestellt, als handelte es sich um eine kritizistische Deduktion à la *Kant*, die im selben Moment Pointe eines Gesprächs und kritische Einsicht in ein fundamentales Verhängnis der sprachlich gesetzten Bedeutungswelten überhaupt sein will. Aus eben diesem Grunde kann man mit Fug und Recht auch behaupten, daß *Kleist,* neben *J. G. Hamann*, vermutlich der erste *Kant*-kritische Sprachphilosoph überhaupt gewesen ist.

Bevor wir uns also diesen – trotz ihrem rein literarischen Anspruch tatsächlich auch weiterhin exemplarischen – Bildkonstruktionen direkt nähern wollen, scheint zunächst eine vorgezogene Einordnung im klassischen philosophischen Sinne nicht unwichtig; in dieser Hinsicht gehen wir nun von der Annahme aus, daß sich der reine Bezug eines hochmotivierten Zuschauers auf den Puppen-Tänzer zunächst einmal als die Frage nach der erkenntniskritischen Konstruktion einer Seins-Mächtigkeit bzw. eines künstlerischen Könnens stellt – und zwar durchaus im Sinne und in der einschlägigen Grundabsicht des *Kantischen* Kritizismus. In dieser Hinsicht muß es dann aber *ein* wesentliches Ziel der vorliegenden Abhandlung sein, tatsächlich nach einer derart signifikanten Beziehung zwischen Bewegungs- und Sprachbild[74], so wie sie der Text des Marionettentheater-Aufsatzes entwickelt, zu suchen, was zugleich bedeutet, daß es uns dann immer auch um die philosophische Bewertung von Anekdoten und Episoden eines literarischen Textes geht – und zwar durchaus im engeren philologischen Interesse einer Texterschließung und -kommentierung; es muß ferner jenes gedankliches Gerüst aufgezeigt werden, das auf *Kleists* philosophische Grundanstrengung selbst zurückverweist, und von dem her sich dieser Bezug zwischen Sprach- und Bewegungskultur verständlich – d.h. vom Hintergrund eines Gattungswesens her – ausdrücken läßt. Dies bedeutet nun zugleich noch, daß es in erster Linie um so etwas wie ein Können geht, das in einem hochspezifischen Bewußtsein (namentlich im Bewußtsein eines Marionettenspielers) gründet; in dieses hochaktivierte Bewußtsein eingebettet, findet sich dann schließlich auch noch der – mehr oder minder ästhetische – Anspruch, eben *diesem* Vermögen eines Spielers deutend bzw. erklärend nahekommen zu können (dies ist insbesondere die Rolle des „Herrn C." im Aufsatz) – wobei es sich hierbei, so die Annahme eines auslegenden Betrachters bzw. Kritikers, weitgehend um eine komprimierte Bild-Welt handelt, die vom Leser – und zwar jeweils im Parallelgang zum Gespräch des Ich-Erzählers mit „Herrn C." – aus ihrem Grundkontext herausgenommen und in einer deutenden Bewegung entfaltet werden muß – aus diesem Grunde kennzeichnet der von uns eingeführte Begriff Bewegungsbild immer auch einen motivisch angelegten Bilderbogen, der Bewegung direkt und vor allem auch konzentriert in Momentaufnahmen eines Deutungsvorgangs zeigt; es handelt sich also, so die erste wichtige Grundthese am Beginn der nun folgenden Überlegungen, nicht zuletzt auch um eine in sich gebändigte, anmutige (d.h. interessante) Sprach-Bewegung[75], der man seinerseits nur von einer zu ihr passenden, gleichsam parallel ins Werk gesetzten Deutungswelt her nahekommen kann. Die Deutungsbewegung wirkt dann aber auch auf die Anschaulichkeit eines Bewegungsvorgangs zurück, und zwar in Hinsicht auf jene Motivik, von der her das Bewegungsbild abgeleitet werden kann; sie macht uns nämlich zuletzt deutlich bewußt, daß *Kleist* hier eigentlich nicht wirklich eine feinsäuberliche Trennung der Ebenen in seinem Marionettentheater-Aufsatz beabsichtigt hat. Von diesem Interesse her, das sowohl den Betrachter „Herrn C." als auch den Leser des Aufsatzes direkt betrifft, wird dann eine äußerst spezifizierte Sprache (ständig zwischen literarischem und naturwissenschaftlichen Anspruch hin und her pendelnd) wirksam, die eben dieser Anschaulichkeit weitgehend mächtig ist.

Sie ist ferner auch Thema eines Lernprozesses, der sich in wenigstens zwei Parallelwelten abspielen muß, die *Kleist* von seinem Konzept einer „allmählichen" Bewegung her minutiös beschreibt. Dieser Lernprozeß besitzt einen Bildpunkt und einen Bildhintergrund; das Zusammenspiel beider Elemente führt zum zweiten Bewegungsbild, wobei das zweite direkt aus dem ersten Bewegungsbild hervorgeht. Dies ist die kritische Bewegung, die *Kleist* ganz offensichtlich inaugurieren will. Sie bezieht sich auf zwei Komponenten: Es handelt sich dabei, erstens, um die Welt einer „bewegten Imagination"[76], der, zweitens, immer eine scharf abgestimmte und abstimmbare Bewegungsmotorik entspricht. Das Zusammenspiel dieser beiden Komponenten läßt sich in mehrfacher Hinsicht deuten. Eine Möglichkeit ist nun das erste Bewegungsbild, das wir im folgenden näher erörtern wollen – und zwar im direkten Zusammenhang mit *Kleists Leibniz*-Rezeption. Es ist das Paradigma einer Bewegung, die sich in streng faßbaren, rationalen Momenten (Bildern) darstellt. Dabei darf allerdings das jeweilige Bewegungsbild nicht auf einseitige Weise mit dem ihm angenäherten Sprachbild identifiziert werden. Das Sprachbild ist vielmehr Approximation[77], und zwar im strengen

Sinn des Wortes, bedeutet daher nur einen Teil eines Ganzen, transitiviert ihn ständig, ohne freilich vollkommen bzw. endgültig ausdrucksmächtig zu sein. Eben dasselbe gilt für das Sichtbare der Bewegungsbilder. Diese enthalten daher auch Unsichtbares, d.h. mithin *implizites Wissen* – und zwar stets mit Blick auf die Mechanismen einer transzendentalen Konstruktion der Anschaulichkeit von der Raum-Zeit und der in ihr sich ereignenden Bewegungskausalität her.

Dieses Lernen an einem Bewegungsbild (insbesondere verkörpert im Diskurs des „Herrn C") will nun – und zwar streng parallel zum Spiel der Marionette – anhand pointierter Bewegungsbilder entwickelt werden, wobei der aktive Anteil im strengen Sinne des Wortes tatsächlich Konstruktion ist, zumal ja stets auch an eine stilistisch steuerbare Bewegungsgeometrie appelliert werden muß, die dann schließlich in spontane Bewegungsbilder umgesetzt wird. Kurz gesagt, wird von daher eine Kette von Ideen – und zwar mehr oder minder seriell und ganz im Sinne einer „allmählichen Verfertigung" – entwickelt, die zunächst einmal nur in unserer psychophysischen Welt angelegt ist, und die zuletzt in eine harmonische Bewegungspraxis umgesetzt wird. Dies geschieht im Parallelgang. Daher können wir die Bewegungskausalität zunächst einmal nur von den Phänomenen der psychophysischen Welt her erkennen (einschränkend gesagt: relativ genau abschätzen) und in eigenen Gestaltungen – und vor allem auch in unserem Sinne – dann jeweils erneut aktivieren und den Tanz der Puppe im Tanz des Menschen annähernd wiederholen – dies geschieht freilich bloß idealtypisch bzw. in Modellen. Spiel-Bild und Bewegungsbild verknüpfen sich auf diese Weise zuletzt zum aktiven Spiel, das damit in strenger Weise zu einem Parallelismus von „Überlegung" (bzw. Sprache) und Bewegung wird.

6.2 Bewegung und Körpergefühl zwischen Imagination und Mechanismus. Einige Thesen zu Kleists Spiel-Verständnis

Die Verwirklichung dieser Verknüpfung ist daher, kurz gesagt, immer auch Verwirklichung eines internen Körper-Gefühls in einem externen, weitgehend fühllosen (und vor allem auch untergeordneten) Objekt, ist also – mit Blick auf die von *Kleist* im Marionettentheater-Aufsatz entwickelten Beispiele – Realisation und Simulation eines Bewegungsgefühls in einer ursprünglich fühllosen Puppe, die nunmehr in unserem Sinne in einem Marionettenspiel bewegt wird. Daher liegt es im direkten Interesse des zuschauenden Tänzers „Herr C.", zunächst einmal ganz besonders *dieser* Form der Darstellung nachzugehen – d.h. nun zugleich auch, der eigenen Körperlichkeit anhand der (gleichsam stellvertretenden) Bewegungen einer Marionette in einem mehr oder minder burlesken Bewegungsbild *intensiv* nachzuforschen und ihre wesentlichen Grundgesetze (und zwar paradigmatisch) zu studieren. Dieser Aspekt ist – jetzt von *Kleists* eigenem Interesse her verstanden – auch ein epistemologischer, zumal ja in ihm ganz offensichtlich der Erwerb eines Wissens von den Zusammenhängen von Imagination und

Mechanismus her thematisiert wird, das die Verknüpfung von Bewegung und Bewegungsgefühl streng in einem rationalen Kontext ausdrücken will. Wichtigstes Ziel eines derart vorgehenden Bewegungsanalytikers muß es daher sein, gerade *diesen* Zusammenhang aufzuzeigen, und zwar streng anhand der durch Analyse und Deduktion gewonnenen Bestände einer rationalistisch getönten Bewegungslehre. Es stellt sich dann von diesem speziellen Erkenntnisinteresse her sogleich auch die Frage, *was* sich von diesen Bewegungsbildern direkt *in uns* befindet – und zwar als seinem Wesen nach fester Bestand, d.h., um jetzt mit *Kant* zu reden, als „Vermögen“, und was außerhalb von uns – als Mechanismus bzw. als Bestand einer mechanischen Puppe – angelegt ist. Derartige Bewegungsbilder lassen sich daher unschwer als Simulationen erkennen, die eine Bewegungskultur direkt von einem rationalistischen Grundverständnis her umschreiben bzw. epistemologisch annähern wollen – und zwar, wie wir noch sehen werden, ganz im Sinne von *Leibniz'* metaphysischem Bewegungsbegriff. Ergebnis dieser Umschreibungen und Annäherungen – und zwar jetzt von der Seite des Betrachters her – muß es zuletzt sein, eben jene praktischen Zusammenhänge in der Bewegungskultur herauszufinden, deren wir ohne Einschränkungen mächtig sind, da es sich ja um unser ureigenstes Bewegungsvermögen handelt. Im Marionettentheater-Aufsatz geschieht dies allerdings zur Gänze mit Hilfe der von *Kleist* eingeführten terminologischen Kontexte. *Kleist* nimmt nur sehr wenig – und vor allem auch bloß indirekt – auf die physikalischen bzw. metaphysischen Bewegungstheorien seiner Zeit Bezug. Wir treffen daher, von diesem Befund her verstanden, auf ein eher kulturkritisches bzw. – enger gefaßt – auf ein vielschichtiges literarisches Paradigma, dessen Grundstrukturen Bewegungsbilder sind, und zwar eingefaßt in literarische Episoden; *unsere* Aufgabe ist es daher, diese Vermögen im Zusammenhang mit einer Textanalyse und -erschließung aufzuweisen, und zwar als Zusammenspiel von Theorie und Praxis im Rahmen einer kritischen Bewegungskultur. Von den aufgewiesenen Resultaten her lassen sich dann zuletzt auch noch passende Sprachspiele – und zwar hier als Ansätze zu literarischen Gattungen – ableiten, die immer auch den äußeren, d.h. mithin den sprachlich fixierbaren Rahmen des Bewegungsbilds ausdrücken, so wie ihn *Kleist* konzipierte; jetzt eher systematisch verstanden, bedeutet dies dann ferner noch, daß auf eben diese Weise eine in sich abgeschlossene Spielwelt begründet wird – und zwar von einer genau festgelegten Spielsprache her. Ohne größere Schwierigkeiten können wir von dieser besonderen epistemologischen Konstruktion her schon jetzt erkennen, daß hier – und zwar in Form einer genialen Antizipation *Kleists* – u.a. auch das genuine Erkenntnisinteresse des späten *Wittgenstein* angesprochen ist – insbesondere zeigt sich unschwer die offenkundige Verwandtschaft der *Kleistschen* Bewegungsbilder zur *Wittgensteinschen* Spätkonzeption der Sprachspiele und Lebensformen. In diesem Zusammenhang stoßen wir dann am Beginn des Marionettentheater-Aufsatzes auf implizite Strukturen eines mehr oder minder offensichtlichen, freilich zunächst noch weitgehend rationalistisch getönten Bewegungsgesetzes, die sich im jeweiligen Bewegungsbild entfalten – und zwar in *Kleists* Fall eher indirekt und unbewußt; diese Strukturen stellen dann im übrigen noch eine überaus konzentrierte Verbindungsweise von Leben und Spiel dar, wobei das Spiel der Marionette immer auch praktischer Ausdruck von ansonsten eher abstrakten Zugängen zu den wichtigsten, *Kleist* interessierenden Sprach- und Lebensformen ist. Die Marionette wird nämlich, so verstanden, zum rationalen Bewegungslement eines sprachlichen Bewegungsbilds bzw., um jetzt mit dem späten *Wittgenstein* zu reden, zu einem Sprachspiel, das von der Bewegung als einem Phänomen zwischen Rationalität und Irrationalität handelt. Die wichtigsten diesbezüglichen Um- und Beschreibungen bilden also immer auch einen festen, kulturwissenschaftlich bedeutsamen Spiel-Kontext aus – und zwar, wie schon gesagt, im Spannungsbereich Sprachbild/Bewegungsbild.

Streng im Sinne *Kleists* verstanden, bedeutet dies nun aber, um jetzt noch ein weiteres konkretes Beispiel anzuführen, daß der Spiel-Kontext der *Kleistschen* Marionette auf diesem Betrachtungsniveau im wesentlichen reine, widerspruchslose Passivität ist; die Marionette selbst kennt in diesem Kontext also kein wie auch immer geartetes Eigenleben. Dies bedeutet ferner noch, daß das Bewegungs- und das Sprachbild dieser idealisierten Marionette – und zwar jetzt streng im Sinne des ersten *Kleistschen* Bewegungsbildes verstanden – nicht in der Dynamik ihres Schwerpunkt-Systems gründen, sondern vielmehr in jenen Auffassungen und Deutungen, die die Marionettenspieler von ihrer unmittelbaren Spielpraxis her zu diesem System entwickeln. Die Marionette antwortet ja, so verstanden, nicht als eigenständiges *Subjekt Marionette* ihrem Spieler, sondern vielmehr als Spiel-Idee, die mit einer vorangegangenen Spiel-Idee korrespondiert – und zwar über das Medium der Bewegung, das sich als strukturiertes Bewegungsbild zeigt; noch genauer formuliert, wird die Marionette als Bewegungsding zum Spielboden eines Ideen-Austausches im Kopf des Spielers, der sich, was seine Motorik betrifft, streng an den Bewegungsmöglichkeiten der Puppe zu orientieren hat; daher spricht ja *Kleist* gerade in diesem Zusammenhang ausdrücklich vom „Maschinisten“[78] und nicht etwa – was zunächst viel naheliegender schiene – vom Spieler im gewöhnlichen Sinn des Wortes.

6.3 Spieler und Spiel als literarische Institution. Eine Querverbindung zu Hermann Hesses „Glasperlenspiel“

Das Subjekt des Spiels ist also – jetzt im weitesten Sinne des Wortes verstanden – die Ratio des Spielers; im Zusammenhang mit ihrem unmittelbaren, optimal abgestimmten Einfluß antwortet – und zwar *immer* in Gestalt von seriellen Bewegungsbildern – eine x-beliebige Spielidee immer einer gleichgeordneten, wobei der innere Zusammenhang rational ist; dies geschieht ferner in streng gegliederten Bild-Konstruktionen – und zwar direkt in der völlig vom Spieler abhängigen Bewegung der Marionette; dabei ist das Bewegungsbild zugleich auch ein seinem tieferen Wesen nach konventionelles, mechanisches Bild eines Spiel-Gedankens, der sich dann im Parallelgang mit den Bewegungen der Puppe kontinuierlich darstellt. Das Marionettenspiel wird daher, so verstanden, zum Symbol für eine kosmologische Einstellung, die zwei wichtige Grenzbereiche – gemeint sind das Denken und die Bewegung – in ihrem Zusammenspiel harmonisch regelt. Die Puppe ist also, um jetzt wieder auf ein Gleichnis *Kleists* zurückzukommen, genau jene Prothese, die der Bewegungsimagination ihres Spielers einen direkten, d.h. sichtbaren Ausdruck verleihen kann, wobei das wichtigste Resultat des Spiels die „Grazie" als harmonisches Bewegungsbild sein muß. Dieses mechanisch-rationale Bewegungsbild repräsentiert dann sowohl die Qualität als auch die Reichweite des Zusammenspiels von Körper und Geist; es ist, so verstanden, sowohl Konvention als auch Spiel im Sinne einer Institution bzw. eines institutionalisierbaren Verhaltens. Von diesem Hintergrund her ist die „Grazie" dann ein harmonisches Bild, das das Zusammenspiel als eine streng gegliederte, institutionalisierbare Konstruktion von Verläufen sichtbar macht, die stets nachahmbar und reproduzierbar sind[79]. Das Bewegungsbild ist letztendlich das Spiel einer, um jetzt mit *Leibniz'* Terminus zu reden, prästabilierten Harmonie eines Spielers (was mehr ist als bloß das Universum seiner Spielregeln), es kann nur von einem Magister ludi (*Hermann Hesse*) gespielt werden, der dieses Spiel von seinen rationalen Prämissen und Hintergründen her entfalten und institutionalisieren kann. Die praktisch umgesetzte prästabilierte Harmonie des Spiels zeigt dann zuletzt die Spiel-Ideen direkt, die ihrerseits Sprach-Spiele im Sinne der *Leibnizschen* Characteristica universalis sein können; – zeigt sie ganz unabhängig vom Spieler-Individuum, – und zwar als festen Bestandteil einer Welt, die sich nur als Spiel entfalten kann. So verstanden, ist das Spiel also immer auch logisch-ästhetische Institution, die eine Autoreflexion möglich macht – sowohl in Hinsicht auf seine Gattung als auch hinsichtlich seiner Inhalte. Das Spieler-Subjekt ist und bleibt in dieser Performance der auf diese rationalen bzw. autoreflexiven Bestände angewiesene Deuter der eigenen, impliziten Spielkultur[80], nicht zuletzt sogar ganz streng im Sinne von *Hermann Hesses* Konzeption des *Glasperlenspiels*:

> „Das Spiel wurde von beinahe allen Wissenschaften zeitweise übernommen und nachgeahmt, das heißt auf ihr Gebiet angewendet, bezeugt ist dies für die Gebiete der klassischen Philologie und der Logik. Die analytische Betrachtung der Musikwerte hatte dazu geführt, daß man musikalische Abläufe in physikalisch-mathematische Formeln einfing. Wenig später begann die Philologie mit dieser Methode zu arbeiten und sprachliche Gebilde nach der Weise auszumessen, wie die Physik Naturvorgänge maß; es schloß die Untersuchung der bildenden Künste sich an, wo von der Architektur her die Beziehung zur Mathematik schon längst vorhanden war. Und nun entdeckte man zwischen den auf diesem Wege gewonnenen abstrakten Formeln immer neue Beziehungen, Analogien und Entsprechungen. Jede Wissenschaft, die sich des Spiels bemächtigte, schuf sich zu diesem Zweck eine Spielsprache von Formeln, Abbreviaturen und Kombinationsmöglichkeiten, überall unter der Elite der geistigen Jugend waren die Spiele mit den Formelfolgen und Formeldialogen beliebt. Das Spiel war nicht bloß Übung und nicht bloß Erholung, es war konzentriertes *Selbstgefühl einer Geisteszucht*, besonders die Mathematiker betrieben es mit einer zugleich asketischen und sportsmännischen Virtuosität und formalen Strenge, [...]"[81]

Hesses Konzeption eines Glasperlenspiels als „*[...] Selbstgefühl einer Geisteszucht [...]*“ läuft also zuletzt auf so etwa wie eine Mathesis universalis des institutionalisierten Spiels hinaus, die alle wesentlichen, d.h. hier: *durchspielbaren* Ordnungsstrukturen der Wirklichkeit im Gewand *einer* abstrakten, deduzierbaren Grundharmonie enthält.

Der Magister ludi des Marionettenspiels wäre dann, und zwar jetzt wieder streng im Sinne von *Kleists* Essay verstanden, der Tänzer, der dem Tanz der Marionette die eigenen, aber zunächst doch noch fremden, impliziten Baupläne – gleichsam als die Abbreviaturen von der Theaterwelt her – ablernen will, um sie dann als System in die Lebenspraxis zu übertragen. Die grundlegende Bedingung der Möglichkeit eines derartigen Systems wäre dann zuletzt ein Spiel-Corpus anschaulicher Spiel- bzw. Bewegungsbilder, die zugleich immer auch streng rationale Spiel-Kategorien sind; dieses Corpus – es ist, wie bereits gesagt, eine äußerlich erkennbare Institution – liegt dann *allen* möglichen Sprach- und Bewegungsspielen formal – d.h. mithin als ein Spiel-System, das ein kosmologisches Grundinteresse repräsentiert – zugrunde. Man sieht schon hier, daß von diesem präsumptiven Corpus her das Grundinteresse eines mehr oder minder klassischen Rationalismus angesprochen und hervorgehoben wird.

6.4 Kleist und Leibniz. Das Leibnizsche Bewegungsbild

Kleist beginnt in seinem Aufsatz, kurz gesagt, mit der *Leibniz*-Welt des Marionettenspiels (und daher zunächst mit sehr konzentriertem Blick auf die Institution Marionettentheater), begibt sich dann aber sogleich auch auf die Suche nach einer mehr oder minder abstrakten allgemeinen Charakteristik der involvierten Spiel-Subjekte, die er – und zwar ausdrücklich als Abbreviaturen-System[82] – dem Bewegungsbild eines Marionettenspiels abgewinnen will. Dies geschieht im übrigen *jenseits* aller Gespräche und ästhetischen Diskurse, die im Aufsatz entfaltet werden. Und zwar durchaus im bereits eingeführten Sinne eines mehr oder minder privaten, zumeist sehr unterschwellig angelegten „Lebensplans“, der sich dem aufmerksamen Leser u.a. auch als ein System von mathematisch-geometrisch nachvollziehbaren Bewegungslinien zeigen soll; in eben dieser Weise soll Bewegung – und zwar als universale Charakteristik – von einem Bewegungsbild her konkret greifbar werden[83].

Bezogen auf seine Biographie steckt nun aber hinter diesem Anspruch *Kleists* das aus heutiger Sicht nicht eigentlich leicht nachvollziehbare Bedürfnis, das eigene Leben (und die verworrenen Umstände in ihm) von einem harmonischen Bewegungsbild her exemplarisch zu deuten; und zwar von einem Bewegungsbild her, das die Kategorien der Existenz mit den Kategorien der mathematisierbaren bzw. harmonischen Bewegung zu einer echten, d.h. praktischen Einheit verschmilzt, um aufzuzeigen, daß hier ganz offensichtlich ein wechselweiser Zusammenhang bestehen muß; dies hat im übrigen auch *direkt* zu geschehen, es ist, so verstanden, par excellence Ausdrucksform einer rationalistischen Grundeinstellung – zeigt sich also somit stets nur im Umfeld einer auch mechanistisch deutbaren bzw. überhaupt einer praktischen, physikalischen Gesetzen gehorchenden Bewegungskultur. Gerade das ist nun, so soll im folgenden noch näher gezeigt werden, *Kleists* hauptsächliches Anliegen im Marionettentheater-Aufsatz; es soll daher von uns, und zwar in einer (in sich geschlossenen) analytischen Deutungsbewegung, aufgezeigt werden, die sich zunächst einmal direkt an den literaturwissenschaftlich greifbaren Vorgaben und Motiv-Beständen des Aufsatzes orientiert; dieses Anliegen *Kleists* soll ferner auch paradigmatisch – d.h. als feste Bild-Konstruktion – aufgezeigt werden, und zwar namentlich mit Blick auf den mathematisch-physikalischen Zugang zum Begriff der Bewegung, und – dies übrigens ganz im authentischen Verständnis *Kleists* – als Pars pro toto für die Realität überhaupt; dieses Pars pro toto wird dann, so eine weitere wichtige These, direkt einem Diskurs über die Bewegungskultur abgewonnen, in den sowohl die Marionettenpuppe als auch der Marionettenspieler, und zwar im Sinne eines kosmologischen Gleichnisses, involviert sind – die einzelnen Bewegungselemente des Marionettenspiels sind dann jeweils exemplarisch für das komplexe Verhältnis Mensch/Materie/Gott. Dies bedeutet ferner auch, daß die wirkliche (d.h. die physische) Bewegung hier im Zentrum steht, – und nicht etwa irgendeine Bewegung, die bloß literarisches Motiv sein will; sie ist damit *das* entscheidende Ausdrucksmoment eines nach *Kleists* Auffassung darzustellenden bzw. interpretationsbedürftigen existenziellen Zustands. Der derart gewonnene Begriff von der Bewegung wird dann zuletzt auch noch – und zwar in Gestalt des Zusammenspiels von Spieler und Puppe – zum Symbol der persönlichen Existenz *Kleists*. Somit ist also die in diesem speziellen Zusammenhang zu rekonstruierende Kern-Aussage schließlich der Aufweis einer von *Kleist* zugrunde gelegten Einheit von Lebensform und Bewegungskultur; von ihr her hat nämlich *Kleist* jenen, für sein tieferes Verständnis längst einseitig gewordenen intellektuellen Grund-Konsens seiner Zeit einer profunden und vor allem auch radikalen und destruktiven Kritik unterzogen. *Kleist* kritisiert also in seinem Marionettentheater-Aufsatz u.a. auch den philosophischen Zeitgeist, dessen Grund-Aussage es u.a. ja war, daß das praktische Leben des Einzelnen hauptsächlich in *idealistisch-metaphysischen* bzw. *romantischen* (literarischen) Kategorien darzustellen ist, und daß Ethik und Ästhetik im übrigen von diesen Systemen her bestimmt und festgelegt werden.

Ferner ist es auch *Kleists* erklärtes Ziel gewesen – wie im folgenden noch näher zu zeigen sein wird –, gerade in diesem Zusammenhang zu den harmonischen bzw., um jetzt wieder mit *Leibniz* selbst zu reden, zu den „prästabilierten" Grundprinzipien der Wirklichkeit zurückzufinden; dies ist freilich – so wird sich uns abschließend noch zeigen – ein sehr ambivalentes didaktisches Interesse, das sich allerdings anhand zahlreicher biographischer Quellen aufzeigen läßt.[84] Ihm widerspricht dann das nicht minder wichtige, kritizistische Darstellungsinteresse, das sich – trotz seines eher oberflächlichen Charakters bei *Kleist* – eindeutig auf die Begegnung mit der *Kantischen* Philosophie (intensiver vermutlich erst im Jahre 1801 erfolgt) zurückführen läßt.

Die beiden, eben geschilderten Ausgangspositionen zu den nun folgenden Überlegungen unserer Abhandlung lassen sich daher zunächst einmal recht gut auch als Rezeptionsvorgänge beschreiben, die sich in *Kleists* Biographie mehr oder minder deutlich abschatten. Das wichtigste Motiv seiner Frühzeit war nun das der Vollkommenheit in einem dezidiert existenziellen Sinne; ihm widerstreitet dann aber sogleich auch das von ihm eher einseitig rezipierte klassische Paradoxon von den Wahrheitskriterien in seiner subjektivistischen Fassung. Beginnen wir nun im folgenden mit dem Begriff der *Vollkommenheit*. Diesbezüglich lesen wir z.B. im berühmten Brief vom 22. März 1801 an *Wilhelmine von Zenge* folgende, mit Sicherheit auf seine Auseinandersetzung mit *Leibniz* verweisenden, bekenntnishaften Worte:

> „Ich hatte schon als Knabe (mich dünkt am Rhein durch eine Schrift von Wieland[85]) mir den Gedanken angeeignet, daß die Vervollkommnung der Zweck der Schöpfung wäre. Ich glaubte, daß wir einst nach dem Tode von der Stufe der Vervollkommnung, die wir auf diesem Sterne erreichten, auf einem andern weiter fortschreiten würden, und daß wir den Schatz von Wahrheiten, den wir hier sammelten, auch dort einst brauchen könnten. Aus diesen Gedanken bildete sich so nach und nach eine eigne Religion, und das Bestreben, nie auf einen Augenblick hienieden stillzustehen, und immer unaufhörlich einem höhern Grade von Bildung entgegenzuschreiten, ward bald das einzige Prinzip meiner Tätigkeit. *Bildung* schien mir das einzige Ziel, das des Bestrebens, *Wahrheit* der einzige Reichtum, der des Besitzes würdig ist. – Ich weiß nicht, liebe Wilhelmine, ob Du diese zwei Gedanken: *Wahrheit* und *Bildung*, mit einer solchen Heiligkeit denken kannst, als ich – [...]“ [86]

Unter Anwendung der im vorhergenden entwickelten Deutungsmuster zeigt sich uns hier, daß *Kleist* die Bildung grundsätzlich als eine *kontinuierliche Bewegung* verstanden hat, in der es immer auch um die *Vervollkommnung* (und zwar im Sinne einer Entfaltung der eigenen Lebensperspektive im Sinne einer übergeordneten Teleologie) geht. Sowohl die Vollkommenheit als auch die Bildung werden vornehmlich durch Bewegungen bestimmt und in ihrem Wesen festgelegt. Dabei könnte man die Bildung als „Beweglichkeit schlechthin“, die Vollkommenheit dagegen als „Bewegungsbild“ – hier und jetzt wirksam geworden – verstehen. Im Zentrum steht schließlich, wie *Kleist* in seinem Brief indirekt zum Ausdruck bringen will, besonders die *teleologische* Vernunft, so wie wir sie ja ganz ausdrücklich von *Leibniz* her kennen. Sie verkörpert das Denkbare im Sinne einer strengen kosmologischen Ordnung, die sich – konsequent verstanden – hinter der besten aller möglichen Welten verbirgt. In ihr kommen die Bildung und die Vollkommenheit als die Dualität von Theorie und Praxis zusammen. Von diesem einschlägig rationalistischen Hintergrund her will nun *Kleist* feste Bestandteile, also „Wahrheiten“ (wie er sich in seinem Brief ausdrückt) für sich gewinnen, die zugleich – und zwar im Sinne einer inneren Notwendigkeit – die Zentren jener „Bildung“ sind, um die es ihm in seinem Brief an *Wilhelmine von Zenge* zunächst einmal geht – freilich nicht in einer eindeutigen Affirmation. Es ist nun aber auch klar, daß sich hinter diesem (im Falle *Kleists* jedoch bereits sehr populär vorgetragenen[87]) Anspruch auch jene Motivik einer Physikotheologie verstecken muß, die direkt auf dem *Leibnizschen* Konzept von der besten aller möglichen Welten aufbaut. In dieser Welt hat Gott gleichsam alles so eingerichtet[88], daß sich das Bestmögliche für den Menschen tatsächlich auch erreichen läßt, ohne daß dabei seine – im Verständnis *Leibniz'* nicht minder wichtige – Freiheit zur Wahl der Möglichkeiten auf der Strecke bleibt. Denn wo anders wäre, so ist in diesem Zusammenhang zu fragen, ein solcher Bildungsgang, wie ihn *Kleist* hier zunächst einmal als Arbeitshypothese für sich postuliert, möglich, wenn nicht in einer in sich geschlossenen *Leibniz*-Welt, die auf strikt harmonischen Prämissen beruht. Nur die Realität dieser Prämissen gestattet nämlich die praktische Durchführung eines derartigen Bildungs-Programms einer Vervollkommnung – im Sinne der – ihrem tieferen Wesen nach bereits unendlichen – Grazie des ersten *Kleistschen* Bewegungsbildes. Den Prämissen entspricht dann jeweils ein nicht minder harmonisches, streng teleologisch geordnetes didaktisches Prinzip, das sich uns u.a. in der Vermittlung von Imagination und Bewegung direkt zeigen kann – und zwar jeweils als Resultat einer *positiven*[89] Erziehung, die stets harmonisierend eingreift[90]. Dies bedeutet auch, daß sich von diesem Konzept her ein profunder Zusammenhang zwischen Denken und Bewegung ergeben muß, dessen Untersuchung auch für die Praxis eines Marionettenspielers bzw. eines Ballett-Tänzers wichtig sein kann. Sein Bild ist – als Teil der prästabilierten Harmonie – ein zentraler Aspekt des ersten *Kleistschen* Bewegungsbilds. Und genau diese Rekonstruktion eines harmonischen Bewegungsbildes (im Geiste der *Leibnizschen* Prämissen) wiederum ist ja *ein* zentrales Thema im Marionettentheater-Aufsatz, auf dessen uneingeschränkter Wirksamkeit, wie ja bereits zuvor angedeutet, die Konzeption vom ersten *Kleistschen* Bewegungsbild beruht. In diesem Bewegungsbild zeigt sich daher Bewegung in einem strengen Sinne als Harmonie, der strenge Baugesetze zugrundeliegen müssen, die für diese Harmonie gewissermaßen charakteristisch sind. Dieses Charakteristische ist dann zuletzt auch der Kern der Didaktik und der mit ihr verknüpften Bildungs-Konzeption. Die Entfaltung jener auf den „Wahrheiten" beruhenden Bildung ist indes, und zwar im strengen Sinne verstanden, zuletzt nur in einem in sich geschlossenen, harmonischen Kontinuum, d.h. in der besten aller möglichen Welten, so wie sie *Leibniz* versteht, möglich. Die „Grazie" ist dabei Ausdruck und Element des Bewegungsbildes zugleich. Die Bauelemente bzw. die Grundbestimmungen dieser Welt müssen dann aber notwendigerweise, d.h. mithin in einem strengen Sinne jene Wahrheiten sein, die *Leibniz* in den wichtigsten Arbeiten seines ausgedehnten Œuvres *Vernunftwahrheiten* nannte. Ihrem *esprit de geometrie*[91] entspricht, um jetzt mit den Worten von *Blaise Pascal* zu sprechen, in strenger Parallelität ein *esprit de finesse*[92], gleichsam als Bild einer, freilich zuletzt unendlich mannigfaltigen, weil ja vollkommenen (ja bis zum Absolutheitsanspruch hin verweisenden) Praxis, der man sich allerdings nur im Zuge einer strengen Analyse auf der Basis einer Charakteristik – und zwar im Geiste der analytischen Geometrie – annähern kann. Diese Vernunftwahrheiten gelten dann notwendigerweise (während die Tatsachenwahrheiten dagegen bloß *zufällige* Geltung besitzen[93]). Daher lassen sich zuletzt *nur* die Vernunftwahrheiten in einer in sich geschlossenen Bewegung entfalten, in ihnen steckt ja das Prinzip der Identität auf eine endliche Weise, das ihnen sozusagen Festigkeit verleiht:

> „Die Einteilung unserer Erkenntnisinhalte mithin in Vernunftwahrheiten (vérités de raison) und Tatsachenwahrheiten (vérités de fait) gehört zum unveränderlichen Bestand des Leibnizschen Systems. Jene sind a priori einsehbar und können in einem endlichen Beweisgang auf identische Sätze zurückgeführt werden; diese werden a posteriori gewonnen und sind analytisch nicht in einer endlichen und innerweltlich abschließbaren Deduktion abzuleiten;“[94]

Diese wichtige Unterscheidung wird u.a. auch im Aphorismus 33 der *Leibnizschen Monadologie* minutiös erläutert. Von ihr leiten sich zwei wichtige Bewegungsmöglichkeiten ab – und zwar durchaus im Sinne des von *Kleist* in seinem Brief angesprochenen Bildungsbegriffes -; zum einen die *analytische*[95] Bewegung, sie geht von den Tatsachen zurück auf deren Grund-Prinzipien, und sinngemäß dann die umgekehrte – d.h. die *synthetische* – Denk-Bewegung; sie geht von den Prinzipien aus, um Allgemeines aufzufinden. Die analytische Bewegung bezieht sich also, um jetzt wieder mit *Kleist* zu sprechen, auf die „Wahrheit“, die synthetische dagegen auf die „Bildung“. Diese hier durchaus auch didaktisch zu verstehende Dichotomie, die sich, wie schon angedeutet, *direkt* auf *Leibniz'* Konzept von der Dualität des Wahrheitsbegriffes zurückführen läßt, war nun in der Tat ein sehr wichtiges Bestandstück der deutschen Aufklärung und ihrer dogmatischen Philosophie, das insbesondere über die Schule des Populäraufklärers und Leibniz-Schülers *Christian Wolff*[96] philosophisch breitenwirksam und schließlich sogar zum Zeitgeist wurde (z.B. in den Arbeiten von *Wieland*[97]). *Kleist* hat dieses wichtige Lehrstück der deutschen Aufklärung vermutlich im Zusammenhang mit seiner Beschäftigung mit der höheren Mathematik kennengelernt[98]. *Leibniz* selbst hat nämlich die grundlegenden Konzepte zur Dichotomie des Wahrheitsbegriffs direkt im Zusammenhang mit seinen Arbeiten zur Kombinatorik entwickelt. Hier ist insbesondere der Hinweis auf drei Arbeiten *Leibniz'* von großer Wichtigkeit, die in der Mathematik des 18. Jahrhunderts einen wichtigen Stellenwert einnehmen; sie behandeln nämlich die Unterscheidung von Analysis und Synthesis unter jeweils speziellen Gesichtspunkten, deren einheitliches Prinzip eine Art „charakteristische Zahlen-Kombinatorik“ ist. Wir wollen nun im folgenden diese Arbeiten der Reihe nach, und zwar der Einfachheit halber hier unter ihren deutschen Titeln, aufzählen. Die älteste dieser drei Arbeiten trägt den Titel *Zur allgemeinen Charakeristik*[99], weiters: *Die Methoden der universellen Synthesis und Analysis*[100] und schließlich *Zur Analysis der Lage*[101]. Im Zentrum all dieser Arbeiten steht jeweils die Frage nach einem vereinheitlichenden Kalkül, sozusagen nach einer wissenschaftlichen Wesensgrammatik, so lesen wir in *Zur allgemeinen Charakteristik*:

> „Um die Charakteristik, die ich erstrebe, zustande zu bringen – wenigstens was die Grammatik dieser wunderbaren allgemeinen Sprache und ein Wörterbuch betrifft, das für die meisten und häufigsten Fälle ausreicht, – um mit anderen Wor-

ten für alle Ideen die charakteristischen Zahlen festzustellen, ist nichts anderes erforderlich, als die Begründung eines mathematisch-philosophischen Lehrgangs gemäß einer neuen Methode [...] Ich denke, daß einige Auserlesene das Ganze in fünf Jahren werden leisten können, daß sie jedoch schon nach zwei Jahren dahin kommen werden, die Lehren, die im praktischen Leben zumeist genraucht werden, d.h. die Sätze der Moral und Metaphysik, nach einem unfehlbaren Rechenverfahren zu beherrschen."[102]

Leibniz setzte sich also zum Ziel, ein genaues Rechenverfahren für alle wichtigen bzw. denk- und konstruierbaren Inhalte der menschlichen Praxis zu finden, – und zwar durchaus im Sinne eines Bewegungsbildes bzw. eines logischen Prozesses. Dieses universelle Darstellungs- Interesse blieb über das gesamte 18. Jahrhundert hinweg wirksam, wie nicht zuletzt auch das großangelegte Projekt der *Enzyklopädie Diderots*[103] deutlich zeigt. Hinter diesem logischen Verfahren der Sammlung und Anordnung großer Datenmengen steht nun aber – vom engeren Verständnis her – ein zweiteiliges Bewegungsbild. Zum einen beruht nämlich das Verfahren auf einer eindeutig aufs Logische hin festgelegten Spielform der Charakteristik, die ihrerseits streng auf die mathematisch-logische Kombinatorik aufbaut, und zum anderen enthält das Verfahren ein streng logisches Bildungsideal, das selbst wiederum zweiteilig ist. Dieses Bildungsideal steht nun direkt *hinter* der *„[...]Grammatik dieser wunderbaren allgemeinen Sprache[...]"*, nach der *Leibniz* suchte, ist mithin direkter Motor zur Darstellung der Charakteristik. Es ist zum einen, wie bereits angedeutet, *Analysis* und zum anderen aber *Synthesis*[104]. Die Analysis ist dabei bemüht, die Grundbestandteile eines Sachverhaltes – in streng mathematischer Bewegung – aufzuzeigen, die Synthesis ist dagegen die Konstruktion, die von diesen analytisch gewonnenen Elementen ausgeht, um Neues zu finden und Altes besser zu ergründen. Es ist auch leicht einzusehen, daß sich hinter diesen beiden Bewegungsgesetzen der Erkenntnis auch die noch für *Kant* äußerst wichtige Unterscheidung zwischen analytischen und synthetischen Urteilen verbergen muß. Immerhin war ja eine zentrale Problemstellung *Kants* in seiner *Kritik der reinen Vernunft* die Frage, wie denn synthetische Urteile a priori möglich wären? Doch hat *Kant* seinerseits bereits das Feld der strengen, d.h. der klassischen *Leibnizschen* Analyse, in seiner Terminologie gesprochen, also die dogmatische Metaphysik, verlassen, wenn er nach synthetischen Urteilen a priori frägt, wo doch synthetische Urteile – im alten Sinn des Wortes – bloß a posteriori sein können. Diese Wende *Kants* in der Fragestellung war nun aber auch für *Kleist*, so zeigt der Brief vom 22.3.1801 ganz deutlich, von größter Bedeutung – und zwar hinsichtlich der Begründung einer Anschaulichkeit der „Wahrheit". Sie stellte sein *Leibnizisch* geprägtes Bildungsideal des didaktischen Parallelismus à la Analysis und Synthesis zuletzt doch noch radikal in Frage. Doch kann und soll das hier noch nicht in aller Ausführlichkeit gezeigt werden, sondern ist vielmehr erst Gegenstand unseres nächsten Kapitels. In unserem Zusammenhang stellt sich nämlich vorerst die Frage, *wie Kleist* mit dem klassischen *Leibnizschen* Programm, d.h. also mit der Frage nach der *„[...]Grammatik dieser wunderbaren allgemeinen Sprache[...]*in Berührung kam. Auf diese Frage gibt es zwei eindeutige biographische Antworten, beide beziehen sich freilich auf eine Grundeinstellung, deren Erörterung wir daher der biographischen Beantwortung unserer Frage zunächst noch, und zwar notwendigerweise, vorziehen müssen. Denn diese Grundeinstellung, daß die Menschheit nämlich, so wie sich *Leibniz* einmal ausdrückt, „*[...] gleichsam ein neues Organ besitzen [muß], das die Leistungsfähigkeit des Geistes weit mehr erhöhen wird, als die optischen Instrumente die Sehschärfe der Augen verstärken [...]*“[105] bezog sich, und hier waren die wichtigsten Aufklärer durchaus *einer* Meinung, auf die radikale Anwendung der Analysis und der Synthesis in allen Bereichen des praktischen und wissenschaftlichen Lebens. Diese Grundeinstellung kann durchaus als ein prinzipielles Dogma der wichtigsten Hauptströmungen der Aufklärung gelten, das über fast alle Bereiche des praktischen, wissenschaftlichen und technischen Lebens hinweg wirksam wurde, und das sich am pointiertesten im Aufbau der mathematischen Wissenschaften zeigte. Dies galt selbst zu jenem Zeitpunkt noch, als *Kant* bereits seine *Kritik der reinen Vernunft* (erste Auflage 1781) publiziert hatte, wo diese Art der aufklärerischen Dogmatik einer radikalen und destruktiven Kritik unterzogen wird. Zunächst hatte ja die erste Kritik *Kants* noch keine nennenswerte Wirkung, sie blieb den meisten Zeitgenossen schlicht und einfach unverständlich. Das galt insbesondere auch für die meisten zeitgenössischen Mathematiker, die mit *Kants* theoretischer Neu-Begründung der Mathematik (auf der Basis der synthetischen Urteile a priori) zunächst noch überhaupt nichts anfangen konnten. Ungebrochen galt weiterhin (bis etwa 1805) die *Leibnizsche* Grund-Konzeption der Mathematik (im Spannungsbereich von Analysis und Synthesis). Das Zusammenspiel von Analysis und Synthesis, so wie es *Leibniz* verstand, diente nämlich u.a. auch der Konstitution und Darstellung eines Zusammenspiels von Metaphysik und Physik. Sogar der vorkritische *Kant* berief sich in seinen wichtigsten Werken auf eben diese wissenschaftstheoretische Basis-Konzeption. Dieses Zusammenspiel steht nun auch – als ein zentraler Argumentationsstrang – hinter der *Kleistschen* Argumentation in seinem Marionettentheater-Aufsatz. Dies zeigt sich z.B. u.a. in der Verwendung von solchen Termini wie „vis motrix“[106] im Zusammenhang mit der „Seele“ einer Bewegung, und nicht zuletzt in der – freilich recht unauffälligen – Andeutung des seinerzeit berühmten Brachistochronen-Problems[107], das ja u.a. auch von *Leibniz* gelöst wurde.

Die Dualität von Analysis und Synthesis wurde von *Leibniz* im übrigen – über das rein philosophische Interesse hinaus – radikal verallgemeinert, wie ja der von uns erwähnte Titel des zweiten wichtigen Aufsatzes ganz besonders deutlich zeigt; es ist ja dort die Rede von den *„Methoden der universellen Synthesis und Analysis“*. Dieser Übergang vom Einzelaspekt zur universellen Methode war nun aber *das* entscheidende Moment, das den großen bzw., ohne Übertreibung gesagt, den epochalen Einfluß dieser methodologischen Dualität mit begründete, so daß er fast zur Gänze in die praktische bzw. in die lebensweltliche Begrifflichkeit einer Epoche überging. Aus dem einfachen Modell einer wissenschaftlichen Herstellungs- und Dokumentations-Technik wurde zuletzt das programmatische Modell eines universellen didaktischen Konzepts, das die Vorstellungen von Fortschritt und Aufklärung mit begründete und insbesondere auch zutiefst formte. *Leibniz* selbst definiert diesen praktischen bzw. lebensweltlichen Anspruch, wie folgt;

> „Eine Synthesis liegt vor, wenn man von den Prinzipien anfängt, der Ordnung nach die Wahrheiten durchläuft, eine gewisse Regelmäßigkeit des Fortschritts feststellt, und auf diese Weise Tafeln oder auch zuweilen allgemeine Formeln begründet, in denen später ein bestimmter Einzelfall aufgefunden werden kann. Die Analysis aber geht einzig, um das gegebene Problem zu lösen, von diesem zu den Prinzipien zurück und verfährt hierbei, wie wenn nichts sonst, das wir selbst oder andere bereits entdeckt haben, uns bekannt und gegeben wäre. Die wichtigere Aufgabe bietet die Synthesis dar, da ihre Begründung von dauerndem Wert ist, während wir bei der analytischen Behandlung bestimmter Einzelprobleme oft nur getane Arbeit nochmals verrichten.“[108]

Diese Definition der methodologischen Dualität zeigt nun ferner noch, daß sich auch *Kleists* Marionettentheater-Aufsatz, insbesondere was seine methodologische Basis-Konzeption betrifft, von ihr her durchaus in einem neuen Licht verstehen läßt. Das Zwiegespräch im Aufsatz vermittelt nämlich sowohl strenge analytische als auch nicht minder dezidiert vorgetragene synthetische Ansprüche (z.B. hinsichtlich der Semantik des Wortes „Grazie“) – und zwar ganz im Sinne des *Leibnizschen* Bewegungsbildes, das die Synthesis immer auch mit einem „geregelten Fortschrittsbegriff“[109] in Zusammenhang bringt. Dennoch war es nicht das eben erwähnte zweite Werk *Leibniz'*, das seinen Einfluß indirekt – d.h. über das gesamte 18. Jahrhundert hinweg – zuletzt auch noch auf den *Kleist* des Marionettentheater-Aufsatzes ausübte und für zahlreiche, originelle Impulse in diesem Aufsatz mit verantwortlich ist, sondern vielmehr das dritte von uns erwähnte Werk, d.h. der Aufsatz *Zur Analysis der Lage*, der trotz seiner spezifisch mathematischen Inhalte einen großen – freilich völlig indirekten – Einfluß auf die Intellektuellen des 18. Jahrhundert ausübte, und zwar in äußerst komplizierten Verästelungen. Das Reizwort ist dabei der analytische Begriff der „Lage“ im Sinne der analytischen Geometrie, er wurde überhaupt zu einer epochal wirksamen Metapher[110], gleichsam zu einem Vernunftbild. *Leibniz* ging es in diesem Aufsatz freilich nicht etwa um neue metaphysische Metaphern, sondern vornehmlich um das synthetisierbare Wechselspiel in den Zusammenhängen von geometrischen und algebraischen Problemstellungen, d.h. nicht zuletzt um eine Synthesis von Algebra und analytischer Geometrie im Sinne seiner universellen Charakteristik[111]. Und von diesem Anspruch her können wir dann sofort auch die bereits angedeuteten beiden biographischen Anknüpfungspunkte zu *Kleis*t in unsere Überlegungen mit einbringen, sie lassen sich, wie sich uns gleich zeigen wird, hier geradezu zwanglos anschließen. Beginnen wir mit einem Blick auf den *Kleistschen* Aufsatz *Über die allmähliche Verfertigung der Gedanken beim Reden*[112], dessen Konzept einer „allmählichen Verfertigung“ sich uns bei näherem Hinsehen sofort als eine – freilich ins Bizarre hinein verzerrte – Synthesis im *Leibnizschen* Sinn zeigt. So heißt es dort im Zusammenhang mit der „allmählichen Verfertigung“ einer Lösung einer algebraischen Aufgabe:

> „Oder ich suche, wenn mir eine algebraische Aufgabe vorkommt, den ersten Ansatz, die Gleichung, die die gegebenen Verhältnisse ausdrückt, und aus welcher sich die Auflösung nachher durch Rechnung leicht ergibt. Und siehe da, wenn ich mit meiner Schwester davon rede, welche hinter mir sitzt, und arbeitet, so erfahre ich, was ich durch ein vielleicht stundenlanges Brüten nicht herausgebracht haben würde. Nicht, als ob sie es mir, im eigentlichen Sinne *sagte*; denn sie kennt weder das Gesetzbuch, noch hat sie den Euler oder den Kästner studiert. Auch nicht, als ob sie mich durch geschickte Fragen auf den Punkt hinführte, auf welchen es ankommt, wenn schon dies letzte häufig der Fall sein mag.“[113]

Und im folgenden, nachdem er im von uns oben zitierten Textabschnitt das Moment der Plötzlichkeit hervorgehoben hat, erläutert *Kleist* nunmehr die Synthesis der „allmählichen Verfertigung“ auch ganz ausdrücklich – und zwar merkwürdigerweise unter *direktem* Bezug auf gängige *Leibnizsche* Termini:

> „Aber weil ich doch irgend eine dunkle Vorstellung[114] habe, die mit dem, was ich suche, von fern her in einiger Verbindung steht, so prägt, wenn ich nur dreist damit den Anfang mache, das Gemüt, während die Rede fortschreitet, in der Notwendigkeit, dem Anfang nun auch ein Ende zu finden, jene verworrene Vorstellung[115] zur völligen Deutlichkeit aus, dergestalt, daß die Erkenntnis zu meinem Erstaunen, mit der Periode fertig ist. Ich mische unartikulierte Töne ein, ziehe die Verbindungswörter in die Länge, gebrauche auch wohl eine Apposition, wo sie nicht nötig wäre, bediene mich anderer, die Rede ausdehnender, Kunstgriffe, zur Fabrikation meiner Idee auf der Werkstätte der Vernunft, die gehörige Zeit zu gewinnen.“[116]

So ist in diesem Abschnitt von einer Synthesis die Rede, die bei den „dunklen Vorstellungen“ anhebt, und die sich in Interferenz mit einer annähernd gleichzeitig ins Werk gesetzten – allerdings zeitlich doch etwas verschobenen – Analysis der „allmählich“ entstehenden *„Fabrikation [einer] Idee“* befindet. Den Zeitgewinn, den die Analysis – mitten in der Synthesis – einfordert, erreicht und fixiert er durch die Einfügung von grammatischen Elementen, also durch „Appositionen“, durch diverse „Kunstgriffe“, so daß zuletzt eine Idee – im Sinne der Synthesis der „allmählichen Verfertigung“ – entsteht. Genau diese zusammengesetzte Bewegung beschreibt nun den Kern dessen, was wir im vorhergehenden bereits erstes *Kleistsches* Bewegungsbild genannt haben von einem völlig neuen Aspekt her. Schon ca. fünf Jahre vor der Abfassung des Marionettentheater-Aufsatzes hatte *Kleist* also eine klare Vorstellung von dieser Synthesis, die sich uns im Marionettentheater-Aufsatz zuletzt als jenes Bewegungsbild zeigt, in dessen Hintergrund auch *Leibnizsches* Gedankengut steht, und das wir das erste *Kleistsche* Bewegungsbild bezeichnet haben. Es zeigt sich hier vornehmlich als eine Interferenz von zwei wesentlichen Bewegungs-Komponenten (d.h. der analytischen und der synthetischen), deren Synthetisierung zuletzt die „Grazie“ selbst sein muß. Hinter der Synthesis-Bewegung des Sprach-Aufsatzes steht nun aber zunächst noch, und zwar ganz offensichtlich, eine mathematisch bestimmte, in diesem Falle allerdings dialogisch entwickelte Art von Kombinatorik (und zwar im Hintergrund, sozusagen als praktisches Gesetz der „Werkstätte der

Vernunft“), die mit Satzteilen, mit rhetorischen Elementen verfährt, und nach Zuordnungen sucht[117]. Im Falle des Marionettentheater-Aufsatzes geht die Synthesis in das Bewegungs-Spiel einer Marionette über, für das – gleichsam von außen – nach Bewegungselementen gesucht wird – auch dies geschieht im Rahmen eines Gesprächs, in dem die beiden *Leibnizschen* Motive stets wechselweise eingesetzt werden.

Das Motiv der Synthesis zeigt sich daher zunächst einmal – d.h. jetzt namentlich im Sprach-Aufsatz *Kleists* – nur als eine *streng eingrenzbare*, ihrem tieferen Wesen nach bloß sprachphilosophisch bedeutsame Praxis, die ihren Ausgang von einer mathematisch-logischen Analysetechnik nimmt, wie ja *Kleist* selbst ausdrücklich anmerkt. Darin liegt nun auch der größte Unterschied zum Erkenntnisinteresse des Marionettentheater-Aufsatzes, in dem ja diese direkt auf *Leibniz* zurückgehende Analysetechnik von einer fast schon chaostheoretisch zu nennenden poetisch-physikalischen Simulation her zuletzt wieder radikal in Frage gestellt wird. Später wird die Synthesis dann aber auch geschichtsphilosophisch bedeutsam, und zwar im Zusammenhang mit der dramatischen Basis-Konzeption des Dramas *Prinz von Homburg*.

Die durchaus offen zutage tretende terminologische Nähe zu *Leibniz* legt nun in der Tat nahe, daß *Kleist* ein aufmerksamer *Leibniz*-Leser gewesen sein muß (wobei freilich u.E. für alle Zeiten unklar bleiben muß, ob er nun wirklich *Leser* von Primärtexten oder bloß Rezipient innerhalb einer oder mehrerer Traditionslinien der damals weitverzweigten *Leibniz*-Rezeption gewesen ist). Für unsere, freilich eher allgemein zu verstehende Behauptung gibt es nun tatsächlich *eine* einzige biographische Quelle, die recht deutlich besagt, daß *Kleist* wenigstens die *Leibnizsche Theodizee* gekannt haben muß. Auf diese biographische Quelle soll im folgenden kurz eingegangen werden. Zunächst einmal müssen wir allerdings, wie ja bereits zuvor angekündigt, auf die Hintergründe zu *Kleists* Mathematikstudium zurückkommen, namentlich die bereits im vorhergehenden angekündigten beiden biographischen Bezugspunkte kurz darlegen, die uns ja auch eindeutig klar machen können, daß *Kleist* mit der *Leibnizschen* Konzeption von der Analysis der Lage bereits als Mathematikstudent (und zwar am Ende der neunziger Jahre) zu tun hatte. Im oben zitierten Text aus dem Sprach-Aufsatz ist ausdrücklich von den beiden Mathematikern *Abraham Gotthelf Kästner*(1719-1800) und *Leonhard Euler*(1707-1783) die Rede, die beide bedeutende Mathematiker waren, und zwar durchaus auch in der Tradition der *Leibnizschen* Infinitesimal-Rechnung und der Lage-Analysis. Hinzu kommt noch, daß *Kästner* auch ein berühmter satirischer Schriftsteller war und viel zur Verbreitung mathematischer Metaphern beitrug, die somit auch zum allgemeinen Kulturgut (d.h. mithin zum Zeitgeist) wurden (so wie *Lichtenberg* zur selben Zeit für viele, oftmals polemisch eingesetzte, physikalische Metaphern, vornehmlich aus dem Bereich der Elektrostatik, verantwortlich war, die im damaligen kulturellen Leben überaus bedeutsam wurden). Als Wissenschaftler publizierte *Kästner* ein propädeutisches Kompendium der Mathematik unter dem Titel *Anfangsgründe der Mathematik* (in vier Bänden), das *Kleist* mit Sicherheit bereits 1799 aufmerksam studiert hat:

> „Mich fesselte nichts in Potsdam als das Studium der reinen Mathematik, das ich hier zu beendigen wünschte, und ich glaubte, daß mir ohne alle Hülfe meines Lehrers dieses Studium, besonders für die Zukunft die Algebra, zu schwer fallen oder wenigstens durch diese Hilfe erleichtert werden würde.“[118]

Im selben Brief erwähnt nun *Kleist* ein geometrisches Beispiel, das sich auf die rationalen bzw. irrationalen „Verhältnisse der Linien“[119] bezieht, für das es von *Kästner* einen indirekten Beweis gegeben haben soll, gegen den sich *Kleist* – so seine eigenen Worte – mit Nachdruck sträubte. Denn der indirekte Beweis geht ja davon aus, daß man eine Behauptung zunächst für richtig hält, die eigentlich falsch ist. Gerade dies schien ihm aufs äußerste paradox. Der Beweis zeigt nun in der Folge, daß eine derartige Annahme zu gröberen Widersprüchen führen muß, folglich zeigt sich damit die Falschheit der Annahme. *Kleist*, der, wie er selbst bemerkt, derartigen Beweisen nur sehr schlecht folgen konnte, machte damals sozusagen aus der Not eine Tugend, indem er die Langsamkeit seiner gedanklichen Bewegung in den Rang eines Bewegungsbild der „allmählichen Verfertigung“ erhob, so wie er ja auch am Beginn des Sprach-Aufsatzes ausdrücklich bemerkt. Unmittelbare Ursache war ein schwieriges, weil völlig paradoxes mathematisches Beispiel, das mit Sicherheit auf *Leibniz* zurückgeht. Gerade dieses Beispiel der Verhältnisse infinitesimaler Linien ist ja typisch für *Leibniz'* infinitesimale Analysis, so wie sie sich uns z.B. in der Arbeit *Rechtfertigung der Infinitesimalrechnung durch den gewöhnlichen algebraischen Kalkül*[120] aus dem Jahre 1702 präsentiert, die ja ausdrücklich von jenen Verhältnissen handelt, die *Kleist* in seinem Brief an *C.E. Martini* anspricht, und die er als außerordentlich paradox empfand.

Wesentlich wichtiger noch für *Kleists Leibniz*-Rezeption dürfte freilich der Freund und Schüler *Kästners*, *Karl Friedrich von Hindenburg* (1741-1808) gewesen sein, den er vermutlich im Juni 1801 in Leipzig[121] kennenlernte. Von *Hindenburg* sind einige Arbeiten zu *Leibniz'* Kombinatorik bekannt. Allmählich näherte sich nun *Kleist* – und zwar vermutlich über die logischen und kombinatorischen Arbeiten *Hindenburgs* – an den Logiker und Metaphysiker *Leibniz* an, der ihm zuletzt sogar wichtiger schien als der Mathematiker, den er im Zusammenhang mit *Kästners* Lehrbuch kennengelernt hat. Dies geschah zunächst noch in einer dezidiert didaktischen Absicht. So sind uns in einem Brief aus dem Frühjahr 1800 sogar *Verschiedene Denkübungen für Wilhelmine von Zenge*[122] erhalten, die *Kleist* verfaßte, um sich und seiner Verlobten logisches Denken beizubringen. Zugleich war es ihm auch ein wichtiges Anliegen, von seiner paradoxen Logik her für sich und seine Braut neue Bildungsideale zu formulieren und zwar durchaus in einer praktischen Grundabsicht (und vor allem nicht ohne eine gewisse ironische Grundabsicht), deren Erkenntnisinteresse sich nicht zuletzt sogar auf Fragen der „*[...] echte[n] Aufklärung des Weibes [...]*“ erstrecken kann. In dieser Hinsicht gibt es nun tatsächlich ein für unser Anliegen wichtiges biographisches Zeugnis, daß sich *Kleist* – und zwar nicht wirklich affirmativ, sondern eher in kritischer Absicht – mit *Leibniz* beschäftigt haben muß – und zwar vornehmlich mit dem *Leibniz* der *Theodizee*[123]. In seinem Brief an *Wilhelmine von Zenge* vom 15. September 1800 lesen wir folgende Zeilen:

„Alle echte Aufklärung des Weibes besteht zuletzt darin, vernünftig über die Bestimmung ihres *irdischen* Lebens nachdenken zu können. Über den Zweck unseres ganzen *ewigen* Daseins nachzudenken, auszuforschen, ob der Genuß der Glückseligkeit, wie Epikur meinte, oder die Erreichung der Vollkommenheit, wie *Leibniz* glaubte, oder die Erfüllung der trocknen Pflicht, wie *Kant* versichert, der letzte Zweck des Menschen sei, das ist selbst für Männer unfruchtbar und oft verderblich. Wie können wir uns getrauen in den Plan einzugreifen, den die Natur für die Ewigkeit entworfen hat, da wir nur ein so unendlich kleines Stück von ihm, unser Erdenleben, übersehen?“[124]

Hier wird also von *Kleist* u.a. auch das Vollkommenheitsideal *Leibniz'* kritisiert, das ja auf der Annahme einer prästabilierten Harmonie (bzw. eines göttlichen Planes) beruht, von dem aus das Handeln als ein in sich geschlossenes Bewegungsbild im Sinne einer kontinuierlichen Synthesis möglich und damit zugleich notwendig wird. Schon in diesem Brief an *Wilhelmine von Zenge* treffen wir also auf die Dialektik des *Kleistschen* Bewegungsbildes, die sich uns zuletzt am vollkommensten in seinem Marionettenthater-Aufsatz zeigt – und zwar im Auseinanderbrechen des einen *Kleistschen* Bewegungskonzepts in zwei Deutungsmuster, die anhand eines Dialogs über das Marionettenspiel in praktischer Absicht erörtert werden. Es handelt sich also, und zwar jetzt im höheren Sinne, d.h. mithin im Sinne einer praktischen Ethik und Didaktik verstanden, um die Frage nach dem Stellenwert einer Synthesis des Lebens vom Hintergrund eines festgefügten Plans her. Das Marionettentheater ist zu dieser Fragestellung kompatibles Gleichnis und Quelle der möglichen Belehrungen in einem. Das Spiel mit der Marionette verlangt nämlich nach einem genau festgelegten Plan, damit es – zusammenhängend und homogen – auf ein zu spielendes Stück angewendet werden kann. Gibt es nun, so frägt sich *Kleist*, einen derartigen Plan, der auf das System einer prästabilierten Harmonie aufbauen kann, dann ist „Vollkommenheit“ tatsächlich auch im menschlichen Leben – und zwar als Synthesis – möglich, und dann ist auch das erste *Kleistsche* Bewegungsbild die Antwort auf *Kleists* Frage nach dem *„[...] Weg der Seele des Tänzers[...]*[125]*“*. Denn die „Vollkommenheit“ wäre ja dann zuletzt der Abglanz einer göttlichen Idee, deren Plan sich der Spieler bzw. der Tänzer vorbehaltlos überläßt, indem er sich dem *streng* harmonischen Verlauf des Schwerpunkts des Spiels anvertraut, der ja mit der Monade des Spielers völlig übereinstimmen muß – und zwar im Sinne einer prästabilierten Harmonie, die nunmehr in eine begrenzte Spiel- bzw. Lebenspraxis hinein entfaltet wird: Dieses Spiel wäre dann zugleich auch jener, in sich wesensmäßig vollkommene Plan, der – hier und jetzt – einzig und allein dieser Monade des Spielers entsprechen kann und muß. Zu allen anderen möglichen Spielverläufen gibt es dann freilich keine direkten Bezüge, allerdings ist ein jedes andere Spiel einer jeden Spieler-Monade stets als Perspektive gegeben. In diesem dezidierten Sinne wäre dann – entsprechend der *Leibnizschen* Grundprämisse – vom ersten *Kleistschen* Bewegunsbild her keine real gültige Unterscheidung zwischen Puppen-Bewegung und Bewegung eines Tänzers möglich und notwendig. Dies hängt nicht zuletzt auch damit zusammen, daß im *Leibnizschen* Sinn die

Synthesis streng nur als Bewegung (und zwar im Zusammenhang mit einer Reihe[126] bzw. einer zusammenhängenden „Kette") gedacht werden kann. *Hans Heinz Holz* beschreibt diese *Leibnizsche* Konzeption auf folgende Weise:

> „Die Vielheit der Substanzen schließt a priori die Interaktion der Substanzen ein. Eine Vielheit in der Einheit muß unter der Form der Bewegung der Elemente gedacht werden. Denn eine unbewegte Einheit der Welt, die an verschiedenen Orten qualitativ verschieden beschaffen ist, wäre doch eben nur eine Einheit mit vielen Eigenschaften. Zum Eigensein der individuellen Substanzen, zu ihrer Selbständigkeit als Substanzen gehört, daß sie aus sich (sponte) wirken, d.h. ihrer eigenen Bestimmtheit gemäß sich zu anderen verhalten. Damit setzen sie Veränderung in Gang – sowohl in den anderen wie in sich selbst."[127]

Dies ist ferner im strengen Sinne des Wortes „positive Realität", was zugleich bedeutet, daß in einem solchen Falle kein Zufall mehr irgendeine Rolle spielen könnte, und trotzdem keine absolute Vorherbestimmung angenommen werden darf (Sie würde nämlich der Selbständigkeit der Substanzen widersprechen). Man kann daher zuletzt nicht wirklich entscheiden, ob man sich jetzt und hier einer Kraftwirkung überläßt oder eben nicht, da ja das Spiel selbst keine Überschreitung seines Plans – und damit auch keine Außenperspektive[128] – duldet, von der her diese Frage rational (d.h. mithin widerspruchsfrei) entschieden werden könnte. Das Spiel ist ganz streng der Weg einer Monade, die zugleich Kraftzentrum dieses Wegs ist. Alles ist nämlich dahingehend Plan, der sich in seiner tieferen Beschaffenheit freilich nur dann vollständig zeigen würde, wenn man die dem Menschen auferlegten Schranken weglassen könnte und damit in seiner Einsicht zugleich den Charakter der Vernunftwahrheit erreicht, d.h. mithin die „unendliche Wahrheit" des Spiels erblicken könnte[129] und zwar ganz im Sinne des folgenden Aphorismus der *Leibnizschen Monadologie*. Dort heißt es nämlich diesbezüglich:

> „Daraus (d.h. aus der Annahme, daß Gott keine Schranken hat/Der Verf.) folgt dann, daß Gott absolut vollkommen ist; Vollkommenheit ist nämlich nichts anderes als die Größe der positiven Realität als solcher, die man erhält, wenn man die Grenzen oder Schranken der Dinge, die solche haben, beiseite läßt. Und dort, wo es keine Schranken gibt, d.h. in Gott, ist die Vollkommenheit absolut unendlich."[130]

Es zeigt sich uns also nunmehr ganz deutlich, daß *Kleist* die „Grazie" zum einen auch von dieser These *Leibniz'* her verstanden hat, die er freilich zugleich als *die* Antithese zur Realität des menschlichen Spiels begreift, so wie er es zuletzt, und zwar *immer* stellvertretend für das menschliche Leben, als wesentlich erkennt. Eine derartige Vollkommenheit kann ja der Mensch niemals wirklich erreichen und erkennen. Diese bereits im oben zitierten Brief an *Wilhelmine von Zenge* angesprochene Dialektik von Unendlichkeit (als Vollkommenheit) und Endlichkeit (als „Hemmung") zeigt sich nun nochmals im bereits mehrmals erörterten Schlußgedanken des Marionettentheater-Aufsatzes, dort jedoch als Schlußfolgerung zur Frage nach dem Bewegungsbild und damit also nicht mehr in praktisch-ethischer Grundabsicht. Im Marionettentheater-Aufsatz spricht *Kleist* im übrigen, und zwar im Zusammenhang mit der Einschränkung der Vollkommenheit zur körperlichen bzw. phoronomischen Realität hin, von „Hemmung", um auf diese Weise das tiefere Wesen des menschlichen Spiels (was sowohl die Puppe als auch den Tänzer betrifft) gegenüber dem göttlichen abzugrenzen:

> „Die Puppen brauchen den Boden nur, wie die Elfen, um ihn zu *streifen*, und den Schwung der Glieder, durch die augenblickliche Hemmung neu zu beleben; wir brauchen ihn, um darauf zu *ruhen*, und uns von der Anstrengung des Tanzes zu erholen: ein Moment, der offenbar selber kein Tanz ist, und mit dem sich weiter nichts anfangen läßt, als ihn möglichst verschwinden zu machen."[131]

Kleists wichtigster Kritikpunkt gegen das erste *Kleistsche* Bewegungsbild, das sich somit von daher nur als eine (hypothetisch angenommene) Scheinthesis entpuppt, ist in dieser speziellen Sicht die stetige Verletzung des Kontinuitätsprinzips in der menschlichen Realität. In der Wirklichkeit lebt nämlich das Spiel auch von der Unterbrechung des Bewegungsvorgangs; dies gilt sowohl für die Puppe als auch für den Tänzer und ist eine folgerichtige Konsequenz des *Kleistschen* Prinzips von der „allmählichen Verfertigung". Die Bewegung im Sinne einer „allmählichen Verfertigung" ist nämlich stets ein Kampf gegen die Trägheit, die zum einen in der Einbildungskraft und zum anderen überhaupt als Grundeigenschaft der Materie wirksam wird. Sowohl im bewußten als auch im unbewußten Gegenstand ist nämlich Bewegung immer ein Phänomen, das sich ganz offensichtlich – und bei näherem Hinsehen erst recht – aus zahlreichen Diskontinuitäten zusammensetzt. Es gibt daher – neben allen vollkommenen Simulationen – auch eine in sich geschlossene Welt der Bewegungsverläufe, die genau festgesetzten Einschränkungen – hinsichtlich der Konsequenz und Anschaulichkeit des Verlaufs – unterworfen ist (so wie das ja auch *Kant* in der transzendentalen Analytik im Zusammenhang mit der Rolle des Verstandes und der ihn begrenzenden Kategorien sah). Ein völlig harmonischer, in sich stetiger Verlauf ist dagegen unmöglich und wäre nur durch die Aufrechterhaltung des kontinuierlichen Verlaufs von seiten eines stets eingreifenden Gottes her möglich, und zwar ganz im Sinne von *Leibniz'* These vom „Einflusse Gottes" in der *Monadologie* (bzw., noch radikaler verstanden, im Sinne der okkasionalistischen Grundthese vom stetigen Eingreifen[132] Gottes in die Realität):

> „Weiter folgt daraus, daß die Geschöpfe ihre Vollkommenheiten dem Einflusse Gottes verdanken, ihre Unvollkommenheiten jedoch aus ihrer eigenen Natur haben, die nicht ohne Schranken zu sein vermag. Denn eben dadurch unterscheiden sie sich von Gott."[133]

Es ist nun aber bemerkenswert, daß *Kleist* diese Konzeption einer göttlichen Vollkommenheit, und dies zeigt ja auch die von uns zitierte Stelle aus dem Brief vom 15.9.1800 an *Wilhelmine von Zenge*, zwar nicht auf den Menschen anwenden will, dennoch aber die Materie selbst – bzw., allgemeiner verstanden, die Natur – mit ihr in Verbindung bringt. Damit verläßt er die *Leibnizsche* These im ersten *Kleistschen* Bewegungsbild, um damit, wie bereits angedeutet, die *Rousseausche* Antithese zu *Leibniz'* Konzeption einer göttlichen Vollkommenheit hervorzuheben. Betrachten wir zu diesem sehr speziellen Zweck den folgenden Text aus dem Marionettentheater-Aufsatz (er kann aus dieser Sicht der Dinge bereits als eine intellektuelle Vorstufe zur Bärenkampf-Episode im selben Aufsatz gelten):

> „Ich sagte, daß, so geschickt er auch die Sache seiner Paradoxe führe, er mich doch nimmermehr glauben machen würde, daß in einem mechanischen Gliedermann mehr Anmut enthalten sein könne, als in dem Bau des menschlichen Körpers.
> Er versetzte, daß es dem Menschen schlechthin unmöglich wäre, den Gliedermann darin auch nur zu erreichen. Nur ein Gott könne sich, auf diesem Felde, mit der Materie messen; und hier sei der Punkt, wo die beiden Enden der ringförmigen Welt in einander griffen."[134]

Kleist verknüpft also nunmehr die Eigenschaften der Materie (so wie sie sich in den Bewegungsspielen eines „Gliedermanns" verkörpert) mit den Möglichkeiten eines Gottes. Nur diesem wäre die vollkommene Beherrschung der Materie möglich.

6. 5 Kleist und Rousseau. Das Rousseausche Bewegungsbild

Was auf den ersten Augenblick wie die konsequent vollzogene *Leibnizsche* These aussieht, entpuppt sich allerdings zuletzt, insbesondere bei näherem Hinsehen, als eine Art originell gesetzter Kurzschluß von Gott und Materie – ist mithin die pantheistische Thesis, so wie wir sie aus dem vierten Buch von *Rousseaus Emile* in Form der *Betrachtungen des savoyischen Vikars* kennen. Wir treffen nun in dieser auf den ersten Anschein hin freilich eher beiläufigen Feststellung *Kleists* ganz zentral auf die These *Rousseaus*, so wie sie nunmehr – und zwar durchaus als Produkt einer ausgedehnten *Rousseau*-Rezeption[135] *Kleists* – im ersten *Kleistschen* Bewegungsbild wirksam wird, sie widerspricht der *Leibnizschen* – bei gleichen formalen Prämissen, was die Frage nach der Vollkommenheit betrifft – hinsichtlich der Identifikation des „Gotts", dessen Entelechie in die jeweils wirksame Monade „hineindifferenziert"[136] wird. In der *Rousseauschen* Variante des ersten *Kleistschen* Bewegungsbildes findet eine Bewegung statt, die sich radikal auf den Eigenwert der Materie und mit ihr auf die Autonomie der Natur überhaupt beziehen läßt. Diese Autonomie wird durch das menschliche Bewußtsein – und hier erkennt man *Kleists* Anleihe bei der *Rousseauschen* Zivilisationskritik ganz deutlich – freilich stets tiefgreifend gestört:

> „Ich sagte, daß ich gar wohl wüßte, welche Unordnungen, in der natürlichen Grazie des Menschen, das Bewußtsein anrichtet."[137]

Der „Gliedermann" *Kleists* ist also der Repräsentant der mechanischen „Grazie", so wie sie sich von der sich selbst überlassenen Natur her, z.B. als Anmut bzw. als Ebenmaß, dem Menschen zeigt, um dem menschlichen Bewußtsein, d.h. mithin dem menschlichen Zivilisationshochmut in radikaler Weise zu opponieren – und zwar direkt im Menschen selbst, d.h. in Gestalt der „natürlichen Grazie“, so wie sich *Kleist* in seinem Aufsatz ausdrückt. Gibt es also in der *Leibnizschen* Variante des ersten Bewegungsbildes eine Antithetik von Gott und Mensch, und zwar insbesondere was die Frage nach der Vollkommenheit betrifft, so in der *Rousseauschen* Variante eine von Mensch und Natur, wobei die Vollkommenheit stets auf seiten der Natur liegt. So verstanden, präsentiert sich uns das menschliche Bewußtsein zunächst einmal als eine „innere Natur“, die, wie sich *Rousseau* bereits im *ersten Buch* des *Emile*[138] ausdrückt, durch das „Gefühl“ bzw. die „Empfindung als Einheit“ verkörpert wird, sie ist absolut und göttlich, ist – jetzt bloß als Individuum gesehen – der „natürliche Mensch“. Dieser inneren Natur korrespondiert nun andererseits, d.h. auch sinngemäß, eine „äußere Natur“, sie ist dagegen zivilisiert und „relativ“ und kann aus diesem Grund, d.h. wenn sie als relative Größenordnung übermächtig wird, auch Ursachen der „Unordnungen“ in den Bildern des Bewußtseins hervorrufen. Im Sinne *Rousseaus* wäre also die *Leibnizsche Monade* mit dem „natürlichen Menschen“, ihre Perzeption aber mit dem „bürgerlichen Menschen“ zu identifizieren:

> „Der natürliche Mensch ist sich selbst alles. Er ist die ungebrochene Einheit, das absolut Ganze, das nur zu sich selbst oder seinesgleichen eine Beziehung hat. Der bürgerliche Mensch ist nur eine Bruchzahl, die von ihrem Nenner abhängig ist und deren Wert in ihrer Beziehung zum Ganzen besteht, das heißt dem gesellschaftlichen Ganzen. Die guten gesellschaftlichen Einrichtungen sind diejenigen, die es am besten verstehen, dem Menschen seine Natur zu nehmen, ihm seine absolute Existenz zu entziehen und ihm dafür eine relative zu geben und das *Ich* auf die Einheit der Gemeinschaft zu übertragen, so daß jeder einzelne sich nicht mehr als Eines, sondern als Teil der Einheit fühlt, der nur noch im Ganzen empfindungsfähig ist.“[139]

Ferner treffen wir im vierten Buch des *Emile* auf eine Meditation zum metaphysischen Stellenwert des Gefühls, so wie es *Rousseau* versteht. Die Weltordnung beruht für ihn auf eben diesem Gefühl, das, von seiner tieferen Funktion im Ganzen her verstanden, sozusagen dem *Leibnizschen* Konzept von der Harmonie zwischen den Substanzen[140] gleicht – allerdings von einer anderen Identifikation der Ursachen her; die innere Natur (und zwar jetzt tatsächlich *direkt* im Zusammenhang mit den Bekenntnissen des savoyischen Vikars verstanden) vermittelt nämlich die Einheit meines Innenlebens bzw. die Einheit meines Bewußtseins, ist daher als Empfindsamkeit das Zentrum aller Welt-Konstitution schlechthin:

> „Ich existiere und habe Sinne, durch die ich affiziert werde. Das ist die erste Wahrheit, die mich beeindruckt und die ich gezwungen bin, anzuerkennen. Habe ich ein besonderes Gefühl meiner Existenz, oder nehme ich sie nur durch meine Empfindung wahr?[...] Meine Empfindungen gehen in mir selbst vor, da sie mich meine Existenz fühlen lassen; aber ihre Ursache liegt außerhalb, da sie mich auch gegen meinen Willen affizieren und es nicht von mir abhängt, sie zu haben oder nicht zu haben. Ich begreife also klar, daß die Empfindung, die in mir ist, und ihre Ursache oder ihr Gegenstand, die außerhalb meiner selbst sind, nicht dasselbe sind.“[141]

Folgt man also *Rousseau* konsequent, dann gibt es zwei Prinzipien, die von der einen Natur ausstrahlen: Zum einen die *„[...] Empfindungen, [die] in mir selbst vor[gehen]“* und zum anderen die äußere Natur, die mich affiziert. Das „innere Gefühl“ bildet dabei die Einheit beider Naturen ab – und zwar spontan:

> „Vergleichen wir die besonderen Ziele, die Mittel, die geordneten Beziehungen aller Art, und horchen wir dann auf das innere Gefühl: welcher gesunde Geist kann sich seinem Zeugnis versagen? Welchen Augen, wenn sie nicht unvoreingenommen schauen, kündet nicht die spürbare Ordnung des Universums von einer höchsten Intelligenz?“[142]

Folgt man *diesem* Zitat in aller Konsequenz, dann drückt sich der pantheistisch verstandene Gott der *Rousseauschen* Natur durch das „innere Gefühl“ im Menschen aus, durch das dann zuletzt alle Bewegungen – und zwar zunächst noch ganz unabhängig von der Vernunft – in irgendeiner spezifischen Weise als individuell wirksam gewordene Naturharmonien (z.B. als Anmut) spürbar werden. *Rousseau* unterscheidet nun dahingehend zwei mögliche Formen der Bewegung, mithin also auch zwei voneinander unabhängige Bewegungsbilder:

> „Bei den Körpern bemerke ich zwei Arten von Bewegungen, nämlich übertragene Bewegung und spontane oder aus eigenem Antrieb erfolgende Bewegung. Bei der ersteren ist die treibende Ursache dem bewegten Körper fremd, bei der zweiten liegt sie in ihm selbst.“[143]

Die Unterscheidung von absolutem und relativen Moment in der – dynamisch verstandenen – Weltkonstitution setzt sich also – und zwar ganz analog wie bei *Leibniz* – bis in die „Arten von Bewegung“ fort, die *Rousseau* in seinem Erziehungsroman postuliert. Der rein *mechanischen* Bewegung steht dabei die gänzlich *spontane* Bewegung[144] genau in derselben Art gegenüber wie das „innere Gefühl“ der äußeren Affektion durch die sinnlichen Reize. Die mechanische Bewegung ist dabei stets eine „übertragene“ Bewegung, die spontane dagegen für sich Autonomie und Ausstrahlungszentrum bzw., jetzt nach unserem Begriff, Mittelpunkt eines Bewegungsbildes. So verstanden, kann die „Grazie“ des ersten *Kleistschen* Bewegungsbildes daher nur eine spontane, d.h. eine innere Bewegung sein, die sich freilich nur in einer übertragenen Bewegung zeigen kann. Im Zuge der Übertragung kann allerdings nicht wirklich ein Außenstandpunkt eingenommen werden, sondern das gesamte Geschehen entfaltet sich auf organische Weise, ja ist – und zwar im strengen Sinne des Wortes – Organismus. Diese Anspannung zwischen spontanem und übertragenem Bewegungsbild in der Art, wie sie *Rousseau* im *Emile* konzipiert hat, war nun auch ein wichtiges Thema für *Kleist*[145]. Dies zeigt sich im Marionettentheater-Aufsatz insbesondere in der Episode vom Dornauszieher:

> „Ich badete mich, erzählte ich, vor etwa drei Jahren, mit einem jungen Mann, über dessen Bildung damals eine wunderbare Anmut verbreitet war. Er mochte ohngefähr in seinem sechszehnten Jahre stehn, und nur ganz von fern ließen sich, von der Gunst der Frauen herbeigerufen, die ersten Spuren der Eitelkeit erblicken.

Abb. 13 *Der Dornauszieher*

(Römische Kopie eines frühhellenistischen Originals/Sala dei Trionfi/Konservatorenpalast/Rom)

Es traf sich, daß wir grade kurz zuvor in Paris den Jüngling[146] gesehen hatten, der sich einen Splitter aus dem Fuße zieht; der Abguß der Statue ist bekannt und befindet sich in den meisten deutschen Sammlungen. Ein Blick, den er in dem Augenblick, da er den Fuß auf den Schemel setzte, um ihn abzutrocknen, in einen

> großen Spiegel warf, erinnerte ihn daran; er lächelte und sagte mir, welch eine Entdeckung er gemacht habe. In der Tat hatte ich, in ebendiesem Augenblick, dieselbe gemacht; doch sei es, um die Sicherheit der Grazie, die ihm beiwohnte, zu prüfen, sei es, um seiner Eitelkeit ein wenig heilsam zu begegnen: ich lachte und erwiderte – er sähe wohl Geister! Er errötete, und hob den Fuß zum zweitenmal, um es mir zu zeigen; doch der Versuch, wie sich leicht hätte voraussehn lassen, mißglückte. Er hob verwirrt den Fuß zum dritten und vierten, er hob ihn wohl noch zehnmal: umsonst! Er war außerstand, dieselbe Bewegung wieder hervorzubringen – was sag ich? die Bewegungen, die er machte, hatten ein so komisches Element, daß ich Mühe hatte, das Gelächter zurückzuhalten: –"[147]

In der Dornauszieher-Episode im Marionettentheater-Aufsatz treffen wir auf beide Aspekte des *Rousseauschen* Bewegungsbildes: Es gibt zunächst eine spontane, und dann mehrere Versuche einer abgeleiteten Bewegung. Die „Sicherheit der Grazie" (also in unserem Sinn die Gewißheit des Bewegungsbildes) ist dabei durch die spontane Bewegung gegeben, die aus einer konzentrierten Versunkenheit, d.h. mithin also aus einer unbewußten Setzung heraus entstanden ist, die direkt mit dem unreflektierten Körpergefühl (d.h. mit der „natürlichen Grazie") des Jünglings zu tun hat. Dieser unbewußten bzw. autonomen Bewegung steht nun aber die im Spiegel reflektierte Bild-Komponente des ersten *Kleistschen* Bewegungsbilds gegenüber, die – und zwar von einer Abtrennung her – nunmehr wirklich sichtbar wird, und damit zuletzt noch direkter Anlaß zur Reflexion des Bewegungsvorgangs selbst ist, dessen Kerngeschehen indes freilich weiterhin unsichtbar, um also wieder mit *Rousseau* zu sprechen, „inneres Gefühl" – und somit Ausdruck der göttlichen Natur – ist. Im Sinne von *Leibniz'* Konzept einer prästabilierten Harmonie darf es nun aber keine Trennung zwischen der authentischen und der reflektierten Bewegung geben. Beide sind *ein und dasselbe* Geschehen, freilich, was die Erfassung betrifft, auf zwei verschiedenen Niveaus, dies bedeutet nun zugleich, daß sich die Schein-Differenz (zwischen den beiden Bewegungsvorgängen) allein von der Perzeption des Verlaufs her, und zwar vollständig, erklären läßt (indem nämlich auf die zwei Blickwinkel des sonst völlig identischen Geschehens verwiesen wird). Die authentische Bewegung wäre, um jetzt wieder mit *Kleist* zu sprechen, der Blickwinkel vom „Weg der Seele", die *reflektierte* Bewegung dagegen das Bewegungsbild als Perzeption. Indem nun aber *Kleist* in seiner Episode direkt auf die *Rousseausche* Dichotomie von spontaner und abgeleiteter Bewegung zurückgreift, kritisiert er damit das *Leibnizsche* Konzept einer gleichsam „prästabilierten" Grazie, die ihre Vollkommenheit nur von der Vernunft (also von den harmonischen Einstellungen) her erlangt, implizit – und zwar durchaus noch im Kontext des ersten *Kleistschen* Bewegungsbildes (und nicht etwa im Zuge einer Kritik des *Leibnizschen* Naturverständnisses). Denn bislang gibt es ja noch keine Diskontinuitäten im Bewegungsgeschehen, was in einem auch bedeutet, daß sich sowohl das *Leibnizsche* als auch das *Rousseausche* Bewegungsbild jeweils von einem in sich geschlossenen Kontinuum (d.h. von der prästabilierten Harmonie bzw. vom inneren Gefühl) her entwickelt. Dieser Aufweis geschieht nun sogar auf empirische Weise, indem eben in der Episode ausdrücklich gezeigt wird, daß sich diese Einheit des Bewegungsbildes in der Praxis nicht bewahrheiten kann. Der Bewegungsvorgang läßt sich nämlich nicht wirklich wiederholen, er bleibt einzigartig und auf diese Weise göttlich und zugleich aber auch natürlich; alle Wiederholungsversuche erscheinen vielmehr lächerlich und prätentiös. Und zwar zeigt sich dies mit Blick auf die „natürliche Grazie des Menschen"[148], die sich einem jeden rationalistischen Vollkommenheitsanspruch per definitionem entzieht, und, folgt man *Rousseaus* Gedanken im vierten Buch des *Emile* konsequent, ja sogar notwendigerweise entziehen *muß*. Dennoch kann aber weiterhin von einer „Sicherheit der Grazie" die Rede sein, die freilich nicht im Bewußtsein des Jünglings lokalisiert werden kann, sondern vielmehr in seinem Körpergefühl, das seinerseits dem Bewußtsein nicht *beliebig* zur Disposition steht. Dieses Körpergefühl ist gleichsam das Bewegungsbild einer göttlichen Natur, die sich im bewegten Organismus – und zwar durch die Bewegung selbst – verkörpert. Alle Ableitungen zerstören diesen authentischen Bezug zur Natur der Bewegung sofort. Da nun der Jüngling in der Episode glaubt, daß er diese Bewegung beliebig reproduzieren kann, verfällt er genau in jenem entscheidenden Augenblick, da diese gegen die tiefere Natur des Bewegungsvorgangs gerichtete Reflexion scheitert, dem Irrtum, ihm sei mit diesem Scheitern die natürliche Grazie abhanden gekommen, was in ihm *„[...]von diesem Augenblick an [...]*[149]", so wie sich *Kleist* ferner noch ausdrückt, *„[...] eine unbegreifliche Veränderung [...]*"[150] zum Negativen bewirkte, die freilich, so will *Kleist* zusätzlich noch zum Ausdruck bringen, in einer übermäßigen Bewußtheit gründet. Damit ist die Bipolarität des ersten *Kleistschen* Bewegungsbildes – zunächst einmal als ein rezeptionsgeschichtlich fundiertes Phänomen – aufgezeigt. Im Marionettentheater-Aufsatz unternimmt *Kleist* jedoch nichts, um diese Bipolarität zu versöhnen. Er tendiert vielmehr zur *Rousseauschen* Variante dieses Bewegungsbildes, ohne freilich die *Leibnizsche* zur Gänze auszuschalten. Die bereits mehrmals zitierte Schlußpointe des Marionettentheater-Aufsatzes macht diese Option augenscheinlich. Sie liegt auch in der systematischen Konzeption des Aufsatzes begründet, um die es uns nun im folgenden gehen soll. Diese Bipolarität des ersten *Kleistschen* Bewegungsbildes zeigt sich uns nämlich auch als eine systematische, was zugleich bedeutet, daß sie die von uns am Anfang der vorliegenden Abhandlung gestellte Frage nach der Gewißheit, wie sich jetzt bereits sehr deutlich zeigt, direkt betrifft. Bevor auf diesen Aspekt des ersten *Kleistschen* Bewegungsbildes näher eingegangen werden soll, sollen kurz noch einmal die wichtigsten Eigenschaften dieses ersten *Kleistschen* Bewegungsbildes zusammengefaßt werden.

6.6 Das erste Kleistsche Bewegungsbild als hermeneutisches Paradigma

Das erste *Kleistsche* Bewegungsbild, so wie es sich uns von der rezeptionsgeschichtlichen Analyse her präsentiert, hat nun, so sei zusammenfassend festgestellt, *drei* wichtige Eigenschaften: Es ist, erstens, ein Spannungsverhältnis zwischen *bewußtem* und *unbewußtem* Bewegungsgeschehen. Es bezieht sich ferner, zweitens, auf ein *harmonisches Basis-Konzept*, das seinerseits in ein Kontinuum eingebettet sein muß und daher keine Diskontinuitäten kennt. Einem jeden Element des Bildes entspricht, und zwar mathematisch eineindeutig, genau *ein* Bewegungselement. Dies gilt sowohl für die *Rousseausche* als auch für die *Leibnizsche* Variante und die jeweilige dazugehörende Thesis des ersten *Kleistschen* Bewegungsbildes. Schließlich, drittens, ist das erste *Kleistsche* Bewegungsbild ein *kritisches Modell*, das es uns ermöglichen soll, auch andere Texte *Kleists* im Sinne eines kulturwissenschaftlichen Erkenntnisinteresses – d.h. mithin von einer möglichen Komponente her zu erschließen, die sich direkt von *Kleists* theoretischen und ästhetischen Schriften her gewinnen läßt. Es ist also, so verstanden, ein Idealtyp im Sinne *Max Webers*, dem – und zwar im Sinne eines *Weberschen* Abgrenzungsurteils – notwendigerweise ein zweites *Kleistsches* Bewegungsbild korrespondieren und nicht zuletzt auch opponieren muß. Dieser Sachverhalt soll in den beiden nächsten Kapiteln der vorliegenden Abhandlung näher erörtert werden. Wichtig ist indes schon hier der Hinweis, daß dieses idealtypische Paradigma mehr oder minder empirisch – d.h. im Zuge einer rezeptionsgeschichtlichen Analyse – gewonnen werden konnte. Mit Blick auf die systematischen Aspekte der beiden *Kleistschen* Bewgungsbilder kann es daher nun im folgenden als literaturwissenschaftliches Beschreibungsmodell und -Instrument verwendet werden. Es dient sozusagen als Schablone für die vertiefte Lektüre diverser Texte des *Kleistschen* Œuvres. Wir beginnen diesbezüglich, und zwar indem wir dieses Modell nunmehr im folgenden gleichsam rückanwenden, mit einer neuen Phase in unseren Untersuchungen zum Marionettentheater-Aufsatz. Freilich wird uns dieses im Spiralgang interpretierende und texterschließende Unterfangen, dies zeigt die genauere Lektüre (von diesen Prämissen her) sofort, zuletzt auch selbst zu einem Marionettenspiel auf der Ebene unser hermeneutischen Analyse. Wir stoßen nämlich sofort auch auf das Fragmentarische des ersten *Kleistschen* Bewegungsbildes, denn *Kleist* glaubte ja selbst nicht wirklich, wie sich uns im folgenden noch recht deutlich zeigen wird, an die vollständige Durchführbarkeit dieses erkenntnistheoretischen Programms, das wir unter dem Titel erstes *Kleistsches* Bewegungsbild zusammengefaßt haben. Denn es ging ihm vielmehr um so etwas wie ein intellektuelles, allerdings liebevoll gehegtes philosophisches Feindbild (nicht zuletzt gegen den eigenen, nicht wirklich selbstgewissen Kantianismus[151] gerichtet), das – mit gewissen bewußt gesetzten Verzerrungen – zahlreiche eigene Erkenntnis- und damit auch Lebenspositionen mitabbildet, ohne freilich eine intellektuelle Entscheidung der Zwiespalte herbeiführen zu wollen, – was ja ohnehin nicht möglich ist. Der größte Reiz dieses zur Gänze metaphysischen Textes besteht in der bewußt gesetzten Mehrdeutigkeit bzw., um mit *Thomas Bernhard* zu sprechen, in der bewußt inszenierten „Geistesintrige", die sich niemals zu langweiligen und seichten Lösungsansätzen hinreißen läßt. *Kleists* durch und durch ironische Deduktion eines Kritizismus auf der Basis seines Marionettentheater-Aufsatzes, dessen Subjekt der Homo ludens ist, zeigt somit mehr oder minder unverhüllt die eigene Lage als schreibender Homo philosophicus, und zwar von einem Dialog her, dessen beide Partner jeweils *einen* wichtigen Wesenszug – d.h. mithin *eine* kritizistische Position – von *Kleists* Persönlichkeit – zuweilen sogar von einer bewußt vorgetragenen Überzeichnung her – verkörpern. Obwohl wir hier freilich nicht *Kleist*-Philologie im eigentlichen Sinn des Wortes betreiben wollen, läßt sich gerade dieser vieldeutige Hintergrund (im Sinne des Widerspiels von erstem und zweitem Bewegungsbild) auch ohne größere Schwierigkeiten biographisch aufzeigen, was allerdings für die nun folgenden Gedankengänge zur Systematik der *Kleistschen* Bewegungsbilder nicht mehr so wichtig ist.

Vom tieferen Erkenntnisinteresse *Kleists* her verstanden, ist nämlich, so eine weitere wichtige These, Zuschauen selbst Bewegungsbild; indem der Ballett-Tänzer, und zwar dezidiert als Homo philosophicus, dem Können eines Marionetten-Spielers nachforscht, begibt er sich auf ein weitgehend exemplifizierendes Niveau, das im Prinzip keiner biographischen Untermauerung mehr bedarf; die Beobachtung des Marionettenspiels – jetzt im Sinne des ersten Bewegungsbildes verstanden – ist vielmehr eine unauffällige Verlagerung des Problems in eine metaphysisch bestimmte Naturphilosophie, und zwar durchaus im strengen, d.h. systematischen Sinne; – ist also auch der Versuch einer umfassenden Hermeneutik eines jeden denkbaren ästhetischen bzw. artistischen Könnens (und zwar hier im nicht-individuellen Sinn des Wortes), bzw. zuletzt sogar eines jeden Könnens überhaupt; – wobei aber, folgt man *Kleist* konsequent, auch gilt, daß die Menschen zu diesem Können eigentlich keinen reflektierten Zugang finden, – trotzdem ist dieses Können aber für *Kleist* eine greifbare Realität, ist im Individuum als Sponaneität erfahrbar, ist gewissermaßen „irgendwie" auch als Praxis-Apriori verankert, ja ist vielleicht sogar – freilich auf unbestimmte bzw. metaphorische Weise – transzendental angelegt. In diesem – dem dezidiert *Kantischen* Fall der kritischen Analyse – müßte daher die Untersuchung des Bewegungsbildes bei jenen geistigen Vermögen ansetzen, die die spontane, d.h. die „erste" Bewegung als reflektierbares bzw. anschauliches Phänomen der Praxis ermöglichen, und derer alle Menschen in gleicher Weise teilhaftig sind. Diesen mehr als paradoxen, in sich widersprüchlichen Ansatz verfolgt *Kleist* nun tatsächlich, so zeigt bereits das vordergründige Erkenntnisinteresse im Marionettentheater-Aufsatz recht deutlich, in dem ja immer vom anschaulichen Bewegungselement, d.h. vom Erfahrungsstandpunkt her argumentiert wird. Dies geschieht auch hier noch im Sinne einer „allmählichen Verfertigung". Der im Sinne der Kant-Krise ins Paradoxe getriebene *Kantische* Aspekt ist nun aber nach allem – und diese unsere These mag zuletzt überraschen – trotzdem der am wenigsten wichtige, wie uns ja unsere rezeptionsgeschichtliche Analyse mehr als deutlich gezeigt hat. Er bleibt bis zuletzt Oberfläche, insoferne *er* ja gerade Zeitgeist bzw. modischer Diskurs (und für *Kleist* nicht etwa bereits eine sedimentierte Denkerfahrung) war, hinter dem sich allerdings – terminologisch mehr oder minder stark verhüllt – der *Leibnizsche* und der *Rousseausche* verbergen. Dieses *Kleistsche* Verwirrspiel ist jedoch keinesfalls bloß Zufall, sondern vielmehr in jeder Hinsicht gewollt, zeigt mithin einen Hang zum Paradoxen in seinen Gedanken, der eine jede Einordnung in die gewohnten Denkschemata der Goethe-Zeit von vorneherein unmöglich macht (und eigenständige Paradigmen fordert); – wenigstens dafür sorgt, daß man auf die übliche Weise die Sache nur sehr ungenau trifft. Dies ist mithin eine wichtige Besonderheit im Leben *Kleists*, die er mit der Marionette „seines" Marionettenspiels durchaus gemeinsam hat. Die Marionette spielt daher – d.h. so verstanden – wenigstens drei – in jedem Falle aber fragmentierte – Rollen: Sie zeigt zum einen das Können eines Spielers, ist ferner das Vorbild eines Ballett-Tänzers und ist schließlich von ihrem Spiel her noch der Außenstandpunkt, den *Kleist* sich selbst gegenüber – und zwar jetzt durchaus auch als Homo philosophicus – einnimmt. Die Marionette ist daher in diesem Falle auch das wesentliche Corpus delicti der autobiographischen Bemühungen *Kleists*, und zwar immer im Sinne der konzentrierten Suche nach den Rechtsgründen der Selbsterkenntnis.

Inbegriffen in dieses Können ist aber auch die stets einzuübende Fähigkeit (des menschlichen Leibes), dieses Können z.B. als Bewegungskausalität eines Spiel-Bildes zu entfalten – und zwar in einem parallelen Reflexionsprozeß über das *eigene*, immer auch ergänzungsbedürftige Sachwissen im Zusammenhang mit eben diesem Können. Wir treffen daher auf so etwas wie einen praktischen, mithin extern angelegten, naturphilosophisch bestimmten hermeneutischen Zirkel, der, was seine Hintergründe betrifft, immer auf prästabilierte Harmonien aufbauen muß, die zum einen im Gottes-Begriff (à la *Leibniz*) und zum anderen im Natur-Begriff (à la *Rousseau*) fundiert sind:

> „Ich sagte ihm, daß ich erstaunt gewesen wäre, ihn schon mehreremal in einem Marionettentheater zu finden, das auf dem Markte zusammengezimmert worden war, und den Pöbel, durch kleine dramatische Burlesken, mit Gesang und Tanz durchwebt, belustigte.
> Er versicherte mir, daß ihm die Pantomimik dieser Puppen viel Vergnügen machte, und ließ nicht undeutlich merken, daß ein Tänzer, der sich ausbilden wolle, mancherlei von ihnen lernen könne.
> Da diese Äußerung mir, durch ihre Art, wie er sie vorbrachte, mehr, als ein bloßer Einfall schien, so ließ ich mich bei ihm nieder, um ihn über die Gründe, auf die er eine so sonderbare Behauptung stützen könne, näher zu vernehmen." [152]

Von dieser Einleitung her, in der der Diskurs über die Gewißheit der Marionette und des Marionettenspielers als Hauptthema gesetzt wird, wird zugleich auch ein Deutungsvorgang entsponnen, der sich, wie schon erläutert, in drei, zueinander weitgehend heterogenen Hauptsträngen präsentiert. Sie finden ihre Pointe in einem vorläufigen Resümee, das zugleich Schluß des Dialogs und philosophische Hauptthese ist. Sie zeigt sich uns zuletzt als das Erkenntnisinteresse eines Tänzers bzw. eines dramatischen Schriftstellers, das aus einem zunächst spielerisch angelegten Gespräch hervortritt und zuletzt auch außerhalb des Marionettentheater-Aufsatzes zur Disposition steht – dann allerdings als eine außerordentlich zusgespitzte und verallgemeinerungsfähige Pointe rund um ein Können bzw. um die Grundlagen einer Spiel-Praxis.

Im Zentrum dieses eleganten Dialogs steht also tatsächlich nur *eine* Frage, wobei jedoch ständig auch – zumeist in vorgreifenden Vermutungen – und zwar jeweils noch *vor* der näheren Explikation (geradezu spielerische) Antworten gegeben werden; rein äußerlich gesehen, gleichen diese Antworten jeweils auch bewußt herbeigeführten Kollisionen (der von uns bereits erörterten Grundmotive des Diskurses) in den Argumentationsgängen der beiden Gesprächspartner. Sofort aber werden derartige „Antworten" wieder zurückgenommen (im Sinne des Spiels also „gehemmt") und in eine ironische Offenheit zurückgesetzt, die darzustellen allerdings nicht unsere Aufgabe sein kann. Wir müssen vielmehr den in sich verstrickten Fluß der Argumentationen im Dialog (der Marionetten) in einzelne philosophische Positionen auftrennen, und zwar ohne Rücksicht auf die literar-ästhetische, d.h. scheinbare Ausdruckseinheit des Dialogs bzw. des rhetorischen Konzepts in ihm, die ja hauptsächlich von den bewußt gesetzten Verstrickungen und Geistesintrigen lebt, die *Kleist* kunstvoll entwickelt. Diese Auftrennung ist, wie der aufmerksame Leser schon bemerkt haben dürfte, bereits geschehen: im vorhergehenden haben wir nämlich die drei Verästelungen des Dialogs von ihrer Statik her (d.h. mithin als Argumente in unserem speziellen Kontext) gekennzeichnet und als feste Thesen hervorgehoben. Es handelt sich um folgende Problemstellungen:

Erstens: Können und Gewißheit finden im Marionettenspieler – als die Selbstgewißheit des Marionettenspielers – zueinander und bilden eine Einheit des Ausdrucks, ferner *zweitens*: Können gilt als noch zu erlernende Gewißheit eines Bewegungsbildes und, *drittens*, als verstecktes, begleitendes Resümee die Frage nach der Einheit von Sprach- und Bewegungsbild, und zwar ganz speziell vom Hintergrund der (Selbst-)Gewißheit her.

Wichtiger als die rhetorische Gestaltung des mit diesen Thesen verknüpften, selbst marionettenspielartig angelegten Argumentationsganges, erwies sich uns aber in diesem Zusammenhang eine zeitliche Organisation von Thesen, d.h. eine Thetik schlechthin, die *Kleist* tatsächlich ausdrücklich ent- und stets auch ineinander verwickelt; d.h. wir trafen dabei, um im Jargon des Theaterwesens fortzufahren, gleichsam auf die szenisch-dialogischen Auftritte der einzelnen Thesen, rein äußerlich eingefaßt in klar formulierte Bewegungsbilder, die jeweils auch eine deutlich festgesetzte kritische Funktion erfüllen. Sie sind, zusammenfassend gesagt, die Gesprächsinhalte der Diskussionspartner.

Kap. 7: Poetische Kritik des Leibnizschen Bewegungsbildes oder Kleists Kritik der „spiritualen“[1] Maschine

> *„Das Verhalten der Menschen, so lange ihre Natur, wie sie jetzt ist, bliebe, würde also in einen bloßen Mechanismus verwandelt werden, wo, wie im Marionettenspiel, alles gut gestikulieren, aber in den Figuren doch kein Leben anzutreffen sein würde.“*
> *Immanuel Kant, Kritik der praktischen Vernunft, A 265*

Am Beginn der nun folgenden Überlegungen steht noch einmal die *Leibniz-Welt* des Puppen-Tänzers[2] zur Diskussion – freilich jetzt bereits ganz speziell von jener, weitgehend rezeptionsgeschichtlich gewonnenen Sicht des *Kleistschen* Marionettentheater-Aufsatzes her, die wir zuvor minutiös rekonstruiert haben; in ihrem Zusammenhang bezieht sich *Kleist*, zusammenfassend gesagt, auf das Modell einer prästabilierten Harmonie. Es bildet die erste wichtige Text-Schicht und Argumentationsfigur im Relief des Marionettentheater-Aufsatzes. Die Bewegung des Puppen-Tänzers zeigt sich in ihrem Kontext als Aktivierung und Entfaltung harmonischer Vorgaben, wobei die Imagination eindeutig dominiert; die Marionette ist also einseitig von der Imagination her eingestellt, ihre Bewegungskultur gründet in festen Mustern, sie ist ein streng rationaler Mechanismus, für die Vernunft in jedem Augenblick des Ablaufes lenk- und durchschaubar, Selbstorganisation von der Marionette her ist also in diesem Verständnis des Bewegungsphänomens nicht möglich.

Den derart strukturierten Zusammenhang zwischen Mechanismus und Imagination haben wir im vorhergehenden mit dem Begriff erstes *Kleistsches* Bewegungsbild näher gekennzeichnet: in dieser Betrachtungsweise wird Bewegung streng von harmonischen Vorgaben her aktiviert und bleibt kontinuierlich[3] wirksam, wir haben es also, um jetzt mit dem *Kant* der *Kritik der praktischen Vernunft* zu sprechen, mit einer Bewegungskonzeption zu tun, deren vornehmlicher Zweck es ist, mit Hilfe von „spiritualen“[4] Prinzipien zwischen Bewegungsmotorik und Imagination bzw., jetzt metaphysisch gesehen, zwischen Freiheit des Tänzers und der Notwendigkeit des Maschinisten zu vermitteln. Das sichtbare Resultat des Vermittlungsgeschehens ist schließlich eine ethisch-ästhetische Harmonie – d.h. ein „Begriff vom Schönen[5]“ – in der Bewegungskultur, die indes im Kontext von *Kleists* Aufsatz keineswegs bloß *Leibnizsches*, sondern vielmehr auch *Rousseausches* Gedankengut wirksam werden läßt. Die Puppen-Bewegung läßt sich also nicht allein als *Leibnizscher* Parallelismus der Bewegungselemente begreifen, sondern beruht – so sieht es *Kleist* jedenfalls am Beginn seines Aufsatzes – auch auf der geheimen Identität von Imagination („Weg der Seele“) und Bewegungsmechanik („Weg des Schwerpunkts“)[6], so wie sie sich in der Natürlichkeit und Anmut der Bewegung spontan zeigt.[7] Anhand dieser bemerkenswerten Konstruktion zwischen Physik und Metaphysik verweist *Kleist* auf jene vordergründigen systematischen Formen der Gewißheit eines Bewegungsbildes, die sich in einem strengen Sinne von harmonischen und kontinuierlich angelegten Bewegungsbildern ableiten lassen, er spricht gleich am Beginn seines Aufsatzes vom „Begriff des Schönen“, den der Tänzer erlangen müsse und der sich von der Bewegung der Puppe direkt ableiten läßt; im Zentrum steht dabei eine spezielle Komponente der prästabilierten Harmonie, deren vornehmster Zweck es ist, zwischen der Poesie und der Physik des Bewegungsphänomens zu vermitteln.

In der Praxis entspricht dieser Vermittlung ein genau abgestimmtes Spielgeschehen, das in allen seinen Schichten rational und kontinuierlich angelegt ist; es lassen sich dann von dieser Harmonie her immer auch streng gefaßte – und vor allem auch streng charakteristische – Sprachspiele bzw. Diskurse zur Bewegungskultur ableiten, die im Sinne einer rationalistischen Poetik der Bewegung zeitlos gültig sind und die den Zustand der Gewißheit als eine streng harmonische Position zwischen Ästhetik und Physik ausdrücken, die den Verlauf der Bewegungen erschöpfend charakterisiert. Dabei gilt ganz offensichtlich die von *Kleist* – freilich nicht eigentlich expressis verbis gesetzte – Prämisse einer Harmonie zwischen Wahrnehmung und Bewegung; hier treffen wir im übrigen auf ein – rezeptionsgeschichtlich gesehen – äußerst wichtiges Lehrstück der *Leibniz-Wolffschen* Trasdition, das erstmals in *Leibniz'* Programmschrift *Vernunftprinzipien der Natur und Gnade*[8] konzentrierter entwickelt wird; und zwar am Schluß des dritten Aphorismus[9], in dem *Leibniz* seinen Naturbegriff – auf den Punkt gebracht – als Harmonie zwischen Perzeption und Bewegung begreift.

Die von *Kleist* in seinem Marionettentheater-Aufsatz ins Werk gesetzte Kritik und Destruktion dieses Parallelismus von Wahrnehmung und Bewegung soll nun in den folgenden Überlegungen zur Antithetik des *Kleistschen* Bewegungsbildes im Zentrum stehen. Sie bildet den Ausgangspunkt zur Konstitution des zweiten *Kleistschen* Bewegungsbildes, die im nächsten Kapitel erfolgen wird.

7.1 Kleists Kant-Krise als Ausdruck der Ablehnung des rationalistischen Vollkommenheitsbegriffs

Freilich zeigt sich *Kleists* kritischer Impetus gegen den oben angesprochenen Parallelismus – bzw. anders formuliert, sein poetisches und philosophisches Vorgehen gegen eine Kernaussage der späten Metaphysik *Leibniz'* – bereits lange vor der Abfassung des Marionettentheater-Aufsatzes als mehr oder minder festes Denkprinzip. Es wurde von ihm – und zwar sehr konsequent – in den diversen erzählerischen und dramatischen Arbeiten in eine feste ästhetische Praxis umgesetzt – bisweilen sogar auf sehr bizarre Art (wie z.B. im *Amphitryon*).

Zeitlich näher eingegrenzt, ist dieses kritische Modell bereits ca. 10 Jahre vor der eigentlichen Abfassung des Marionettentheater-Aufsatzes zu seiner endgültigen Gestalt gelangt – und zwar in direktem Zusammenhang mit seinem vergeblichem Bemühen um eine Lösung des klassischen philosophischen Problems der Wahrheitskriterien. Es wird erstmals in jenem berühmten Brief *Kleists*[10] (vom 22.3.1801 an *Wilhelmine von Zenge*) ausführlicher diskutiert, in dem sich auch seine gemeinhin als *Kant*-Krise bezeichneten Bemerkungen zur Frage nach einem absoluten Wahrheitskriterium befinden; in diesem Brief entwirft *Kleist* seine *Leibniz*-Kritik in Art eines Bekenntnis-Schreibens, das seiner tieferen Konzeption nach dem *Leibnizschen* Parallelismus von Wahrnehmung und Bewegung folgt, um ihn schließlich zuletzt radikal in Frage zu stellen. Ausgangspunkt ist dabei die Frage nach der Vollkommenheit, so wie sie sich von *Leibniz'* Metaphysik her stellt; sie steht – gleichsam als These – am Beginn jener Überlegungen[11], die von einer *Kantischen* Antithese her kritisiert werden sollen. *Kleist* stellt ausdrücklich fest, daß es sich bei dieser Frage um *eine* mögliche Stufe des Problems handelt, dem, als Ganzes gesehen, ein Prozeß der Vervollkommnung[12] in diskreten Stufen korrespondieren muß; dieser Prozeß ist zunächst poetisch-physikalisch angelegt, später aber nur noch metaphysisch, zumal er ja *Kleists* Auffassung zufolge notwendigerweise über das irdische Leben hinausreicht. Es gibt also zwei Ausgangspositionen, die sich zueinander wie Antithesen verhalten: Die *Leibnizsche* und die *Kantische* (freilich so, wie sie *Kleist* begreift); daher ist *Kleists* Schreiben seinem äußeren Aufbau nach auch *zweiteilig* aufgebaut. Mit dem [vulgär-] *Kantischen* „Gedanken"[13] eines rein subjektivistischen Wahrheitsbegriffs[14], d.h. – um mit *Kleist* selbst zu sprechen – gleichsam mit der Verdächtigung, es handle sich hier ganz offensichtlich um eine *Scheinwahrheit*[15], richtet er sich direkt gegen die Ausgangsthese von der Vollkommenheit, die ja, wie bereits erörtert, ihrerseits auf *Leibniz'* Konzept der Dichotomie von Vernunft- und Tatsachenwahrheit beruht. Trotz der Tatsache, daß diese – hier eher auf krude Weise vorgetragene – Verdächtigung nicht eigentlich im Sinne *Kants* gewesen sein dürfte, steht hinter ihr eine bestimmte Einschätzung von *Kants* wichtigsten kritischen Postulaten, die damals bereits weitgehend populär-kritischer Zeitgeist war, und die sich vornehmlich gegen die *Leibniz-Wolffsche* Schule insgesamt richtete (und die sich, was jedoch hier nicht näher gezeigt werden kann, auch bei den Frühromantikern bereits sehr deutlich bemerkbar machte). Das genannte Schreiben vom 22.3.1801 kann daher als *ein* wichtiges biographisches Zeugnis für bestimmte, im folgenden für unser Anliegen sehr wichtige, gedanklich bereits weitgehend fixierte Ambivalenzen gelten, die damals, wie schon gesagt, bereits weitgehend Zeitgeist waren, und die *Kleist* folglich als solchen rezipierte, um sie freilich zuletzt in eine neue, d.h. mithin in eine eigene Gestalt zu bringen (die von *Kleist* vollzogene Umwendung des Mode-Arguments zeigt sich vor allem, wie im folgenden noch zu erörtern sein wird, in zentralen Motiven seines dramatischen Œuvres).

In seinem Brief an *Wilhelmine von Zenge* bezieht sich nun *Kleist* zunächst einmal auf die damals bereits zur Schulgelehrsamkeit heruntergekommene Vollkommenheits-Konzeption *Leibniz'*, freilich indirekt und in rein praktischer, ja belehrender Absicht, und zwar vermutlich über ein Lehrgedicht *Wielands* mit dem Titel: *Die Natur der Dinge oder Die vollkommenste Welt* aus dem Jahre 1752. In diesem Lehrgedicht geht es u.a. auch um das Phänomen der Vollkommenheit im Sinne dessen, was *Kant* in seiner zweiten Kritik ablehnend als *„[...] das Maschinenwesen {*bezeichnet, das*} durch Materie, oder mit Leibnizen {*durch*} spirituale [...]*[16]" Prinzipien betrieben wird. Andererseits nimmt *Kleist* in diesem Zusammenhang aber auch – und zwar in Form einer kritischen Rückwendung auf eine direkte *Leibniz*-Rezeption – auf den Leibniz-Kritiker *Kant* bezug, freilich, wie schon gesagt, eher vom damals modischen, d.h. mithin – aus heutiger Sicht – verzerrten Standpunkt eines subjektiven Idealismus her. Dies bedeutet daher, daß dieser Standpunkt mit *Kants* eigentlichen, d.h. authentischen Gedankengängen nicht wirklich in befriedigende Übereinstimmung zu bringen ist, sondern eher eine damals bereits zur Mode gewordene Facette von *Fichtes Kant*-Bild[17] ausdrückt. Wie eine andere, nicht minder wichtige Briefstelle[18] zeigt, hatte sich *Kleist* damals offenbar – d.h. in diesem speziellen Zusammenhang – vermehrt mit *Kants* Begriff der „Pflicht" (also damit eher mit einem zentralen Sujet aus der *Kritik der praktischen Vernunft*)[19] beschäftigt. Weniger bzw. verschwommener kommen demgegenüber die wichtigsten erkenntnistheoretischen Grundpostulate der *Kritik der reinen Vernunft* in diesem Brief zum Tragen, in dem es, ganz einschlägig im Sinne der späten *Kantischen* Anthropologie, um die *„[...]echte Aufklärung des Weibes[...]*"[20] geht. Vermutlich kannte er *Kants* erste Kritik gar nicht so genau, sondern kannte viel eher die – damals weitaus populärereren – ethischen und anthropologischen[21] Postulate des Königsberger Philosophen – vielleicht sogar über *Schillers* einschlägige philosophische Arbeiten (zu den Themen Pflicht und Neigung). Genauere Hintergründe lassen sich vermutlich nicht mehr abklären.

In *Kleists* Brief[22] vom 15.9. 1800 (an *Wilhelmine von Zenge*) findet sich, wie bereits angedeutet, ganz ausdrücklich eine – ihrem tieferen Wesen nach eher assoziative – Verknüpfung des *Leibnizschen* Konzepts von der Vollkommenheit mit dem Pflichtbegriff *Kants* (erwähnt wird in diesem Zusammenhang ferner auch noch *Epikurs* Begriff der „Glückseligkeit"). Diese Briefstelle kann als eine Schlüsselstelle für unsere nun folgenden Überlegungen bezeichnet werden, da sie ja ein dezidiert anthropologisches Interesse *Kleists* zum Ausdruck bringt, das auf einer ausdrücklich vorgetragenen Antithese zwischen Rationalismus und Kritizismus beruht. Dieses Interesse betrifft die Frage nach der Sinnlichkeit in einer Weise, die das einseitige Verständnis der *Kantischen* transzendentalen Ästhetik in radikaler Weise überschreitet – und zwar im Sinne eines Bewegungsbildes der Anschaulichkeit, das gerade jene existenziellen Positionen offenkundig machen will, die die Anschaulichkeit als eine konkrete, und nicht etwa bloß abstrakte Fragestellung erscheinen lassen. Dies geschieht von der physikalisch verstandenen Bewegung her und richtet sich damit ausdrücklich gegen den philosophischen Zeitgeist à la *Kant* und *Fichte*.

Hinter diesem Bewegungsbild steht nun aber auch – und hier liegt wiederum ein unterschwelliger Bezug zu *Rousseaus Emile* vor – das einschlägig didaktische Interesse, das die Bewegung als ein fundamentales, weil anschauliches Bildungsprinzip begreifen will. Dies gilt insbesondere hinsichtlich der Idee einer Ausdrucksfähigkeit des menschlichen Körpers, die auf *ursprünglichen* – und nicht etwa auf *abgeleiteten* – Bewegungen beruht, die im praktischen, alltäglichen Leben ihrer Unmittelbarkeit wegen eine große Rolle spielen[23]. Derartige Bewegungen sind nämlich sowohl im physikalischen als auch im moralischen Bereich der menschlichen Existenz verankert. Diesen Komplex von Fragestellungen – sie betreffen alle die ethische und die naturwissenschaftliche Praxis direkt – kennzeichnet *Kleist* mit dem Begriff „Grazie“; dabei ist jene nicht bloß Spiegelbild der menschlichen Spontaneität zwischen Physik und Ethik, sondern vielmehr überhaupt das Bewegungsbild eines abgestuften didaktischen Prinzips, von dem her das existenzielle Moment jeweils als ein spontanes Bewegungsmoment ausgedrückt wird – und zwar in physikalischen und moralischen Gleichnissen[24].

7.2 Die Verknüpfung von Vollkommenheit und Pflicht als kritisches Bild. Kleists Anthropologie der Bewegung

Die im Brief vom 15.9.1800 angesprochene Verknüpfung von Vollkommenheit und Pflicht, wiewohl bei *Kleist* zunächst einmal nur rhetorisch, d.h. als Diskurs-Figur in einem fingierten Gespräch verstanden, drückt indessen nicht bloß einen damals gängigen Rezeptions-Strang aus. Sie zeigt vielmehr auch eine tiefere, lebenslang gültige individuelle Schicht in *Kleists* Denkwelt an, der ein genau abgestimmter kritischer Impetus korrespondiert; er läßt sich sogar noch auf das *Leibnizsche* Bewegungsbild, so wie er es ca. ein Jahrzehnt später im Marionettentheater-Aufsatz skizziert hat, anwenden. Eben diese These soll in den folgenden Erörterungen näher dargelegt werden.

Wie bereits angedeutet, handelt es sich bei der oben angesprochenen Briefstelle um eine dezidiert *anthropologische* Kritik, die aus einem sehr genau formulierten Bewegungsbild hervorgeht, hinter dem ein nicht minder genau konzipiertes Menschenbild steht, das sich freilich nur durch das Studium von Bewegungen näher erfassen läßt. Die Bewegungen umschreiben dabei das anthropologische Phänomen. Die derart verstandene Korrespondenz von Mensch und Bewegungsbild nimmt nun im Marionettentheater-Aufsatz tatsächlich einen zentralen Stellenwert ein – allerdings kaum je in direkter Hinsicht, sondern vielmehr im Sinne einer Poetik der Bewegung, die u.a. auch auf physikalische bzw. biologische Phänomene zurückgreift.

Konkreter formuliert, besagt das mit diesem Korrespondenzprinzip verknüpfte kritische Modell *Kleists* zunächst einmal, daß sich von der Bewegung der Marionette eine Reihe von Symbolen für abstrakte „Daseinsstufen“ ablesen lassen, denen in der alltäglichen Lebenswelt jeweils konkretisierbare und praktische Phänomene entsprechen, die sich nur durch Bewegungsbilder adäquat erfassen lassen. Dies ist der Kern von *Kleists* Konzept der „Grazie", so wie es im Marionettentheater-Aufsatz entwickelt wird.

Am einen Ende der hier angesprochenen Skala treffen wir dabei zunächst einmal auf die tote bzw. bewußtlose Materie (um mit *Kleist* zu sprechen, auf die *„[...] Linie, die der Schwerpunkt zu beschreiben hat[...]"*, und zwar direkt *im* Spiel der Marionette[25]), am anderen Ende dagegen auf Gott[26], der zugleich das höchste Maß an Vollkommenheit und Freiheit (durchaus noch im *Leibnizschen* Verständnis) repräsentiert. Die *erste Stufe* repräsentiert im übrigen – sie ist ja gleichsam die mechanische Stufe – das höchste Maß an Gebundenheit, die letzte dagegen, und zwar sinngemäß, das höchste Maß an Freiheit – sie ist nämlich, um jetzt von einem grundlegenden Konzept in *Kants Kritik der praktischen Vernunft* her zu argumentieren, in strenger Hinsicht dem *Ding an sich* zuzuordnen. Dazwischen ist die „Grazie" gleichsam der bewegte Punkt, der dieses zweigesichtige Bewegungsbild (zwischen Erscheinungswelt und Ding an sich) durch seine Bewegung konkret, d.h. z.B. als kunstvolles Marionettenspiel nachzeichnet und damit zugleich auch „verwirklicht". Dazwischen befindet sich also, um jetzt in der Begrifflichkeit *Josef Kunz'* zu sprechen, die *„Lebensstufe des Organischen"*[27], sie ist dann eigentlich der praktische bzw. alltägliche *Spielboden*, auf dem sowohl der Tänzer als auch die Puppe agieren müssen. Die Marionette wird in diesem Kontext mit der Frage nach der Vollkommenheit, ihr Spiel dagegen mit der „Pflicht" in Verbindung gebracht, die sich ihrerseits als Bewegungsbild, d.h. als ein Aspekt der „Grazie", ausdrückt. Wie wir später noch sehen werden, versucht *Kleist* in seinem Marionettentheater-Aufsatz eine erzählerisch gestaltete Darstellung – und zwar in Form von anthropologisch gehaltenen Existenzstufen, die diese Verknüpfung jeweils in Sprachbildern der Vollkommenheit und Pflicht ausdrücken[28]. Wir finden daher diese Existenzstufen vor allem in den *Episoden* des Marionettentheater-Aufsatzes, die somit jeweils *ein* in sich geschlossenes, erzählerisches und damit auch exemplarisches Bild der Verknüpfung von Pflicht und Vollkommenheit zum Ausdruck bringen. Freilich ist diese Verknüpfung, und zwar jetzt wieder in Hinsicht auf den philosophischen Zeitgeist verstanden, damals nichts wirklich Ungewöhnliches gewesen, sondern vielmehr sogar in *Kants* zweiter (aber auch noch in der dritten) Kritik selbst bereits sehr deutlich angelegt[29]. Für unser näheres Erkenntnisinteresse ist jedoch die episodenhafte Umsetzung durch *Kleist das* zentrale Thema, von dem her sich, so eine erste wichtige Ausgangsthese, zuletzt seine Kritik am *Leibnizschen* Bewegungsbild *zusammenhängend* – und zwar als ein literaturwissenschaftlich faßbares Thema – formulieren läßt. Diese Kritik ist im übrigen konstruktiv, zumal ja *Kleist* das *Leibnizsche* Repertoire weiterhin – freilich eher wenig auffällig – benützt; er setzt es lediglich einer Anspannung aus, indem er dieses längst als Schul-Repertoire gehandhabte Instrumentarium des philosophischen Zeitgeists u.a. mit *Kants* Pflichtbegriff, so wie wir ihn von der *Kritik der praktischen Vernunft* her kennen, in Verbindung bringt. Auf diese Weise entsteht dann eine völlig neuartige Dynamik, die diese Verknüpfungsweise von eher heterogenen Motiven zu einem einheitlichen, kritischen Bewegungsbild umformen kann[30]. In diesem Bewegungsbild finden wir daher immer auch *konkrete* Bezugspunkte, die es uns ermöglichen, die rezeptionsgeschichtliche Analyse noch weiter zu entfalten; denn stets sind sowohl Aspekte des Zeitgeists als auch solche von *Kleists* Leben und Biographie in dieses Geschehen involviert, stehen also in direkter Verbindung zueinander. Zu betonen ist ferner auch, daß es sich hierbei immer auch um literarische Motive handelt, die sich dem Leser und dem Kritiker des Marionettentheater-Aufsatzes zuletzt sogar als Basis-Motive bzw. wichtige Entscheidungshilfen zeigen. *Kleist* verleiht nämlich dieser Verknüpfung (z.B. ausgedrückt in seinem Brief vom 15.9.1800 an *Wilhelmine von Zenge)* einen dezidiert *existenziellen* Charakter (indem er das Argument in eine Frage nach dem Zweck des Daseins einkleidet). Das ist freilich neu und findet sich weder bei *Kant* noch bei den Frühromantikern in dieser Form, die ja dann auch im Diskurs bzw. im Dialog des Marionettentheater-Aufsatzes eine grundlegende Rolle spielen wird. So heißt es diesbezüglich im genannten Brief:

> „Über den Zweck unseres ganzen ewigen Daseins nachzudenken, auszuforschen, ob der Genuß der Glückseligkeit, wie *Epikur* meinte, oder die Erreichung der Vollkommenheit, wie *Leibniz* glaubte, oder die Erfüllungen der trocknen Pflicht, wie *Kant* versichert, der letzte Zweck des Menschen sei, das ist selbst für Männer unfruchtbar und oft verderblich."[31]

Kleist kritisiert also hier das Unbewegliche der drei angesprochenen Positionen (Epikuräismus, Rationalismus und Kritizismus), und zwar indem er gleichzeitig mit dieser (in seinem Brief vorgenommenen assoziativen) Verknüpfung seine eigene Thematik und Problematik *Wilhelmine von Zenge* gegenüber didaktisch aufbaut; diese bereits im Jahre 1800 feststehende Basis-Struktur zeigt sich dann im folgenden auch in zahlreichen anderen Briefen und drückt sozusagen ein weitgefächertes Interessensgebiet mit Hilfe von philosophischen Konstanten aus, die auch im Zeitgeist eine bedeutende Rolle spielen. In der näheren Beschreibung müssen daher genau *diese* (von ihrer kulturellen Erscheinungsform her) ineinander verschachtelten Betrachtungsebenen, und zwar jeweils streng gesondert, entfaltet werden. In ihnen widerspiegelt sich nämlich das grundlegende Bildungs-Erlebnis *Kleists*, das allerdings bei ihm keinesfalls eine rein affirmative Geltung erlangt hat. Vielmehr hat er dieses Erlebnis sogleich in eine existenzielle Betrachtung umgeformt, die zugleich als eine biographische Vorstufe zu den weitgehend ästhetisierten philosophischen Gehalten seines dramatischen Œuvres gelten kann. Diese Betrachtung wird vornehmlich in den Briefen an die Braut, aber auch in einigen Anekdoten zum zentralen poetischen Motiv, jedoch stets im Sinne einer permanenten Anspannung vorgetragen. Im berühmten Brief vom 22.3.1801 wird diese durchaus existenziell zu verstehende Anspannung indes erstmals auch ganz offensichtlich, wird nunmehr zum Thema einer – intellektuellen wie auch existenziellen – Bewegung, von der her sich dann zuletzt wenigstens *zwei* zueinander in krasser Opposition stehende Bewegungsbilder definieren lassen.

7.3 Übergänge zu einem kritischen Bewegungsbild. Die Stufen der Freiheit und der Notwendigkeit

Das erste Bewegungsbild drückt also zunächst einmal die *Leibniz-* und *Rousseau*-Rezeption *Kleists* aus – und zwar als bewegtes Paradigma – , das zweite, erst im nächsten Kapitel näher zu erörternde Bewegungsbild, dagegen *Kleists* Entdeckung der besonderen, bei ihm durchaus auch existenziell verstandenen Bedeutung des *Kantischen Dings an sich* – freilich ohne ein tieferes Eingehen in dieses wichtige und kulturell äußerst wirksam gewordene Lehrstück *Kants*, das in den neunziger Jahren des 18. Jahrhunderts eine Reihe ausgedehnter Polemiken nach sich zog (insbesondere auch von *Kleists* philosophischem Gewährsmann *Fichte*[32] her).

Im ersten Bewegungsbild gibt es also *immer* ein harmonisches Zentrum, z.B. – jetzt mit Blick auf den Marionettentheater-Aufsatz – ausgedrückt durch die Motivgruppe der *Leibnizschen* vis motrix, gattungsmäßig aber festgelegt durch die essayistische Ausrichtung des prästabilierten Bewegungsbildes auf ein festes Erzählsubjekt hin, das sich im Gespräch über den Puppen-Tänzer in verschiedenen Anekdoten literarisch verkörpert. Diese Ausrichtung zeigt sich also konkret in der Episode vom Puppen-Tänzer[33]; sie ist dort das wichtigste Konstruktionsprinzip. Im Zentrum dieses Bewegungsbildes steht dabei das poetisch-physikalische Gleichnis vom *Weg der Seele des Tänzers*[34], das überhaupt den naturphilosophischen Kern von *Kleists Leibniz*-Rezeption bildet. Bewegungsmechanisch gesehen, setzt sich nämlich dieser „Weg“ aus stetigen Abschnitten und aus streng gegliederten, jeweils integrierbaren Linienzügen und Bewegungselementen zusammen. Diese elementar angelegte Zusammensetzung des Bewegungsgeschehens wird daher gleich am Beginn des Aufsatzes[35] zum wichtigsten Gesprächsthema zwischen dem Ich-Erzähler und „Herrn C.“. Wichtige physikalische Fragestellungen wie die Bewegung des Schwerpunkts, die Feder- und Pendeldynamik, die elliptische Bewegung der Gelenke u.a.m. zeigen ganz deutlich, daß es sich bei dieser Konzeption eines „Wegs“ zwischen Physik und Metaphysik dezidiert um ein *Leibnizsches* Lehrstück handelt, *Kleist* bedient sich zu seiner Darstellung freilich auch des physikalischen Repertoires seiner Zeit. Schließlich darf auch nicht vergessen werden, daß *Kleists* Konzeption vom „Weg der Seele des Tänzers“ im strengen Sinne auch das *Leibnizsche* Kontinuitätsprinzip – d.h. einen einschlägig metaphysischen Aspekt – voraussetzt, wobei sich dieses Prinzip konkret in Prozessen der Vervollkommnung ausdrückt, die stetig zwischen Imagination und Mechanismus verlaufen und die daher keine internen Diskontinuitäten und Bruchstellen kennen.

Diesem ersten Bewegungsbild widerspricht nun par excellence das zweite, das seinen Ausgang von *Kleists Kant*-Krise nimmt. Wieder steht im Zentrum die Frage nach der Wahrheit bzw. nach der Gewißheit, gestellt in einem nunmehr dezidiert kritisch gehaltenen Bewegungsbild, das uns jetzt allerdings nicht mehr zwingend zur Vollkommenheit, sondern viel eher zu einem paradoxen Begriff der „Grazie“ führt. Denn nur noch ein Gott oder – was im Prinzip dasselbe ist – nur noch der bewußtlos agierende Körper könnten die

Leibnizschen Voraussetzungen erfüllen, die somit – vom konkreten, anthropologisch gefaßten Bewegungsphänomen her gesehen – als unrealistisch gelten müssen. Das von *Kleist* in der Konklusion des Aufsatzes angesprochene „Unendliche“[36] entzieht sich nämlich dem Alltagsverständnis und seinen rational eingestellten Bewußtseinsformen, es beruht – wie im Kapitel 10 unserer Abhandlung zu zeigen sein wird – auf einer mathematischen Singularität. Damit will *Kleist* zum Ausdruck bringen, daß die graziöse Bewegung, so wie sie namentlich in der Konklusion des Aufsatzes verstanden wird, diskontinuierlich angelegt ist. Sie setzt also Bruchstellen voraus und stellt damit das *Leibnizsche* Kontinuum radikal in Frage. Streng im Sinn *Kants* gesprochen, geben wir uns bei der graziösen Bewegung gleichsam einem paradoxen Aspekt des *Dings an sich* hin, das sich nun in unserem Subjekt als die absolut spontane Freiheit (*in* der Bewegung) zeigen muß. Freilich beruht diese Bewegung, jetzt als Perzeption im Sinne *Leibniz'* verstanden, weiterhin auf dem Zusammenspiel von Imagination und Mechanismus – dieses Zusammenspiel ist aber nur noch eine Disposition der Außenseite des Bewegungsphänomens, was dann zuletzt bedeutet, daß jetzt nicht mehr der von der Vernunft gesteuerte Körper im Zentrum des Geschehens steht, sondern vielmehr der instinktiv bzw. traumwandlerisch bewegte Puppen-Tänzer, der sich zur Gänze dem Bewegungsgesetz der Marionette anvertraut hat. Die harmonische Bewegung, so wie sie *Leibniz* z.B. in seinen *Principes de la Nature et de la Grace* versteht, ist damit lediglich eine naive Interpretation und nicht mehr das Kerngeschehen selbst; aus diesem Grunde ist daher der Bewegungsbegriff im Sinne des ersten *Kleistschen* Bewegungsbildes ungewiß, weil er ja nur die Oberfläche des Geschehens erfaßt.[37]

Zur näheren Charakterisierung dieser von *Kleist* im Aufsatz thematisierten *Leibniz*- und *Rousseau*-Kritik müssen wir daher im folgenden auf *Kants* Lehrstück vom Ding an sich eingehen, so wie er es in der *Kritik der praktischen Vernunft* entwickelt hat. Es wird zu zeigen sein, daß sich *Kleist* dieses Ansatzes bedient, um Übergänge zwischen der ersten und zweiten Stufe seines Bewegungsbildes aufzuzeigen.

Im Sinne von *Kants* zweiter Kritik verstanden, ist das Ding an sich mit der Freiheit identisch; und zwar dahingehend, daß sich das menschliche Handeln im ethisch-ästhetischen Bereich als eine Antithetik zwischen Freiheit und Notwendigkeit zeigt. Diese Spaltung hat zur Folge, daß im ethisch-ästhetischen Diskurs alle sittlichen Phänomene, was ihren Rechtsgrund betrifft, streng von den ihnen korrespondierenden Erscheinungen zu trennen sind. Die Freiheit kann, so verstanden, nämlich keinesfalls ein Phänomen der Erscheinungswelt sein. Dies bedeutet nun, und zwar jetzt ganz im Sinne von *Kleists Kant*-Erlebnis (des Jahres 1801) verstanden, daß die Harmonie (als ein sittliches Phänomen) – d.h. mithin auch als die „Grazie“ des Marionettentheater-Aufsatzes – streng von der Erscheinung, d.h. vom ersten *Kleistschen* Bewegungsbild zu trennen ist. Wie *Kleist* in einem Brief sinngemäß postuliert, ist die Wahrheit des sittlichen Phänomens gleichsam ein dogmatischer Schein der Wahrheit des Dings an sich, während ihr eigentliches Zentrum indessen unerkannt bleibt, somit also zuletzt so etwas wie eine Diskontinuität darstellt.

Der von *Leibniz* postulierte Parallelismus von Imagination und Mechanismus, der in der Erscheinungswelt ein einheitliches Kontinuum wirksam werden läßt, wird daher von dieser Sicht her obsolet, zerfällt in eine Reihe von ironischen Bewegungselementen (die *Kleist* später dann in einigen Anekdoten des Aufsatzes[38] näher umreißt). *Kleists* ausdrückliche Kritik an *Leibniz* ist daher zuletzt auch eine These, die die Einführung eines neuen Paradigmas in die Betrachtung der wichtigsten Sujets des Marionettentheater-Aufsatzes notwendig macht. Es zeigt sich uns nun aber ganz deutlich, daß wir hier nicht allein auf eine intellektuelle Konstante *Kleists*, sondern vielmehr auch auf eine biographische, und zwar durchaus im weitesten Sinne des Wortes, gestoßen sind, die es nunmehr im folgenden zu erörtern gilt. Zwei Thesen drückt der Brief vom 22.3.1801 aus: Zum einen die These des *Leibnizschen* Bewegungsbildes, die ihrerseits in einem Naturbegriff gründet, mit dem sich *Kleist* offensichtlich ganz intensiv auseinandergesetzt hat. Zum anderen indessen die These des zweiten Bewegungsbildes, die in einem *Kant*-Erlebnis gründet, das ungeachtet seines eher populären, wenn nicht überhaupt vulgären (und dahingehend unauthentischen) Charakters die *Kantische* Dualität von der *Erscheinungswelt* und vom *Ding an sich*[39] zunächst in die Frage nach der Wahrheit, und schließlich – im Marionettentheater-Aufsatz – in das Bewegungsbild selbst hineinbringt – und zwar durchaus zentral. Von dieser einschlägig biographischen Szenerie her lassen sich dann folglich – und zwar wiederum notwendigerweise – zwei Bewegungsbilder als Paradigmen einer Beschreibung und Texterschließung ableiten, wobei das erste Bild von uns bereits im vorhergehenden ausführlichst beschrieben wurde.

Schon im ersten Bewegungsbild zeigte sich dabei *ein* wesentliches kritisches Teil-Moment, das, konsequent betrachtet, folgerichtig zu einer Sprengung des ersten Bewegungsbildes führen muß – gemeint ist die, biographisch gut dokumentierbare Hinwendung zu *Rousseau* -: dieses kritische Moment wird nun gleichsam in weitere Teilmomente (die sich nicht allein gegen *Leibniz* und die *Wolffsche* Schule[40] richten) entfaltet, so daß es in der Folge zuletzt überhaupt zu einer Neu-Konstitution der gesamten Fragestellung nach der „Grazie“ eines Bewegungsvorgangs – so wie sie *Kleist* am Schluß des Marionettentheater-Aufsatzes im Sinne der bereits mehrmals zitierten Pointe begreift – kommen muß. Das, alle bislang angesprochenen kritischen Teil-Momente zuletzt zu einem einzigen, gleichsam summarischen kritischen Bewegungsbild verbindende, zentrale Motiv beruht dann seinerseits auf zwei Gegensätzen: beruht zum einen auf dem Gegensatz von *Bewußtsein und Materie* und zum anderen auf jenem von *Bewußtsein und Gott* (so wie in der *Schlußbetrachtung* des Marionettentheater-Aufsatzes ausdrücklich von *Kleist* dargestellt).

Im folgenden geht es daher zunächst einmal um das erste Moment, d.h. um das Moment der *Leibniz*-Kritik, es drückt sich, in der folgenden Stelle des besagten Briefs aus:

> „Ich hatte schon als Knabe (mich dünkt am Rhein durch eine Schrift von Wieland) mir den Gedanken angeeignet, daß die Vervollkommnung der Zweck der Schöpfung wäre. Ich glaubte, daß wir einst nach dem Tode von der Stufe der

> Vervollkommnung, die wir auf diesem Sterne erreichten, auf einem andern weiter fortschreiten würden, und daß wir den Schatz von Wahrheiten, den wir hier sammelten, auch dort einst brauchen könnten. Aus diesen Gedanken bildete sich so nach und nach eine eigne Religion, und das Bestreben, nie auf einen Augenblick hienieden stillzustehen, und immer unaufhörlich einem höhern Grade von Bildung entgegenzuschreiten, ward bald das einzige Prinzip meiner Tätigkeit. *Bildung* schien mir das einzige Ziel, das des Bestrebens, *Wahrheit* der einzige Reichtum, der des Besitzes würdig ist. – Ich weiß nicht, liebe Wilhelmine, ob Du diese zwei Gedanken: *Wahrheit* und *Bildung*, mit einer solchen Heiligkeit denken kannst, als ich – [...]"[41]

In der hier entwickelten Argumentation steht vorerst einmal die auf eine prästabilierte Harmonie aufbauende Bewegung zwischen Imagination und Mechanismus im Mittelpunkt; und zwar als eine kontinuierliche Bewegung, die approximativ zu den Zielen *Wahrheit* und *Bildung* – im Sinne von Vollkommenheit – hintendiert; zu Zielen also, die *Kleists* Auffassung zufolge geradewegs jene zentralen Momente innerhalb eines in sich geschlossenen Kontinuums sein müssen, welche zuletzt auch seinen Lebensplan grundlegend formieren.

Dazu anschließend die Gegenargumentation; sie befindet sich im selben Brief:

> „Vor kurzem ward ich mit der neueren sogenannten Kantischen Philosophie bekannt – und Dir muß ich jetzt daraus einen Gedanken mitteilen, indem ich nicht fürchten darf, daß er Dich so tief, so schmerzhaft erschüttern wird, als mich [...] Wenn alle Menschen statt der Augen grüne Gläser hätten, so würden sie urteilen müssen, die Gegenstände, welche sie dadurch erblicken, *sind* grün – und nie würden sie entscheiden können, ob ihr Auge ihnen die Dinge zeigt, wie sie sind, oder ob es nicht etwas zu ihnen hinzutut, was nicht ihnen, sondern dem Auge gehört. So ist es mit dem Verstande. Wir können nicht entscheiden, ob das, was wir Wahrheit nennen, wahrhaft Wahrheit ist, oder ob es uns nur so scheint. Ist das letzte, so *ist* die Wahrheit, die wir hier sammeln, nach dem Tode nicht mehr – und alles Bestreben, ein Eigentum sich zu erwerben, das uns auch in das Grab folgt, ist vergeblich -"[42]

In dieser Sicht der Dinge zerfällt die Welt nun, grob festgestellt, in zwei voneinander unabhängige und zueinander komplementäre Bereiche, und zwar in die uns *erscheinende* Welt und in die Welt der *Dinge an sich*. In irgendeiner, freilich von *Kleist* nicht näher ausgeführten Weise sind wir aber dennoch – und zwar merkwürdigerweise in ein und demselben Moment – in beiden Welten Bürger, leistet unser Subjekt also ständig eine Vermittlung inmitten von chaotischen Verwicklungen, die allerdings, folgt man *Kleists* Gedankengang konsequent, nicht mehr den Anspruch der absoluten Festigkeit – so wie dies im Falle der Konzeption *Leibniz'* ganz offensichtlich der Fall war – erheben kann. Mit dieser – über *Kant*s Intentionen hinausverweisenden – metaphysischen Zweiteilung der Welt geht dann notwendigerweise auch eine Zweiteilung unserer Lebenspraxis einher, die insgesamt destabiliserend auf unsere Lebenspläne wirkt; sie zeigt sich, *Kleist* zufolge, in den zahlreichen Ambivalenzen der alltäglichen Lebenswelt, die ein sicheres Erkenntnisfundament nicht mehr zulassen, zumal nunmehr Regionen der Kontinuität mit solchen der Diskontiuität *notwendigerweise* verknüpft sind. Diese merkwürdige, von *Kleist* des öfteren angesprochene Verbindungsweise erzeugt letztendlich auch eine profunde, unüberwindbare Skepsis, die sich sowohl auf das tägliche Leben als auch überhaupt auf die Reflexionsfähigkeit des Menschen auswirkt und Vollkommenheit im Sinne *Leibniz'* endgültig unwahrscheinlich bzw. unmöglich werden läßt.

7.4 Kleist und der Leibnizsche Natur- und Bewegungsbegriff

Die „Grazie" des Marionettentheater-Aufsatzes – und zwar im Sinne der Schlußpointe – gehört als Bewegungsbild, so *Kleist* selbst, eher den Regionen des Diskontinuierlichen an. Hinter diesem kritischen Postulat versteckt sich daher auch ein eigenes, was seine näheren Bestimmungen betrifft, weitgehend autonomes und abgrenzbares Bewegungsbild, das sich in radikaler Kritik gegen das *Leibnizsche* wendet. Es ist nun mithin ein Teil der Schlußpointe des Marionettentheater-Aufsatzes, daß *Kleist* – mehr oder minder offensichtlich – die Option des diskontinuierlichen Bewegungsbildes für die eigentlich richtige hält. Daher werden von ihr her alle Vorstufen – und damit auch das *Leibnizsche* Bewegungsbild – automatisch einer radikalen, weitgehend impliziten Kritik unterworfen. Andererseits zeigt nun aber die im vorhergehenden zitierte Briefstelle[43] auch den Bezug zu einem speziellen *Kant*-Verständnis, dem wir freilich im folgenden nicht mehr näher nachgehen wollen, vielmehr wird in den nun folgenden Erörterungen ein spezielles *Kant*-Bild als Deutungshypothese vorausgesetzt, dessen wichtigste Aspekte aus dem Abschnitt *Kritische Beleuchtung der Analytik* (der praktischen Vernunft) in *Kants Kritik der praktischen Vernunft* geschöpft werden sollen. Ausgangspunkt soll dabei der Gegensatz von mechanisch erfaßbarer und sittlicher Natur des Menschen sein – und zwar von bewußt gesetzten Zuspitzungen her. Anders formuliert bedeutet dies, daß wir von jenem *Kleist*schen Konzept der „Grazie" ausgehen wollen, das er selbst als die wichtigste Synthesis von Bewegung und Imagination begreift. Von daher wird dann auch, so eine weitere, wichtige Ausgangsthesis, eine Parallel-Führung der Gedankengänge *Kants* und *Kleists* möglich, und zwar zur Gänze auf einem systematischen Niveau. Ferner ist dem bisher Gesagten noch hinzuzufügen, daß die derart strukturierte Parallelführung sogar auf mehr oder minder authentischen Leitlinien beruht, zumal ja auch *Kant* in diesem Teil seiner Analytik eine radikale *Leibniz*-Kritik vorgelegt hat.

Beginnen wir also zunächst mit einer näheren Erörterung des *Naturbegriffs Leibniz'*, um uns die *Kleistsche* Kritik, die ja hier zentral ansetzt, verständlicher zu machen und setzen wir danach mit dem *Kantischen* Aspekt fort. Bislang haben wir uns nämlich nur mit dem *Leibnizschen* Bewegungsbegriff (und zwar im Zusammenhang mit der Konzeption von der Analysis und der Synthesis) beschäftigt, so daß uns vorerst auch noch keine Verallgemeinerungen des Bewegungsbildes, so wie sie ja *Kleis*t in seinem Aufsatz vornimmt, möglich waren. Alle diesbezüglich bereits erfolgten Versuche müssen also als Vorgriffe auf das nun im folgenden zu entwickelnde systematische Denkgerüst verstanden werden, mit dessen Hilfe wir den Text, wie schon angedeutet, erneut auf einem eher systematisch-philosophischen Niveau erschließen wollen. Daher stehen nunmehr die kulturellen und biographischen Akzente bis auf weiteres im Hintergrund. Hier geht es uns vielmehr verstärkt um die Elemente jenes *Leibnizschen* Bewegungsbildes, die von *Kleist* ausdrücklich einer Kritik unterzogen wurden – und zwar, wie noch zu zeigen sein wird, durchaus auch in systematischer Absicht.

> „In der Natur ist alles angefüllt. Es gibt überall einfache Substanzen, die tatsächlich durch eigene Handlungen voneinander geschieden sind und die dauernd ihre Beziehungen zueinander ändern. Und jede einfache Substanz oder unterschiedene Monade, die das Zentrum einer zusammengesetzten Substanz (wie zum Beispiel eines Tieres) und das Prinzip seiner Einzigkeit bildet, wird von einer *Masse* umgeben, die aus einer unendlichen Zahl anderer Monaden zusammengesetzt ist, [...]“[44]

Für *Leibniz* setzt sich also die Natur aus einfachen Substanzen[45] zusammen, die jeweils „*[...] der Handlung fähig [...]*“[46] sind; als solche sind sie auch Einheiten, Kraftzentren und Mittelpunkt einer jeden individuellen Lebensäußerung (Vgl. Aphorismus 1[47]), ferner sind sie als Monaden bewußte Substanzen – freilich in komplizierten graduellen Abstufungen – und drücken durch die Organisation ihrer Blickpunkte jeweils eine Gesamtperspektive aus.

Die unmittelbare, d.h. mithin spontane Koexistenz von Kraft und Bewußtsein beruht außerdem auf einem Parallelismus der Organisation, ihre Wirksamkeit zueinander verläuft daher ebenso spontan – und zwar von eben diesem Parallelismus her gesteuert.

Während die Körper als Ganzes nun jeweils Vielheiten sind, so beruht z.B. das geistige Leben in ihnen jeweils auf Einheiten, die sich in komplexen, voneinander völlig unabhängigen Strukturen präsentieren. Damit ist jeder Teil eines Körpers zugleich Bewußtsein (wenngleich in verschieden deutlichen Graden) und Kraftzentrum seiner mechanischen Wirkungen. Die Welt der körperlichen Dinge setzt sich folglich aus vielen *Sichtweisen*[48] (Perzeptionen) zusammen, die die Struktur eines Zusammengesetzten darstellen (d.h. abbilden). Die Übergänge in den Perzeptionen beruhen auf den sogenannten *Bestrebungen* (*appetitions*).

Mit Hilfe dieser einfachen, völlig rationalen Baupläne versucht nun *Leibniz*, die Natur als ein ihrem Wesen nach vernünftiges Kontinuum aufzuweisen, das von in Zusammenhängen organisierten Kraft- und Bewußtseinszentren aus strukturiert und belebt wird. Diese Zentren präsentieren sich uns als sogenannte *Monaden*. Auch der Körper des Menschen setzt sich daher sinngemäß aus derartigen Monaden zusammen:

> „[Die Masse ist] aus einer unendlichen Zahl anderer Monaden zusammengesetzt [...], welche den eigentlichen Körper dieser Zentralmonade bilden, gemäß dessen Erregungen sie gleichsam als eine Art Mittelpunkt die Dinge, die außer ihr sind,

darstellt. Und dieser *Körper* ist *organisch*, wenn er eine Art Automaten oder eine Maschine der Natur bildet, die nicht nur als Ganzes eine Maschine ist, sondern auch in den kleinsten Teilen, welche man noch wahrnehmbar machen kann. Und da wegen der Erfülltheit der Welt alles verknüpft ist und jeder Körper auf jeden anderen Körper je nach Entfernung mehr oder weniger stark einwirkt und von ihm durch Gegenwirkung betroffen wird, so folgt daraus, daß jede Monade ein lebendiger Spiegel oder mit innerer Handlung ausgestattet ist, daß sie das Weltall gemäß ihrem Standpunkt darstellt und ebenso geregelt ist wie das All selbst."[49]

So verstanden wäre die Bewegung einer Marionette Bewegungsbild, das eine in sich völlig rational durchstrukturierte, natürliche Bewegungsdynamik vom Standpunkt eines Marionettenspielers zur Darstellung gelangen läßt. Denn nur was von seinen Bewegungsmöglichkeiten her vernünftig und von daher auch natürlich ist, läßt sich als Mechanismus, d.h. als ein Bewegungsbild wirklich auch praktisch darstellen. Hinter diesem steht aber – und zwar völlig parallel – eine geistige Struktur (z.B. als Sprach-Bild, als spezielle Charakteristik), die dafür sorgt, daß das, was sich bewegt in einem strengen Sinne auf das, was wahrgenommen wird, abgestimmt ist – und zwar notwendigerweise vollständig. Dem Spiel des Marionettenspielers entspricht daher, so verstanden, eine ebenbildliches, völlig parallel ablaufendes Gedanken[50]- und Perzeptionsspiel, wobei die involvierten Perzeptionen selbst, wie folgt, entstehen:

„Und die Perzeptionen in der Monade entstehen auseinander nach den Gesetzen der Strebungen oder den *Zweckursachen* von *Gut* und *Böse*, die in den geregelten oder ungeregelten wahrnehmbaren Perzeptionen bestehen, so wie die Veränderungen der Körper und die Erscheinungen der Außenwelt auseinander entstehen nach den Gesetzen der *Wirkursachen*, das heißt der Bewegungen."[51]

Die Perzeptionen gründen also in einer Teleologie der Bestrebungen, die ihrerseits nur anhand (bzw. sogar *in Gestalt*) dieser Perzeptionen bemerkbar, d.h. mithin auch wirksam werden kann. So verstanden, ist der Marionettenspieler daher auch das Zentrum der Zweckursachen seines Marionettenspiels, das sich nur von einer Teleologie des Wahrnehmbaren aus, und zwar selbst nur als Teleologie eines Wahrnehmbaren, spielen läßt.

Das, was wir an der Marionette diesbezüglich bemerken, ist „äußere Erscheinung", d.h. Körper und unterliegt daher nur den Wirkursachen. Diese Wirkursachen sind untereinander kontinuierlich vernetzt, sie bilden gleichsam die äußere Natur. Näheres dazu, d.h. insbesondere die Frage, wie sie, nach *Leibniz'* eigener Auffassung, erkennbar werden – gemeint ist u.a. auch als Tatsachenbezüge – braucht in unserem speziellen Kontext freilich nicht weiter erörtert werden; viel wichtiger ist vielmehr der Hinweis auf die Kontraposition von Bewegungs-Teleologie und Bewegungs-Kausalität, wie sie aus dem oben Zitierten klar hervorgeht.

Folgt man nämlich *Leibniz* konsequent, so ist die (einzig und allein am Kontinuum der Körperwelten als sogenanntes *substanzielles Band* wahrnehmbare) Gesetzmäßigkeit nach Wirkursachen gleichsam als ein unvollständiges Bild der lediglich in den Perspektiven des Geistes vollständig angelegten Gesetzmäßigkeit der Zweckursachen anzusehen.

Dies bedeutet nun zugleich, daß wir aus der reinen Bewegungskausalität heraus selbst nichts Wesentliches über das zugehörige Bewegungsbild erfahren können; dies betrifft insbesondere jene Vernunft-Ursachen, die Gewißheit für sich beanspruchen können, und deren Kausalstrukturen folglich jenen körperlichen Zusammenhalt (innerhalb der kontinuierlichen, final strukturierten Kette der Perzeptionen) verursachen, der sich dann z.B. zuletzt im Bewegungskontinuum (d.h. im berühmten substantiellen Band) als Körperlichkeit (z.B. in Gestalt eines zentral gesteuerten Körpergefühls) zeigt. Die Bewegungskausalität allein drückt nämlich nur das Mechanische aus, ja sie ist Mechanismus bzw. Maschine par excellence und von daher, folgt man *Leibniz* konsequent, bloß nachgeordnetes Phänomen.

Die Gewißheit des Bewegungsbildes gründet daher zuletzt auf den vorgeordneten Zweckursachen, die allerdings durch empirische Erfassung der Kausalstrukturen niemals vollständig erfaßt werden könnten. Eine Einsicht in diese Zusammenhänge ist vielmehr nur dann möglich, wenn es eine vollständige Harmonie zwischen Perzeption und Bewegung gibt, und zwar als notwendige Voraussetzung. Von ihr her gibt es dann im weiteren eine eineindeutige Zuordnung von Wirk- auf Zweckursachen:

> „So gibt es eine vollkommene *Harmonie* zwischen den Perzeptionen der Monade und den Bewegungen der Körper, die zwischen dem System der Wirkursachen und dem der Zweckursachen von vorneherein prästabiliert ist. Und darin eben besteht der Zusammenhang und die physische Einheit von Seele und Körper, ohne daß die eine die Gesetze des anderen ändern könnte."[52]

Von diesem Verständnis her, wäre die Marionette, so wie sie in *Kleists* Essay vorkommt, nur ein verlängertes Organ (d.h. so etwas wie eine Prothese) eines Körpers, dem keinerlei Eigengesetzlichkeit zukommen kann. Sie wäre, kurz gesagt, bloß Mechanismus; dies bedeutet ferner auch, daß das Spiel, welches sich dieses Mechanismus bedient, nur Spiel von Perzeptionen eines Spielers im Umgang mit dem Mechanismus der Marionette sein kann. Das Bewegungsbild ist dann zuletzt die Spiegelung der vorauszusetzenden Übereinstimmung von Spieler und Marionette in die Praxis hinein; es ist also Bild einer prästabilierten Harmonie, die ihrerseits die praktischen Zugriffe vom Spieler auf die Marionette – und zwar auf der Basis vorgegebener Spielregeln – ermöglicht und für alle Zeiten verbürgt. Dem Können entspricht aus dieser Sicht eine endliche Reihe wohlabgestimmter Perspektiven, die man gegenüber dem Spiel-Ding einzunehmen hat, wenn man *mit ihm* spielen will. Es ist die Natur der Marionette, daß sie von dieser Perspektive her als System von Wirkursachen durchschaut werden kann. Die Durchschaubarkeit ist, so *Leibniz,* ein einfaches, alle disparaten Elemente ordnendes Prinzip[53].

Kleist deutet nun diese Disposition im folgenden ausdrücklich an:

> „Ich erkundigte mich nach dem Mechanismus dieser Figuren, und wie es möglich wäre, die einzelnen Glieder derselben und ihre Punkte, ohne Myriaden von Fäden an den Fingern zu haben, so zu regieren, als es der Rhythmus der Bewegungen, oder der Tanz, erfordere?"[54]

In der Antwort des „Herrn C." verborgen, macht sich aber dann sofort die profunde Kritik *Kleists* an diesem *Leibniz*-Modell des Marionettenspiels offenkundig. Er kritisiert namentlich den Gedanken einer zentralistischen, d.h. lediglich in der Spieler- bzw. Spiel-Vernunft gründenden Steuerung auf der Basis einer Dynamik der Vorstellungen, die das Spiel begleiten; sie würde den Spieler zum Deus ex machina machen. Daß dies aber nicht – und schon gar nicht prästabiliert – der Fall sein könne, zeigt andererseits das *Kleistsche* Bewegungsbild jener Gliederungs-Teile der Puppe, die nicht unmittelbar an den Körper (namentlich an die Spieler-Hand) angrenzen. Je näher der Spieler-Hand nämlich eine mechanische Gliederung der Puppe ist, umso (scheinbar) vernünftiger reagiert sie auf die Perzeptionen ihres Spielers; je weiter demgegenüber eine Gliederung von der Spieler-Hand entfernt ist, umso mehr entwickelt sie von ihrer Gliederung her eine chaotische, wiewohl weiterhin streng geordnete Eigendynamik. Sie wird schließlich mehr und mehr zu einem Mobile, d.h. es geschieht nunmehr vieles automatisch, ungesteuert bzw. sogar ungewollt, wenn sich die „körperfernen" Teile der Marionette im Zuge des Spiels (mit Bezug auf die handnahen Gliederungen) weitgehend selbsttätig in Bewegung setzen; gespielt wird also nicht allein vom Willen des Spielers, sondern vielmehr auch von der Eigendynamik der Puppe her. Der Spieler hat also nicht wirklich die Gewißheit, daß das ganze Spiel lediglich in seiner Hand liegt:

> „Er antwortete, daß ich mir nicht vorstellen müsse, als ob jedes Glied einzeln, während der verschiedenen Momente des Tanzes, von dem Maschinisten gestellt und gezogen würde." [55]

Vielmehr kennt auch der Mechanismus der Marionette eine Eigendynamik; diese Dynamik verschafft dem Spiel eine von der Vernunft unabhängige Gewißheit, die in der Marionette allein – und zwar als autonome Bewegungskultur der Marionette – gründet; ja gerade sie ist das Entzückende – weil uns ja im wesentlichen Fremde – des Spiels, sie ist freilich auch ganz nüchtern gesehen die Eigendynamik eines Schwerpunktes, was aber gleichzeitig bedeuten muß, daß dieses Spiel eines Baryzentrums, das ja lediglich gravitiert, jenseits der Gewißheit von Vernunftwahrheiten stehen muß; es steht somit an der Peripherie, verkörpert die „ganz andere Ordnung", an der unser Bewußtsein nur indirekt – und zwar über die *Kleistschen* Bewegungsbilder – partizipiert.

7.5 Überlegungen und Modifikationen zu Josef Kunz' Modell der „Lebens-" bzw. „Daseinsstufen" in Kleists Marionettentheater-Aufsatz

Aus diesem Grunde wird zuletzt eine ausschließlich rationalistische Theorie des Marionettenspiels hinfällig (und zwar aus ähnlichen Gründen wie im Falle einer einseitig rationalistischen Theorie der Kommunikation auf der Basis einer vorgegeben Einstellung, d.h., um jetzt mit *Descartes* zu sprechen, auf der Basis „eingeborener Ideen") und muß durch eine weithin pragmatische Theorie der Marionette und ihres Spiels ersetzt werden.[56] Schon *Kant* selbst hat in seiner *Kritik der praktischen Vernunft* eine Konzeption der Freiheit (als System von greifbaren Vorstellungen) radikal kritisiert, die zuletzt auf die Annahme einer göttlichen Disposition hinausläuft. Für *Kant* ist nämlich das Wesen der Freiheit zugleich immer auch radikale Spontaneität[57], d.h. gleichsam vom Naturzusammenhang unabhängige metaphysische Grunddisposition. Die von *Leibniz* angesprochene harmonische (d.h. „prästabilierte“) Abstimmung in den Bewegungen ist daher, folgt man diesbezüglich den Ausführungen *Kants* in seiner zweiten Kritik ganz konsequent, *nur* eine Interpretation *einer* Art des mechanischen Zusammenhangs in der Erscheinungswelt, der aber freilich immer auch direkt in der intellegiblen Welt verankert ist. Er selbst bezeichnet diesen speziellen Zusammenhang „Naturmechanism“[58]. Dem mechanistischen Bewegungsbegriff, der lediglich der Erscheinungswelt zugehörig sein kann, steht nun aber die Frage nach der Freiheit[59] als eine völlig eigenständige Fragestellung (bzw. „Stufe“) gegenüber. Die Freiheit gehört nämlich dem „Ding an sich“ an. Sie betrifft aus diesem Grund auch direkt die Grundprinzipien einer metaphysisch verfaßten transzendentalen Ethik. Kurz gesagt, die Freiheit hat, so *Kant*, keinen „Bestimmungsgrund“ in der Kausalität; daher unterliegen die in ihr gründenden Bewegungen – bzw. allgemeiner gesprochen, überhaupt die ihr zukommenden Bewegungsbilder –, nur äußerlich verstanden der Kausalität; von ihrer metaphysischen Disposition her sind sie nämlich einzig und allein Ausdruck der Spontaneität des Subjekts. Entscheidendes Moment ist also zuletzt *nur* noch die metaphysische Disposition[60] der Freiheit bzw., um jetzt wieder mit *Kant* selbst zu sprechen, die Frage nach der Umformung des spontanen Bewegungsimpulses in kausal gegliederte Erscheinungsweisen (hier trifft er sich im übrigen ganz offensichtlich auch mit *Rousseaus* Bewegungsbegriff, so wie er sich uns vom vierten Buch des *Emile* her darstellt). In diesem metaphysischen Zusammenhang duldet dann *Kant* keine einseitig mechanistischen Erklärungsmodelle mehr:

> „In der Tat: wären die Handlungen des Menschen, so wie sie zu seinen Bestimmungen in der Zeit gehören, nicht bloße Bestimmungen desselben als Erscheinung, sondern als Dinges an sich selbst, so würde die Freiheit nicht zu retten sein. Der Mensch wäre Marionette, oder ein Vaucansonsches Automat, gezimmert und aufgezogen von dem obersten Meister aller Kunstwerke, und das Selbstbewußtsein würde es zwar zu einem denkendem Automate machen, in welchem aber das Bewußtsein seiner Spontaneität, wenn sie für Freiheit gehalten wird, bloße Täuschung wäre, indem sie nur komparativ so genannt zu werden verdient, weil die nächsten bestimmenden Ursachen seiner Bewegung [...] zwar innerlich sind, die letzte und höchste aber doch gänzlich in einer fremden Hand angetroffen wird.“[61]

Dies bedeutet nun aber in unserem vorerst noch sehr textbezogenen Zusammenhang, daß man das Zusammenspiel der Marionette mit ihrem Spieler durch praktische Umsetzung des *Leibnizschen* Konzepts der Zweck- und Wirkursachen nicht wirklich erschöpfend beschreiben kann. Vielmehr führt uns diese Darstellungsweise zunächst einmal nur zu einem Scheinbegriff (bzw. zu einem Provisorium) der „Grazie", dem ein Scheinbegriff von der Freiheit, so wie sie *Kant* in der *Kritik der praktischen Vernunft* versteht, notwendigerweise korrespondiert. Jede Beschreibung und alle von ihr her gezogenen Schlüsse blieben dann zuletzt nur Sätze über eine Erscheinungswelt, wären also in einem strengen Sinne tatsächlich dialektischer Schein. Dieser Scheinbegriff kann daher, folgt man *Kants* Argumentation konsequent, allenfalls die niedrigste Stufe in der Betrachtung des Bewegungsbildes sein, kann also nur einen vordergründigen Zusammenhang ausdrücken. Denn diese Stufe der Betrachtung bezieht sich lediglich auf den „Naturmechanism"[62] und nicht etwa auf die Existenzweise des Spielers. Auch das Modell der Monade – jetzt als Vermittlung zwischen metaphysischem und physischem Aspekt der Bewegung verstanden – bietet hier keinen brauchbaren Ansatz. Diese Theorie appelliert nämlich tatsächlich nur an ein *virtuelles* Bewegungsbild, dessen eigentlicher „Urgrund" und realer Hintergrund nur ein Gott sein kann, der gleichsam erster Uhrmacher seines Kosmos ist, in dem man sich nur von vorgegebenen Einstellungen her – und zwar streng im Rahmen eines psychophysischen Parallelismus – bewegen kann. *Kleist* hat *diesen* Aspekt allerdings in seinem Aufsatz, wie bereits ausführlich erörtert, im Zuge der Setzung einiger grundlegenden Kontrapositionen (in Gestalt von Episoden) berücksichtigt – freilich nicht mehr eigentlich im genuin *Leibnizschen* Sinne, sondern vielmehr in einer bewußt gesetzten ironischen Verzerrung. Für ihn drückt nämlich dieser Gedanke die letzte mögliche Stufe jenes Prozesses aus, der uns zum zweiten *Kleistschen* Bewegungsbild führt, so daß aus eben diesem Grunde die Notwendigkeit einer Abgrenzung von einem ersten *Kleistschen* Bewegungsbild offenkundig wird. Doch soll den im nächsten Kapitel vorzutragenden Gedankengängen – sie betreffen genau diesen Aspekt – hier noch nicht vorgegriffen werden. Augenblicklich viel wichtiger ist vielmehr der Hinweis, daß in der Konklusion des Aufsatzes von einer Synthesis von „unendlichem" und „bewußtlosem" Zustand die Rede ist, die im Augenblick der *höchsten* Vollkommenheit als „Grazie" sichtbar wird.[63] Diese Synthesis drückt nun die *Kleistsche* Sicht dieses Problems zwischen Physik und Metaphysik an, für das *Leibniz* nur eine sehr unzureichende Lösung (und zwar vornehmlich in der *Monadologie*) parat hatte. *Kleist* kleidet seinen essentiellen Argumentationsgang im Marionettentheater-Aufsatz in ein System von Episoden ein, in deren Hintergrund ein Stufensystem der Betrachtung steht, das eine Reihe von Übergängen darstellen und verständlich machen soll. Von *Kleists* Sicht der Dinge her gibt es zunächst einmal nur zwei grundlegende Aspekte bzw. Bildkonstruktionen, die hier – und zwar spontan im Augenblick der höchsten Anspannung in der Bewegung – zur *einen* „Grazie" verschmelzen: Es handelt sich, erstens, um den bereits ausführlich erörterten *Leibnizschen* Aspekt der „Vollkommenheit", ferner, zweitens, um die *Kantische* Dualität von Erscheinung und Ding an sich; beide Konzepte wurden von *Kleist* in sein erstes Bewegungsbild hineingenommen und spielen in diesem Zusammenhang eine entscheidende Rolle, wobei die *Kantische* Konstruktionsweise ihrerseits wieder in zwei Teilbereiche zerfällt, und zwar in die Frage nach der „Grazie" als *Erscheinung,* und in die „Grazie" als „Phänomen", das dem *Ding an sich zugehörig ist* (was freilich nur eine sehr paradoxe und ironisch verstandene Zugehörigkeit sein kann). Beide Bewegungsbilder (das *Leibnizsche* bzw. das *Kantische*) werden von *Kleist* – und zwar jeweils über ihren „gewohnten" historisch-systematischen Gehalt hinaus – argumentativ, und nicht zuletzt auch im Sinne einer literarischen Episode miteinander verknüpft.

Wir treffen also in dieser Verknüpfung, so eine wichtige These, auf jene Konstruktion, die auch für den Aufbau des Marionettentheater-Aufsatzes selbst von größter Wichtigkeit ist. Es handelt sich bei ihr ferner um eine einschlägig philosophische Konstruktion, die sich dem Leser in streng gegliederten, literarischen Episoden zeigt, die immer auch direkt auf *Kleists* unmittelbare Lebenswelt und Biographie bezugnehmen. Wie schon angedeutet, spricht *Josef Kunz* in seinem Aufsatz *Kleists Gespräch ‚Über das Marionettentheater'* in diesem Zusammenhang von sogenannten „Lebensstufen"[64]. Von unserem Verständnis her lassen sich in *Kleists* Aufsatz zunächst einmal *zwei* grundlegende Typiken der „Lebensstufen" aufzeigen, und zwar jene, die auf *Leibniz*' Konzept von der Vollkommenheit beruhen, und, zweitens, jene, die sich auf *Kants* ethisch-metaphysische Grundkonstruktion (in seiner Kritik der *praktischen Vernunft*) beziehen lassen. Die ersteren sind, so eine wichtige Ausgangsthese, lediglich Interpretamente, die zweiteren dagegen – und zwar ganz im Sinne von *Kleists* Erlebnissen im Zusammenhang mit seiner *Kant*-Krise – eher existenziell verstandene Stufen[65]. Alle Stufen bilden dabei jeweils Systeme von Kontrapositionen aus, deren allgemeinste, wie bereits angesprochen, die von Freiheit und Erscheinung ist. Die *erste Stufe* – sie liegt, *Kantisch* gesprochen, noch in der Erscheinungswelt verankert – betrifft alle jene Bewegungselemente des Bewegungsbildes, denen mechanische Eigenschaften im weitesten Sinne zukommen. Alle diese Bewegungselemente umschreiben also ein Können, sei es im Zusammenhang mit dem Marionettenspieler bzw. sei es im Zusammenhang mit den Ansprüchen eines Ballett-Tänzers. Im Zentrum steht dabei vornehmlich das „technische Zustandekommen"[66] des Spiels. Dazu stellt *Kunz* folgendes fest:

> „Auch für das technische Zustandekommen ist entscheidend, daß zwei entgegengesetzte Bewegungsrichtungen vorhanden sind und sich die Waage halten: maßgebend sei einmal [...] das Vorhandensein eines Schwerpunkts im Gefüge der Marionette. Und einige Zeilen später erscheint ein andrer Hinweis, nach dem der Vorteil der Marionette gerade darin bestehe, daß ihre Bewegungen ‚antigrav' sind. Es geht also offenbar auch hier um jenes Gleichgewicht, daß schon als Bedingung der Grazie und Anmut erschien: das Gleichgewicht zwischen der Schwere und dem, was der Schwere entgegenwirkt. Und darin unterscheidet sich [...] die Marionette von dem Menschen, dessen Bewegungen [...] oft in Ziererei ausarten, und Ziererei ist nicht anders zu verstehen denn als Mangel des Gleichgewichts, als Verlust der Bindung, als Freiheit im einseitigen Sinn, eine solche nämlich, die ungesichert erscheint und des halb von Willkürlichkeit und Maßlosigkeit bedroht ist."[67]

Die charakteristischen Eigenschaften dieser Stufe lassen sich, so wie sie *Josef Kunz* der Reihe nach erörtert, durch den bereits erwähnten *Kantischen*

Oberbegriff „Naturmechanism" zu einer vorläufigen epistemologischen Einheit zusammenfassen. Demgemäß kann also zunächst einmal tatsächlich von einer „mechanischen Grundstufe" die Rede sein; sie läßt sich ja auch durch die Kontraposition „Schwere" (als Gebundenheit) und „Anmut" (als Bewegungsbild *gegen* die Schwere) erschöpfend charakterisieren. Diese Stufe ist im strengen Sinne des Wortes *ausschließlich* Interpretament, insoferne in ihr von Phänomenen die Rede ist, die allesamt auch vom Sprachbewußtsein umfaßt werden können und von dieser Umfassung her auch tatsächlich einen realen Zusammenhang bilden – und zwar durchaus im Sinne von *Leibniz'* Lex continui. Ihr entsprechen im Marionettentheater-Aufsatz insbesondere die Episoden vom *Tänzer als dem Maschinisten*[68], in ihnen ist z.B. an bereits genannter Stelle vom „Maschinisten", ferner auch von der *„[...]Linie, die der Schwerpunkt zu beschreiben hat[...]"* die Rede. Ziel dieser Stufe ist, wie *Josef Kunz* weiters noch feststellt, die *Erreichung einer Balance* zwischen den „graven" und „antigraven"[69] Bewegungselementen des Bewegungsbildes.

Die *zweite Stufe* betrifft dann bereits den *„Weg der Seele des Tänzers"*[70], in dieser Stufe wird nun vom „Herrn C." erstmals ein eindeutig aufzeigbarer Reflexionsstandpunkt eingenommen: Der Tänzer frägt sich nämlich, *wie* die erste, d.h., genauer gesagt, *wie* die mechanische Stufe letztendlich in der Praxis zu verwirklichen sei: Mit dieser Frage trifft er nunmehr direkt auf die *Kantische* Dualität von der Freiheit und der Erscheinungswelt. Was in der Stufe des „Naturmechanism" zunächst noch als das Spiel eines Schwerpunkts erschien, dem gewisse – physikalisch vorgegebene – Freiheitsgrade zukommen, stellt sich jetzt ganz pointiert als die Frage nach dem „psychologischen Schwerpunkt" (*Wolfgang Kurock*) bzw. sogar nach einem denkbaren „transzendentalen Schwerpunkt". Nunmehr *sieht* nämlich der Spieler sein Spiel im Spiegel seiner Reflexionen (als Können) bzw. sieht sich selbst in das Spiel involviert; er vergleicht seine Bewegungen mit den Bewegungen der unter den Fingern tanzenden Marionette; aus der reinen Bewegung als l'art pour l'art wird jetzt u.a. auch ein Bewegungsbild – und zwar als provisorisches Deutungsmuster -abgeleitet, dessen Bewegungselemente vorerst noch die *Vorstellungen* (à la *Leibniz*) und die *Reflexionen* (à la *Kant*) sind; dies drückt sich ganz deutlich im Gleichnis vom „Weg der Seele" aus. „Herr C." erreicht damit in einem auch den Begriff der „Grazie" in Art einer ersten Vorstufe, sofern er sich als Reflexionsstandpunkt von der Spiel-Praxis des Marionettisten her aufweisen läßt, die nunmehr direkt auf das Können eines Tänzers rückangewendet werden soll; zugleich wird nun aber auch das erste Motiv von der „Annäherung" aktuell (und zwar z.B. im Gleichnis von der *asymptotischen Annäherung*[71]). Man könnte diese Stufe daher als „Stufe der ersten Reflexion" bezeichnen; sie ist in Ansätzen bereits Bewußtseinstheorie, da es ja in erster Linie um die Beziehung zwischen Bewegungsbewußtsein und Bewegung an sich geht.[72] Die Frage nach der Gewißheit, so wie sie *Kleist* hier versteht, zeigt sich dabei insbesondere im Umkreis der *Motiviken einer Annäherung*[73] der Hand an die bewegte Puppe: ausgedrückt durch die beiden von *Kleist* angegebenen Näherungsfunktionen, ferner auch durch den Hinweis auf die Kurbelbewegung, und schließlich noch mit Blick auf das

Design einer idealen Spielpuppe; in diesem Zusammenhang greift *Kleist* u.a. sogar direkt auf mathematische Funktionen (Hyperbel-Asymptote, negativer Logarithmenast) zurück. Von dieser Stufe aus – sie enthält ja bereits einen deutlichen Körper-Bezug – gelangen wir dann im nächsten Schritt zur *dritten Stufe*, der sogenannten „Lebensstufe des Organischen" (*Josef Kunz*); in dieser Stufe wird der Körperbezug als Reflexion gedacht, im Zentrum stehen dann sinngemäß zwei elementare Bezugspunkte (und zwar die Gebundenheit und die Freiheit der Bewegung[74]), die notwendigerweise die Rolle des Körpers im *Kleistschen* Bewegungsbild festlegen; hier treffen wir, wie *Josef Kunz* zurecht feststellt, erstmals auf eine naturphilosophische Disposition *Kleists*, in der erstmals auch von einem in sich geschlossenen organischen Zusammenhang die Rede ist. Dieser Zusammenhang wird im wesentlichen durch den Körper (als vielgliedriges, bewegliches System) gewährleistet.[75] Hier spielen in der Praxis *zahlreiche* Bewegungselemente hinein, die unmittelbar eine geistige Bewegung als eine körperliche, d.h. mithin von einem körperlichen Pendant her ausdrücken (z.B. Gesten, Mimik, Sprachmotorik u.ä.m). Von einem psychosomatischen bzw. psychophysischen Zusammenhang im modernen Sinn des Wortes kann hier freilich noch *keine* Rede sein. Vielmehr spielt hier ein eher einfaches und vordergründiges Einbettungsgeschehen die wichtigste Rolle: Die bloß mechanisch verlaufenden Bewegungen werden auf einer höheren Bezugsebene immer auch als Reflexionen ausgedrückt, deren eine – und zwar im Sinne eines Überbegriffs – die „Grazie" (z.B. als körperliche Anmut) ist. Die zentrale Episode diesbezüglich ist die Geschichte mit dem Jüngling, der in seiner Gebärde den „Dornauszieher" nachahmen will.[76] Hier wird die Freiheit des Sich-Ausdrückens schließlich bereits als ein rein metaphysisches Phänomen verstanden, und zwar ist sie, um jetzt noch einmal mit *Kant* zu reden, im Bereich des „Dings an sich" zu lokalisieren (was jedoch, streng genommen, völlig paradox ist): *Kleist* spricht an dieser wichtigen Stelle seines Aufsatzes u.a. auch einmal vom *„[...] freien Spiel seiner Gebärden[...]"*[77] und deutet – und zwar hier schon direkt im Zusammenhang mit dem ästhetischen Bewegungsbild des „Dornausziehers", das der Jüngling nachahmen will – auf eine Ebene am Körper hin, die sich der körperlichen Mechanik und Motorik par excellence entziehen muß, obwohl sie „organisch" am Körper zu lokalisieren ist. Hier findet nämlich ein Übergang in die unmittelbare Stufe des Daseins statt. Der Tenor dieser zentralen Episode – sie hat nur vordergründig mit dem Narkissos-Mythos zu tun – liegt im übrigen in der für den Jüngling schockierenden Einsicht, daß sich dieser Bereich – seiner ungekünstelten Freiheit wegen – bereits *notwendigerweise* allem Reflektieren entziehen muß, will er das bleiben, was an ihm „ursprünglich" ist. Denn hier *ist* man in erster Linie *das*, was sich an einem selbst zeigt! Alles Reflektieren über dieses Etwas-Sein ist daher von vorneherein „verspätet" und damit zuletzt völlig unproduktive Bewegung, die uns vom Eigentlichen (das freilich weitgehend unausdrückbar bleibt) wegführt. Da dieser Bereich die „reine" Anmut und die Spontaneität als *eine* in sich geschlossene, integrale Bewegung in *einem* einzigen Körper zum Ausdruck bringt, wird hier das Moment der Reflexion durch das der

Spontaneität durchbrochen. Man könnte daher sinngemäß von der *Stufe des existenziellen Augenblicks* sprechen. In diesem sehr speziellen Zusammenhang spricht *Kleist* dann auch ausdrücklich wieder von der Gewißheit der Bewegung, er nennt sie in diesem Kontext die „Sicherheit der Grazie".[78] Die Geschichte mit dem unglücklichen Jüngling, der die eigene Spontaneität von einer mehr als gekünstelten Bewegungs-Reflexion her für sich wieder zurückgewinnen will (was freilich zuletzt mißlingen muß), zeigt dann bereits den Übergang in die nächste, d.h. in die *vierte Stufe*, die von *Josef Kunz* nun nicht mehr als eigenständige Stufe gekennzeichnet wird; vielmehr sieht *Kunz* in bzw. hinter ihr eher ein Spektrum aller jener existenzieller Lebensformen, deren gemeinsames Kennzeichen es sein muß, daß sie allesamt mit der *Kleistschen* „Grazie" verknüpfbar sind:

> „Aber wie es auch im einzelnen ist, die Art, wie bei der Deutung des Bewußtseins, des Erkenntnisvorgangs und bei dem Verständnis des Geistes die Akzente verteilt werden, zeigt an, daß sich der Dichter hier zu einer neuen Stufe der Existenz vortastet, zu einer Stufe, die zu erreichen notwendig ist, sobald die Lebensform des Organischen zersetzt ist."[79]

Diese Stufe, die das organische Potential hinter sich zurückläßt, um demgegenüber den metaphysischen Aspekt der Bewegung aufzuschließen, wollen wir, wie schon angedeutet, die *Stufe des existenziellen Augenblicks* nennen. Sie wird vornehmlich durch die Fecht- und durch die Bärenkampfepisode verkörpert; ihr zentraler Gedanke ist, daß „Grazie" immer – durchaus im *Lessingschen* Sinne – der richtige Augenblick – und als solcher „unbewußt" – ist. Annäherungen vom Geschehen einer wie auch immer gearteten Reflexion her, sind hier unmöglich, bzw. unerwünscht; derlei nachreflektiertes Bewegungsbild wirkt nämlich immer gekünstelt. Im Zentrum steht vielmehr das „Gefühl", das *Kleist* u.a. mit der Metapher vom „Unendlichen" umschreibt. Im Hohlspiegelgleichnis der Konklusion des Aufsatzes wird z.B. eine (recht paradoxe) Reflexion beschrieben, die gerade im Augenblick ihrer höchsten Konzentration (d.h. *genau dann*, wenn sich der Gegenstand im Brennpunkt des Hohlspiegels befindet) einen „Bildverlust" ins Unendliche erleidet. Von diesem momentanen Übergang in ein Unendliches her läßt sich dann zuletzt noch eine *fünfte Stufe* definieren, in der auch noch das existenzielle Moment aufgehoben wird. Ohne den diesbezüglichen Überlegungen in den nächsten beiden Kapiteln vorzugreifen, soll sie bereits hier als *Stufe der Singularität* bezeichnet werden; ist sie erreicht, so ist, wie später noch ausführlicher zu zeigen ist, sofort das zweite *Kleistsche* Bewegungsbild mitkonstituiert. Da *Kleist* nun gerade diese Stufe, die *Josef Kunz* allerdings nicht mehr erwähnt, mit dem „Gefühl" in Beziehung setzt, läßt sich hier zwanglos wieder die Frage nach der Gewißheit – sie ist ja Ausgangspunkt der vorliegenden Abhandlung gewesen – anknüpfen. Dieses „Gefühl" ist, wie ferner noch zu zeigen sein wird, selbst Bewegung bzw. Umschreibung einer metaphysischen Bewegung – oder noch genauer gesagt: *Transit-Bewegung* der „Grazie" durch ein Unendliches, dem mathematische und physikalische Beispiele (Singularitäten) direkt entsprechen.

Zusammenfassend gesagt, ist also die „Grazie“, und zwar so verstanden, ein Bewegungsbild, das an den genannten fünf Stufen – und zwar in *einer* in sich geschlossenen Bewegung – partizipiert.

7.6 Die „Grazie“ als die Gewißheit der Marionette

Von den im vorhergehenden entwickelten Gedankengängen her verstanden, kennt die Gewißheit der Marionette in ihrem Bewegungsbild weder Ethik noch Ästhetik (im *Leibnizschen* Sinne), und ist *doch* für uns stets greifbar und wahrnehmbar. Man kann z.B. durchaus von einer gutgebauten, schön spielenden, graziösen Marionette sprechen, ohne hier freilich zur Fixierung und Darlegung dieses Anspruchs einseitig auf so etwas wie einen genau abgestimmten Mechanismus zurückgreifen zu können; man kann also diese Gewißheit – streng genommen – nur als ein besonderes, ja als ein „singuläres“ Ereignis auffassen, daß auf eine Bewegungskultur verweist, die sich jeglicher Reflexion par excellence entziehen muß; denn hinsichtlich dieser paradoxen Bewegungskultur genügt sich die Marionette selbst, ist gewissermaßen „unsäglich“ und wird doch von uns gespielt, als ließe sich über ihr Spiel etwas Rationales berichten. Diesbezüglich gilt auf unserer Seite das *Kleistsche* Prinzip von der „allmählichen Verfertigung“; wir müssen in unserem Spiel nämlich die Eigenheit der Marionetten-Bewegung als ein zentrales Ereignis begreifen lernen. Denn die Marionette spielt ja – jetzt umgekehrt verstanden – auch uns, macht uns also, so paradox dies zunächst klingen mag, zu ihrem Spielgegenstand und gibt uns zu erkennen, daß etwas in ihr ist, was sich unserer Verfügung stets entziehen kann! Ihr Spiel, d.h. jetzt ihre Autonomie und Gewißheit, zeigen uns damit in einem auch, daß Dinge, die ihrer Natur *nicht direkt mit uns zu tun* haben, mit uns trotzdem – und zuweilen sogar auf sehr merkwürdige Weise – in Kommunikation stehen können, als wären sie ein reelles Gegenüber; die Stufe der Singularität ist daher immer auch die Umschreibung eines Spielgefühls, das mehr oder minder stark personalisiert wird; wir verfahren also, als stünde uns in der Auseinandersetzung mit der Marionette ein geheimnisvolles Du entgegen, ohne daß wir freilich genau wissen, *wie* und *was* uns da geschieht! Diese Disposition ist, wie unschwer zu erkennen sein dürfte, zugleich die zentrale Aussage der Bärenkampf-Episode im Marionettentheater-Aufsatz: Der Fechter kämpft mit dem Bären, als „verstünde“ jener das Fechten und muß freilich erkennen, daß der Bär gerade deswegen unantastbar bleibt, weil er seine eigene „Fechtkunst“ *der* des Fechtmeisters „völlig gedankenlos“ entgegenstellt. Die Interpretation des Verhaltens des Bären durch den Fechter ist also grundsätzlich falsch; daß hier überhaupt etwas geschehen kann, verdankt sich, so *Kleist*, eher noch dem Wirksamwerden des „Gefühls“, das beide – den Fechter und den Bären – tatsächlich miteinander in Verbindung bringt. Beide fühlen nämlich, was geschieht – sie wissen es aber nicht. Weil der Bär *nur* fühlt, was zu tun ist, ist er dem Fechter zuletzt sogar noch überlegen! Die einseitige Autonomie des *Kantischen* Subjekts wird also – folgt man *Kleist* hier konsequent

– radikal in Frage gestellt: *Kleist* fordert vielmehr – und zwar bereits sehr radikal – einen denkerischen Zugang zum Spielraum der Marionette, der die Eigenart des Spielzeugs (als Bewegungsding) ohne jede Einschränkung von seiten des Spielers (im Gedankenexperiment) gelten läßt. Von dieser Sicht der Dinge her kann die Marionette dann auch nicht mehr wirklich manieriert oder geziert sein (was allerdings Menschen, wie *Kleist* ironisch anmerkt, sehr wohl sein können), denn „Ziererei" und Manieriertheit sind Kategorien, die *nur* auf den Spieler – und nicht auf seine Marionette – zutreffen. Die Marionette hat nämlich ihre eigenen Gesetze, die nur in einem eigenen Spielraum wirksam werden können. Von dieser Überlegung her läßt *Kleist* den „Herrn C." über die Anmut der Prothesen-Bewegung sprechen.[80] Im Zusammenhang mit künstlichen Gliedern, d.h. mit Prothesen, bei denen es sich ja zumeist um Ersatzteile, an wirklichen Gliedern angebracht, handelt, kann *Kleist* eine originelle Dialektik entwickeln, die uns zeigt, wie dieses Entfremdungserlebnis durch das reine „Ding an sich" sogar am lebendigen Körper selbst zustandekommt. Wir treffen also in dieser genial konzipierten Episode direkt auf die Frage nach der „Gewißheit der Marionette", und zwar im Zusammenhang mit einem neuen Typus von Bewegungsbild. Zwei neue Elemente (bzw. um jetzt noch einmal mit *Josef Kunz* zu sprechen, „Lebensstufen des Organischen"[81]) werden nämlich dem bisher Gesagten noch hinzugefügt. *Kleist* geht dabei von folgender Überlegung aus: Oft widerspricht die Eigendynamik der Prothese sogar der Dynamik des gesunden Körperteils, an den sie unmittelbar angeschlossen ist. Dies bedeutet, daß hier Prothese und restlicher Körper teilweise in Art eines „pragmatischen" Bewegungsbildes zusammenspielen müssen, das sich per definitionem allen rein transzendentalen Konstruktionen[82] unseres Bewegungs-Bewußtseins von der Bewegungspraxis her widersetzen muß. Den ästhetischen Spielräumen des gesunden Beins stehen die der Prothese gegenüber. So wird zuletzt aus dem Prothesenträger der (idealtypische) Marionetten-Tänzer mit Prothese:

> „Es tut mir leid, erwiderte er; denn wenn ich Ihnen sage, daß diese Unglücklichen (die Prothesenträger/Der Verf.) damit tanzen, so fürchte ich fast, Sie werden es mir nicht glauben. – Was sag ich, tanzen? Der Kreis ihrer Bewegungen ist zwar beschränkt; doch diejenigen, die ihnen zu Gebote stehen, vollziehen sich mit einer Ruhe, Leichtigkeit und Anmut, die jedes denkende Gemüt in Erstaunen setzen.
> Ich äußerte, scherzend, daß er ja, auf diese Weise, seinen Mann gefunden habe. Denn derjenige Künstler, der einen so merkwürdigen Schenkel zu bauen imstande sei, würde ihm unzweifelhaft auch eine ganze Marionette, seinen Forderungen gemäß, zusammensetzen können.
> Wie, fragte ich, da er seinerseits ein wenig betreten zur Erde sah: wie sind denn diese Forderungen, die Sie an die Kunstfertigkeit desselben zu machen gedenken, bestellt?
> Nichts, antwortete er, was sich nicht auch schon hier fände; Ebenmaß, Beweglichkeit, Leichtigkeit – nur alles in einem höheren Grade; und besonders eine naturgemäßere Anordnung der Schwerpunkte.
> Und der Vorteil, den diese Puppe vor lebendigen Tänzern voraus haben würde?
> Zuvörderst ein negativer, mein vortrefflicher Freund, nämlich dieser, daß sie sich

> niemals *zierte*.- Denn Ziererei erscheint, wie Sie wissen, wenn sich die Seele (vis motrix) in irgendeinem andern Punkte befindet, als in dem Schwerpunkt der Bewegung."[83]

Kleist leitet im Zuge dieser verwickelten Argumentation über den Gegensatz von „Grazie" und „Ziererei" erneut – und vor allem jetzt bereits sehr pointiert – zur Frage nach der „Gewißheit der Marionette" über, indem er eine zweideutige Situation bzw. so etwas wie eine Schwebe wirksam werden läßt. Im oben wiedergegebenen Gesprächsteil geht es freilich – gleichsam als Pars pro toto für einen präsumptiven metaphysischen Grundanspruch – zunächst einmal nur um den kunstfertigen Prothesenmacher, dessen „Kunstglieder" zuletzt sogar den Tanz der Prothesenträger möglich machen sollen. Zwei Kraftzentren sind plötzlich im Spiel, das des beseelten Körpers (das Gemüt) und das des unbeseelten Teil-Körpers (der Schwerpunkt bzw. das Gefühl der Schwere in Bezug auf unseren Körper), repräsentiert durch die Eigendynamik der Prothese bzw. auf der anderen „Lebensstufe" repräsentiert durch ihre Autonomie und Gewißheit. Das Bild dieser Repräsentation ist die „Grazie" als Ausdruck der „Lebensstufe des Organischen"[84], die zugleich praktischer Ausdruck des Zusammenspiels ist.

Damit ist das erste *Kleistsche* Bewegungsbild der Marionette überwunden; es zeigte sich uns bislang nämlich in einem pragmatischen Dualismus, der das Spiel der Marionette – völlig einseitig – als ein zwiefach strukturiertes, weitgehend harmonisches bzw. harmonisierendes Bewegungsbild begreift. Dieser Pragmatismus entpuppt sich, so will ja *Kleist* an dieser Stelle u.a. auch ausdrücklich zeigen, als ein *anthropologisches Vorurteil*. Denn dieses Bild des vordergründig harmonischen Zusammenspiels (von Marionette und Marionettenspieler bzw. von Prothese und ihrem Träger) ist nicht wirklich stimmig. Die in ihm angelegte Synthese ist, so *Kleist* selbst, kaum mehr als ein schlechter Kompromiß, bzw. ein Vorurteil des Spielers seinem Spielzeug gegenüber. Zum einen *spielt* ja die Imagination selbst bloß; und zwar streng auf der Basis eben jener Gesetze, die auch das Marionettenspiel bestimmen und verunsichern; außerdem gibt es ja kein eindeutiges Bewußtsein *von* der Marionette bzw. von der Prothese; ironisch gesagt, muß ja angenommen werden, daß auch die Marionette zum selben Zeitpunkt ein *Bewußtsein von uns* hat[85]; das integrale Bewegungsbild bilden dabei (und dies gilt streng in Analogie) die „gespielten" und nicht etwa die wirklichen Bewegungen des Spielers, zum andern spielt aber der „Schwerpunkt" überhaupt sein eigenes Spiel, das von uns nicht zur Gänze begriffen werden kann. Dieses Spiel ist, um jetzt mit *Kant* zu reden, nur als Erscheinung – und nicht etwa als Realität – von unserer Imagination abhängig, ist daher, streng genommen, Annäherung bzw. Interpretationsweise. Es ist damit in Wirklichkeit auch bloß ein Repräsentant unserer Spotaneität und nicht diese selbst; die Spontaneität ist nämlich genauso autonom wie jenes Spiel der Einbildungskraft, das spontan abläuft und spontan gesteuert wird. Das Zusammenspiel ist zuletzt ein Bewegungsbild in Art eines Reliefs, in dem die chaotische Eigendynamik der Marionette (bzw. die Beweglichkeit der Prothese) gegenüber dem Spiel der Imagination eine völlig gleichartige Rolle spielen, über die wir freilich nichts Sicheres wissen können. Dies gilt trotz der strengen, ja sogar ursächlichen Bezüge zu jenem Tänzer z.B., der ja – welch geniale Ironie – die Prothese tatsächlich trägt und diesen Sachverhalt auch ständig – als eine merkwürdige Art der Beweglichkeit – spürt. Dasselbe gilt im übrigen auch für das Zusammenspiel von Marionette und Marionettenspieler. Gilt, so *Kleist*, überhaupt für alle denkbaren Bewegungsbilder.

An dieser auf den ersten Blick verworrenen Spiel-Praxis gemessen, bricht also zuletzt auch noch die transzendentale Theorie des Spiels auseinander; wird obsolet, weil sie sich als Scheinkritik entpuppt, die das Moment der menschlichen Spontaneität überbetont bzw. gegenüber *dem* der Marionette einseitig übergewichtet. Das kritische Stufen-Modell einer Bewegungskultur, das *Kleist* seinen Lesern vom Marionettentheater-Aufsatz her vermitteln will, verweist damit zuletzt auch noch über den bereits angesprochenen *Kantischen* Dualismus in der *Kritik der praktischen Vernunft* hinaus, macht also nunmehr die Sachlage als eine – im strengen Sinne des Wortes – *existenzielle* Problemlage begreifbar. Dies zeigen vor allem die Gleichnisse in der Konklusion des Aufsatzes. Der Zusammenbruch der transzendentalen Theorie des Spiels macht uns nämlich zweierlei bewußt: zum einen gilt ja zunächst, daß die Spiel-Theorie selbst nur *ein* Spiel unter Spielen ist – und damit von ihrer Selbstbezüglichkeit her Zonen der Unstabilität aufweisen muß (und zwar im Sinne des Gleichnisses vom Baron Münchhausen, der sich an den eigenen Haaren aus dem Sumpf ziehen will). Zum anderen muß sie an jener teilweisen Inkompetenz eines transzendentalen Subjekts seinem Spielgegenstand (Marionette, Prothese) gegenüber scheitern, die *notwendigerweise* zu eben diesem Subjekt selbst gehört. *Kleist* verweist also u.a. auch auf die dunklen Zonen des Bewußtseins, die den hellen dezidiert widerstreiten, obwohl sie ihm angehören. Der Streit ist zuletzt das Spiel, d.h. das Bewegungsbild selbst, das von seinen Bewegungsmöglichkeiten her sowohl das Subjekt als auch den Spielgegenstand (Marionette, Prothese) direkt mitverkörpert. Das Subjekt erweist sich dabei über weite Strecken hinweg als ohnmächtig; es neigt dazu, seine Rolle verklärt zu sehen; neigt im übrigen auch dazu, sie als Autonomie des praktischen Subjekts (im Sinne *Kants*) zu mißinterpretieren; von da her fordert der Spieler selbstherrlich Tribute von der Wirklichkeit ein, die diese ganz offensichtlich nicht zu zollen gewillt ist. Denn auch die Marionette hat ihr Recht gegenüber „ihrem" Spieler. Konsequent im Sinne *Kleists* verstanden, kann daher das Spiel *nur* ein Dialog sein, dessen Bauplan und Struktur sich in der äußeren Anordnung des Gesprächs selbst widerspiegeln. Die Marionette und die Prothese werden damit schließlich zu einem Gleichnis für das Zusammenspiel von Sprache und Sprecher, bilden die Grundmechanismen aller Textualität ab, so wie sie *Kleist* zum damaligen Zeitpunkt, d.h. in der allerletzten Phase seines Lebens verstanden hat. Alle festen, vernünftigen Rechtsgründe der Erkenntnis (des selbstherrlichen, zentralistischen Mechanikers Mensch) werden fortan von eben dieser Ohnmacht her (sie ist ja *das* Bild der auf ihrer Selbstständigkeit insistierenden Natur) gestört und relativiert; dieser Rückantwort der Natur kann daher auch keinerlei strenge mechanische Gesetzmäßigkeit mehr entsprechen. Deren Infragestellung ist ja gerade das Bild der Störung und Abkehr. Wir sind also hiermit auf eine vernunftkritische Disposition *Kleists* gestoßen, die – gemessen am damals vorherrschenden Zeitgeist – allerdings einzigartig ist. Keiner der Zeitgenossen *Kleists* (auch nicht *Hölderlin*) hat nämlich Vergleichbares zur Darstellung gebracht. *Kleist* nähert sich damit bereits – Genaueres wäre freilich Gegenstand einer eigenen Abhandlung – dem denkerischen Ansatz *Kierkegaards*.[86] Dabei werden die Bewegungselemente des *Kleistschen* Bewegungsbildes, wie in den folgenden Kapiteln noch näher zu zeigen sein wird, zu Versatzstücken einer weitgehend ironischen Kritik, die in allen *denkbaren* Perspektiven des Spielablaufs zum Ausdruck kommt. Gegen den ausdrücklichen Anspruch der *Laplaceschen* Theorie der rein mechanistischen Erfassung von Bewegungsvorgängen (sie war hinsichtlich des Verständnisses von „Bewegung" in *Kleists* Epoche gültiger Zeitgeist, von dem er – als ehemaliger Physikstudent – mit Sicherheit wußte) trifft hier tatsächlich in ein und demselben Bewegungsbild das gravitierende Moment auf die unabdingbare Notwendigkeit einer Miteinbeziehung eines imaginierenden Moments, wobei das Zusammenspiel über den rein psychophysischen Anspruch hinaus in eine einschlägig existenzielle Betrachtungswelt hinausgreift. Sowohl das *Leibniz-Rousseausche* als auch das *Kantische* Bewegungsbild sind dann, so verstanden, bloß *einseitige* Deutungsformen eines kaum je wirklich – als Zusammenhang – durchschaubaren Bewegungsbildes, betreffen eine Ganzheit, die der Verstand bei seiner Gegenstands-Erzeugung allerdings stets zu Rate ziehen muß; – das aber im übrigen ständig über ihn hinausverweist und damit alle Leistungen des Verstandes in einem sofort auch relativiert. Beide Momente des Bewegungsbildes (Chaos und scheinbare Ordnung) gehen – trotz permanentem Widerspruch – schließlich sogar ineinander über – und bilden in Art einer – freilich sehr „schrägen" – romantischen Ironie jenes Bild, das wir in den folgenden Abschnitten mit dem Terminus: Das zweite *Kleistsche* Bewegungsbild kennzeichnen wollen. In ihm ist, so eine wichtige These, die „Grazie" immer auch Bild einer Kollision der Bewegungselemente und damit zugleich auch Ausdruck eines existenziellen Widerspruchs. Zuletzt stellt sich uns aber dann doch noch die entscheidende Frage, *wer* denn in diesem Bild überhaupt noch der Spieler ist, bzw., anders formuliert, wo sich angesichts dieser Verdikte dann das Zentrum des Spiels konkret befindet? *Kleist* selbst läßt, wie in den nächsten Kapiteln noch näher zu zeigen sein wird, die Frage in provokanter Weise offen. Es gibt für ihn keine eindeutige Personalunion aller Bewegungselemente des Spiels, die sich in einer geschlossenen Spieler-Persönlichkeit ausdrücken ließe. Vielmehr bezieht sich *Kleist* zur – freilich stets nur provisorischen – Beantwortung dieser Frage auf den Begriff der „Grazie". Auf der Seite des Spielers wird die „Grazie" als die Hingabe des Spielers an den unendlich mannigfaltigen Spielraum sichtbar[87]. Auf der Seite der Marionette führt *Kleist* dagegen eine Art von *Laplaceschem* Dämon des Schwerpunkts ein, der dieser Hingabe seinerseits durch eben *seine* Bewegung rückantwortet (er nennt ihn den „*Weg der Seele des Tänzers*"[88]). Es gibt also in dieser Hinsicht zwei Kraft-

quellen, die freilich kaum je wirklich als zusammenhängende Ausstrahlungspunkte verstanden werden dürfen. Auf diesen wichtigen Sachverhalt zur Deutung des Marionettentheater-Aufsatzes weist auch *Josef Kunz* hin[89]. Denn beide Kraftquellen, und zwar jeweils gesteuert von „verfeindeten" *Laplaceschen* Dämonen (allerdings verkörpert in der *einen* Spieler-Person, die ihrer freilich nicht vollständig mächtig ist), stören einander wechselseitig – durchaus auch im mechanistischen Sinn[90], aber auch in logisch-konstruktivistischer Hinsicht. Schließlich ist aber die gegenseitige Störung zuletzt auch ein völlig hermetisches Phänomen (Ausdruck eines oppositionellen Einverständnisses der Naturkräfte im Menschen). Daher ist der von uns hier eingeführte Dämon des Schwerpunktsystems bloß ein gleichnishaftes Deutungsmuster, mithin ein poetisches Bild eines fundamentalen Entfremdungserlebnisses an der Natur gravitierender Bewegungen, die die Spieler-Vernunft in ihrem ureigensten Herrschaftsbereich erleiden muß; gemeint ist geradewegs jene Vernunft eines Spielers, so wie sie unser *Leibniz*-Modell des Marionettenspielers vorgibt, sie baut nämlich auf prästabilierte Harmonien, die nicht wirklich vollständig sind, baut ferner auf Zweckursachen, deren Zwecke nur *scheinbar* sind. In Wirklichkeit spielt aber viel Zweckloses in die Bewegung hinein, und ironischerweise empfinden wir gerade *dieses* als besonders anmutig und schön; daher geraten zuletzt sogar die Vernunft und ihr Apparat in den Verdacht der Inkompetenz; vielleicht sind auch sie bloß Dämonen eines Verwirr-Spiels, das neben aller Durchsichtigkeit auch auf Obskurantistischem bzw. auf Widersprüchen aufbaut? Vernunft-Spieler und Antagonist werden jedenfalls – und zwar ironischerweise – im selben Areal angetroffen, wobei selbstverständlich auch gilt, daß beide mit einander weitgehend fremden, vermutlich sogar heterogenen Voraussetzungen und Absichten in ein und dasselbe Spiel eingehen – und uns konzertant den Schein der Vernünftigkeit und Beurteilbarkeit des Spieles vorgaukeln. Der Vernunft-Spieler setzt auf die „Grazie" als harmonisches, sein Antagonist auf die „Grazie" als mechanisches Phänomen.

Auf diese sehr originelle Weise hat uns *Kleist* – ein seiner Zeit weit vorauseilendes – Modell einer Vernunft- und Aufklärungskritik[91] (auf der Basis einer produktiven Ambivalenz[92], die sich seit dem Paris-Aufenthalt im Jahre 1801 immer stärker auch im gesamten Œuvre bemerkbar machte[93]) geliefert, das dem rein mechanistischen Denken (freilich nur in diesem sehr speziellen Fall auf systematische Weise) tatsächlich Unvollständigkeit, ja Unvernünftigkeit – und damit Ungenauigkeit – nachweisen kann. Und zwar unter dem Eindruck eines immer geheimnisvoller werdenden Bewegungsbildes[94], das sich zuletzt völlig der Kontrolle der Vernunft entziehen muß.

Denn wir können ja, so deutet *Kleist* an, in unserer Naturbetrachtung nicht bloß einseitig auf den bewegten Mechanismus, insbesondere was unsere deskriptive Erfassung eines Naturgeschehens betrifft, rekurrieren; es zeigt sich nämlich, daß der Herrschaftsanspruch eines naturlos imaginierenden Subjekts häufig an der zuweilen nicht weniger mächtigen „Imagination" der Gegenseite (in unserem Beispiel also der Marionette) scheitern muß – und zwar am Spielboden *unseres eigenen* Bewußtseins, das daher von der Wirklichkeit her stets fundamentale und vor allem auch schmerzhafte Spaltungserlebnisse erleiden muß.

Umgekehrt gilt aber, und zwar mit Blick auf die Spielarten der einseitig sprachbild-fixierten romantischen Naturphilosophien (von *Kleists* Zeitgenossen), daß sie an der sehr wohl festgefügten, morphogenetischen Struktur ihres Gegenübers (d.h. zuletzt auch an der unbeteiligten, gesetzmäßigen Natur) scheitern müssen. Gesucht wird also nach einem klaren Verhältnis.

Der Konflikt zwischen Spieler-Vernunft und „Marionetten-Vernunft" (d.h. als Metapher der Intentionalität des Objektes „Marionette") zeigt sich dann seinerseits, folgt man *Kleists* Argumentation konsequent, als Entfremdungsgeschehen *in* unserem eigenen Bewußtsein, das durchaus Erschrecken hervorufen muß.

Eben deswegen wird aber auch diese Theorie seines *ersten* Bewegungsbildes von *Kleist* zuletzt noch einer radikalen, weitgehend destruktiven Kritik unterzogen; kritisiert wird vornehmlich die offensichtlich falsche, weil ungenaue Theorie des Bewußtseins, die hinter diesem ersten *Kleistschen* Bewegungsbild steht, und zwar namentlich in der Fechter- und insbesondere in der Bärenkampf-Episode seines Aufsatzes.

Kap. 8: Das zweite Kleistsche Bewegungsbild oder die „allmähliche" Entstehung der Grazie

„Der Athlet kann, in dem Augenblick, da er seinen Gegner umfaßt hält, schlechthin nach keiner anderen Rücksicht, als nach bloßen augenblicklichen Eingebungen verfahren; und derjenige, der berechnen wollte, welche Muskeln er anstrengen, und welche Glieder er in Bewegung setzen soll, um zu überwinden, würde unfehlbar den kürzeren ziehen, und unterliegen. Aber nachher, wenn er gesiegt hat oder am Boden liegt, mag es zweckmäßig und an seinem Ort sein, zu überlegen, durch welchen Druck er seinen Gegner niederwarf, oder welch ein Bein er ihm hätte stellen sollen, um sich aufrecht zu erhalten."
Heinrich von Kleist
(Von der Überlegung. Eine Paradoxe)

8.1 Basismotive eines Übergangs. Einleitung

Zusammenfassend formuliert, besagt das erste *Kleistsche* Bewegungsbild (als Interpretationsfigur), daß die Bewegung der Marionette *streng* in einem in sich *abgeschlossenen* Kontinuum (à la *Leibnizens* Lex continui) stattfinden muß. Rekapitulieren wir also im folgenden noch einmal kurz die wichtigsten Eigenschaften dieses kontinuierlichen Bewegungsbilds, um dann zuletzt zu einer Reihe von Abgrenzungsurteilen zu finden, von denen her die Einführung der Konzeption eines zweiten *Kleistschen* Bewegungsbildes unabdinglich notwendig wird. Dies bedeutet nun gleichzeitig, daß das erste *Kleistsche* Bewegungsbild, so die erste These dieses Kapitels, zunächst einmal nur – und zwar jetzt direkt bezogen auf die bewußtseins- und reflexionskritischen Intentionen des späten *Kleist* – einige gleichsam vorkritische Kontrapositionen[1] zum Ausdruck bringt. Dies geschieht im Kontext eines streng in Episoden und Gleichnisse gegliederten, journalistisch getönten Prosatexts. Wir treffen dabei in der Schicht des ersten Bewegungsbilds u.a. auch verstärkt auf die Gedankenwelt des *frühen Kleist*, so wie sie sich insbesondere in den Briefen um 1800 herum – man kann fast sagen: als existenzielle Typik – zeigt[2]. Diese Schicht bildet also gleichsam die zu oberst liegende Ansicht eines Reliefs, dessen plastische Tiefe durch die Einführung von weitgehend journalistisch manifestierten Kontrapositionen (sowohl im Diskurs als auch im „roten Faden" des Argumentationsgangs) gestaltet werden soll, ohne daß sich *Kleist* allerdings, dies betrifft insbesondere die Frage nach der Gattungsbildung , seinem potentiellen Leser gegenüber zuletzt eindeutig festlegen will. Die von uns angesprochenen Kontrapositionen (z.B. im Abschnitt der Fechter- und Bärenkampf-Episode) haben daher keineswegs nur einen dialektischen bzw. polemischen Charakter[3], sie sprechen vielmehr zunächst einmal eine Stufe des Bewegungsbildes an, die bloß Interpretament bzw. Einstiegshilfe für den Leser sein will, der ja – und das darf keinesfalls vergessen werden – zu allererst einmal auf ein journalistisches Genre (d.h. konkret auf die *Berliner Abendblätter*) eingestellt war. In diesen Kontrapositionen treffen wir daher immer auch auf *gedankliche* Spiele und „Widerspiele" (bzw. auf Bilder und Gegenbilder) innerhalb einer *Oberfläche* des Marionettentheater-Aufsatzes, die, jetzt etwas plakativ formuliert, weitgehend nur den *Zeitgeist* (und zwar dezidiert hinsichtlich des Bewegungs- und Imaginations-Begriffes) – und vor allem auch in einer einschlägig journalistischen Gestaltungsabsicht – widerspiegelt, so wie ihn *Kleist* aus verschiedenen (ja sogar einschlägig *journalistischen*) Quellen rezipierte.[4] Dieser Oberfläche entspricht dann aber eine philosophische Tiefendimension, die *Kleist* dem Leser nicht sofort einsichtig machen will, vermutlich um ihn nicht gleich von vorneherein vor den Kopf zu stoßen bzw. um ihn nicht von der weiteren Lektüre seines Feuilletons abzuschrecken. Seine Absicht war es also u.a. auch, freilich jetzt bereits sehr speziell verstanden, den Leser auf das Erkenntnisinteresse des Aufsatzes im Zuge eines Gesprächs hinzuführen, ja gleichsam „hinzubewegen" – und zwar ganz im Sinne jenes Bewegungsbegriffs, den der Aufsatz selbst entwickeln und vor seinem Leser ausbreiten will. Wir treffen daher mit diesem Aufsatz auch auf eine ungewöhnliche *didaktische Reflexion* (und zwar ganz im Sinne einer Ineinanderspiegelung von Form und Inhalt), die jedoch nicht wirklich dem damals üblichen Zeitgeist entsprach, sondern vielmehr äußerst moderne (ja in manchem sogar *Wittgensteinsche*) Züge trägt. Es stellt sich also dann die Frage, ob der damalige Leser dieses Darstellungsinteresse überhaupt hätte erkennen können?

Ferner können wir in dieser vielschichtigen *Darstellungsintention*, wie im folgenden noch näher zu zeigen sein wird, zuletzt *auch* noch den kritischen (und damit auch den gesellschafts- und kulturpolitischen) Impuls erkennen. *Kleist* wollte also, kurz gesagt, auf den seiner Ansicht nach mehr als „verknöcherten" (bzw. bewegungslosen) Zeitgeist, und zwar im Rahmen eines Bewegungsbildes, einwirken. Die Marionette symbolisiert, so verstanden, *immer* auch den Bürger des Staates – freilich bloß sehr unterschwellig. Es war ihm also, so eine weitere wichtige These, ein wichtiges Anliegen, dem Leserpublikum diesen didaktischen Impuls bzw. die zu ihm gehörige „Bewegung" als Transformation eines Bewegungsbildes im Rahmen einer Burleske in einem Marionettentheater darzustellen. Vermutlich spielt hier auch der Zensurstreit mit der *Hardenberg*-Administration eine wichtige Rolle. Er könnte immerhin ein wichtiges Motiv sein, so daß *Kleist* nur noch in der ästhetisch und poetisch reflektierten *Umschreibung* des gesellschafts- und kulturpolitischen Anspruchs (und zwar in Form von *Kleistschen* Bewegungsbildern) eine erfolgversprechende Möglichkeit sah, journalistisch auf sein Publikum einzuwirken; dieses denkbare Motiv wird indes erst dann recht augenscheinlich, wenn man in einem auch das durchschnittlich niedrige Niveau der Kriminal-und Skandalgeschichten der *Berliner Abendblätter* ins Auge faßt!

Zugleich können wir darin aber – und dies ist nicht minder wichtig – die Aufforderung *Kleists* an seinen Leser erkennen, auch den Text selbst als ein vielschichtiges *Gattungsphänomen* zu begreifen (und zwar in einem *positiven*, und d.h. damit nicht allein destruktiven Sinn)[5]. Der Leser wird also durch den von *Kleist* strukturierten Aufbau angehalten, selbst in eine – freilich nicht bloß intellektuell zu veranlagende – Bewegung einzutreten, die ihn zuletzt bis an das metaphysische Paradox[6] schlechthin heranführt. Das metaphysische Paradox – und zwar als Ziel einer Bewegung in einem Bewegungsbild – korrespondiert damit sofort auch dem politischen Paradox. Von diesem Widerspiel (in den Bewegungsbildern), und nicht zuletzt auch von einer strukturalen Ironie her angezogen, erkennt der Leser des Feuilletons dann die philosophische Tiefendimension des zunächst einmal nur journalistisch konzipierten Bewegungsbildes, erkennt sie u.a. auch als eine Bewegung zum politisch-metaphysischen bzw. zum existenziellen Paradox hin, so wie es insbesondere *Clemens Heselhaus* in seinem Aufsatz *Das Kleistsche Paradox* aufgezeigt hat[7]. Eine wichtige denkbare Grund-Position in diesem kritischen Bewegungsbild wäre dann im übrigen tatsächlich das erste *Kleistsche* Bewegungsbild: Es drückt nämlich den Stellenwert der „Scheinharmonie" in damals gängigen *Leibnizschen* und *Rousseauschen* Kategorien (d.h. im Stil der Empfindsamkeit) aus, denen – und zwar im Sinne einer unmittelbaren Gegenposition verstanden – das zweite *Kleistsche* Bewegungsbild von seinem genuin *Kleistschen* Bewegungsbegriff her dezidiert widersprechen muß; und zwar verkörpert in einem raffiniert gesetzten Widerspiel der Diskurse, ferner auch in der künstlerischen Verwandlung von derlei Anekdoten ins Ästhetisch-Philosophische hinein, die in einem Feuilleton gewöhnlich nur als mehr oder minder banale „Ereignisse" aufgefaßt werden. Dabei sind die Anekdoten gleichsam die Basiselemente dieses kritischen Bewegungsbildes. So verstanden, treffen wir dann zuletzt immer auch auf den praktischen Ausdruck eines kritischen Bildes bzw. stoßen auf eine augenscheinlich gewordene Dokumentation einer Reihe von Rezeptionsvorgängen, denen *Kleist* ganz offensichtlich unterlag.

Im Zentrum der nunmehr folgenden Argumentationen stehen daher auch – und zwar im direkten Zusammenhang mit den bereits angesprochenen Kontrapositionen – erstmals gattungstheoretische Überlegungen, deren vordringlichstes Anliegen es sein muß, uns dieses Zusammenspiel der Bilder und Gegenbilder vom Paradigma „Bewegungsbild" her verständlich und glaubhaft zu machen.

Von diesen – ihrem tieferen Wesen nach also zunächst noch vorläufigen – Kontrapositionen (z.B. zwischen harmonischer und diskontinuierlicher Bewegung) her lassen sich dann anhand der Schlußpartien des Aufsatzes noch weitere, weitgehend *neue* poetologische Einsichten formulieren, für die es in unseren vorangegangenen Überlegungen noch keine engere Formulierung geben konnte. Sie betreffen vor allem die Frage nach dem Spiel der Gattungen, die hier ganz ausdrücklich als eine Frage nach der Bewegung der „Grazie" (und zwar im Sinne der drei Schlußepisoden des Marionettentheater-Aufsatzes)[8] gestellt wird.

Ausdrückliches Ziel der nun folgenden Gedankengänge zum Marionettentheater-Aufsatz muß es daher sein, insbesondere *diese* Frage erschöpfend zu beantworten. Denn in der Konklusion des Aufsatzes, so eine wichtige These diesbezüglich, zeigt sich ja zuletzt auch die literarische Pointe des Gedankengangs. Die literarische und die philosophische Pointe bilden im übrigen sogar eine – freilich oberflächlich kaum je wirklich sichtbare – Einheit. Sie drückt aus, daß der literarische nicht ohne den philosophischen, und – nicht minder wichtig – daß ferner der philosophische nicht ohne den literarischen Anspruch auskommen kann. Im Zuge dieser sehr speziellen Darstellung des im Aufsatz von *Kleist* selbst eher einheitlich entwickelten Darstellungszwecks, nähern wir uns dann auch dem argumentativen Zentrum des zweiten *Kleistschen* Bewegungsbildes an, das sich, jetzt literarisch betrachtet, vornehmlich in der *Konklusion des Aufsatzes* befindet.

Dieser Annäherungsprozeß und seine praktische Entwicklung setzen freilich die Einsicht in die Labilität und Unhaltbarkeit gewisser Parallelismen und Identitätspostulate (einschlägig philosophischer Provenienz) voraus, die *Kleist*, wie schon angedeutet, insbesondere in den Schlußpartien seines Marionettentheater-Aufsatzes aufzeigen will.

In dieser, freilich sehr speziellen Hinsicht lag ihm tatsächlich ein klar durchdachtes, argumentatives Ziel vor Augen, daß sich im übrigen auch in seinem dramatischen und erzählerischem Œuvre, freilich dort in eher unterschwelligen, überwiegend paradoxen Ausgestaltungen zeigt (Vgl. z.B. das Traumwandler-Motiv im *Prinz von Homburg*). Dieses Argumentationsziel *Kleists* kann daher selbst nur ein Paradox sein, und zwar in Art des Mottos des vorliegenden Kapitels. Allerdings soll hier späteren Untersuchungen noch nicht vorgegriffen werden, der Aufweis *dieser* These soll vielmehr erst in den folgenden beiden Kapiteln geleistet werden. Was nun aber *Kleists* Vorgangsweise, d.h. insbesondere die Entwicklung der Gedankengänge und Argumentationsformen selbst, betrifft, und zwar soferne sie die Darstellung des Bewegungsbildes betreffen, so ist bereits hier festzustellen, daß er nicht eigentlich eine strenge Abfolge von systematisch-philosophischen Argumenten gegen das *Leibnizsche* und *Rousseausche* Bewegungsbild entwickelt hat. Schließlich ist ja der Marionettentheater-Aufsatz keine genuin philosophische Arbeit, vielmehr steht, wie bereits erwähnt, der journalistische Anspruch im Vordergrund, ohne damit freilich die gedankliche Struktur des Diskurses an irgendeiner Stelle anzutasten; dies bewirkt zuletzt, daß die Konklusion des Aufsatzes auf eine eher bizarre ästhetische Theorie hinausläuft. Sowohl die Diachronie als auch die Synchronie der Darstellung der (in dieser Hinsicht) wichtigsten motivischen Konzeptionen werden ja – und zwar auch direkt vom äußeren Aufbau des Aufsatzes her – ständig durchbrochen, seine Argumentation entpuppt sich uns dann zuletzt auch in dieser Hinsicht als ein fragmentiertes, zutiefst paradoxes Spiel[9]; es will allein schon durch seine äußere Gestalt aufzeigen, was intern kritisiert werden soll. Über dieses Verhältnis von Form und Inhalt des Marionettentheater-Aufsatzes stellt *Clemens Heselhaus* in seinem Aufsatz *Das Kleistsche Paradox* folgendes fest:

> „Jedoch auch der Geist des Gesprächs geht aus seiner eigentümlichen Form hervor. Im Grunde genommen handelt es sich nämlich wieder um eine ‚allmähliche Verfertigung der Gedanken beim Reden', wobei der Tänzer seine Gedanken entwickelt, angestachelt durch das skeptische Dreinreden des Autors, der nicht etwa die Ansichten Kleists vertritt, sondern die des Lesers, der überredet werden soll. Infolgedessen nehmen die Ausführungen des Tänzers über das Marionettentheater den Charakter einer Argumentation an, die Unbewiesenes beweisbar machen soll. Wenn irgend tritt aus dieser Form der Argumentation der Geist des Ganzen unmittelbar hervor."[10]

Dieser – auch von uns im vorhergehenden bereits weitgehend zur Darstellung gebrachte – Aspekt ist, wie im folgenden noch näher zu zeigen sein wird, auch äußerst wichtig zur poetologischen Interpretation und Einordnung des Marionettentheater-Aufsatzes. Denn er erklärt das Auftreten von kritischen Diskontinuitäten und Fragmentationen *von der Form* des Aufsatzes her, die in dieser Hinsicht gleichsam auf den *Inhalt zurückwirkt*. Nicht minder wichtig ist dann die Tatsache, daß *Heselhaus* auf die, seiner Ansicht nach freilich nur vordergründig romantische Darstellungsform von *Kleists* Gespräch über die Marionette verweist, um in diesem Zusammenhang eine Gattungsbestimmung zu versuchen. *Kleist* hat also offenbar ein journalistisches Genre durch eine Romantisierung des Sujets zur Verwirklichung bringen wollen, hat aber zugleich an zahlreichen Stellen genau *dieses* Konzept durchbrochen, kritisiert und paradox gemacht – und zwar durchaus auch in der dezidierten Absicht, die Romantiker bloßzustellen. Dies könnte aber, jetzt vom genauen Gegenteil her verstanden, auch bedeuten, daß er dem romantischen Darstellungsimpetus à la *Friedrich Schlegel* eine praktische, d.h. journalistische Gestalt verleihen wollte. Ohne hier schon in den Details vorgreifen zu wollen, wird sich uns freilich im Zuge unserer Argumentationen zuletzt ganz deutlich zeigen, daß dem nicht so ist. Vielmehr sind die Diskontinuitäten, die uns *Kleist* mit seinem zweiten, d.h. kritischen Bewegungsbild aufzeigen will, Formen einer existenziellen[11] und in gewissem Sinne auch ethisch-moralischen Romantikkritik, die in ihrem Kern von einem technischen (und nicht etwa von einem einschlägig ethisch-ästhetischen) Gedanken ausgeht. Doch im Gesamtzusammenhang bleibt *diese* Art der Umschreibung einer Kritik des klassischen bzw. romantischen Subjekts, was ihre motivische Gestaltung betrifft, zunächst noch eher im Hintergrund, ist also nur sehr unterschwellig bemerkbar. Von ihr her werden dann aber auch strukturale Gemeinsamkeiten zwischen dem romantischen und klassischen Bewußtseinsbegriff einsichtig, die *Kleist* bei der Abfassung seines Aufsatzes voraussetzte.

Wichtiger für die nun folgenden Argumentationen ist allerdings der systematische bzw. der sachliche Aspekt dieser Kritik, die sich sowohl gegen die einseitigen Bewußtseinstheorien der Frühromantiker als auch, wie im folgenden noch näher zu zeigen ist, gegen das klassische Formenbewußtsein *Goethes* richtet. Dieser Aspekt – und dies verbindet ihn noch direkt mit der (rationalistischen) Betrachtungsebene des ersten *Kleistschen* Bewegungsbildes – ist ein technischer, d.h. damit in einem gewissem Sinne auch *ein* mögliches Modell der „Technik-Bewertung" (und zwar im Zusammenhang mit einer Spiel-Praxis bzw. mit einer Spiel-Technik), die einen ästhetisch-ethischen Anspruch erheben will. In diesem Sinne hat *Kleist* seinen Lesern auch, wie bereits ausführlich erörtert, ein Modell der poetisch-physikalischen Simulation dargelegt, die auf das Existenzielle, das sich ja von seinem tieferen Verständnis her nicht direkt ansprechen läßt, hinausgreifen will – und zwar indirekt, d.h. im Rahmen einer erzählerischen bzw. dramatischen Gattungsbildung. Diese Simulation läßt sich durch den bemerkenswerten Versuch charakterisieren, für ethisch-ästhetische „Bewegungen" jeweils, und zwar als Analogon**,** eine korrespondierende, naturwissenschaftlich bzw. technisch beschreibbare Bewegung aufzufinden (z.B. die Bewegung des Schwerpunkts der Marionetten-Puppe, die ja, freilich nur im Sinne einer Analogie, durch einen mathematischen Graphen, z.B. durch Logarithmusfunktionen, angenähert werden kann). Für *Kleist* ist damit das Subjekt – und dies ist der Kern seines kritischen Ansatzes im Aufsatz – nicht mehr eigentlich Sensibilität im romantischen Sinne eines Gefühls, sondern vielmehr eine weitgehend anonyme, unbewußte bzw. traumwandlerische Bewegung durch ein rein technisches Medium, das sich aller vordergründigen Reflexionsbereitschaft par excellence entziehen muß. Sein Begriff „Gefühl" zeigt sich uns daher als tacit knowledge, was zugleich auch bedeutet, daß er mit dem frühromantischen Beschreibungsmodell eines sich stetig potenzierenden Reflexionsmediums, das zuletzt zur intellektuellen Anschauung eines Absoluten gelangen will[12], nicht mehr erfaßt werden kann..

Diese Bewegung kann dann aber zuletzt nur als *eine* von vielen möglichen Approximationen eines im übrigen weitgehend undifferenzierbaren Bewußtseinsprozesses verstanden werden, der damit freilich auch nicht mehr eigentlich, d.h. im üblichen Sinn – als dramatischer bzw. erzählerischer Gehalt – greifbar sein kann, sondern der in einem strengen Sinne des Wortes selbst diskontinuierliches bzw. fragmentiertes, ja eigentlich sogar somnambules Bewegungsbild ist[13]. Dazu – als Beispiel – die wichtige Stelle im 1.Akt/1.Szene von *Kleists* Drama *Prinz Friedrich von Homburg*, die wir im folgenden etwas eingehender diskutieren wollen. Sie beruht tatsächlich auf einem Basis-Motiv, das den von uns angesprochenen Übergang vom kontinuierlichen zum diskontinuierlichen Bewegungsbild aufzeigen kann. Die Reiterei ist eben aufgesessen, um in die Schlacht von Fehrbellin zu reiten, da richtet der General Hohenzollern die folgenden, für einen militärischen Befehlshaber mehr als paradoxen Worte an den Kurfürsten[14]:

> „Als ein Nachtwandler, schau auf jener Bank,/ Wohin, im Schlaf, wie du nie glauben wolltest, /Der Mondschein ihn gelockt, beschäftiget,/Sich träumend, seiner eignen Nachwelt gleich, /Den prächt/gen Kranz des Ruhmes einzuwinden."[15]

Wir treffen also hier tatsächlich auf eine Diskontinuität in der dramatischen Entwicklung (eines militärischen Sujets), die rein äußerlich dem historischen Kontinuum des Dramas radikal widerspricht, indem sie – und zwar gleich zu Beginn des Dramas – eine Diskontinuität, ja einen konstruktiven Widerspruch im Aufbau der Handlung aufwirft, um von ihm aus das Drama zu entfalten. *Kleist* charakterisiert diesen Bruch, der ja im Kontext seiner dramatischen Entwicklung des Sujets sowohl formal als auch inhaltlich gültig ist, durch das Motiv des Traums bzw., genauer formuliert, durch die schlafwandlerische Divination des Ruhms durch den Prinzen[16]; er bedient sich dabei eines Phänomenkomplexes im Rahmen seines dramatischen Bewegungsbilds, den wir so, wie bereits angesprochen, auch vom romantischen Naturphilosophen *Gotthilf Heinrich Schubert* her kennen, der sich ja insbesondere mit dem Phänomen des Somnambulismus beschäftigte; hierbei handelte es sich im übrigen – und zwar direkt im Zusammenhang mit dem sogenannten „tierischen Magnetismus" des Württembergischen Arztes *Franz Anton Mesmer* (1753-1815) – um eine ausgesprochene Modeerscheinung der damaligen Zeit, die sich in zahlreichen – nicht immer nur einschlägigen Werken zu Themen der Medizin und Psychologie – nachweisen läßt. *Gotthilf Heinrich Schubert* publizierte 1808 ein eher populäres und deswegen auch vielrezipiertes Werk mit dem Titel: *Ansichten von der Nachtseite der Naturwissenschaft*, das *Kleist* mit Sicherheit kannte, und das in manchem der – freilich erst nach *Kleists* Tod, 1812, erstveröffentlichten – *Psychologie Carl August Eschenmayers* gleicht (im übrigen war ja auch *Eschenmayer* ein bedeutender Schüler *Schellings*); freilich erreicht aber *Schuberts* Versuch kaum je wirklich das hohe Reflexions-Niveau *Eschenmayers*.

Der wichtigste Ausgangspunkt in diesen durch und durch romantischen Psychologie-Büchern ist der naturphilosophische Ansatz *Schellings*, und zwar insbesondere die sogenannte „Potenzen-Lehre". Dabei bringt der Begriff „Potenz" jeweils einen *genau* bestimmten Steigerungs-Grad des Bewußtseins zum Ausdruck. Die Potenzen-Reihe ist daher so etwas wie ein intellektuelles Bewegungsbild, das zeigt, wie das Bewußtsein – über die organische Natur hinweg – aus der anorganischen letztendlich zur Bewußtwerdung hin aufsteigt; von diesem speziellen Darstellungsinteresse her wird z.B. die „Seele" vom *Schelling*-Schüler *Carl August Eschenmayer* als „unendliche Potenz"[17] bezeichnet, sie ist also im Prinzip so etwas wie ein „unbewußtes" Bewußtsein, dessen Brennpunkt dann aber gleichsam das Bewußtsein im üblichen bzw. traditionellen Verständnis ist. Obwohl rein äußerlich einer Ohnmacht gleichend, verläßt das Bewußtsein in dieser Potenz keinesfalls die Welt, sondern konstruiert sie vielmehr von der höchsten Konzentration her, entwirft sie also gleichsam wie im Schlaf – freilich ohne dabei in irgend eine Exaltation oder Ekstase zu verfallen. Rein äußerlich zeigt sich zwar ein Bruch in der intellektuellen Bewegung, innerlich geht aber die konzentrierteste Bewegung in Art einer visionären Schau der Ziele und Abläufe vor sich. Nach einer solchen Vision, so *Kleists* dramatische Konzeption, führt der Prinz von Homburg in der Schlacht gegen die Schweden (bei Fehrbellin) den endgültigen Sieg herbei – und zwar gerade durch seinen befehlswidrigen Coup, der daher auch der pointierteste Ausdruck einer diskontinuierlich angelegten, radikal komprimierten Bewegung zum Erfolg hin ist.

Eschenmayer rechnet diese Gruppe von Bewußtseinserscheinungen – die er freilich nach heutigem Verständnis außerordentlich überbewertet – zu den Phänomenen des *Mesmerismus* bzw. des „tierischen Magnetismus" in seiner

„höchsten Progression“[18]. Die Kernthese ist dabei, daß es sich, jetzt inhaltlich gesehen, insgesamt um Mesmerische Phänomene handelt, die, entsprechend der Grund-Konzeption *Franz Anton Mesmers* vom tierischen Magnetismus allesamt zwischen Elektrizität und Magnetismus angesiedelt sind. Der Prinz wird also in seinem Traum gleichsam zur Handlungsbereitschaft „magnetisiert“ bzw. „elektrisiert“.

Zunehmend begriff man nämlich damals bereits, und zwar insbesondere in der engeren *Schelling*-Schule, die grundlegenden Korrespondenzen zwischen elektrischen und magnetischen Feldern[19], sah ferner die Elektrizität – und zwar konsequent im Sinne der Experimente des Bologneser Physikers *Luigi Galvani* – als *die* entscheidende Lebenskraft an. Daß *Kleist* das genannte Werk *Schuberts* kannte liegt – bei seinem Interesse für die Elektrizität im Speziellen, und für die Somnambulie im Allgemeinen –, wie schon gesagt, auf der Hand, das zeigt nicht zuletzt die Konzeption des *Prinz von Homburg*. Dennoch gibt es – trotz der äußerlichen Übereinstimmung des motivischen Gebrauchs – einen entscheidenden Unterschied zu den Ansätzen einer romantischen Naturphilosophie, den wir freilich erst in den folgenden Kapiteln genauer aufzuzeigen haben. Während nämlich die Romantiker (z.B. *E.T.A. Hoffmann*) in den Phänomenen des Mesmerismus den pointiertesten Ausdruck der Progression der *Schellingschen* Potenzen sahen, sah *Kleist* in ihnen demgegenüber dramatische und erzählerische Diskontinuitäten, die alle Reihenbildungen in der alltäglichen Welt radikal und vor allem auch notwendigerweise durchbrechen und damit zuletzt Räume schaffen, die in keiner direkten Verbindung mehr zu „ihren“ Ausgangs-Positionen stehen können. *Mitten in* der praktischen Welt gibt es also Positionen, wie im folgenden noch deutlich gezeigt wird, die ohne jeden Bezug zur in ihnen ablaufenden Handlung stehen, und trotzdem der höchste Ausdruck der „Grazie“ sind, der in diesem Zusammenhang möglich ist. Dieses Darstellungsinteresse *Kleists* appelliert daher zuletzt nicht mehr an irgendwelche kontinuierliche Feld-Begriffe (z.B. im Sinne des magnetischen bzw. elektrostatischen Feldes), sondern sucht vielmehr nach poetisch-physikalischen Gleichnissen, die den Bruch radikal und konsequent sichtbar machen, der im übrigen dann fester und unwegdenkbarer Bestandteil des Bewegungsbildes bleibt. Sowohl der innere als auch der äußere Aufbau von Erzählungen und Dramen werden also, so verstanden, von Bruchlinien durchquert, die erhebliche konstitutive Bedeutung erlangen. Sie bilden zugleich – und zwar im Sinne des Annäherungs-Motivs[20] des Marionettentheater-Aufsatzes – Übergänge zwischen dem ersten und dem zweiten *Kleistschen* Bewegungsbild aus.

Dennoch finden aber die wesentlichen Diskontinuitäten des äußeren Aufbaus in der Konklusion des Aufsatzes – und dies gilt über alle paradoxen Baupläne hinweg – zuletzt doch noch zu einer weitgehend in sich geschlossenen, griffigen bzw. logisch stringenten Darstellung, die auf drei grundlegenden Basis-Motiven beruht, und die uns schließlich auch auf eine – alle wesentlichen Motive des Aufsatzes umfassende – systematisch-kritische Konklusion hinführt[21]. Sie sind also nicht wirklich das letzte Wort der jeweiligen dramatischen und erzählerischen Entwicklung. Alle Motive, die Brüche aufzeigen, zeigen nach einer Kehrtwendung sofort auch mögliche Versöhnungen des Bruchs an, ohne freilich den Bruch in Frage zu stellen; beide Komponenten dieses einen Bewegungsbildes sind daher in ihrer Einzelgeltung schwer verständlich und erzeugen im Zusammenhang mit der Interpretation der Texte sachliche Paradoxe, zumal sie ja stets auch naturwissenschaftliche (d.h. mathematische bzw. physikalische) Kenntnisse voraussetzen, die dann zuletzt häufig sinnwidrig aufeinander angewendet werden. Gehen wir nun im folgenden auf die wichtigsten Beispiele derartiger poetisch-physikalischer Motivgruppen ein, so wie sie sich im Marionettentheater-Aufsatz – jeweils als Übergangsmotive – vorfinden lassen.

Es handelt sich dabei, erstens, um das *Geradenbeispiel*, ferner, zweitens, um das *Spiegelbeispiel*, und schließlich, drittens, um das *Zirkelgleichnis*. Alle diese Basis-Motive finden sich in ein und demselben Satz:

> „Doch so, wie sich der Durchschnitt zweier Linien, auf der einen Seite eines Punkts, nach dem Durchgang durch das Unendliche plötzlich wieder auf der andern Seite einfindet, oder das Bild des Hohlspiegels, nachdem es sich in das Unendliche entfernt hat, plötzlich wieder dicht vor uns tritt: so findet sich auch, wenn die Erkenntnis gleichsam durch ein Unendliches gegangen ist, die Grazie wieder ein;"[22]

Das *Geradenbeispiel* zeigt sich dabei in der Formulierung: *„[...]wie sich der Durchschnitt zweier Linien [....]"*, das *Spiegelbeispiel* dagegen in der folgenden Wendung: *„[...] oder das Bild des Hohlspiegels, nachdem es sich in das Unendliche entfernt hat[...]"* und schließlich finden wir das *Zirkelgleichnis* in der die beiden vorhergehenden Motive umschließenden Konstruktion: *„[...]so findet sich auch, wenn die Erkenntnis gleichsam durch ein Unendliches gegangen ist, die Grazie wieder ein[...]"*. Das Zirkelgleichnis enthält seinerseits noch zwei nähere inhaltliche Bestimmungen: In ihm ist nämlich zum einen von der „Erkenntnis" und zum anderen von der Bewegung der „Grazie" die Rede. *Kleist* postuliert hier ausdrücklich die Einheit beider inhaltlichen Motive. Bewegung und Imagination finden also in der „Grazie" – d.h. mithin im pointiertesten Ausdruck eines zweiten Bewegungsbilds – eine unauftrennbare Einheit.

8.2 Episoden einer poetisch-physikalischen Kritik am Leibnizschen und Rousseauschen Bewegungsbild

Diese drei wesentlichen Beispiele bzw. Gleichnisse konstituieren nun insgesamt den intellektuellen Rahmen des zweiten *Kleistschen Bewegungsbildes*, von dem her sich, wie im folgenden zu zeigen sein wird, recht gut die Abfolge von einigen wichtigen Argumenten und Episoden im Aufsatz erschließen und interpretieren läßt. Nur sie stehen also – darüber hinaus – einer theoretischen Diskussion zur Verfügung, bilden also damit auch zentrale Inhalte, die sich, so unsere Ausgangsthese hier, *streng* von der dialogischen Rahmensituation, und damit nicht zuletzt auch von der Episoden-Strukturierung, abtrennen lassen. Zu diesen drei Motiven gehören aber – und zwar vorausgehend – *zwei* wichtige Episoden des Aufsatzes, die direkt am ersten *Kleistschen* Bewegungsbild Kritik üben, und zwar handelt es sich dabei um die „Fechterepisode“[23] und um die „Bärenkampfepisode“[24] (die sich sinngemäß noch mit der Essenz des Kurzprosastücks *Von der Überlegung. Eine Paradoxe* – als Motto zum vorliegenden Kapitel wiedergegeben – in Verbindung bringen läßt). Beide Episoden drücken, und dies ist jeweils die wichtigste Pointe, ein und dasselbe Moment der Diskontinuität aus, das sich jeweils selbstkritisch gegen die von *Kleist* rezipierten kontinuierlichen Bewegungsbilder, so wie wir sie von *Leibniz* und *Rousseau* kennen, richtet. Die Positionierung beider Episoden am Schluß des Aufsatzes ist nun hauptsächlich von dieser Pointe her begründet, sie ist damit auch das entscheidende Konstituens des zweiten *Kleistschen* Bewegungsbildes. Zunächst nun der Kern der *Fechterepisode*:

> „ Wir fochten; doch es traf sich, daß ich ihm überlegen war; Leidenschaft kam dazu, ihn zu verwirren; fast jeder Stoß, den ich führte, traf, und sein Rapier flog zuletzt in den Winkel.“[25]

Weiters soll auch das wichtigste Moment der *Bärenepisode* hervorgehoben werden:

> „Nicht bloß, daß der Bär, wie der erste Fechter der Welt, alle meine Stöße parierte; auf Finten (was ihm kein Fechter der Welt nachmacht) ging er gar nicht einmal ein:[...]“[26]

In der Bärenkampfepisode legt *Kleist* u.a. auch eine sehr wichtige Inkompabilität dar (und zwar bezüglich des Ausdrucksmediums und der Art des Ereignisses), die im wesentlichen geradeweg darin besteht, daß sich der Fechter und der Bär während ihres Kampfes – trotz der raumzeitlichen Synchronizität des Kampfgeschehens – nicht eigentlich im selben Kontinuum befinden; so läßt sich ja nicht wirklich eine Parallelität der einzelnen Aktionen (Bewegungselemente) des Kampfes aufzeigen; die Pointe der Episode besteht vielmehr darin, daß im integralen Kampfgeschehen nur eine scheinbare Einheit von Raum und Zeit vorliegt, während in Wirklichkeit der Kampf in zwei Welten (d.h., um mit der Konklusion des Aufsatzes zu sprechen, im Unendlichen) stattfindet; es gibt keine aufeinander abgestimmten Finten, vielmehr antwortet der Bär auf ein ihm unverständliches Verhalten seinerseits durch ein Verteidigungsverhalten, welches wiederum dem Fechter unverständlich bleiben muß. Die Grazie des Kampfes liegt gleichsam in einer Fluchtperspektive: Das entscheidende Moment des Kampfes ist daher eine Diskontinuität, die sich sowohl auf die Bewegung als auch auf das Bewegungsbild selbst bezieht. *Kleist* formuliert dies so:

> „Aug in Auge, als ob er meine Seele darin lesen könnte, stand er, die Tatze schlagfertig erhoben, und wenn meine Stöße nicht ernsthaft gemeint waren, so rührte er sich nicht.“[27]

Kleists poetische Kritik am *Leibniz-Rousseauschen* Parallelismus der Bewegungselemente *im* Bewegungsbild (also seine Kritik am Konzept einer vis motrix, die in jedem Augenblick mit der Seele des Tänzers übereinstimmt) gründet, soviel sei schon hier vorweggenommen, vornehmlich in der bemerkenswerten Einsicht (gründet mithin also in der tacit knowledge), daß es sich bei diesem Parallelismus in Wirklichkeit freilich nur um den *Schein* einer Synchronizität handelt. Denn die Menschen sind ja gar nicht imstande, das Geschehen anders als eben von diesem Schein her zu interpretieren. Er spricht: „*Aug in Auge, als ob er meine Seele darin lesen könnte [...]*“ hätte der Bär auf die Finte gewartet. *Kleist* zufolge läßt sich also sein Handeln zunächst nur *anthropomorph* interpretieren, was freilich zuletzt nicht bedeuten muß, daß es tatsächlich anthropomorph angelegt ist. Es wird sich uns nämlich zuletzt zeigen – und zwar gleichsam als Pointe, die *Kleist* seinen Lesern gibt, daß es ein tieferes Gefühl[28] – jenseits von aller anthropomorphen Gewißheit – gibt, von dem her die Handlungsweisen von Bär und Fechter zuletzt doch wieder in ein einheitliches Kontinuum gelangen[29]: Dies ist nun, soviel schon hier, die Essenz des bereits angesprochenen Zirkelgleichnisses, das daher eigentlich auf die Konstitution einer tacit knowledge hinausläuft. Das Zirkelgleichnis liegt also strukturell – bzw. poetologisch verstanden – schon als *notwendige* Bedingung in der Bärenepisode beschlossen, ja *ist* sogar der inhaltliche Kern dieses Gleichnisses, und wird daher sinngemäß von *Kleist* auch direkt angesprochen bzw. im Dialog stark hervorgehoben. Von dieser zentralen Position her richtet sich das Zirkelgleichnis schließlich noch gegen das statische Bild eines Bewußtseins, dessen einziges Steuerzentrum das Subjekt ist. Das Gleichnis führt uns daher zuletzt notwendigerweise auch auf eine *neue* Deutung des Bewegungsbildes, die, jetzt systematisch gesprochen, nicht mehr zur Gänze als eine Bewußtseinstheorie bezeichnet werden darf, die vielmehr – und zwar durchaus in einem strengen Sinn – als ein *metaphysisches* Postulat verstanden werden muß (und zwar in Hinsicht auf die sogenannten Zirkelgleichnisse im Marionettentheater-Aufsatz – über sie wird im folgenden noch ausführlicher zu berichten sein) .

8.3 Synthesis und Kontinuität: Die List des Spielers als Spielkonzept

> „*[...] danach stieß ich auch auf den Begriff ‚Schwerpunkt der Bewegung', der mir, obwohl seltsam formuliert, sogleich das unaufhörliche Bemühen des Marionettenmechanikers exakt umschrieb, der bestimmte Bewegungsabläufe in seine Figur hineinlisten will [...]*“
>
> *Wolfgang Kurock*

Rekapitulieren wir in diesem Zusammenhang noch einmal – und zwar den momentan gegebenen Umständen entsprechend noch einmal ausführlicher – die spielstrategische Situation beim ersten *Kleistschen* Bewegungsbild mit Blick auf das eben konstituierte zweite Bewegungsbild – und zwar jetzt mit direktem Bezug auf die bereits erwähnten wichtigsten Text-Episoden, die ja – vordergründig gesehen – immer auch mehr oder minder *starre* strategische Positionen im Spiel zum Ausdruck bringen: Dem repräsentativen Moment des Textes liegt gedanklich zunächst einmal ein völlig in sich geschlossenes Kontinuum zugrunde, das *sowohl* Bewußtsein *als auch* Bewegung ist. Freilich ist damit nicht erklärt, *wie* Bewußtsein und Bewegung tatsächlich – d.h. in der Praxis des Marionettenspiels und vor allem auch im Sinne von *Kleists* Argumentationsfigur – zueinanderkommen können. Gestalt und Bewegung spielen dabei, wie bereits erörtert, zunächst einmal nur integrativ zusammen – und zwar einerseits im *Leibnizschen* Sinne (d.h. prästabiliert), und gleichzeitig aber auch im *Rousseauschen* Verständnis (d.h. als Übereinstimmung von göttlicher und natürlicher Bewegung): Die „Gestalt" (d.h. hier ganz speziell die „Grazie") ist dabei stets mehrdeutige Perspektive (zugänglich der *perception*), die Bewegung dagegen, wie bereits erörtert, *Leibniz'* Konzept eines harmonischen Parallelismus bzw. – sinngemäß von einer binnenmäßig angelegten Gegenüberstellung her – *Rousseaus* Konzept von der anmutigen Bewegung, wie im vierten Buch des *Emile* dargelegt. Es stellt sich nun die – für die folgenden Überlegungen hinsichtlich einer prägnanten Abgrenzung bedeutsame – Frage, ob sich dahingehend das Zirkelgleichnis (als repräsentativer Übergang zum zweiten Bewegungsbild) auch im Kontext des ersten *Kleistschen* Bewegungsbildes denken ließe? Anders formuliert – d.h. jetzt bereits von *Kleists* Kritik am ersten Bewegungsbild her verstanden – stellt sich diese Frage dann aber auch so: *Was bedeutet in diesem speziellen Zusammenhang Kleists Konzept von der „allmählichen Verfertigung"*? Oder noch einmal anders formuliert, wie kommt zuletzt der Aspekt der Imagination bzw. der schöpferischen Arbeit des Spielers im Marionettententheater doch noch zum Tragen, wo doch *Kleist* die Gesprächspartner zunächst einmal bloß starre Kontrapositionen aufzeigen läßt? Eine vorläufige Antwort zur ersten Version dieser Fragestellung könnte nun indessen sein, daß es sich beim ersten *Kleistschen* Bewegungsbild um einen Feed-back-Prozeß handle, der *alle* jene für Menschen denkbaren Bewegungen zuletzt in anthropomorphe Lernprozesse umformt (und steigert), die sich jeweils in einem hermetisch abgeschlossenen, menschlichen Kontinuum abspielen, das weder rein Göttliches noch rein Materielles kennt. Grundlage dieses Zusammenspiels ist daher notwendigerweise auch ein strenger Parallelismus à la *Leibniz* bzw. ein Identitätspostulat von Natur und Gott à la *Rousseau* – und zwar in einem strengen Sinne als Interpretament verstanden. Freilich genügt dieser Feedback-Prozeß in einem wichtigen Punkt *nicht* dem Anspruch des authentischen Zirkelgleichnisses, so wie es sich uns im Aufsatz selbst an *drei*[30] Stellen darbietet: In einem völlig stetigen, mechanischen Kontinuum gibt es nämlich weder irgendwelche Diskontinuitäten, noch finden sich in ihm irgendwelche spezielle Singularitäten (d.h. Stellen eines „Absturzes" der Bewegung ins Unendliche oder ins Nichts). Das Steuerzentrum wird ja immer im Sinne einer prästablierten Harmonie, d.h. kontinuierlich bewegt. In seiner Mitte finden wir die dynamische Einbildungskraft, die wie von einem Kontinuum her wirksam wird. Es gibt also einen strengen Parallelismus der Bewegungen (und Wege), der der Einstellung einer Pendel-Uhr gleicht. Obwohl das Bewegungsbild im Prinzip *Störungen* kennt (sogenannte „Hemmungen"), so doch nur augenblicklich wirksame, deren Wirkung von relativ genau erfaßbaren Inhibierenden ausgeht. Die reine, d.h. hier die mechanische Bewegung, besitzt daher in ihrer unmittelbaren Nachbarschaft Störungsquellen, die im wesentlichen nur punktuell wirksam werden. Sie gehen von einander konkurrierenden Bewegungen aus, die ihrerseits von einer geschulten Einbildungskraft her wirksam werden; diese selbst lebt wiederum von der Konkurrenz der Bewegungen. Das Ziel ist zuletzt, sie abzuschätzen und zu beherrschen. So verstanden ist hier also – freilich indirekt – die Konzeption einer „physischen Monade" des vorkritischen *Kant* angesprochen:

> „Die Monade bestimmt den kleinen Raum ihrer Gegenwart nicht durch eine Mehrzahl ihrer substantiellen Teile, sondern durch eine Sphäre der Wirksamkeit, durch die sie die äußeren, die ihr auf zwei Seiten gegenwärtig sind, von einer weiteren Annäherung aneinander abhält."[31]

Das Spiel der Marionette beansprucht – so gesehen – seinen klar definierten Wirkungsraum, in ihm spielen Imagination und Mechanismus zusammen, als handelte es sich um das Spiel beseelter Maschinen, die einem um sie aufgebauten Potential-Feld unterliegen. Immer steht *ein* genau definiertes Koordinations-Zentrum (z.B. die mit der Bewegungs-Motorik harmonisch zusammenspielende Einbildungskraft) *zwischen* den Kraftquellen und behindert deren Zusammenfall. Im Falle der Marionette verhindert die physische Monade des Spielers auch den ungebremsten Fall der mechanisch gegliederten Puppe, indem sie sich selbst gleichsam als gegensteuernde Wirkung wirksam macht; sie wird dabei zum Steuerzentrum, das der Marionette – neben der eigentlichen Bewegung – auch eine Seele (als *„Weg der Seele des Tänzers"*) verleiht; dieses Zusammenspiel von Seele und Bewegung ereignet sich – und zwar völlig parallel – in einem absoluten Spielraum, der durch das Spiel aufgespannt wird – zu ihm gibt es keine Alternative (z.B. in Gestalt von „allmählichen" Annäherungsbewegungen). Auf ihn bezogen agiert die Marionette, als wäre ihre Bewegung stets auf einen mechanischen und einen „psychologischen" Schwerpunkt hin zentriert. Der Zusammenfall dieser beiden Schwerpunkte ist freilich nur Schein. *Kleist* betont im übrigen diesbezüglich die Wichtigkeit des mechanischen Schwerpunkts. Diesen wichtigen Sachverhalt, der ja das erste *Kleistsche* Bewegungsbild vollständig charakterisiert, umreißt der Marionettist *Wolfgang Kurock* auf folgende Weise:

> „Merkwürdig mutet jedoch Kleists Formulierung vom ‚Weg der Seele des Tänzers' an, der identisch sein soll mit der Bewegung des Schwerpunktes der Figur, und daß der Maschinist sich selbst in diesen Schwerpunkt der Tanzmarionette versetzen, d.h. selber tanzen müsse."[32]

Die Bewegung der Marionette ist daher, so verstanden, auch Bewegungsbild – und zwar im Sinne einer Übereinstimmung der beiden Bewegungselemente, die zueinander in einer – merkwürdigerweise freilich steuerbaren – Opposition stehen:

> „Und sofort danach stieß ich auch auf den Begriff ‚Schwerpunkt der Bewegung', der mir, obwohl seltsam formuliert, sogleich das unaufhörliche Bemühen des

> Marionettenmechanikers exakt umschrieb, der bestimmte Bewegungsabläufe in seine Figur *hineinlisten* (Hervorheb. d.d. Verf.) will [...]"[33]

Die Bewegung und die Imagination der Bewegung sind also im ersten Bewegungsbild, folgt man *Kleists* Sicht der Dinge in diesem Punkt konsequent, *ganz streng* zu trennen. Dabei ist es die Aufgabe der Imagination, die Bewegungsverläufe in das Spiel von mechanischen Puppen „hineinzulisten", somit also die Puppe sozusagen zu überlisten, um auf diese Weise das Gesetz der Bewegung dem der Vernunft anzupassen – und zwar so spontan wie möglich, damit das Spiel nicht etwaiger Verzögerungen wegen tölpelhaft und schwerfällig wird. Freilich spricht *Kleist* nicht vom Zwang zur Überlistung, auch gibt es keine direkte Kritik gegen diese Disposition; sie erfolgt vielmehr wiederum nur indirekt – und zwar in Form der motivischen Gliederung jener – hinsichtlich der Argumentationsform sehr fragmentierten – Text-Passagen. Die Sache mit dem „Hineinlisten" von Bewegungsabläufen erschließt nämlich den Gesprächsspartnern eine neue, eher unstabile Region des Bewegungsablaufs, verkörpert durch das bereits angesprochene Motiv von der Annäherung. Die Bewegungsfunktion wird also – jetzt von der Seite der Imagination her verstanden – eine Annäherungskurve an das Geschehen und nicht mehr strenger, funktionaler Ausdruck des Zusammenspiels von Spiel-Mechanismus und Spieler-Imagination. Es handelt sich bei der „realen" Bewegung, wie *Kleist* im Rahmen dieser Episode bereits andeutet, folglich um zwei autonome Ereignisse, und zwar durchaus im Sinne der Auffassung von Gestalt und Bewegung in *Kants Monadologia physica*. Dennoch gibt es keine metaphysische Vermittlung mehr zwischen Gestalt und Bewegung sondern es bleibt vielmehr zunächst weitgehend unklar, *wie* das Spiel als Zusammenspiel von Komponenten abläuft. Die „Grazie" ist dann, so wie dies ja auch *Wolfgang Kurock* – freilich gänzlich in praktischer Hinsicht – sieht, das „Hineinlisten" eines Bewegungsablaufes in ein bewegtes materielles System von Schwerpunkten[34] – ist also mithin reflektiertes Bewegungsbild, das von einem ständig wirksamen Parallelismus aller involvierten Bewegungen herrührt, der freilich nur eine Sache der Interpretation – und nicht etwa die Realität – ist. In diesem Zusammenhang ist die Konkurrenz der Bewegungsabläufe (also das Geschehen *Reflexion versus spontan-motorische Bewegung*) nunmehr im Zentrum der Überlegungen. Es gibt damit zuletzt zwei konkurrierende Positionen: Die *erste Position* besagt dabei: In Wirklichkeit läuft alles harmonisch ab, und läßt sich prinzipiell in unendlich viele genau erfaßbare Einstellungen (Perspektiven) zerlegen. Damit ist die Argumentation des Ich-Erzählers im Marionettentheater-Aufsatz auf den Punkt gebracht. Die Reflexion stellt dabei den Anteil der stets kompatiblen dramaturgischen Eingriffe. Die *zweite Position* besagt demgegenüber: Es gibt eine Konkurrenz zwischen Bewegung und Imagination der Bewegung, die im Sinne der ersten Position lediglich harmonisierend interpretiert werden kann. Diese These vertritt überwiegend der Gesprächspartner „Herr C." In Wirklichkeit muß der Marionettenspieler aber seine Puppe „überlisten", um nicht Opfer ihrer Eigendynamik zu werden.

Das erste *Kleistsche* Bewegungsbild zeigt (bzw. interpretiert) dieses Zusammenspiel (und damit den ständigen Wandel der Perspektiven) als harmonisches Ganzes – dies gilt dann sinngemäß auch für alle anderen integralen Phänomene, wie z.B. auch ausdrücklich für die „Grazie"; und zwar immer mit Blick auf eine Reihe von harmonischen Wahrnehmungs- und Erfahrungsverläufen, die von der menschlichen Praxis her – und damit stets anthropomorph – interpretiert werden sollten (wie es im Aufsatz ja vordergründig der Fall ist). Dieser Aspekt – er bezieht sich vorerst einmal, was den Text selbst betrifft, zentral auf die Episode vom Maschinisten – wird von *Kleist* im selben Atemzug sofort kritisch paraphrasiert, wenn es dann zuletzt heißt:

> „Ich erwiderte, daß man mir das Geschäft desselben als etwas ziemlich Geistloses vorgestellt hätte: etwa was das Drehen einer Kurbel sei, die eine Leier spielt. Keineswegs, antwortete er. Vielmehr verhalten sich die Bewegungen seiner Finger zur Bewegung der daran befestigten Puppen ziemlich künstlich, etwa wie Zahlen zu ihren Logarithmen oder die Asymptote zur Hyperbel."[35]

Diese Kritik[36] bezieht sich nun also direkt auf das prästabilierte Zusammenspiel, so wie es im ersten Bewegungsbild vom Ich-Erzähler (im Marionettentheater-Aufsatz) zunächst einmal – im Sinne *Leibniz'* und *Rousseaus* – angenommen wird. „Herr C." antwortet auf diese wichtige Grundannahme des Ich-Erzählers, *„[...]daß man [ihm] das Geschäft desselben als etwas ziemlich Geistloses vorgestellt hätte[...]"* mit dem Beispiel der Asymptote einer Hyperbel bzw. mit dem Beispiel der asymptotischen *Annäherung* der negativen Y-Achse des cartesianischen Koordinatensystems an den benachbarten Ast der Logarithmusfunktion.

8.4 Das Motiv von der Annäherung an das Unnahbare

Im kritischen Postulat des Ich-Erzählers wird also das Marionettenspiel zunächst einmal als das Funktionieren einer (Kurbel-)Maschine begriffen, deren wichtigste Bestandteile die Spielerhand und die gespielte Puppe sind. Im Gleichnis von der *asymptotischen Annäherung* verbirgt sich dementgegen aber *Kleists* kritischer Vorbehalt gegen das momentane, perspektivische Zusammenspiel von Hand und Puppe als Spiel-Maschine bzw. als Automatismus (freilich gesteuert im Sinne eines vernunftmäßig agierenden Maschinisten, der auf die Maschine völlig abgestimmt ist). Spielen ist nun aber zugleich auch, d.h. mithin jetzt ausdrücklich von „Herrn Cs" kritischer Position her verstanden, „Annäherung" zweier elementarer Bewegungen aneinander. In Bezug auf den Text wird also zugleich systemimmanent argumentiert und kritisiert, wobei ein Argument jeweils in zwei Teilargumente (d.h. in eine These und eine Antithese) zerfällt; dabei ist in obigem Falle die These das bereits ausführlich erörterte Parallelismus-Argument, die Gegenthese dagegen die Konzeption von der „allmählichen Verfertigung" – ausgedrückt in zwei Gleichnissen von der Annäherung eines Funktionsgraphen an die Asymptote; bezogen auf diese Situation der Deutung – und nicht zuletzt mit Blick auf die dialogische Situation – der Spiel-Maschine bedeutet dies also:

die Hand und die Puppe verkörpern jeweils das momentane Gegenüber eines Koordinatensystems und einer in ihm verlaufenden Funktion (z.B. $f(x) = \log(x)$, wobei x die „Zahl" ist), die – wie in *Kleists* obigen Beispiel impliziert – niemals den Wert Null haben kann. Die Bewegung der Hand und die Bewegung der Puppe sind also immer nur annähernd aufeinander abgestimmt. Was für die Puppe gilt, gilt dann sinngemäß auch für die Sprache der beiden Gesprächspartner, die ihre Bewegung bzw. ihr Spiel auch nur „annähernd" interpretieren können. Die Vorstellung, daß also *ein* Bewegungselement das andere direkt steuert (bzw. im Sinne eines Feed-back-Prozesses eines dem anderen antwortet bzw. rück-antwortet), wird von „Herrn C" mit dem Hinweis zurückgewiesen, daß die Verhältnisse der Bewegungselemente zueinander dies par excellence nicht gestatten. Und zwar, wie gesagt, mit Bezug auf das Spiel *und* auf das Gespräch.

Noch ist damit aber freilich nicht behauptet, daß der unerreichbare Bild-Punkt der im Zitat angesprochenen Funktionen die zentrale Rolle im Bewegungsgeschehen spielt (und damit mithin das eigentliche Steuerzentrum ist). Diese Behauptung wird allerdings erst dann so richtig sinnenfällig, wenn es – und zwar einseitig – um die Interpretation des Spiels geht, das sich freilich zunächst noch, und zwar in allen Phasen und Etappen, als harmonisches Zusammenspiel *zeigt*.

Unser Begriff „Zeigen" meint hier – d.h. noch ganz speziell im Kontext des ersten Bewegungsbilds einer Spielmaschine – zunächst nur, daß die Spielmaschine und der sie betreibende Automatismus diese Phänomene in geordneten Abläufen (und zwar anhand einer strengen Gliederung der Wirkursachen) sichtbar machen. Die Interpretation ist daher gerade in dieser Hinsicht zunächst noch eine streng anthropomorph eingestellte Bewegungs-Analyse mit ästhetischen Prämissen. Dabei kommt die „Grazie" dem Bewegungsding (d.h. dem „Gliedermann") rein äußerlich zu und ist vor allem stets direkt erkennbar. Dies ist mithin auch der wichtigste Zweck des Spieles, der an den Zuschauer, zu seinem Genuß – aber auch zu seiner kritischen Würdigung – herangetragen wird. So gesehen, läßt sich das Spiel dann auch in strenger Hinsicht protokollieren, ihm entspricht mithin eine konsistente Sprache bzw. ihm entsprechen, und zwar im Verständnis des späten *Wittgenstein*[37], streng faßbare Sprachspiele, die nicht wiederum selbst dem Spiel unterworfen sind, sondern vielmehr das Spiel in der Kognition und sprachlichen Apperzeption – und zwar notwendigerweise – auf einer anderen Ebene fortsetzen. Das mit dieser streng harmonischen Konzeption in Verbindung stehende Sprachspiel läßt also zuletzt keine unerklärbaren Zonen des Spiels zu.

Was nun das Spiel selbst – und zwar jetzt mit direktem Blick auf ein intern verstandenes Spiel-Können bzw. auf die Spielpraxis – betrifft, so gibt es dann im zweiten *Kleistschen* Bewegungsbild allerdings kein derartiges, in sich geschlossenes Spiel-Kontinuum mehr; vielmehr liegt der Spielpraxis jetzt ein Annäherungsprozeß (an ein eigentlich Unnahbares) zugrunde, der im deutenden Diskurs jedoch weiterhin *so* entwickelt wird, als handelte es sich um ein in sich hermetisch abgeschlossenes Spiel-Kontinuum. Mit dieser kritischen Wendung im Diskurs der beiden Gesprächspartner hat *Kleist* also – freilich zunächst noch eher unterschwellig – eine neue Betrachtungsebene in den Marionettentheater-Aufsatz eingeführt, die ganz offensichtlich in kritischer Kontraposition zum ersten *Kleistschen* Bewegungsbild steht, und die im übrigen auch ausdrücklich ein neues Deutungsmuster ist, das – über die augenblickliche Gesprächssituation hinaus – auch weiterhin allgemeingültig und damit als eine feste Schicht des Aufsatzes wirksam bleibt. Diese Wendung im Gespräch macht dann zuletzt auch noch die Einführung eines neuen Konzepts von der „Grazie" notwendig. *Kleist* selbst formuliert diesen Übergang von der „Grazie" des ersten Bewegungsbildes zur präsumptiven Konzeption einer „Grazie" auf Ebene des zweiten Bewegungsbildes, wie folgt: *„Denn sie wäre nichts anders, als der Weg der Seele des Tänzers; und er zweifle, daß sie anders gefunden werden könne, als dadurch, daß sich der Maschinist in den Schwerpunkt der Marionette versetzt, d.h. mit anderen Worten, tanzt.*"[38] In dieser Formulierung finden wir also beide zuvor angesprochenen Konzeptionen (des ersten Bewegungsbildes) in *einem* gedanklichen Bogen, der zugleich das kritische Modell, das *Kleist* dem Herrn C. in den Mund legt, zum Ausdruck bringen will: Einmal handelt es sich um das Gleichnis vom *„Weg der Seele des Tänzers*"; der Weg der Seele ist in diesem Zusammenhang eindeutig auch der Weg des Spiels, so wie er von seiten der mechanischen Interpretation (einer Spiel-Linie) offenkundig wird; die Notwendigkeit, daß sich der Spieler in den Schwerpunkt der Marionette zu versetzen habe, eröffnet dagegen den bereits angesprochenen Komplex der approximativen Bewegung, der nun aber einer *ganz anderen* Wirklichkeit angehört, und den *Kleist* – und zwar ausdrücklich im Rahmen seiner ästhetischen Theorie – als *kritisches Modell* einsetzt. Tatsächlich unterscheidet *Kleist* in dieser Hinsicht, und zwar gleich anschließend an die oben wiedergegebene Bemerkung, *zwei* grundlegende Bereiche innerhalb ein und desselben Bewegungsablaufes, denen jeweils zwei charakteristische Betrachtungsebenen entsprechen. Beide Ebenen sind im folgenden dann auch die zentralen Gesprächsthemen, und umreißen daher den „Spielraum" des ersten *Kleistschen* Bewegungsbildes im Zusammenhang mit der sich auf ein neues, diskontinuierliches Bewegungsbild hin kritisch zuspitzenden Gesprächssituation, die ein zweites Bewegungsbild notwendigerweise zur Folge hat. *Kleist* (bzw. eigentlich sein „Herr C.") spricht, erstens, von den *„[...] Bewegungen seiner Finger [...]*[39]" und, zweitens dann, von der korrespondierenden *„[...] Bewegung der daran befestigten Puppen[...]*"[40]. Zwischen diesen beiden Bewegungen entfaltet sich, nunmehr bereits angedeutet, eine *dritte*, die man kurz als „Annäherungsbewegung" bezeichnen kann, sie drückt, wie bereits erörtert, die Korrespondenz aus, und wird zum wichtigsten Thema der anschließenden Überlegungen im Marionettentheater-Aufsatz. Sie ist, wie *Kleist* ausdrücklich bemerkt, gleichsam Bild – und zwar im Sinne einer Funktion –, und damit also zugleich in einem ganz strengen Sinne Interpretament, deckt sich mithin mit dem, was wir bereits das zweite *Kleistsche* Bewegungsbild genannt haben.

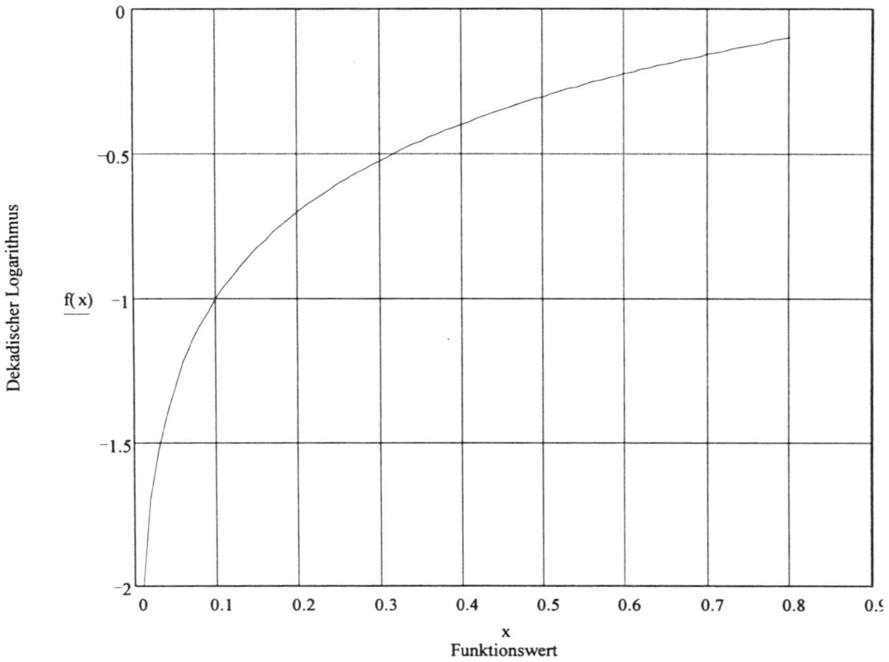

Abb. 14 Das Verhältnis einer Zahlen-Reihe zu ihrem dekadischen Logarithmus

Die negative Y-Achse verhält sich wie eine Asymptote. Die Kurve f(x) = log (x) nähert sich ihr an, ohne sie allerdings jemals zu erreichen: „*Vielmehr verhalten sich die Bewegungen seiner Finger zur Bewegung der daran befestigten Puppen ziemlich künstlich, etwa wie Zahlen zu ihren Logarithmen oder die Asymptote zur Hyperbel.*"

8.5 Das Zusammenspiel der Bewegungsbilder als Rückkopplungsprozeß

Das im vorhergehenden besprochene Interpretament zeigt sich aber vorläufig noch als ein in sich geschlossenes, weitgehend harmonisches Deutungsmuster, dem – und zwar in völlig lückenloser bzw. kontinuierlicher Reihenfolge – so etwas wie ein Feed-back-Prozeß entspricht, den wir nun im folgenden näher analysieren wollen – und zwar zunächst noch ganz unabhängig von *Kleists* kritischem (zweitem) Bewegungsbild, zuletzt aber als Modell eines Übergangs. Dieser Prozeß (d.h. das Deutungsmuster) schreitet auf streng rational gegliederte Weise fort, und steigert sich – hinsichtlich seiner Ergebnisse – *linear*, wird freilich am Schluß des Aufsatzes – und zwar in Art eines kontinuierlichen Übergangs – zuletzt völlig unhaltbar, doch deswegen nicht etwa unbrauchbar bzw. überflüssig. Wir befinden uns nunmehr also, insbesondere was den Verlauf des Gespräches selbst betrifft, in einem explizit vorgetragenen Parallelgang der Argumentationen, dessen Gedankengänge sich allerdings nicht einseitig den beiden Gesprächspartnern zuordnen lassen, sondern der selbst ein Bewegungsbild ist – und zwar in Art des bereits angesprochenen Interpretaments, das somit direkt in die Gesprächssituation hineinspielt.

Was nun aber die im Gespräch entwickelte Spielkonzeption betrifft, so steht zunächst einmal die grundsätzlich optimistische Voraussetzung einer harmonischen Unendlichkeit eines jeden denkbaren bzw. technisch möglichen Spielfortgangs[41] im Zentrum der Überlegungen; dieser kann sich, so verstanden, nie prinzipiell gegen die Absichten des Spielers wenden, da jener ja stets auch der souverän agierende „Herr" des Spiels ist. Im Gleichnis vom *Weg der Seele des Tänzers* tritt dieser Anspruch ganz deutlich hervor, während das kritische Motiv bloß unterschwellig erkennbar ist.

Von diesem Verständnis her könnte man das Spiel folglich ewig – und zwar nach denselben Gesetzen und Erfahrungen – fortsetzen (bzw. auch wiederholen), und zwar immer im Zusammenhang mit strengen Zeremonien (bzw. Spielhandlungen und -verläufen), denen eine nicht minder strenge und weitgehend stabile Spiel-Logik zugrundeliegt. Es gleicht somit, so verstanden, dem *Glasperlenspiel Hesses*, das ja, wie wir bereits sehen konnten, insgeheim ein institutionalisiertes Sinnbild für *Leibniz' characteristica universalis* ist. Der Totalität der möglichen, stets streng protokollierbaren Spiel-Strategien entspricht dann eine genau eingrenzbare Spielervernunft, die sich jeweils vollständig *im* spielenden Körper – z.B. als progressiv-harmonisch agierender Mechanismus – abbilden läßt. Die „Grazie" des ersten Bewegungsbildes ist, so verstanden, im strengen Sinn des Wortes Beherrschung. Der derart beherrschte Mechanismus (die Marionette bzw. die Motorik des Tänzers) besitzt daher seinen Spiel-Möglichkeiten gemäß (d.h. mithin den abschätzbaren Erfolgen und Mißerfolgen gegenüber) keine Unsäglichkeiten und Unschärfezonen, er gehorcht also einer strengen Dynamik der Vervollkommnung und der Mißerfolge: Dem gespielten Bewegungsbild entspricht dann zuletzt noch ein „eineindeutig" beweglicher Organismus[42], d.h. mithin eine repräsentative Form bzw. Maschinerie. Der Spieler bzw. der Homo ludens ist in diesem Sinne auch progressiv bewegte Vernunft (im Sinne des Fortschrittsbegriffes der zweigliedrigen Aufklärung à la *Rousseau*), d.h., noch einmal anders formuliert, rationales Bewegungsbild im Sinne einer streng mathematisch-geometrischen Beherrschung (gemäß der prästabilierten Harmonie *Leibniz'*).

Kleist trennt allerdings die beiden fundamentalen Komponenten seines ersten Paradigmas niemals wirklich ganz scharf, sondern läßt sie vielmehr – und zwar durchaus im Konzept der Grazie – zusammenspielen, zuweilen sogar ironisch. Die Grazie ist damit immer auch der bewegte Lichtpunkt der prästabilierten bzw. der ästhetischen (anmutigen) Vernunft. Mit Bezug auf die Grundkonzeption des Zirkelgleichnisses läßt sich daher der Feed-back-

Prozeß durchaus auch als ein vielgliedriger Lernprozeß, und zwar in Richtung eines zunächst noch streng linear verstandenen Fortschritts, denken, dem im zweiten Bewegungsbild, wie indessen im folgenden noch näher zu zeigen sein wird, das Konzept vom Spiralgang der „allmählichen Verfertigung" notwendigerweise opponiert – es enthält auch Diskontinuitäten, deren provisorische Überbrückung (z.B. von der Poetik der *Kleistschen* Anekdoten her) nur anthropomorpher „Schein" sein kann.

Fassen wir nun im folgenden diesen Typus eines streng linear sich steigernden Lernprozesses in Form einer tabellarisch angeordneten Übersicht zusammen. Damit gewinnen wir in einem auch einen kritischen Überblick über das Konzept des ersten Bewegungsbildes und damit nicht zuletzt auch mögliche Ausblicke auf eine Umformung in ein zweites, eher diskontinuierlich angelegtes Paradigma eines Bewegungsbildes. Im folgenden also die integrale Struktur des *ersten Bewegungsbildes:*

Bewegungselemente	**Bewegungsbilder**	**Prozeß**	**Stufen**
Imagination	Beobachtung ↓ Reflexion Vereinfachung	Übung ↑	1 6 ↓ ↑
Subjekt = Mitte	↓ Spiel-Können Spiel-Steuerung Spiel-Wirklichkeit	↑ Praxis	2 5 ↓ ↑
Motorik	↓ Hand Marionette → Gliedermann	Steigerung ↑	3 4 ↓ →

Abb. 15

Das hier wiedergegebene Modell des ersten *Kleistschen* Bewegungsbildes[43] ist also seinem Wesen nach – insbesondere wenn man es von unserer Anordnung her einer genauen Analyse unterzieht – tatsächlich ein Feed-back-Prozeß, der aus drei Ebenen besteht, denen jeweils genau beobachtbare (d.h. in diesem Falle auch lernbare) Teilprozesse entsprechen: Erstens, die *imaginative* Bewegung, dann, zweitens, die *steuernde,* und schließlich noch, drittens, die *Spielbewegung* selbst (sie ist eine Steigerung). Einem jeden Teilprozeß entsprechen genau fixierbare Bewegungselemente, die wir bereits in den vorangegangenen Analysen genau rekonstruiert haben. Diesen Bewegungselementen entsprechen daher auch – und zwar jetzt poetologisch verstanden – deutlich eingrenzbare Textabschnitte des Aufsatzes.

Das Zusammenspiel *Imagination/Motorik* betrifft zunächst einmal die Motivik des Schwerpunkts:

> „Die Linie, die der Schwerpunkt zu beschreiben hat, wäre zwar sehr einfach, und, wie er glaube, in den meisten Fällen, gerad. In Fällen, wo sie krumm sei,

scheine das Gesetz ihrer Krümmung wenigstens von der ersten oder höchstens zweiten Ordnung; und auch in diesem Fall nur elliptisch, welche Form der Bewegung den Spitzen des menschlichen Körpers (wegen der Gelenke) überhaupt die natürliche sei, und also dem Maschinisten keine große Kunst koste, zu verzeichnen.“[44]

Dies bedeutet nun, daß *Kleist* in *diesem* Stadium der Erfassung von Bewegungsbildern ganz betont auf das mathematisch-geometrische Kontinuum setzt, womit er sich freilich zunächst einmal noch, wie ja bereits ausführlich dargestellt, dezidiert in die *Leibnizsche* Tradition der Mathematisierung des Bewegungsbildes hineinstellt – und zwar nicht allein hinsichtlich der Beschreibbarkeit, sondern vielmehr auch mit deutlichem Blick auf die kontinuierliche Erlernbarkeit eines Bewegungsbildes (auf der Basis der gezielten Schulung seiner Bewegungselemente). Dieser Dynamik Imagination/Motorik korrespondiert nun aber notwendigerweise das Gleichnis vom „Weg der Seele des Tänzers“, das nun sinngemäß das Zusammenspiel *Subjekt/Motorik* (im Sinne unseres tabellarischen Schemas) zum Ausdruck bringt. Hierbei handelt es sich um die Zugänge zur Spiel-Praxis, so wie sie lediglich vom ersten *Kleistschen* Bewegungsbild her möglich werden kann:

„Dagegen wäre diese Linie wieder, von einer andern Seite, etwas sehr Geheimnisvolles. Denn sie wäre nichts anders, als der *Weg der Seele des Tänzers*; und er zweifle, daß sie anders gefunden werden könne, als dadurch, daß sich der Maschinist in den Schwerpunkt der Marionette versetzt, d.h. mit andern Worten, *tanzt*.“[45]

Hier beachte man vor allem die *Kleistsche* Konstruktion: „*[...] von einer andern Seite[...]*“, sie muß tatsächlich als Hinweis auf die „andere Seite“ des Bewegungsbildes verstanden werden – und zwar, in unserer Terminologie gesprochen, als der Verweis auf die Dynamik von Subjekt und Motorik; ihr Bewegungsbild ist, um mit *Kleist* selbst zu sprechen, zuletzt der *tanzende Maschinist*. Dabei ist das Subjekt zum einen „Maschine“ und zum anderen „Weg der Seele“ und zwar im Sinne von *Leibniz* und *Rousseau*. Wie bereits ausführlich erörtert, ist jede Ebene weiters auch noch in sich *dreiteilig* gegeliedert: Mit Bezug auf die Dynamik Imagination/Motorik beschreibt *Kleist* folgende drei wesentlichen Ebenen: *Beobachtung, Reflexion und Vereinfachung* (im Sinne der „Sicherheit der Grazie“[46]). Bezüglich der *Beobachtung* heißt es gleich am Beginn des Aufsatzes, und zwar von seiten des „Herrn C.“: „*Er versicherte mir, daß ihm die Pantomimik dieser Puppen viel Vergnügen machte, und ließ nicht undeutlich merken, daß ein Tänzer, der sich ausbilden wolle, mancherlei von ihnen lernen könne.*“[47] Was nun das Motiv der *Reflexion* betrifft, so zeigt sich dies ganz deutlich (freilich bereits mit einem kritischen Unterton gegen das erste Bewegungsbild) in der Dornauszieher-Episode und zwar ganz ausdrücklich im Zusammenhang mit einem eigens vorgetragenen Spiegel-Gleichnis (gleichsam als Parallel-Ereignis zum Spiegelgleichnis des zweiten *Kleistschen* Bewegungsbildes).[48] Das Motiv von der *Vereinfachung* findet man schließlich ebenfalls gleich am Beginn des Aufsatzes: „*Jede Bewegung, sagte er, hätte einen Schwerpunkt; es wäre ge-*

nug, diesen, in dem Innern der Figur, zu regieren; die Glieder, welche nichts als Pendel wären, folgten, ohne irgendein Zutun, auf eine mechanische Weise von selbst.“[49] Die zentrale Synthese im ersten *Kleistschen* Bewegungsbild beruht nun, kurz formuliert, auf der von *Kleist* an mehreren Stellen des Aufsatzes geäußerten Prämisse, daß ein Zusammenspiel dieser drei Komponenten (d.h. der *Beobachtung, Reflexion* und *Vereinfachung*) nur in einem Kontinuum möglich ist, das *selbst* Bewegungsbild – und zwar ohne irgendwelche Bruchstellen – ist. Sowohl die Episode vom Dornauszieher als auch die vom Fechter (und sinngemäß natürlich auch die vom Bärenkampf) stellen freilich gerade *diese* Prämisse zuletzt doch noch nachhaltig in Frage, wobei die Kritik am ersten Bewegungsbild jedoch nicht notwendigerweise zur Zerstörung der von uns in diesem Zusammenhang aufgewiesenen Deutungsmuster führen muß, diese freilich auf eine radikale Weise relativiert. Betrachtet man nämlich das erste Bewegungsbild genauer, so zeigt sich deutlich, daß sowohl die *Leibnizsche* als auch die *Rousseausche* Komponente in ihm (d.h. der Parallelismus bzw. die Identität von Natur und Geist) zur Gänze naive Vorannahmen sind, die *Kleist* in dieser Weise nicht kritiklos in Geltung lassen wollte. Dies zeigen nicht zuletzt auch die im vorhergehenden bereits ausführlich erörterten, weitgehend auch biographisch verankerten Ansätze zu einer *Leibniz-* bzw. *Rousseau*-Kritik *Kleists* ohne Umschweife. Jetzt, d.h. zuletzt noch einmal ausdrücklich systematisch verstanden, muß freilich nicht mehr näher erörtert werden, daß ein solches, weitgehend naives Bild des Marionettenspiels auch nicht wirklich in *Kleists* – eher ironisches – Welt- und Geschichtsverständnis passen dürfte. Dies gilt trotz der nicht minder gültigen, biographisch durchaus verankerten Tatsache, daß er sehr wohl ein ausgeprägtes Verständnis für harmonisch-rationale Prozesse besaß, was sich ja nicht zuletzt auch in seinem ausgeprägten Interesse für die Mathematik zeigt. Doch geht er niemals so weit, dieses allzu optimistische Erkenntnisinteresse kritiklos auf alle Phänomene dieser Welt auszubreiten. So kann man die folgenden Zeilen, geäußert in einem Brief an *Wilhelmine von Zenge* (vom 15. August 1801) als eine durchaus dialektisch verstandene Kritik an allen einseitig optimistischen Welt-Bildern begreifen, die einen stetigen Vervollkommnungsprozeß in einem unendlich dynamischen Kontinuum postulieren. Für ihn ist vielmehr die Umkehr (bzw. Rückkehr zur Schattenseite) mit ein fester Bestandteil des „Fortschritts“, der somit zu einem paradoxen Widerspiel von trial and error wird:

> „Denn der Mensch hat ein unwidersprechliches Bedürfnis sich aufzuklären. Ohne Aufklärung ist er nicht viel mehr als ein Tier. Sein moralisches Bedürfnis treibt ihn zu den Wissenschaften an, wenn dies auch kein physisches täte. Er wäre also, wie Ixion, verdammt, ein Rad auf einen Berg zu wälzen, das halb erhoben, immer wieder in den Abgrund stürzt. Auch ist immer Licht, wo Schatten ist, und umgekehrt.“[50]

Dies bedeutet also, umgelegt auf unsere Konzeption vom Bewegungsbild, daß hinter der harmonischen Wirklichkeit der „Grazie“ notwendigerweise auch eine disharmonische, ihrem tieferen Wesen nach stets auch *fragliche* (d.h., anders ausgedrückt, eine dunkle, schattenhafte bzw. absurde) Komponente der Welt-Konstitution stehen muß, die sich – ungebrochen – in ein und derselben „Grazie" zeigt. Zunächst ist „Grazie" also harmonischer Schein, schließlich dann aber – d.h. insbesondere in der novellistischen und dramatischen Aufarbeitung – Einsicht ins Disharmonische, die sozusagen eine zweite Ebene erschließt, von der her *Kleist* selbst Stellung nehmen kann, indem er sein individuelles Leben in eben dieser Doppeldeutigkeit bzw. Ambivalenz erscheinen läßt. Der Übergang von der ersten zur zweiten Ebene ist daher notwendigerweise radikale Aufklärungskritik (freilich ganz anders als bei den Frühromantikern). In diesem Zusammenhang gesehen, wird das Marionettenspiel dann im übrigen auch zum Gleichnis für die Vorgänge in der alltäglichen Lebenswelt, die sich ja ihrerseits immer auch von (z.B. geschichtlich angelegten) Sinnbewegungen her erschließen läßt. Daß sich also eine jede Bewegung von einem anderen Blickwinkel aus auch als die (zuweilen überflüssige und absurde) Drehung eines Rads des Ixion erweist, ist in der Tat ein wichtiges Sinnbild für die Doppeldeutigkeit[51] (bzw. Ambivalenz) eines jeden Geschehens in dieser Welt, die eigentlich, recht gesehen, nicht wirklich Kontinuum à la *Leibniz* und *Rousseau* ist, so wie im ersten Bewegungsbild reichlich naiv – und wie von einem Elfenbeinturm her – gefordert ist. Im Bild vom „Rad des Ixion" treffen wir daher auf eine frühe Variante der Zirkelgleichnisse des Marionettentheater-Aufsatzes, es drückt mithin auch aus, daß das Weltgeschehen von Verwicklungen[52] bestimmt ist, die auf ambivalenten Grundpositionen beruhen. Das Spielgeschehen ist von der zweiten Ebene, d.h. vom zweiten Bewegungsbild her immer auch kriminalistische Recherche[53] und anekdotische Aufarbeitung (bzw. Dokumentation) in einem. Es ist in diesem Sinn daher auch Drehung zwischen diesem existenziellen und literarischen Pol, deren Grundzweck freilich immer auch so etwas wie ein existenzielles Bewegungsbild ist. *Kleist* signalisiert von daher, daß, wird Bewegung ganz allgemein auf diese Weise verstanden, nicht bloß die Vernunft und das Subjekt – als ihr souveränes Steuerzentrum – im Zentrum stehen, – vielmehr spielt – und zwar jeweils nach einer Umdrehung des Rads – immer auch das Unvernünftige, ja Absurde in ein- und dieselbe Bewegung bedeutungsetzend (und damit in entscheidender Weise) hinein, ohne freilich – sub specie aeternitatis – das letzte Wort zu behalten. Andererseits kann allerdings keine Rede von einem *Kleistschen* Welttheater sein, von dem her all diese Fragen in kosmologischer Hinsicht dramatisiert und ästhetisiert (bzw. dichterisch aufgearbeitet) werden. Seine ästhetische Theorie lebt vielmehr von der Fragmentierung bzw. vom „Augenblick", dem spontane Ordnungen entspringen, deren Wesen es ist, daß sie nicht eigentlich voraussagbar sind. Dieser Vorbehalt gilt nun aber auch für die wichtigsten Formen einer ästhetischen Theorie, so wie sie *Kleist* in einigen Arbeiten seines Œuvres mehr oder minder offensichtlich zur Darstellung bringt: Jetzt wieder ganz speziell auf eine denkbare metaphysische Rolle der Marionettenpuppe bezogen, bedeutet dies dann zuletzt noch, daß ihr Spiel nicht nur Ausdruck einer mit der Welt versöhnten Bewegungskultur sein kann, sondern daß das Wesentliche dieser Bewegungskultur vielmehr dem Betrachter verborgen bleibt; außerdem trägt das Marionettenspiel, und zwar von dieser (durchaus praktischen) Perspektive her gesehen, nicht zuletzt auch den Charakter einer ambivalenten Souveränität; richtet sich also auch gegen den Spieler – als Pars pro toto für den Menschen überhaupt –, dem ja die eigene Bewegungskultur – trotz aller Ansätze zur spielerischen Perfektion – stets auch zu entgleiten droht, obwohl er sich andererseits immer auch von einer ihm unbewußten „Sicherheit der Grazie“ her bewegen kann: Kompensation leistet hier vornehmlich die Eigenbewegung und Eigenwilligkeit der Marionette, sie drückt somit eine komplementäre Erfahrungswelt aus, die allerdings im Menschen verankert ist; der Mensch, so wie ihn *Kleist* in diesem Zusammenhang begreift, ist also, etwas vereinfacht gesagt, das sich selbst entfremdete Bewegungsding, das sich aber trotzdem so bewegt, als wüßte es von seiner Bewegung alles Wesentliche; damit ist der Essay *Kleists* – und damit auch die in ihm enthaltene, zum Paradoxen hin tendierende ästhetische Theorie – immer auch Ausdruck einer dezidiert vorgetragenen individuellen Position zwischen Sein und Schein – und zwar zunächst noch jenseits der anthropologischen Dimension des Bewegungsphänomens. Im Zuge dieser Überlegungen haben wir damit also die naive Bipolarität des ersten *Kleistschen* Bewegungsbildes überwunden, und nunmehr einen Zugang zum zweiten gefunden, der sich auch, und dies gilt in strenger Hinsicht, von text-emanenten Gesichtspunkten her rechtfertigen läßt. Kehren wir von daher wieder zum Text selbst – und damit auch zum bereits angesprochenen Parallelismus von Imagination und Bewegungsmotorik – zurück. Einem jeden äußeren Geschehen entspricht nämlich, und dies ist ein zentraler Tenor dieses Diskurses zu einer Poetik der Bewegung, immer auch auch ein Ensemble interner (wenn nicht sogar privater) Eigenschaften des „Gliedermanns“, das genau dann – und zwar streng von seiten des Spielers veranlaßt – *„[...] immer strahlender und herrschender hervortritt [...]“*[54], wenn die reflektierende Überlegung im Verschwinden begriffen ist bzw. – was dasselbe bedeutet – unser Bewußtsein nicht allzustark in den Bewegungsablauf eingreift, ohne dadurch freilich aufgehoben zu werden; wie sich *Kleist* am Schluß seines Aufsatzes relativ klar ausdrückt, besteht hier sogar ein *zirkulärer* (wenn nicht sogar spiralförmig angelegter) Zusammenhang. Dies bedeutet nun aber auch, daß die Imagination weiterhin vorhanden sein muß, wenigstens formal (und vor allem ungestört), daß sie aber andererseits gleichsam in eine angespannte Kontraposition gelangt, von der her Bewegung praktisch, und zwar in zunehmend vollkommener Weise, umgesetzt werden kann. Das zweite Bewegungsbild entpuppt sich dann, auf diese spezielle Weise verstanden, als ein Widerspiel von formalen und inhaltlichen Bewegungselementen. Das formale Element im oben angesprochenen Zirkelgleichnis ist dabei das Verschwinden der „Reflexion“ (die ja, wie sich *Kleist* in seinem Gleichnis ausdrückt, *„[...]dunkler und schwächer[...]*[55] wird), das inhaltliche dagegen das Auftauchen der „Grazie“, der nunmehr, und zwar wiederum nur von der Reflexion her, Platz zum Hervortreten gegeben wird. Vereinfacht gesagt, haben wir es mit *zwei* konkreten Bewegungselementen zu tun, deren gegensinnige Proportionalität ein entscheidendes Bestimmungsmerkmal des zweiten Bewegungsbildes sein muß. Aufgrund seiner wesensmäßig elementaren Beschaffenheit ist dieses Hervortreten ganz speziell auf den Einzelnen zu beziehen und betrifft nicht etwa die Gattung Mensch schlechthin. Damit wird Bewegung in einem strengen Sinn zur Dialektik des Hervortretens und Verschwindens von genau bestimmten Bewegungselementen, verkörpert sich also in – von *Kleist* im Marionettentheater-Aufsatz freilich nicht näher definierten – Ausstrahlungszentren, wird damit also zu einer Sache des Austausches zwischen der Reflexion und der „Grazie". Beide Bewegungselemente sind daher stets gleichzeitig anwesend, können miteinander übereinstimmen, können aber auch zueinander in Opposition stehen; nicht zuletzt ist sogar eine Überlagerung (d.h. eine Interferenz) denkbar. Von diesen drei möglichen Beziehungen her lassen sich – und zwar ganz im Sinne *Kleists* – eine Reihe von literarischen und dramatischen Motiven ableiten. Den in den Schlußkapiteln der vorliegenden Abhandlung zu erörternden Analysen zur poetologischen Bedeutung dieser Motive soll freilich jetzt noch nicht vorgegriffen werden. Viel wichtiger ist nämlich zunächst noch der erneute Hinweis auf ein bereits ausführlich erörtertes Motiv, das die drei Bewegungselemente miteinander in Beziehung bringen kann, gemeint ist das *Motiv der Annäherung* – und zwar jetzt von einer neuen Perspektive her. Der approximative Charakter des Geschehens veranlaßt ja, daß die Bewegung zuletzt diskontinuierliche Stellen aufweist (so daß der Feed-back-Prozeß des ersten *Kleistschen* Bewegungsbildes ständig Unterbrechungen erleiden muß). Im Verschwinden der Reflexion und im gleichzeitigen Hervortreten der Grazie zeigt sich uns nämlich eine Mitte, die diskontinuierlich bleibt, und aus diesem Grund kein reales Zentrum der Balance sein kann.

Diese von *Kleist* zunächst noch äußerst verhalten angelegte Charakteristik, sie zeigt sich in der von uns zitierten Textstelle freilich recht deutlich, hat nun also zur Folge, daß die „Grazie" selbst als ein sich veränderndes Phänomen *im* Spiel ist (bzw. ständig involviert ist), und nicht etwa als *das* End-Ziel einer Spielhandlung verstanden werden will – dies entspricht in jeder Hinsicht auch dem bereits erörterten Gleichnis von der Hyperbel-Asymptote bzw. von der Logarithmus-Funktion. Die „Grazie" ist daher – und zwar streng von dieser Definition *Kleists* aus verstanden – selbst stets in Bewegung, ja *ist* zweigleisige Bewegung (im Sinne einer ständig über sich hinausverweisenden Reihe von Bewegungs-Momenten), sie ist daher mithin Annäherung bzw. „allmähliche" Entstehung eines Bewegungsbildes.

Ihr entspricht daher zum einen ein System mechanischer Bewegungen des „Gliedermanns", das physisch und mechanisch durch das Medium des Spiels durchgehen muß, zum anderen aber eine Imagination des Spiels, die ihrerseits auf eine unabhängige Anschauungswelt aufbauen muß. Dabei ist dieses Medium kaum je wirklich rational und greifbar, vielmehr gerinnen Mechanik und Imagination – freilich nur im guten Spiel – augenblicklich zum integralen Eindruck einer graziösen Verwirklichung des Spiels, die auf das Gemüt der Zuseher einwirken kann und das auch ganz bewußt will.

Diese Bewegung trägt daher tatsächlich mehr als bloß einen kinematographischen Charakter; sie *zeigt* sich vielmehr – und dies ist mithin ein wichtiger, wenn nicht überhaupt der wichtigste Spielzweck –, als wäre sie bloß ein

Film, in Wirklichkeit ist sie aber ein sehr komplexes Bewegungsphänomen, von dem der Zuschauer nur das Wichtigste, ihn Ansprechende, zu sehen bekommen soll. Alles andere wiederum soll hinter den Kulissen bleiben. Der Zuschauer darf also nichts von der Regie dieses Bewegungsbildes erahnen, alles muß vielmehr mit der Präzision eines genau segmentierten Geschehens ablaufen, als wäre es ein Geschehen ohne jede Segmentierung, obwohl es von seinem Ablauf her gesehen tatsächlich *nur* kunstvolle Organisation eines Bewegungsbildes bzw. Annäherung an den „richtigen Augenblick" (im Sinne *Lessings*) ist. Somit ist hier sogar der Schein des Spiels ein streng segmentiertes Geschehen; der ästhetische Schein des Spiels präsentiert sich zuletzt sogar *im* und vor allem auch *als* Entzug der ihn ermöglichenden Voraussetzungen. Der sich graziös bewegende Körper verschlingt alle irgendwie beschwerenden Mechanismen im Zuge einer tanzenden bzw. einer raffiniert vorgetragenen Spiel-Bewegung. Obwohl rein äußerlich anwesend verschwinden in diesem „richtigen Augenblick" sowohl der Geist als auch der Körper; zur Marionette des zweiten Bewegungsbildes geworden, die sich gewissermaßen selbst spielt, entsteht von eben jenem Verschwinden her die reine, dem Puppen-Tänzer weitgehend unbewußte Leichtigkeit, die streifende – und nicht etwa tölpelhaft affirmative – Bewegung, eben *in* Gestalt der von *Kleist* angesprochenen „Grazie". Ihre Wirklichkeit ist daher *das* Spiel schlechthin – und zwar jenseits aller rationalen Selbsteinschätzung –, es vermag sich den mechanischen Zwängen und körperlichen Hemmungen im Wechselgeschehen zwischen Einsicht und Ohnmacht spontan zu entziehen. So verstanden, ist die Wirklichkeit des Spiels nicht etwa bloß eine symbolische, sondern tatsächlich Wirklichkeit eines äußerst komplexen, um nicht zu sagen: chaotischen Bewegungsablaufes zwischen Imagination und Motorik, ohne daß hier eine kontinuierliche Einsicht ins Geschehen vorliegt oder auch im Nachhinein möglich wäre.

Ferner ist auch alle Ähnlichkeit mit einer „wirklichen" Wirklichkeit verschwunden, in Wirkung gesetzt ist vielmehr eine fiktive, einzig und allein auf den Puppen-Tänzer zu beziehende, hermetisch abgeschlossene Wirklichkeit (und zwar ganz im Sinne der Wahrheitskonzeption des Briefs an *Wilhelmine von Zenge* vom 22.3.1801), deren Scheinbarkeit dem wirklichen, alltäglichen sinnlichen Schein nur sehr vordergründig ähnlich ist. Sie ist nämlich in Wahrheit eine dramatische Konstruktion (ist Mimesis), d.h. ein Annäherungsprozeß, von dem her sich zuletzt die „wirkliche" bzw. externe Wirklichkeit umso deutlicher zeigt, je präziser die „scheinbare" bzw. interne – und zwar im Sinne der Grazie – ins Werk gesetzt werden kann. – Und zwar nicht zuletzt auch hinsichtlich der *Kleistschen* Wahrheitsfrage, d.h. mit Blick auf die „Sicherheit der Grazie" bzw. in Hinblick auf das Alkmene-Motiv. Außerdem kommt noch dazu, und dies ist in der Tat eine zusätzliche Erschwernis, daß die Marionette im Stück ja eine Handlung ausführt, die – rein äußerlich gesehen – streng vom eigentlichen Bewegungsphänomen getrennt ist: *Diese* Trennung hat nun aber zur Folge, daß zuletzt doch noch (bzw. wieder) *wirklich* gehandelt werden muß und synchron dazu die Bedingungen, unter denen gehandelt wird, dezent im Hintergrund bleiben müssen. Es liegt damit ein neues Störungspotential vor, dem das Spiel der Marionette – neben dem poetisch-physikalischen des zweiten Bewegungsbildes – unterliegt. Es zeigt sich in der Tatsache, daß sich das Marionettenspiel in der Praxis auch an externe Vorgaben (d.h. an die Handlung des Stücks) annähern muß, was zuletzt bedeutet, das das System Marionettentheater – und mit ihm die „Grazie" – zu einem multidimensionalen Entscheidungsproblem wird. *Kleist* hat diese wichtige Fragestellung zwischen Naturphilosophie und Ästhetik komplexer Bewegungsabläufe vornehmlich in seiner Dornauszieher-Episode thematisiert. Dort kommt ja auch eine externe Bewegung ins Spiel, insoferne der Jüngling vor dem Problem steht, das Bewegungsphänomen der Grazie des Dornausziehers zu *wiederholen* – und eben gerade daran scheitert.

Die oben skizzierten Überlegungen beschreiben also, zusammenfassend gesagt, den Übergang vom ersten zum zweiten Bewegungsbild von Gedankenexperimenten her, deren Vorbild die von *Kleist* in seinem Aufsatz entworfenen sind: Dieser Übergang, dessen Text-Erscheinung wir im Marionettentheater-Aufsatz bereits ausführlich untersucht haben, ist nun aber auch ein biographisches – bzw. überhaupt ein anthropologisches – Faktum, das sich in *Kleists* Briefen schon früh bemerkbar machte. Zwei kritische Bezugssysteme – sie drücken sich jeweils in einer Palette von dazugehörigen biographischen und literarischen Motiven, und zwar quer durch das gesamte *Kleistsche* Œuvre, aus – stehen hier im Zentrum: Zum einen der Komplex des „Unausdrückbaren"[56] bzw. des „Unsäglichen", der einen radikalen Kontrast zur sichtbaren „Grazie" bildet, so wie sie vornehmlich in der Ästhetik der Deutschen Klassik (z.B. bei *Goethe*[57] im Umfeld der *Italienischen Reise*) diskutiert wurde, und zum anderen die Bereiche einer „dunklen" bzw. verdunkelten – ja zuweilen sogar zur Gänze unbewußten – Gedankenbewegung, für die es zahlreiche korrespondierende Bewegungs-Motive in *Kleists* literarischem Œuvre gibt (z.B. das „Gefühl" in der Schlüsselszene der *Marquise von O*[58]. bzw. das bereits ausführlich erörterte Alkmene-Motiv). Ein biographisches Beispiel für die erste Motivgruppe findet sich z.B. in *Kleists* Brief vom 13.März 1803 an *Ulrike von Kleist* (verfaßt in Leipzig), dort heißt es an einer Stelle:

> „Ich weiß nicht, was ich Dir über mich *unaussprechlichen* Menschen sagen soll. – Ich wollte ich könnte mir das Herz aus dem Leibe reißen, in diesen Brief packen, und Dir zuschicken. – Dummer Gedanke!"[59]

In radikalem Gegensatz zu *Goethes* Konzeption des „Urphänomens" stehend, – um nur ein wichtiges Beispiel für die zweite Motivgruppe zu nennen – gibt es in *Kleists* ästhetischer Theorie sogar eine paradoxe Art der „Grazie", die „*[...] in dem Maße, als, in der organischen Welt, die Reflexion dunkler und schwächer wird [...] immer strahlender und herrschender hervortritt.*"[60] Diese „Grazie" tritt somit stets als Produkt einer Vernichtung bzw. Verdunklung der Reflexion hervor und wendet sich daher gegen die Übermacht der Gedanken, deren wichtigstes Bewegungselement ja eben jene Reflexion ist, die die poetischen Gegenstände insgesamt zu einem Kontinuum des Ausdrucks (d.h. mithin zu einer „Handlung") verknüpft. Sowohl die Episode vom Bärenkampf als auch die Fechterepisode des Marionettentheater-Aufsatzes beruhen auf eben *dieser* paradoxen „Grazie". Zur näheren Charakterisierung dieser Motivgruppe (der „Verdunklung" und Reflexions-Kritik) läß sich ebenfalls eine Stelle, und zwar in *Kleists* Brief vom 31. 8. 1806 an *O. A. Rühle*, angeben:

> „Auch ich muß mich im Mechanischen verbessern, an Übung zunehmen, und in kürzeren Zeiten, Besseres liefern lernen. Jetzt habe ich ein Trauerspiel unter der Feder. – Ich höre, Du, mein lieber Junge, beschäftigst Dich auch mit der Kunst? Es gibt nichts Göttlicheres, als sie! Und nichts Leichteres zugleich; und doch, warum ist es so schwer? Jede erste Bewegung, alles Unwillkürliche, ist schön; und schief und verschroben alles, sobald es sich selbst begreift. O der Verstand! Der unglückselige Verstand! Studiere nicht zu viel, mein lieber Junge. Deine Übersetzung des Racine hatte treffliche Stellen. Folge Deinem Gefühl."[61]

Diese Briefstelle zeigt, daß sich *Kleist* schon sehr früh (noch vor den wichtigsten literarischen Arbeiten) ganz offen gegen den damals – vornehmlich bei den Philosophen des Deutschen Idealismus – üblichen Reflexionsstandpunkt wandte, der, seiner Kritik zufolge, aus jeder spontanen Bewegung eine abgeleitete (Ausdrucks-)Bewegung macht. Der Effekt der Ableitung bewirkt dabei, daß die Bewegung ihre Ursprünglichkeit verliert Er spricht in diesem Zusammenhang auch von der sogenannten „ersten Bewegung"[62], die damit zum Ausdruck für die Elemente (bzw. Bestandteile) eines unverfälschten Bewegungsbilds, und zwar schlechthin, wird. Diese erste Bewegung kann freilich kein Objekt des Bewußtseins sein, sie ist vielmehr z.B. ein unbewußtes Lesen, ein unbewußtes Erkennen und Reagieren, und zwar ganz im Sinne des merkwürdigen Verhaltens des Bären in der Bärenkampf-Episode: *"Aug in Auge, als ob er meine Seele darin lesen könnte, stand er [...]"*[63]. Es ist also „Gefühl" im zuvor dargelegten Verständnis.

Diese beiden, ihrem tieferen Wesen nach erkenntniskritischen Motivgruppen drücken sich im Aufsatz, und zwar jeweils eingearbeitet in geschlossenen Episoden, mehr oder minder deutlich aus, bewirken ferner auch, daß die Strukturen des ersten *Kleistschen* Bewegungsbildes – sie machen ja, wie schon gesagt, eine permanent vorhandene Ausdrucksebene aus – ständig einer dialogisch inszenierten Kritik unterworfen sind (die freilich niemals wirklich auf den Punkt kommt, weil eben auch sie bloß Annäherung sein kann). Das Bewegungsbild dieser kritischen Gesprächskultur ist dann die Übersetzung der Bewegung in eine Sprach- und Ausdrucksbewegung hinein (im Sinne der „allmählichen Verfertigung des Gedankens beim Reden"), auf Ebene des Marionettenspiels präsentiert sie sich freilich ganz anders, und zwar als professionelles Produkt des Spiels; sie beruht also, zusammenfassend gesagt, auf der Kunst der unsichtbaren Steuerung der Bewegungen in einem Bewegungsbild. Dieser Kunst entspricht auf Ebene der Sprache (d.h., genauer gesagt, des Gesprächs) die kritische Bewegung gegen das erste Bewegungsbild, die sich, so verstanden, auch gegen den Schein einer rationalen Bewegungskultur richtet Dieser Befund ist insoferne bemerkenswert, als er – jetzt von der Ästhetik der Goethezeit her gesehen – tatsächlich einzigartig ist. Mit ihm kommt ein Moment einer in sich verdunkelten Spontaneität ins

Gespräch (bzw. ins Spiel), das zuletzt in der Tat bloß reine Technik ist, d.h. ein Können, das sich nicht wirklich ausdrücken läßt, weil es zugleich völlig materiell (d.h. unbewußt) und zum anderen aber göttlich (d.h. vollkommen perfekt) ist. Die ihm zugehörige technische Intelligenz muß daher fast zur Gänze im Hintergrund wirksam werden und muß es über das ganze Spiel hinweg bleiben, und trotzdem in jedem Augenblick das Geschehen konstituieren und gestalten, als wäre es die reine Reflexion – und zwar ohne jeden Verzug. Der instruierte „Gliedermann" ist gleichsam der unsichtbare und dennoch allgegenwärtige, unendlich bewegliche und unsichtbare Cursor[64] („bewegte Punkt"), der die Marionette von seiner Einstellung her instruiert, sensitiviert (d.h. seelisch gestaltet) und führt[65]; in diesem Cursor bzw. im „bewegten Punkt" verschmelzen daher alle wichtigen Grundelemente der Bewegung zu dem, was *Kleist* in seinem Brief vom 31.8.1806 „erste Bewegung" genannt hat; ferner präsentiert das Bewegungsbild den derart in Szene gesetzten „Gliedermann" noch so, wie ihn der Dramaturg selbst – über die rein technische Infrastruktur hinaus – bewegt haben will, es offenbart daher auch die individuelle Seite des Spielgeschehens, kurz gesagt: damit auch das Können des Spielers, und zwar so synchron zur Handlung wie eben nur möglich (je größer der Verzug umso platter nämlich das Spiel). Die Marionette nimmt also in ein und demselben Zeitpunkt jeweils einen imaginativen, einen physikalischen und einen logisch-konstruktiven Ort *im* Kontinuum des Spiels ein, mehr noch: die spontane Koinzidenz dieser Raumstellen muß durch das Spiel dem gespannten Zuseher angezeigt und nicht zuletzt lebendig gemacht werden. Diese Koinzidenz zeigt ja zuletzt den Wert des Spieles von seiner praktischen Durchführbarkeit und Durchführung her, zeigt ihn tatsächlich in striktem Sinne praktisch, insoferne in der Durchführbarkeit und Durchführung zum einen das Stück wie auch die Interpretation des Stückes, und zwar wiederum nur im Sinne von *Kleists* „Grazie", anschaulich werden können und dies auch sollen.

Daher zeigt sich ein jeder Moment des Spiels als die Zusammenfaltung einer schier unendlichen Vielfalt der Möglichkeiten, die in jeden Spielaugenblick hinein komprimiert sind, und die im Spiel ständig neu – und vor allem spontan – reorganisiert werden müssen.

Zu sehen ist – und zwar im strengen Sinn des Wortes – der mit Sinn geladene Augenblick, der der gespielten Handlung Sinn und Tiefe verleihen kann. Er ist freilich nicht primitiv sichtbar, sondern ist die Handlung in einem höheren Sinn des Wortes (vielleicht so etwas wie *Bewegungshandlung* als eine Kultur der „ersten Bewegungen").

Keinesfalls darf man daher unseren Cursor des Gliedermanns mit dem Phänomen der Grazie der Marionette, so wie sie sich im handelnden Subjekt zeigt, verwechseln. Die „Grazie" ist, um jetzt mathematisch zu sprechen, Funktion, der „bewegte Punkt" dagegen die Zahl, die sich zu dieser Funktion irgendwie verhält (z.B. asymptotisch, um *Kleists* Beispiel von vorhin hier noch einmal zu zitieren). Denn nicht dieser imaginäre Cursor tanzt im Marionettentheater, sondern vielmehr weiterhin die Puppe, und sichtbar ist einzig und allein ihr Tanz und nicht eben die Bewegung dieses abstrakten Punktes. Dieser ist vielmehr so etwas wie ein punktförmiges Signal, er „beleuchtet“ (d.h. interpretiert) – und zwar möglichst unauffällig – die wichtigsten Augenblicke der Handlungsabläufe des Stückes, die im übrigen von ihm unabhängig – weil ja, wie schon erwähnt, eigentlich ihrem Wesen nach opak – sind.

8.6 Beispiele und Modelle

Im folgenden einige Überlegungen, und zwar in der Absicht, praktische Beispiele in Art einer einfachen Interpretationshypothese anzugeben, – geschehen soll dies freilich bloß anhand der begrifflichen Modelle *Kleists* – ; diese Überlegungen charakterisieren also den Verlauf der Bewegung (als Bewegungsbild) zunächst einmal nur[66] in den Begriffen *Kleists* (und zwar vom Spiel ihres „bewegten Punkts“ her, der zugleich ein Thema hervorhebt); all das soll im übrigen dann auch streng als dynamisches Interpretationsgeschehen verstanden werden (und nicht etwa als der wirkliche, z.B. biophysikalisch faßbare, Ablauf des Marionettenspiels).

So lautet unsere *erste* Hypothese dann: *Kleists* zweites Bewegungsbild ist eine allgemeine Interpretationshypothese eines Bewegungsbildes, in das ein Marionettenspieler, eine Marionette und deren Zusammenspiel (als erstes Bewegungsbild) involviert sind. Die zu spielenden Inhalte, so ferner die *zweite* Hypothese, sind dabei eher von sekundärer Bedeutung; die *dritte* Hypothese besagt schließlich noch, daß dieses Zusammenspiel in allen Fällen funktional und anschaulich geregelt ist, was aber freilich nicht bedeutet, daß man über diese Zusammenhänge so ohne weiteres in zusammenhängenden Interpretationsmodellen sprechen kann (= kritisches Bewegungsbild).

Diese drei Hypothesen formulieren also insgesamt einen Ansatz zur praktischen Anwendung der im vorhergehenden erörterten hermeneutischen Modelle, so wie ihn *Kleist* in seinem Aufsatz niederlegte.

Mit diesen Hypothesen sollen aber zugleich auch die einzelnen Übergänge vom ersten zum zweiten Bewegungsbild auf Ebene eines (immanenten) Deutungsvorgangs erfaßt und auf einfache Weise veranschaulicht werden: für sich betrachtet drücken daher unsere Start-Hypothesen zunächst nur die *konstruktive Logik der Bewegung* der Marionette aus – und zwar z.B. anhand der Berücksichtigung der Bestandteile der Puppe, weiters unter Erörterung der Funktion der Fäden (als Steuerungselemente des Spiels), ferner anhand der technischen *und* motivischen Möglichkeiten der einzelnen zu bespielenden Glieder bzw. anhand ihrer Bauweise (z.B. in *Kleists* Motiv der „Gliederpuppe“ bzw. im Motiv von der „Prothese“). Dies alles geschieht – in einem strengen Sinn – bloß von *Kleists* Sicht der Dinge her, so wie wir sie zuvor systematisch und poetologisch rekonstruiert haben. Ziel der nun folgenden Argumentationen muß es daher, kurz gesagt, sein, die Darstellung einfacher Übergänge vom theoretischen Bewegungsbild zu einem eher hermeneutischen zu skizzieren. Ziel dieser Darstellung ist ferner auch der Aufweis, daß es *Kleis*t in der Hauptsache eben tatsächlich um *derlei* Sachverhalte ging (und nicht allein um eine Motivik des Bewegungsvorganges, so wie uns zahlreiche Interpretationsversuche des Marionettentheater-Aufsatzes in einseitiger Weise nahelegen wollen).

Man stelle sich das zunächst einmal anhand eines einfachen Gedankenexperiments anschaulich vor: Gespielt wird z.B. im Salzburger Marionettentheater *Mozarts Don Giovanni*, in dem u.a. die Marionette des Don Giovanni als „Gliedermann" Y auftritt, der vom Spieler X[67] gesteuert wird, der im Rahmen seines Spiels sowohl auf Musik (bzw. Gesang) als auch auf die szenische Entwicklung einer Handlung achten muß. X und Y sind also – und dies gilt nicht allein für die potentiellen Zuschauer, sondern vielmehr ganz prinzipiell – zwei voneinander *streng* separierte Bewegungselemente eines einzigen Bewegungsbildes, das so schön wie möglich zur Erscheinung gelangen muß. Die meisten praktischen Spielabläufe (jetzt einmal nur in Hinsicht auf die zu spielende Oper *Mozarts*) sind von der Beziehung des X zu seiner Marionette Y zunächst einmal noch völlig unabhängig, sondern betreffen einerseits die Marionette und andererseits den Spieler (d.h. es geht hier zunächst allein um den rein technischen Aspekt[68] der Marionette bzw. um ein Basiskönnen auf seiten des Spielers). Der Spieler muß vorerst einmal überhaupt die elementaren Bewegungstechniken beherrschen; dies bedeutet zugleich, daß er sich mit den wichtigsten Bewegungsmöglichkeiten der Marionette auseinandersetzen muß; er muß sich also – und zwar spontan, d.h. „blind" – dem zweiten Bewegungsbild der Marionette (nicht zuletzt auch von der szenischen Handlung und von der Musik her) annähern; um mit *Kleist* zu sprechen, muß er also ein Verhältnis jenseits aller rationalen (bzw. verstandesbetonten) Reflexionen finden. Dabei ist besonders erschwerend, daß es, so *Kleist*, *keine einfachen* Voraussetzungen gibt, die man anhand einfacher Spielregeln sofort und ohne Einschränkungen verwirklichen kann: *„Vielmehr verhalten sich die Bewegungen seiner Finger zur Bewegung der daran befestigten Puppen ziemlich künstlich, etwa wie Zahlen zu ihren Logarithmen oder die Asymptote zur Hyperbel.* Um mit *Wolfgang Kurock* zu sprechen, setzt sich der Marionettist überhaupt einmal (also nicht nur am Beginn des eigentlichen Spiels) mit der „Funktionalität" seiner Marionette auseinander, was zugleich bedeutet, daß er sich ihr von seinem *eigenen* Bewegungskönnen annähert, um schließlich von dieser Annäherung her ein bewegtes Spiel (d.h. ein „Stück" bzw. in unserem Gedankenexperiment die Oper *Don Giovanni*) zu interpretieren (was einer Annäherung an eben dieses „Stück", das seinerseits eine gänzlich fremde Welt ist, gleichkommt). Wir treffen daher, erstens, auf einen funktionalen Annäherungsprozeß von X an Y, und später, zweitens, auf einen Prozeß, von dem her sich das System X/Y an ein „Stück" annähert; anders formuliert: die Möglichkeiten eines X approximieren die Möglichkeiten eines Y im Rahmen eines mehr oder minder in sich abgeschlossenen Rückkopplungs-Prozesses, der seinerseits *direkt* von der Funktionalität der Bewegungselemente abhängig ist, und der zuletzt auf eine *dritte Ebene* (d.h. auf das „Stück") hin ausgeweitet wird. Zunächst aber einige wichtige Gedanken zum *ersten* Prozeß des Spiels:

„Die Qualität einer Marionette wird – neben ihrer Gestalt – vor allem nach ihrer Funktionalität beurteilt, und unter den Bewegungsfunktionen ist es die Gehbewegung, der besondere Bedeutung zugeschrieben wird, die auch seit je den Mechanikern besondere Schwierigkeiten bereitet hat. Da die Gehbewegung stets rhythmisch ist, so muß man sie auch dem Tanz zurechnen, [...]"[69]

Schon das Gehen einer Marionette ist also, folgt man den Ausführungen *Kurocks*, nicht etwa Gehen im üblichen Sinne, sondern selbst so etwas wie Tanz, dem sich der Marionettenspieler anzunähern hat. Dies bedeutet nun aber, daß die Marionette selbst in diesem elementaren Fall von den Bewegungselementen der menschlichen Bewegung deutlich abweicht; sie besitzt also prinzipiell ganz andere Bewegungsmöglichkeiten, die freilich kaum je in einer trivialen Beziehung zu den diesbezüglichen menschlichen Möglichkeiten stehen müssen. Ihr wichtigsten Bewegungselement sind nämlich, wie bereits erörtert, die Pendeldynamik und der freie Fall (der jedoch von der reagierenden Hand immer abgefedert wird). Beim Menschen ist die Bewegung anders als bei der Marionette in einem strengen Sinne zentriert[70]; in seinem Bewegungsgefühl geht der Mensch stets auch von einem imaginativen Zentrum aus, um seine Bewegung als Feed-back-Geschehen zu koordinieren. Seine Bewegungen erscheinen, als kämen sie von einer balancierenden und regulierenden Mitte; dies gilt selbst dann, wenn sich der Mensch exaltiert bewegt. Denn Zentrierung, d.h. Steuerung von der Mitte her, ist überhaupt das Wesen aller biologischen Steuerungsprozesse, die immer auf ein Koordinationszentrum hin ausgerichtet, und auf diese Weise komplexe Rückkopplungsprozesse sind. So schreibt *Friedrich Cramer* in *Chaos und Ordnung:*

„Die Mathematik der letzten Jahre hat sich zunehmend mit komplexen Rückkopplungsprozessen befaßt. Im Prinzip sind solche Prozesse schon lange bekannt und lassen sich – in einfacheren Fällen – durch Differentialgleichungen lösen nach den Prinzipien von Newton und Leibniz. Die Trajektorien von bewegten Körpern oder Systemen lassen sich nach Gesetzen der Dynamik bestimmen, wobei der Ablauf als Kontinuum gedacht werden kann oder schrittweise behandelt wird. [...] Praktisch ist jeder Lebensprozeß ein rückgekoppelter Prozeß, und man kann nur unter grober Vereinfachung Prozesse als nicht rückgekoppelt behandeln. Fast alle Systeme in der Natur haben also den Charakter, der in Abbildung [...] dargestellt ist.

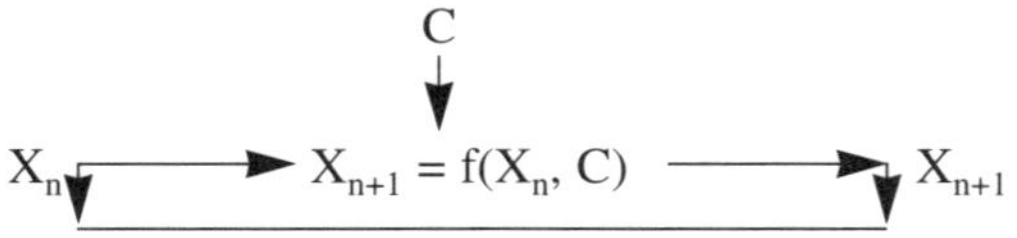

In der Realität ist diese Beziehung aber nichtlinear. Zwischen dem Eingang X_n und dem Ausgang X_{n+1} besteht eine nichtlineare Beziehung [...] Wenn man den Rückkopplungszyklus mit einem beliebigen X_0 beginnt, will man wissen, welcher Größe der Prozeß – das Ganze muß ja als Prozeß gesehen werden – zustrebt.

Grundsätzlich gibt es drei Möglichkeiten. Erstens: Der Endwert X nähert sich einem Grenzwert, den er, gegebenenfalls asymptotisch (im Unendlichen), schließlich erreicht. [...] Zweitens: der Prozeß mündet in eine harmonische Schwingung ein. Das wäre der Fall beim Pendel und den Planetenbewegungen. Drittens: Der Prozeß hat einen unbestimmten Ausgang, der zwar durch die Anfangswerte und den dynamischen Prozeß bestimmt ist, aber dennoch unvorhersagbar ist."[71]

Im Falle von *Kleists* Marionettentheater-Aufsatz handelt es sich eher – und dies zeigt insbesondere die Konklusion – um die erste, d.h.. um die approximative Lösung des Feed-back-Problems, d.h. die Annäherung zwischen Spielerhand und Figur ist – vom Verständnis *Kleists* her gesehen – prinzipiell steuerbar und daher auch geregelt (und für die nähere Zukunft weitgehend regelbar) möglich, aber ihrem Wesen nach ein unendlicher Prozeß, der, so wie sich *Kleist* ja selbst ausdrückt, asymptotisch auf ein virtuelles Ziel hin verläuft, ohne dieses freilich je scharf pointiert zu erreichen. Dies bedeutet zugleich, um ganz streng im Kontext des obigen Modells zu argumentieren, daß einem jeden denkbaren Spiel-Eingang funktional ein hypothetischer Spielausgang entspricht, der den nächsten Schritt im Spiel determiniert und somit das Spiel umso vollkommener werden läßt, je genauer die Spielfunktionen in diesem Prozeß aufeinander abgestimmt werden. Die Koordination des Spielgeschehens, d.h., um mit *Friedrich Cramer* zu sprechen, der Rückkopplungsprozeß (hier sinngemäß *der* des zweiten *Kleistschen* Bewegungsbildes) gehorcht also der ersten Lösung des Problems, was zugleich auch bedeutet, daß die Funktion, die den Prozeß steuert, ihrem tieferen Wesen nach nicht zu *chaotischen* (und freilich aber auch nicht zu *harmonischen*) Ergebnissen führt, wobei $f(x) \Rightarrow \infty$ durchaus eine mögliche Lösung sein kann. Es geht also im Marionettentheater tatsächlich, wie auch *Wolfgang Kurock* als Praktiker – und zwar ganz im Sinne *Kleists* – sich ausdrückt, um spielbare „Bewegungsfunktionen"[72], freilich aber nicht wirklich um logarithmische; hier hat *Kleist* lediglich ein passendes Gleichnis für das Prinzip der asymptotischen Annäherung gesucht. Auch ist die Basis-Funktion keine Hyperbel, auch hier gilt die symbolische Auffassung dieser geometrischen Figur. Von dieser Prämisse her können wir daher auch das zweite *Kleistsche* Bewegungsbild als einen Rückkopplungsprozeß verstehen und den Text des Marionettentheater-Aufsatzes in dieser Hinsicht auf einer neuen Sinn-Ebene interpretieren und systematisch erschließen. Diesem Prozeß müssen daher konkrete Motive einer Rückkopplung entsprechen, die sich hinsichtlich ihrer Bedeutung an das *Cramersche* Beispiel anschließen lassen.

Im Zentrum dieses Feed-back-Prozesses stehen nun, wie leicht zu vermuten ist, die im vorhergehenden bereits angesprochenen *Zirkelgleichnisse*. Betrachten wir also im folgenden deren Stellenwert von den oben angegebenen Prämissen her. Rekapitulieren wir von daher noch einmal: Zunächst die *erste* Version : *„Doch das Paradies ist verriegelt und der Cherub hinter uns; wir müssen die Reise um die Welt machen, und sehen, ob es vielleicht hinten irgendwo wieder offen ist.*"[73] Ferner die *zweite* Stelle: *„Nur ein Gott könne sich, auf diesem Felde, mit der Materie messen; und hier sei der Punkt, wo die beiden Enden der ringförmigen Welt in einander griffen.*"[74] und schließlich die *dritte* Stelle: *„- Doch so, wie sich der Durchschnitt zweier Linien, auf der <u>einen</u> Seite eines Punkts, nach dem Durchgang durch das Unendliche,* *plötzlich wieder auf der andern Seite einfindet, [...]*"[75] (Hervorheb. d. d. Verf.). Diese drei Varianten des Zirkelgleichnisses beziehen sich nun jeweils direkt auf eine Episode des Marionettentheater-Aufsatzes (freilich eher locker, und stets auch im kritischen Kontext, d.h. als Motiv der Transformation). Wichtig für die nun folgenden Überlegungen sind daher auch die Korrelationen, und zwar der Reihe nach: *Nr. 1* bezieht sich dabei auf die *Episode vom Puppen-Tänzer* (und dem Spiel des Schwerpunkts des „Gliedermanns"), *Nr. 2* gehört u.a. zur *Episode vom Dornauszieher*, *Nr. 3* bildet schließlich das inhaltliche *Kernmotiv der Konklusion* (und zwar *direkt* im Kontext des Geraden- und des Spiegelbeispiels). In allen drei Fällen haben wir zugleich immer auch praktische Bewegungsbilder bzw. Gleichnisse vor uns; im ersten Fall geht es um die Marionette als Gliederpuppe, im zweiten Fall z. B. um einen Jüngling, der die Pose des Dornausziehers nachahmen will, im dritten Fall um die konstruktive Dynamik eines geometrischen und eines gleichartigen optischen Beispiels, die man auf dem Zeichenbrett bzw. auf der optischen Bank nachvollziehen kann. In allen drei Fällen tritt jeweils eine Steigerung ins mathematisch Unendliche [„Singuläre"]) ein, wobei der Eingangswert des Prozesses immer die nächste Bewegungsmöglichkeit festlegt. Ziel ist jeweils eine Koinzidenz der Bewegungselemente, die – folgt man *Kleist* konsequent – jeweils in zyklischen Bewegungen erreicht wird. Die zyklische Steigerung bildet dabei die Form des Bewegungsbildes, ihr entspricht – von den Zirkelgleichnissen her – jeweils ein konkretes inhaltliches Motiv, das sich auf derartige Weise steigern läßt, z.B. eine ausbaufähige Episode. Allerdings ist das Verhältnis von Form und Inhalt des Bewegungsbildes nicht im Sinne einer naiven Übereinstimmung von Form und Inhalt zu denken, *Kleist* selbst beläßt es in einem mehr oder minder deutlich erkennbaren provisorischen Zustand, was darauf zurückzuführen ist, daß das Bewegungsgeschehen fragmentiert ist.

Das erste Beispiel einer solchen Beziehung zwischen Form und Inhalt im zweiten Bewegungsbild geht dabei – und zwar konkret im Gleichnis vom Engel, der vor dem Paradies wacht – von einer „ersten Bewegung" (durchaus im Sinne von *Rousseaus* viertem Buch des *Emile*) aus, die einmal verlorengegangen ist, und die nur noch durch eine „Reise um die Welt" zurückerlangt werden kann, wobei offenbleiben muß, wie dieser Zielpunkt nach seiner Erreichung aussieht – er ist, kurz gesagt, eine undefinierbare Stelle bzw. eine Singularität, die – einmal erreicht – die „Grazie" überraschend aufscheinen läßt; im zweiten Zirkelgleichnis wird diese Bewegung schon deutlicher bestimmt; ausgehend von der Polarität Gott/Materie, spricht *Kleist* hier – ganz im Sinne des naturphilosophischen Zeitgeistes – von zwei fundamentalen Grenzwerten des Bewegungsbildes, die das Bewegungsbild von den beiden möglichen Extremwerten der alltäglichen Bewegungspraxis her bestimmen sollen, und meint, jetzt konkret verstanden, genau jene Pole des Bildes (d.h. Gott bzw. die bewußtlose Materie), die im Augenblick ihrer höchsten Annäherung bzw. in ihrer Koinzidenz die „Grazie" als Phänomen ermöglichen, und zwar als Bewegungsmoment der höchsten Steigerung und Konzentration des Bewegungsgeschehens: Die „erste Bewegung" des Eingangs und die „Grazie" (sie ist ja sinngemäß die Bewegung des Ausgangs) treffen sich also in diesem Bewegungsbild direkt in einem idealen Punkt, wo *„[...] die beiden Enden der ringförmigen Welt in einander griffen[...]"* und gleichzeitig Gott und die Materie zusammenfallen, die ursprüngliche Trennung also wieder aufgehoben ist. Wir haben hier also das Motiv der Koinzidenz der beiden anzunähernden Größenordnungen (bzw. der ihnen entsprechenden Bewegungselemente). Im dritten Beispiel treffen wir dann zuletzt auf den Komplex der Steigerung zu einem mathematischen Unendlichen. Hier ist die Bewegung allerdings ein abstrakter Vorgang, den wir freilich erst im nächsten Kapitel unserer Arbeit minutiös rekonstruieren wollen.

Schon jetzt ist aber der Hinweis wichtig, daß *Kleist* die Zirkelgleichnisse des Marionettentheater-Aufsatzes nicht etwa bloß in formaler (d.h. in mathematisch-physikalischer) Hinsicht einführt, sondern sie vielmehr immer auch mit konkreten und identifizierbaren Kernmotiven versieht, die eine dichterisch bedeutsame Dimension des Geschehens offenlegen können. Es handelt sich dabei um genau durchdachte Beziehungssysteme: Sie konkretisieren die Form des zweiten Bewegungsbildes, indem sie ein Bewegungselement (z.B. den Transit durch das Unendliche im dritten Zirkelgleichnis), und zwar im Sinne eines naturphilosophischen Räsonnements, jeweils auf passende physikalische bzw. metaphysische Inhalte anwendbar machen – dies geschieht in Gestalt von Episoden und Anekdoten. Auf diese Weise werden die Zirkelmotive dann zuletzt auch zu rückgekoppelten Bewegungsbildern zwischen praktischem und theoretischem Anspruch; sie beruhen auf prinzipiellen Differenzen im Bewegungsgeschehen bzw. auf dem Geschehen einer Differenzierung, das sich in Form eines Feed-back-Prozesses darstellt; zusammenfassend gesagt, erweisen sich also die Zirkelmotive als strenge Konstruktionspläne des Marionettentheater-Aufsatzes, die sich im Rahmen einer Poetik des zweiten *Kleistschen* Bewegungsbildes zusammenfassen lassen.

Einmal offengelegt, zeigen diese Baupläne mehr als deutlich, daß die Anordnung der Episoden und Motive im Marionettentheater-Aufsatz keinesfalls zufällig erfolgte, sondern tatsächlich einem strengen Bauplan gehorcht. Sein wichtigster Gedanke ist – entsprechend dem naturphilosophischen Zeitgeist – die Bipolarität des Bewegungsphänomens, die in einer zyklischen Argumentationsweise entwickelt und zuletzt aufgehoben wird.

Kleist spricht, um diesen wichtigen Gedanken noch näher zu konkretisieren, in den drei, bereits oben erörterten Bildkonstruktionen, jeweils über den Gegensatz von endlichem Können (Spiel) und unendlichem Können (Grazie). Das Verhältnis zwischen beiden Polen des Bewegungsbildes wird als eine Transitbewegung durch ein singuläres Bewegungsmoment festgelegt, die charakteristisch ist für den Übergang vom ersten zum zweiten Bewegungsbild.

Zu diesen Übergängen sollen im folgenden noch einige praktische Beispiele angegeben werden. Kehren wir daher wieder zu unserem Marionettenspiel der Oper *Don Giovanni* zurück und setzen unser Gedankenexperiment im folgenden noch weiter fort: Gehen wir von der Annahme aus, daß das Spiel zunächst nur Bewegungsspiel und damit vorerst unabhängig von der Oper und ihrer Handlung ist; diese Disposition sei durch den Begriff *formaler Aspekt des Spiels* näher gekennzeichnet; ihm korrespondiert nun der *inhaltliche* (*Kleist* selbst drückt ihn durch seine Zirkelgleichnisse aus), insoferne die Puppe und ihr Spieler jetzt eine Oper spielen; der formale Aspekt des Spiels wird nun durch einen komplexen Feed-back-Prozeß gesteuert, von dem aus das „formale" Bewegungsbild entsteht, auf das hin dann zuletzt die Inhalte, z.B. die Handlung und die Musik angewendet werden müssen. So verstanden, strukturiert die formale Bewegung damit zuletzt die bewegten Inhalte, die wiederum – im Sinne eines Feed-back-Prozesses – rückantworten. Unsere wichtigste These ist nun im folgenden die Annahme, daß *Kleist* diese komplizierte Dynamik mit seinem Terminus „Grazie", so wie er in der Konklusion des Aufsatzes verstanden wird, kennzeichnet. Das Marionettentheater ist also Spielboden und Experimental-Labor dieser Bewegung in einem. Die Grazie drückt, so verstanden, die Annäherung eines formalen Bewegungsinhaltes an auszudrückende Inhalte aus. Wir treffen somit sofort auf ein praktisches Problem zwischen Einübung und perfekter Durchführung (bzw. Anwendung) eines Bewegungsphänomens, d.h. auf die Dialektik von Physik und Poesie der Bewegung – und zwar im strengen Sinne des Wortes.

Wenn sich z.B. die Marionette Y als Don Giovanni galant und elegant vor einer zu verführenden Marionetten-Dame verbeugt, dann ist die inhaltliche „Grazie" (im üblichen Sinn des Wortes, z.B. das graziöse Verhalten eines galanten Liebhabers) als Vorgabe (bzw. als zu erreichendes Motiv) im Vordergrund, ihr korrespondiert im Handlungsablauf eine „Grazie" vom formalen Aspekt des Bewegungsbildes her, das selbst technischer (poetisch-physikalischer) Hintergrund ist. Die Praxis der Bewegung, allgemeiner gesagt: die Bewegungskultur, entfaltet sich also zwischen der Form einer Bewegungsmaschinerie und dem Inhalt einer Marionettenoper. *Kleist* hat diese komplexe Situation in seinem Aufsatz durch die Episode vom Dornausziehers näher umrissen: In ihr will sich die spontan gewonnene, dynamische Grazie – sie ereignete sich ja zuerst am Körper eines Jünglings – der formalen eines Bewegungsbildes annähern, in dem die Reflexion über eben dieses Bewegungsphänomen eine dominierende Rolle spielt; wir treffen somit auf ein Entscheidungsproblem, das tatsächlich bipolar angelegt ist. Einmal zeigt sich die Bewegung als „ursprüngliches" Phänomen, zum anderen aber als Reflexion über eine ursprüngliche, bzw. um mit *Rousseau* zu reden, über eine „erste Bewegung", die in dieser Reflexion mit einer „abgeleiteten" konfrontiert wird. Um dieses Dilemma zu lösen, geht *Kleist* in seinem Aufsatz davon aus, daß das Bewegungsbild u.a. auch als Deutungsweise zu verstehen ist; dies setzt die Annahme voraus, daß gegebenenfalls auch beobachtetes bzw. interpretationsbedürftiges Verhalten im Sinne eines authentischen Bewegungsbildes interpretierbar ist – und zwar ungeachtet der Tatsache, daß man hier sofort auf undefinierbare Stellen trifft, die merkwürdigerweise den Reiz des Geschehens ausmachen.

In dieser Hinsicht ist also zwischen einer *interpretativen Ebene* (bzw. einer Modell-Ebene) und einer *systematischen Ebene* im Marionettentheater-Aufsatz *streng* zu unterscheiden. Das *erste* Kleistsche Bewegungsbild kann in diesem Zusammenhang als eine reine Modell-Ebene, das zweite *Kleistsche* Bewegungsbild dagegen als eine Kritik an dieser Modell-Ebene aufgefaßt werden, die vornehmlich von einer Poetik der unmittelbaren, d.h. ursprünglichen Bewegungskultur her gespeist wird.

Ein Marionettenspieler im Sinne des ersten *Kleistschen* Bewegungsbildes muß nämlich von Anfang an bemüht sein, so oft wie möglich das bewegte Zentrum seines Spiels in die übrigen konkreten Handlungsverläufe einzubringen. Das ist sein Spiel und sein Einsatz (ähnlich wie beim Dirigenten des begleitenden Orchesters, dessen Handbewegungen freilich telepathischer auf die Musiker einwirken). Würde man aber den Parallelismus des ersten Bewegungsbildes vorbehaltslos akzeptieren, dann müßte man zugleich die Prämisse setzen, daß Spieler und Puppe (bzw. Dirigent und Orchester) eine mechanische Einheit bilden, als handelte es sich um eine Spieluhr, die bloß aufgezogen werden braucht. Im Falle unserer Marionettenoper müßte ferner vorausgesetzt werden, daß die Bewegungen der Marionette völlig auf die Bewegungen der Musik bzw. auf eine in sich geschlossene Inszenierung hin angepaßt werden können – was freilich in der Praxis nicht der Fall ist. Dennoch eignet sich das Modell bzw. die zugehörige Modell-Ebene, um Teile des Geschehens rational und vollständig interpretierbar zu machen. Auch muß der Regisseur bzw. der Dirigent von der Annahme ausgehen, daß das Geschehen ein didaktisch vermittelbares, in sich abgeschlossenes, rational ausdeutbares Kontinuum ist, in dem Interpretation und praktische Durchführung auch harmonisch zusammenkommen können. Je kontinuierlicher sich nämlich alle derartigen Eingriffe über das gesamte Geschehen der Marionetten-Oper ausbreiten lassen, je dichter also das auf das Bewegungsgeschehen anwendbare Kontinuum des Spiels der Marionetten in Hinsicht auf Musik und Text der Oper ist, umso mehr wird dann auch die Darbietung selbst zur „Grazie", d.h. zur immer stärker hervortretenden Verschmelzung von Musik, Gesang und Bewegung auf der Basis des ersten *Kleistschen* Bewegungsbilds (d.h. als Interpretationsfigur). Dies geschieht aber, jetzt systematisch gesehen, freilich nicht wirklich im Kontext des ersten *Kleistschen* Bewegungsbildes, sondern ist und bleibt Interpretation, Deutung eines Spiel-Zusammenhangs. Bei der Interpretation mit diesem Bild trifft man daher sofort immer auch auf nicht erfaßbare Ereignisse: Denn vom ersten *Kleistschen* Bewegungsbild her werden sowohl Musik als auch gesungener Text in einer stetigen, parallelisierten Konfrontation mit dem Bewegungsbild der Marionette gesehen, was freilich kaum je der Fall sein kann; die in der Partitur bzw. im Regie-Konzept markierte, d.h. angezeigte Bewegung entspricht nämlich in der Praxis nicht zur Gänze dem, was hier vom rationalen Verständnis her machbar wäre; vielmehr erzeugt das Zusammenspiel aller Komponenten der Marionetten-Oper wegen des bereits erörterten Hemmungs-Geschehens eine Reihe von Unterbrechungen, die so gut wie eben nur möglich aufeinander abgestimmt sein müssen (darin liegt vermutlich der Reiz der guten Interpretationskultur). In dieser Hinsicht wird allerdings dem Publikum gegenüber ein großes Maß an Täuschung produziert. Es handelt sich um eine ähnliche Situation wie im

Fall des hervorragenden Magiers, der sein Publikum über die wahren Zusammenhänge per definitionem im Unklaren lassen muß, um ein guter Magier zu sein. Das gute Spiel ist also immer auch gut inszenierte Illusion, was zugleich bedeutet, daß es sich par excellence gegen die prästabilierte Harmonie des ersten Bewegungsbilds stellen muß, um nicht langweilig, d.h. offensichtlich, zu werden.

Dennoch lassen sich aber das Spiel und seine bedeutsamen Handlungen weiterhin so interpretieren, als läge ihnen tatsächlich eine derart abgestimmte Harmonie zugrunde, freilich aber nur sehr vordergründig. Es scheint dann, als benützte man die Regie-Anleitungen nur, um Hindernisse beiseite zu schieben, die uns bis zum Augenblick des Einsatzes das authentische Stück verstellt, verdeckt bzw. verfinstert haben. Die „Grazie" (des ersten *Kleistschen* Bewegungsbildes) wäre also, so verstanden, zunächst einmal nur der Blick des Logikers (und nicht etwa der des Ästhetikers) auf das Spiel und sonst nichts. Dies bedeutet auch, daß die Bewegung der Spieler das Spiel dann eigentlich nicht interpretiert, sondern lediglich eine apriori eingestellte Bewegung – als hätte man es mit einem Uhrgang zu tun – ausführt, ohne sonst irgendeinen weiteren Spielraum zur Verfügung zu haben.

Folgende Thesen sollen schließlich das bisher Gesagte – mit Blick auf gattungsbildende Momente des zweiten *Kleistschen* Bewegungsbildes – noch weiter – und vor allem auch stringenter – zusammenfassen:

Jeder Einsatz der Spieler im Spielgeschehen drückt dann in ein und derselben Ebene jeweils eine *dreigliedrige* Relation aus, die uns das gespielte Stück, das ja formal wie inhaltlich auf einer ganz anderen Ebene als der Bewegungsvorgang bzw. die Bewegungsmotorik steht, erhellen kann; hierbei handelt es sich zunächst einmal um das erste Bewegungsbild (als naives Interpretament und als unmittelbares Gesprächsthema der Gesprächspartner *Ich-Erzähler* und *Herr C.*), ferner um das zweite Bewegungsbild als eine Bewegung (bereits auf Meta-Ebenen), die die diskontinuierlichen Teile der Bewegung in diesem Zusammenhang vollinhaltlich mitberücksichtigt – mit Blick auf den Marionettentheater-Aufsatz drückt sich diesbezüglich mehr oder minder deutlich *Kleists* eigene Meinung aus, so wie er sie über das Medium des Gesprächs zwischen den beiden fiktiven Gesprächspartnern seinem Leser vermitteln will –, und schließlich um die „Grazie" als inhaltliches Resultat dieser Kontraposition. Dabei ist die „Grazie" zunächst einmal interpretatives Bild des Bewegungsablaufes[76], und ein andermal Verlauf und Resultat der Bewegung, und zwar vom Hintergrund einer zeitgenössischen Diskussion her, die sich in zahlreichen Werken (wie z:B. in *Friedrich Schillers Über naive und sentimentalische Dichtung*) dem Zeitgeist darstellte. Doch auch das zweite Bewegungsbild kennt einen interpretatorischen bzw. hermeneutischen Anspruch, der sich insbesondere auf gattungsbildende Momente – und weniger auf systematische Aspekte der Bewegung – beziehen läßt; dieser Anspruch ist, obwohl zugegebenermaßen deutlich weniger sichtbar als der des harmonischen Bewegungsbildes, von großer Wichtigkeit zum Verständnis der *Kleistschen* dramatischen und erzählerischen Intentionen: von ihm her werden nämlich – und zwar jeweils über die Person des Spielers – jene Teile des Geschehens interpretiert, die nicht eigentlich den Bewegungsvorgang (d.h. das Spiel der Marionette) selbst betreffen, sondern vielmehr den praktisch bzw. ästhetisch erfaßbaren Ablauf von Bewegungsvorgängen. Er erwähnt diesbezüglich *fünf* Beispiele direkt, die allesamt diesem Zusammenspiel von zweitem Bewegungsbild (als Gattung) und interpretationsbedürftigem Bewegungsvorgang – und zwar durchaus auch in sprachphilosophischer[77] Hinsicht – unterliegen: erstens z..B. die *Pantomimik*[78], zweitens, den *Tanz* (und zwar in Gestalt des Ballett-Tanzes bzw. in Gestalt der „dramatischen Burlesken“[79]), drittens das *kunstvolle Marionettenspiel* (als l'art pour l'art), das sich den Zuschauern und Kritikern gleichermaßen als *„Weg der Seele des Tänzers“*[80] zeigt; ferner, viertens, die *Imitation von Bewegungsvorgängen*[81] in der Art[82], wie sie auch *Lessing*, namentlich im Zusammenhang mit seinen Betrachtungen zur Laokoon-Gruppe, d.h. als in sich gestillte (zur Ruhe hin „komprimierte“[83]) Bewegung der Skulptur in Betrachtung zog (dazu direkt analog zu verstehen ist, wie schon zuvor angemerkt, *Kleists* Episode vom Jüngling, der von diesem ästhetischen Hintergrund her den „Dornauszieher“ nachahmen will[84]), und schließlich, fünftens, die *unbewußte Bewegung* der „Grazie“ als traumwandlerisches „Gefühl“ (im Zusammenhang mit den Zirkelbeispielen, dem Geraden- und Spiegel-Beispiel, ferner im Zusammenhang mit der Fechter- und der Bärenkampf-Episode und nicht zuletzt im Sinne des „Gefühls“ der *Marquise von O.*[85]). Die Interpretation betrifft dabei, und zwar jetzt bezogen auf *alle* fünf erwähnten inhaltlichen Typen des zweiten *Kleistschen* Bewegungsbildes, zunächst einmal *nur* Fragen der Abstimmung der Bewegungselemente hinsichtlich der äußeren Quellen. Einzig und allein in dieser Hinsicht stellt sich uns nämlich *Kleists* Gattungs-Verständnis, so wie es sich uns vom Marionettentheater-Aufsatz her zeigt, authentisch dar! Der Spieler steht ja, und zwar z. B. über den Seilzug seiner Marionette, in einer mechanischen Beziehung zu den Medien Gesang, Handlung und Dramaturgie der zu spielenden Szene eines Stücks (z.B. *Don Giovanni*), die ihrerseits jeweils mechanische Voraussetzungen besitzen, die aufeinander abgestimmt werden müssen. Die Verknüpfungen der einzelnen Bewegungselemente des Spiels sind daher zuletzt im strengen Sinne des Wortes Netzwerke der „Regie“, ihnen soll eine Reihe von anwendbaren (d.h. mithin reproduzierbaren) Regie-Anweisungen entsprechen, die im konkreten Spiel freilich spontan – und ohne langes Nachdenken – umgesetzt werden müssen. Freilich ist aber die Regie nicht das Stück selbst. Es gibt, streng rational verstanden, überhaupt keine denkbare, systematische Verbindung. Das Wort *„Sicherheit der Grazie“*[86], so wie es *Kleist* gebraucht, entpuppt sich uns zuletzt nur – und zwar durchaus ganz im Sinne *Kleists* – als Metapher, aber nicht eben als ontologisch bzw. pragmatisch faßbare Realität einer Beziehung. Hier herrscht vielmehr eine unendliche, gedanklich unüberbrückbare Differenz vor, die für den Sprachphilosophen z.B. das Charakteristikum par excellence dieses Spielverlaufs bzw. dieses Bewegungsbildes werden kann. Damit ist, so eine weitere wichtige These, zugleich auch ein möglicher Übergang zum zweiten Bewegungsbild, und zwar ganz speziell von unserem Beispiel her, skizziert, der sich zuletzt als eine

Grundlage zur kritischen Würdigung von *Kleists* dramatischem und erzählerischem Œuvre anbietet.

Schließlich ist dann noch zu bemerken, daß sich, so verstanden, Spieler und Komponenten (Bewegungselemente und Bewegungsformen) des Spiels keinesfalls in ein und demselben Kontinuum befinden können, sondern vielmehr in einer bedeutungsvollen Differenz zueinander stehen müssen.

Kleist hat ferner auch erkannt (und der Darstellung dieses Gedankens dient vornehmlich die von uns als *fünfte Gruppe* klassifizierte Abfolge der Beispiele im Marionettentheater-Aufsatz), daß diese Differenz für ein endliches, nur gedanklich arbeitendes Bewußtsein, der Komplexität der involvierten Beziehungen wegen, gänzlich unüberbrückbar ist[87] (Dazu vgl. auch das *Kleistsche* Motto aus *Von der Überlegung* am Beginn des vorliegenden Kapitels). Daher ist im Zusammenhang mit dem Spiel auch nicht wirklich die harmonisierende Gewißheit des ersten Bewegungsbildes möglich. Es gilt nämlich diesbezüglich, so *Kleist*, daß die „Grazie" *„[...] zu gleicher Zeit, in demjenigen menschlichen Körperbau am reinsten erscheint, der entweder gar keins, oder ein unendliches Bewußtsein hat, d.h. in dem Gliedermann, oder in dem Gott"*[88]

Gedankenketten als „Bewußtsein von etwas" können nämlich nur seriell – und vor allem nur in einer strikten Zeitreihe – entfaltet werden. Das Bewegungsbild zerfällt daher unter der Anspannung durch die schier unendlich geladene Ereignis-Reihe in viele künstliche Interpretationsschritte, die einer einfachen Grammatik des Zeit-Bildes gehorchen. Durch sie wird die Authentizität des Ereignisses also zuletzt völlig vernichtet. Dies bedeutet, daß jemand, der „zuviel" in endlicher Zeit über „Grazie" nachdenkt, per definitionem ungraziös sein muß.

Dies bedeutet nun weiters auch, jetzt einmal anders formuliert, daß das erste *Kleistsche* Bewegungsbild damit – freilich erst auf der Ebene der ästhetischen Praxis – obsolet wird. Es will nämlich nicht akzeptieren, daß zwischen dem Spieler und dem gespielten „Gliedermann" des Marionettentheaters eine für dieses Bewegungsbild nicht überbrückbare Differenz besteht, ja sogar notwendigerweise bestehen *muß*.

Man könnte aber nun dagegen einwenden, daß dies z.B. eben nur für jenen Fall uneingeschränkt gültig sein könne, in dem es dem Marionettenspieler darum geht, nicht die „Marionette selbst" zu spielen, sondern vielmehr die Marionette „für etwas" bzw. „als etwas" spielen zu lassen. Im Zusammenhang mit der Marionette klingt dieser Einwand freilich merkwürdig, betrachtet man aber einen Ballett-Tänzer, so scheint er sofort plausibel. Der Ballett-Tänzer „spielt" ja tatsächlich die reine Bewegung, er tanzt also gewissermaßen um der Bewegung willen. Von dieser vordergründigen Einsicht her könnte man nun behaupten, hier – im Tanz – genüge sich die Bewegung selbst und daher müsse die oben angesprochene Differenz zwischen Spiel und Spielgerät wegfallen, da ja von einer Einheit her gespielt wird. Was für den Ballett-Tänzer gilt, gilt sinngemäß dann natürlich auch für den Fecht-Künstler, für den Dompteur oder den Pantomimen. *Kleist* selbst spricht diese Möglichkeit an, und zwar zunächst einmal in der Fecht-Episode[89] , und dann zuletzt auch noch in der weitaus tiefsinnigeren Bärenkampf-Episode[90] seines Aufsatzes – und zwar im Sinne einer Steigerung der Kritik an jener Konstruktion, die wir zuvor das erste *Kleistsche* Bewegungsbild genannt haben.

Dies bedeutet nun zuletzt noch, daß der Gegensatz bzw. die Kontraposition (der Spiel-Thesen) innerhalb des *einen* Bildes wesentlich fundamentaler ist, als man zunächst (d.h. im Sinne des ersten *Kleistschen* Bewegungsbildes) annehmen möchte: Zwischen dem dynamisch-imaginitiven Bewegungsbild (wie im vorhergehenden erörtert) und der „Grazie" befindet sich, so *Kleist* am Schluß des Essays, eine „Kluft", ein Unendliches, ja vermutlich sogar ein Unbedingtes (bzw. Indifferentes), das sich beiden Bereichen völlig und notwendigerweise entzieht. Und dennoch ist sowohl die „Grazie" als auch die ihr entsprechende authentisch angehörende mechanische Bewegung einer Marionettenpuppe (bzw. eines Ballett-Tänzers) *nur* dann möglich, wenn ein *„Durchgang durch das Unendliche"*[91] stattgefunden hat, das beide Bewegungsbilder radikal voneinander trennt.

Kleist läßt freilich völlig offen, um welche Form der Unendlichkeit es sich hier handeln muß, gewiß ist vielmehr nur die Notwendigkeit eines Transits quer durch dieses „Unendliche" hindurch. Dies bedeutet nun aber auch, so eine weitere wichtige These, daß es sich hier nicht mehr wirklich um so etwas wie ein Bewußtsein im alltäglichen Sinne des Worts handeln kann, sondern vielmehr um ein weitgehend paradoxes Bewußtsein, das gleichsam wichtige Teile unbewußt in sich enthält, und dem jeweils ein genau abgestimmtes Kontinuum der bewußten Phänomene, und zwar weitgehend eindeutig, entspricht. Es handelt sich gewissermaßen um ein „Dazwischen", das beide Kräfte (d.h. Bewußtsein und Bewegungsmotorik) im Zustand der höchsten Anspannung enthält. Modern formuliert, haben wir es also ganz offensichtlich mit einer speziellen Form des *impliziten Wissens* bzw. mit einer *tacit knowledge* zu tun, was zugleich bedeutet, daß sich dieser Zustand per definitionem sowohl der Imagination (bzw. der von ihr in Szene gesetzten Reflexionsfigur) als auch der physikalischen Reflexion über die Dynamik des einfachen Massenpunkts (entlang einer physikalisch fixierbaren Bewegungskurve) entziehen muß; dies gilt ungeachtet der Tatsache, daß in der Praxis eines guten Marionettenspiels dieser Reflexionsfigur immer eine mehr oder minder gut angepaßte, weitgehend instinktive Bewegung entsprechen muß. Die Reichweite dieses Unendlichen, das sowohl dem Bewußtsein als auch der Mechanik des Massenpunktes ganz offensichtlich opponiert, ist also zuletzt *das* Qualitätskriterium des Theaterspiels schlechthin. Das Zentrum des Spiels ist daher im strengen Sinne des Wortes in sich völlig verdunkelt bzw. opak.

Teil III

Zur Poetik des zweiten Kleistschen Bewegungsbildes

„Da wird es immer größer und ich breite es immer weiter und heller aus, und das Ding wird im Kopf wahrlich fast fertig, wenn es auch lang ist, so daß ich's hernach mit einem Blick gleichsam wie ein schönes Bild oder einen hübschen Menschen im Geist übersehe, und es auch gar nicht nacheinander, wie es hernach kommen muß, in der Einbildung höre, sondern wie gleich alles zusammen. Das ist ein Schmaus! Alles, das Finden und Machen geht in mir nun nur in einem schönen starken Traum vor. Aber das überhören, so alles zusammen, ist doch das Beste."

Wolfgang Amadeus Mozart

Kap. 9: Die Bewegungsmitte als gestaltlose Singularität. Zu Kleists Kritik des Bewegungskontinuums.

„Ich pflege dann gewöhnlich ins Licht zu sehen, als in den hellsten Punkt, bei dem Bestreben, in welchen mein innerstes Wesen begriffen ist, sich aufzuklären."

Heinrich von Kleist

9.1 Reflexion als Metapher und Formel[1]

In den jetzt folgenden – ihrem tieferen Wesen nach bereits poetologischen – Abschnitten unserer Abhandlung beschäftigen wir uns mit dem im Schlußteil des letzten Kapitels kurz angesprochenen Gegensatz von „lichter" und „verdunkelter" Bewegung; und zwar erstmals ganz ausdrücklich, und ab jetzt nur noch mit Blick auf das zweite *Kleistsche* Bewegungsbild, dessen Darlegung und Deutung nunmehr im Zentrum unserer Erörterungen stehen soll.

Es geht also, kurz gesagt, in den nun folgenden Überlegungen und Strukturanalysen um so etwas wie eine *Poetik* des zweiten *Kleistschen* Bewegungsbildes.

Möglichkeiten des Zugangs zu dieser Poetik[2] sollen zunächst einmal anhand eines konkreten und anschaulichen geometrischen Beispiels[3] dargelegt werden, wobei bereits hier betont werden muß, daß sich grundsätzlich *zahlreiche* (im Prinzip sogar unendlich viele) denkbare mathematisch-geometrische Strukturen anbieten, die alle ein und dieselbe Reflexionsfigur, so wie sie *Kleist* in seinem Essay skizziert hat, zum Ausdruck bringen können; das im folgenden (d.h. im Kap. 9.2.) zu erörternde geometrische Beispiel wurde daher von uns willkürlich ausgewählt, freilich nicht zuletzt wegen seines ästhetischen Aussehens. Von ihm her läßt sich nämlich zwanglos ein mathematischer, seinem Wesen nach strenger und zyklisch-periodischer Verlauf aufzeigen, dem tatsächlich auch eine reale Bewegung entspricht, und der, so wie es *Kleist* in seinem Marionettentheater-Aufsatz ja postuliert, zugleich Formel *und* Metapher für ein Bewegungsbild sein kann. *Kleist* selbst verwendet ja in seinem Aufsatz, wie wir bereits gesehen haben, einige mathematische Strukturen als Metaphern für gewisse Eigenschaften des ersten und zweiten Bewegungsbildes (z.B. die *Logarithmus-Funktion*, dann die *Asymptoten einer Hyperbel*, ferner die *Abbildungsgleichung eines Hohlspiegels*, und schließlich noch, d.h. in seinem Geradenbeispiel, die *Tangens-Funktion*). Die „Formel" – jetzt als Struktur verstanden – bezieht sich dabei *immer* streng auf den ihr tatsächlich[4] zukommenden Verlauf, bzw. mathematisch gesprochen, auf jenen Graphen, der sie analytisch ausdrückt; die Metapher bezieht sich dagegen – und dies gilt für alle Fälle – auf das Aussehen und auf die Strukturmerkmale (vgl. z.B. das *Annäherungsmotiv* im Marionettentheater-Aufsatz). In unserem Falle ist insbesondere die Zweiteiligkeit des mathematischen Bildes von größter Wichtigkeit; sie erlaubt nämlich Zugänge zur Darstellung einer Poetik des zweiten Bewegungsbildes, zumal gerade sie, wie im folgenden noch zu zeigen sein wird, einem wichtigen, direkt geäußerten Grundpostulat des zweiten *Kleistschen* Bewegungsbildes (und zwar dem Postulat der Verknüpfung von *Bewegungsmotiven* mit *Annäherungsmotiven*) entspricht. Wir können daher das Bewegungsbild, so verstanden, immer auch als poetisch-mathematische Simulation auffassen, von der her dann zuletzt beschreibende Ausgriffe auf eine Poetik des Zusammenspiels von Sprachbild und Bewegungsbild möglich und nicht zuletzt auch notwendig werden; diese Poetik ist indessen immer auch „dynamischer Typus", zeigt also die Bewegung als ein literaturwissenschaftlich faßbares Paradigma; und zwar insbesondere auf der Basis dessen, was wir im vorhergehenden einmal poetische Simulation genannt haben. Diese These muß allerdings, insbesondere ihres paradoxen Grundcharakters wegen, anschließend noch näher expliziert werden. Dies soll zunächst einmal anhand eines kleinen, freilich eher unauffälligen Text-Fragments (bzw. anhand eines Aphorismus) *Kleists* geschehen, in dem ausdrücklich vom Stellenwert (bzw. auch vom Zusammenspiel) einer *Formel und einer Metapher* die Rede ist:

> „Man könnte die Menschen in zwei Klassen abteilen; in solche, die sich auf eine Metapher und 2) in solche, die sich auf eine Formel verstehn. Deren, die sich auf beides verstehn, sind zu wenige, sie machen keine Klasse aus."[5]

Im folgenden ist nun also zu zeigen – und zwar ganz im wörtlichen Sinne des zitierten Aphorismus *Fragment* –, daß *Kleist* zu eben jener Gruppe von Menschen gehört, die *„[...]sich auf beides verstehn [...]"*, d.h., die in ihrer praktischen Arbeit sowohl auf eine *Metapher* als auch auf eine *Formel* zurückgreifen können, um einen Sachverhalt – gleichsam als einen Parallelismus von Sprachbild und logisch-mathematischem Bild ausdrücken zu können. Vorderhand einmal bleibt freilich noch zu klären, *was Kleist* unter „Metapher", und was er unter „Formel" versteht. *Kleist* hat sich, wie zuvor bereits erwähnt, vornehmlich während seiner Zeit in Potsdam sehr intensiv mit der Mathematik und der Logik auseinandergesetzt; an seinen Hauslehrer und Freund *C.E. Martini* schreibt er (am 19.3.1799 aus Potsdam) die folgenden Zeilen:

> „Meine Absicht ist, das Studium der reinen Mathematik und reinen Logik selbst zu beendigen und mich in der lateinischen Sprache zu befestigen, und diesem Zwecke bestimme ich einen jahrelangen Aufenthalt in Frankfurt. Alles was ich dort hören möchte, ist ein Kollegium über literarische Enzyklopädie. Sobald dieser Grund gelegt ist, – und um ihn zu legen, muß ich die benannten Wissenschaften durchaus selbst studieren – wünsche ich nach Göttingen zu gehen, um mich dort der höheren Theologie, der Mathematik, Philosophie und Physik zu widmen, zu welcher letzteren ich einen mir selbst unerklärlichen Hang habe, [...]"[6]

Diesen sehr umfangreichen Studienplan hat *Kleist* allerdings nie verwirklichen können – weder allgemein noch im Detail; dessen ungeachtet zeigt er zwei wichtige Gesichtspunkte auf, für die er sich, und zwar mit Blick auf seine persönliche Ausbildung, ganz besonders interessierte; beide Gesichtspunkte sind für die nun folgenden Überlegungen zum Verhältnis von Formel und Metapher von nicht zu unterschätzender Bedeutung. Der erste Gesichtspunkt (*„Meine Absicht ist [...]“*) betrifft dabei vornehmlich das Basis-Arrangement der Fächer in seinem fiktiven *Bildungsplan*: *Kleist* will nämlich zunächst *Latein, Mathematik und Logik* studieren; hinter diesem Anspruch verbirgt sich – dies ist unschwer zu erkennen – noch das alte Ideal des *Leibnizschen* Bildungswegs eines aufgeklärten Menschen im Sinne einer universal ausgerichteten Fächerkombination, deren Grundlagen sich direkt einerseits auf eine *mathesis universalis* bzw. andererseits auf eine *characteristica universalis* zurückführen lassen. Bei ersterer handelt es sich um eine universelle, in sich völlig rationalistisch konzipierte Ordnungswissenschaft, die alle logisch gliederbaren Fächer gleichsam als „Basis-Wissenschaft“ umfaßt, die zweitere ist dagegen eine Art von logischer Universalsprache (durchaus im Sinne einer mechanisch darstellbaren Programmiersprache), in der, um jetzt wieder mit *Kleist* selbst zu sprechen, per definitionem ein strenger Parallelismus von Formel und Metapher vorherrscht. Für einen jeden Begriff gibt es genau *ein* definiertes Zeichen, und jedem Zeichen dieser Universalsprache entspricht – jetzt im umgekehrten Sinne verstanden – genau ein Referenzobjekt (im Bereich der Objekt- bzw. Meta-Sprache[7]) in der Wirklichkeit. Anders formuliert bedeutet dies: Einem jeden Gegenstand bzw. einer jeden Metapher entspricht genau *ein* wohlgeformtes Formel-Objekt – und umgekehrt (also, um mathematisch zu sprechen, besteht eine bijektive Beziehung zwischen Formel und Referenzgegenstand bzw. Metapher). *Herbert Herring*, der Herausgeber der jüngst, 1996, erschienenen Sammelausgabe der Werke *Leibniz'*, charakterisiert diesen Anspruch der „characteristica universalis“ in seiner Einleitung zu *Leibniz' Anfangsgründe einer allgemeinen Charakteristik* (1677), wie folgt:

> „So entwirft Leibniz Prinzipien einer ‚characteristica universalis‘, einer universalen Sprache des Denkens mittels Zahlen oder anderer Zeichen nach dem Vorbild der Mathematik, jedoch umfassender als diese, die – wie er meint – einen besonderen kommunikativen Wert auch für Ethik, Metaphysik und Theologie habe. Von dieser allgemeinen Charakteristik behauptet Leibniz in einem Brief vom Dezember 1678 an Jean Galois, den ehemaligen Sekretär der Sektion Mathematik der Pariser Akademie der Wissenschaften, daß diese Charakteristik in einer Schrift oder Sprache bestehe, die in vollkommenere Weise das Gefüge unserer Gedanken mitteile.“[8]

Der zweite, zuvor noch angesprochene Gesichtspunkt bezieht sich nun aber bereits auf *Kleists* Absicht, sich auch mit einem höheren Bereich zu beschäftigen, den er in seinem Brief an *C.E. Martini* eher scheinbar unverbindlich „literarische Enzyklopädie“ bezeichnet, und der, so unsere These hier, genau diesen Parallelismus von Formel und Metapher zum Inhalt hat. Hier gibt es ganz offensichtlich auch einen handfesten Bezug zum Projekt der französischen Enzyklopädisten, namentlich zu *Denis Diderot*s aufklärerischer Ästhetik. Bei der Konzipierung einer praktikablen Darbietungsweise ihres epochalen Sammelwerks (aller Wissensformen und Kulturtechniken) bezogen sich nämlich die Herausgeber der *Enzyklopädie* ausdrücklich auf *Leibniz'* Theorie einer mathematisch-logischen Universalsprache.

Zu einem möglichen Verhältnis *Kleists* zu *Diderots* enzyklopädischer Ästhetik merkt *Hilda M. Brown* in *Diderot and Kleist* nun folgendes an:

> „I have suggested that some interesting overlap can be found in the aesthetic theories of Diderot and Kleist which at times run so closely parallel in terms of motifs and even phraseology as to be more than coincidental. The impression that Kleist knew Diderot's writings intimately is further confirmed by an examination, necessarily brief, of Kleist's use of the dialogue form in *Über das Marionettentheater*."[9]

Tatsächlich ist aber z.B. auch der metaphorische Gebrauch von mechanischen, physikalischen und mathematischen Formeln im Bereich der ästhetischen Diskussion ein wichtiges und vor allem auch untrügliches Indiz[10], daß *Kleist Diderot* (und mit ihm vermutlich auch die übrigen Enzyklopädisten) genau kannte. *Diderots* Phraseologie – namentlich im Sinne des zuvor erörterten Parallelismus von Formel und Metapher (im ästhetischen Diskurs) – benützt insbesondere der Dialogpartner „Herr C." im Marionettentheater-Aufsatz; tatsächlich verwendet er ja in seinem Gespräch mit dem Ich-Erzähler häufig irgendwelche Hinweise auf Formeln, bedient sich mathematischer und physikalischer Beispiele, die in seinem Gespräch immer auch den Rang einer Metapher erhalten. So heißt es z.B. an einer zentralen Stelle des Aufsatzes über die Linie des Schwerpunktes:

> „Die Linie, die der Schwerpunkt zu beschreiben hat, wäre zwar sehr einfach, und, wie er glaube, in den meisten Fällen gerad. In Fällen, wo sie krumm sei, scheine das Gesetz ihrer Krümmung wenigstens von der ersten oder höchstens zweiten Ordnung; und auch in diesem letzten Fall nur elliptisch, welche Form der Bewegung den Spitzen des menschlichen Körpers (wegen der Gelenke) überhaupt die natürliche sei, und also dem Maschinisten keine große Kunst koste, zu verzeichnen."[11]

In diesem Beispiel ist die mathematische „Form" (bzw. sinngemäß die „Formel") zunächst einmal ausdrücklich das Gleichnis für den Weg des Schwerpunktes, der sich seinerseits – jetzt aber auf seiten der Imagination – als der *„Weg der Seele des Tänzers"* zeigen muß. Dieses Beispiel aus dem Marionettentheater-Aufsatz zeigt uns daher deutlich die Art und Weise, zeigt nicht zuletzt, wie subtil und vor allem auch konsequent *Kleist* in seinem zweiten Bewegungsbild die Übergänge von der Formel zur Metapher zur Darstellung gelangen läßt. Es macht uns aber auch deutlich, *wie* er sein Bewegungsbild prinzipiell strukturiert. Das Grundelement eines strukturalen Bauplans ist dabei jeweils ein Übergang von einem Motiv des *ersten* zu einem Element des *zweiten* Bewegungsbildes. Hinter diesen Übergängen steht aber auch noch ein anderes, allerdings deutlich weniger einsichtiges Erkenntnisinteresse: Von der *Leibnizschen* Annahme ausgehend, daß, wie schon gesagt, zwischen Formel und Metapher ein geheimer Parallelismus besteht, bedient sich „Herr C." – und zwar durchaus ganz im eigenen Interesse *Kleists* – der Anwendung von bipolaren Beschreibungs- und Deutungsmustern, die auf den Parallelismus in kritischer Absicht zurückgreifen; sie lassen sich – ihrer Doppeldeutigkeit wegen – immer auf zwei elementare Pole, d.h. auf den Aspekt der Formel und auf den Aspekt der Metapher zurückführen. Diese Bipolarität ist daher das wichtigste Bauprinzip im Aufsatz, mit dem *Kleist* seine Gesprächspartner u.a. auch fiktive Bewegungsanalysen im Sinne des enzyklopädischen Prinzips durchführen läßt. Es ist daher, so verstanden, auch konstruktive Bewegung im Sinne einer Gattungsbildung.

Schon ganz früh (nämlich im Jahre 1801) hat *Kleist* die literarische Gattung (im weitesten Sinn des Wortes) als eine Synthese von Formel und Metapher verstanden, die immer auch mit einem dazugehörigen System von elementaren Bewegungen (im unten folgenden Beispiel in Gestalt von „Wellenlinien") verknüpft ist; dies zeigt das Beispiel (bzw. Gleichnis) *Kleists* von der schiefen Ebene, das wir nun im folgenden diskutieren wollen, ganz deutlich; die Verknüpfung von Formel und Metapher bewirkt nämlich zuletzt immer, daß die gattungsbildenden Elemente stets *auch* Elemente eines Bewegungsbildes sind, wobei sich die Begründung der jeweiligen Gattung (z.B. des Trauerspiels) in einem strengen Sinn auf eine bereits verwirklichte bzw. wirksam gewordene Dualität von Formel und Metapher zurückführen läßt. Die Bewegungskonzeption im unten wiedergegeben Beispiel von der schiefen Ebene beruht – jetzt von ihrem primären Erkenntnisinteresse her verstanden – darauf, daß *jeder* Formel *eindeutig* eine Metapher – und vice versa *jeder* Metapher *eindeutig* eine Formel – entsprechen muß; auch hier zeigen sich wiederum deutliche Bezüge zu *Diderots* enzyklopädischem Grundgedanken und wir erhalten somit zugleich auch ein neues Indiz zur Festigung unserer These, daß sich *Kleist* sehr stark für das erkenntnistheoretische Basis-Konzept der französischen Enzyklopädisten interessiert hat; vermutlich kannte er, wie schon zuvor angedeutet, *D'Alembert* und *Diderot* sogar aus eigener Lektüre.

Kleists Beispiel von der schiefen Ebene, das uns von *Christian Gottlieb Hölder* in seinem Buch *Meine Reise über den Gotthard im Sommer 1801* überliefert wurde, stellt sich uns in der Tat als ein bemerkenswertes Gedankenexperiment[12] dar, das er – und zwar im Zuge eines abendlichen Gesprächs mit *Hölder* („*In dem Kaufhause zu Unterseen [...]*") – in der dezidierten Absicht entwickelte, Mathematik und Poetik *direkt* miteinander zu verknüpfen. Wichtigster Ausgangspunkt ist eine Theorie des Trauerspiels, die er von einer Konzeption her verständlich machen will, die, kurz formuliert, als eine Achsenbildung von „graven" und „antigraven" Bewegungselementen angesehen werden kann. Diese Achsenbildung umreißt – und zwar gilt dies aus der Sicht *Kleists* ganz allgemein als das wichtigste Kennzeichen eines Trauerspiels – einen genau festgelegten Spielraum zwischen tragischer „Formel" (= „Direktionslinie") und tragischer „Metapher" (= „Schicksal"), in dem sich das Trauerspiel, so wie es *Kleist* bis zuletzt verstand, als „bewegte" Gattung, d.h. als Bewegungsbild tragischer Bewegungselemente (i.e. Helden und Charaktere) entwickelt, und zwar stets in überschaubaren Schritten, um zuletzt einen tragischen Höhepunkt zu erreichen, der gewissermaßen prästabiliert, wenn nicht sogar prädestiniert ist. Wichtigster Ausgangspunkt sind dabei zunächst einmal gravitative Kräfte (im Sinne einer „Formel") und schließlich gegensteuernde Schicksalskräfte (sozusagen als dazugehörige „Metapher"); das Bewegungsbild, von dem her die Bewegung (als der Verlauf des Trauerspiels) dann tatsächlich initiiert wird, wird im übrigen von *Kleist* mit Hilfe einer schiefen Ebene wiedergegeben, so wie man sie damals in der Physik für Fallversuche verwendet hat. Das Trauerspiel ereignet sich also, folgt man *Kleists* Argumenten konsequent, in einem Spannungsfeld zwischen freiem Fall auf einer schiefen Ebene, für den es ja eine *exakte* mathematisch-physikalische Formulierung (d.h. also eine „Formel") gibt, und dem „Fall" als Metapher, der das „Schicksal" des Helden als dramatisches Bewegungsbild – d.h. mithin als Gattung – ausdrückt; von ihm her wird ein dramatisches Sujet (d.h. eine Handlung) zuletzt auch noch *metaphorisch* umfangen[13]:

> „Sie werden mich auslachen, fing er (*Kleist*/Der Verf.) an, wenn ich Ihnen sage, daß sich die Gesetze des Trauerspiels in einer sehr einfachen mathematischen Figur vereinigen lassen; inzwischen bin ich so sehr von der Richtigkeit meines Satzes überzeugt, daß ich (hier hob er drei Finger in die Höhe) sie bei allen Göttern beschwören wollte. Zugleich ergriff er ein Messer, und kritzelte folgende Figur auf den Tisch:

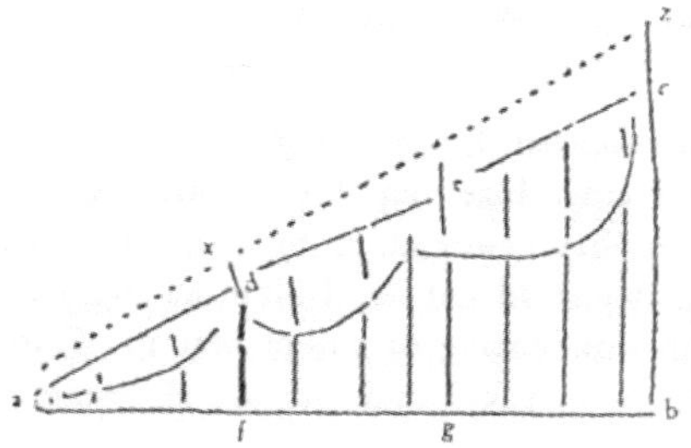

> ‚Die Linie a b ist die extensive Größe der Begebenheiten; sie liegt in der Fläche des menschlichen Lebens; auf ihr die Zwecke des Helden. Diese Linie ist in drei gleiche Teile geteilt, a f, f g, g b; Exposition, Schürzung des Knotens, und Katastrophe.
> Die Linie b c ist die intensive Größe der Begebenheiten, der Charakter des Helden.
> Der Punkt a ist der Standpunkt des Zuschauers, von welchem aus er den Gang des Helden verfolgt, den er auf dem Endpunkte c erwartet; man könnte a c die Direktionslinie der Erwartung nennen.
> Die Linie c b, welche den Charakter des Helden andeutet, ist grav (gravidiert gegen a b), das Schicksal, welches den Helden verfolgt, ist antigrav (erhebt den Helden über die Linie a b). Wäre der antigrave Druck von a b gleich stark mit der Gravidative von c b, d.h. kämpften das Schicksal und die intellektuelle Kraft des Helden mit gleicher Stärke gegen einander, so würde der Held notwendig auf der Linie a b fortgehen müssen.
> Wäre der Druck des Schicksals immer gleichmäßig wirkend, aber mächtiger als der Charakter des Helden, so müßte dieser in einer geraden Linie, etwa a c, fort-

gehen, und sich immer von seinem Zwecke entfernen. In diesen beiden Fällen würde nun das Interesse des Zuschauers unmöglich stark genug geweckt werden können. Der Gang des Helden muß also in parabolischen Linien verlaufen – und auch hier beweist sichs, daß dies die Schönheitslinie ist. Das Schicksal muß den Helden erheben, ihn von seinen Zwecken entfernen; er selbst nähert sich wieder denselben durch seine eigene Kraft, bis er endlich in dem Punkte c von dem Schicksal zermalmt wird.
Die Wellenlinien, welche den Gang des Helden bezeichnen und mit der intensiven Größe der Begebenheiten in Verbindung stehen, dürfen nicht in großer Anzahl und schnell aufeinander folgen, sonst würde das Interesse des Zuschauers wieder darunter leiden; es wäre ein ermüdendes Auf- und Absteigen.
Am Ende des ersten Akts kommt der Held auf den Punkt d zu stehen, in die Direktionslinie der Erwartung. Hier ahnt der Zuschauer, welche Wendung sein Schicksal nehmen wird. Von dem Punkte d nähert er sich wieder seinem Zweck, aber das Schicksal drückt ihn auf den Punkt e, bis er im dritten Akt auf dem Punkte c seine Laufbahn vollendet.
So wie der Held gegen a b in den Durchschnitten gravidiert [sic!], so steigt und sinkt das Interesse des Zuschauers, bis es seinen höchsten Grad in dem Punkt c erreicht hat.
Würde der Held am Ende des ersten Akts in x zu stehen kommen, so wäre die Anlage des Stückes falsch; oder man müsse b c verlängern, bis sie mit der verlängerten a x in dem Punkte z zusammenfiele.
Je kürzer a b und je länger b c, desto mehr muß das Interesse steigen, desto mächtiger ist der Drang der Begebenheiten."[14]

Im hier von *Kleist* dargelegten Beispiel eines dramatischen Bewegungsbildes wird also der Verlauf der Bewegung durch so etwas wie eine tragische bzw., allgemeiner formuliert, durch eine dramatische „Wellenlinie" ausgedrückt; sie wird durch den Vergleich mit der mathematischen Struktur der Parabel näher bestimmt. Diese Parabel – und zwar zunächst einmal pro forma im Sinne eines mathematischen Näherungsverfahrens verstanden – approximiert sozusagen das tragische Geschehen, das, jetzt als Ganzes gesehen, zuletzt einen katastrophalen Höhepunkt der Verwicklungen, und zwar, wie *Kleist* ausdrücklich postuliert, nach strengen Regeln erreichen muß; freilich liegt hier der Endpunkt des Geschehens noch nicht – wie dann später in der Konklusion des Marionettentheater-Aufsatzes – im Unendlichen, auch fehlt noch zur Gänze die Zirkularität des Geschehens (entsprechend den *Kleistschen* Zirkelgleichnissen), ferner ist der dramatische Verlauf in *keinem* Augenblick je fragmentiert, sondern muß vielmehr stets vollständig repräsentiert sein. Im Prinzip zeigt uns also *Kleists* frühe Konstruktion eines idealen Trauerspiels, seiner damaligen Ansicht entsprechend, die wichtigsten mathematisierbaren Verlaufsstrukturen einer literarischen Gattung; diese lassen sich im Rahmen der Vorgaben beliebig strukturieren und modellieren und sind stets innerhalb eines Koordinatensystems „graver" und „antigraver" Drücke angelegt.

Wir haben es also, wie bereits jetzt deutlich zu erkennen sein dürfte, mit einer Vorstufe des ersten *Kleistschen* Bewegungsbildes zu tun. Sie ist – analog zum *ersten* Kleistschen Bewegungsbild – *zugleich* Gattung und Interpretament. Charakteristisch ist hier wiederum der kontinuierliche Verlauf des

Abb. 16 *Schiefe Ebene für Fallexperimente*

(16. Jh./Holz, Messing/Museo di Storia della Scienze/Firenze)
Mit Hilfe solcher schiefen Ebenen wurden noch bis ins 18. Jahrhundert hinein Fallexperimente angestellt, die im wesentlichen der Überprüfung der Fallgesetze Galileis dienten. Schwere Metallkugeln rollten eine mit Samt ausgelegte Fallrinne hinab, wobei die Zeit an bestimmten Markierungen gemessen wurde. Solche einfachen Instrumente gehörten zur Standardausrüstung eines jeden physikalischen Kabinettes. Das hier abgebildete Modell besitzt entlang der Fallrinne zusätzlich noch kleine Messingglocken, mit deren Hilfe man das quadratische Fallgesetz anhand akustischer Signale überprüfen kann. Daß Kleist mit einem ähnlichen Instrument experimentiert haben mußte, zeigt das Schema in Hölders Bericht ganz deutlich.

zentralen Geschehens bzw. der ihm zugehörigen „Direktionslinie" des Helden; diese Linie ist ihrem eigentlichen Wesen nach endlich und daher stets auf eine feste Mitte hin ausgerichtet, die zum einen „Formel" und zum anderen „Metapher" ist. Im obigen Beispiel wird die Mitte freilich noch – und zwar auf eher naive Weise – durch den Zuschauer festgelegt, so wie ihn *Kleist* hier – und zwar ganz anders als im modernen Sinne – versteht, im Marionettentheater-Aufsatz handelt es sich dann aber bereits um wesentlich Abstrakteres, d.h. um die „Grazie", und zwar um ihrer selbst willen – es ist also in diesem speziellen Kontext völlig gleichgültig, ob die „Grazie" von einem potentiellen Betrachter erkannt wird oder eben nicht, denn im Verständnis des späten *Kleist* ist sie ja, wie schon näher dargelegt, überhaupt die wichtigste Bedingung für das Zustandekommen der Bewegung. Ihre Erfassung verlangt, wie zuvor bereits ausführlich erörtert, freilich ein Stufensystem in den Beschreibungen, das von der „Formel“ ausgehend jeweils eine passende Metapher erreicht, und das sich ferner noch den Bewegungen von einem zirkulrären Grundkonzept her anpassen läßt. Das Bewegungskonzept des Marionettentheater-Aufsatzes läuft also, so verstanden, auf ein Relief der Bewegungen hinaus, das auch die Perspektivik des Zuschauers als integralen Bestandteil enthält. Der Zuschauer kann sich also gar nicht von der „Grazie“ trennen, zumal ja seine Kompetenz, sein Können und sein Wirken selbst in der „Gazie“ gründen. Er *ist* in seiner Seh-Bewegung ebenfalls „Grazie“ und bewegt sich mit dem von ihm Gesehenen mit (und zwar ganz in Hinsicht auf die Motivik des Puppen-Tänzers) – dies gilt freilich als Idealfall.

Konsequent im Sinne des obigen, frühen *Kleistschen* Gedankenexperiments verstanden, ist aber der Zuschauer vorerst einmal nur ein strenger Bewegungsanalysator, der den *„[...] Wellenlinien, welche den Gang des Helden bezeichnen [...]“* ohne Abweichung folgt, indem er sowohl die „Formel“ als auch die Kette der dramatischen „Metaphern“ (bei *Kleist* die „Direktionslinie“) in einem einzigen, mehr oder minder konsistenten, völlig linearen Bewegungsbild zusammenfaßt und als Bewegungsbild interpretiert, das zugleich immer auch Gattung (d.h. hier namentlich ein „Trauerspiel“) ist. Anstatt der „Grazie“ des Marionettentheater-Aufsatzes ist also vorerst nur vom einseitigen „Deutungs-Interesse des Zuschauers“ die Rede, das durch den Verlauf der „Direktionslinie“ bestimmt und damit als Bewegung der Charaktere und Episoden genau festgelegt wird. Die Extension bzw. die Intensitivität dieses Bewegungsbildes sind, wie *Kleist* ferner noch andeutet, in einem strengen Sinne steuerbar und unterliegen daher selbst rationalen Bauplänen, die der Autor des Dramas nach strengen Grundsätzen und Vorgaben – ja im Prinzip sogar mathematisch – gestalten kann; dies gilt nun ausdrücklich, was dann zugleich auch bedeutet, daß diese wichtigen Grundsätze, zusammenfassend gesagt, stets einen rational gangbaren „Weg“ vorgeben und regulieren – und zwar ganz im Sinne eines kontinuierlich vorhandenen dynamischen Bewegungsprinzips (konkret gemeint ist hier das „Schicksal“). Dieser dramatische Weg läßt sich also direkt von einer vorgegebenen mathematisch-physikalischen Konzeption her ableiten. Schon hier wird also das Gleichnis von der „Allmählichkeit der Bewegung“ durch eine Formel (hier namentlich durch den Rückgriff auf die Geometrie der Parabel) ausgedrückt, die zugleich „Direktionslinie“ des Metapherngebrauchs *und* mathematische Formel zur Approximation einer Bewegung ist: *Kleist* merkt in diesem Zusammenhang auch an, daß die Bewegungen im Bild *„[...] nicht in großer Anzahl und schnell aufeinander folgen [...]“* dürfen, denn in diesem Falle würde das Geschehen dem Zuschauer zuletzt völlig unverständlich; die Konzeption von der „allmählichen Verfertigung“ liegt also bereits hier vor, sie ist im übrigen auch das zentrale Gestaltungsprinzip der Gattung Trauerspiel, so wie es der frühe *Kleist* der Jahrhundertwende begreift; die Entstehung eines Trauerspiels ist daher, so definiert, immer auch Synthesis – dies geht eindeutig aus der Anlage des *Kleistschen* Gedankenexperiments hervor; er entwickelt also in seinem Beispiel ein sich allmählich entfaltendes abstraktes Bewegungsbild[15], dessen Bewegungselemente der „grave" Fall und das „antigrave" Schicksal sind; das Zusammenspiel der beiden Komponenten läßt sich dann durch das Gleichnis von der schiefen Ebene näher umschreiben. In diesem frühen *Kleistschen* Bewegungsbild ist also alles – und zwar durchaus im Sinne *Leibniz'* – vollkommen und prästabiliert; sowohl der Aufstieg als auch der Untergang des Helden gehorchen strengen, mechanischen bzw. psychophysischen Gesetzmäßigkeiten. *Kleist* spricht ausdrücklich von der „intellektuelle[n] Kraft" des Helden, die der gravitierenden Linie (bzw. „Weltlinie") seiner Bewegung in jedem Augenblick – und zwar notwendigerweise – opponieren muß, und verweist schon hier auf den Gegensatz von mechanischer und intellektueller Bewegung, der freilich erst im Marionettentheater-Aufsatz ausführlicher erörtert und auf der Basis neuer Ideen und Episoden entwickelt wird. Das gesamte Bewegungsbild gehorcht also, kurz gesagt, der *Leibnizschen* Dynamik zwischen Physik und Metaphysik, so wie wir sie im vorhergehenden bereits ausführlicher beschrieben haben. Zuletzt noch etwas näher mit dem ersten *Kleistschen* Bewegungsbild verglichen, zeigt sich uns schließlich noch, daß beiden Bewegungsbildern eigentlich nur der Grundcharakter des Ansatzes gemeinsam ist, nicht aber die für den Marionettentheater-Aufsatz charakteristische Verteilung der Bewegungselemente. Selbstredend fehlen daher hier noch die Übergänge, die für die Konstitution des zweiten Bewegungsbildes wesentlich und charakteristisch sind; dies bedeutet zugleich, daß es das Moment der gestaltlosen weil singulären Mitte in diesem Beispiel nicht gibt, – bedeutet ferner auch, daß zyklische Strukturen einer Wiederkehr des bewegten Objektes (z.B. der „Grazie") hier noch keine Rolle spielen, ihnen entspricht vielmehr im „frühen" Bewegungsbild das tragische Moment der Katastrophe des Helden. Ziel bzw. Höhepunkt des Bewegungsbildes ist also, zusammenfassend gesagt, eine nach strengen, freilich noch eher linearen Verläufen konzipierte, ihrem tieferen Wesen nach mathematische Proportionalität zwischen „graver" und „antigraver" Komponente des dramatischen Verlaufs, d.h., jetzt wieder mathematisch gesprochen, die Proportionalität von „Formel" und „Metapher", so wie im vorhergehenden bereits skizziert. Zur Illustration noch einmal *Hölders* Gespräch mit *Kleist*:

> „Ich (Hölder/Der Verf.) sagte ihm, daß ich viel Wahres darin fände; als er aber behauptete, man könne das Verhältnis der verschiedenen Teile des Dramas mathematisch bestimmen [...], so antwortete ich ihm, dies könne ich nur alsdann zugeben, wenn er mir die vierte Proportional-Zahl zu folgenden drei Gliedern finden könne:
>
> Gott : Weltall = Mensch : x
>
> Er stutzte über diese Proportion, und sie schien ihn ergriffen zu haben, als er endlich sagte, sein Dreieck versinnliche und vereinfache wenigstens die Regeln der Dramatik außerordentlich."[16]

Diese Proportion drückt nun aber, wie in den folgenden Abschnitten zu zeigen sein wird, bereits die Basis-Konstellation des Marionettentheater-Aufsatzes (Gott – materielle Welt – Mensch) aus, sie zeigt sich hier freilich zunächst noch in einer Gattung (d.h. im „Trauerspiel“), die ihrerseits in der Bipolarität von „Formel“ und „Metapher“ gründet, wobei diese Bipolarität zugleich zwei wichtige Bereiche vorwegnimmt, die in *Kleists* Gleichnis von der schiefen Ebene bereits unterschwellig angelegt sind. Der erste Bereich umfaßt dabei die mathematisierbaren, der zweite dagegen die metaphysischen Aspekte des Bewegungsbildes; zusätzlich gilt aber, daß die letzteren notwendigerweise aus den ersteren hervorgehen müssen, folgt man dem Beispiel *Kleists* konsequent, das sich hier streng genommen freilich nur auf sein Verständnis des „Trauerspiels“ beziehen läßt; später hat *Kleist* das oben dargelegte Dreiecks-Modell im Marionettentheater-Aufsatz verallgemeinert und zusätzlich auch noch mit zirkulären Strukturen bzw. mit Zirkelmotiven versehen. Das in *Hölders* Gespräch angesprochene „x“ der Proportion wäre dann wohl, d.h. jetzt auf den Marionettentheater-Aufsatz übertragen, die *Marionette* bzw., allgemeiner gefaßt, die physisch- metaphysisch verstandene Bewegungs-Dimension der *Marionetten-Puppe*; sie müßte – von der Basis-Konzeption des Marionettentheater-Aufsatzes her gedeutet – anstatt des „x“ in die von *Hölder* angesprochene Proportion „ *Gott : Weltall = Mensch : x*“ eingefügt werden. Es müßte also im Sinne des Marionettentheater-Aufsatzes die Proportion

„*Gott : Welt = Mensch : Puppe*“

angenommen werden. Dies zu zeigen bzw. noch näher auszuführen, bleibt freilich den beiden letzten Kapiteln der vorliegenden Abhandlung überlassen. Derartige, physikalisch-naturphilosophische Überlegungen zu einem Verhältnis zwischen einem Organismus (freilich hier als *Ganzheit* von Leib und Seele verstanden) und den ihm korrespondierenden mathematisch-geometrischen Bewegungs-Strukturen lassen sich, so soll hier noch kurz angemerkt werden, durchaus auch mit dem naturphilosophischen Zeitgeist, bzw. kurz gesagt, mit der damals vorherrschenden Naturphilosophie *Schellings* und seiner Schüler in Beziehung bringen. Es bedarf dabei keiner großen Anstrengungen, um aufzuweisen, daß *Kleist* hier also eine weitverbreitete naturphilosophische Mode (insbesondere im Kontext des Somnambulismus und des „tierischen Magnetismus“[17]) rezipiert hat; freilich auf sehr eigenwillige Art. Der *Schelling-Schüler* und mesmeristische Arzt *Carl August Eschenmayer* (ein unmittelbarer Zeitgenosse *Kleists*) definiert z.B. in seiner 1814 erstveröffentlichten *Psychologie* die „Einbildungskraft“ als eine integrative Bewegung, von der her „Vorstellungen“ und „Objekte“ aufeinander bezogen werden – und zwar durchaus in Art eines mathematischen Prozesses, der sich sogar streng formalisieren läßt. Diesem mathematischen Prozeß entspricht dann sinngemäß eine Typik bzw. ein System von mehr oder weniger naturphilosophischen Metaphern, das die Phänomene der Einbildungskraft freilich zunächst nur „umschreibt“, während sie zuletzt aber durch die Formel zu wirklichen (d.h. meßbaren) Bestandteilen eines „Mechanismus“[18] werden[19]. Er benützt dabei das Modell der Proportionalität von *Formel* (hier: Differential bzw. Integral) und *naturphilosophischer Metaphorik* (Zu erwähnende Beispiele wären: „Aufmerksamkeit der Seele“, „erhöhte Einbildungskraft“). *Eschenmayers* erklärtes Ziel ist es nun, diesbzüglich einen bereits sehr spezifischen, weitgehend bewußtseinstheoretischen Zusammenhang als eine praktische bzw., genauer formuliert, als eine *direkte* Spielart des Parallelismus von Metapher und Formel aufzuzeigen:

> „Denn das, was von der Vorstellung der Objecte sich eindrüken, und im Gedächtniß sich aufbewahren kann, kann nur als ein unendlichkleiner Abdruk, als Ziffer oder wie man es nennen will, dem Seelenorgan sich einprägen. Wird nun die Aufmerksamkeit der Seele durch irgend eine Association nach Jahren auf dasselbe geleitet, so vermag die Einbildungskraft aus diesem Differential oder Ziffer wieder das ganze Object, wie es ihm Leben und in der Wirklichkeit war, abzuleiten, und diese Ableitung ist eine Integration.
> [...] § 279
> Oder deutlicher so: Unser Organismus ist nicht blos einem Mechanismus nachgebildet; Zum blos geometrischen Verstand, der in den Gleichungen der physischen Kurven sich ausdrückt, kommt noch das künstlerische Vermögen der Einbildungskraft hinzu, und es entstehen dann freye Formen und Bildungen, [...] Wenn die Seele nach ihrem eigenen Schema ihren Körper baut, so wird sie die ursprüngliche Typen ihrer Vermögen in demselben zu realisiren suchen, und so entsteht in Hinsicht der Einbildungskraft keine blos geometrische, sondern durch freye Plastik, wie es die Einbildungskraft in den bewußten Kunstschöpfungen zeugt, hervorgebrachte Typik."[20]

Im Kontext seines Gesprächs mit *Hölder* würde *Schelling/Eschenmayers* „Einbildungskraft" der von *Kleist* des langen und breiten entwickelten Konzeption einer „*intellektuellen Kraft des Helden*"[21] (im Trauerspiel) entsprechen, und zwar tatsächlich in *direkter* Übereinstimmung mit der Auffassung *Schellings* bzw. *Eschenmayers*, daß es sich bei der Einbildungskraft ja in erster Linie um ein *realitätsstiftendes* Vermögen handelt. Auf *Kleists* Argumentationsgang übertragen, wäre hier die Realität (d.h. *Eschenmayers* Bild einer „freyen Plastik" der Einbildungskraft) das „Schicksal" des Helden. Der „intellektuellen Kraft des Helden" entspricht dann im weiteren die „Wellenlinie", und zwar als integraler Ausdruck einer „plastischen" Bewegung, die sowohl von „graven" als auch „antigraven" Komponenten[22] initiiert und gesteuert wird.

Freilich gibt es aber auch einen gravierenden Unterschied zwischen *Kleists* und *Eschenmayers* Konzept, namentlich mit Blick auf die nähere Deutung des Parallelismus Formel und Metapher, der im folgenden nicht unerwähnt bleiben darf. Während nämlich *Kleist* im Gespräch mit *Hölder* eher einseitig den *mathematischen Aspekt* (d.h. die Proportion) hervorhebt, geht es *Eschenmayer* seinerseits zentral um den *ideellen Aspekt*, d.h. um so etwas wie eine sprachlich fixierbare Typik der Einbildungskraft. Hier hat also bereits deutlich eine Schwerpunktverlagerung (vom naturphilosophischen Erkenntnisinteresse weg) in Richtung Sprachphilosophie stattgefunden, was dann auch zur Folge hat, daß die mathematische Darstellung einzig und allein sprachphilosophisches (um nicht zu sagen: poetisches) Interpretament bleibt. Und zwar in Hinsicht auf jene von den Romantikern bevorzugte Form der Kontext-Bildung, die sich – freilich eher schlecht als recht – unter den Terminus „romantische Analogie" subsumieren läßt. Der Terminus „romantische Analogie“ besagt dabei, daß *alle* Vermittlungen zwischen Idealität und Realität im Prinzip sprachlicher Natur, d.h. „Reflexionen“ zwischen Sprache und Denken sein müssen[23]. Gleichzeitig will *Eschenmayer* aber auch zeigen, daß hier ein Übergang einer mechanischen in eine metaphysische „Bewegung“ stattfindet, der sich adäquat nur in sprachphilosophischen Kategorien darstellen läßt (obwohl es sich eigentlich um eine genuin naturphilosophische Fragestellung handelt).

Es ist nun also, und zwar durchaus im strengen Sinne, die Bewegung des Übergangs selbst, die den „Organismus“[24], wie *Eschenmayer* sich ausdrückt, „realisirt“ und nicht etwa jene mathematische Kurve, mit der sich diese Bewegung zwischen zwei Polen der Wirklichkeit (d.h. zwischen Physis und Psyche) darstellen bzw. annähern läßt. Dieses Konzept eines Übergangs bzw. eines Transits, d.h. mithin die Vorstellung einer Bipolarität des Geschehens, wird freilich auch für den *Kleist* des Marionettentheater-Aufsatzes, so ist im folgenden noch näher zu zeigen, bedeutsam, wenn man nur auf die Metapher vom „*Weg der Seele des Tänzers*“ rekurriert. Dennoch besteht auch in diesem, sehr speziellen Kontext auch weiterhin noch ein gravierender Unterschied zu *Eschenmayers* Konzept eines Transits (von der Formel zur Metapher): Für den späten *Kleist* ist nämlich diese Bewegung in der Hauptsache ein *realer*, für *Eschenmayer* dagegen bloß ein *ideeller* Vorgang – und zwar, wie schon angedeutet, im Verständnis einer romantischen Analogie. Kurz gesagt, *Kleist* setzt weiterhin eher auf die Formel, *Eschenmayer* dagegen auf die Metapher bzw., allgemeiner und inhaltlich formuliert, auf ihre Typik.

Nach diesem kleinen, jedoch sehr grundlegenden Exkurs in die romantische Natur- bzw. Sprachphilosophie kehren wir nun aber wieder zu unserer Ausgangspostion zurück, d.h. zur Diskussion über „Formel“ und „Metapher“, freilich jetzt bereits im Wissen, daß diese wichtige Bipolarität, zusammenfassend formuliert, das *Kleistsche* Verständnis von den literarischen Gattungen grundlegend bestimmt hat. Dies ist im übrigen auch die wichtigste Schlußfolgerung, die u. E. aus *Kleists* Gespräch mit *Hölde*r zu ziehen ist. Im Spannungsbereich von „Formel“ und „Metapher“ treffen wir insgesamt, so läßt sich schon hier resümmieren, auf eine *bipolar* angelegte Gattungs-Konstruktion, sie bewegt sich ständig – und zwar real – zwischen den Extremen Formel und Metapher. Sie stimmt ferner, und dies muß in den nun folgenden Gedankengängen noch näher gezeigt werden, mit den von *Kleist* im Marionettentheater-Aufsatz inaugurierten Bewegungsbildern völlig überein.

9.2 Die Bipolarität des zweiten Kleistschen Bewegungsbildes

Von dem im vorhergehenden besprochenen Modell einer Gattungsbildung ausgehend – sie erfolgt, wie bereits ausführlich erörtert stets im Zusammenhang mit einem bipolaren Bewegungsbild – , zeigt sich uns das zweite *Kleistsche* Bewegungsbild primär als eine mathematische Struktur, die zweiteilig angelegt ist; von ihr her gedeutet, laufen dann alle involvierten (bzw. dramatisierbaren) Inhalte und Episoden des Marionettentheater-Aufsatzes stets auf eine Zweiteilung hinaus, die zum einen – und zwar ganz im enzyklopädischen Interesse *Diderots* – den *physikalisch-mathematischen*, und zum anderen aber den *metaphysisch-ästhetischen Aspekt* des Bewegungsbildes ausdrückt. Das Zusammenspiel beider Aspekte begründet zuletzt auch eine poetische Doppeldeutigkeit des Bewegungsbegriffs, und begründet schließlich noch *Kleists* Begriff der Harmonie (bzw. gegensinnig verstanden, seinen Begriff der „Tragik")[25], begründet schließlich auch seine Kritik der romantischen *Reflexion* (zu ihr gegensinnig steht ja sein Bild von der „Grazie"). Zum einen ist Bewegung dann harmonischer (bzw. – vom Gegenbild her – tragischer) Verlauf (als Verkörperung einer „Direktionslinie" des Schicksals); zum anderen aber ist sie so etwas wie der „*Weg der Seele des Tänzers*", dem es zum einen um die „Grazie", und zum anderen um die Reflektierbarkeit des Bewegungsablaufs geht; in diesem Zusammenhang kann man dann sinngemäß von mathematisch-physikalischer Reflexion sprechen, die zuletzt freilich auf ein metaphysisches Postulat hinausläuft; es gibt also im Verständnis *Kleists* gleichsam eine „Bewegung an sich" (im Sinne von *Rousseaus* „erster Bewegung") und sinngemäß dazu jeweils eine „Bewegung als Metapher" (z.B. im Sinne von *Kleists* Dornauszieher-Episode). Der ersteren entspricht im Marionettentheater-Aufsatz ganz streng die harmonische Struktur, der letzteren ein Bereich *ohne* jede reelle Bewegung. Sie kann – muß aber nicht zwangsweise – Reflexion sein. Ein jedes Bewegungsbild läßt sich daher in diesem Sinn, erstens, auch als eine harmonische Struktur aufzeigen, an die, zweitens, in nicht minder strengem Sinn ein Bereich der „Verlaufslosigkeit" angrenzt; wir haben es also – und nicht etwa bloß metaphorisch gesprochen – mit einer beschreibbaren Region innerhalb eines Bewegungsbildes zu tun, die zum einen an eine *helle* (aufklärerische), und zum anderen aber an eine *verdunkelte* (romantische bzw. romantisierte) Region, und zwar im Sinne einer „*dunklen Vorstellung*"[26], angrenzt. In diesem, sehr speziellen Zusammenhang benützt *Kleist* einige sehr ausdrucksstarke poetisch-physikalisch-mathematische Metaphern, die in den nun folgenden Überlegungen ausführlich erörtert und dargelegt werden sollen.

Diese bemerkenswerte Unterteilung eines Bewegungsbildes in einen funktional greifbaren und in einen dezidiert metaphysischen Bereich, der von diesem Bereich direkt abhängig ist, war übrigens bereits in *Kleists* Aufsatz *Über die allmähliche Verfertigung der Gedanken beim Reden* eine wichtige Grundlage zur Argumentation – und zwar hinsichtlich eines „Mischsystems" (*Friedrich Cramer*), das in *Kleists* Aufsatz anstatt der romantischen Analogie (à la *Schelling* und *Eschenmayer*) wirksam wird; von diesem Mischsystem her läßt sich die mechanische Bewegung als eine reale Bewegung in der Imagination und vice versa interpretieren; beide Bewegungsformen entsprechen einander jeweils vollinhaltlich und bilden in der Realität ein Mischsystem zwischen den Polen Motorik und Imagination. Das zweite *Kleistsche* Bewegungsbild ist daher, so verstanden, von sich aus eine reale und nicht etwa bloß eine ideelle Synthese von wenigstens zwei einander widersprechenden Bewegungselementen eines Bewegungsbildes.

Diese These muß im folgenden anhand von Definitionen noch näher erläutert werden: Das angesprochene Mischsystem – es drückt im übrigen auch die *Inhalte* des Bewegungsbildes aus – ist nun, erstens einmal, *Spiel* im Bannkreis der (physikalischen und mathematischen) Metaphern, und ist dann, zweitens, auch Formulierung eines Kontextes im Umfeld eines mathematisch (bzw. in einem Falle sogar physikalisch) explizierbaren Bewegungsbilds; der systematische und der poetische Gehalt spielen also, so verstanden, direkt ineinander. Auf diese Weise entsteht zuletzt ein Bewegungsbild, in dem sich Physikalisches und Metaphysisches zu einem einzigen Ausdrucksgeschehen – d.h. als Bewegungsmoment – zusammenfügen: in ihm fügen sich ferner auch, jetzt abstrakt und inhaltlich verstanden, Dunkles und Helles – und zwar zunächst einmal scheinbar völlig beliebig – zusammen und zeigen sich zuletzt doch als bewußte, d.h. mithin als in sich erhellte, streng prozessualisch geformte Wirkungen der Erzeugung einer Sprachkonstruktion – und zwar durchaus auch anschaulich, ja sogar mathematisch und mit präzisem Anspruch, was im nun folgenden Beispiel sogar auf ganz paradoxe Weise der Fall ist:

> „Auch nicht, als ob sie (*Kleists* Schwester/ Der Verf.) mich durch geschickte Fragen auf den Punkt hinführte, auf welchen es ankommt, wenn schon dies letzte häufig der Fall sein mag. Aber weil ich doch irgend eine *dunkle Vorstellung* (Hervorheb. d. d. Verf.) habe, die mit dem, was ich suche, von fern her in einiger Verbindung steht, so prägt, wenn ich nur dreist damit den Anfang mache, das Gemüt, während die Rede fortschreitet, in der Notwendigkeit, dem Anfang nun auch ein Ende zu finden, jene verworrene Vorstellung zur völligen Deutlichkeit aus, dergestalt, daß die Erkenntnis, zu meinem Erstaunen, mit der Periode fertig ist. Ich mische unartikulierte Töne ein, ziehe die Verbindungswörter in die Länge, gebrauche auch wohl eine Apposition, wo sie nicht nötig wäre, und bediene mich anderer, die Rede ausdehnender, Kunstbegriffe, zur Fabrikation meiner Idee auf der Werkstätte der Vernunft, die gehörige Zeit zu gewinnen.“[27]

Hier gibt es also, wie bereits angedeutet, eine eindeutige Parallele zur Konzeption des Bewegungsbildes im Marionettentheater-Aufsatz. Die wichtigsten Postulate im Zusammenhang mit der *„allmählichen Verfertigung der Rede*“ stimmen mit denen der Konstitution der „Grazie“ in sachlicher Hinsicht völlig überein.

Im folgenden geht es uns also genau um dieses Problem der „Bewegungsmitte“ (also um die Bewegung *„[...]auf den Punkt hin[...]“*), was allerdings hier mehr bedeutet als bloß das rein gestaltpsychologische Problem der Ezeugung harmonischer Strukturen im Wahrnehmungsfeld, und zwar speziell im Umfeld einer grundlegenden Achsensymmetrie[28]; ferner auch noch in einem zu gestaltenden Kontinuum, so wie es *Polanyi*[29] versteht. Im realen Bewegungsgeschehen des zweiten *Kleistschen* Bewegungsbildes verbirgt sich vielmehr der nunmehr „augenblicklich“ (und nicht etwa spontan[30]) *erhellte*[31], ursprünglich aber dunkle, weil gestaltlose und weitgehend apersonale Kern jenes merkwürdigen „impliziten Wissens“, das *Kleist* im Marionettentheater-Aufsatz andeutungsweise anspricht (um es allerdings dann z.B. im *Prinz von Homburg* tatsächlich dramatisch zu realisieren). Es zeigt zunächst überhaupt keine Gestalt und keine Mitte, sondern ist vielmehr der reine Augenblick (wie bei *Lessing*[32]). Hier blitzt der „bewegte Punkt" des Marionetten-Spiels plötzlich auf, als käme er aus dem totalen, in sich völlig verdunkelten Chaos, ähnlich dem Überraschungsmoment im *„[...] zweideutigen Spiel an der Manschette[...]"*, dessen Elementar-Charakter für die französische Revolution *Kleist* im Erlebnis von „Mirabeaus Donnerkeil"[33] (in: *Über die allmähliche Verfertigung der Gedanken beim Reden*) recht plastisch zum Ausdruck bringt. Auch in diesem Punkt sind klare Rückbezüge zum naturphilosophischen Zeitgeist möglich. So spricht z.B. *Carl August Eschenmayer* in § 348 seiner *Psychologie* – und zwar ganz im Sinne von *Schellings* Konzeption einer „speculativen Physik" in *Einleitung zu seinem Entwurf eines Systems der Naturphilosophie* (1799) – von einem „Zentrum"[34] (bzw. ausdrücklich von einem „gemeinschaftlichen Durchschnittspunct"), in dem z.B. alle „Gefühle"[35] zu einer indifferenten Einheit verschmelzen, d.h. mithin ein Absolutes bilden, in dem sie auch hinsichtlich ihrer physikalischen Bewegungsmöglichkeiten zusammenfallen; diese Einheit, in der sich alle Gefühle „indifferenziren", und in der alle Bewegungen zum Stillstand kommen, nennt er im übrigen an dieser Stelle das „ästhetische Gefühl". Es ist zugleich Ausstrahlungspunkt für alle abgeleiteten und nicht abgeleiteten Bewegungen, die mit den jeweiligen „Gefühlen" in Beziehung stehen. In § 349 verweist *Eschenmayer* sogar auf das kopernikanische Planetensystem, um diese naturphilosophische These ex analogia zu demonstrieren und zuletzt auch als Bewegung darzulegen. Als „Durchschnittspunkt" ist das angesprochene Zentrum somit auch Zentrum einer jeden fühlbaren und beweglichen Struktur, d.h. – und zwar durchaus ganz im Sinne *Kleists* – überhaupt Bewegungs- und Fühlmitte. Allerdings, was nun *Kleists* Intentionen betrifft, so verknüpft *er* mit dieser Bewegungsmitte Vorstellungen, die von denen *Eschenmayers* zur Gänze abweichen. Von der Bewegungsmitte her, so wie sie *Kleist* versteht, werden nämlich zuletzt alle Teilbewegungen, so wie sie auch in den einzelnen Episoden des Marionettentheater-Aufsatzes beschrieben werden, auf eine Singularität, d.h. auf ein mathematisch Unendliches bezogen. Sie werden, kurz gesagt, zum „Augenblick" bzw., um mit *Friedrich Cramer* zu sprechen, zum „Fulgurationspunkt". Die „Grazie" ist daher gerade in jenem Augenblick am größten, wo sie diese Singularität passiert, wo sie also – jetzt inhaltlich gesprochen – entweder *unendlich bewußt* (d.h. Gott) oder *bewußtlos*, d.h. Gliederpuppe, ist. Gemessen an der alltäglichen Reflektierbarkeit verliert das Bewußtsein gerade in diesem Augenblick (bzw. Fulgurationspunkt) in beiden Fällen jede irgendwie geartete Beziehung zur Bewegung im üblichen Sinn des Wortes. Mit diesem Verlust verknüpft nun aber *Kleist*, wie wir im folgenden noch deutlicher sehen werden, gleich mehrere poetische Episoden und Gleichnisse seines Aufsatzes. Aus diesem Grunde sind wir also nunmehr bei der Poetik des zweiten Bewegungsbildes angelangt. Ihre Darstellung gestattet dann zuletzt auch eine Erschließung des Marionettentheater-Aufsatzes von der bereits ausführlich erörterten Bipolarität Formel und Metapher her.

Das zweite *Kleistsche* Bewegungsbild besteht nämlich, wie bereits dargelegt, aus vielen Elementar-Bewegungen (alle darstellbar durch Formel *und*

Metapher), die sich insgesamt zu einem einzigen, integralen – freilich von einer wesentlichen Diskontinuität mitbestimmten – Bewegungsbild zusammenfügen lassen. Ihm entsprechen sinngemäße Episoden und dramatische Bau-Elemente. Dieses Bild umfaßt schließlich auch, und zwar jetzt bereits mit Blick auf das erzählerische und dramatische Œuvre *Kleists*, alle für ihn wesentlichen gattungsbildenden Elemente, und zwar in Form einer Poetik des Bewegungsbildes, die am konzentriertesten im Marionettentheater-Aufsatz zur Darstellung gelangt. So die wichtigste Ausgangsthese für die nunmehr folgenden poetologischen Erörterungen zum zweiten *Kleistschen* Bewegungsbild.

Zur Verdeutlichung des bisher Gesagten zuletzt noch zwei weitere Beispiele, und zwar mit Blick auf den Sprachaufsatz[36] und in Hinsicht auf *Kleists* dramatisches Œuvre: In der *Donnerkeil*-Episode des Sprachaufsatzes betrifft dieses bipolare Bewegungsbild (zwischen Formel und Metapher) den von *Kleist* angesprochenen „*[...]Umsturz der Ordnung[...]*“[37] in Frankreich (eine ähnliche Verknüpfungsmöglichkeit gilt im übrigen auch für das Erdbeben in der Novelle *Das Erdbeben von Chili*). Inhaltlich gelangt dieses Beispiel u.a. auch im Zusammenhang mit der Elektrizität zur Darstellung. Das dazugehörige zweite Bewegungsbild ist dann sozusagen das Bild der politischen bzw. revolutionären Bewegungen in Frankreich, so wie sie *Kleist* damals verstand; im Schauspiel *Prinz Friedrich von Homburg* ist dagegen das zweite Bewegungsbild so etwas wie ein dramatisches Bewegungsbild, das sich als das Zusammenspiel von „graven“ und „antigraven“ Bewegungselementen deuten läßt, wobei die zentralen Diskontinuitäten des Stücks jeweils durch traumwandlerische Bewegungen des Prinzen ausgedrückt werden. Ihnen entspricht, jetzt physikalisch-metaphysisch verstanden, jener Transit durch das Unendliche, der in den beiden mathematischen Beispielen der Konklusion des Marionettentheater-Aufsatzes mit Blick auf die in den Beispielen implizierten Singularitäten entwickelt wird – und zwar völlig folgerichtig.

Beginnen wir daher im folgenden zunächst einmal mit einer mathematischen Struktur, die es uns ermöglichen soll, uns die wichtigsten Regionen dieses gattungsbildenden Bezugs von einem einfachen Beispiel her anschaulich vor Auge zu führen (und zwar, wie bereits angekündigt, direkt vom poetologischen Aufbau des zweiten *Kleistschen* Bewegungsbildes her), wobei auch jetzt wieder das Gleichnis von der „Wellenlinie“ des tragischen Helden in *Kleists* Gespräch mit *Hölder* eine wichtige Voraussetzung bildet. Diese Voraussetzung legt im übrigen auch nahe, zum Zwecke einer praktischen Veranschaulichung des bisher Gesagten eine periodische Funktion ins Spiel zu bringen; sie muß der von *Kleist* (im Gespräch mit *Hölder*) angesprochenen „Wellenlinie“ ähneln, ihr allerdings – jetzt von den Möglichkeiten einer Metaphernbildung her verstanden – genau entsprechen, und uns ferner, d.h. jetzt von ihrem speziellen analytischen Aufbau her, zuletzt auch die Bipolarität von Formel und Metapher in anschaulicher Weise nahebringen. Ausgehend von diesen Prämissen bzw. Bedingungen gilt es also eine Funktion zu finden, die diese einfachen Eigenschaften in jeder Hinsicht besitzt; dies bedeutet dann schließlich, daß sich der Aufbau und die anschauliche Gliederung des zweiten *Kleistschen* Bewegungsbildes direkt in ihrem Graphen widerspiegelt. Sie drückt zum einen eine periodische Bewegung, zeigt zum anderen einen Grenzbereich und enthält schließlich auch noch eine Region, in der überhaupt keine Bewegung stattfindet. Von diesem Aufbau her lassen sich dann zuletzt auch passende Metaphern für eine Poetik des zweiten Bewegungsbildes finden, die direkt aus einer einfachen Formel hervorgehen. In unserem speziellen Fall eigenen sich z.B. die beiden, unten angeschriebenen Zykloiden-Funktionen u. E. besonders gut, da ihr Graph – was ja in der Abbildung sofort erkennbar ist – im oben genannten Sinn dreiteilig ist. Dies gilt im übrigen für jede andere denkbare Parametrisierung: Die Zahlenwerte können also im Prinzip völlig willkürlich gewählt werden, der Graph ändert dann lediglich seine Gestalt, ohne daß jedoch der für unser Anliegen wichtige Sinngehalt verlorengeht:

$$\text{const} := R + r \qquad \text{const1(phi)} := j \cdot \left[\left(\frac{R + r}{r} \right) \cdot \text{phi} \right]$$

$$x(\text{phi}) := \text{const} \cdot \cos(j \cdot \text{phi}) - r \cdot \cos(\text{const1(phi)})$$

$$y(\text{phi}) := \text{const} \cdot \sin(j \cdot \text{phi}) - s \cdot \sin(\text{const1(phi)})$$

Die analytische Darstellung der von uns gewählten Funktion, und zwar hier im rechtwinkligen Koordinatensystem (also in x/y-Darstellung) angegeben, erfüllt nun im übrigen auch noch zwei weitere wichtige Bedingungen, die *Kleist* für sein Bewegungsbild fordert: Der Graph dieser Funktion drückt nämlich – ganz analog zu *Oskar Schlemmers* Graphik „*Die Zeichen im Menschen*“ – das Moment der Achsenzentrierung[38] und die Forderung nach Kohärenz des Bewegungsbildes in Gleichungen der analytischen Geometrie aus. In unserem Beispiel handelt es sich, konkret gesprochen, um eine Epizykloide, d.h. um eine Funktion, die eine epizyklisch-periodische Bewegung darstellt, die u. E. gut als Metapher für gewisse Bewegungen im Marionettentheater dienen kann –, sie ist hier in ein rechtwinkliges Koordinatensystem eingebettet. Wichtig ist ferner auch der Hinweis, daß diese Zykloide im Prinzip dadurch entsteht, daß eine Kurve auf einer anderen abrollt. Ihr Bewegungsbild ist also dem epizyklischen der Kurbel-Marionette – *Kleist* spricht sie ja in seinem Aufsatz ausdrücklich an[39] – eng verwandt; die Tatsache, daß in unserem Fall das cartesianische Koordinatensystem die Achsen des Bewegungsbildes vorgibt, ermöglicht es uns nun sofort festzustellen, welche Punkte diese analytische Funktion voll erfüllen, und welche zum tauben bzw. zentralen Bereich gehören. Auf diese Weise wird eine Metaphorisierung möglich. Die Gestalt dieser Epizykloide ist im übrigen vom Faktor „const“ und vom Winkel-Argument „phi“ abhängig, das den sogenannten „Walzwinkel“ (bei uns in Radianten = $\pi/180_*$phi) ausdrückt, unter dem die periodische Bewegung abläuft.

In unserem Fall gelten nun folgende Werte (man könnte im Prinzip freilich beliebige andere Werte wählen; die Kurve würde, wie gesagt, ihr Aussehen nur geringfügig verändern, die für unser Anliegen aussagekräftige Struktur bliebe allerdings in allen Fällen im wesentlichen unverändert):

R = 3, r = 2 und für „phi" gilt das Intervall: I ={ 0, 10, ... 360}

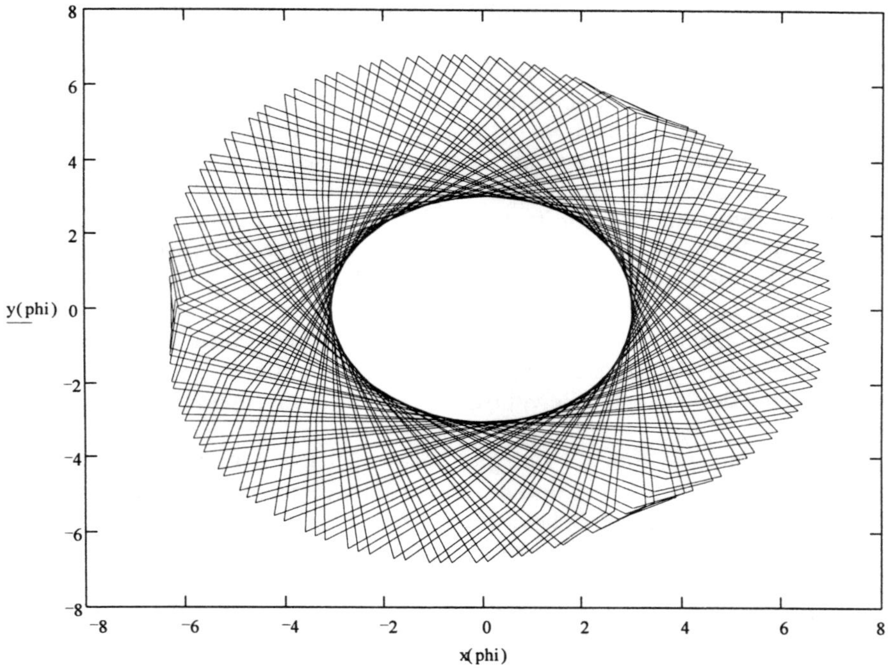

Abb. 17

Verstehen wir daher im folgenden unsere Zykloiden-Graphik als ein *anschauliches* Gleichnis für den grundlegenden Bauplan des *zweiten Kleistschen* Bewegungsbilds[40], um das es uns in der nun folgenden Erörterung gehen soll. Wichtig sind zunächst einmal nur zwei grundlegende Bauelemente: Das *Netz* und die *Ellipse im Zentrum*. Die Formel wird in der nun folgenden Betrachtung, analog zu *Kleists* Aphorismus, zum Gleichnis eines Bewegungsbildes zwischen „Formel" und „Metapher" (jetzt im Sinne *Kleists*): Es handelt sich bei dieser Formel – ihren Graphen zeigt unsere Abbildung – um eine sogenannte *epizykloidische* Bewegungsfunktion, in deren Mitte, wie sofort zu sehen ist, sich ein elliptischer Bereich abgrenzen läßt.[41]. Der Graph drückt also zwei komplizierte Mannigfaltigkeiten aus. Die *erste Mannigfal-*

tigkeit – d.h. das „Netz“ – zeigt einen Bewegungszustand, er ist im übrigen tatsächlich anschaulich. Die zweite Struktur ist – ihrem ersten Ansehen nach – leer. Die Grenzlinie zwischen den beiden Bereichen ist dann die *zweite Mannigfaltigkeit*; sie ist eine weitere anschauliche Eigenschaft dieses Graphen; auch sie ist im übrigen streng festgelegt und zeigt sich in unserem Beispiel als eine Grenz-Ellipse.

Diese grundsätzliche Art der Strukturierung, so wird im folgenden zu zeigen sein, mußte *Kleist* im Auge gehabt haben, als er die Transformation der Bewegungsbilder ineninander anschaulich machen wollte. Halten wir also drei Eigenschaften unseres Graphen fest, die – im Sinne eines *Kleistschen* Bewegungsbildes – direkt in eine Metapher verwandelt werden können: Wir treffen, erstens, auf das *Netz*, treffen dann, zweitens, auf den *Grenzbereich zwischen Netz und Mitte*, und schließlich, drittens, auf jenen Bereich, in dem dem äußeren Ansehen nach *nichts geschieht*. Wichtig ist dabei auch die Tatsache, daß sowohl die Lage als auch das Aussehen dieser drei Bereiche streng – und zwar von mathematischen Funktionen her – geregelt ist. Auf diese drei Bereiche baut *Kleist* dann seine Bewußtseinstheorie auf: Die Bewegung im Bereich des Netzes entspricht dem „*Weg des Schwerpunkts*“, die im Grenzbereich zwischen Netz und Mitte dem „Mischsystem von Bewegung und Imagination“ – und zwar im Sinne des Gleichnisses vom „*Weg der Seele des Tänzers*“ –, der dritte Bereich symbolisiert schließlich den metaphysischen, d.h. den dunklen, den „tauben“ bzw. „blinden“ (bzw. auch opaken) Bereich des bewegten Bewußtseins – und zwar im Sinne einer tacit knowledge.

Im Geraden- und Spiegel-Beispiel verwendet *Kleist* nun tatsächlich, und zwar konzertant, d.h. in ein und derselben sprachlichen Wendung, ein physikalisches und ein geometrisches Beispiel zur Darstellung des Übergangs vom ersten zum zweiten Bewegungsbild. In diesem Beispiel gibt es damit ganz streng die oben erläuterten drei Bereiche: gibt es also, erstens, eine *Netzstruktur*, dann ferner auch eine *Grenzstruktur*, und schließlich noch einen *opaken* Bereich[42]. Dieser dreiteiligen Grund-Darstellung entsprechen dann im weiteren sowohl eine bipolare Betrachtungsweise des Bewegungsgeschehens als auch eine genaue, inhaltlich festgelegte, motivische Struktur, die sich anhand von Einzelstellenkommentaren zu den wichtigsten Textstellen ziemlich eindeutig als Zusammenspiel von Formel und Metapher ableiten läßt.

In unserem speziellen Beispiel ist, wie gesagt, die Ellipse (im Kern der Epizyklenfunktion) die Grenzstruktur, um sie herum gruppieren sich dann also jene Teile des Graphen, die den Bewegungszustand zeigen, und zwar in Gestalt eines Netzes, das, unter freilich hier nicht näher zu erörternden Umständen, sogar in sich völlig zusammenhängend sein kann. Mit diesem Stichwort kommen wir dann zuletzt noch zu einer weiteren wichtigen Eigenschaft, die der Graph neben den rein mathematischen noch zum Ausdruck bringt. Verallgemeinert formuliert, lautet sie: Das Netz ist *immer in sich zusammenhängend* (und zwar im Sinne des Kontinuitätsprinzips im ersten *Kleistschen* Bewegungsbild). In unserem Beispiel ist dies ja auch tatsächlich der Fall. Es gibt daher in einem Teil des Graphensystems überhaupt keine

Diskontinuität, sein Verlauf drückt vielmehr einen kontinuierlichen Bewegungszustand aus, während der zweite Bereich, d.h. in unserem Beispiel die Ellipse, diesen Bereich vom ersten streng abgrenzt; in diesem elliptischen Bereich kann allerdings keine Bewegung stattfinden; aus dem Blickwinkel des Aufsatzes handelt es sich also sinngemäß um eine notwendigerweise dazugehörende Region der Diskontinuität; sie ist – und zwar wiederum immer im Sinne des Zusammenspiels von Formel und Metapher – die zweite, eher praktische Substruktur, die das Bewegungsbild noch näher charakterisiert; in ihr gibt es überhaupt kein in sich zusammenhängendes Geschehen (freilich aber nur auf der Ebene des Gleichnisses und nicht etwa in sachlicher Hinsicht[43]). Dies bedeutet, daß hier im Falle einer Annäherung das Sprachbild streng genommen gewechselt werden muß. *Kleist* deutet diesen Wechsel in der Konklusion seines Aufsatzes durch ein *Transit-Motiv* an.

Wie schon gesagt, gehört also auch das leere Zentrum des Graphen – d.h. in unserem Bild der Bereich der zentralen Ellipse – als fester und unwegdenkbarer Bestandteil zur jeweiligen Bewegungsfunktion. Dies bedeutet nun zugleich, daß man sich einen bewegten Punkt denken könnte, der diesen Graph in einem einzigen, völlig in sich geschlossenen Bewegungsvorgang durchspielen kann: Er könnte allerdings niemals das Areal des Kernbereichs erreichen, so daß es innerhalb eines streng funktional definierten Bereichs – und zwar entlang und hinter der elliptischen Grenzlinie – überhaupt keine denkbare Bewegung gibt. Auf diese Weise läßt sich dann die Bipolarität von Bewegung und Reflexion metaphorisieren bzw. poetisch umschreiben. Dieses nicht minder wichtige Prinzip – es verknüpft kontinuierliche mit diskontinuierlichen Phänomenen zu einer motivischen Einheit – könnte man das *Homogenitätspostulat* des zweiten *Kleistschen* Bewegungsbildes nennen.

Dasselbe gilt nun aber im Prinzip für alle von *Kleist* ausdrücklich angesprochenen Formeln, die er ja in diesem Sinne immer auch als Metaphern in seinem Aufsatz verwendet; es gilt daher sinngemäß auch für das Bewegungsbild einer Variation der Gegenstandsweite im Zusammenhang mit dem Spiegel-Gleichnis, gilt für das Annäherungs-Gleichnis (*Logarithmus-* und *Asymptoten*-Funktion), gilt, wie gesagt, für alle derartigen Beispiele und Motiv-Gruppen, die – in erster Instanz – in einem mathematischen bzw. physikalischen Gleichnis gründen.

Das Homogenitätspostulat wird nun noch durch ein weiteres wichtiges Motiv ergänzt, von dem her sich alle erörterten Gleichnisse zu einer stabilen Gruppe (bzw. überhaupt zu einer festen Gattung) zusammenschließen lassen, wir wollen es vorerst einmal das Motiv der *Variation der Beispiele* nennen. Es beruht darauf, daß hinter dem zweiten *Kleistschen* Bewegungsbild ein einheitlicher, abstrakter Bauplan (die „Formel") steht, der sich in zahlreichen exemplarischen Bildern (in „Metaphern" bzw. streng geformten Episoden) konkretisieren und variieren läßt. Dieses Motiv begründet daher die nächsthöhere textuelle Einheit im Relief des Marionettentheater-Aufsatzes. Aus Formeln werden schließlich bipolar angelegte essayistische Bewegungsbilder, denen genau abgemessene Inhalte und Episoden entsprechen (z.B. die Zirkelmotive im Aufsatz).

Trotzdem trägt diese *fundamentale Dreiteilung* des zweiten *Kleistschen* Bewegungsbildes nur einen theoretischen Charakter: Beobachten und praktisch interpretieren läßt sich nämlich der Bewegungszustand (d.h. das Zusammenspiel von Marionettenspieler und Marionette) in der Praxis nur von einer Bipolarität her, zumal ja der opake Bereich (der Verschmelzung der beiden „sichtbaren“ Bewegungselemente) allen rational planenden Überlegungen bis zuletzt unerreichbar bleibt. In praktischer Hinsicht liegt damit zunächst nur eine zweiteilige Poetik des Bewegungsbildes vor, die von zugänglichen Strukturen aus einen unzugänglichen, dritten Bereich umschreibt und – im Sinne des Gleichnisses vom „*Weg der Seele des Tänzers*“ – allmählich annähert; wirklich beobachtbar sind dabei nur das Netz (anders ausgedrückt, der „*Weg des Schwerpunkts*“) und die Grenzlinie (d.h. der „*Weg der Seele des Tänzers*“), was zugleich bedeutet, daß der Marionettenspieler – was die Qualität seines Spiels betrifft – immer auch ein „Grenzgänger“ zwischen „Ziererei“ und Grazie (im üblichen Sinn des Wortes) ist; wobei letztere streng genommen eigentlich dem *dritten* Bereich angehört, während *Kleist* im Marionettentheater-Aufsatz häufig den Eindruck erweckt, es handle sich um ein Phänomen des zweiten Bereiches. Dieses Mißverständnis klärt sich freilich durch den Hinweis auf, daß das zweite *Kleistsche* Bewegungsbild, wie ja bereits ausführlich erörtert, auch ein konjekturales Deutungsmuster ist, von dem her man sich dem ästhetisch-metaphysischen Bereichen des Bewegungsbildes im Zuge einer mathematisch-physikalischen Reflexion annähern kann, wobei sich die Annäherung konkret in den motivischen „Übergängen“ vom ersten in den zweiten Bereich der Bewegungsfunktion zeigt; der dritte Bereich des Bewegungsbildes läßt sich aus diesem Grunde nur indirekt darstellen; Dies ist allerdings grundsätzlich möglich, zumal ja, so *Kleist*, den praktischen Übergängen im Bewegungsphänomen jeweils klar rekonstruierbare Übergänge von der Formel zur Metapher – und zwar im Sinne von analogen Gattungen – entsprechen, die als Ganzes gesehen eine Poetik des Bewegungsbildes formieren. Beobachten bzw. betrachten läßt sich das Bild daher *immer* nur als integrales und empirisches Bewegungsphänomen, und zwar im mathematisch-physikalischen Kontinuum, interpretieren läßt es sich dann – andererseits – nur vom ästhetisch-metaphysischen Grenzbereich her, wobei allerdings kein naiver Parallelismus zwischen beiden Bewegungsformen vorausgesetzt werden darf. Dieses wichtige Deutungsmuster im Marionettentheater-Aufsatz könnte man mit dem Terminus *Korrespondenzpostulat* (bzw. Annäherungsmotiv) näher kennzeichnen; von ihm her finden beide einander widersprechenden Deutungsbewegungen zuletzt ihre Einheit im übergeordneten Motiv der „Grazie“; dieser Gedanke ist, wie im nächsten Kapitel zu zeigen ist, das zentrale Thema der Konklusion des Aufsatzes; die Deutungsbewegungen stehen also, zusammenfassend gesagt, mit dem dritten, d.h. dem opaken, Bereich untrennbar in Beziehung, ohne daß diese Korrespondenz jedoch *direkt* ausgedrückt werden kann.

Dieses – eigentlich recht komplizierte – Modell der Betrachtung wendet nun *Kleist*, wie in den folgenden Einzelanalysen der Reihe nach zu zeigen sein wird, integral auf das Phänomen des Marionettenspiels an, entfaltet von diesem Modell aus ein vielschichtiges Gespräch, und findet zuletzt zu überraschenden Konklusionen; aus diesem sehr komplizierten Gespräch über das Spiel der Marionette und des Marionettenspielers wird dann schließlich auch so etwas wie ein vielschichtiger, dynamischer Typus, d.h., anders formuliert, überhaupt ein Paradigma von der Bewegung, und zwar durchaus im Sinne einer Poetik des Bewegungsphänomens zwischen Physik und Poesie. Dieses Paradigma zeigt sich uns aber auch als einheitliches Text-Relief, bzw., um jetzt von einem neueren germanistischen Methoden-Ansatz her zu sprechen, als ein Phänomen der Intertextualität.

Fassen wir noch weiter zusammen: vom Korrespondenz-Postulat her gesehen, gibt es also eine Reihe von genau umrissenen Argumentationsfiguren im Marionettentheater-Aufsatz, die sich zunächst einmal – gleichsam in erster Instanz – an physikalisch/psychologisch verstandenen Bewegungen orientieren, ihnen entsprechen dann sinngemäß – auf zweiter Instanz – eine Reihe von Argumentationsfiguren, die ausschließlich einen metaphysischen Gehalt begründen (z.B. die Zirkel-Motive); diese Diskurse sprechen also immer eine Bipolarität zwischen Ästhetik und Naturphilosophie an, von der her auch metaphysische (bzw. geschichtsphilosophische und ästhetische) Postulate ins Gespräch gebracht werden können; wir treffen daher – und zwar durchaus in einem strengen Sinne – auf eine Überlagerung mehrerer, sehr komplexer Text-Schichten[44], die allesamt im zuvor erörterten *Reflex von Formel und Metapher* gründen; im ersten Bereich ist diese Bewegung fast ausschließlich ein physisches, im zweiten Bereich dagegen ein metaphysisches Problem (immer mit Bezug auf die Ästhetik und Ethik der *Kleistschen* „Grazie“), und zwar, wie schon angedeutet, jeweils auf der Basis von teilweise sehr komplex geschichteten Reflexionsfiguren, die freilich stets ineinander übergreifen können, und zwar im Sinne eines „impliziten Wissens“, das zwischen Reflexionsfigur und Bewegungsfunktion vermittelt. Für diese vielfältige und schwierige Konstruktion des Bewegungsphänomens steht dann, kurz gesagt, das *Kleistsche* Gleichnis vom „*Weg der Seele des Tänzers*“.

9.3 Erste Identifikationen

Dies bedeutet nun auch, daß der erste Bereich dieser Intertextualität durch klare „Bewegungsfunktionen“ (*Wolfgang Kurock*) und Modell-Simulationen definiert werden kann, während der zweite Bereich eher von poetischen Gleichnissen her untersucht werden muß (und damit Forschungsgebiet einer eher traditionell orientierten Literaturwissenschaft sein kann). Der erste Bereich unterliegt (und zwar von seiten *Kleists*) einer poetisch-physikalischen Simulation[45], der zweite Bereich zeigt sich uns dagegen, kurz formuliert, als eine *Poetik des Bewegungsbildes*. In der Textgestalt des Marionettentheater-Aufsatzes ist diese Strukturierung (zwischen Physik und Poesie) freilich nicht wirklich in durchgehend strenger Symmetrie angelegt, sondern vielmehr ein kompliziertes Überlagerungs-Geschehen bzw. eine Interferenz der Motive, die eher einem Schwingungsvorgang (zwischen zwei Extremen bzw. zwischen + und -) gleichkommt[46]. Alles bleibt dabei bis zuletzt offen, es gibt nämlich von *Kleists* Seite her bis zuletzt keine signifikanten Entscheidungen. Denn selbst die Konklusion des Aufsatzes ist und bleibt bis zuletzt eigentlich eine offene Frage. Ständig greifen die motivischen Bezüge in den jeweils heterogenen Bereich des Aufsatzes über und produzieren eine Anspannung im Gespräch, die von *Kleist* mit Sicherheit bewußt in Szene gesetzt wurde, und die sich gar nicht wirklich auflösen läßt. Von diesen Struktur-Prämissen (bzw. Ordnungsvorstellungen) aus betrachtet, läßt sich dann auch die Konklusion des Aufsatzes in einer völlig neuen Weise betrachten. In ihr verklammern sich nämlich beide Teilbereiche des Diskurses (d.h. der naturwissenschaftliche und der poetologische Diskurs) zu einer poetisch-physikalischen „Schwebe", ausgedrückt durch das (im Zitat hervorgehobene) Transit-Motiv:

> „Wir sehen, daß in dem Maße, als in der organischen Welt, die Reflexion dunkler und schwächer wird, die Grazie darin immer strahlender und herrschender hervortritt. – Doch so, wie sich der Durchschnitt zweier Linien, auf der einen Seite eines Punkts, nach dem *Durchgang durch das Unendliche* (Hervorheb. d.d. Verf.), plötzlich wieder auf der andern Seite einfindet [...] so findet sich auch, wenn die Erkenntnis gleichsam durch ein Unendliches gegangen ist, die Grazie wieder ein;

Die praktische – und damit auch stets greifbare bzw. meßbare – Basis des Kern-Gleichnisses in der Konklusion ist zunächst einmal die „organische Welt", sie wird hier ganz klar als ein in sich geschlossener Bereich gedacht, der auch Gegenstand der Reflexion sein kann (und es in der Praxis natürlich ständig *ist*). In dieser organischen Welt treffen wir nun aber – und zwar über einen Abgrund hinweg – plötzlich auf das Phänomen der „Grazie", das seinerseits einen ethisch-ästhetischen Bereich aufzeigt, der der Lebenswelt gegenüber immer ein Grenzphänomen (d.h. opak) sein muß. Zur Darstellung der Kluft zwischen dem physischen und metaphysischen Bereich bedient sich *Kleist* nun zweier essentiell richtiger Beispiele, deren Zweck es ist, jeweils zwei Bereiche miteinander zu verknüpfen, die ihrem Wesen nach zusammengehörig sind, ohne sich freilich zu durchdringen. Es gilt sogar, daß sich ihre Zusammengehörigkeit durch eine klare strukturale Abgrenzung bemerkbar macht. Sowohl das Spiegel-Beispiel als auch das Geradenbeispiel zeigen diesen Aspekt in der Tat ganz deutlich. Beide verbindet nämlich die Tatsache, daß es in ihnen sogenannte „Singularitäten" gibt, an denen üblicherweise beobachtbare physikalische Größen (namentlich der Abstand des Bildes vom Spiegel bzw. die Länge eines Geradenabschnittes) unendlich werden. Diese „Unendlichkeit" (bzw. die Singularität) gehört nun aber untrennbar zum Bewegungsbild dazu. Werden die Komponenten bzw. die Elemente dieses Bilds in die ihnen zugehörige Bewegung versetzt, dann gibt es in der Folge stets einen Durchgang durch eine singuläre Stelle, an der die Bewegung – und zwar in einem strengen Sinne – nicht definiert ist. Von dieser tatsächlich vorfindbaren und damit auch mathematisch-physikalisch verifizierbaren Zweiteilung des Bewegungsbilds her (z.B. auf der Basis des Spiegel- bzw. des Geradenbeispiels) leitet nun *Kleist*, wie im folgenden näher zu zeigen ist, eine Poetik des zweiten Bewegungsbildes ab, die stets auf reale physikalische und geometrische Phänomene zurückgreift.

Im Kern dieser von *Kleist* entwickelten Poetik stehen nun, wie bereits angesprochen, folgende zwei Postulate bzw. Strukturprinzipien:

Erstens, jenem Bereich des Bewegungsbildes, in dem *kein* Verlauf stattfindet, korrespondiert stets ein streng eingegrenzter, seinem Wesen nach organischer Bereich, in dem *alle* möglichen Verläufe stattfinden müssen (= Korrespondenz-Postulat des Marionettentheater-Aufsatzes)
Zweitens, diese beiden Bereiche gehören zueinander, obwohl sie rein äußerlich, d.h. von organischen bzw. bewußtseinstheoretischen Aspekten her voneinander klar abgegrenzt sind (= Homogenitätsparadox des Marionettentheater-Aufsatzes). Die Analyse dieses Postulats führt uns zur Deutung des Begriffes „Grazie", so wie er in der Konklusion verwendet wird.

Diese beiden Postulate umreißen zugleich auch das zweite *Kleistsche* Bewegungsbild näher, in dessen Mittelpunkt ja ein Grenzbereich steht, der sowohl Trennung als auch Zusammengehörigkeit definiert, ohne dabei bloß Gedankenexperiment zu sein. Vielmehr beruht diese Poetik auf naturwissenschaftlichen bzw. mathematischen Phänomenen, die tatsächlich existieren. Dies hat nun aber auch Konsequenzen für die Deutung des integralen Bewegungsphänomens im Aufsatz, soferne es ja auch ein Bestandteil einer Poetik des Bewegungsbildes ist: Das Bewegungsphänomen muß man sich nämlich gleichsam von einer Diskontinuität her geregelt denken; alle möglichen Spielarten von Bewegung im Bewegungsbild sind also immer in strengem Bezug zu einer Region des Spiels, in der die Bewegung als physikalische „Bewegung eines Schwerpunkts" per definitionem verschwindet. Der Massenpunkt bzw. das pointierte, d.h. „auf den Punkt" gebrachte Spiel-Ereignis nähert sich, folgt man *Kleists* Auffassung konsequent, im Prinzip unendlich oft dieser Grenze zwischen Physik und Poesie an; es entsteht auf diese Weise eine oszillierende Bewegung der Deutungsebenen, die zunächst den „bewegten Punkt" als physikalisches Phänomen aufzeigt, das sich dann aber im Transit durch die Diskontinuität in einer Metapher verliert, um schließlich von eben dieser Metapher her – jetzt freilich auf höherer Ebene – wieder in die poetisch/physikalische Praxis zurückzukehren, und zwar jetzt als „Grazie". Es entsteht also eine sich steigernde, zyklische Bewegung auf der Basis eines zirkulär angelegten Bewegungsphänomens. Dieser zirkuläre Vorgang, zwischen Verdunkelung und Erhellung des Bewegungsphänomens, kann damit zuletzt auch als ein sehr gutes, weil ja prinzipiell anschauliches Gleichnis für den *Kleistschen* Begriff der bipolaren Reflexion gelten, so wie er in den folgenden Kapiteln unserer Arbeit noch näher erörtert wird – und zwar im strengen Zusammenhang mit der von uns bereits diskutierten Transit-Bewegung durch einen diskontinuierlichen Grenzbereich des Bewegungsbildes. Die Transit-Bewegung zeigt sich dabei als das Moment der Grenzüberschreitung in der „Bewegungsfunktion" (*Wolfgang Kurock*); von ihr her wird das Bewegungsphänomen bipolar: Es gibt also ein positives und ein negatives Moment der Bewegung; zwischen beiden liegt jeweils ein singulärer bzw. undefinierter Bereich. Diese Struktur zeigt sich im Text der Konklusion ganz deutlich, namentlich mit Blick auf den Verlauf der Bewegung (und nicht mehr wie zuvor auf den Bauplan des Arguments):

> „*Wir sehen, daß in dem Maße, als in der organischen Welt, die Reflexion dunkler und schwächer wird, die Grazie darin immer strahlender und herrschender hervortritt* (Hervorheb. d. d. Verf.). – Doch so, wie sich der Durchschnitt zweier Linien, auf *der einen Seite eines Punkts, nach dem Durchgang durch das Unendliche, plötzlich wieder auf der andern Seite einfindet* [...] so findet sich auch, wenn die Erkenntnis gleichsam durch ein Unendliches gegangen ist, die Grazie wieder ein;“[47]

Was nun die Bewegung bzw. den „Durchgang durch das Unendliche“ betrifft, so gibt es im Zentrum überhaupt keine Bewegung (wenigstens physikalisch nicht), vielmehr ist in diesem Falle der Begriff „Bewegung“ plötzlich eine Metapher geworden. Auf sehr feinfühlige Weise signalisiert hier *Kleist*, daß es einen Übergang von der physikalischen Bedeutung des Bildes zu seiner poetischen gegeben hat – und zwar genau in jenem Augenblick, wo die Bewegung aufhört, ein physikalisches Phänomen zu sein (also im Moment der Singularität). Sein und Nichts gehören hier also in einem poetischen Sinn zusammen; auf diese Weise formuliert *Kleist* zuletzt noch eine – allerdings sehr paradoxe – Bewußtseinstheorie, deren wesentlichstes Postulat ist, daß offenbleiben muß, was das Steuerzentrum der Bewegung ist, und wo es sich befindet. Diese formale Lücke wird mit poetischen Motiven ausgefüllt (so z.B. mit dem Paradies-Motiv in der Konklusion des Aufsatzes). Die Darstellung einer Lücke will nun aber auch auf paradoxe Weise auf die Lokalisation des Bewußtseins in einem Körper verweisen, der sich aus zahllosen mehr oder minder graziösen Bewegungsphänomenen zusammensetzt. Diese Lokalisation konzipiert die Mitte des Bewegungsphänomens als einen virtuellen Ort, von dem aus die Bewegung stattfindet, als bildeten die ihr angehörenden Bewegungselemente einen reellen Organismus, der aus Mitte (d.i. Einbildungskraft) und Peripherie (d.i. die „organische Welt“) geformt ist, wobei freilich – trotz ihrer Zusammengehörigkeit – für alle Zeiten ausgeschlossen bleibt, daß sich beide Komponenten irgendwo treffen können. Dies bedeutet nun aber sofort auch: *Setzung der Bewegung* und *Entzug ihrer Reflektierbarkeit* sind in dieser Struktur in einem strengen Sinne aufeinander angewiesen, ohne daß wir wissen können, wie dies praktisch möglich sein soll (daher der romantische Gehalt dieses Beispiels). Charakterisiert wird nun unser zweites *Kleistsches* Bewegungsbild aber auch durch das Zwischenspiel eines Unendlichen mit einem Endlichen, in dem sich die Bewegung gleichsam zur „Grazie“ hin läutert bzw. in dem sie traumwandlerisch transformiert wird. Diese Bewegung liefert für *Kleist* zahlreiche Motive, die diese Lücke im Bewegungsphänomen – wenigstens im Sinne seines novellistischen und dramatischen Œuvres – auffüllen können.

Dieses „Unendliche“ ist nämlich, so *Kleist*, ganz ausdrücklich Wissen und zwar ganz im Sinne der ex negativo formulierten Tatsache, daß je mehr „*[....] die Reflexion dunkler und schwächer wird, die Grazie immer strahlender und herrschender hervortritt.*“ Trotzdem richtet sich aber diese merkwürdige Transit-Bewegung ganz deutlich gegen die klassische idealistische Konzeption der Reflexion als Grundfigur eines Selbstbewußtseins (z.B. im

Abb. 18 *Christian Ernst Wünsch* (1744-1828), Professor für Mathematik und Physik an der Universität Frankfurt a. d. Oder; Verfasser der **Kosmologischen Unterhaltungen**, die *Kleist* nachweislich kannte.

Kleist hörte bei ihm eine Vorlesung über Experimentalphysik. In seinem Brief vom 12. November 1799 an Ulrike von Kleist schreibt er: „*Noch eine Hauptnachricht, die Dich vielleicht bewegen wird, sogleich nach Frankfurt zu kommen. Zengens und unsere Familie nebst viele anderen Damen Frankfurts nehmen ein Kollegium über Experimentalphysik bei Wünsch. Nehmen, sagte ich? Das klingt ja beinah, als wäre von Medizin die Rede. So übel schmeckt es indessen nicht. Es ist eine Brunnenkur zum Nutzen und Vergnügen.*“ (BR, S.48)

Sinne *Fichtes*), indem sie deren Kontinuität radikal in Frage stellt und neben dem Moment der Erhellung auch eines der Verdunklung fordert, durch das die Reflexion zuletzt notwendigerweise „hindurch“ muß. Dabei geht sie allerdings zugrunde, denn alles geschieht in diesem Augenblick gegen sie. *Kleist* versteht hier also die „Reflexion“ als bipolares Bewegungphänomen zwischen Setzung und Vernichtung.

Zwei Gedankenexperimente werden dabei ausdrücklich angesprochen, die das Wesen dieses Transits ausdrücken sollen, dem die Reflexion auf ihrem Weg zur „Grazie“ unterliegt: Erstens, das Gleichnis vom *„Durchschnitt zweier Linien“* und, zweitens, das *Gleichnis vom Hohlspiegel.*

Anschaulicher – und zwar im gewöhnlichen Sinne des Wortes – ist freilich das Gleichnis vom Hohlspiegel, daher wollen wir im anschließenden Kapitel mit diesem Gleichnis beginnen.

Kleist spricht hier ein eindrucksvolles geometrisches Phänomen der Katoptrik (= Spiegeloptik) an, das uns unterschwellig auf ein weiteres sehr wichtiges Kennzeichen des zweiten *Kleistschen* Bewegungsbildes bringen soll, und zwar auf das Prinzip der Einheit des Bildes als Ganzheit von Teilbewegungen, die freilich gegeneinander opponieren, weil sie an einem diskontinuierlichen Bereich anstoßen bzw. von ihm her „reflektiert" werden; – Ganzheit also *trotz* des völlig paradoxen Zusammenspiels und trotz der funktional geregelten Zusammengehörigkeit von Bewegungskontinuum und Diskontinuität in ein und demselben Bewegungsbild.

9.4 Das Spiegel-Beispiel

Das Spiegel-Beispiel, so wie Kleist es formuliert, zeigt sich uns als die zweite, im folgenden durch Kursivschreibung hervorgehobene Wendung in der Konklusion des Marionettentheater-Aufsatzes:

> „Doch so, wie sich der Durchschnitt zweier Linien, auf der einen Seite eines Punkts, nach dem Durchgang durch das Unendliche, plötzlich wieder auf der andern Seite einfindet, *oder das Bild des Hohlspiegels, nachdem es sich in das Unendliche entfernt hat, plötzlich wieder dicht vor uns tritt* :[...]"[48]

Optischer Exkurs :

Beginnen wir zunächst, um uns die Funktionsweise von Kleists spiegeloptischen Beispiel zu verdeutlichen, mit der leicht nachzuvollziehenden Voraussetzung, daß man sich die gekrümmte Oberfläche eines Hohlspiegels aus unendlich vielen, sehr kleinen (d.h. „infinitesimalen") *ebenen* Spiegeln zusammengesetzt denken kann; für jeden einzelnen dieser zahllosen ebenen Spiegel gilt dann insgesamt das *Reflexionsgesetz des ebenen Spiegels*:

Dieses Gesetz besagt: Der Einfallswinkel eines Lichtstrahls auf den ebenen Spiegel entspricht genau dem Austrittswinkel (bzw. Reflexionswinkel).

Im nun folgenden Gedankenexperiment gehen wir also, wie bereits angekündigt, von eben der Annahme aus, daß sich jeder Hohlspiegel aus unendlich vielen, infinitesimalen Spiegelungsbewegungen zusammensetzt, die entlang eines Halbkreises aufzusummieren sind. Dies hat dann ferner zur Folge, daß sich im Zuge eines Reflexionsvorgangs zahllose einfache Reflexionsvorgänge auf „beliebig kleinen", ebenen Spiegeln – und zwar entlang des Halbkreises – zu einem einzigen Spiegelbild aufsummieren müssen. Diese einfachen Reflexionsvorgänge sind daher die Bewegungselemente eines Bewegungsbildes, das elementare Teilbewegungen zu einem Ganzen, d.h.

mithin zu einem Gesamtbild zusammenfaßt und ihnen Zusammenhang und Achsenstruktur verleiht. Der Hohlspiegel ist daher tatsächlich eine gute Metapher für ein Kleistsches Bewegungsbild, zumal sich jedes von ihm erzeugte Bild tatsächlich aus zahllosen Einzelbewegungen (in Art von Reflexionsvorgängen) zusammensetzt. Durch die Geltung des Reflexionsgesetzes erlangen nun alle diese Reflexionsvorgänge eine einheitliche Richtung, und zwar derart, daß der Eindruck entsteht, daß parallele, auf den halbkreisförmigen Hohlspiegel einfallende Lichtstrahlen – eben weil sie ja durch die Spiegeloberfläche aufsummiert und gemäß dem Reflexionsgesetz jeweils in eine Richtung reflektiert werden – in einem *festen Brennpunkt* gesammelt werden[49]. Im Brennpunkt werden daher alle aus dem Unendlichen kommenden Strahlen gleichsam „auf den Punkt" gebracht. Aus diesem Grund spielt der Brennpunkt im Spiegelgleichnis auch die entscheidende Rolle. Von seiner Lage her läßt sich nämlich eine Dreiteilung des Bewegungsbildes ableiten, wobei einem jeden erzeugten Bild genau ein klar definiertes Bewegungsmoment (= Abbildung eines Gegenstands) entspricht.

Drei Bereiche mit jeweils verschiedenen Abbildungseigenschaften sind dabei grundsätzlich möglich, und zwar, *erstens*, der Bereich vor dem Brennpunkt, ferner, *zweitens*, der Brennpunkt selbst und schließlich, *drittens*, der Bereich hinter dem Brennpunkt.

Wählen wir zur Veranschaulichung dieser Einteilung, und nicht zuletzt der Einfachheit halber, für unser Gedankenexperiment einen *Konkavspiegel* [Er hat die Gestalt: ( ].

Dazu die folgenden Grundlagen: Zur näheren Bestimmung des Abbildungsvorganges auf Hohlspiegeln unterscheidet man prinzipiell zwischen der *Gegenstandsweite g* (Vgl. die Abbildung 19: g = Abstand des abgebildeten Gegenstandes G vom Spiegelscheitel S) und der *Bildweite b* (Vgl. die Abbildung 19: b = Abstand des Bildes B vom Spiegelscheitel S). Von größter Bedeutung für den Abbildungsvorgang ist schließlich auch noch der Abstand zwischen dem Scheitel S und dem *Brennpunkt F* des Spiegels; er heißt *Brennweite f* und wird durch den *Brennpunkt F* des Spiegels begrenzt. Sein Abstand vom Scheitel entspricht genau der Hälfte des *Krümmungsradius*. Ist nun R der Krümmungsradius des Konkavspiegels, dann gilt für die Brennweite f die einfache Beziehung:

$$f: = \frac{R}{2}$$

Der Brennpunkt ist dabei, wie bereits angesprochen, durch die Bedingung definiert, daß in ihm alle aus dem Unendlichen kommenden (der optischen Achse parallelen) Strahlen auf den Punkt kommen (freilich nur unter der idealisierten Bedingung, daß der Spiegel hinsichtlich seines kugelsphärischen Aufbaus fehlerfrei ist). Der Brennpunkt bildet dann also ein paralleles Strahlenbündel von einer unendlichen Gegenstandsweite her in einem scharfen Punkt ab. Genauso wie nun aber *eine* unendliche Gegenstandsweite möglich ist, gibt es daher sinngemäß auch *eine* unendliche *Bildweite*. Dazu wieder Ch. Gerthsen, H.K. Kneser, H. Vogel:

„Die Aufgabe, das Bild eines Gegenstandes zu entwerfen, löst der Spiegel dadurch, daß er alle von diesem Punkt auf ihn fallenden Strahlen so reflektiert, daß sie sich in einem Punkt, dem Bildpunkt schneiden. Da das Reflexionsgesetz den Einfallswinkel nicht vom Reflexionswinkel unterscheidet und bei der Ableitung von der Richtung der Lichtausbreitung kein Gebrauch gemacht wird, ist grundsätzlich der Lichtweg umkehrbar. Das bedeutet, daß Gegenstand und Bild vertauschbar sind. Das folgt auch aus der Abbildungsgleichung, da in ihr Gegenstandsweite und Bildweite miteinander vertauscht werden können. Sie zeigt weiter, daß die Bildweite für unendliche Entfernung des Gegenstandes ($g = \infty$) gleich der Brennweite wird. Das Bild eines unendlich weit entfernten Gegenstandes liegt also im Brennpunkt, und daher liegt das Bild eines im Brennpunkt angebrachten Gegenstandes in unendlicher Entfernung.“[50]

Die Bildweite eines abgebildeten Gegenstandes hängt also ganz allgemein von der Lage des Bild-Gegenstandes ab, und zwar in Bezug auf den Brennpunkt unseres konkaven Spiegels; anders formuliert, besagt dies, daß sie auch direkt von der Gegenstandsweite abhängt. Diese Abhängigkeit wird durch die sogenannte *Abbildungsfunktion* des Spiegels geregelt:

$$\frac{1}{f} = \frac{1}{g} + \frac{1}{b} \quad (1)$$

Die Austauschbarkeit von Bild und Gegenstand läßt sich nun, wie im obigen Zitat bereits erläutert, anhand der Abbildungsgleichung recht gut veranschaulichen. Sowohl g (= Gegenstandsweite) als auch b (= Bildweite) können ja den Wert ∞ annehmen. Gilt $g \Rightarrow \infty$, dann gilt zugleich auch: $1/g \Rightarrow 0$, gilt nun aber: $b \Rightarrow \infty$, dann gilt sinngemäß $1/b \Rightarrow 0$; ist ersteres der Fall, dann resultiert aus der Abbildungsgleichung: $b = f$, ist dagegen zweiteres der Fall, dann gilt: $g = f$. Im ersten Fall bedeutet dies, daß sich das Bild einer unendlich weit entfernten Lichtquelle genau im Brennpunkt des Spiegels befindet, der zweite Fall besagt nun sinngemäß, daß sich das Bild eines Gegenstandes, der sich im Brennpunkt befindet, in unendlicher Entfernung befindet.

Diese einfache Funktion läßt sich nun noch nach b (= Bildweite) auflösen. Es gilt dann für die Bildweite:

$$b = \frac{f \cdot g}{g - f} \quad (2)$$

Die nun folgende Abbildung zeigt, wie das Bild in einem konkaven Hohlspiegel anhand von sogenannten „Strahlen“ konstruiert wird.

Wir erkennen *Scheitel* (= S), *Brennpunkt* (= F) und *Krümmungsmittelpunkt* (= M) des Spiegels. Die sie verbindende Gerade nennt man die *optische Achse*. Zur Konstruktion eines Bildes von einem Gegenstand (= G) aus benötigt man nun mindestens zwei Strahlen.

Zunächst einmal trägt man den sogenannten *Brennstrahl* in die Konstruktion ein: er nimmt seinen Ausgang vom Gegenstand G, verläuft parallel zur optischen Achse, wird am Spiegel reflektiert und geht dann durch den Brennpunkt F. Der zweite Strahl, d.h. der sogenannte *Hauptstrahl*, läuft dagegen durch den Krümmungsmittelpunkt M des Spiegels und wird – entsprechend dem Reflexionsgesetz – in sich sich selbst gespiegelt. Der *Schnittpunkt* von Brennstrahl und Hauptstrahl definiert schließlich die Lage und Größe des Bilds. In unserem speziellen Fall wird das Bild umgedreht und ist verkleinert:

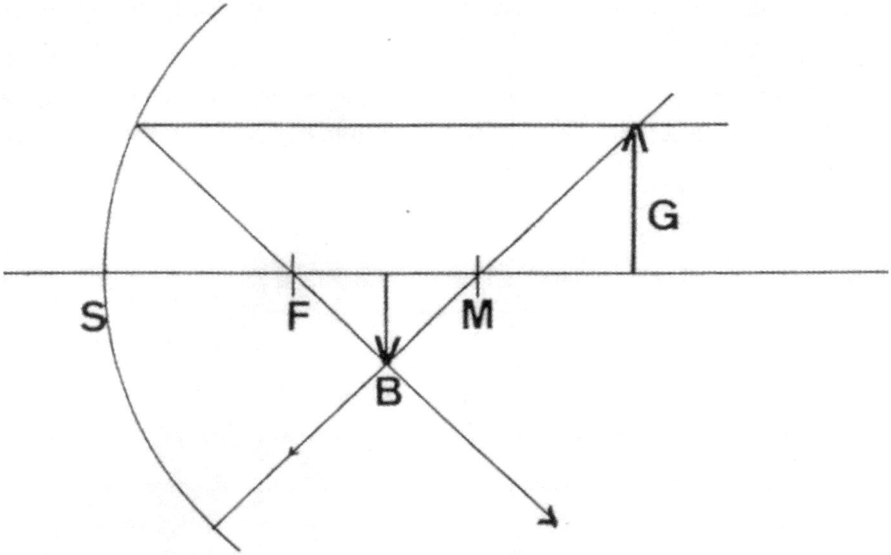

Abb. 19 *Bildkonstruktion beim Konkavspiegel.*

Bezüglich der Lagerung des Gegenstandes auf der *optischen Achse* sind nun prinzipiell *drei Fälle* möglich:

1) $g > f$, **2**) $g = f$, **3**) $g < f$ (3)

Im ersten Fall wird das Bild verkleinert[51] und steht auf dem Kopf, im dritten Falle wird das Bild vergrößert und ist aufrecht (Der Spiegel wird also zum Vergrößerungsspiegel, man betrachte z.B. den Fall des Rasierspiegels). Im ersten Falle ist das Bild reell („wirklich"), im dritten Fall dagegen virtuell („scheinbar", „als ob"). Die folgende Übersicht zeigt diese drei Möglichkeiten anhand eines konkreten Rechenbeispiels:

Wichtiger Hinweis zur Erläuterung unseres Rechen-Beispiels bezüglich der Grundparameter: R (= Krümmungsradius), f (= Brennweite) sind vorgegebene Rechenkonstanten. Die Werte für g (= Gegenstandsweite) werden im Rechenbeispiel in Form einer Liste, wie folgt, angeschrieben:

$g = x, y, \ldots z;$ (4)

Diese Werte-Liste (4) ist ein syntaktisches Element der benützten Computer-Software und ist folgendermaßen zu interpretieren: es gilt: *x* ... *erster* Wert der Liste, *y-x* ... *Schrittweite* der Liste, *z* ... *letzter* Wert der Liste. Unser Rechenbeispiel zeigt dann die wichtigsten geometrisch-optischen Voraussetzungen zur Kommentierung des *Kleistschen* Spiegelbeispiels

Die Fälle im Rechenbeispiel werden numerisch-mathematisch durch Werte-Listen des oben angesprochenen Typs ausgedrückt. Sie lassen sich mit Hilfe der nach b (= Bildweite) aufgelösten Abbildungsgleichung des Spiegels jeweils als Spezialfall berechnen und tabellieren. Dazu vgl. die Zusammenstellung der aus der Berechnung resultierenden Daten.

Abbildungsgleichung eines konkaven Hohlspiegels zur Demonstration des Kleitschen Spiegelgleichnisses. Zusammenfassung und Rechenbeispiel

[Rechenbeispiel]

1 Krümmungsradius des Spiegels:

$R := 10$ cm $\quad R1 = \frac{R}{2}$ *Es gilt allgemein*: $f = R/2 = R1$; daher: $f := R1$

2 Eingabe der Gegenstandsweiten:

Brennweite f: $f = 5$ cm *Frei wählbare Gegenstandsgröße*: $G := 2$ cm

Fall 1: $g > f$ $\quad gl := 26{,}25\ ..\ 6$ *Fall 2:* $g = f$ $\quad g2 := 5$
Fall 3: $g < f$ $\quad g3 := 4.5,\ 4.4 ... 2.5$

3 Die Abbildungsgleichung des Spiegels (nach b aufgelöst), Bildgröße B, Vergrößerung V:

[Die Nummer bei den Variablen kennzeichnet den Fall]

Fall 1: $b1\ (g1) := \frac{R1 \cdot g1}{g1 - r1}$ $\quad B1\ (g1) := \cdot G\ \frac{R1}{g1 - R1}$ $\quad V1\ (g1) := \frac{B1(g1)}{G}$

Fall 2: $b2\ (g2) := \frac{R1 \cdot g2}{g2 - R1}$ $\quad B2\ (g2) := \frac{R1}{g2 - R1} \cdot G$ $\quad V2\ (g2) := \frac{B2\ (g2)}{G}$

Fall 3: $b3\ (g) := \frac{R1 \cdot g3}{g3 - R1}$ $\quad B3\ (g3) := \frac{R1}{g3 - R1} \cdot G$ $\quad V3\ (g3) := \frac{B3\ (g3)}{G}$

b = Bildweite *B = Bildgröße* *V = Vergrößerungsfaktor*

Zusammenstellung: Rechnerische Auswertung der Fälle:

Fall 1 (g > f):

g1	b1 (g1)	B1 (g1)	V1 (g1)
26	6.2	0.5	0.2
25	6.3	0.5	0.3
24	6.3	0.5	0.3
23	6.4	0.6	0.3
22	6.5	0.6	0.3
21	6.6	0.6	0.3
20	6.7	0.7	0.3
19	6.8	0.7	0.4
18	6.9	0.8	0.4
17	7.1	0.8	0.4
16	7.3	0.9	0.5
15	7.5	1	0.5
14	7.8	1.1	0.6
13	8.1	1.3	0.6
12	8.6	1.4	0.7
11	9.2	1.7	0.8
10	10	2	1
9	11.3	2.5	1.3
8	13.3	3.3	1.7
7	17.5	5	2.5
6	30	10	5

Fall 2 (g = f):

g2 = 5 **[g = f]**

b2 (g2) = ∞

Singularity

B2 (g2) =∞

Singularity

V2 (g2) =∞

Singularity

Fall 3 (g < f):

g2	b3 (g3)	b3 (g3)	V3 (g3)
4.5	-45	-20	-10
4.4	-36.7	-16.7	-8.3
4.3	-30.7	-14.3	-7.1
4.2	-26.3	-12.5	-6.3
4.1	-22.8	-11.1	-5.6
4	-20	-10	-5
3.9	-17.7	-9.1	-4.5
3.8	-15.8	-8.3	-4.2
3.7	-14.2	-7.7	-3.8
3.6	-12.9	-7.1	-3.6
3.5	-11.7	-6.7	-3.3
3.4	-10.6	-6.3	-3.1
3.3	-9.7	-5.9	-2.9
3.2	-8.9	-5.6	-2.8
3.1	-8.2	-5.3	-2.6
3	-7.5	-5	-2.5
2.9	-6.9	-4.8	-2.4
2.8	-6.4	-4.5	-2.3
2.7	-5.9	-4.3	-2.2
2.6	-5.4	-4.2	-2.1
2.5	-5	-4	-2

Legende: b (1,2,3) = Bildweiten der drei Fälle; B (1,2,3) = Bildgrößen der drei Fälle; diese beiden Parameter verstehen sich in cm; V (1,2,3) = Vergrößerungsfaktor = B/G (dimensionslose Zahl)

Diskussion der Fälle:

Fall 1: Bei g = R (Krümmungsradius des Hohlspiegels) ist der Vergrößerungsfaktor 1, zuvor gibt es eine Verkleinerung, danach eine Vergrößerung, und zwar jeweils bei auf dem Kopf stehendem, *reellem* Bild.
Fall 2: Bei g = f gibt es eine Singularität (in allen drei Parametern); die Werte sind *unendlich groß*.
Fall 3: Bei g < f wird die Bildweite negativ, was bedeutet, daß das Bild jetzt *virtuell* ist; es ist ferner auch aufrecht stehend und vergrößert.

Diesen drei Fall-Berechnungen von Bildgrößen und Bildweiten (bei vorgegebener Gegenstandsgröße und Gegenstandsweite) entsprechen dann sinngemäß auch drei Konstruktionen eines Bildes.

Fall 1: Der Gegenstand steht außerhalb der Brennweite.

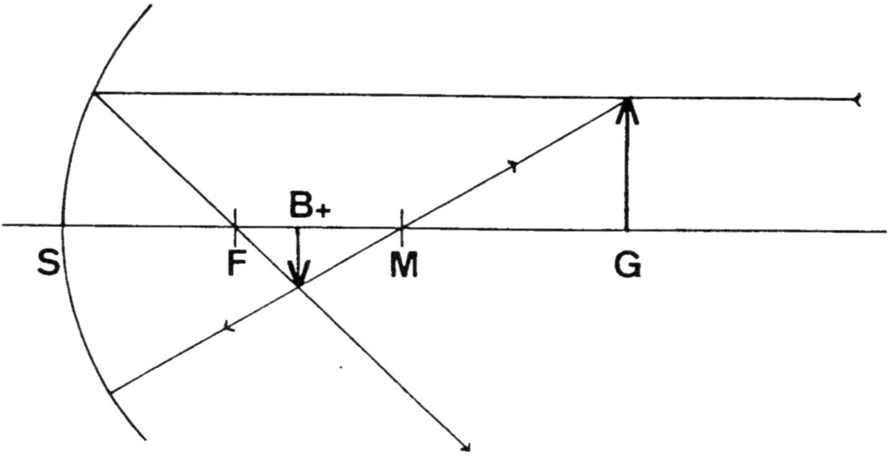

Abb. 20

Fall 2: Der Gegenstand steht im Brennpunkt.

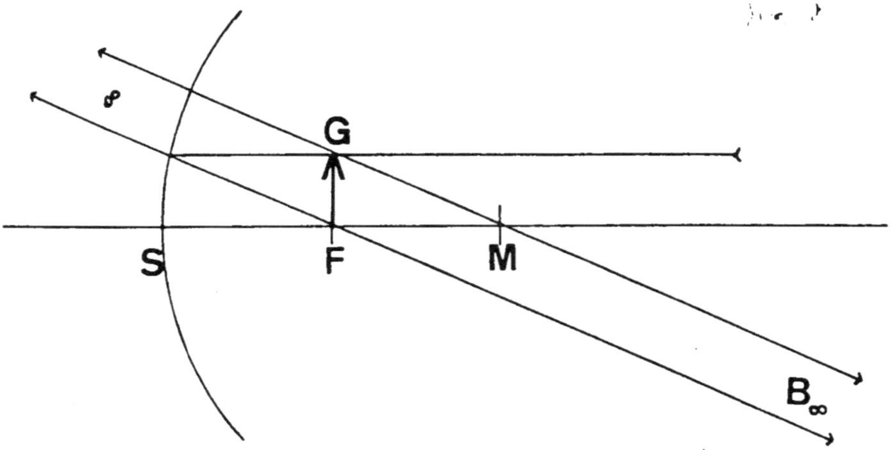

Abb. 21

Und schließlich noch der *Fall 3*: Der Gegenstand steht innerhalb der Brennweite.

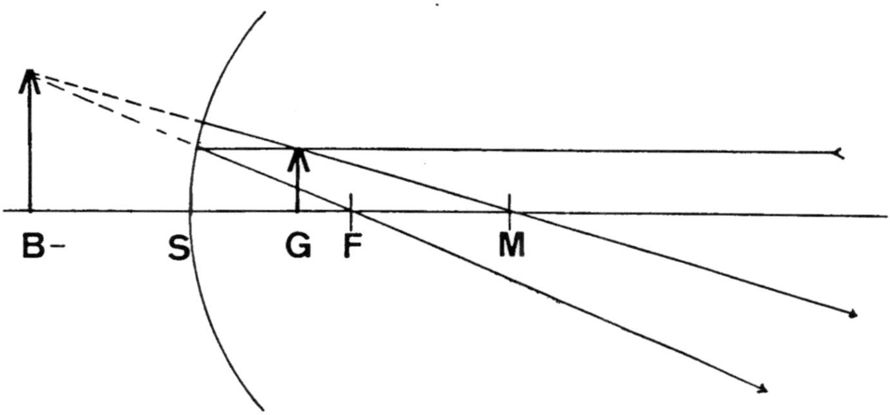

Abb. 22

Optischer Exkurs Ende

Für das *Kleistsche* Spiegelgleichnis ist nun aber der *zweite Fall* der wichtigste - freilich notwendigerweise mit Bezug auf die Fälle 1) und 3). Er definiert nämlich die „Bewegung" in seinem Gleichnis als Verschiebung eines Gegenstandes vom Fall 1) zum Fall 3) hin, ist daher, physikalisch gesehen, nur Variation der Gegenstandsweite, der wegen der Abbildungsfunktion des Spiegels immer auch eine streng faßbare Variation der Bildweite entsprechen muß, wobei allerdings auch ein Transit durch den Fall 2) stattfinden muß. Er gerade ist in unserem Gleichnis der springende Punkt. Wie ist dies nun zu verstehen? In der Physik nennt man eine Größe, die prinzipiell beobachtbar ist, eine *Observable*, der irgendein konkreter Wert (z.B. in unserem Falle g oder b, so z.B. in der Dimension „g bzw. b *cm*" angegeben) zukommen muß. Das Abbildungsgeschehen der Fälle 1) und 3) findet nun streng in einem Kontinuum statt, was zugleich auch bedeutet: Einer jeden endlichen Gegenstandsweite entspricht zufolge der Abbildungsfunktion

$$\frac{1}{f} = \frac{1}{g} + \frac{1}{b}$$

genau *eine* endliche Bildweite. Diese Bedingung gilt freilich ganz streng nur für die Fälle 1) und 3). In diesen beiden Fällen erhalten wir also wirkliche [auffangbare] bzw. scheinbare[d.h. *nicht* auffangbare]) Bilder, die aus dem Endlichen zu kommen scheinen.

Wird nun aber eine *prinzipiell beobachtbare* Größe unendlich (z.B. b $\Rightarrow\infty$), dann spricht man in der Physik[52] von einer sogenannten *Singularität* bzw. von einer Diskontinuität. Diese liegt genau im Fall 2) vor. Betrachten wir zu diesem Zweck wieder die Abbildungsgleichung (2): Im Fall 2) gilt nämlich:

Graphische Darstellung des Kleistschen Spiegelbeispiels

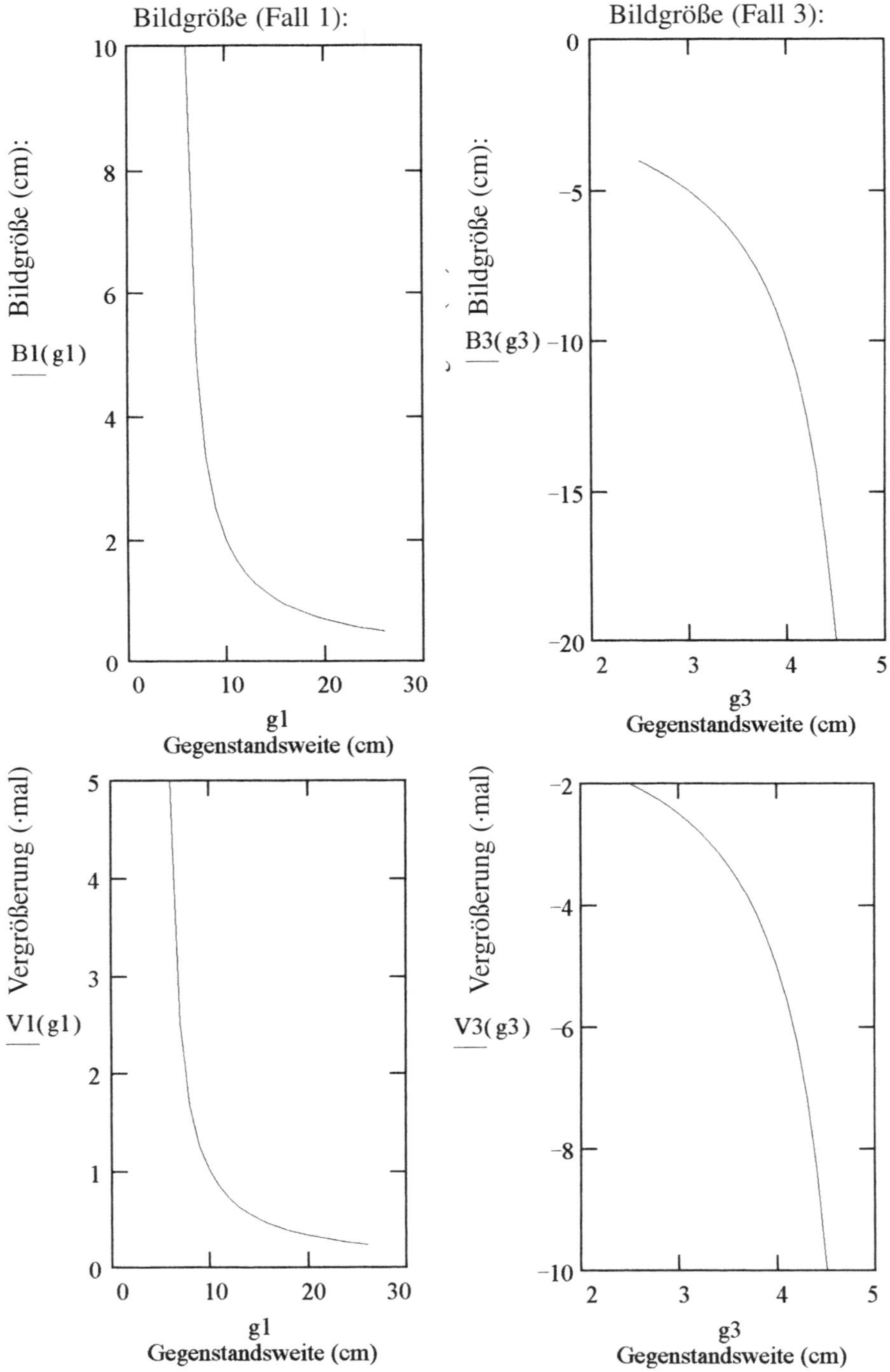

Abb. 23

g = f; daraus folgt nun sofort, daß wir in unserer nach b (= Bildweite) aufgelösten Abbildungsfunktion:

$$b: = \frac{f \cdot g}{g - f}$$

das f durch das g ersetzen müssen. Damit erhalten wir schließlich als Resultat:

$$b: = \frac{g^2}{0} = \frac{const}{0} \quad (5)$$

Dies bedeutet nun tatsächlich, daß b ⇒ ∞. Denn es gilt ja in der Mathematik, daß uns eine jede Zahl, die durch 0 dividiert wird, zu einer *Singularität* führt.

Unsere Wahl der Darstellung dieses Falles erlaubt uns nun sofort auch einen Rückbezug auf *Kleists* Zeitgenossen *Friedrich Schlegel*, der sich in seinen *Literarischen Notizen 1797-1801* häufig eben dieser mathematischen Darstellung X/O [53] bedient, in der eine Zahl durch Null dividiert wird, um auf diese Weise das Absolute durch die symbolische Einführung der mathematischen Unendlichkeit zu symbolisieren.[54] Dieser – nach heutigem Verständnis eher befremdende – Gebrauch und die mit ihm verbundene Denkweise gründen dabei direkt in *Schellings* frühen naturphilosophischen Ansätzen (z.B. im Zusammenhang mit seinen naturphilosophischen Programmschriften der Jahrhundertwende).

Auch *Kleist* benutzt also ein mathematisches Beispiel, um diesen Zugang zu einem Unendlichen bzw. zu einem Absoluten reflektierbar zu machen, und folgt damit dem Zeitgeist. Denn im zweiten Fall des Spiegelgleichnisses erscheint uns ja das Bild im Konkavspiegel, als käme es tatsächlich aus dem Unendlichen, d.h. als stünde es, physikalisch gesehen, in einer Singularität. Wieder zur physikalischen Bedeutung des Gleichnisses zurückgekehrt, bedeutet dies nun, daß die Bewegung[55] des Bild-Gegenstandes in Richtung Scheitel des Spiegels, die ja stets zu einer Bewegung des Bildes selbst führt, notwendigerweise einem Transit durch ein Unendliches gleichkommen muß. Dies bedeutet nun auch, daß der Abbildungsvorgang demzufolge nicht kontinuierlich stattfinden kann, sondern vielmehr (und zwar im Rahmen der euklidischen Geometrie) genau *eine* Singularität enthält, so daß zuletzt aus *einem* Bild-Kontinuum zwei Teilkontinua, ein positives und ein negatives, werden müssen (Dazu vgl. auch die nebenstehende Abbildung „Graphische Darstellung der *Kleistschen* Spiegelgleichnisses"). In diesem Aufbau gleicht nun *Kleists* dreiteiliges Bewegungsbild von der „Grazie" dem dreiteiligen Bewegungsbild *Schlegels* zur Darstellung des Moments des „Enthusiasmus" in der Poesie – freilich, bei genauerem Hinsehen, dennoch nur hinsichtlich des formalen Aufbaus. *Schlegel* symbolisiert nämlich durch den mathematischen Formalismus nur eine dreiteilige Reflexion, bei *Kleist* geht es dagegen ausdrücklich um eine sichtbare Bewegung, die an einer Stelle periodisch verdunkelt wird. Das Bemerkenswerte ist nun, daß sich diese Bewegung –

und zwar samt Verdunkelung –, wie *Kleist* ja ausdrücklich feststellt, tatsächlich visuell beobachten läßt[56]:

> „Doch so, wie sich der Durchschnitt zweier Linien, auf der einen Seite eines Punkts, nach dem Durchgang durch das Unendliche, plötzlich wieder auf der andern Seite einfindet, oder das Bild des Hohlspiegels, nachdem es sich in das Unendliche entfernt hat, plötzlich wieder dicht vor uns tritt :[...]"

Kleists Spiegelbeispiel ist gut gewählt (und es ist vor allem auch sachlich völlig richtig); es besagt, daß im Falle der Reflexion auf einem Hohlspiegel tatsächlich ein integrales Phänomen vorliegt, bei dem sich eine unendliche Mannigfaltigkeit an einer Stelle auf einen einzigen Bild-Punkt hin zentriert, was – und zwar jetzt umgekehrt verstanden – zugleich bedeuten muß, daß es auch für diesen Punkt eine diskontinuierliche Bild-Stelle (Singularität) geben muß, in der das Bild – trotz des stabilen mathematischen Formalismus – im Unendlichen verschwindet. Dieser Vorgang erweist sich nun tatsächlich als ein Bewegungsbild, das aufgrund der Variation eines Parameters entsteht. *Kleist* wählt in seinem Beispiel die Variation der Gegenstandsweite; durch sie wird nämlich das Beispiel auf anschauliche Weise „in Bewegung gesetzt"; denn diese Variation setzt ein Bild – und zwar über einen im wesentlichen homogenen Bereich hinweg – in Bewegung, und bringt uns im Zuge dieser Bewegung *notwendigerweise* an *eine* Stelle, die singulär ist bzw. die sich als eine Diskontinuität im Abbildungsvorgang erweist, was zugleich bedeutet, daß das Bild hier, wie *Kleist* richtig anmerkt, verschwindet.

Auf diese Weise präsentiert sich uns, und zwar auf der Basis einer kunstvollen Metaphorisierung eines mathematischen Formalismus, ein zweites *Kleistsches* Bewegungsbild, das in seinen wichtigsten Phasen tatsächlich anschaulich und damit zugleich auch eine poetische Reflexionsfigur ist, von der her sich wichtige gattungsbildende Momente ableiten lassen.

9.5 Kleist und die Mathematik. Das Geraden-Beispiel

Im anderen Beispiel, dem sogenannten *Geradenbeispiel*, demonstriert *Kleist* den dreiteiligen Effekt des Spiegel-Gleichnisses auf einem wesentlich abstrakteren Niveau. Auch hier treffen wir auf ein integrales Bewegungsphänomen, das sich, ausgehend von der Variation einer mathematischen Größe, – und analog zum Spiegelgleichnis – als ein Polaritätswechsel im Zusammenhang mit einem Transit durch die singuläre Stelle [$\pm \infty$] darstellt. Wir treffen also wieder, freilich jetzt im Zusammenhang mit der Variation des Drehwinkels einer Geraden, auf die drei Phasen des Spiegelbeispiels. Die nun folgenden Überlegungen sollen diesen für das Verständnis der Konklusion des Marionettentheater-Aufsatzes sehr wichtigen Sachverhalt aufzeigen und verdeutlichen. Die Tatsache, daß *Kleist* das Geradenbeispiel in ein und derselben Wendung mit dem Spiegelbeispiel verknüpft, liegt – und dies wird sich uns sofort zeigen – in der logischen Identität beider Beispiele begründet, betrachtet man sie jetzt hinsichtlich ihres verwertbaren metaphorischen Gehalts. Die *Kleistsche* Verknüpfung ist daher keinesfalls zufällig, sondern vielmehr sachlich völlig richtig. Freilich ist das Geradenbeispiel wesentlich unanschaulicher als das Spiegelgleichnis. Beiden Gleichnissen ist jedoch gemeinsam, daß sie, mathematisch gesehen, jeweils zu linearen Singularitäten führen. Anders formuliert bedeutet dies, daß an sich meß- bzw. beobachtbare Größen an *einer* Stelle den Wert $\pm \infty$ annehmen und damit für einen Augenblick verschwinden.

Das Geradenbeispiel lautet nun (und zwar in der Fassung der Konklusion des Marionettentheater-Aufsatzes):

„Doch so, wie sich der Durchschnitt zweier Linien, auf der einen Seite eines Punkts, nach dem Durchgang durch das Unendliche, plötzlich wieder auf der andern Seite einfindet [...].“

Kleists Beispiel bezieht sich auf das fünfte Postulat in *Euklids*[57] *Elementen.*[58] Bedeutende Mathematiker aller Jahrhunderte haben versucht, gerade diesen wichtigen Satz zu beweisen – freilich ohne nachhaltigen Erfolg, vielmehr erbrachten all diese Untersuchungen zuletzt das Resultat, daß die *Euklidische* Geometrie doch nur ein Spezialfall von vielen möglichen anderen Geometrien sein müsse. Dies bedeutet nun ganz allgemein, daß sich Geometrien logisch widerspruchsfrei denken (und entwickeln) lassen, in denen das fünfte Postulat *Euklids* nicht gültig ist. Freilich sind diese Geometrien nicht wirklich anschaulich (z.B. die *Riemannsche* Geometrie). Untersuchungen zum fünften Postulat *Euklids* waren zur Zeit, als *Kleist* seinen Marionettentheater-Aufsatz veröffentlichte (also um das Jahr 1810 herum), durchaus in Mode – freilich nur in Insider-Kreisen. So berühmte Mathematiker wie *C. F. Gauß* und wie *Johann von Bolyai* (Sohn des *Gauß*-Freundes *Wolfgang von Bolyai*) haben sich – und zwar zunächst noch auf weitgehend privater Basis – erneut an diesem Postulat versucht. Durchbrüche in dieser Hinsicht gab es freilich erst lange nach *Kleists* Tod (1811). Sie brauchen uns hier allerdings nicht zu interessieren, denn *Kleist* selbst bleibt ja in seinem Beispiel ganz und gar im Bereich der *Euklidischen* Geometrie.

Sydna Stern Weiss' These in ihrem Aufsatz *Kleist and Mathematics: The Non-Euclidean Idea in the Conclusion of the Marionettentheater Essay,* daß *Kleist* – und zwar in direktem Zusammenhang mit der *Kant*-Krise des Jahres 1801 -gleichsam ein Schlüsselerlebnis gegen das „euklidische Verständnis“ des Raumes erlebt habe, ist daher, wie im folgenden historisch-systematisch zu zeigen sein wird, nicht aufrecht zu erhalten:

> „He may well have realized that the collapse of his rationalistic Lebensplan was also the breakdown of his faith in Euclidean thinking.“[59]

Zunächst stellt sich uns aber die wichtige Frage, wie denn *Kleist*, ein Dichter und Dramatiker, zu diesem schwierigen Beispiel kam. Ein Teil der Antwort auf diese Frage ist: Auf seiner Bildungsreise im Jahre 1801 lernte er, wie bereits in unserem Kapitel über das erste *Kleistsche* Bewegungsbild erörtert, in Leipzig den Mathematiker *C. F. von Hindenburg*[60] kennen, der seit 1780 ein mathematisches Journal (*Magazin für reine und angewandte Mathematik*) betrieb, in dem 1786 (und zwar posthum) ein Werk des bedeutenden Mathematikers *Johann Heinrich Lambert* zum fünften Postulat (bzw. Axiom)[61] *Euklids* publiziert wurde; sein Titel ist: *Theorie der Parallellinien* (verf. 1766)[62]. Es bezieht sich direkt auf diese Problematik, denn man bezeichnet ja das fünfte Axiom *Euklids* gelegentlich als das sogenannte *Parallelen-Postulat* (bzw. Parallelen-Axiom). Daß sich nun aber *Kleist direkt*, so wie *Sydna Stern Weiss* in ihrem Aufsatz annimmt, mit nichteuklidischen Geometrien vom Zeitgeist her beschäftigen konnte[63], ist völlig auszuschließen, da alle zeitgenössischen Diskussionen im wesentlichen den Charakter von strikten Insider-Gesprächen trugen.[64] Auch der Hinweis *Sydna Stern Weiss'* auf *Kants* Vermutungen[65] zu einer nichteuklidischen Geometrie in seiner Dissertation *De mundi sensibilis atque intelligibilis forma et principiis* (aus dem Jahre 1770) ist hier fehl am Platze, da sich *Kants* damalige – im übrigen sehr vage – Vorstellungen zu diesem Thema zu weit von denen der zeitgenössischen Mathematik (z.B. *Lamberts*) unterschieden, um tatsächlich einen spürbaren Einfluß auszuüben. So schreibt *Oskar Becker*:

> „In der dazwischen liegenden vierten lateinischen Dissertation ‚De mundi sensibilis atque intelligibilis forma et principiis'(1770) steht der vorsichtige Satz: ‚Die Gesetze der Sinnlichkeit werden die Gesetze der Natur sein, *soweit sie in die Sinne fallen kann* (§ 15 E). Es wird also noch die Möglichkeit offen gelassen, daß es in der Natur Strukturen gibt, die nicht ‚in die Sinne fallen'; für diese würden dann die ‚Gesetze der Sinnlichkeit', d.h. in räumlicher Hinsicht, in bezug auf den ‚äußeren Sinn', die Gesetze der Euklidischen Geometrie, nicht unbedingt Geltung haben müssen. – In der ‚Kritik der reinen Vernunft' ist indessen diese tolerante Haltung gänzlich verlassen."[66]

Abgesehen davon, daß sie keinen wirklichen Einfluß auf den mathematischen Zeitgeist ausüben konnte, war die *Kantische* Vermutung der Möglichkeit einer nichteuklidischen Geometrie im übrigen in einer viel zu abgelegenen Publikation, als daß sie *Kleist* zur Kenntnis hätte nehmen können (Niemand las zu diesem Zeitpunkt irgendwelche *vorkritischen* Schriften *Kants*!). Die wichtigsten Gewährsmänner für *Kleist* waren daher im Zusammenhang mit dieser sehr speziellen Fragestellung, wie schon zuvor erwähnt, *Lambert*, *Kästner*[67] und *Hindenburg*. Diese wiederum zogen aber nicht dieselben Schlüsse wie etwa *Gauß*, *Bolyai*, *Lobatschefskij*. Ein ausgeprägtes nichteuklidisches Denken kam erst zwei Jahrzehnte nach *Kleists* Tod in Mode.

Das fünfte Postulat *Euklids* lautet nun, etwas vereinfacht formuliert:

> *Es sei ε die durch einen Punkt P und eine Gerade g bestimmte Ebene* (siehe die Abbildung). *In dieser Ebene ε gibt es höchstens eine durch P gehende Gerade h, die g nicht trifft.* Bei dieser einzigen Gerade h handelt es sich, so *Euklid*, um die Parallele zu g.

Um uns nun dieses Beispiel im Zusammenhang mit *Kleists* Intentionen verständlich zu machen, müssen wir, wie bereits beim Spiegelgleichnis erörtert,

Anfangsgründe
der
Arithmetik
Geometrie
ebenen und sphärischen
Trigonometrie,
und
Perspectiv.

Abgefasst
von
Abraham Gotthelf Kästner

Königl. Großbritann. Hofrathe; Professor der Mathem. und Naturl. Mitgliede der Gött. Kön. Soc. der Wiss. und der Kön. Churfürstl. Braunschw. Landwirthschaftsgesellsch. Aeltesten der Gött. Kön. deutschen Gesellsch. Mitgliede der Kais. Akad. der Wiss. zu St. Petersb. der Kön. Englischen Societät, der K. K. Dänischen, Schwedischen und Preussischen Akadd. d. Wissensch. der Erfurtischen Churf. Akad. nützlich. Wissensch. der bononischen Akad. d. Wiss., der batavischen Soc. d. W. u. a. gelehrten Gesellschaften.

Der mathem. Anfangsgr. Isten Theils erste Abtheil.

Sechste vermehrte Auflage.
Mit zwölf Kupfertafeln.

Göttingen
im Verlag bey Vandenhoek und Ruprecht 1800.

Abb. 24

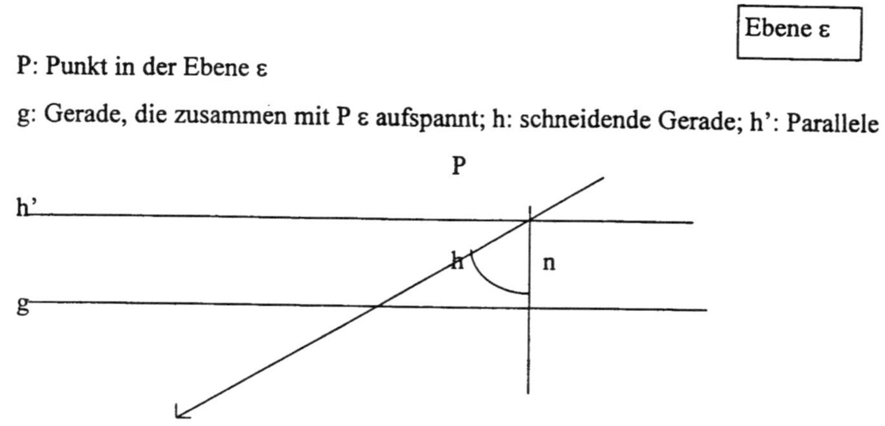

Abb. 25 Allgemeine Konstruktion des fünften Euklidschen Postulats

drei wichtige Merkmale in unserer anschaulichen Rekonstruktion des Axioms (bzw., um mit *Euklid* selbst zu sprechen, des Postulats) rekapitulieren und erneut hervorheben. Dem ist im übrigen noch vorauszuschicken, daß *Kleist* dieses *euklidische* Postulat in seinem Marionettentheater-Aufsatz gewissermaßen in Bewegung gesetzt, d.h. zum Bewegungsbild gemacht hat. Diese Tatsache läßt nun den Schluß zu, daß er sich hier, und zwar wie im bereits erwähnten Brief an *C. E. Martin*i (vom 19.3.1799), direkt auf *Kästners Anfangsgründe der Arithmetik* bezieht, und zwar diesmal jedoch auf den 11. Lehrsatz des geometrischen Teils, in dessen zweitem Zusatz man folgende Beschreibung zu einem geometrischen Beispiel liest, das prinzipiell dem *Kleistschen* Geradenbeispiel entspricht (vgl. dazu unsere Wiedergabe von *Kästners* Figur 46):

> „Es ist gewiß, daß man durch C Linien ziehen kann, die mit CD zusammenstoßen, wenn man nur zu G einen Punkt in CD nimmt. Man kann sich also vorstellen, daß AB um G als einen Mittelpunct, Kreisförmig nach GH zu gedreht, endlich in Lagen kömmt, in denen sie CD schneidet.“[68]

Zur Angleichung an unsere erste Graphik sind folgende Identifikationen in *Kästners Figur 46* (auf „TAB III“ des Anhangs) vorzunehmen: Der „Mittelpunct“ der Drehung G enstpricht unserem P, die Gerade CD unserem g und schließlich die Gerade AB h'. Dreht man nun AB (d.h. unser h') um G (d.h. um unser P), und zwar in Richtung GH (wobei H ein beliebiger Schnittpunkt auf CD, und damit GH in unserer Abbildung irgendeine beliebige Gerade h_i ist), dann finden sich unendlich viele Möglichkeiten für GH (bei uns h), die Gerade CD (bei uns g) zu schneiden; wie schon gesagt, gibt es dann – so *Euklids* fünftes Postulat – auch nur *eine* Gerade GH, die CD nicht schneidet, und zwar jenes GH=AB (bei uns h'), das bei $\alpha = 90°$ zu CD parallel ist. Es

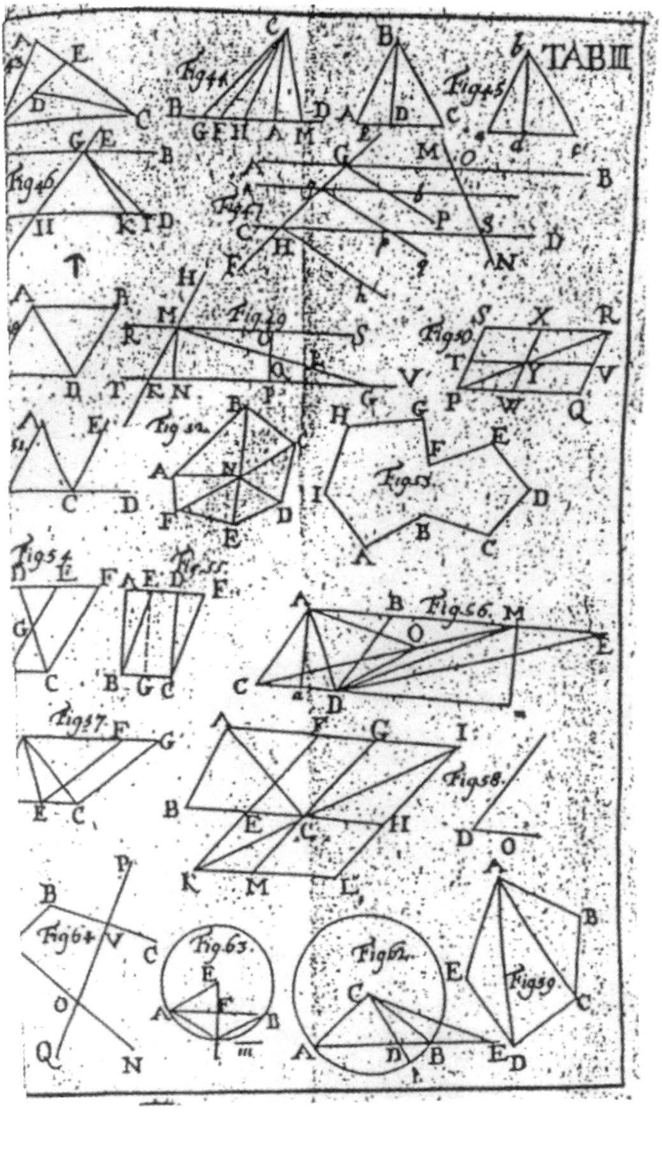

Abb. 26

liegt daher nahe, die wichtigsten Bau-Elemente (bzw. Merkmale) dieses Bewegungsbildes immer auch mit Blick auf *Kästners* zweiten Zusatz zu Lehrsatz 11 (der Geometrie) zu beschreiben, da *Kleist* dieses Werk ja nachweislich benützt und sorgfältig studiert hat.

Geometrischer Exkurs:

Merkmal 1) betrifft nun zunächst einmal die Senkrechte von P auf g, denn sie teilt ja die Ebene E in zwei Bereiche, und zwar in den Bereich der *[...] einen Seite des Punkts [...]*[69] , dem sinngemäß die *[...] andere Seite[...]* korrespondiert. Zwischen diesen beiden Teilbereichen findet nun, so Merkmal 2, genau dann *ein* Transit durch ein Unendliches mit Vorzeichenwechsel statt, wenn man die Gerade um den Dreh-Punkt P sukzessive um 180° bewegt (im Falle einer *nichteuklidischen*, hyperbolischen Geometrie gäbe es freilich mehrere derartige Transite[70], im Falle einer nichteuklidischen Geometrie auf der Kugelfläche *überhaupt keine*[71]). Merkmal 3) betrifft dann zuletzt noch die Drehwinkel α_i, um die die Gerade h gedreht werden kann. Für jeden *Drehwinkel* α_i gibt es dann *genau einen* positiven Abschnitt s_i, der den Abstand zwischen dem Schnittpunkt von h_i mit g bezeichnet. Beginnen wir nun mit Fall 1, d.h. mit der Drehung der Gerade h um α_i auf der *[...] einen Seite[..]*, dann wird, wie man leicht einsieht, bei zunehmenden α_i auch das s_i immer größer – und zwar nimmt es einen immer größer werdenden positiven Wert an[72]. Erreicht nun α_i den Wert 90°, dann gilt:

$s_i = \pm \infty$, d.h. wir treffen auch in diesem Beispiel auf *eine* Singularität. Sie kennzeichnet somit – und zwar ganz analog zum Spiegelbeispiel – den Fall 2, wobei die Gerade h gerade in diesem Moment ($\alpha_i = 90$) *parallel* zu g ist.

Diese Singularität läßt sich nun auf einfache Weise anschaulich machen: Bezeichnen wir die Normale von P auf h als n, dann gilt ja für s_i:

$$\mathbf{s_i = n * tan}\ (\alpha_i).$$

Auch *Abraham Gotthelf Kästner* beschreibt diese Singularität in seinen *Anfangsgründen der Arithmetik*, und zwar im dritten Zusatz zum 11.Lehrsatz (er bezieht sich auch hier wieder auf die Figur 46 in TAB III des Anhangs):

> „Der erste Durchschnittspunct der herumgedreheten B mit CD, liegt weiter von H als jede Weite beträgt, die sich bestimmen lässt, d.i. als jede endliche Weite. Man kann also sagen, er liege unendlich weit von H. Mit dieser Entfernung des ersten Durchschnittspunctes, lässt sich also HG als eine bestimmte und endliche Linie nicht dergestalt vergleichen, dass man angeben könnte, wievielmahl HG müsste genommen werden, um die Weite von H als an den ersten Durchschnittspunct, oder eine nächst grössere Weite zu bekommen.“[73]

Der Beweis dieser Behauptung erfolgt insbesondere im 5. Zusatz zu Lehrsatz 11. Man kann sich freilich die Sachlage auch – und zwar auf wesentlich anschaulichere Weise – vergegenwärtigen, *ohne* auf diesen Beweis *Kästners* zu rekurrieren, der wie im Falle des Beispiels in *Kleists* Brief vom 19.3. 1799 (aus Potsdam; an seinen Hauslehrer *C.E. Martini*) ebenfalls *indirekt*[74] ist; betrachten wir nämlich einfach nur den Tangens des Winkels α: Es gilt ja, daß der Tangens an der Stelle $\alpha = 90°$ den Wert $\pm \infty$ annimmt, hier tritt tatsächlich sofort jene Diskontinuität ein, die, um mit *Kästner* zu sprechen, besagt, daß

Das fünfte Euklidische Postulat als Bewegungsbild:

Fall 1:

Zwischen h und n liegt der Winkel α_1; in diesem Fall gilt: $\alpha_1 < 90°$

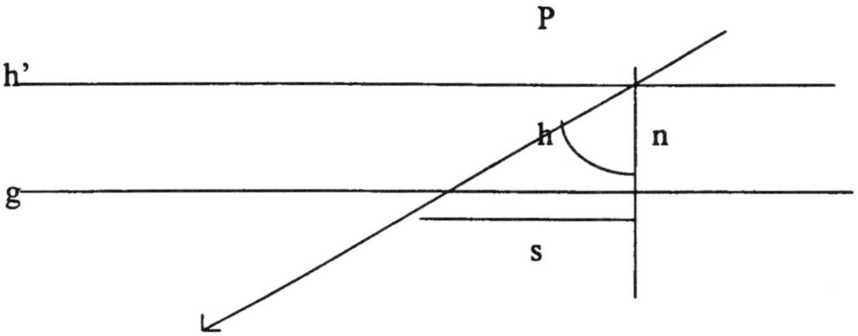

Dies bedeutet: $0 < s < \infty$

Abb. 27

Fall 2:

In diesem Fall gilt: h = h'; $\alpha_1 = 90°$; die geraden g und h/h' sind zueinander parallel

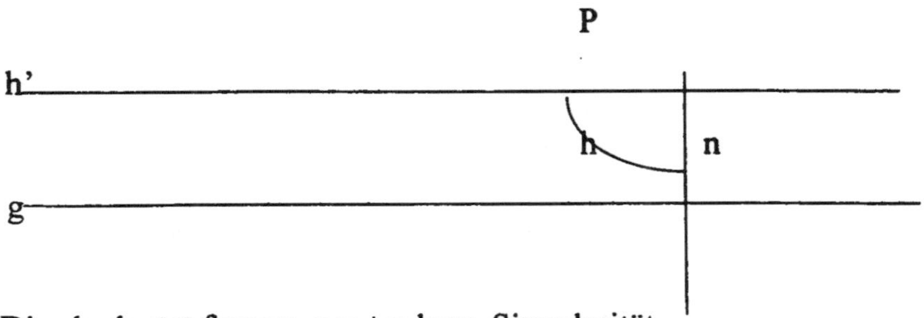

Dies bedeutet ferner: $s = \pm\infty$ bzw. Singularität

Abb. 28

der *„[...] erste Durchschnittspunct der herumgedreheten B mit CD, [...] weiter von H [abliegt] als jede Weite beträgt, die sich bestimmen lässt.“* Die Strecke s wird nämlich tatsächlich *unendlich* lang.

Bewegt man nun aber α_i über 90° hinaus, dann erreicht man zuletzt noch den Fall 3, denn die Gerade h schneidet die Gerade g plötzlich wieder, und zwar diesmal, wie *Kleist* zurecht feststellt, auf der *[...] anderen Seite[...]*,[75] da ja der Tangens für

$$180° > \alpha_i > 90°$$

einen negativen Wert annimmt.

Wir treffen also auch hier wieder – und zwar völlig analog zum Gleichnis mit dem Konkavspiegel – auf einen Transit (mit Seitenwechsel) durch ein Unendliches, wenn der Winkel α bei der Drehung von h den Wert 90° annimmt.

Dieses Unendliche ist aber, wie im übrigen auch *Kästner* in seinem 3.Zusatz zum 11.Lehrsatz feststellt, eine unerreichbare Größenordnung, und als solche, jetzt wieder bezogen auf *Kleists* Beispiel im Aufsatz, *das* entscheidende, diskontinuierliche Moment im zweiten Bewegungsbild. *Kästner* sagt ja im übrigen auch, daß mit *„[...] dieser Entfernung des ersten Durchschnittspunctes, sich also HG als eine bestimmte und endliche Linie nicht [...]“*[76] vergleichen läßt. Dies bedeutet nun konkret, daß man par excellence nicht von irgendeinem „Punkt“ sprechen kann, von dem aus das Bewegungsbild etwa beobachtet und der Ablauf der Bewegungen – auf Basis eines Feed-back-Prozesses z.B. – koordiniert werden könnte. Vielmehr bedeutet „Singularität“ hier zugleich auch Verschwinden, Unterbrechung des Zusammenhangs. Im Augenblick, da der Abschnitt s_i des Geradenbeispiels gegen ∞ geht, hört somit folglich auch der Bewegungszustand selbst auf. Dieser Befund besagt nun aber auch, daß sich ein Beobachter in diesem Punkt nicht bewegt, sondern völlig verschwindet (er würde, handelte es sich hier z.B. statt der s_i um auf ihn einwirkende physikalische Kräfte, sofort vernichtet werden). Zwischen den zueinander parallelen Linien gibt es daher keine irgendwie geartete Vermittlung, so daß die „Rückkehr“ in diesem Bewegungsbild, bzw. um mit *Kleist* selbst zu sprechen, also das Sich-Einfinden der „Grazie“ auf der „andern Seite“ im Bewegungsbild – und zwar in einem sehr strengen Sinne – *nur* gleichnishaften Charakter haben kann. Man kann also, so verstanden, in einem strengen Sinne nicht behaupten, daß hier ein „loop“ durch einen zusammenhängenden Bereich möglich oder auch nur denkbar wäre:

> „The Euclidean line extends infinitely in two directions toward a point at plus-infinity and toward one at minus-infinity ($+\infty$ and $-\infty$). Metaphorically, we may say that Eden lies at one end, earth in the middle, and heaven at the other end. The non-Euclidean line also extends infinitely in a positive and in a negative direction, but the very points at $+\infty$ and $-\infty$ coincide in what is called the ‚ideal point‘. Thus, the non-Euclidean line becomes a loop, or in the language of Kleist's

Fall 3:

Zwischen h und n liegt der Winkel α'; in diesem Fall gilt: $\alpha_3 = 90 + \alpha'$

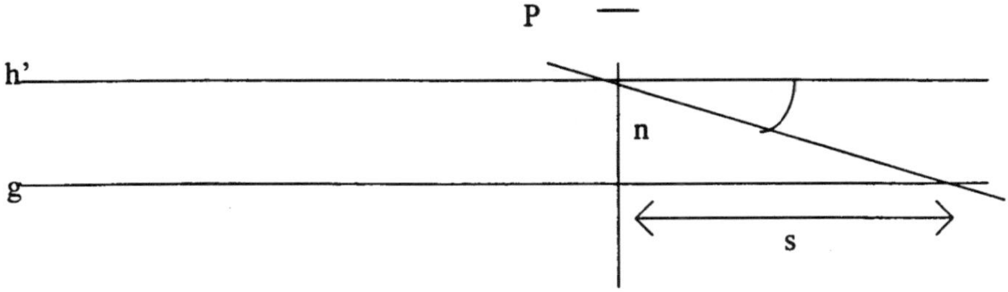

Dies bedeutet dann: $0 > s > -\infty$

Abb. 29

essay, the two points coincide, ‚wo die beiden Enden der ringförmigen Welt ineinander[greifen].'"[77]

In diesem Text *Sydna Stern Weiss*' befinden sich u.E. zwei Mißinterpretationen des *Kleistschen* Geraden-Beispiels, die beide auf der falschen Einschätzung des Stellenwerts dieses Beispiels in *Kleists* Marionettentheater-Aufsatz beruhen. Beginnen wir, um uns dies näher zu verdeutlichen, zunächst einmal mit dem Objekt des Bewegungsbildes: Nach *Kleist* wird die „Grazie" bewegt, was zur Folge hat, daß hier eine Theorie des Bewußtseins dargelegt wird, in deren Zentrum eine Singularität (als Verdunklung bzw. Opacität) steht, die ausdrückt, daß hier die „Grazie" für einen Augenblick unendlich wird (und zugleich verschwindet). Mit diesem Verschwinden werden zwei wichtige Diskontinuitäten der alltäglichen Lebenspraxis gekennzeichnet: nämlich erstens, die Begegnung von Bewußtsein und Körper und zweitens, – d.h. sinngemäß – die Begegnung von Bewußtsein und Göttlichem. Beide Begegnungen sind „unaussprechbar". Dies bedeutet zugleich, daß nach *Kleists Auffassung* in der Mitte eines jeden genauen Bewegungsbildes ein unaussprechliches Bewußtseins-Moment steht, das sich nicht beobachten läßt. Dieses Bewußtsein gleicht einem „Augenblick", durchaus auch im Sinne des Donnerkeil-Gleichnisses in *Über die allmähliche Verfertigung des Gedankens beim Reden.* Es ist also verfehlt, so wie *Sydna Stern Weiss* es tut, eine textunabhängige bzw., anders formuliert, eine system-emanente, bloß mathematisch-geometrische Zuordnung für das Geradenbeispiel anzugeben, das ja *Kleist* zufolge, entweder die Grazie eines Gotts oder andererseits die Grazie der unbewußten Materie ausdrücken soll –, das also in beiden Fällen streng system-immanent (d.h. mit Blick auf die motivische Struktur des Marionettentheater-Aufsatzes) interpretiert werden muß. Das bedeutet freilich nicht, daß diese Bewußtseinstheorie (im Kontext eines Bewegungsbildes) dann gezwungenermaßen die triadische Struktur verlieren muß. Diese wiederum ergibt sich nämlich aus der Art des Bewegungsbildes, das ja, insbesondere mit Blick auf die interpretierbaren dynamisch-geometrischen Implikationen tatsächlich dreiteilig angelegt ist – wobei es keine Rolle spielt, daß *ein* Teil dieses Bewegungsbildes ganz offensichtlich einer „unaussprechlichen" Singularität gleichkommt. Es wäre daher ganz gegen die Intention *Kleists*, das Gleichnis von der „ringförmigen Welt" (d.h. das Zirkel-Gleichnis) mit dem Geradenbeispiel lediglich auf geometrisch-mathematischem Niveau zu verknüpfen, ohne dabei zu berücksichtigen, daß beide Beispiele ja nur Gleichnisse für die zyklisch-dynamische Verfassung der „Grazie", also Metaphern, sind. Beide Gleichnisse werden daher sinngemäß auch nur durch das Bewegungsbild der „Grazie" miteinander in Beziehung gebracht. Weder beabsichtigt *Kleist* (jedenfalls nicht im Marionettentheater-Aufsatz) die programmatische Bekanntgabe einer triadischen Geschichtsphilosophie, die auch unabhängig vom Bewegungsbild der „Grazie" ihre Geltung behalten kann, noch geht es ihm um eine mathematische Theorie der Bewegung in einem nichteuklidischen Kontinuum. Vielmehr geht es ihm in der Hauptsache um die „Grazie", d.h., kurz formuliert, um ein Bewegungsbild, welches auf Formeln beruht, die, wie bereits erörtert, als Metaphern verstanden werden müssen. Wir treffen daher im Zusammenhang mit beiden Beispielen auf so etwas wie eine poetisch-mathematische Simulation, d.h. auf ein eher ungewöhnliches Gedankenexperiment, das, obwohl im Prinzip dem Zeitgeist entsprechend, dennoch sehr originell und eigenständig konzipiert ist. Dies bedeutet daher zuletzt noch, daß von einem rein geometrisch verstandenen „loop" durch die Geschichte, wie *Sydna Stern Weiss* meint, keine Rede sein kann.

Was nun aber die von den Zeitgenossen *Kleists* diskutierten Formen der nichteuklidischen Geometrien betrifft, so gab es innerhalb der ersten drei Jahrzehnte des 19. Jahrhundert nur die von *Tietze* dargelegten Optionen und wissenschaftsgeschichtlich faßbaren Hintergründe. Weder die negativen noch die positiven nichteuklidischen Geometrien dieser Tage rechtfertigen einen (hier rein formal verstandenen) Zusammenschluß des Zirkel-Gleichnisses und des Geradenbeispiels; als Kontrolle für unsere Behauptung kann – und zwar in einem strengen Sinn – *Kleists* Spiegel-Gleichnis dienen. Die leicht aufzeigbare gedankliche Harmonie zwischen Spiegel-Gleichnis und Geraden-Beispiel (die ja im übrigen auch beide im selben Atemzug erwähnt werden) verbietet die von *Sydna Stern Weiss* vorgeschlagene nichteuklidische Interpretation des *Kleistschen* Bewegungsbildes par excellence. Denn weder ist bei *Kleist* ausdrücklich von einer „non-Euclidean line" die Rede, noch kennt sein Beispiel einen „ideal point", d.h. eine mathematische Konzeption, die erst ca. ein Menschenalter später vom deutschen Mathematiker *Felix Klein* entwickelt wurde. Vielmehr blieb *Kleist* zur Gänze der zeitgenössischen Mathematik verhaftet, – dies zeigt der Rückgriff auf *Kästners* Lehrbuch mehr als deutlich. Das Geradenbeispiel entspricht ja, wie bereits ausführlich erör-

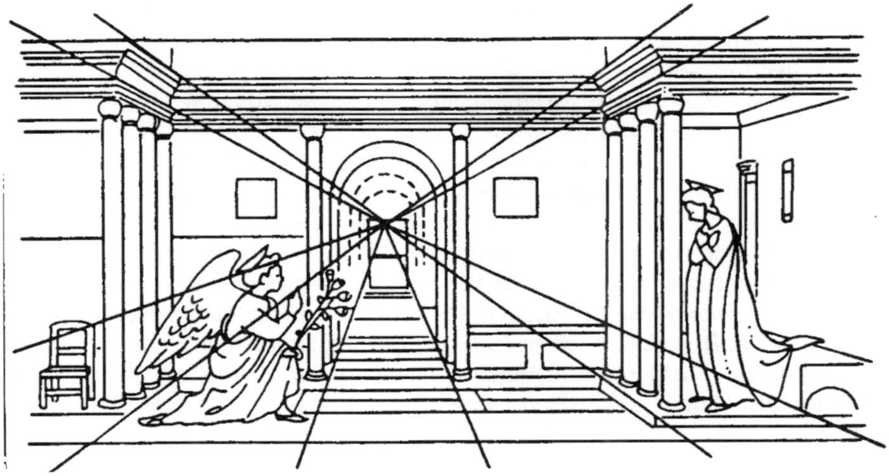

Abb. 30 *Wie das Auge die Welt sieht – Beispiel einer projektiven Geometrie:*

Die „Verkündigung“ von *Domenico Veneziano* (1438-1461).
Die der hier abgebildeten Perspektive zugrundeliegende Fläche heißt „projektive Ebene“. In ihr gibt es definitionsgemäß keine parallelen Geraden: Je zwei Geraden – konkret gesprochen, hier die Wände – schneiden sich genau in einem idealen Punkt. Die menschliche Wahrnehmung verarbeitet also den Eindruck nichteuklidisch, insoferne sie ja tatsächlich einen „idealen Punkt“ erzeugt, der im Unendlichen liegt. Würde man sich allerdings entlang der parallelen Linien bewegen – so wie *Kleist* dies in den Zirkelgleichnissen fordert –, dann würde man diesen Punkt niemals erreichen, denn in der gewöhnlichen euklidischen Ebene existiert Unendlich nicht. Bezogen auf das zweite *Kleistsche* Bewegungsbild liegt hier also eine Diskontinuität vor, in der die Bewegung verschwindet, und zwar ungeachtet der Tatsache, daß unser Wahrnehmungsapparat diesen Moment ganz offensichtlich nichteuklidisch reproduziert. Mit Sicherheit kann angenommen werden, daß Kleist noch nichts von der Hinzufügung idealer Punkte (in Form einer Gerade im Unendlichen wußte) wußte, so wie *Sydna Stern Weiss* dies in ihren Argumentationen voraussetzt.

tert, dem 3. Zusatz zum Lehrsatz 11 im geometrischen Teil von *Kästners* Lehrbuch, das noch auf der *Leibnizschen* Lage-Geometrie beruht. *Kleist* metaphorisiert also ein gänzlich konservativ dargelegtes geometrisches Beispiel, in dem es um die Lage von „Durchschnittspuncten“ geht, von denen genau einer im Unendlichen liegt. Dies bedeutet nun, daß man die Lage jenes „Durchschnittspuncts“, den *Kleist* hier exemplarisch meint, mit keiner endlichen Lage vergleichen kann, – bedeutet also, anders formuliert, daß hier von „idealen Punkten“ keine Rede sein kann. *Sydna Stern Weiss'* Annahme eines „ideal point“ zur Deutung des Geradenbeispiels widerspricht daher *Kleists* Sicht der Dinge, und zwar sogar grundsätzlich, da ja im Geradenbeispiel ausdrücklich von einem *„[...] Durchschnitt zweier Linien [...]“* die Rede ist, für den es genau einen, wie bereits erörtert, singulären (d.h. „unendlichen") Fall gibt, wo eben gerade kein Schnittpunkt möglich ist, da in diesem Falle die Länge der Geradenabschnitte unendlich geworden ist. Diese Disposition *Kleists* ist daher in einem strengen Sinn *poetische* Metapher für die Unerreichbarkeit gerade jenes Ortes, an dem die „Grazie" am klarsten hervortritt. Die Singularität ist ja, wie schon gesagt, ein nicht wirklich einnehmbarer Punkt, denn in ihr koinzidieren, so wie *Sydna Stern Weiss* allerdings richtig anmerkt, + ∞ und – ∞ (So ist nämlich z.B. Tan [90.000000001] tatsächlich eine sehr kleine negative Zahl, während z.B. Tan [89.9999999999999] eine sehr große positive Zahl ist). Das Beispiel gilt also ganz streng im Kontext des fünften *Euklidischen* Postulats, das bei *Kleist* in ein Bewegungsbild umgeformt wird. In einer positiven (um mit *Tietze* zu sprechen „romantischen") nichteuklidischen Geometrie ließe sich andererseits *Kleists* Beispiel nicht formulieren. Demgegenüber gibt es aber auch keine zwingenden Hinweise, daß *Kleist* eine hyperbolisch nichteuklidische Geometrie gemeint haben könnte. Auch gibt es keinen Hinweis, daß *Kleist* das Zirkel-Gleichnis von diesem sehr speziellen, nichteuklidischen Verständnis her mit dem Geradenbeispiel verknüpft haben wollte.

9.6 Das Geraden-Beispiel als Reflexionsfigur

Als wichtigste Schlußfolgerung aus diesen Überlegungen zeigt sich uns daher die These, daß es sich bei beiden Beispielen (d.h. beim Zirkel-Gleichnis und beim Geraden-Beispiel) um zwei – textemanent verstanden, freilich zueinander inkompatible – Beschreibungsmodelle einer tacit knowledge handeln muß. Dies bedeutet dann zuletzt auch, daß es *Kleist* in erster Linie um eine Bewußtseinstheorie ging, die *zwei wichtige Motive* seines dramatischen und novellistischen Œuvres miteinander in Beziehung bringen soll. Gemeint sind die Motivik der „Unaussprechlichkeit" des Körpers[78] und die Motivik von der Ohnmacht der Reflexion im Augenblick des höchsten Könnens (eines Puppen-Tänzers). Beide Motivgruppen lassen sich, wie im vorhergehenden schon angedeutet, auch biographisch absichern.

Im Brief vom 13.März 1803 an *Ulrike von Kleist* (verfaßt in Leipzig) heißt es:

> „Ich weiß nicht, was ich Dir über mich *unaussprechlichen* Menschen sagen soll. – Ich wollte ich könnte mir das Herz aus dem Leibe reißen, in diesen Brief packen, und Dir zuschicken. – Dummer Gedanke!"[79]

Die zweite Motivgruppe – sie betrifft – und zwar ganz ausdrücklich – die Ohnmacht des Reflexions-Begriffs – findet sich in *Kleists* Brief vom 31. 8. 1806 an *O. A. Rühle*:

> „Auch ich muß mich im Mechanischen verbessern, an Übung zunehmen, und in kürzeren Zeiten, Besseres liefern lernen. Jetzt habe ich ein Trauerspiel unter der Feder. – Ich höre, Du, mein lieber Junge, beschäftigst Dich auch mit der Kunst? Es gibt nichts Göttlicheres, als sie! Und nichts Leichteres zugleich; und doch,

warum ist es so schwer? Jede erste Bewegung, alles Unwillkürliche, ist schön; und schief und verschroben alles, sobald es sich selbst begreift. O der Verstand! Der unglückselige Verstand! Studiere nicht zu viel, mein lieber Junge. Deine Übersetzung des Racine hatte treffliche Stellen. Folge Deinem Gefühl."[80]

Die Reflexion ist ja – insbesondere im Verständnis der Frühromantiker[81] – ein in sich geschlossener Kreislauf, in dem ein Reflexionsgegenstand durch die Umfassung in einem in sich geschlossenen Reflexionsmedium zum „Bewußtsein von etwas" wird. Da dieses nunmehr völlig durchstrukturierte bzw. als Reflexionsgegenstand verdinglichte Bewußtsein (*„Der unglückselige Verstand!"*) zugleich auch die Konfrontation eines reflektierenden Ichs mit *seinem* Gegenstand zum Ausdruck bringt, entsteht zuletzt eine unbegrenzt steigerungsfähige[82], ihrem tieferen Wesen nach spiralförmig nach oben verlaufende „Reflexionsfigur", die sich durch geometrische (und optische) Beispiele tatsächlich recht gut ausdrücken läßt. Mit der Anwesenheit dieser Reflexionsspirale ist freilich zugleich auch die Geschlossenheit des Reflexionsmediums angezeigt. Alles, was zu einem gegebenen Zeitpunkt reflektiert ist, ist daher, jetzt umgekehrt verstanden, auch mögliches bzw. im strengen Sinne *denkbares*[83] geschichtliches Moment und damit Ausdruck eines Zeitgeistes, mithin einer Epoche. Daher läßt sich, so der *Novalis* der *Fragmente und Studien bis 1797*, die Epoche durch ihre Reflexionsprozesse und -Figuren eindeutig als *Können*[84], als Setzen (d.h. als Handlungsbereitschaft bzw. als Aktivität im allgemeinen Sinne des Wortes) charakterisieren. Unter anderem gerade gegen dieses, seinem Wesen nach zu Unrecht (weil voreilig) optimistische, frühromantische Kontinuums-Denken (im Sinne einer „intellektuellen Anschauung"[85] durch das reflektierende Denken, das ja auch Gegenüberstellung ist) richtet sich nun aber *Kleists* Marionettentheater-Aufsatz ganz radikal, und zwar durchaus in systematischer Hinsicht, ob bewußt oder unbewußt, ist dabei völlig gleichgültig. *Kleists* Reflexion-Modell ist dabei, wie bereits erörtert, ein Prozeß der „allmählichen Verfertigung" eines Reflexions-Gegenstandes, ist als solcher freilich auch ein kontinuierlicher Annäherungsprozeß an das Unendliche (im Sinne des Geradenbeispiels), der indes nie zuende kommt, und auch nicht immer gelingen muß. Für *Kleist* gibt es nämlich kein Absolutes, der Prozeß ist vielmehr nach oben hin per definitionem offen, denn seine Mitte ist, wie ja sowohl das Spiegel-Gleichnis als auch das Geradenbeispiel deutlich zum Ausdruck bringen, eine Singularität bzw. ein Loch im Kontinuum, über das es dann zuletzt nichts mehr zu reflektieren gibt.

Sowohl das Geradenbeispiel als auch das Spiegel-Gleichnis sind also, so verstanden, in einem strengen Sinne Gleichnisse für einen bestimmten, weitgehend antiromantischen, erstmals in *Kleists* Marionettentheater-Aufsatz entwickelten Typus von Reflexionsfigur, den wir, was seine Inhalte betrifft, indes erst im folgenden Kapitel näher beschreiben wollen. Diese Reflexionsfigur beruht nun im weiteren auch auf einer triadischen Struktur, die freilich nicht gänzlich in sich geschlossen ist. Die Mitte der Reflexionsfigur ist nämlich, wie schon ausführlich erörtert, eine Singularität im zweiten *Kleistschen* Bewegungsbild, was zugleich bedeutet, daß hier das Reflexionsmedium nicht definiert, sondern vielmehr radikal durchbrochen ist.

Der Rekurs auf das romantische Verständnis von der Reflexion ermöglicht nun im weiteren eine sehr genaue Abgrenzung der beiden *Kleistschen* Bewegungsbilder, und zwar direkt auf der Basis einer Annäherung dieser Bild-Konstruktionen an das Basis-Modell des frühromantischen Reflexionsprozesses.

Dies soll jetzt abschließend noch gezeigt werden. Zu diesem Zwecke sind – und zwar im systematischen Zusammenhang mit dem zweiten *Kleistschen* Bewegungsbild – *drei* grundsätzliche Identifikationen notwendig. Sie ergeben sich von folgenden Fragestellungen her: Erstens einmal, stellt sich uns die Frage nach dem *Reflexionsmedium*, zweitens dann, die nach dem *Reflexionsgegenstand,* und schließlich, drittens, die nach der *Reflexionsfigur*. In Hinsicht auf diese drei Fragestellungen sind sowohl das Spiegel- als auch das Geraden-Beispiel, und ferner auch das Zirkel-Gleichnis jeweils kompatible Antworten, was zugleich bedeutet, daß sich diese drei *Kleistschen* Bewegungsbilder zunächst, wenigstens rein äußerlich gesehen, durchaus vom frühromantischen Verständnis des Reflexionsbegriffes her interpretieren lassen. Im Falle des Geraden-Beispiels ist das Reflexionsmedium das „in Bewegung gesetzte" fünfte Postulat *Euklids*; sind die Reflexionsgegenstände die Geraden g und h, und schließlich, nicht zu vergessen, der Schnittpunkt der beiden im Gleichnis angesprochenen Geraden g und h, ist ferner die Reflexionsfigur die Drehung im Spannungsbereich einer Umpolarisierung der Richtungen der Gerade h von Plus-h auf Minus-h im Zuge der Drehung um den Winkel α. Der Unterschied zum frühromantischen Modell besteht nun darin, daß in *Kleists* Geradenbeispiel kein Absolutes erreicht wird, sondern, daß die Bewegungsmitte schlichtweg ein Unerreichbares, d.h. eine Singularität ist. Somit wird gerade im Moment der höchsten Konzentration der Reflexionsprozeß jeweils *unbewußt* – d.h. tritt also, und zwar vom frühromantischen Verständnis her gesehen, eine contradictio in adjecto ein. Was nun die Umlegung auf den Reflexionsprozeß selbst betrifft, so gibt es in *Kleists* Geradenbeispiel (und damit überhaupt im zweiten Bewegungsbild) zunächst durchaus eine unmittelbare Anschaulichkeit (da ja das Beispiel im strengen Sinne euklidisch ist); je mehr sich allerdings α gegen 90° bewegt, umso größer werden die vom g schneidenden h erzeugten Abschnitte s; ist nun $\alpha = 90°$, dann wird das Gleichnis schlagartig „unanschaulich" – ja es verschwindet, um bei $\alpha > 90°$ genau in das, freilich jetzt wieder anschauliche Gegenbild „umzuschlagen". Die Mitte zwischen Bild und Gegenbild bleibt dabei undefiniert, bleibt gleichsam a-reflexiv, sie liegt nämlich, wie ja im vorhergehenden bereits ausführlich erörtert, im Unendlichen und ist damit per definitionem unerreichbar. Ein jeder Versuch der Identifikation mit „endlichen Motiviken" ist damit von vorneherein sinnlos.

Was nun aber die geforderte *intellektuelle Anschaulichkeit* dieser Bild-Konstruktion betrifft, so zeigt sich diese nicht zuletzt durch die Möglichkeit, ein gegenständliches Gleichnis für das triadisch organisierte Bewegungsbild[86] anzugeben, von dem aus sich klar entscheiden läßt, was Reflexionsmedium (und zwar im Sinne des vorausgesetzten Modells), was ferner Reflexionsgegenstand, und was schließlich die beiden adäquate

Reflexionsfigur ist. Auch ein dritter, im Sinne des frühromantischen Modells übergeordneter (d.h. rein formaler) Reflexionsstandpunkt läßt sich zwanglos angeben. Dies bedeutet dann zuletzt noch, daß auch die Reflexion über das Beispiel selbst möglich ist, und damit zugleich seine „Form" gegeben ist. Alle diese Thesen gelten freilich nicht für die Mitte des zweiten *Kleistschen* Bewegungsbildes; eben *dieser* entscheidende Unterschied bewirkt nun aber, daß sich das *Kleistsche* Bild somit zuletzt doch als eine radikale Kritik am Reflexionsmodell der Frühromantiker entpuppt, das ja in seinen Grundzügen[87] auf die *Wissenschaftslehre Fichtes* aus dem Jahre 1794 zurückgeht. In *Kleists* Geradenbeispiel wäre die Reflexionsform eigentlich die „Grazie"; diese wiederum entzieht sich aber gerade der Formalisierung durch eine Reflexionsfigur, wenn es am Schluß des Marionettentheater-Aufsatzes heißt:

> „so findet sich auch, wenn die Erkenntnis gleichsam durch ein Unendliches gegangen ist, die Grazie wieder ein; so, daß sie, zu gleicher Zeit, in demjenigen menschlichen Körperbau am reinsten erscheint, der entweder gar keins, oder ein unendliches Bewußtsein hat, d.h. in dem Gliedermann, oder in dem Gott"[88]

Dies bedeutet nun aber auch, daß es – von *Kleists* ausdrücklicher Rede am Schluß des Marionettentheater-Aufsatzes her verstanden – eigentlich drei Bilder von der „Grazie" geben muß, wobei sich freilich nur zwei dem frühromantischen Verständnis einer Reflexionsform zuordnen lassen. Die „Grazie" beginnt ihre Bewegung zunächst einmal vom „menschlichen Körperbau" bzw. vom „Gliedermann" her, gerät in das Unendliche, um schließlich als „unendliches Bewußtsein" auf der „andern Seite" wieder zu erscheinen. Die beiden äußeren Positionen sind im strengen Sinne Bilder und damit auch Reflexionsformen, die eine Denkbewegung abbilden. Es ist nämlich nicht wirklich von einem Sein, sondern vielmehr vom „reinen Erscheinen" in diesem Schlußbild die Rede (*Kleist* konstatiert nämlich expressis verbis:" [...] *daß sie, zu gleicher Zeit, in demjenigen menschlichen Körperbau am reinsten erscheint[...]*"), es ist ferner auch vom Erscheinen *in einem Körper* die Rede, so daß hier – und zwar durchaus in einem strengen Sinne – nur eine Reflexionsfigur gemeint sein kann, die Körperbewußtsein und Ich-Bewußtsein (Imagination) miteinander verknüpfen will. Eben diese Verknüpfung (in Gestalt eines Bewegungsbildes) ist dann zugleich These und Konklusion eines ästhetischen Paradigmas, das – anders als die frühromantische Schule à la *Friedrich Schlegel* und *Novalis – keine* rationale, d.h. mithin reflektierbare Mitte in ihrem Paradigma (d.h. im Bewegungsbild) kennt. Daß, wie *Kleist* anmerkt, Göttliches in einem menschlichen Körperbau erscheinen kann, besagt nun aber auch, daß das Wesentliche im „menschlichen Körperbau" nicht den Gesetzen der vom Körper getragenen Reflexion gehorcht. Dasselbe gilt nun aber auch in Bezug auf den „Gliedermann". Daher ist die „Grazie" zum einen – und zwar freilich nur vordergründig – eine fragmentierte Reflexionsfigur, die aber nicht eigentlich eine Balance im Reflexionsmedium kennt, und andererseits – jetzt als Bewegung verstanden – ist sie eine geheimnisvolle Erkenntnis, d.h., wie bereits postuliert, eine tacit knowledge (die ein Bewegungsbild umschließt). Der Marionettentheater-Aufsatz versteht sich nun u.a. auch als die Darstellung dieser merkwürdigen Schwebe, die, wie wir ja bereits aufgewiesen haben, zugleich auch Kritik der frühromantischen Reflexionsfigur ist. Im übrigen enthält dieses äußerst paradoxe Paradigma auch ein – sehr subtil angelegtes – Moment der Verwandlung, von dem her sich, so *Kleist*, der Übergang von der Reflexion in die Grazie und dann sinngemäß auch die Umkehr der Grazie in eine (freilich immer fragmentierte) Reflexion erklären läßt. Dieses Moment ergibt sich zwingend aus einer – jedoch recht unauffälligen – Gegenüberstellung in Gestalt der nun folgenden Wendung: *„so findet sich auch, wenn die Erkenntnis gleichsam durch ein Unendliches gegangen ist, die Grazie wieder ein [...]*“. Zunächst bewegt sich ja, folgt man *Kleists* Gleichnis ganz wörtlich, die „Erkenntnis“, sie „geht“ durch das Unendliche, um als „Grazie“ wiederzukehren. Zuletzt gibt es dann für diesen Transit der „Grazie“ eine bipolar angelegte Erscheinungsform: *„[...] so, daß sie, zu gleicher Zeit, in demjenigen menschlichen Körperbau am reinsten erscheint, der entweder gar keins, oder ein unendliches Bewußtsein hat,[...]*“. Diese Erscheinungsform sprengt dann zuletzt das Reflexionsmedium. Darin besteht nun aber im wesentlichen *Kleists* kritischer Ansatz bzw. die kritische Reflexionsfigur, freilich auf einer übergeordneten Betrachtungsebene angelegt.

Was nun im Zusammenhang mit dem Geradenbeispiel gilt, gilt natürlich sinngemäß auch für das Spiegel-Gleichnis: *Dort* ist das Reflexionsmedium der Hohlspiegel, der Reflexionsgegenstand umfaßt sowohl den abzubildenden Gegenstand als auch dessen Bild (das reell und virtuell sein kann); die Reflexionsfigur ist die Änderung der Gegenstandsweite des Spiegels, die drei prinzipielle Möglichkeiten der Bild-Erzeugung zur Folge hat. Alle anderen Attribute des Bewegungsbildes stimmen mit denen des Geradenbeispiels völlig überein. Die Unterschiede zwischen beiden Gleichnissen betreffen nicht, wie freilich erst im nächsten Kapitel gezeigt werden soll, die Form, sondern vielmehr die Inhalte.

Was nun zuletzt noch das Zirkel-Gleichnis betrifft, so ergibt sich aus dem im vorhergehenden Gesagten eine zwingende Deutung hinsichtlich seiner Bedeutung im Ganzen des Marionettentheater-Aufsatzes. Rekapitulieren wir dieses Gleichnis noch einmal, es lautet in der prägnantesten Fassung:

> „Sehen Sie den jungen F ... an, wenn er, als Paris, unter den drei Göttinnen steht, und der Venus den Apfel überreicht: die Seele sitzt ihm gar (es ist ein Schrecken, es zu sehen) im Ellbogen.
> Solche Mißgriffe, setzte er abbrechend hinzu, sind unvermeidlich, seitdem wir von dem Baum der Erkenntnis gegessen haben. Doch das Paradies ist verriegelt und der Cherub hinter uns; wir müssen die Reise um die Welt machen, und sehen, ob es vielleicht von hinten irgendwo wieder offen ist.“[89]

Wie bereits festgestellt, ist ja *Kleists* zweites Bewegungsbild u.a. auch eine inhaltliche Kritik am Reflexionsbegriff, so wie ihn die Frühromantiker kannten. Das Zirkel-Gleichnis zeigt gerade diesen Sachverhalt zuletzt noch ganz deutlich, wenn *Kleist* an dieser Stelle als „Ursache" für die falsche Lage des Schwerpunktes beim „jungen F..." ganz allgemein auf das aus dem Alten Testament (I.Mos.3) bekannte Gleichnis vom „Baum der Erkenntnis" verweist[90]. Die ersten Menschen haben, gemäß dieser Erzählung, vom Baum der Erkenntnis gegessen, und dadurch gleichsam die Gabe der Reflexion erlangt, die ihrerseits die natürliche Anmut in Frage stellt, und damit einer Vertreibung aus dem Paradies (ungestörter, d.h. anmutiger ästhetischer Phänomene) gleichkommt. Eine Rettung auf der Basis von gleichsam „rettenden" Reflexionen ist – von *Kleists* Sicht der Dinge her gesehen – freilich nicht möglich. Die von ihm angesprochene *„[...] Reise um die Welt [...]"* ist ja ihrem tieferen Wesen nach *keine* Reflexionsfigur, sondern eben nur Reflexionsgegenstand, d.h. mithin Bild bzw. Gleichnis (oder Stellenhalter) für diesen, ursprünglich abstrakt gesetzten Reflexionsgegenstand. Ebenso gut hätte *Kleist* für sein Spiegelgleichnis einen konkreten Gegenstand (z.B. eine Kerze auf der optischen Bank) angeben können, um den abstrakten Gegenstand des optischen Gleichnisses näher zu charakterisieren (was freilich im Marionettentheater-Aufsatz nicht der Fall ist). Aus diesem Grunde läßt sich das Zirkel-Gleichnis auch nicht in dezidiert geometrischer Hinsicht verstehen, wenngleich diese Option vordergründig naheliegend scheint. Vielmehr ist das Zirkel-Gleichnis im strengen Sinne des Wortes ein Inhalt einer Reflexionsfigur (d.h. hier des zweiten *Kleistschen* Bewegungsbildes), der dem Bewegungsbild gleichsam als nähere Umschreibung einer Lage dienen soll. Die Bewegung im Zirkelgleichnis hat daher nichts mit der im vorhergehenden beschriebenen, rein formalen Transitbewegung der Reflexionsfigur und ihrer Zerstörung im „Unendlichen" zu tun.

Es ist also von dieser grundlegenden Unterscheidung her nunmehr notwendig geworden, im Marionettentheater-Aufsatz streng zwischen einer formalen und einer inhaltlichen Ebene des Bewegungsbildes zu unterscheiden.

Das Kleistsche Geraden-Beispiel als Form des zweiten Bewegungsbildes

(Diagramme.)

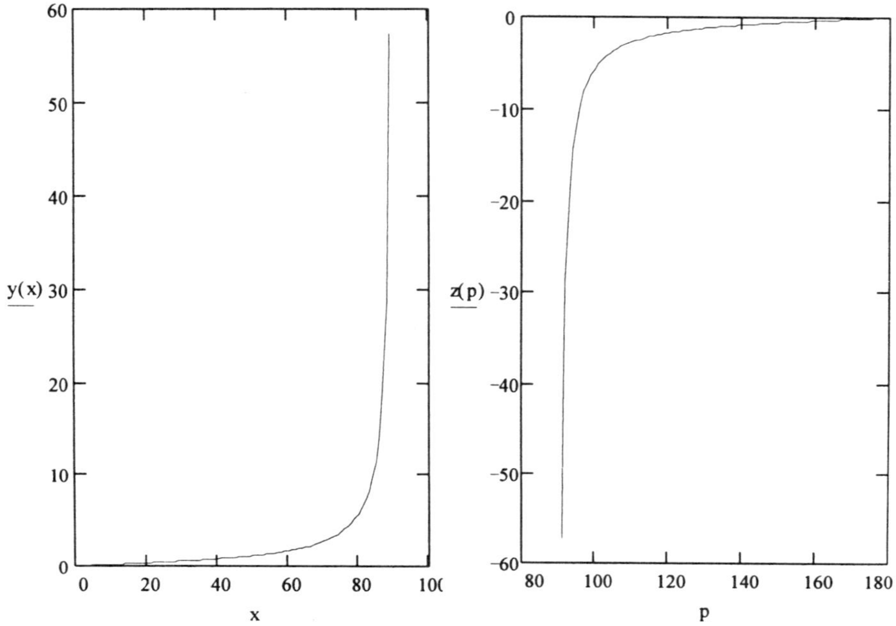

Diagramm A **Bereich C** Diagramm B

Abb. 31

Diagramm A zeigt den positiven, Diagramm B dagegen den negativen Abschnitt von s[91], wobei hier gilt: n =1, x und p sind dabei die Winkel in Radianten (d.h. in $x_*\pi/180$ bzw. in $p_*\pi/180$) ausgedrückt. Die Singularität liegt, wie das Diagramm zeigt, bei 90°, ihr entspricht – freilich jetzt eher symbolisch verstanden – der Bereich C, er wird durch die asymptotischen Verläufe der Graphen gekennzeichnet.

Die Zusammenschau der beiden Diagramme (von ihrer jetzigen Lage her) zeigt auch, daß die beiden Graphen beim Anstieg gegensinnig parallel sind, was in Wirklichkeit bedeutet, daß sie in der Praxis, d.h. genau dann wenn gilt: $s_i(\alpha_i) \Rightarrow \infty$, zusammenfallen müssen: *„Doch so, wie sich der Durchschnitt zweier Linien, auf der einen Seite eines Punkts, nach dem Durchgang durch das Unendliche, plötzlich wieder auf der andern Seite einfindet [...]“* Auf diese Weise gewinnt man einen präzisen, wenngleich bloß formalen Bauplan des Bewegungsbildes, der sich dann zuletzt mit beliebigen Inhalten („Motiven“) versehen läßt, die freilich jeweils in der Mitte des Bewegungsbildes für einen Augenblick verschwinden müssen. Rein äußerlich sieht das Beispiel so aus, als sei es ein „loop“ durch das Unendliche, wobei die „Grazie“ zunächst in das + ∞ „eintaucht“, um sich zu überschlagen, um schließlich von – ∞ her wieder zurückzukehren. Dies ist bei genauerer Würdigung des Geradenbeispiels freilich nicht wirklich der Fall, denn die Rückkehr des Reflexionsgegenstandes (d.h. die Rückkehr der „Grazie“) ist ja eine neue Reflexionsfigur, die mit der ersteren überhaupt nichts zu tun hat.[92] Zwischen beiden befindet sich ein Nichts, das *Kleist* mit der mathematischen Singularität $\pm \infty$ symbolisch bzw. metaphorisch kennzeichnet. Die Kontinuität der Reflexion wird also durch die „Katastrophe“ des Transits durch $\pm \infty$ aufgehoben. entscheidendes Moment für die „Grazie“ ist dann zuletzt eine Diskontinuität.

Kap. 10: Lineare und zyklische Verwandlungen: Polarität und Steigerung. Zur poetologischen Identifikation des zweiten Kleistschen Bewegungsbildes

Veranschaulicht man sich jene beiden zuvor erörterten Modelle eines Transits durch eine unendliche Mitte bzw. durch eine Singularität, so gelangt man zuletzt zum Bild eines in merkwürdiger Weise – optisch bzw. geometrisch – sichtbar gewordenen Dreischritts, der sich daher sehr gut als Gleichnis (bzw., genauer formuliert, als Sinn-Bild oder Allegorie) für die dialektische Triade verwenden läßt – indessen mit wichtigen, zumeist inhaltlichen und vor allem auch kritischen Einschränkungen, über die im folgenden zu sprechen sein wird. Auf diese Weise wird dann auch das im Kapitel 8 der vorliegenden Arbeit beschriebene Rückkopplungs-Modell mit einer greifbaren inhaltlichen Dimension versehen, was zugleich bedeutet, daß hier auch eine einschlägig poetologische Diskussion angeknüpft werden kann.

Damit schließt sich unser argumentativer Bogen, der von der Form des Marionettentheater-Aufsatzes ausgehend, in einer gedanklichen Bewegung, die in Paradigmen geordnet ist, nun wieder zu den Inhalten (Episoden) des Aufsatzes zurückkehrt. Und zwar im direkten Zusammenhang mit der Erschließung jenes Spannungsbogens, der ja im Text selbst, freilich oft nicht sehr deutlich, struktural angelegt ist. Ähnliches gilt auch für den Reflexionsbegriff, den wir in Kapitel 9 der vorliegenden Arbeit ausführlich dargelegt haben. Es wird nun ferner noch zu zeigen sein, daß *Kleist* ihn im Prinzip für allgemeingültig erachtete, wobei sich sein Stellenwert als Vermittlungsstruktur zwischen Physik und Poesie auf der Basis von originell gesetzten, motivischen Übergängen zeigt. Wichtigstes Beispiel für derartige Übergänge – sie verknüpfen, wie im vorhergehenden dargelegt, mathematisch-physikalische Strukturen mit poetischen Inhalten – sind die bereits ausführlich diskutierten *Zirkel-Motive*: Ihre zyklische Struktur fordert, kurz gesagt, kompatible Inhalte, die wiederum selbst nur zyklisch angelegt sein können. Derartige Übergänge von Formen zu Inhalten (Motiven) sind nun im folgenden zentrales Thema unserer Poetik des zweiten Bewegungsbildes. Ihr Spielboden ist in allen Fällen das Bewußtsein, so wie es *Kleist* in seinem Aufsatz als tragendes Medium des episodenhaft entwickelten Bewegungsphänomens versteht. Zunächst muß daher *Kleists* zyklische Bewußtseinstheorie von theoretischen bzw. naturphilosophischen Gesichtspunkten her untersucht werden. Es geht dabei in erster Linie um kohärente Motivgruppen zwischen den Polen Form und Inhalt, deren Zweck es in allen Fällen ist, formale Aspekte der Physik mit inhaltlichen der *Kleistschen* Erzähl- und Dramenkunst zu verbinden. Folgende Gruppen sind hier konkret angesprochen: Zy-

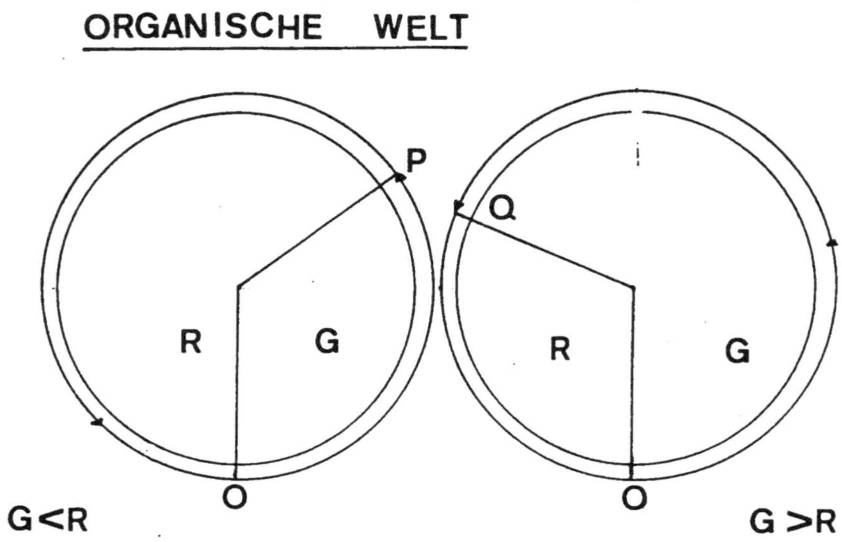

Abb. 32 *Zirkuläre bzw. zyklische Muster in Kleists Bewußtseinstheorie*

Abbildungen zu folgendem Text: „*Wir sehen, daß in dem Maße, als, in der organischen Welt, die Reflexion dunkler und schwächer wird, die Grazie darin immer strahlender und herrschender hervortritt.-* „ (EZ, S.480)

Legende: O ... Ursprung der zirkulären Bewegung; P, Q ... Beliebige Punkte auf der Peripherie des Kreises; G ... Grazie; R ... Reflexion; die beiden Kreise symbolisieren die „organische Welt".
Erklärungen: Die erste Graphik zeigt den Fall, daß der Einfluß der Reflexion zunimmt, was zur Folge hat, daß die Grazie in eben demselben Maße abnimmt. Die zweite Graphik zeigt genau den umgekehrten Fall.
Zusammen genommen, zeigen die beiden Kreise, daß *Kleist* das Bewußtsein als ein Bewegungsbild begreift, das zum einen auf Polaritäten (Grazie versus Reflexion) und zum anderen auf dem Phänomen einer zirkularen Zu- und Abnahme der beiden wichtigsten Bewußtseinskomponenten beruht. Das „Bewußtsein" im alltäglichen Sinn des Wortes ist dabei lediglich eine der beiden Komponenten des Bewegungsbildes.

klizität (Form-Motive), Polarität und Steigerung (eher inhaltliche Motive). Wir gehen zunächst einmal von der These aus, daß *Kleist* das menschliche Bewußtsein als ein zyklisch sich steigerndes Bewegungsbild begreift, das prinzipiell bipolar aufgebaut ist, das also neben kontinuierlich angelegten Strukturen auch singuläre (d.h. diskontinuierliche und fragmentierte) Stellen enthält.

Im Schlußkapitel der vorliegenden Arbeit soll diese mehr als paradoxe naturphilosophische Konzeption – es handelt sich bei ihr ja auch um ein Deutungsmuster bzw. um einen hermeneutischen Ansatz – im Rahmen zweier kleiner Beispiele praktisch erläutert und konkret auf Texte angewendet werden.

10.1 Bewußtsein als Bewegung in Polarität und Steigerung. Die Traumszene im ersten Akt des Prinz von Homburg

Rekapitulieren wir am Beginn der nun folgenden Überlegungen noch einmal die wichtigsten Grundeigenschaften des zweiten Bewegungsbildes: allerdings wenden wir sie jetzt aber – so wie es ja auch *Kleist* in der Konklusion seines Aufsatzes tut – ganz speziell auf das menschliche Bewußtsein an: Da ist zum einen, wie bereits ausführlich diskutiert, das Phänomen der *Zweiteilung des Bewegungsbildes* in einen positiven (reellen) und, sinngemäß, in einen negativen (virtuellen) Teil – und zwar ganz analog zur damals gerade entdeckten Polarität in der galvanischen Elektrizität[1]. Schon im vermutlich 1805/1806 entstandenen Aufsatz *Über die allmähliche Verfertigung der Gedanken beim Reden*[2] hat *Kleist* seinen Argumentationen eine derart angelegte Bipolarität zugrundegelegt; im genannten Aufsatz ist sie freilich – also ganz anders als im Marionettentheater-Aufsatz – noch ein sprachphilosophisches Bauelement innerhalb einer synthetischen Gedankenbewegung, die die Sprache als Bewegung thematisiert.

Im nächsten gedanklichen Schritt haben wir diese Bipolarität als Bestandteil einer Bewegungsfunktion zu begreifen, die das Phänomen einer wechselweisen *Umkehr der Polaritäten* zum zweiten *Kleistschen* Bewegungsbild beisteuert; diese Umkehr ereignet sich, wie bereits im Kapitel 9 dargelegt, im Zuge eines rein formalen Bewegungsablaufes; sie beruht strikt auf einer mathematischen bzw. physikalischen Bewegungsfunktion, die für bestimmte Funktionsargumente jeweils *eine* diskontinuierliche Bild-Stelle (und zwar den Wert $\pm \infty$) durchläuft; wieder angewandt auf das Phänomen Bewußtsein treffen wir daher zuletzt auch auf das Bewegungsbild eines fragmentierten und polymorphen *Wandels der Bewußtseinsperspektiven*, der, *Kleist* zufolge, von strengen formalen Prinzipien aus gesteuert wird, die im Augenblick der höchsten Steigerung des Bewegungsphänomens restlos im $\pm \infty$ verschwinden. In diesem Augenblick ist die Bewegung dann gänzlich unbewußt bzw., was für *Kleist* freilich ganz dasselbe ist, göttlich[3].

Zusammenfassend gesagt, hat das Bewußtsein die Eigenschaften einer Transformationsbewegung bzw. *ist* eine Transformationsbewegung zwischen zwei gegensätzlichen Bewegungsmomenten (Körper und Seele), in deren Mitte ein offenes Extrem steht; dieser Transformationsbewegung entsprechen daher genau zwei Typen von endlichen Bewußtseinsinhalten: zum einen der Übergang des kontinuierlichen Bewegungsbewußtseins in ein diskontinuierliches[4], und zum anderen die Rückkehr vom diskontinuierlichen zum kontinuierlichen Bewegungsbewußtsein. Beide Motive werden durch die Zirkel-Motive des Aufsatzes miteinander verknüpft; der Bewußtseinsinhalt zum Zeitpunkt des Transits ist freilich unendlich, ist also die „Grazie" der Konklusion des Marionettentheater-Aufsatzes. *Bewußtsein im Verständ-*

nis des Marionettentheater-Aufsatzes ist also, kurz gesagt, permanente Umwandlung (Bewegung) und Steigerung der Bewußtseinsperspektiven im Spannungsbereich eines funktional gesteuerten Bewegungsbildes.

Diese Umwandlung (sie ist im übrigen *Kleist* zufolge ein sichtbares, d.h. ein reales Phänomen) beginnt zunächst bei der *einen* (z.B. bei der positiven) Polarität, um schließlich – und zwar über die Singularität in der Mitte hinweg – in die *andere* (d.h. in die negative) umzuschlagen; dies verbindet sich aber in jedem Augenblick auch mit einer quantitativen Steigerung (und zwar durchaus im Sinne von *Goethes* Konzeption einer Polarität, die zugleich auch Steigerung ist)[5]. Im *katoptrischen Beispiel Kleists* läßt sich das sogar ganz eindrücklich zeigen: Rückt man nämlich den Gegenstand immer näher an den Spiegelscheitel heran, dann wird er nach dem Transit durch den Brennpunkt tatsächlich vergrößert, freilich wird das Bild dann aber auch virtuell (d.h. negativ). Wendet man dieses Beispiel ganz speziell auf das menschliche Bewußtsein an, dann bedeutet dies zuletzt, daß die Variation einer reellen Größenordnung des Bewegungsbildes zu einem Umschlag in eine virtuelle führen muß. Auf diese metaphorische Weise hat *Kleist* ganz offensichtlich den dialektischen Umschlag einer *realen* (bzw. *objektiven*) Bewegung in eine *virtuelle* (bzw. *subjektive*), d.h. in eine Bewegung im Bereich der Seele, zum Ausdruck bringen wollen. Die zugrundegelegte Bewegungsfunktion (hier die Abbildungsgleichung des Hohlspiegels) erlaubt aber per se keine Trennung auf formaler Ebene, fordert aber, wird sie einmal zur Metapher für ein Bewegungsphänomen, notwendigerweise eine solche auf inhaltlicher Ebene. Für die virtuelle Seite stehen dabei die Imagination und ihre Metaphernsysteme, für die relle Seite dagegen das Bewegungsspiel der Marionette und die Motorik des menschlichen Körpers, ferner auch jene Metaphernsysteme, die sich der Marionette und dem menschlichen Körper unmittelbar zuordnen lassen; in der Mitte treffen wir dann schließlich auf den alle psychophysischen Beziehungssysteme übersteigenden, inhalts- und formlosen Extremwert der „Grazie" ($\pm \infty$), der sowohl virtuell ($- \infty$) als auch reell ($+ \infty$) ist.

Der *Kleistschen* Bewußtseinstheorie, so unsere These hier, liegt also ein „Umschlag" im Sinne einer sowohl quantitativ als auch qualitativ angelegten Polarisierung des Bewegungszustands zugrunde, der sich im Charakter des Bewegungsbildes direkt ausdrückt. Einem jeden reellen Objekt bzw. einer jeden reellen Handlung entspricht im Zuge dieses Transits durch das Unendliche ein virtuelles Bild bzw., um jetzt von der szenischen Entwicklung des *Prinz von Homburg* her zu sprechen, eine somnambule Handlung bzw. Gegenhandlung, die das reelle Geschehen als eine mehr oder minder traumwandlerische Bewegung im *Bewußtsein* der Handelnden bzw. der Protagonisten abbildet. Freilich darf in diesem Zusammenhang der Begriff Bewußtsein nicht im alltäglichen Sinn des Wortes verstanden werden, sondern muß viel weiter, ja im Prinzip sogar – und zwar im Sinne der Polarisierung – paradox gefaßt werden; auch handelt es sich nicht etwa um ein statisches Zentrum à la *Kant*, das alle Leistungen und Handlungen des Spielers bzw. des Protagonisten auf eine endliche Mitte hin koordiniert, vielmehr ist hier tatsächlich von einer Bewegung eines Gegenstandes bzw. einer Handlung die Rede, die im Inneren des Menschen abläuft und dennoch den Wert $\pm \infty$ erreichen kann – und zwar als hoch angeregtes Spiegelbild eines Äußeren, das ebenso $\pm \infty$ bewegt sein kann; im Spiegelbild dieser graziös gewordenen Bewegung, heben sich dann sogar Zeit und Raum auf, ihre Zustände bzw. Bilder können also im selben Augenblick sowohl vergangen als auch zukünftig sein. Diese Bewegung ist damit gleichsam das Interieur eines Raumes, in dem sich unser Bewußtsein traumhaft – und zwar im Zustand der höchsten Anregung und Resonanz mit der Außenwelt – entfaltet, um schließlich von da her wieder in die alltägliche Welt zurückzukommen – und zwar im Sinne der bereits erörterten Zirkel-Motivik des Marionettentheater-Aufsatzes bzw. im Sinne der dramatischen Makrostruktur des *Prinz von Homburg*. Das wichtigste Grundmuster dieser Bewegung hat *Kleist*, wie ja schon ausführlich erörtert, in der Konklusion des Marionettentheater-Aufsatzes skizziert und sogar als einzuhaltende poetische Gattung vorgegeben.

Rekapitulieren wir daher noch einmal die letzten Zeilen des Aufsatzes und wenden sie im folgenden ganz speziell auf den ersten Auftritt im ersten Akt des *Prinz von Homburg* an. Zunächst also noch einmal *Kleists* Bewußtseinstheorie:

> „so findet sich auch, wenn die Erkenntnis gleichsam durch ein Unendliches gegangen ist, die Grazie wieder ein; so, daß sie, zu gleicher Zeit, in demjenigen menschlichen Körperbau am reinsten erscheint, der entweder gar keins, oder ein unendliches Bewußtsein hat, d.h. in dem Gliedermann, oder in dem Gott.“[6]

In diesem Zitat sind nun aber noch zwei weitere wichtige Momente hervorzuheben: Zum einen das Moment der *Bewegung* (im üblichen Sinn des Wortes) – es ist ja ausdrücklich von einem Durchgang durch ein Unendliches die Rede –, und zum anderen das Moment der *Erscheinung* (d.h. die Bewegung wird auch als Bewegungsbild verstanden). Dies bedeutet also, daß *Kleist* unter dieser Bewegung nicht zuletzt auch die Bewegung eines Bildes – d.h. namentlich der „Grazie“ – verstand, die quantitativ zu- und abnehmen kann und an einer Bild-Stelle ein Maximum erreicht. Bewegung und Erscheinung werden im Begriff der „Grazie“ miteinander verknüpft. Insoferne ist diese Bewegung – sie trägt ja ganz offensichtlich den Charakter einer Spiegelung bzw. Reflexion – auch bewegte „Erkenntnis“. Daran knüpfen sich zwei wichtige Konsequenzen: und zwar gilt, erstens, daß die „Erkenntnis“ als *ein* bewegtes Zentrum – innerhalb von vielen möglichen anderen, prinzipiell gleichgeordneten Zentren – verstanden werden muß; man befindet sich im Zusammenhang mit dieser Spielart der „Erkenntnis“ gleichsam auf einem „bewegten Punkt“, der neben anderen „bewegten Punkten“ aktiviert ist. Die „Erkenntnis“ im Verständnis der Konklusion ist also, kurz gesprochen, ein bewegtes Bild der – hier eher intellektuell zu verstehenden – Einsicht in die Realität. Sie ist allerdings zugleich auch ein Können, das sich ebenso als Bewegung zeigt. Zweitens gilt, daß sich diese „Erkenntnis“, folgt man *Kleists* Argumentation konsequent, sogar ins Unendliche steigern kann; dieser Steigerung entspricht dann sinngemäß der zweite Fall im zweiten *Kleistschen*

Bewegungsbild, und zwar in Hinsicht auf das Spiegel- bzw. im Geradenbeispiel. Indem nämlich die „Erkenntnis" unendlich bzw. – metaphorisch gesprochen – traumhaft (oder göttlich) wird, wird sie im selben Moment vollkommen perfekt und gänzlich unbewußt; wird also, kurz gesagt, tacit knowledge, denn der Transit des Gegenstandes durch den Brennpunkt ist ja tatsächlich immer auch ein reales Phänomen – trotz der Tatsache, daß sich dieses Phänomen weder aussprechen noch beobachten läßt; das Bild des Gegenstands liegt in diesem Augenblick zwar im Unendlichen – es ist also in die Singularität hinein verschwunden – und ist dennoch – als höchst angeregtes Können – weiterhin da, und zwar in ein und demselben Augenblick; das Bewußtsein wird demzufolge also unendlich, ohne dabei verlorenzugehen. Es ändert lediglich ständig seinen Bewegungszustand.

Konzentrieren wir uns daher jetzt nur auf das Spiegelbeispiel. Wie schon jetzt zu erkennen sein dürfte, ist es ein konzentriertes Gleichnis für die *Kleistsche* Konzeption einer Bewußtseinstheorie, in der vornehmlich Bewegungsabläufe im Zentrum stehen. Das Spiegelgleichnis besagt nämlich u.a. auch, daß die im Sinne der Konklusion verstandene „Erkenntnis" das bewegte Bild eines Erkenntnisgegenstands sein kann. Dies bedeutet ferner auch – jetzt bereits von einem konkreten Beispiel her verstanden –, daß dem Gegenstand *Puppe* immer ein *Bewußtsein von der Puppe* als Bewegungsbild entspricht. Dieses Bewußtsein ist somit unbegrenzt steigerungs- und einübungsfähig, *Kleist* kennzeichnet diese Disposition mit dem ästhetischen Terminus „Grazie" näher, gibt freilich keine weiteren Hinweise mehr, wie dieses extrem gesteigerte Bewußtsein quantitativ beschaffen und auf seinen Körper hin zugeschnitten ist. Der Rekurs auf die geometrische Optik ist vielmehr, wie im Kapitel 8 bereits ausführlich erörtert, in erster Linie von der Bipolarität „Formel" und „Metapher" her zu verstehen. Dem Phänomen der Steigerung des Bewußtseins ins Unendliche entspricht daher, streng so verstanden, auf Ebene der geometrischen Optik die durchaus realistische Möglichkeit einer unendlichen Bildvergrößerung. Die „Erkenntnis" als Bild, so wie sie *Kleist* in seiner Konklusion begreift, wird nämlich kurz vor dem Brennpunkt tatsächlich rapide größer, sie steigert sich schließlich – d.h. im Brennpunkt des Spiegels – sogar ins Unendliche; dort ist das Bild zugleich auch unendlich vergrößert; ferner ist auch die Tatsache wichtig, daß das Bild vor dem Transit auf dem Kopf steht, und zwar als ein reelles Phänomen. Nach dem Transit kippt das Bild dann aber um, steht nunmehr aufrecht, und ist jetzt aber virtuell. Die „Erkenntnis" hat also einen Spielraum, der sich, was seine Extreme betrifft, zwischen rellen und virtuellen Abbildern erstreckt. Die Polarität im Bewegungsbild legt daher auf diese Weise alle möglichen Spielräume des Bewegungsbewußtseins fest, das ja in *Kleists* Verständnis selbst nur Pol in einem Bewegungsbild ist. Diesem Spielraum ordnet *Kleist* in der Konklusion sowohl körperliche als auch geistige Phänomene – und zwar jetzt durchaus im üblichen Sinn des Wortes – zu, wobei die „Grazie" gleichsam die Resonanz zwischen organischer und seelischer Welt ausdrückt. Die beiden äußersten Pole dieser Bewegung sind, so *Kleist*, das „unendliche Bewußtsein" (bzw. Gott) und der bewußtlose, graziös bewegte Organismus (bzw. der „Gliedermann"). Je nach der Art der Handlung sind nun von diesem Muster einer polarisierenden Bewußtseinstheorie her zahlreiche spezifische Zuordnungen von dramatischen und erzählerischen Inhalten – und zwar in Form von *Kleistschen* Bewegungsbildern – denkbar und möglich. Dies läßt sich z.B. anhand einer derart angelegten szenischen Entwicklung im ersten Auftritt des ersten Aktes des *Prinz von Homburg* recht deutlich veranschaulichen. Zuvor ist freilich noch ein Hinweis auf zwei grundsätzliche Zuordnungsweisen wichtig. In der nun im folgenden diskutierten Sequenz eines dramatischen Bewegungsbildes gibt es zunächst einmal den Pol des Beobachters: Ihn verkörpert die Figur des *Hohenzollern*; er „sieht" merkwürdigerweise, was im *Prinz von Homburg* vorgeht. Er sieht es freilich „reell", d.h. mit Bezug auf die noch in der Zukunft liegende Schlacht von Fehrbellin. Zu diesem Pol in Gegenposition steht dann aber der träumende bzw. somnambule Prinz von Homburg. Seine Bewegungen sind zunächst Gesten und andere sprachlose Hantierungen. Auch er sieht etwas, freilich von seiner, d.h. hier von der „virtuellen Seite" des Bewegungsbildes her. So treffen wir in dieser Szene auf eine Spiegelung im Sinne des zuvor diskutierten Spiegel-Gleichnisses, die alle Eigenschaften eines zweiten *Kleistschen* Bewegungsbildes besitzt. Das reelle und das virtuelle Bild formieren dabei zusammen das zweite *Kleistsche* Bewegungsbild, das wiederum diese Szene nach den im vorhergehenden skizzierten Bauplänen – und zwar streng im Sinne der *Kleistschen* Bewußtseinstheorie – strukturiert und ihr daher eine Gattung verleiht.

Zunächst einmal das „reelle Bild": Der Spielraum der Gegenstandsvariation (im Sinne des Spiegelgleichnisses) ist hier die „Rampe":

> „HOHENZOLLERN (H). In der Tat! Schau' hier herab: da sitzt er!
> (*Er leuchtet von der Rampe auf ihn nieder*)
> DER KURFÜRST (K): Im Schlaf versenkt? Unmöglich!
> H: Fest im Schlafe!
> Ruf ihn bei Namen auf, so fällt er nieder."[7]

Aus der Sicht des Hohenzollern ist der Prinz von Homburg freilich nur äußerlich (d.h. als Beobachtungsobjekt) im Schlaf, in der szenischen Wirklichkeit widerspiegelt sich nämlich die traumhafte Bewegung im Prinzen direkt auch im Hohenzollern, der merkwürdigerweise tatsächlich weiß, was gerade im Prinzen vorgeht. Die beiden Bewegungen sind also – und zwar zunächst noch vordergründig im Sinne des ersten *Kleistschen* Bewegungsbildes – aufeinander abgestimmt. Der Prinz und Hohenzollern formieren, kurz gesagt, ein zweites *Kleistsches* Bewegungsbild, und zwar im Sinne des Spiegelgleichnisses, das hier szenisch entwickelt wird. Denn die Szene steuert allmählich auf eine entscheidende Singularität zu, die von *Kleist* in Form einer kurzen Regieanweisung angedeutet wird. Die beiden, in der Szene miteinander verknüpften Seelen bilden von der Einheit ihrer Bewegungen her zunächst einmal die dramatische Exposition; sie wiederum gehorcht streng den Gesetzen der *Kleistschen* Bewußtseinstheorie, derzufolge Bewußtsein sich stets steigernde Bewegung von einer Polarität her ist. Das Ensemble, gebildet u.a. aus dem Kurfürsten und dem Hohenzollern, bewegt sich, als gehorchte es einer Variation der Gegenstandsweite – und zwar von der Rampe her auf den Prinz zu; diese Bewegung entspricht der *einen* Seite des Spiegelgleichnisses; sie ist also ein wichtiges Bewegungselement in der Exposition des Dramas; sie ist eindeutig reell, und erhält im nächsten Konstruktionsschritt ihren Widerpart durch die Situierung des Prinzen, der traumverloren in einer virtuellen Bewegung verharrt und den wichtigsten Gegenstand der Exposition (die Schlacht von Fehrbellin) „träumt"; außerdem bildet seine Erscheinung zugleich den Spiegel dieser Bewegung, sein Bewußtsein ist ein „negatives Bewegungsphänomen", das Bild ist daher – als die andere Seite des Spiegelgleichnisses – sinngemäß virtuell.

Die *Prinzessin Natalie*, ferner die *Kurfürstin*, die ja auf der „Rampe" mit anwesend sind, befürchten nun zunächst einmal – und zwar in einer falschen, weil allzu naiven Einschätzung der Lage –, daß der Prinz „krank" sei, weil er so in sich versunken und demzufolge völlig geistesabwesend ist:

> „PRINZESSIN NATALIE:
> Er braucht des Arztes –!
> DIE KURFÜRSTIN: Man sollt ihm helfen, dünkt mich.
> Nicht den Moment verbringen, sein zu spotten!"[8]

Dem entgegnet Hohenzollern – und zwar als reeller Part des Bewegungsbildes –:

> „H: *indem er die Fackel wieder weggibt*:
> Er ist gesund, ihr mitleidsvollen Frauen,
> Bei Gott, ich bin's nicht mehr! Der Schwede morgen
> Wenn wir im Feld ihn treffen, wird's empfinden!
> Es ist nichts weiter, glaubt mir auf mein Wort,
> Als eine bloße Unart seines Geistes."[9]

Hier konstruiert also *Kleist* – und zwar mit Hilfe von kunstvoll gesetzten Beleuchtungs- und Bewegungseffekten in der Regieanleitung – den Gegenstandsraum der dramatischen Exposition des *Prinz von Homburg*; dies geschieht in Form einer realen, polymorphen Variation der Bewegungsgrößen. Sie ereignet sich in einem Raum, der Bewußtsein – im Sinne Kleists – symbolisiert, was bedeutet, daß sich reelle und virtuelle Bewegungsphänomene zeigen, deren Gattung das zweite *Kleistsche* Bewegungsbild ist. Vieles ähnelt hier nämlich der Bewegung der Marionetten auf der Puppenbühne. Die Bewegung verläuft, als wäre sie von unsichtbaren Fäden gesteuert. Wir befinden uns ferner auch in einer Szene, die auf die Zukunft hin ausgerichtet ist. Ein zukünftiges Ereignis wird sowohl geträumt als auch von Hohenzollern als reelle Möglichkeit – ja Notwendigkeit – angekündigt. Diesen Parallelismus ermöglichen nun aber die Abbildungsgesetze des Hohlspiegels, die *Kleist* seiner Exposition ganz offensichtlich zugrundelegt. Der primäre Ereignisraum ist dabei die „Rampe", sie bleibt zunächst noch abstrakt und verknüpft bloß alle Observablen (= beobachtbaren Größen) des bespielten Gegenstandsraumes (Betrachtende Gruppe, schlafender bzw. somnambuler Prinz, szenische Beleuchtungs- und Bewegungseffekte) miteinander. Von dieser Rampe steigt das Ensemble herab und nähert sich dem Prinzen, die Gegenstandsweite wird also gleichsam ständig variiert, dieser Variation korrespondiert eine der Bildweiten, so daß – freilich virtuell – auch ein Bewußtseinsraum konstituiert wird, der sich unsichtbar über den Bühnenraum „stülpt", ihm schließt sich nahtlos der Sprachraum und zuletzt der dichterische (bzw. symbolische) an: Langsam vertieft sich die Szene in vielen Bewegungsrichtungen, die alle durch das kunstvoll eingesetzte Spiegelgleichnis ermöglicht werden. Die Tendenz der Steigerung zeigt sich deutlich: Der Prinz beeinflußt nämlich – und zwar streng im Sinne der *Kleistschen* Bewußtseinstheorie – durch seine Somnambulie „allmählich" das gesamte szenische Verhalten und damit auch den Diskurs des gesamten Ensembles – es entstehen nämlich verschiedene autonome Schichten des Bewegungsphänomens, die alle in einer einheitlichen Bewegungsrichtung gründen:

> „K: *über ihn gebeugt*
> Was für ein Laub denn flicht er? – Laub der Weide?
> H.
> Was! Laub der Weid, o Herr! – Der Lorbeer ist's,
> Wie er's gesehn hat, an Helden Bildern,
> Die zu Berlin im Rüstsaal aufgehängt.
> K:
> – Wo fand er den in meinem märk'schen Sand?
> H: Das mögen die gerechten Götter wissen!
> DER HOFKAVALIER: Vielleicht im Garten hinten, wo der Gärtner
> Mehr noch der fremden Pflanzen auferzieht."[10]

Wir sind nunmehr direkt beim eigentlichen Bildraum angelangt. Indem sich nämlich das Ensemble dem Prinz genähert hat, um seine Handlungen aus der Nähe zu betrachten, wird seine Bewegung zur Grundlage einer symbolischen Welt, die den poetischen Kern des *Kleistschen* Dramas bildet (zentral ist hier das Motiv der Divination durch Bewegung). Das Ensemble „sieht" nun eigentlich nicht mehr den Prinzen, sondern stellt vielmehr Mutmaßungen über eine Geste (über das Flechten eines Kranzes) an. Antwortet also – auf reeller Ebene – seinen Träumen, treibt die Handlung – als Bewegung – voran. Bilder und Gegenbilder rücken nunmehr ins Zentrum der Betrachtung. Unbewußt – d.h. jenseits reeller Bewegungsabläufe – flicht der Prinz seinen „Lorbeer-Kranz", wobei *Kleist* zunächst noch in der Schwebe läßt, worum es sich hierbei wirklich handelt. Die gegenständliche Bedeutung des Kranzes bleibt also zunächst noch unklar – und zwar bewußt; wichtiger ist hier nämlich die Bewegung an sich, d.h., anders ausgedrückt, die Variation des Gegenstandes „Kranz"; durch sie entsteht eine Schwebe zwischen Gegenstandsraum und Bildraum, die sich im Ensemble organisch verkörpert; außerdem erzeugt sie auch einen Übergang vom gegenständlichen in den symbolischen Raum; in dieser Hinsicht entsteht durch sie eine neue Verknüpfung von empirischer und symbolischer Welt, die in den folgenden Szenen minutiös entwickelt und ausgebaut wird; klar ist ferner auch, daß es sich bei dieser Szene – sieht man sie als Ganzes – überhaupt um ein zentrales Bewegungsmoment im dramatischen Bewegungsbild *Prinz von Homburg* handeln muß, dem notwendigerweise – d.h. im Sinne des dramatischen Aufbaus – ein zentraler Gehalt entspricht, der – freilich erst in der künftigen Entwicklung des Schauspiels – große symbolische Bedeutung erlangen wird; und zwar durchaus im Sinne der Wendung des Hohenzollern: „*Wie ers gesehen hat, an der Helden Bildern, [...]*“, denn die Wiederkehr eben dieses Bildes (und zwar wieder im Zusammenhang mit diesem Gegenstand Kranz und Kette) am Schluß des Dramas (i.e. 5.Akt/ 11. Auftritt) signalisiert nämlich, daß hier bereits von Anfang an ein zentrales zyklisches Bewegungselement in Szene gesetzt wurde – die Szene „startet“ damit zugleich auch eines der Zirkelmotive, die *Kleist* seinem dramatischen Bewegungsbild *Prinz Friedrich von Homburg* ganz offensichtlich vom Aufbau her zugrundegelegt hat.

Der nun folgende Diskurs des Kurfürsten mit Hohenzollern zeigt ferner noch, daß wir uns in einem Bildraum befinden, in dem das Bewußtsein zugleich Polarisierung, Bewegung, und Steigerung ist:

> „K:
> Seltsam beim Himmel! Doch, was gilt's, ich weiß,
> Was dieses jungen Toren Brust bewegt?
> H:
> O – was! Die Schlacht von morgen, mein Gebieter!
> Sterngucker sieht er, wett ich, schon im Geist,
> Aus Sonnen einen Siegeskranz ihm winden.“[11]

Es ist ausdrücklich von einer Bewegung die Rede, die Gegenstand („Kranz“) und Bild („Siegeskranz“) miteinander verknüpft; der Spiegel in der dramatischen Exposition, der diese Abbildung leistet, ist der Prinz selbst. Er kommt nun gleich anschließend als Somnambuler ins Spiel. Sein Auftreten in diesem Zusammenhang – es „verkörpert“ ja an dieser Stelle zum ersten Mal auch ein wichtiges Transitmotiv – läßt sich freilich an dieser Stelle (noch) nicht sprachlich erfassen bzw. ausdrücken. *Kleist* begnügt sich vielmehr mit der einfachen Regieanweisung: *„Der Prinz besieht den Kranz.*“[12] Freilich ist das damit gemeinte Sehen kein sinnliches, sondern vielmehr, wie schon angedeutet, der Transit durch das Unendliche, von dem her der Prinz den „Zweck“ des Kranzes „sieht“ – während dies die Außenwelt durch die Äußerungen des Hohenzollern tut. Diese Synchronizität – gewissermaßen als ein Ereignis jenseits von Raum und Zeit – ist mit *ein* wichtiges Moment der dramatischen Exposition des Schauspiels. Sinngemäß wird daher die traumwandlerische Geste nur von einer Nebenfigur, dem *Hofkavalier* – und zwar gleichsam en passant – beobachtet: *„Jetzt ist er fertig!*“[13] Man wird nicht weit fehlgehen, wenn man den Kranz hier als ein Symbol für die „Grazie“ begreift; denn ganz in diesem Sinne kommentiert Hohenzollern dann diese traumwandlerische Handlung des Prinzen, und zwar indem er das Spiegelmotiv nunmehr ganz ausdrücklich als Inhalt ins Spiel bringt[14]:

> „H: Schade, ewig schade,
> Daß hier kein Spiegel in der Nähe ist!
> Er würd ihm eitel, wie ein Mädchen nahn,
> Und sich den Kranz bald so, und wieder so,

Wie eine florne Haube aufprobieren.
K:
Bei Gott! Ich muß doch sehn, wie weit er's treibt!
Der Kurfürst nimmt ihm den Kranz aus der Hand; der Prinz errötet und sieht ihn an. Der Kurfürst schlingt seine Halskette um den Kranz und gibt ihn der Prinzessin; der Prinz steht lebhaft auf. Der Kurfürst weicht mit der Prinzessin, welche den Kranz erhebt, zurück; der Prinz mit ausgestreckten Armen, folgt ihr."[15]

Hier ist ganz besonders die Regieanweisung wichtig, sie zeigt nämlich – jenseits der sprachlichen Artikulation – durch die Struktur der Bewegungsabläufe (in Art einer Stummfilm-Handlung), daß jetzt der Gegenpol des zweiten *Kleistschen* Bewegungsbildes erreicht ist. Es kann freilich hier nicht mehr ausführlicher gezeigt werden, daß diese Basis-Struktur der Korrespondenz von Gegenstands- und Bildraum – im Sinne des Spiegelgleichnisses – ein Pars pro toto für den gesamten Aufbau des Schauspiels ist. Wichtiger für unser Anliegen ist nämlich die Tatsache, daß sich uns der Verlauf der von uns wiedergegebenen Szene von der Struktur her als eine Polarisation präsentiert; von den Handlungen her zeigt er sich uns als eine Dialektik, die sich zwischen Bewegung und Gefühl entspinnt. Diese Dialektik bestimmt damit auch den Verlauf des dramatischen Bewegungsbildes in Hinsicht auf die wesentlichen Inhalte.

10.2 Das Bewußtsein als virtuelles Phänomen. Bewegung und Schein

Akzeptiert man diese Möglichkeit[16] der Interpretation, dann treffen wir allerdings wegen der besonderen, im vorhergehenden bereits näher diskutierten Begleitumstände des Gleichnisses auf eine ganz merkwürdige, wenn nicht überhaupt völlig bizarre Form der Dialektik. Sie produziert nämlich zuletzt auch eindeutig *virtuelle* Bilder von *realen* Bild-Objekten, was zugleich bedeutet, daß sich diese Dialektik von allen bekannten Spielvarianten der Dialektik innerhalb des deutschen Idealismus radikal unterscheidet. In ihr wird das Bewußtsein gleichsam zum Bild-Generator, indem es die reale Bewegung in eine virtuelle (geistige) verwandelt. Dazu sind folgende Erklärungen notwendig: Ist das Objekt im Sinne des *Kleistschen* Paradigmas gesetzt, dann wird in eben demselben Augenblick sein Bild von dieser Dialektik her – und zwar im gegensinnigen Pol „zersetzt"[17] bzw. sogar entmenschlicht. Es wird nämlich in dieser Richtung „vergöttlicht" (bzw. praktischer ausgedrückt: unendlich perfekt). Ebenso wird das Göttliche, gelangt es „von dort" auf seinen dialektischen Gegenpol, sinngemäß zum bloßen Marionettendasein erniedrigt und damit zugleich radikal entfremdet. *Kleist* drückt diese Paradoxie, wie folgt, aus:

> so findet sich auch, wenn die Erkenntnis gleichsam durch ein Unendliches gegangen ist, die Grazie wieder ein; so, daß sie, zu gleicher Zeit, in demjenigen menschlichen Körperbau am reinsten erscheint, der entweder gar keins, oder ein unendliches Bewußtsein hat, d.h. *in dem Gliedermann, oder in dem Gott.*"[18]

Diese Pointe ist nun tatsächlich mehr als paradox, zumal die „Grazie“ ihr zufolge nur in jenem *„[...]menschlichen Körperbau am reinsten erscheint [...]“*, der kein Bewußtsein hat, oder andererseits nur in jenem Körper wirksam werden kann, der – versehen mit einem unendlichen Bewußtsein – nur einem Gott angehören kann. Beide Extreme können sich nun aber, so scheint es zunächst, keinesfalls in einem Menschen mit Fleisch und Blut inkarnieren. Allerdings gilt diese Feststellung – und dies ist eine wichtige Einschränkung – nur gleichsam auf den ersten Blick. Die wahre Antwort auf diese in der Tat schwierige Frage nach einer adäquaten Deutung kann nur sein: Der Mensch ist in Wirklichkeit zugleich „Gott“, d.h. reales, unendlich bewußtes Subjekt, und zugleich auch unbewußtes, d.h. virtuelles Objekt – agiert also, kurz gesagt, im Sinne des *Kleistschen* Zirkelgleichnisses, so wie es im Marionettentheater-Aufsatz an mehreren Stellen entwickelt wird. In seinem Aufsatz *Der Tragiker H. v. Kleist* bringt *Benno von Wiese* diese Sicht *Kleists* mit einem, freilich von ihm her eher einseitig idealistisch modifizierten Theodizee-Problem in Beziehung, von dem aus gesehen es diesbezüglich zwei autonome Bewußtseins-Pole gibt – und zwar den *menschlichen* (bzw. den tragischen) und, sinngemäß, den *göttlichen* (bzw. versöhnten). Das Bewegungsbild drückt daher einen Vorgang aus, den *Benno von Wiese* u.E. treffend eine *„[...]Durchgöttlichung der menschlichen Erkenntnis[...]“*[19] nennt, deren symbolisches Subjekt gleichsam die *Kleistsche* Marionette – und zwar als tragisches Bewegungsding – ist. Sinngemäß ist dann das Marionettenspiel bzw. – noch wesentlich allgemeiner verstanden – das Marionettentheater überhaupt der allegorisch gesetzte Spielboden einer Theodizee-Problematik, von der her sich schließlich das Tragische als die Bewegung zum Göttlichen schlechthin zeigt:

> „Damit ist dem Menschen seine eigentliche Aufgabe in einer tragischen, dissonanten Welt des Bewußtseins gestellt. Sie heißt *Durchgöttlichung der menschlichen Existenz*, nicht Rückkehr zum Tier, denn die ist für das erkennende Wesen unmöglich, sondern Hinbewegen auf den Gott, der aber nicht von außen die Welt bewegt, sondern nur in der schwerelosen Übereinstimmung der Einzelseele mit sich selber gefunden werden kann. Eine Interpretation der Kleistschen Dichtung hätte zu zeigen, in welcher Weise sich die durch das Bewußtsein tragisch hindurchgegangene, aber dann doch wieder vom Unbewußten her lebende menschliche Seele in den Gott verwandelt und damit das Tragische aufhebt in einer erneuten Theodizee, die im Grunde zu einer Rechtfertigung des Menschen, aber eben damit auch der unbegriffenen Gottheit geworden ist.“[20]

Dieser Vorgang ist indessen, so unser kritischer Einwand jetzt, dennoch nicht etwa bloß ein Ablauf in der *„[...]tragischen, dissonanten Welt des Bewußtseins[...]“*[21], so wie dies *B. v. Wiese* im obigen Zitat eher einseitig versteht[22], sondern vielmehr erzeugt und definiert sich von ihm her das Bewußtsein (so wie es *Kleist* versteht) als ein bipolares, ständig zwischen Körper und Geist hin- und herpendelndes Bewegungsbild, dem in ein und demselben Bewegungsmoment sowohl ein Interieur (d.h. ein Reflexionsmoment) als auch ein dazugehöriges Exterieur (d.h. ein Transit durch das Unendliche, d.h. durch die körperliche Welt der Puppe bzw. des Tanzes) zukommen müssen.[23] Anders gesagt, ist diese Bewegung also keineswegs etwa ständig „schwerelos", sondern vielmehr zugleich „Weg der Seele des Tänzers", d.h. physikalische Bahnkurve, aber auch Reflexion im Sinne eines (dialektischen) Bewegungsbildes, das sich zuletzt als ästhetisches bzw. ethisches Faktum, d.h. als „Grazie", beobachten läßt. Sie ist also, kurz gesagt, „grav" und reell im Sinne des bewegten Schwerpunktes, gleichzeitig aber auch „antigrav" und virtuell im Sinne jener „Grazie" des Marionettentheater-Aufsatzes, die diesen Weg überhaupt erst sichtbar bzw. erfahr- und erkennbar macht. Das Ich, und zwar soweit es sich von dieser *Kleistschen* „Grazie" her bewegt, unterliegt daher stets einer Transitbewegung, die sowohl eine Unterscheidung zwischen virtuell und reell (und zwar im Sinne des Gleichnisses vom Hohlspiegel) als auch eine Unterscheidung zwischen positiv und negativ (im Sinne des Gleichnisses vom Durchschnitt der beiden Geraden) möglich und notwendig macht. Es ist also zugleich (unendliches) Objekt und (unendliches) Subjekt. Die höchste Synthese dieser beiden Unendlichkeiten wird nun, wie bereits ausführlich erörtert, im Transit durch das Unendliche eines Bewegungsbildes erreicht. Sie ist allerdings nicht beeinflußbar. Denn hier wird die „Grazie" gleichsam zur Pointe; von ihr her löst sich dann der Gegensatz zwischen Subjekt und Objekt für einen Augenblick auf, ohne daß dabei das Subjekt (der Geist) bzw. das Objekt (der Körper, die Puppe) als mögliche Erkenntnis- und Lebens-Positionen zugunsten eines Absoluten (im Sinne *Fichtes* z.B.) verschwinden müssen. Weiterhin bleibt das Bewegungsbild – trotz der radikalen Offenheit des transitorischen Moments – vollständig inkarniert, ist also in jedem Augenblick Fleisch und Blut, ist aber zugleich auch Puppe (durchaus im Sinne von *Schlemmers* Achsenzentrierung) und ist – und zwar genau im höchsten Moment der „Grazie" – sogar Gott[24], ohne daß dabei das Menschliche bzw. Puppenhafte (bzw. Theaterhafte) in irgendeiner Weise angetastet würde.

So erscheint, um hiefür ein Beispiel anzugeben, in *Amphitryon* (Erster Akt, zweite Szene) das „Ich" tatsächlich gleichzeitig als Gott und als unbewußtes Ich-Objekt (bzw., um mit *Kant* zu reden, also als empirisches Ich), und zwar gleichsam in Art einer „transzendentalen Verwechslungskomödie", deren Auflösung freilich zu neuen, ihrem Wesen nach sogar gewalttätigen Verwirrungen transzendentaler Art führt:

> „MERKUR *vertritt ihm den Weg*: Halt dort! Wer geht dort? /SOSIAS: Ich./ MERKUR: Was für ein Ich?/ SOSIAS: Meins mit Verlaub. Und meines, denk ich, geht/Hier unverzollt gleich andern. Mut Sosias! /MERKUR: Halt! mit so leichter Zech entkommst du nicht./Von welchem Stand bist du?/ SOSIAS: Von welchem Stande?/Von einem auf zwei Füßen, wie Ihr seht./MERKUR: Ob Herr du bist, ob Diener, will ich wissen?/SOSIAS: Nachdem ihr mich, oder so betrachtet,/ Bin ich ein Herr, bin ich ein Dienersmann./ MERKUR: Gut. Du mißfällst mir."[25]

Im Zusammenhang mit der Frage des Gottes versteht sich Sosias also als empirisches Subjekt und betrachtet seine Bewegung von außen, freilich weiß er – im Sinne des seine Bewußtseinsakte begleitenden Ichs, daß er Sosias auch als „Subjekt" ist (hier beachte man insbesondere die ironische Anspielung

Kleists auf den an sich schon zweideutigen Terminus Subjekt, betrachtet man insbesondere die ursprüngliche Bedeutung des lateinischen Wortes (die sich in der *Kantischen* Kritik indessen sogar in ihr Gegenteil umkehrt). Das Subjekt ist ja zum einen autonomer Herrscher (ist transzendentales Subjekt, nach dem sich – gemäß der *Kopernikanischen* Wende *Kants* – die Welt richtet) und andererseits Diener („Untergebener", der sich im Zusammenhang mit der praktischen Vernunft nach der Welt zu richten hat). Was nun aber den dialektischen Schein betrifft, so liegt die Entstehung der „Grazie" zunächst auf seiten des Gottes, hat also gleichsam ein Transit des transzendentalen Subjekts „durch den Gott hindurch" stattgefunden (und zwar durchaus wieder in einer Triade, die der des Alkmene-Motivs, freilich nur was die Struktur betrifft, völlig gleicht); damit zuletzt das empirische Subjekt des Sosias sichtbar wird – und zwar im Zuge des Kerngeschehens der Szene, muß aber die „Grazie" jetzt als empirisches Subjekt auftreten, d.h. als Ich-Rolle. Zuletzt gibt es von der Entfaltung dieses dialektischen Scheins her weitere, unvorhergesehene Verwicklungen:

> „SOSIAS: Sein Diener./ MERKUR: DU?/ SOSIAS: Ich, ja/MERKUR: Amphitryons Diener?/SOSIAS: Amphitryons Diener, des Thebanerfeldherrn./MERKUR: – Dein Name ist?/SOSIAS: Sosias./MERKUR: So –?/SOSIAS: S o s i a s/ MERKUR: Hör, dir zerschlag ich alle Knochen. /SOSIAS: Bist du/Bei Sinnen?/MERKUR: Wer gibt das Recht dir, Unverschämter,/Den Namen des Sosias anzunehmen? [...] MERKUR: Nun, wart! Ich will dich zu verwandeln suchen."[26]

Diese Situation hat freilich eine tiefere Pointe, zumal in ihr zwischen einem Ich-Gefühl und einem erscheinenden Ich unterschieden werden muß, so daß die Szene auf die Tatsache aufbaut, daß Sosias, was sein Ich-Bewußtsein betrifft, *„[...] entweder gar keins, oder ein unendliches Bewußtsein hat, d.h. in dem Gliedermann, oder in dem Gott[...]"* auftritt. Von der reinen Erscheinung im dramatischen Bewegungsbild her gibt es zunächst freilich keine sichtbaren Unterschiede, sondern vielmehr nur ein Wissen um diese, das freilich – streng genommen – nur Voraussetzung (z.B. vom Schauspielführer her) sein kann. Die Szene selbst zeigt dieses Wissen nämlich nicht wirklich, vielmehr ist die Szene reine Bewegung. Somit entsteht die Grazie hier durch die Entfaltung einer Dialektik des Scheins, von der aus die Handlung ihre tiefere Spannung gewinnt. *Kleist* spaltet hier also – ganz im Sinne unseres Zitats aus dem Marionettentheater-Aufsatz – das Ich-Bewußtsein in eine Rolle des Ich-Sagens und in eine Rolle des Ich-Seins auf[27]. Damit ist der Subjekt-Verlust – trotz der Tatsache, daß er hier – gemessen an den Möglichkeiten des 20. Jahrhunderts – nur vordergründig ist – als Bewegungselement eines dramatischen Bildes konstitutiv geworden. Merkur vertreibt dem Sosias nun im weiteren diesen Subjekt-Besitz sogar mit Schlägen, in diesem Zusammenhang wird Sosias dann für einen Moment sogar sprachlos – und zwar im Sinne einer momentanen Aphasie. Jetzt ist er tatsächlich nur noch „Gliedermann", die (scheinbare) Ich-Entfremdung[28] erreicht somit ihren Höhepunkt, der Transit ist somit beendet[29]; der Gott Merkur „spielt" den Sosias gleichsam von einer transzendentalen Zweideutigkeit her:

„SOSIAS: Gut, ich höre auf./ Kein Wort entgegn ich mehr, recht sollst du haben,/Und allem,was du aufstellst, sag ich ja./ MERKUR: Bist du Sosias noch, Verräter?/ SOSIAS: Ach!/ Ich bin jetzt, was du willst. Befiehl, was ich/Soll sein, dein Stock macht dich zum Herren meines Lebens./ MERKUR: Du sprachst, du hättest dich Sosias sonst genannt?/ SOSIAS: Wahr ist's, daß ich bis diesen Augenblick gewähnt,/Die Sache hätte ihre Richtigkeit./Doch das Gewicht hat deiner Gründe mich/Belehrt: ich sehe jetzt, daß ich mich irrte."/MERKUR: Ich bin's, der sich Sosias nennt."[30]

Nun möchte man auf den ersten Blick glauben, daß sich hier Merkur mit seiner Anmaßung des Namens Sosias endgültig durchgesetzt hat. Genau das Gegenteil ist freilich der Fall: Sosias weiß nun, daß er Sosias ist, weil er *fühlt, daß* er ist (und nicht daß er es ist). Dies umso mehr, wo ihm doch coram publico versagt ist, Sosias zu sein. Der dialektische Schein hat also das Problem gelöst, ohne den beiden Protagonisten der Szene die Rollen streitig zu machen. Selbst ohne vorherigen Blick in den Schauspielführer weiß nun jeder Zuseher, wer jetzt der wirkliche Sosias ist. Nicht die Bedeutung der Worte zeigt seine Identität, sondern vielmehr das mit ihnen verknüpfte Bewegungsbild. So verstanden, ist daher Subjektivität stets dramatisches Bewegungsbild im Sinne der „Grazie" im Marionettentheater-Aufsatz. Ist damit aber zugleich auch Annäherungs-Geschehen (und zwar im Sinne der zuvor erläuterten Poetik des zweiten *Kleistschen* Bewegungsbildes). Dies gilt ungeachtet der Tatsache, daß das Subjekt des Sosias zeitweilig seine Zugehörigkeit verliert. Das Ende des Ich-Verlusts zeigt sich daher in einem in sich geschlossenen Bewegungsbild, in ihm führt die Handlung das entfremdete Ich direkt wieder an den Punkt zurück, *„[...] wo die beiden Enden der ringförmigen Welt in einander [...]"* übergreifen, und sich die Wahrheit „bewußtlos" zeigt, während die Unwahrheit gleichzeitig bewußt gemacht ist – freilich auf dem Umweg einer szenischen Entwicklung. Wir treffen also auf einen Kritizismus *Kleists*, in dem die fundamentalen Positionen *Kants* in der *Kritik der reinen Vernunft* wechselweise vertauscht sind. Die (in unserem Beispiel autoritär durchgesetzte) Hervorhebung der Synthesis aller Komponenten des Erkenntnisaktes führt zur Täuschung, die sich ihrerseits im Entzug der Scheinwahrheit in Nichts auflöst, ohne freilich ihrem äußeren (d.h. empirischen) Anschein nach von der Welt zu verschwinden. Das zweite *Kleistsche* Bewegungsbild erzeugt daher eine kritizistische Komödie. Das traditionelle Subjekt, so wie es vornehmlich *Kant* dargelegt hat, kann freilich an diesen beiden fundamentalen Positionen des zweiten Bewegungsbildes nicht besitzergreifend teilhaben. Sie sind nämlich ihrem tieferen Wesen nach nur Scheinpositionen. Das *Kantische* Subjekt ist sich daher stets selbst entfremdet und ist, was seine Apperzeption betrifft, den eigenen Leistungen gegenüber im verspäteten Einsatz. *Kleist* postuliert nämlich außer jenem „speziellen" menschlichen Bewußtsein, das den *Kantischen* Gesetzen unterworfen ist, und das folglich weiterhin streng den Gesetzen der Imagination bzw. der Einbildungskraft gehorchen muß, ein zweites, unabhängiges Vermögen – gleichsam ein unendlich gewordenes personales Wissen im Sinne der Szene in *Amphitryon*, das aber – gemessen am normalen Wissen des

Alltags – immer eine Singularität darstellt. Anders formuliert, ist es also eine dunkle Insel oder, um jetzt noch – wie *Goethe* einmal – in ophtalmologischen Kategorien zu sprechen, macht es sich uns als eine bestimmte Art der Erblindung bemerkbar, so *„[...]wie denn auch im Auge selbst ein Fleckchen ist, das nicht sieht[...]“*[31]), und zwar mitten im Alltagsbewußtsein selbst. Es muß schließlich immer genau dann aktiviert werden, wenn wir graziös sein wollen, und ruht andererseits im Augenblick, da wir über diese „Grazie“ reflektieren. Es ist zudem Kritizismus von der „Physiognomie des Augenblicks her“ und damit entlarvender Opponent des *Kantischen* Kritizismus. Es ist ferner ohne Gestalt und ohne Idee[32] und daher reine Bewegung, bzw. schlechthin Wahrscheinlichkeit.

Die Singularität in der Mitte steuert dieses Wissen, und nicht etwa das synthetische Bewußtsein; aus diesem Grunde ist dieses Wissen dann zuletzt noch so etwas wie ein Zentrum der Anmut und des verfeinerten Körpergefühls, dem eines der Tölpelhaftigkeit und Schwerfälligkeit gegenübersteht, das sinngemäß vom *Kantischen* Subjekt ausstrahlt, und zwar im Sinne der folgenden Zeile:

> „Ich sagte, daß ich gar wohl wüßte, welche Unordnungen in der natürlichen Grazie des Menschen, das Bewußtsein anrichtet.“[33]

Im alltäglichen Bewußtsein haben wir davon freilich nur recht dunkle Eindrücke, wenn wir versuchen, darüber Reflexionen zu entspinnen. Die Reflexion bleibt nämlich per definitionem außer Reichweite.

Obwohl nun alle wesentlichen Gestaltungen in unserer Lebenswelt von diesem merkwürdigen Zentrum ausgehen, ist es, folgt man *Kleist* konsequent[34], selbst ohne jede Gestalt. Ähnliches folgt auch aus dem Beispiel mit dem *Euklidschen* Parallelen-Postulat. Im Augenblick, da die beiden Geraden zueinander parallel werden, wird alles offen, denn der Schnittpunkt flieht ins Unendliche (und die Geraden schneiden sich dort, ohne daß wir dies realisieren können – wir können es vielmehr nur fühlen). Hier besteht freilich *ein* kleiner (aber weitreichender) Unterschied zum Spiegel-Gleichnis, den man nicht unerwähnt lassen soll. Auch das Geraden-Beispiel kennt eine Steigerung, die sich durch das immer größer werdende s_i auf der Geraden g bemerkbar macht, ferner gibt es durch den Vorzeichenwechsel des Tangens des Winkels α auch eine periodische Polarisierung zwischen + und -. Eine derartige Bewegung zwischen ± Polaritäten im Bereich der Elektrostatik wird im übrigen auch in dem Kurzprosastück *Allerneuerster Erziehungsplan* angesprochen:

> „[...] die Experimentalphysik, in dem Kapitel von den Eigenschaften elektrischer Körper, lehrt, daß wenn man in die Nähe dieser Körper, oder, um kunstgerecht zu reden, in ihre Atmosphäre, einen unelektrischen (neutralen) Körper bringt, dieser plötzlich gleichfalls elektrisch wird, und zwar die entgegengesetzte Elektrizität annimmt. Es ist als ob die Natur einen Abscheu hätte, gegen alles, was, durch eine Verbindung von Umständen, einen überwiegenden und unförmlichen Wert angenommen hat; und zwischen je zwei Körpern, die sich berühren, scheint ein Bestreben angeordnet zu sein, das ursprüngliche Gleichgewicht, das zwischen ihnen aufgehoben ist, wieder herzustellen.“[35]

Der Unterschied besteht nun aber in der Art der Bewegung: Während nämlich im Beispiel *„[...]von den Eigenschaften elektrischer Körper[...]“* überhaupt nur der wechselseitige Polaritätswechsel[36] angesprochen wird, bei dem es zunächst noch keine Singularität gibt[37], wird im Spiegel-Beispiel eine Translation (bzw. eine lineare Translokation eines Bildes) ausgedrückt, in der es bereits eine Singularität gibt, schließlich zeigt sich uns zuletzt das Geraden-Beispiel noch als Bild einer Drehung um einen Drehwinkel α, wobei sich in der Bewegungsmitte auch eine Singularität befindet.

10.3 Das zweite Kleistsche Bewegungsbild als Modell einer radikalen Romantik- und Klassik-Kritik

Dies kann nur bedeuten, daß *Kleist* in *diesem* Beispiel – dabei durchaus konsequent den interpretatorischen Möglichkeiten dieses Beispiels gehorchend – eine zyklische Steigerung der Bewegung zum Ausdruck bringen wollte, die sich vom bloß linear vergrößerten Bewegungsbild des Spiegel-Gleichnisses (dieses drückt, als geschichtsphilosophisches Motiv verstanden, den linearen, zweigliedrigen Fortschritt im Sinne der Aufklärung und der französischen Revolution aus) unterscheiden muß. Dies zeigt sich an zwei Stellen des Aufsatzes sogar ganz ausdrücklich. Und zwar zunächst einmal im Zusammenhang mit der Frage nach der Anmut (bzw. der „Grazie“ als Bild); hier führt *Kleist* ausdrücklich das romantische Paradies-Motiv ein. Seit *Schillers* ästhetischer Hauptschrift *Über naive und sentimentalische Dichtung* ist nämlich die Anmut gleichsam die natürliche Grazie im Sinne einer naiven Dichtung. Gerade diese Denkweise, sie war ja längst Zeitgeist, wurde von den Frühromantikern (namentlich z.B. von *Friedrich Schlegel*, *Ludwig Tieck* und *Novalis*) überhaupt in einen geschichtsphilosophischen Kontext eingebettet, der seinem tieferen Wesen nach, und zwar in einer strengen Weise, zyklisch angelegt ist, sowohl was seine Form als auch was die Inhalte betrifft. In ihm wird dann die Poesie (stellvertretend für die Grazie) selbst zum bewegten Element eines Bewegungsbildes, von dem her sich sogar die literarischen Gattungen festlegen lassen – und zwar im Spiralgang der Auseinandersetzung zwischen Form und Inhalt. Die Gattungen werden somit, was ihren Bauplan betrifft, zu zyklisch angelegten Reflexionsfiguren, die zyklisch strukturierte Inhalte umschließen, freilich jeweils in einem in sich geschlossenen bzw. in sich verspiegelten Kontinuum. So lesen wir z.B. in *Friedrich Schlegels Literarischen Notizen 1797-1800*, namentlich über den „Gang“ der Poesie, folgende grundlegende, aphoristische Definition (eines romantischen Bewegungsbildes):

> „Der Gang der modernen P[oesie] muß cyklisch d.h. cyklisirend sein, wie der der Philos[ophie] [...] In der Geschichte scheint der Gang so zu sein: 1) universelle P[oesie] 2) absolute P[oesie] 3) abstrakte P[oesie] nach ph[ilosophischer] e[thischer] p[oetischer] Tendenz 4) absoluter R[oman] und dann cyklisch immer wieder so.–“[38]

Jede „cyklisirende“ Bewegung verlangt, so *Schlegel*, im übrigen auch nach einem Bewegungsprinzip; dieses kann z.B. tragisch oder auch komisch sein, am Anfang der Bewegung steht freilich in allen Fällen ein individueller bzw. historischer Indifferenz-Punkt[39] (im Sinne seiner Konzeption einer „Transcendentalpoesie“[40]), zu verstehen etwa in Art eines „Urbilds“[41], von dem her die Bewegung (z.B. motivisch) ihren Ausgang nimmt – und zwar immer als mythologische Konstruktion. So steht also, um von daher wieder die Konklusion des *Kleistschen* Aufsatzes anzusprechen, das „Paradies“ für das archaische „goldene Zeitalter“ (es ist dann das Urbild); diesem Urbild folgt dann ein Zustand der Entfremdung bzw. Entzweiung, wobei hier ganz speziell die jeweilige Jetzt-Zeit gemeint ist; durch die Entzweiung (insbesondere durch die Polarisierung der Kräfte) wird auch die Bewegung in die Geschichte, d.h. ins Erzählbare hinein, eingeleitet, z.B. durch das Elementar-Ereignis der Französischen Revolution; von daher – und dies entspricht, freilich eher vordergründig, auch dem *Kleistschen* Bauplan – wird dann aber ein neues utopisches Zeitalter (sinngemäß, um mit der Begrifflichkeit des Marionettentheater-Aufsatzes zu sprechen, ein Zeitalter der „Grazie“) anbrechen, in dem die Jetzt-Zeit (also im Sinne der romantischen Dialektik von Französischer Revolution und romantischer Aufklärungskritik) gleichsam „aufgehoben“ wird; diese Sicht zeigt sich in großer Reinheit bei *Novalis*, und zwar namentlich in seiner poetischen Utopie *Hymnen an die Nacht*[42]. Und zwar versteht sich Aufhebung hier durchaus bereits im dreifachen Sinne des Wortes: die Gegenwart wird also *aufgelöst*, *emporgehoben* und *aufbewahrt*. Auch *Kleist* deutet diesen drei-gegliederten Zyklus, wie schon erwähnt, in seinem Aufsatz an – freilich eher ironisch und kapriziös. Bei ihm ist die zyklische Bewegung, so wie sie *Schlegel* fordert, allerdings bis zuletzt reine Bewegung eines Individuums, d.h., um mit den Gedankengängen des Marionettentheater-Aufsatzes zu sprechen, die Grazie des Puppen-Tänzers (und zwar im Sinne eines Bewegungsbildes) und nicht etwa bloß geschichtliche Kontrafaktur eines poetischen Spiralgangs, von dem her die Welt (bis in ein Absolutes hinein) romantisiert wird. Dies bedeutet zugleich, daß hier der physikalische Charakter der Bewegung weiterhin eine wichtige, wenn nicht überhaupt die wichtigste Rolle spielt. *Kleist* betont nämlich auch das morphologisch faßbare Moment der Bewegung, sieht damit die „Grazie“ als praktische Entfaltung eines Bewegungsbildes, dessen Bauplan dreiteilig angelegt ist:

> „Sehen Sie den jungen F ... an, wenn er, als Paris, unter den drei Göttinnen steht, und der Venus den Apfel überreicht: die Seele sitzt ihm gar (es ist ein Schrecken, es zu sehen) im Ellbogen.
> Solche Mißgriffe, setzte er abbrechend hinzu, sind unvermeidlich, seitdem wir von dem Baum der Erkenntnis gegessen haben. Doch das Paradies ist verriegelt und der Cherub hinter uns; wir müssen die Reise um die Welt machen, und sehen, ob es vielleicht von hinten irgendwo wieder offen ist.“[43]

Das erste Zirkelgleichnis – betrachtet man es von den im vorhergehenden entwickelten Prämissen – ist und bleibt daher in einem strengen Sinn inhaltliche Bewegung, die direkt auf das sie ausführende Individuum (z.B. auf den Marionettenspieler bzw. auf den Betrachter eines Bildes) bezogen werden muß, eine universale (romantisierte Bedeutung) bleibt bei ihm eher Nebensache. Vielmehr wird ein augenblicklicher Bewegungszustand eines Individuums (des „jungen

F...") ganz allgemein von einem früheren, indifferenteren her interpretiert. Die Ursache der falschen Lagerung des Schwerpunktes (in den Ellbogen des „jungen F..." hinein) hängt, so „Herr C.", überhaupt mit der Naturgeschichte der Reflexion zusammen, die also nicht zwangsweise eine Steigerung zu einem Absoluten hin ausdrückt, sondern eher einen Abfall ins endgültig Relative und damit auch Ursache für die Zerrissenheit der Bewegungsverläufe ist. Vielmehr ist das Absolute, d.h. die graziöse Bewegung, ein Zustand der Unschuld, der sich in der Bewegung der Reflexion notwendigerweise verlieren muß, da ja Reflexion immer auch den Bezug eines Subjektes zu einem Reflexionsgegenstand fordert. Diese Entzweiung zerstört damit die Einheit des Bewegungsvollzugs, sie erzeugt die bereits angesprochenen Störungen. Eine Rückkehr zur „Grazie" ist also, so die Rede des „Herrn C." immer auch eine Rückkehr ins Präreflexive, und nicht etwa ein Versinken im Absoluten, d.h., um mit *Kleist* zu sprechen, ein Versinken im Unendlichen des Transits.

Am Schluß des Aufsatzes bezieht sich *Kleist* dann allerdings eher wieder stärker auf das frühromantische Paradies-Motiv, wenn es dort zusammenfassend – und zwar als „zerstreute" Äußerung des Ich-Erzählers – heißt:

> „Mithin, sagte ich ein wenig zerstreut, müßten wir wieder von dem Baum der Erkenntnis essen, um in den Stand der Unschuld zurückzufallen?
> Allerdings, antwortete er; das ist das letzte Kapitel von der Geschichte der Welt."[44]

Man darf allerdings die Konklusion des Aufsatzes keinesfalls als eine einseitige bzw. nunmehr summarische Wendung zur romantischen Geschichtsphilosophie verstehen (was immerhin vordergründig naheliegend scheint); auch in der Konklusion ist nämlich – ganz anders als in *Schlegels* und *Novalis'* diesbezüglichen Schlußfiguren – nicht wirklich von einem Absoluten die Rede, sondern vielmehr weiterhin von den Individuen, die, um die „Grazie" zu retten, wieder in den Zustand der (mithin unbewußten) Unschuld zurückkehren müssen, indem sie sich gleichsam wieder zum Ausgangspunkt zurückbewegen. Das Motiv von einer gestaltlosen, dunklen Mitte im Unendlichen ist dabei ständig präsenter Ausgangs- und Endpunkt. Hier wird also eher ein Bewußtseinszustand angesprochen, ist also von einer Bewegung gegen alle wichtigen Arten der Reflexion die Rede, man sollte daher das Gleichnis vom „Baum der Erkenntnis" sehr ernst nehmen und die Konklusion nicht in Hinsicht auf das letzte Wort von der „Geschichte der Welt" überinterpretieren. Diese Sicht der Dinge erhellt sich ja im übrigen auch von den beiden anderen Zirkelgleichnissen her. Freilich lag *Kleist* viel mehr an der Herstellung einer ironischen Schwebe. Immerhin wird das frühromantische Motiv ja auch nicht vom Ich-Erzähler, sondern vielmehr von seinem Gesprächspartner angesprochen, wobei es durchaus nicht abwegig sein dürfte, den Ich-Erzähler – unter Wahrung gewisser Rücksichten – an dieser Stelle mit *Kleist* selbst zu identifizieren. Die Konklusion ist, so verstanden, eine von „Herrn C." geäußerte (eher frühromantische) Antithese zur Konzeption einer „allmählichen Verfertigung", der eher der Ich-Erzähler anhängt – wie im vorhergehenden bereits deutlich gezeigt werden konnte .

Beide Typen des Zirkelmotivs (d.h. das genuin *Kleistsche* und das eher frühromantische) finden aber bereits im Motiv der zyklischen Wiederkehr-es ist ein zentrales Bild im Marionettentheater-Aufsatz – eine offene Synthese. Allerdings hier mit dem unterschwellig ironischen Bezug auf einen vergöttlichten Spieler[45], den es ja in Wirklichkeit so nicht geben kann:

> „Nur ein Gott könne sich, auf diesem Felde mit der Materie messen; und hier sei der Punkt, wo die beiden Enden der ringförmigen Welt in einander griffen."[46]

These und Antithese des Bewegungsbildes erklären sich in diesem Zusammenhang, wie bereits ausführlich erörtert, von *Kleists* Rousseau-Rezeption her – und zwar direkt. Und dennoch entwickelt *Kleist* durchaus auch eine Parallelführung mit Motiviken und gedanklichen Systemen des Zeitalters.

Im Gleichnis dieser triadisch organisierten Zyklizität treffen wir nämlich zuletzt wieder – und zwar jeweils auf naturphilosophischen Um- und Abwegen – auf die Grundform eines zyklischen Geschichtsbildes, das die Steigerung und Rückkehr in einem Bewegungsbild, freilich immer auch in physikalischen Metaphern, ausdrücken will – und zwar, was den tieferen Sinn betrifft, annähernd so, wie wir es auch von den Frühromantikern her kennen (z.B. auch à la *Novalis'* in *Die Christenheit oder Europa*)[47]. Anderseits geschieht dies allerdings – und dies ist nicht minder wichtig – von einer bewußt gesetzten, sehr eigenwilligen Verzerrung her, die gleichzeitig *Kleists* Eigeninterpretation dieser Triadik – und in einem damit auch seine ganz und gar unromantische Eigenart[48] – zum Ausdruck bringt. Der Parallelgang ist daher immer auch eine unterschwellige Kritik am Zeitgeist. Die Verzerrung beruht nun vornehmlich darauf, daß er die geschichtsphilosophische Thetik als Gleichnis einer Bewußtseinstheorie benützt, was nicht eigentlich im Interesse der Frühromantiker sein dürfte. Denn es geht ihm zunächst nur am Rande um eine Poetik einer reflektierbaren Grazie; wenn er z.B. von „Schwerpunkt" spricht, so meint er nämlich zunächst einmal wirklich den physikalischen Schwerpunkt und nicht etwa bloß ein poetisches Motiv; freilich liegt ihm aber auch sehr viel an der Herstellung eines Zwiespalts, er arbeitet indessen damit dem linearen Geschichtsverlauf insoferne entgegen, als er das Gespräch stets gegen die epistemologischen Interessen des Zeitalters richtet, ohne dabei eine eigenständige Terminologie zu benützen; dieses Interesse an der Paradoxie spielt permanent in die intellektuellen Entwicklungen und Überlegungen des Marionettentheater-Aufsatzes hinein – und zwar gleichsam als Hemmungsgeschehen von seiten des Autors. Den Motiven der „Grazie" und dem Paradies-Motiv wird auf diese Weise der einseitige Reflexions-Charakter à la *Schlegel* und *Novalis* streitig gemacht. Daß also in dieser „offenen" Synthese eine tiefere (gleichsam eine spezifisch *Kleistsche*) Ironie liegt, die die sogenannte „romantische Ironie"[49] der Frühromantiker überbietet, und daß sich hier vielleicht sogar eine subtil angelegte, ihrem Wesen nach äußerst moderne, in jedem Fall auch inhaltliche Romantik-Kritik andeutet, soll in diesem Zusammenhang – trotz der Wichtigkeit dieser Annahme für die Rückbezüge auf die Konzeption einer tacit knowledge – nur nebenbei erwähnt werden.

Daß nun aber *Goethe* mit diesen Konzeptionen *Kleists* und *Novalis*' überhaupt nichts anfangen konnte und sie daher für eine Art epochale Geisteskrankheit hielt, zeigt nicht zuletzt folgender Aphorismus über die *„[...] Mitte einer wirklichen Welt [...]"* in *Maximen und Reflexionen.* Er befand sich ursprünglich in *Aus Kunst und Alterthum. Fünften Bandes zweites Heft* (1825) und kann als das Resümee eines Menschen verstanden, der zuletzt sogar noch die romantische Epoche (und die „Singularität" *Kleist* in ihr) überlebt hat, und somit scheinbar gelassen auf deren pathologischen Grundgehalt zurückblicken kann. Freilich hatte *Goethe*, was die im folgenden wiedergegebene Epistemologie der Wahrnehmungswelt betrifft, auch sich selbst längst überlebt, wenn er nun in den Zwanzigerjahren noch einmal betont: (und zwar nur noch ca. zwei Jahrzehnte vor *Kierkegaard* und *Marx*): *"Der Mensch ist als wirklich in die Mitte einer wirklichen Welt gesetzt und mit solchen Organen begabt, daß er das Wirkliche und nebenbei das Mögliche erkennen und hervorbringen kann. Alle gesunde Menschen haben die Überzeugung ihres Daseins und eines Daseienden um sie her. Indessen gibt es auch einen hohlen Fleck im Gehirn, das heißt eine Stelle, wo sich kein Gegenstand abspiegelt, wie denn auch im Auge selbst ein Fleckchen ist, das nicht sieht. Wird der Mensch auf diese Stelle besonders aufmerksam, vertieft er sich darin, so verfällt er in eine Geisteskrankheit, ahnet hier Dinge aus einer andern Welt, die aber eigentlich Undinge sind und weder Gestalt noch Begränzung haben, sondern als leere Nacht-Räumlichkeit ängstigen und den, der sich nicht losreißt, mehr als gespensterhaft verfolgen."*[50] Diese Wiedergabe eines Zitats, das seine tiefere Ursache in einer intellektuellen Auseinandersetzung des endenden 18. Jahrhunderts hatte (und zwar in einer Polemik *Hamanns* gegen *Jakobi* [*Über die Lehre des Spinoza*] im Zusammenhang mit dem damals bereits sehr abgeebbten Spinozismus-Streit), richtet sich nunmehr – freilich vermutlich nicht persönlich – gegen *Kleists* epistemologische „Geisteskrankheit" (weniger richtet es sich allerdings gegen die Frühromantiker, deren Bizarrerie sich ja, was *Goethe* genau erkannte, eher auf motivischer Ebene als in existenzieller Hinsicht abspielte). Die wahre Bedrohung für seine klassische (bzw. postklassische) Kultur der Sublimationen des Fürchterlichen waren solche hochsensiblen Intellektuelle wie *Kleist*. Dieser ist nämlich, insbesondere was die Erahnung der nihilistischen Spielräume der anbrechenden Moderne betrifft, in seinem Œuvre stets den in Erfahrung gezogenen Realitäten gegenüber völlig offen und radikal – ja selbstzerstörerisch – aufrichtig geblieben, er war damit auch den Dunkelheiten der modernen Existenz gegenüber weitaus sensibler gewesen als etwa die ahnungsvollen Romantiker, deren Nihilismus *à la Nachtwachen des Bonaventura* eher ein literarischer denn existenzieller ist[51].

Kap. 11: Die Parabel vom fechtenden Bären: Gattungsbildende Momente des zweiten Kleistschen Bewegungsbildes. Schluß

Fassen wir nun diesen im Zuge unserer Überlegungen gewonnenen hermeneutischen Befund unser literaturwissenschaftlichen „Simulation" – jetzt auch von diesem speziellen geschichtsphilosophischen Hintergrund her verstanden – noch einmal stichwortartig zusammen. Und skizzieren wir in diesem Zusammenhang so etwas wie eine idealisierte poetische Gattung (z.B. eine philosophische Parabel), die dem zweiten *Kleistschen* Bewegungsbild entsprechen könnte – und zwar wieder eher modellhaft, und insbesondere auch in Hinblick auf zwei konkrete Beispiele, deren eines im folgenden noch etwas ausführlicher erörtert werden soll. Gemeint ist die *Bärenkampf*-Episode im Schlußteil des Marionettentheater-Aufsatzes; freilich ließe sich diese idealisierte Gattung, wie ja bereits im vorhergehenden ausführlich erörtert[52], auch anhand des Grundkonzept von *Kleists* Schauspiel *Prinz Friedrich von Homburg*[53] aufzeigen, was hier freilich aus Platzgründen unterbleiben muß.

In den nun folgenden Überlegungen wollen wir zunächst einmal von der These ausgehen, daß sich uns das zweite Bewegungsbild auf der Ebene der Gattungsbildung als eine Transformation von vorgegebenen Texten in Bewegungsbilder zeigt, die die Vorgaben jeweils völlig neu gestalten.

I

Das zweite *Kleistsche* Bewegungsbild ist, wie zuvor erläutert, dreiteilig angelegt: Erstens einmal enthält es die Antithetik von Polarität und Steigerung (und zwar durchaus im Verständnis *Goethes*), zweitens zeigt es sich uns immer nur im Spannungsfeld *realer*, d.h. linearer und zyklischer Bewegungen, und drittens enthält es als Mitte der Bewegung eine Singularität[54], die zugleich Schwebe – bzw. Entzug – ist. In dieser Hinsicht ist diese „Schwebe", wie bereits ausführlich erörtert, freilich immer auch Kritik des Zeitgeistes und damit das Bild einer gewissermaßen unendlich geworden kritischen Bewegung (und sinngemäß damit auch Steigerung des dazugehörigen kritischen Impulses ins Unendliche).

Kleist wendet nun diese drei bemerkenswerten Möglichkeiten seines Bewegungsbildes, so zeigt die Bärenkampf-Episode am Schluß seines Aufsatzes[55] ganz deutlich, direkt auf das Alltags-Bewußtsein des Menschen an, und stellt in der Folge dessen synthetische Einheit radikal in Frage. Dieser kritische Anspruch zeigt sich insbesondere in der Fechter- und in der Bärenkampfepisode, die wir im folgenden noch einmal kurz diskutieren wollen. Beide Episoden gehören nicht nur inhaltlich (d.h. als Anekdoten) zusammen, sondern vielmehr auch im Sinne unseres Konzepts vom ersten und zweiten *Kleistschen* Bewegungsbild. Man kann beide Episoden sozusagen als Pointen bzw. als Zuspitzungen einer dreiteiligen, kritischen Bewegung auffassen, die *Kleist* in seinem Marionettentheater-Aufsatz bewußt ins Werk gesetzt hat, wobei folgende grundlegende Reihenfolge gilt: Die Bärenkampfepisode ist die Kritik an dem in der Fechter-Episode skizzierten ersten *Kleistschen* Bewegungsbild; dieses wird von den Mustern Polarität und Steigerung her kritisch in Frage gestellt, wobei – und dies darf keinesfalls außer Acht gelassen werden – zugleich auch aufgezeigt werden soll, daß es sich beim ersten Bewegungsbild nur um eine unzulässige Vereinfachung handelt, die an den Bewegungsgesetzen der Wirklichkeit radikal scheitern muß. Insbesondere die Tatsache, daß das erste Bewegungsbild keine Polaritäten kennt, ist hier zentraler Punkt in *Kleists* Kritik, die sich somit insgeheim gegen *Leibniz* und *Rousseau* richtet. Ebenso soll aber auch das Fehlen eines Annäherungsvorganges kritisiert werden, der die Antithesen innerhalb der Polaritäten aneinander annähert, ohne daß sie freilich jemals aufgehoben werden können. Mitte und Höhepunkt der sich steigernden Annäherung der Gegensätze ist vielmehr eine Singularität. Das Geschehen findet also keine Synthese, sondern vielmehr die höchste denkbare Steigerung: es fällt ins Paradox. *Kleist* fordert nämlich unterschwellig, daß im Zusammenhang mit der metaphysisch-physischen Beschreibung von Bewegungsvorgängen eine zyklisierende Polarität der Bewegungselemente vorausgesetzt werden muß, die im wesentlichen allen literarischen Optionen und gattungsmäßigen Möglichkeiten offensteht. Das Unendliche wird also in Richtung eines endlichen Bewegungsablaufes hin retardiert. Unter einem gewissen, freilich sehr speziellen bzw. „lokalen" Blickwinkel erscheint dieser Vorgang dann so, als handelte es sich bei ihm letztlich um einen Parallelismus von Bewegung und Imagination bzw. um eine Identität à la *Rousseau*. Die Kritik dieses Scheins ist gerade *der* zentrale Tenor der Bärenkampfepisode, die somit dem eher *Leibnizschen* Parallelismus der Fechter-Episode dezidiert widerspricht. Er wird als Karikatur entlarvt. Im Hintergrund steht nun aber, wie bereits angedeutet, auch ganz zentral eine *motivische Transformation*. Ihre Aufdeckung verlangt eine philologische Annäherung an das Problem des zweiten *Kleistschen* Bewegungsbildes – und zwar im Sinne einer Poetik des Bewegungsbildes. Es stellt sich also die Frage, ob das zweite Kleistsche Bewegungsbild gattungsbildende Eigenschaften besitzt, die sich von seiner dreiteiligen Struktur her ableiten lassen.

Unsere nun im folgenden noch näher zu entwickelnde These diesbezüglich geht davon aus, daß *Kleist* eine eher unbedeutende Vorlage (aus einer zeitgenössischen Zeitschrift) in seine Bärenkampfepisode umgeformt hat, um von dieser Umformung her alle wichtigen Merkmale des zweiten *Kleistschen* Bewegungsbildes auf den Punkt zu bringen und sie gleichzeitig als Basis-Merkmale einer ethisch-ästhetischen Kritik auszuweisen, die durchaus auch einen gattungsmäßigen Anspruch erheben will (und zwar ganz im Sinne des journalistischen Grundkonzepts der *Berliner Abendblätter*, so wie es *Kleist* selbst verstand). Im Zentrum dieser kritischen Konzeption steht ferner auch jene Bewußtseinstheorie, die wir im vorhergehenden minutiös dargelegt haben. Sie bildet den philosophischen bzw. – enger gefaßt – den erkenntnistheoretischen Hintergrund zu dieser Umwandlung, die sich von daher auch als ein genuin philosophisches Problem zeigt, das mit den Mitteln einer Anekdote bzw. eines Gleichnisses ausgedrückt wird. Vermutlich ist in diesem Zusammenhang – insbesondere mit Blick auf den philosophischen Gehalt der *Bärenkampf*-Episode – die Gattungsbezeichnung Bärenkampf-Parabel weitaus passender, zumal sie ja den Gleichnis-Charakter der Transformation besonders betont und ihn als spezifische literarische Gattung hervorhebt. Dennoch geht es *Kleist* nicht allein um die Darstellung eines Gleichnisses von der Polarität Fechter-Bär her, sondern vielmehr auch um Bewegungssbilder, die diesen Gegensatz zugleich steigern und die gegensätzlichen Pole im Bewegungsablauf aneinander annähern; wichtig ist dabei die Voraussetzung *Kleists*, daß diese Bewegungen auch direkt in der Praxis verankert sind. Sie lassen sich z.B. am Spiel einer Marionette im Marionettentheater bzw. an der Bewegung eines Ballett-Tänzers ablesen.

In seiner Studie *Neue Quellen zu Beiträgen Heinrich von Kleists in seinen ‚Berliner Abendblättern'*[56] stellt nun *Horst Häker* die These auf, daß es, jetzt rein philologisch gesehen, zu *Kleists* Bärenkampf-Episode im Marionettentheater-Aufsatz eine klar identifizierbare Vorlage[57] gibt, die freilich von *Kleist* – und zwar, wie bereits angedeutet, im Sinne einer Transformation in ein Bewegungsbild – stark verändert wurde. Die Bärenkampf-Episode ist daher als Ganzes gesehen, so unsere Ausgangsthese, eine *kritische* Antwort auf die Fechter-Episode, die sich ausgehend von *Kleists* antithetischem Bewegungskonzept im Marionettentheater – als Diskursfigur und als Gattungswesen – ableiten läßt; so gesehen, handelt es sich also bei der Episode auch um eine Spielart einer immanenten literarischen Kritik, die direkt in einer kritischen Gattung verankert ist. Kurz gesagt, dient das im Marionettentheater-Aufsatz entwickelte Konzept vom Bewegungsbild dazu, ein anderes, auf Parallelismen bauendes Bewegungsbild als grobe Vereinfachung zu kritisieren bzw. außer Kraft zu setzen. Im Hintergrund des kritischen Modells steht dabei der von *Kleist* freilich eher gleichnishaft entwickelte Gegensatz von Polarität und Parallelismus bei Bewegungsabläufen – er ist im übrigen auch das Hauptthema seiner Bewußtseinstheorie, so wie sie sich uns – besonders konzentriert – in der Konklusion des Aufsatzes präsentiert. Während sich die beiden Fechter nämlich an strenge Vorgaben (d.h. an die Regeln des Fechtens) halten, und daher ihren Zuschauern gleichsam einen Parallelismus vorexerzieren, kämpft der Bär, der rein gar nichts von der Fechtkunst „versteht", wirklich und verkörpert somit die Prinzipien Polarität und Steigerung auf völlig ungekünstelte und „unüberlegte" Art. Diesem Zustand der unreflektierten Direktheit in den Bewegungsabläufen gibt *Kleist* zuletzt den uneingeschränkten Vorzug, denn *sie* – und nicht die *Leibnizsche* prästabilierte Harmonie – verkörpert die wahre Realität des Kampfes, der somit stets auch ins Ungewisse (bzw. ins Dunkle) hineinreicht. Im folgenden nun der gesamte Wortlaut der *Brennus*-Vorlage zu *Kleists* Bärenkampfepisode:

„Der Bärentreiber
Eine wahre Anekdote
(Aus dem Ansbachischen eingesandt)

Vor wenigen Wochen kam ein Bärentreiber, bei einem schrecklichen Schneegestöber, mit seinem, den Landleuten wunderbaren Ernährer, dem Bären, Abends in der G*** Mühle an, unweit dem Pfarrdorfe S** im Uffenheimer Kreise. Er bat den Müller mehr für seinen Bären, als für sich, um Nachtquartier. Dieser sah auch ein, wie unmöglich es dem Bärentreiber sey, jetzt noch weiter zu ziehen; bedauert aber, wenn gleich für ihn, doch nicht für seinen zottigen Begleiter ein Nachtlager zu besitzen. ‚Wenn Ihr nur einen Tag später gekommen wäret,' fuhr der Müller gutmüthig fort, ‚so hätte ich wohl auch Euren Bären beherbergen können. Morgen schlachte ich mein Schwein, und in dessen Stall hätte er guten Platz gefunden.' Der Bärentreiber, besorgt um die Pflege seines Wohlthäters, drang mit Vorstellungen und Bitten in den Müller, diese Nacht sein Schwein wo anders unterzubringen, und dessen Stall doch dem Bären einzuräumen. Es geschah. Um Mitternacht kam ein Dieb, um das Schwein zu stehlen. Er wagte einen lebhaften Anfall, den der Bär noch kräftiger erwiederte. Der Dieb, dadurch nur allzusehr von der Größe seiner zu hoffenden Beute überzeugt, verdoppelte seine Angriffe; ohne Murren schlug der Bär, ruhig und derbe, jeden derselben ab. Kein Mißverständnis ahnend, und muthig genug, sein angefangenes, so viel versprechendes Werk nicht unvollendet zu lassen, erneuerte der Dieb, nach einer Pause, den Kampf. Aber der Bär, der unterdessen eine vortheilhafte Stellung genommen hatte, brachte seinen Gegner, nach einem und wieder einem Angriff, in seine Tatzen, drückte ihn fest eingeschlossen sehr unsanft an seine Brust und begann ein fürchterliches Brummen als Siegesgeschrei. Der Dieb, jetzt den Irrthum zwischen des Müllers Schwein und seinem Sieger so schrecklich gewahr werdend, stimmte in den kläglichsten Tönen mit ein. Dieses treffliche Unisono weckte bald den Müller, der den Bärentreiber sogleich davon benachrichtigte. Man ging zum Stall. Da lag der Besiegte fast halb entseelt, noch fest eingeklammert, zwischen den Füßen seines zottigen Siegers. Das gerettete Schwein wurde am Tage geschlachtet, der Bärentreiber blieb beim festlichen Schmause; und der Bär behauptete zum Lohn, auch die andere Nacht, den siegreich erkämpften Platz."[58]

Den Kern dieser einfachen Anekdote hat *Kleist* in die Bärenkampf-Episode seines Marionettentheater-Aufsatzes umgewandelt, indem er ihn in ein zweites *Kleistsches* Bewegungsbild verwandelte, das seinerseits auf Steigerung und Polarität aufbaut. Das „Bewußtsein" des Bären ist dabei das positive bzw. reelle, das Bewußtsein des Fechters dagegen das negative bzw. virtuelle Phänomen. Der Bär und der Fechter kämpfen in der Episode von verschiedenen Ausgangspositionen her, die sich im Laufe des Kampfes aneinander annähern. Zwei wichtige Motive der Vorlage werden im Zuge dieser Kampfbeschreibung transformiert: Erstens einmal das *Motiv des Mißverständnisses*. In der Vorlage meint der Dieb zunächst, er hätte es mit einem Schwein zu tun. In der Dunkelheit begreift er nicht sofort, daß der Gegner ganz anders als erwartet reagiert. Der Fechter im Aufsatz glaubt von seiner mißverständlichen Einschätzung her, daß jeder Kampf grundsätzlich auf einer speziellen Art der prästabilierten Harmonie – d.h. auf einer vorgegebenen Einstellung – beruhen muß. Dieses Mißverständnis hat zugleich zur Folge, daß der Fechter glaubt, der Bär könne ihm nur von seiner Fechterpositur her Paroli bieten; jener vom Bären eingenommenen Positur kann man, so glaubt der Fechter ferner noch, zu jedem Zeitpunkt auf eine reflektier- bzw. kalkulierbare Weise begegnen, sie ist ja nur eine Antwort auf die Herausforderung durch den Fechter. Beide, so glaubt der Fechter fälschlicherweise, stehen einander von einer kalkulierbaren Grundeinstellung her Aug in Auge gegenüber[59], sie fixieren einander, sie bilden nicht eigentlich einen Gegensatz, sondern eine Einheit über all die gegensätzlichen Interessen hinweg, die sich im Kampf vordergründig zeigen:

> „Der Bär stand, als ich erstaunt vor ihn trat, auf den Hinterfüßen, mit dem Rücken an einem Pfahl gelehnt, an welchem er angeschlossen war, die rechte Tatze schlagfertig erhoben, und sah mir ins Auge: das war seine Fechterpositur. Ich wußte nicht, ob ich träumte, da ich mich einem solchen Gegner gegenübersah; doch: stoßen Sie! stoßen Sie! sagte Herr v. G ... , und versuchen Sie, ob Sie ihm eins beibringen können! Ich fiel, da ich mich ein wenig von meinem Erstaunen erholt hatte, mit dem Rapier auf ihn aus; der Bär machte eine ganz kurze Bewegung mit der Tatze und parierte den Stoß. Ich versuchte ihn durch Finten zu verführen; der Bär rührte sich nicht. Ich fiel wieder, mit einer augenblicklichen Gewandtheit, auf ihn aus, eines Menschen Brust würde ich ohnfehlbar getroffen haben: der Bär machte eine ganz kurze Bewegung mit der Tatze und parierte den Stoß. Jetzt war ich fast in dem Fall des jungen Herrn v. G ... Der Ernst des Bären kam hinzu, mir die Fassung zu rauben, Stöße und Finten wechselten sich, mir triefte der Schweiß: umsonst! Nicht bloß, daß der Bär, wie der erste Fechter der Welt, alle meine Stöße parierte; auf Finten (was ihm kein Fechter der Welt nachmacht) ging er gar nicht einmal ein: Aug in Auge, als ob er meine Seele darin lesen könnte, stand er, die Tatze schlagfertig erhoben, und wenn meine Stöße nicht ernsthaft gemeint waren, so rührte er sich nicht."[60]

Minutiös führt *Kleist* seinen Leser auf das entscheidende metaphysische Moment des Mißverständnisses hin, dem der Fechter von seiner Bewußtseinstheorie her unterliegt. Der Bär kennt nämlich bei seinen Bewegungen keine vorausgehende Reflexion: Bewußtsein von der Bewegung und Bewegung sind bei ihm eine untrennbare Einheit. Er verkörpert in vollkommener Weise das Gleichnis vom „*Weg der Seele des Tänzers*", denn seine Seele ist völlig identisch mit seiner Bewegung. Er braucht sich nicht, wie etwa der Fechter, von seinem Bewußtsein her einem Bewegungsvorgang annähern; für ihn gibt es nicht die „augenblickliche Gewandtheit" jenes Fechters, der seine Ausfälle stets nach einer strengen Vorgabe (d.h. nach programmierten Finten) unternimmt. Bewegung und Bewußtsein sind beim Bären eine unauftrennbare Einheit, von der her der Bär auch als Fechter zu jedem Zeitpunkt die richtigen Konsequenzen zieht – und zwar „bewußtlos" –, während dem menschlichen Fechter stets die „Überlegung" dazwischenkommt. In diesem Punkt stimmen also Bär und Marionette vollkommen überein; für sie gibt es keine Antithetik der Bewegung, sondern lediglich eine spontane Mitte (bzw. Balance), die dem Menschen vordergründig unerreichbar ist; der Marionette und dem Bären ist ferner gemein, daß sie keiner apperzeptiven Differenz in der Auffassung einer Situation unterliegen; ihr Verhalten ist – jetzt am menschlichen Pendant gemessen – zu jedem Zeitpunkt richtig, und zugleich

„dunkel“ bzw. verdunkelt, d.h. im *Kleistschen* Sinne auf ± ∞ eingestellt. Diese Disposition bietet die *Brennus*-Vorlage tatsächlich an, zumal in ihr das Mißverständnis in der Einschätzung der Situation seitens des Diebes zentral angesprochen ist; daß *Kleist* dieses eher unauffällige Motiv aufgegriffen und erweitert hat, läßt sich sofort und ohne größere Mühe erkennen; man richte zu diesem Zweck sein Augenmerk auf jene Passage im Marionettentheater-Aufsatz, die über die Fehleinschätzung des Fechters Auskunft gibt: *„der Bär machte eine ganz kurze Bewegung mit der Tatze und parierte den Stoß. Ich versuchte ihn durch Finten zu verführen; der Bär rührte sich nicht.*“ Ihr entspricht in der Vorlage jene Szene: *„ohne Murren schlug der Bär, ruhig und derbe, jeden derselben ab.*“ Hier zeigt sich *Kleists* Transformation ganz deutlich. Sie beruht auf der Einsicht in eine Inkommensurabilität, die freilich keinesfalls Thema der *Brennus*-Vorlage ist. Vielmehr kann man die oben zitierte Passage als einen Impuls bzw. als Reiz auffassen, den *Kleist* aufgegriffen und in ein Bewegungsbild verwandelt hat. Sowohl das Geradenbeispiel als auch das Spiegelgleichnis werden hier implizit angesprochen: Der Mensch muß nämlich – anders als der Bär – noch den „loop“ vom positiven zum negativen Bereich und vice versa machen, er muß seine „Finten“ der Situation anpassen, d.h. er muß sich ferner stets auch an die optimale Bewegungsfunktion annähern, ohne sie jedoch jemals erreichen zu können. Aus der *Brennus*-Passage ist somit eine metaphysische Parabel geworden, deren Gattung – gleichsam als eine eingelagerte Binnenstruktur – das zweite *Kleistsche* Bewegungsbild ist.

Zu diesem ersten Motiv des Mißverständnisses, dem sowohl der Dieb (der Vorlage) als auch der Fechter (des Aufsatzes) unterliegen, kommt noch ein zweites hinzu, das nun aber den Kampf selbst betrifft. Während nämlich beim Bären bzw. bei der Marionette reelles und virtuelles Bild übereinstimmen, insoferne beide „bewußtlos“ und von sich aus (d.h. gewissermaßen spontan) völlig sachrichtig agieren, nähern sich der Spieler bzw. der Fechter bezüglich der Marionette bzw. bezüglich dem Bären ständig an ein Bewegungsbild an, ohne es freilich zuletzt zu erreichen. Für sie ist also das Spiel bzw. der Kampf zunächst einmal eine Auseinandersetzung mit den eigenen Vorstellungen (und nicht eigentlich mit der Realität eines heterogenen Bewegungsablaufes); diese Reflexion über ein Spiegelbild im Sinne des Dornauszieher-Gleichnisses (d.h. das Spiel mit den Effets bzw. mit den Finten) ist freilich zumeist trügerisch. Bei seiner Transformation der Vorlage hat *Kleist* gerade diesen wichtigen Aspekt, den die *Brennus*-Vorlage tatsächlich in Ansätzen enthält, noch weiter ausgebaut und auf eine metaphysische Pointe hin zugespitzt. Auch die Positionierung in der Konklusion des Aufsatzes ist ein untrügliches Zeichen, daß es sich hier um eine Transformation einer simplen Bewegungssituation in ein Bewegungsbild handelt, die etwas auf den Punkt bringen will. Er nimmt in diesem Zusammenhang ganz konkret auf die Bewegungssituation, so wie sie in der *Brennus*-Vorlage skizziert ist, Bezug und überträgt die wichtigsten Momente der Vorlage fast identisch in seine Parabel. Diesen Aspekt betont auch *Horst Häker* in seiner *achten These,* freilich dort in einer dezidiert philologischen Absicht:

„*Brennus*	Kleist
‚Der Bär, ruhig und derbe‘	‚der Bär rührte sich nicht‘
‚Der Dieb ... verdoppelte seine Angriffe; ohne Murren schlug der Bär ... jeden derselben ab.‘	‚Nicht bloß, daß der Bär ... alle meine Stöße parirte;‘
‚der Bär, der ... eine vorteilhafte Stellung genommen hatte,‘	‚Der Bär stand ... auf den Hinterfüßen ...: das war seine Fechterpositur‘“[61]

Häkers achte These läßt sich also auch auf unseren Kontext anwenden, insoferne sie ohne größere Schwierigkeiten deutlich macht, daß *Kleist* gerade jene Momente der *Brennus*-Vorlage übernommen hat, die sich auch von der Sache her in ein Bewegungsbild einfügen lassen. Nicht minder wichtig sind in diesem Zusammenhang auch *Häkers* neunte und zehnte These:

> „9. In beiden Texten wird der Bär als Kampfpartner ganz ernstgenommen; er wird weder vermenschlicht noch bestialisiert.
> 10. In beiden Texten steht der Bär außerhalb der Kampfszene in einem unsentimental registrierten Vertrauensverhältnis (ähnlich einem gewöhnlichen Haustier) zum Menschen; bei Kleist deutet sich dieser Sachverhalt in dem Nebensatz ‚den Hr. v. G., ihr Vater, auf dem Hofe auferziehen ließ‘“[62]

In unseren speziellen (poetologischen) Kontext gebracht, zeigt sich uns die Kernaussage von *Häkers* neunter These als eine bestimmte Art von Indifferenz, die zum Ausdruck bringt, daß der „Bär“ – obwohl weder „vermenschlicht noch bestialisiert“ – durchaus ein kompetenter Kampfpartner ist, der im übrigen mit seinen Bewegungen eine eigenständige Art der Vollkommenheit ausdrückt. Als Wesen mit eigenem Vollkommenheits-Attribut ist der Bär dann zuletzt auch nicht eigentlich den (idealistischen) Bewegungsgesetzen des Menschen unterworfen; er ist also nicht bloß ein kalkulierbares Gegenüber, sondern vielmehr ein exemplarischer Vertreter einer Bewegungskultur, die dem Menschen ihrem tieferen Wesen nach fremd ist, und die ihm gegenüber dennoch sehr erfolgreich sein kann. Der Bär besiegt nämlich sowohl den Dieb als auch den Fechter. Diese kritische Wendung zeigt sich daher als eine Transformation eines Motivs, das, wie *Häker* völlig richtig feststellt, bereits in der *Brennus*-Vorlage ganz deutlich zum Vorschein kommt – freilich ohne jene metaphysischen bzw. kritizistischen Bezüge, die *Kleist* mit ihm verknüpft. So gesehen, hat es *Kleist* verstanden, aus einem simplen Bewegungsmotiv eine einschlägig kritizistische Konklusion zu ziehen.

Näher präzisiert wird diese Transformation eines Bewegungsmotivs noch durch die Kernaussage der zehnten These *Häkers*, derzufolge diese Andersheit der Bewegungskultur des Bären auch nicht durch sein Vertrautsein mit den Menschen in Frage gestellt wird. Dies bedeutet zugleich, daß die Bärenkampf-Episode wieder das Hauptthema der *Kleistschen Kant*-Krise aufnimmt, derzufolge Wahrheit und Vollkommenheit eines Zustandes nicht eigentlich Gegenstand einer planmäßigen Erfassung (im rationalen Verständnis) sein können, sondern vielmehr schon von vorneherein festgelegt sind. Denn weder sind dem Menschen die Bewegungs-Kriterien des Bären, noch dem Bären die des Menschen bekannt. Jeder der beiden Kampfpartner sieht die Lage lediglich durch seine Brille. Immerhin ist – und zwar ganz im Sinne der Konklusion des Aufsatzes – eine Annäherung der beiden Standpunkte auf der Basis des zweiten *Kleistschen* Bewegungsbildes möglich. Die Gegensätze selbst bleiben jedoch weiterhin in Geltung, denn die Annäherung ist ja lediglich ein asymptotisches Geschehen. Diesen eher pessimistisch getönten Sachverhalt drückt *Kleist* in der resümierenden Passage der Konklusion aus, und zwar im Gewand einer Hypothese, die die Polarität als eine Bipolarität der Extreme im Bewußtsein begreift. Ihr zufolge gilt, daß die „Grazie" (als Bewegungsbild) *„[...] in demjenigen menschlichen Körperbau am reinsten erscheint, der entweder gar keins, oder ein unendliches Bewußtsein hat, d. h. in dem Gliedermann, oder in dem Gott.*"[63] So verstanden, zeigt sich uns die von *Kleist* vollzogene Transformation als eine kritische Gattungsbildung, die aus einer Vorgabe ein Bewegungsbild extrahiert, das zuletzt immer auch Ausdruck einer radikalen Skepsis gegenüber der Reichweite des menschlichen Bewußtseins ist. Die romantische These, daß alle Formen der Balance – und damit das poetische und künstlerische Gattungswesen im weitesten Sinne des Wortes – stets reflektierbare bzw. potenzierbare Phänomene des menschlichen Bewußtseins sein müssen, wird daher aus der Sicht *Kleists* obsolet.

III

Zusammenfassung und Ausblicke

Das gattungsbildende Moment auf einen Punkt gebracht zu haben, ist daher die wichtigste Pointe seines Marionettentheater-Aufsatzes, die *Kleist* seinem Leser – durchaus auch in der Absicht, eine Poetik seines Œuvres zu gestalten – vermitteln will; man darf dabei nicht vergessen, daß ja der Aufsatz von *Kleist* in einer äußerst kritischen Phase seines Lebens verfaßt wurde; man kann ihn daher, ohne damit weit fehlzugehen, als das Vermächtnis seines Lebens ansehen, und damit, wie bereits erörtert, zugleich als seine Konzeption einer poetischen Spielart der Gewißheit verstehen, die „jenseits einer gewöhnlichen Gewißheit" angesiedelt ist. Von diesem Kontext her begreift er nunmehr das Bewußtsein – und zwar in direkter Analogie zu unserer Konstruktion des fünften *Euklidischen* Postulats und natürlich in Analogie zum Beispiel vom Hohlspiegel – als „Zentrum in Schwebe", in dem die Fähigkeit, den Transit des Unendlichen[64] schließlich auf den (freilich singulären) Punkt zu bringen, nicht mehr allein imaginativ sondern durch das Gefühl gesteuert, und nicht zuletzt auch als Bewegung bzw. Bewegungsbild initiiert wird. Von diesem Ansatz her zeigt sich dann auch, daß *Kleist* den Mechanismen der rationalen Ordnungsbildung kein Vertrauen mehr schenken wollte. Hinter jedem Schritt zur Erzeugung einer umfassenden (dramatischen bzw. erzählerischen) Bewegung – und dies gilt auch für den Staat und seine Geschichte – hat für ihn immer auch ein Gefühl zu stehen; das Marionettentheater wird daher, zusammenfassend gesagt, zum Spielboden einer kosmologischen Bewegung, die alle Bereiche des Menschlichen umfassen und von einem Bewegungsbild her symbolisch als Transit durch ein Unendliches darstellen will. Ohne Zweifel verbirgt sich hinter dieser Konstruktionsweise der Realität ein geschärftes Bewußtsein für die tieferen Zusammenhänge von Krisen und Bewegungen. Hinter diesem Anspruch steht nun aber, wie schon angedeutet, mit Sicherheit auch die tiefe Lebenskrise nach dem Zensurstreit mit dem Kabinett *Hardenberg* (im Zusammenhang mit dem Eingehen der *Berliner Abendblätter*) und nicht zuletzt auch das permanente Erlebnis der Mißerfolge seiner dramatischen Versuche. Das Bewußtsein – jetzt dargestellt als kritisches Bewegungsbild – wird zuletzt mehr und mehr zum Spielboden einer biographisch verankerten Krise, die sich – so *Kleists* tieferes Verständnis – auch politisch bzw. gesellschaftspolitisch widerspiegelt. Insoferne zeigt sich hier deutlich ein, freilich eher unterschwellig angelegtes, sozialphilosophisches Moment in *Kleists* ethisch-ästhetischem Diskurs vom Marionettentheater, das jedoch nicht wirklich systematisch, sondern vielmehr eher episoden- und anekdotenhaft zur Erscheinung gelangt. Die Beweglichkeit der Bewußtseinsakte (und die mit ihr verbundene politische und soziale Entscheidungskompetenz des Individuums) kann also, im radikalisierten Verständnis *Kleists*, nur ein Transit ins Unendliche[65], ins Offene, und nicht etwa ein Prozeß sein, der in feste Verhältnisse – d.h. mithin in ein endgültiges, auch geschichtsphilosophisch faßbares Ziel – einmündet. Es gibt, was die Konklusionen betrifft, für *Kleist* zuletzt nur noch den ästhetischen Schein. Seine kritische Analyse von diesem ästhetisch-dramatischen Schein her, zeigt nun auch, daß sich die „Grazie" – und zwar als existenzielles Resultat der Bewegung – stets dem alltäglichen Räsonnement zu entziehen hat, um authentisch zu werden. Ihre Verwirklichung setzt Göttlichkeit oder Bewußtlosigkeit gleichermaßen voraus; beide Phänomene stellen dann die Funktion des Alltagsbewußtsein in radikaler Weise in Frage, ja setzen dieses sogar außer Kraft; das Voraussetzungssystem der „Grazie" verschwindet gleichsam im Moment ihrer höchsten Wirksamkeit; dabei vollzieht sich ein Untergang, ereignet sich ein Abgleiten ins traumhafte, freilich auch sehr angeregte Milieu einer gesteigerten Handlungs- und Verzweiflungsbereitschaft; dieser Untergang der instrumentellen Vernunft fordert gleichzeitig das Auftauchen des Gefühls heraus, das somit im *Kleistschen* Motiv vom Transit seine konzentrierteste Gattung findet.

Gefühl und *Gewißheit* – und dies zeigt nicht allein die unerhörte Situation in der Novelle *Die Marquise von O.* – sind aneinandergekoppelte Formen ein und derselben Bewegung; ihr Zusammentreffen – symbolisiert durch das Bild von der „Grazie" – findet also notwendigerweise – und nicht etwa bloß zufällig bzw. redundant – statt; solange also das jeweilige Geschehen nicht von seinem Gefühl her gestaltet wird, gibt es auch keine adäquate Gattungsbildung und vice versa; indem nun das Gefühl in das Geschehen eingreift, zeigt es sich zuletzt als eine umfassende Gestaltung des Subjekts, im Marionettentheater-Aufsatz verkörpert durch die Marionette bzw. durch den Puppen-Tänzer. Diese Disposition einer kritischen Deutung der Implikationen des zweiten Bewegungsbildes zeigt sich uns, wie bereits ausführlich erörtert, am deutlichsten im *Prinz von Homburg*. Geschichte ist dort ganz zentral das Wirken eines zunächst eher apersonalen Charismas, das in offener Opposition zur rationalen Struktur eines Schlachtenplans erfolgreich wird. *Kleist* formuliert diesen für die Zeitgenossen provokanten metaphysischen Ansatz mit Blick auf seinen „Lebensplan", der sich für ihn nicht zuletzt deswegen als undurchführbar erwiesen hat, weil ihm ja genau dieses Charisma fehlte, das im dramatischen Bewegungsbild des *Prinz von Homburg* allein der Prinz in vollkommener Weise verkörpert. So gesehen wird das Schauspiel zum Surrogat für den eigenen, im wesentlichen gescheiterten Lebensplan. Es drückt die Stufe der Schwebung und Resonanz aus. Zeigt zum einen also – und zwar mit Blick auf das urpreußische Sujet im Stück – *Kleists* Patriotismus, zum anderen aber auch seine radikale Kritik der Inkonsequenzen in der zeitgenössischen preußischen Alltagsrealität (die sich ja z.B. im Zensur-Streit für ihn ganz deutlich offenkundig machten). Das Schauspiel *Prinz Friedrich von Homburg* steht daher – und zwar als dramatisches Bewegungsbild – in merkwürdiger Weise zwischen den Polen Realität und Vitualität. Gemessen an der zu *Kleists* Zeiten üblichen Praxis in den Fragen des militärischen Gehorsams erscheint die im Schauspiel entwickelte Abfolge der dramatischen Ereignisse als eine undenkbare Option: Nicht die Insubordination als militärischer Tatbestand steht freilich im Zentrum der dramatischen Entwicklungen, sondern ausschlaggebend für den Grund-Aufbau des Stücks ist, so *Kleist* selbst, das weitgehend traumwandlerisch angelegte Charisma einer persona dramatis, die im Sinne eines Gefühls erfolgreich handelt, und damit – rein äußerlich gesehen – einen Ungehorsam gegenüber dem Feldherrn begeht. Der gute Ausgang des Schauspiels symbolisiert dann zuletzt die mit diesem Gefühl untrennbar verknüpfte Gewißheit; sie drückt sich indirekt in der dramatischen Explikation einiger traumwandlerischer Bewegungen aus, in deren Mitte immer der Prinz steht; das Charisma des Prinzen ist daher der bewegte Punkt zwischen Gewißheit und Gefühl, und nicht etwa das Resultat der szenischen Entwicklung einer Reihe von Sprachbildern bzw. dramatischen Reflexionen über Patriotismus und militärische Gehorsamspflicht. *Kleist* appelliert also an eine Tiefendimension der Wirklichkeit – und zwar jenseits einseitiger Formen der Sprachfixiertheit, denn dieses Gefühl zeigt sich ja als zweites *Kleistsches* Bewegungsbild und umreißt damit den Gegensatz von Virtualität und Realität von einem realen Ablauf her, der durch ein unterschwellig angelegtes Spiegelungs-Motiv verkörpert und zusammengehalten wird. Dieses wiederum setzt sich, wie wir bereits sehen konnten, aus formalen Bewegungselementen zusammen, die im wesentlichen jenen des Spiegel- und des Geradenbeispiels im Marionettentheater-Aufsatz entsprechen.

Die einem zweiten *Kleistschen* Bewegungsbild entsprechende Disposition im *Prinz von Homburg* macht zuletzt auch noch die Schwebe-Situation *Kleists* (zwischen Virtualität und Realität) offenkundig, so wie sie am Ende seines Lebens mehr und mehr offensichtlich wurde. Zur Zeit der Abfassung des Dramas zog er es nämlich bereits vor, dem dunklen Gefühl der Bewegungsmitte eher als etwa jenen rationalen Bewegungselementen zu trauen, die sich – im gewöhnlichen Sinn des Wortes – „steuern" lassen; dieses Gefühl stellte er über alle jene rationalen Offensichtlichkeiten, die sich nur an der Oberfläche als menschlich und zutreffend erweisen, die aber bei näherem Hinsehen jede „Grazie" – und damit auch jede Menschlichkeit – vermissen lassen[66]. Dieses skeptische Motiv ist im übrigen auch ein wichtiger Bestandteil des Marionettentheater-Aufsatzes, allerdings ist es dort eher unterschwellig angelegt.

Die *Kleistsche* Bewußtseinstheorie ist daher von ihrem Prinzip her eine offene Gattung, und zwar weil hier im entscheidenden Augenblick jeweils die Dunkelheit bzw. die Singularität im Zentrum steht und nicht etwa der in sich abgeschlossene Zusammenhang. Dieses Potential an Verdunkelung (im Zentrum des jeweiligen Geschehens) richtet sich somit gegen jede Form der Vorherrschaft von Militarismus und Bürokratismus im dramatischen Aufbau des *Prinz von Homburg*. Entscheidendes Ereignis am Beginn des Dramas ist nämlich, daß die Persönlichkeit des Prinzen aus ihrem zunächst komprimierten bzw. verdunkelten Zustand herausgerissen und in „Stufen" und Schritten entfaltet wird, die sich zunächst gegen die angestammte Ordnung richten, um diese dann zuletzt doch wieder zu erreichen und zu versöhnen – freilich von einem paradoxen Bewegungsgeschehen her; dies geschieht nun, um, im Gegenzug zum alltäglichen Bewegungsgesetz, so etwas wie eine Ordnung des Herzens (d.h. die „Grazie") auszudrücken, wobei das zu diesem Entfaltungsprozeß gehörende Bewußtsein nicht das wesentliche Zentrum der Erzeugung und Konsolidierung von Realität ist, sondern vielmehr bloß ein wichtiger Spiel- bzw. Durchgangsraum einer wesentlich tiefer liegenden Schicht der Realitätserzeugung; diesem Raum müssen nun gegensätzliche, nicht minder wichtige virtuelle Spielräume (z.B. Träume, Gefühle, Visionen) notwendigerweise korrespondieren, damit ein Ausgleich, d.h. Gewißheit (im Sinne einer tacit knowledge) erreicht werden kann. Dieses paradoxe und antithetisch aufgebaute Geschehen wird aber von einer zentralen Diskontinuität her festgelegt, die gewissermaßen einem Zustand der „Bewußtlosigkeit" gleichkommt, freilich nicht im üblichen Wortsinn; keinesfalls handelt es sich nämlich um so etwas wie Ohnmacht, die Diskontinuität steht vielmehr als eine sinntragende Größe am Beginn von entscheidenden und wichtigen Abläufen, sie ist – um jetzt mit dem frühen *Schelling* zu sprechen – die höchste Potenz, die im Verlauf des Dramas mehr und mehr verwirklicht und damit auch bewußt wird, und zwar jetzt im üblichen Sinne des Wortes. Dies geschieht, obwohl – oder gerade weil – der Ausgangspunkt mit traditionell verstandenen Formen des Bewußtsein zunächst überhaupt nichts zu tun hat. *Kleist* betont vielmehr die Wichtigkeit von Singularitäten[67] in der alltäglichen Lebenswelt, hebt die ungewöhnlichen Verknüpfungen und Mysterien des Alltags hervor, aus ihnen setzt sich für ihn eine jede wesentliche dramatische und erzählerische Handlung zusammen; der Alltag des Menschen ist gleichsam eine hoch aufgeladene Kette von Singularitäten, die positioniert sind zwischen positiven und negativen Ereignissen, und die sich zuweilen sogar blitzartig („fulgurativ“, um mit *Friedrich Cramer* zu sprechen) freisetzen können und auf diese Weise realitätsformend wirken. Das Bewußtsein des Menschen vermag es nun, diese Bruchstellen bzw. Singularitäten entlang eines Bewegungsbildes aufzusummieren[68] – und zwar tatsächlich streng im Sinne der von *Kleist* erwähnten Gleichnisse vom Hohlspiegel[69] und vom euklidischen Parallelen-Postulat. Auf diese Weise entsteht dann die Wirklichkeit im Sinne des Gleichnisses vom „*Weg der Seele des Tänzers*“, sie ist Bewegung einerseits und Zusammenschluß der Bewegungsmomente andererseits.

Damit sind wir zuletzt, und zwar im Rahmen einer einheitlichen und in sich geschlossenen Deutungsfigur, beim technischen und beim existenziellen Anspruch *Kleists* angelangt. Zusammenfassend formuliert, besagt dieses von uns bereits des langen und breiten dargelegte Deutungsmuster, daß sich alle Stufen des Existenziellen (im Sinne der Konzeption *Josef Kunz*') in Techniken und Formen der graziösen Bewegung ausdrücken lassen; und sinngemäß auch vice versa, daß jeder Bewegung immer auch genau ein existenzielles Moment entspricht. Der Aufweis dieser *Kleistschen* Konzeption, so sei abschließend noch festgestellt, zeigt u.a., wie radikal anders als seine Zeitgenossen *Kleist* dachte. Er hatte gewissermaßen bereits ein kinematographisches Bewußtsein von der Realität.

Die ideale poetische Gattung, so wie sie Kleist in seinem Marionettentheater-Aufsatz versteht, beruht, auf einem Wechselgeschehen, bzw. auf einer oszillierenden Bewegung, die sich recht gut als Schwebung bzw. Resonanz charakterisieren läßt. Ausgangspunkt ist die Einkehr in die Schwebe, zu erreichendes Ziel ist nach *Kleist* die Rückkehr von der Schwebe; diese beiden Aspekte werden in den Zirkel-Motiven des Marionettentheater-Aufsatzes näher dargelegt; in allen Fällen handelt es sich um Bewegungsbilder, die stufenartig angelegt sind; in der Mitte des Geschehens – d.h. im Schwebe-Zustand – findet nun jeweils auch eine Transformation statt, über die sich allerdings nichts Näheres mehr aussagen läßt; die wichtigste Motivik einer Umschreibung ist die bereits im Sprachaufsatz (1806) entwickelte Verknüpfung von Gefühl und Gewißheit auf der Basis des Konzepts von der allmählichen Verfertigung. Mit ihrer Erwähnung kehren wir also wieder zum argumentativen Ausgangspunkt der vorliegenden Abhandlung zurück – und zwar nunmehr im expliziten Wissen, daß diese Motivik als *ein* wesentliches Zentrum des *Kleistschen* Œuvres gelten muß. Das Zusammenspiel der beiden Pole des Bewegungsbildes zeigt sich uns, anders formuliert, als das Zusammenspiel von Gefühl und Gewißheit. Es ist dabei stets auch das Zentrum des abgebildeten Geschehens, das somit eine Mitte bekommt, die unsichtbar bleibt und nur dem sensibilisierten Bewegungsgefühl offensteht; die Hauptsache findet also aus der Sicht *Kleists* immer in einem Fluchtpunkt bzw. im Unendlichen statt.

Dabei verhält sich dieses nicht näher faßbare Unendliche freilich nur wie eine Bühne, auf der gleichsam eine unendliche Geschichte gespielt wird, die in ihren wesentlichen Zügen mit diesem alltäglichen Bewußtsein ebensowenig (bzw. ebensoviel)[70] zu tun hat wie der Inhalt des Dramas mit der Bühne, oder der Filmprojektor mit der eben abgespielten Filmhandlung.

Anmerkungen

Anmerkungen zum Vorwort

[1] *Immanuel Kant*: **Kritik der Urteilskraft**, B 292f, A 288f
[2] Bibliothek Suhrkamp, Bd. 1186

Anmerkungen zur Einleitung

[3] EZ, S.474
[4] Gemeint ist eine Poetik des Bewegungsbildes. Dazu vgl. den III. Abschnitt unserer Arbeit.
[5] Vgl. EZ, S.480
[6] Vgl. dazu z.B. Kleists Verweis auf „*[...] eine Schrift von Wieland[...]*" im berühmten Brief an W. v. Zenge vom 22.3.1801, i.e: BR, S.199
[7] EZ, S.479f
[8] Erstmals publiziert in den **Berliner Abendblättern** vom 12.-15.Dezember 1810
[9] *Bo Göranzon/ Anders Karlqvist*, **Jenseits aller Gewißheit. Die Begegnung zwischen Alan Turing und Ludwig Wittgenstein**. Aus dem Schwedischen und Englischen von Eva Obenfeldner. Mit einem Nachw. von Allan Janik. Innsbruck 1995
[10] Dazu vgl. EZ, S.134
[11] Dazu vgl. den Abschnitt „Leibniz" in *Nicholas Boyle*, **Goethe. Der Dichter in seiner Zeit. Bd 1. 1749-1790**, S. 28ff
[12] Dazu vgl. BR, S.122
[13] Dazu vgl. *Josef Kunz*, **Die Thematik der Daseinsstufen in Kleists dichterischem Werk**, in: **Heinrich von Kleist. Aufsätze und Essays**. Hrsg. von Walter Müller-Seidel, S.672-706, ferner: Ders., **Kleists Gespräch ‚Über das Marionettentheater'**, in: **Kleists Aufsatz über das Marionettentheater** (= KAM), S. 76-87.
[14] Dazu vgl. *Herbert Plügge*, **Grazie und Anmut. Ein biologischer Exkurs über das Marionettentheater von Heinrich von Kleist**, in: **Heinrich von Kleist. Aufsätze und Essays**, S.54-75.
[15] Dazu vgl. *Friedrich Cramer,* **Chaos und Ordnung. Die komplexe Struktur des Lebendigen**, S. 163ff und S.203ff
[16] Dazu vgl. auch *Karl Richter*, **Wissenschaft und Poesie ‚auf höherer Stelle' vereint. Goethes Elegie ‚Die Metamorphose der Pflanzen'**, in: **Gedichte und Interpretationen. Klassik und Romantik**, S.156-168. Richter weist in seiner Analyse von Goethes Elegie auf die wichtigsten Bewegungselemente und Bewegungsmomente hin – sie sind im Parallelgang mit der botanischen Bedeutung gleichsam auch Stadien in der Entfaltung des Gedichts: mit ihrer Hilfe läßt sich das morphologische Bewegungsbild „Die Metamorphose der Pflanzen" als die Entfaltung der botanischen Grundelemente der Pflanze darstellen und begründen. Dieses – insgesamt vom Wachstum der Pflanze her abgelesene – Bewegungsbild ist zugleich der vollkommenste Ausdruck des Vermittlungsgedankens zwischen Natur und Ästhetik, so wie er für die deutsche, vor-romantische Ästhetik zum Paradigma wurde. Vgl. besonders op. cit., S.164ff.
[17] Dazu vgl. *Friedrich Cramer*, **Gratwanderungen. Das Chaos der Künste und die Ordnung der Zeit**, S.67ff
[18] Die hier angesprochene Bewegung ist nämlich nicht eigentlich wirklich, sondern vielmehr Produkt einer Ästhetisierung eines materiellen Ensembles unter Gesichtspunkten, die sich nur unter einer spezifischen Poetik der Bewegung zusammenfassen lassen; man könnte z.B. einen Bewegungsbegriff der homerischen Epen herausarbeiten; die Bewegung in der Laokoon-Gruppe zu erkennen setzt also notwendigerweise voraus, daß man die mythologischen Zusammenhänge der Laokoon-Geschichte und ihre Rezeption in der Antike kennt.
[19] Dazu vgl. *Friedrich Cramer*, **Symphonie des Lebendigen. Versuch einer allgemeinen Resonanztheorie**, S.55f
[20] Dazu vgl. *Friedrich Cramer*, **Chaos und Ordnung. Die komplexe Struktur des Lebendigen**, 230ff

[21] Dazu vgl. *Ivars Peterson*, **Was Newton nicht wußte. Chaos im Sonnensystem**, S.176ff
[22] Dazu vgl. a.a.O., S. 177-180 und *Friedrich Cramer*, **Gratwanderungen. Das Chaos der Künste und die Ordnung der Zeit**, S. 13ff

Anmerkungen zu den Kapiteln 1, 2 und 3

[1] EZ, S.134
[2] BR, S.257
[3] Wir verwenden hier den Begriff **Können** auch im Sinne Michael Polanyis. Dazu vgl. z.B. *Michael Polanyi*, **Implizites Wissen**, S.16. Polanyi begreift an dieser Stelle das **Können** als eine „Integrationsform" (op. cit., S.15), die die menschliche Erkenntnis-Praxis und damit auch die mit ihr verknüpften Handlungsweisen des Menschen mitbestimmt, formt und zusammenhält, ohne daß sich dieses Wissen (zwischen Theorie und Praxis) intellektuell vollständig darlegen läßt. Beim Können handelt es sich also um einen grundlegenden Aspekt des tacit knowing (= implizites Wissen), er bildet gleichsam die praktische Komponente dieser Wissensform. Mit Blick auf die von Gilbert Ryle getroffene Unterscheidung von *knowing that* und *knowing how*, läßt sich der Terminus noch näher präzisieren: Das Können entspricht, so Polanyi, sinngemäß dem *knowing how* (vgl. a.a.O.).
[4] EZ, S.480
[5] J. J. Rousseau, **Emile**, S.591
[6] Vgl. EZ, S.477f
[7] Vgl. EZ, S.477f
[8] Sie hat daher auch viel mit jenem Gegensatz vom Idealisten und Realisten zu tun, den z.B. Friedrich Schiller in seinem poetologischen Werk **Über naive und sentimentalische Dichtung** am Schluß unter dem Begriff eines *„[...] merkwürdigen psychologischen Antagonism [...]"* (Schiller, W 20, S.491) erörtert, um sich schließlich zuletzt doch für die theoretische, d.h. mithin auch für die idealistische Lösungsvariante dieses Problems zu entscheiden.
[9] Dies gilt ungeachtet des Stellenwerts, den diese Krise in der Diskussion einnimmt.
[10] Dazu. vgl. den berühmten Brief vom 22.3,1801 an Wilhelmine von Zenge, i.e.: BR, S.196 - 202
[11] Vgl. den Brief vom 15.8.1801 an Wilhelmine von Zenge, verfaßt in Paris (i.e.: BR, S. 252ff), dort liest man Folgendes: „Ja selbst dieses Studium der Naturwissenschaften, auf welches der ganze Geist der französischen Nation mit fast vereinten Kräften gefallen ist, wohin wird es führen? [...] O wie unbegreiflich ist der Wille, der über die Menschengattung waltet! Ohne Wissenschaft zittern wir vor jeder Lufterscheinung, unser Leben ist jedem Raubtier ausgesetzt, eine Giftpflanze kann uns töten – und sobald wir in das Reich des Wissens treten, sobald wir unsere Kenntnisse anwenden, uns zu sichern und zu schützen, gleich ist der erste Schritt zu dem Luxus und mit ihm zu allen Lastern der Sinnlichkeit getan." (BR, S.254f)
[12] Dazu. vgl. den Brief an seinen Hauslehrer *C.E. Martini* vom 19.März 1799: „Der Beweis (zur Frage nach dem Verhältnis irrationaler Linien/Der Verf.) war indirekt und so weitläufig geführt, daß ich bei einiger Übereilung den Schlüssen nicht ganz folgen konnte, wie denn überhaupt Kästners indirekte Beweise keine Einsicht in die Natur der Sache gewähren und immer mir auch unglaublich sein werden, weil ich mich unaufhörlich sträube, als wahr vorauszusetzen, was ich für falsch erkennen muß." (BR, S.27)
[13] A.a.O.
[14] Vgl. z.B. *Ralf R. Nicolai*, **Schwerpunkt Kleist: Motive des Marionettentheaters im 20. Jahrhundert**, in: **Heinrich von Kleist-Studien**. Hrsg. von Alexej Ugrinsky (= HKS),127-138
[15] In seinem Aufsatz: **Grazie und Anmut. Ein biologischer Exkurs über das Marionettentheater** (in: **Kleists Aufsatz über das Marionettentheater** [= KAM]. Hrsg. von Walter Müller-Seidel. Berlin 1967, S.54-75) verwendet *Herbert Plügge* – freilich eher beiläufig – den Begriff „Bewegungsbild"; und zwar mit Bezug auf V.v. Weizsäckers Theorie der Genese der Bewegungsformen und insbesondere auch im Kontext einer Beschreibung der Drehstuhlversuche Paul Vogels: *„Unter Berücksichtigung wichtiger Drehstuhlversuche Paul Vogels zeigt er (V. v. Weizsäcker/Der Verf.) am Beispiel eines tanzenden Paares, wie das Bewegungsbild des Tanzes bipolar entsteht: Jeder der beiden Partner ist zugleich Subjekt und Objekt, zugleich*

Subjekt und Umwelt des andern.“ (KAM, S.64). In der vorliegenden Studie kommt dem Begriff „Bewegungsbild“ freilich ein ungleich größerer Begriffsumfang als in Plügges Aufsatz zu. Wie der Titel ja schon verrät, ist unser Begriff „Bewegungsbild“ das Koordinationszentrum aller im folgenden zu entwickelnden Erörterungen. Die Einführung dieses speziellen Konzepts soll es nämlich u.a. möglich machen, texthermeneutische mit systematischen Gesichtspunkten zu verknüpfen, ohne daß dabei der Kontext des Marionettentheater-Aufsatzes verlassen werden muß.

16 Vgl. BR, S.199ff

17 Vgl. z.B. *Ludwig Muth*, **Kleist und Kant. Versuch einer neuen Interpretation**. Köln 1954

18 BR, S.199

19 BR, S.200

20 BR, S.250f

21 BR, S.257

22 Wichtige Belegstellen zur Frage nach dem Verhältnis von Imagination und Bewegung finden sich in der **Kritik der reinen Vernunft** unter: A 48, A 49, B 58, B 154, A 155, A 384 ff, letzterer Beleg ist besonders wichtig. Hier geht es vor allem um die Themenkomplexe *Bewegung und Wirklichkeit*, *Bewegung als bloße Vorstellung*, *Bewegung als ein Begriff von Verhältnissen* – und zwar im Rahmen einer transzendentalen Dialektik (Abschnitt: Über die **Summe der reinen Seelenlehre**). Im Grunde sieht Kant die Bewegung als ein Problem des transzendentalen Scheins an. Sie fällt sofort weg, wenn man von der Sinnlichkeit absieht und ist daher im reinsten Sinn des Wortes „Konstruktion“ eines dialektischen Scheins. Diese Behauptung Kants hatte weitreichende Folgen für das Verständnis von Bewegung bei Fichte und insbesondere bei Hegel. Beide Philosophen hielten – trotz weitgehender Überschreitung der von Kant in der **Kritik der reinen Vernunft** gesetzten Grenzziehungen an Kants in A 384ff geäußerter Bewegungskonzeption fest.

23 Vgl. dazu insbesondere den zweiten Abschnitt von Johann Gottlieb Fichtes, **Über den Begriff der Wissenschaftslehre** (1794). Dort ist stets von einer theoretischen Setzung und Entgegensetzung die Rede (in Bezug auf das Ich und das Nicht-Ich).

24 Dazu vgl. Herminio Schmidt, **Heinrich von Kleist's Poetic Technique: Is It Based on the Principle of Electricity?**, in: HKS, S.203-213, hier: S.210f. Kleists großes Interesse an den Phänomenen der elektrischen bzw. galvanischen Polarisation legt nahe, daß er Schellings **Erster Entwurf eines Systems der Naturphilosophie** (1799) gekannt haben muß.

25 Dieser Gegensatz ist zentrales Thema am Beginn der naturphilosophischen System-Schrift Schellings aus dem Jahre 1799.

26 Vgl. EZ, S.477

27 Dazu vgl. BR, S.198

28 Dazu vgl. *Siegfried Streller*, **Heinrich von Kleist und Jean-Jacques Rousseaus**, in: **Heinrich von Kleist. Aufsätze und Essays**. Hrsg. von Walter Müller-Seidel, S.635 – 671. Die Bezüge zum Marionettentheater-Aufsatz werden auf S.668 ff entwickelt. Strehler führt Kleists Begriff „Gefühl“ u.a. auf seine Rousseau-Rezeption zurück; der besondere Wert dieser Arbeit liegt u.E. gerade darin, daß die Rezeption dieses Begriffes von den gesellschaftspolitischen Konnotationen her zur Darstellung gelangt. Streller hat erkannt und ausführlich dargestellt, daß Kleists Rousseau-Rezeption eine Schlüsselfunktion zum Verständnis des gesamten erzählerischen und dichterischen Œuvres besitzt, ohne freilich näher auf den nicht minder wichtigen Bewegungsbegriff einzugehen. Vielmehr ist für ihn das „Gefühl“ eine Größenordnung, der eher eine psychosoziale Bedeutung zukommt.

29 Während die meisten Zeitgenossen eben den rationalen – freilich im Sinne Kants kritisch begrenzten – Aspekt der Reflexion ins Zentrum ihrer poetologischen Überlegungen stellen. Vgl. z.B. diesbezüglich die Definitionen zum „sentimentalen Dichter“ in Friedrich Schillers, **Über naive und sentimentalische Dichtung**: „*Ganz anders verhält es sich mit dem sentimentalischen Dichter. Dieser reflektirt über den Eindruck, den die Gegenstände auf ihn machen, und nur auf jene Reflexion ist die Rührung gegründet, in die er selbst versetzt wird und uns versetzt. Der Gegenstand wird hier auf eine Idee bezogen, und nur auf dieser Beziehung beruht seine dichterische Kraft. Der sentimentalische Dichter hat es daher immer mit zwei streitenden Vorstellungen und Empfindungen als Grenze und mit seiner Idee als dem Unendlichen, zu tun [...]*“ (Schiller, W 20, S.441)

[30] Dazu vgl. *Walter Benjamin*, **Der Begriff der Kunstkritik in der deutschen Romantik**, in: **Gesammelte Schriften**. Band I.1, S. 18 -53 (Dieser Abschnitt der Studie trägt den Titel: „Die Reflexion").

[31] Dazu vgl. *Michael Polanyi*, **Implizites Wissen**, S.14-18: Für Polanyi setzt sich das implizite Wissen grundsätzlich aus zwei Termen zusammen, deren erster die Unmittelbarkeit der Erfahrung (vgl. op. cit., S.18) und deren zweiter die Anwendbarkeit des erworbenen Erfahrungswissens auf der Basis des tacit knowing garantiert. Im Sinne dieser Dualität muß man daher grundsätzlich zwischen einer expliziten und einer rein impliziten Komponente im Integrationsgeschehen der tacit knowledge unterscheiden; die zweite Komponente (Polanyi spricht vom „distalen Term") bezeichnet dabei jenes Ereignis, auf das wir sofort aufmerksam werden, während die erste Komponente (Polanyi spricht vom „proximalen Term") unser implizites Wissen von diesem Ereignis ausdrückt. Es handelt sich also um jenen „[...] proximale[n] Term, von dem wir ein Wissen haben, das wir nicht in Worte fassen können." (op. cit., S.19) Das „implizite Wissen" selbst zeigt sich dann als ein Übergang vom ersten auf den zweiten Term dieser weitgehend sprachlosen Relation. Im Falle von Kleists Marionettentheater wäre der proximale Term die Kunst des Marionettenspielens, der distale Term dagegen die Mechanik des Marionettenspiels. Beim Übergang vom einem Term zum anderen Term wird eine bestimmte Form von tacit knowing aktiviert, die sich mit Kleists Terminus „Gefühl" näher umschreiben läßt.

[32] Dazu vgl. *Michael Polanyi*, **Implizites Wissen** S.24f

[33] Bewegung in diesem Verständnis wäre dann, um mit Michael Polanyi zu sprechen, eine „komplexe Entität", die in der Praxis durch implizites Wissen erfaßt wird. Vgl. op. cit., S.37

[34] Vgl. damit Alkmenes „innerstes Gefühl" im zweiten Akt, vierte Szene des **Amphitryon** (d.i.: D 1, S.365), wo Kleist diese Konzeption des „Gefühls" als Gewißheit zwischen Sein und Schein dramatisch gestaltet. Die „Bewegung" in der 4.Szene des II.Aktes beruht zu einem großen Teil auf der tragikomischen Postulierung dieses Gefühls durch Alkmene. Dasselbe gilt – jetzt freilich von der Gegenseite Jupiter her – in der 5.Szene des zweiten Akts, wo ja Alkmene bereits „fühlend weiß", wo vom „unfehlbaren Gefühl" (D 1, S.365) die Rede ist. Alkmenes „unfehlbares Gefühl" ist daher im strengen Sinne tacit knowledge, zumal sich ja von ihm her eine Dynamik entfaltet, die das Drama in Bewegung setzt. Alkmenes Gefühl ist daher, so verstanden, auch implizites Bewegungszentrum des **Amphitryon**.

[35] Diesen Übergang vom sensualistischen zum tacit-knowledge-Aspekt des „Gefühls" (zwischen Intellekt und hoch sensibilisierter Emotion) beschreibt insbesondere Günter Blöcker im Kapitel „Das erkennende Gefühl" (i.e. S.160-196 in seinem Buch **Heinrich von Kleist oder das absolute Ich**). Auf op. cit., S.163 ist zu lesen: *„Unter Kleists drängendem, pressendem Griff tritt das Gefühl aus der Sphäre bloßer Empfindsamkeit in die einer emotionalen Geistigkeit über. Aus dem Organ der Schmerzen und schwelgerischen Entzückungen wird ein Instrument der Erkenntnis.*"

[36] Dazu vgl. z.B. Kleists Brief an Wilhelmine von Zenge vom 22.3.1801. Dort wird diese Opposition im menschlichen Bewußtsein von ihm erstmals näher erläutert, und zwar in Gestalt einer radikal-subjektivistischen Argumentation zur Frage nach einem Wahrheitskriterium (Dazu vgl. BR, S.199ff). Kleist unterscheidet in seinem Brief ausdrücklich zwischen der Wahrheit, die *„[...] wahrhaft Wahrheit [...]"* (a.a.O., S.200) ist, und derjenigen, die *„[...] nur so scheint [...]"* (a.a.O.). Die Frage nach einem stringenten Entscheidungskriterium bleibt in diesem Brief allerdings noch unbeantwortet. Erstmals greifbar und sichtbar wird nur der radikale Gegensatz zwischen Imagination und Realität. Beantwortet wird diese drängende Frage freilich erst im Marionettentheater-Aufsatz; dort zeigt sich uns insbesondere die „Grazie" (d.h. das Bewegungsbild) als eine „Wahrheit", die sowohl „wahrhaft" als auch Schein ist. Auf diese Weise verschwindet dann der Gegensatz in einem Bewegungsbild, das seine höchste Genauigkeit allerdings erst im Unendlichen erreicht (Vgl. dazu EZ, S. 480).

[37] Allerdings wird, so verstanden, der Begriff „Erfassung" dann mehrdeutig. Genau das ist aber das wichtigste Thema unserer im folgenden entwickelten Gedankengänge. Es gibt dann eine Erfassung vom „Gefühl" und eine vom Intellekt her.

[38] BR, S.355

[39] Dies bedeutet zugleich, daß dieses Wissen nur dann wirksam wird, wenn es gewissermaßen auch unbewußt gewußt wird. Dies ist im übrigen ein zentrales Thema in **Über die allmähliche**

Verfertigung des Gedanken beim Reden, wie sich uns noch zeigen wird. Auf diese Weise entsteht das Sprechen aus einer weitgehend unbewußten Bewegung. Dazu auch die dramatische Konzeption der fünften Szene des II. Aktes in **Amphitryon**.

40 Günter Blöcker, **Heinrich von Kleist oder das absolute Ich**, S.163

41 Vgl. EZ, S. 134

42 Zu erläutern z.B. am Spiel eines Klavierspielers. Muß der Pianist zuviel nachdenken über sein Spiel, d.h. mithin: weiß er davon zuviel, dann wirkt sich dies auf seine Spielkultur negativ aus. Er muß vielmehr „wie im Traum Bach" (Glenn Gould) spielen, um wirklich gut Bach zu spielen. Wir treffen, so verstanden, auf die Interpretation durch den Spielers, der spielt, als wäre er ein Traumwandler, der mithin sogar bestrebt sein muß, sein Spiel möglichst viel vom Unbewußten her zu steuern. Überbewußtes Spielen klingt ja demgegenüber wenig gekonnt. Im übrigen: Überbewußt (im Freudschen Sinne also „überdeterminiert") gesetzte Einsätze in der Musik mißlingen häufig, unterbewußt gesetzte gelingen hingegen fast immer – und zwar ganz besonders, wenn sie gleichzeitig in einem großen Klangkörper gesetzt werden, in dem sich überwiegend Leute befinden, die während des Spiels voneinander nichts wissen wollen, und trotzdem gemeinsam musizieren – respektive gemeinsam richtig einsetzen – können; so verstanden zeigt sich daher, daß dieses Wissen auch intersubjektiv wirksam sein muß. Es ist nämlich häufig auch so, daß der Klangkörper erst vom gemeinsamen Einsatz her zu einer Einheit verschmilzt (durchaus im Sinne einer praktischen unio mystica), und nicht etwa in der diskreten Einübungsphase eines Musikstücks, sondern vielmehr in der streng intersubjektiven Spielpraxis eines harmonisch zusammenspielenden Ensembles – bestehend aus den verschiedensten, oft gegensätzlichen Charakteren. Selbst der wenig musikalische Zuhörer ist hier, wie man experimentell nachweisen konnte, äußerst sensibilisiert. Dies betrifft sogar die Interpretation strenger Formen wie der Sonate oder der Fuge selbst. Die Eigenart der musikalischen Form tritt nämlich beim praktischen Spiel erst dann klar hervor, wenn man ohne reflektiertes Formbewußtsein spontan reflektierbare Formen spielt. Das Spiel zeigt sich umso pointierter, je einheitlicher und einfacher es in diesem Sinne gegliedert ist. Es besteht also in den meisten großen Kompositionen eine geheime Verbindung zwischen der musikalischen Form und der musikalischen Imagination, die sich nur von einer komprimierten Spielweise her entfalten läßt. Auf diese Weise kann der Komponist sein personales Wissen an die Musiker/innen übermitteln, ohne daß man genau sagen kann, wie dies geschieht und wie es vor allem so perfekt möglich ist. Der klassische Begriff „Spontaneität" würde hier freilich zu kurz greifen. Wittgenstein formuliert diese praktische Einsicht in **Zettel** so: *„‚Der Gedanke stand in diesem Augenblick vor meiner Seele.' – Und wie? – ‚Ich hatte dieses Bild.' – So war das Bild der Gedanke? Nein; denn hätte ich Einem bloß das Bild mitgeteilt, so hätte er nicht den Gedanken erhalten."* (Werkausgabe, Bd.8, S.326)

43 *Wolfgang Kurock*, **Heinrich von Kleist und die Marionette**, in: HKS, S. 103 -108. Hier: S. 104

44 *Michael Polanyi*, **Implizites Wissen**, S.14.

45 Dieser Aspekt steht ja u.a. auch im Zentrum von Kleists Argumentationen in seinem Aufsatz **Über die allmähliche Verfertigung der Gedanken beim Reden**, insoferne ja die Rede immer auf ein konsistentes Sprach-Bild hin ausgerichtet ist. Dieses Sprach-Bild ist dann der Ausdruck. Dessen Stimmigkeit wiederum beruht auf der Gewißheit der Zugänge. Wir treffen also hier auf so etwas wie eine Resonanz von der Dunkelheit (ja Bewußtlosigkeit) her.

46 Im Sinne von Kleists Begriff „Gefühl".

47 Diese ihrem tieferen Wesen freilich auch zutiefst ambivalente Dynamik zeigt sich insbesondere in folgender Schlüssel-Szene der Novelle **Die Marquise von O.** :*"Doch die Marquise, welcher die Tränen häufig flossen, versicherte, daß sie sehr gesund wäre, und daß ihr gar nichts fehle, außer jenem sonderbaren und unbegreiflichen Zustand. – Zustand! rief die Mutter wieder; welch ein Zustand? Wenn dein Gedächtnis über die Vergangenheit so sicher ist, welch ein Wahnsinn der Furcht ergriff dich? Kann ein innerliches Gefühl denn, das doch nur dunkel sich regt, nicht trügen? Nein Nein! sagte die Marquise, es trügt mich nicht! Und wenn Sie die Hebamme rufen lassen wollen, so werden sie hören, daß das Entsetzliche, mich vernichtende, wahr ist. -"* (EZ, S.134). Das Gefühl, und nicht etwa die rationale Durchdringung der augenblicklichen Situation (eines „unbegreiflichen Zustands"), verraten die wahre Sachlage, für die es momentan freilich noch kein denkbares Sprachbild bzw. keine Erklärung gibt, die auf strengen

Kausalstrukturen aufbauen kann. Genau **das** ist ja der tiefere bzw. aus philosophischer Sicht notwendige Gehalt dieser Schlüssel-Szene (d.h. der „Zustand") in Kleists Novelle. Man sieht, daß hier mehr als bloß nur psychologische Ambivalenz im Spiele ist, vielmehr zeigt sich hier überhaupt die Unheimlichkeit eines unerklärbaren Geschehens (Kleist spricht von „Vergangenheit"); sie ist hier paradoxerweise die Gewißheit, die allerdings nur „gefühlt" und damit überhaupt nicht wirklich gewußt werden kann bzw. deren Authentizität zunächst nur auf seiten eines gestaltlosen Gefühls liegt, das aber sehr wohl streng einer Sachlage entspricht, für die es – jetzt umgekehrt gesehen – allerdings kein klares Sprachbild gibt. Kurz gesagt also, Gewißheit ohne dazugehöriges, kompatibles Sprachspiel. Und trotzdem Realität, wenngleich unbewußt, also Synchronizität und nicht etwa Kausalität, um in der Terminologie C. G. Jungs zu sprechen.

48 Im Zusammenhang mit der Novelle **Der Zweikampf** zeigt sich uns hier wiederum eine äußerst originelle Ironie im Aufbau der erzählerischen Bewegungen der Novelle. Sie ist mit Sicherheit zugleich eine für Kleist typische Form der Aufklärungskritik. Die Tatsache, daß in der genannten Novelle ein Gottesurteil im Zentrum steht, das für die Heldin und ihren Beschützer zunächst einmal freilich fatal ausgeht, zeigt zugleich – allerdings unterschwellig –, daß uns die rationale Interpretation eines völlig irrationalen Vorgangs (d.h. des Gottesurteils) nicht zur Wahrheit führt. Erst die Interpretation des Gottesurteils als Gottesurteil – d.h. von seiner offensichtlichen Irrationalität her – führt zur Einsicht in die „tiefere", d.h. in die authentische Wahrheit, die sich in Verwicklungen verbirgt, die sich nur einem tieferen Wahrheitsgefühl (und nicht etwa einer rationalen Entwicklung des Verwickelten) erschließen kann. Daher „Gottesurteil" und nicht etwa „Gerichtsnovelle" im Sinne des modernen Begriffs einer Suche nach rationalen Zugängen zur Gerechtigkeit. In manchem treffen sich hier Kleist und Albert Camus, und zwar insbesondere hinsichtlich der Frage nach dem Stellenwert des Absurden in unserer Gesellschaft, die ja immer bemüht ist, dem Absurden keinen Erkenntniswert beizumessen.

49 *K. H. Bohrer*, **Plötzlichkeit. Zum Augenblick des ästhetischen Scheins**, S. 169

50 K. H. Bohrer, op. cit.., S.169

51 Dazu vgl. den Abschnitt „Die Rhetorik des Erbleichens" in K. H. Bohrer, op. cit., S.166-173. K. H. Bohrer verweist hier (S.166ff) auf Kleists Vorliebe, die Einsicht in die Wahrheit einer Situation von exzessiven Emotions-Beschreibungen und von dazu parallel angelegten, zuweilen äußerst dramatischen Ereignissen her zu konstruieren, so daß nicht allein der Zeichen-Charakter bzw. die deiktische Situation zur Gewißheitsfindung ausschlaggebend ist, sondern vielmehr das – freilich weitgehend diffuse – „Gefühl", das im Leser der Novelle bzw. im Zuschauer des Dramas hervorgerufen werden soll. Als wichtiges Beispiel für diese These sieht er z.B. die Dramatik zwischen dem möglichen Verbrennungstod der Heldin und dem barbarischen Schwertkampf in der Novelle **Zweikampf**, in deren Spannungsfeld die unerhörte (weil verwickelte) Wahrheit „allmählich" (d.h. in streng gegliederten Bewegungsmomenten) zum Vorschein kommt, und zwar gleichsam von einer großen Anspannung der Gefühle her. In dieser Hinsicht gleicht Kleists Grundhaltung der einiger moderner Thriller-Autoren (Vgl. op. cit., S.167), die – wie z.B. Alfred Hitchcock – sehr stark mit Gefühlen des Erschreckens bzw. der Überraschung arbeiten, um im Leser Teil-Einsicht und Täuschung in einer Bewegung hervorzurufen – und zwar nicht allein im Sinne einer psychologischen Motivation, sondern vielmehr durchaus auch in existenzieller Hinsicht. Bohrer unterscheidet dann in dieser Hinsicht zuletzt noch zwischen Kleists „Berichtstil" und seiner „Systematik der Gefühlsexzesse". Der Berichtstil ist gleichsam die Substanz, der Stil der Exzesse dagegen die formende Kraft, die zur Einsicht führt – freilich niemals wirklich vollständig. Ihrer beider Durchmischung, die sich vom Hintergrund beider Stil-Komponenten her zeigt, ist dann zuletzt Objektivierung, Gewißheits-Bildung, so wie sie sich im Kleistschen Bewegungsbild zeigt. Für Bohrer ist diese auf den ersten Anschein hin völlig paradoxe Durchmischung gleichsam praktische Darstellung eines objektiven Gehaltes, der in allen Emotionen stecken muß. Eine Ansicht, der sich der Verfasser der vorliegenden Abhandlung vorbehaltslos anschließen möchte.

52 Dazu vgl. K. H. Bohrer, op. cit., S.166: „Der grausame Charakter der Prosa ist schon durch den reinen Handlungsverlauf, vornehmlich das jeweilige Ende gegeben, ein Faktum, das seltsamerweise von der Kleist-Forschung nicht betont wird, sich aber aus dem engedeuteten *Überhang metaphysischer Fragestellungen* (Hervorheb. d. d. Verf.) erklärt." Die Grausamkeit ist

daher gleichsam der **eine** Kontrapunkt, also das Moment der Obsession und der Bizarrerie, dem notwendigerweise immer auch ein metaphysisches – hinsichtlich der Frage nach Sein und Schein – korrespondieren muß, das man freilich keinesfalls in einseitiger Weise überbetonen darf.

53 Dazu K.H. Bohrer, op. cit., S.171: *„Unsere These von der eher physikalisch denn metaphysisch begründeten Emotionalität ist durch einen theoretischen Hinweis zu vertiefen, den Kleist selbst gegeben hat. Im Prosastück, betitelt ‚Allerneuester Erziehungsplan', entwickelt Kleist eine Polaritätspsychologie, gewonnen im Analogieschluß zu elektrischen Phänomenen, die seit den neunziger Jahren die große Faszination der frühromantischen Naturphilosophen waren.*"

54 Dazu vgl. auch *Günter Blöcker*, **Heinrich von Kleist oder das absolute Ich**, S.165f: „Der Mathematiker Kleist scheut sich nicht, dem Emotionalen mathematische Qualität zuzuerkennen. Es ist bezeichnend für ihn, daß er – schon Heinrich Heine wies darauf hin – im Menschengeist ‚Gesetze der Natur, Magnetismus, Elektrizität, anziehende und abstoßende Pole' wiedererkennt. [...] Schon in dem Aufsatz ‚Über die allmähliche Verfertigung der Gedanken beim Reden'(1805) hatte Kleist von einer ‚merkwürdigen Übereinstimmung zwischen den Erscheinungen der physischen und moralischen Welt' gesprochen; und gerade dieser Essay ist ja nichts anderes als die Verherrlichung eines Denkens aus den ‚Erregungen des Gemüts'."

55 Kant expliziert u.a. in B 85 der **Kritik der reinen Vernunft** die Grundlagen seines kritischen Konzepts vom dialektischen Schein. Dieser besteht im erfolglosen Bemühen bzw. im Wagnis, bloß mit formaler (d.h. äußerlicher) Logik über empirische Gegenstände (in unserem Fall wäre dies der Zwiespalt Alkmenes) zu urteilen. Derartige Urteile sind „Blendwerk". In grandioser Weise kehrt Kleist diese Kritik um, indem er zeigt, daß für den Dramatiker genau das das wichtigste Sujet sein muß, was der kritische Philosoph Kant „Blendwerk" nannte.

56 D 1, S.364

57 Am Beginn des 20. Jahrhunderts wird *Sigmund Freud* feststellen, daß je größer die Empörung der Y über einen X ist (und zwar direkt im Falle einer gerade aktuellen, konfliktgeladenen Ambivalenz-Situation), umso größer dann auch ihre geheime Liebe zu X, dem Grund ihrer Empörung sein, muß. [Dazu vgl. das berühmte, 1912 entstandene Werk Sigmund Freuds, **Zur Dynamik der Übertragung**. Dort wird die Ambivalenz zu einem Phänomen einer negativen Übetragung zwischen Therapeut und Patientin.] So gesehen, schließt diese dramatische Ambivalenz die Wahrheit als „Gefühl" für eine ambivalente Situation auf. Die rein äußerliche Konstatierung einer Abneigung zu X wäre dagegen – trotz scheinbarer Wahrheit – par excellence die Unwahrheit. Dazu vgl. auch K. H. Bohrer, op.cit., S.166: „Kleist war sich der spezifischen Ambivalenz seiner Empfindungen sehr bewußt, wenn er vom ‚Schmutz zugleich und Glanz meiner Seele' sprach." Ferner vgl. *Ralf R. Nicolai*, op. cit., in: HKS, S.128: *„Der Konflikt zwischen der unterdrückten Natur und dem kontrollierenden Bewußtsein, der romantischen ‚Verwirrung' nicht unähnlich, schlug sich in Sigmund Freuds Begriff der ‚Ambivalenz' nieder. Von Interesse bei einem derartigen Deutungsvorgang ist das Beispiel des fechtenden Bären.*"

58 Dazu vgl. auch Günter Blöcker, **Heinrich von Kleist oder das absolute Ich**, S.164ff, insbesondere aber S.164: „Die erste dichterische Figur, in der Kleists Gefühlsbegriff spezifische Form annimmt – in seiner Doppelbedeutung als Quelle der Qual wie der Erhellung –, ist Alkmene:"

59 Hier wiederholt sich, wie man leicht sieht, tatsächlich wieder *Schillers* Kant-Kritik.

60 Sie zeigt sich in einer von Kleist streng gegliederten Abfolge von Bewegungsmomenten, die, grob gesagt, zwischen Sein und Schein des Geschehens vermitteln.

61 Sie weiß es nämlich unbewußt besser.

62 D 1, S.365

63 Welch herrlich unbewußte (oder vielleicht sogar bewußte?) Ironie gegen die ausbalancierte Empfindsamkeit und sittliche Bewußtheit der Frau in Goethes **Iphigenie**, die sich – trotz der Schicksalshaftigkeit der Geschlechterrolle, und trotz der Herrschaft der tragischen bzw. absurden Moira – immer an einer klassischen Balance orientiert, – und die den Täuschungen und Verhängnissen des Lebens gegenüber die alles bezwingende Waffe eines „edeln Wortes" kennt. Dazu vgl. erster Akt, dritter Auftritt: *„Iphigenie: Schilt nicht, o König, unser arm Geschlecht./Nicht herrlich wie die euern, aber nicht/Unedel sind die Waffen eines Weibes./Glaub' es, darin bin ich dir vorzuziehn,/Daß ich dein Glück mehr als du selber kenne./Du wähnest, unbekannt mit dir und mir,/Ein näher Band werd' uns zum Glück vereinen [...] Thoas: Es*

spricht kein Gott; es spricht dein eignes Herz. Iphigenie: Sie reden nur durch unser Herz zu uns. Thoas: Und hab' ich, sie zu hören, nicht das Recht?" (**Goethes Sämtliche Werke**. Cotta'sche Ausgabe. Bd. 11, S.26) Kleist konstruiert dagegen in **Amphitryon** die Liebe als Bewegungsbild einer zuweilen ins Absurde hineinschlagenden Ambivalenz, gipfelnd in hysterischen Aufdeckungserlebnissen, die sich par excellence gegen das von Goethe postulierte Modell einer harmonischen Liebe richten, die in der Hauptsache vom Empfindungsvermögen (dh. vom „Herz") her wirksam wird. Für Goethe ist die Liebe also ein sittliches Phänomen, das über alle Zweifel erhaben ist. Was nun Kleists Auffassung betrifft, so handeln die Götter in **Amphitryon**, etwas übertrieben formuliert, als wären sie Hanswurste und völlig unehrenhafte Kavaliere einer vulgären Commedia dell'Arte, die überhaupt keine Verwurzelung in einer sittlichen Balance mehr erkennen lassen; vielmehr sind ihre Handlungen Ausdruck einer zynischen Vernunft. Dies läßt sich z.B. anhand der gewaltsamen Verwicklungen zwischen Sosias und Merkur recht deutlich zeigen. Der Antike-Begriff (und mit ihm der Naturbegriff) der deutschen Klassik wird auf diese Weise – und zwar ganz im Sinne von Rousseaus Zivilisationskritik – ironisch kritisiert und nicht zuletzt auch als zivilisatorischer Schein entlarvt. Goethe hat freilich an seinem klassischen Begriff der Liebe bis zuletzt festgehalten; dies zeigt sich an zahlreichen Stellen seines Œuvres, so z.B. in **Maximen und Reflexionen**, ganz deutlich; dazu vgl. folgenden Aphorismus (Ed. Hecker Nr. 386 aus dem Jahre 1827), dort resümmiert er: *„Alle Ganz- und Halbpoeten machen uns mit der Liebe dergestalt bekannt, daß sie müßte trivial geworden sein, wenn sie sich nicht naturgemäß in voller Kraft und Glanz immer wieder erneute.*" Ferner im Aphorismus Ed. Hecker, Nr. 388, dort heißt es: *[...] die Liebe des Göttlichen strebt immer darnach, sich das Höchste zu vergegenwärtigen.*" Für Kleist gilt – wenigstens im **Amphitryon** – genau das Umgekehrte. Er versteht das klassische Ideal – freilich indirekt – als Befangenheit gegenüber den Realitäten. Die Gegenwart der Götter erzeugt bei ihm den absurden dialektischen Schein, ist Realgrund des Scheinbaren. Dahinter steht ein Zynismus dem Divinatorischen gegenüber, zu dem sich durchaus auch biographische Pendants und Zeugnisse finden lassen. So schreibt z.B. Achim von Armin im April 1810 an Wilhelm Grimm: *„Er ist der unbefangenste, fast zynische Mensch, der mir lange begegnet ist [...]*", zit. nach *Curt Hohoff*, **Kleist mit Selbstzeugnissen und Bilddokumenten**, S.143.

64 Und zwar durchaus in Art der „allmählichen Verfertigung der Gedanken beim Reden".

65 D I, S.365

66 Dennn allein psychoanalytische Theorie-Bildungen à la Ambivalenz würden hier – bei der großen Tragweite des Problems – zu kurz greifen. Freilich kann und soll das in der vorliegenden Abhandlung nicht gezeigt werden. Dazu vgl. auch Ralf R. Nicolais Gegenthese, daß es sich hierbei primär um eine ambivalente Situation handle, und zwar in: **Schwerpunkt Kleist: Motive des Marionettentheaters im 20. Jahrhundert**, in: HKS, S.128f

67 D 1, S.369

68 Im Brief an Adolfine von Werdeck, i.e. BR, S.385

69 D.h. hier undefinierte Stellen und Positionen in einem an sich kontinuierlichen Zusammenhang. Mathematisch gesehen, bedeutet der Begriff „Singularität", daß in einer Funktion f(x) einem endlichen Argument x der Funktionswert $f(x) = \infty$ entspricht.

70 Und zwar durchaus im Sinne von Wittgensteins Verwendung Wortes „Gefühl" in TLP 4.1213. Dort heißt es: *„Jetzt verstehen wir auch unser Gefühl: daß wir im Besitze einer richtigen logischen Auffassung seien, wenn nur einmal alles in unserer Zeichensprache stimmt.*"

71 *Ludwig Wittgenstein*, **Vermischte Bemerkungen**. Eine Auswahl aus dem Nachlaß. Hrsg. von Georg Henrik von Wright. Neu bearbeitet von Alois Pichler, S.50. In seinem Kommentar zu dieser Stelle verweist der Herausgeber *Alois Pichler* auf Kleists **Brief eines Dichters an einen anderen**. (d.i.: EZ, S.483ff). Dort heißt es wörtlich: *„Wenn ich beim Dichten in meinen Busen fassen, meinen Gedanken ergreifen, und mit Händen, ohne weitere Zutat, in den deinigen legen könnte: so wäre, die Wahrheit zu gestehn, die ganze innere Forderung meiner Seele erfüllt.*"

72 EZ, S.480

73 Sie gipfelt wohl in Kleists grotesk-absurden **Anekdote aus dem letzten Kriege** (EZ, S.343-345): „Den ungeheuerstern Witz, der vielleicht, so lange die Erde steht, über Menschenlippen gekommen ist, hat, im Lauf des letztverflossenen Krieges, ein Tambour gemacht; [....] ein Mensch, zu dem, wie man gleich hören wird, weder die griechische noch römische Geschichte ein Gegenstück liefert. Dieser hatte, nach Zersprengung der preußischen Armee bei Jena,

ein Gewehr aufgetrieben, mit welchem er, auf seine eigne Hand, den Krieg fortsetzte; und da er [...] von einem Haufen französischer Gensdarmen, die ihn aufspürten, ergriffen [...] und, wie es ihm zukam, verurteilt ward, erschossen zu werden. Als er den Platz, wo die Exekution vor sich gehen sollte, betreten hatte, und wohl sah, daß alles, was er zu seiner Rechtfertigung vorbrachte, vergebens war, bat er sich vor dem Obristen [...] eine Gnade aus; und da der Obrist, inzwischen die Offiziere, die ihn umringten, in gespannter Erwartung zusammentraten, ihn fragte: was er wolle? zog er sich die Hosen ab und sprach: sie möchten ihn in den ... schießen, damit das F[ell] kein L[och] bekäme. – Wobei man noch die Shakespearsche Eigenschaft bemerken muß, daß der Tambour mit seinem Witz, aus seiner Sphäre als Trommelschläger nicht herausging." In diesem Sinne also eine späte, völlig ins Bizarre hineingetriebene Reminiszenz an die berühmte Episode in Goethes *Götz von Berlichingen*.

74 Vgl. *Friedrich Cramer,* **Chaos und Ordnung**, S. 290.

75 Dazu vgl. auch die Episoden über Newton, Galilei und Kolumbus in Kleists Brief an Wilhelmine von Zenge (Berlin 16. & 18. 11.1800, ferner mit Zusatz vom 30.12.1800), wo Kleist im Zusammenhang mit der Entstehung der modernen Naturwissenschaften derartige entscheidende Augenblicke (die dann sozusagen im Sinne seines geschichtsphilosophischen Konzepts von der „allmählichen Verfertigung" produktiv entfaltet werden) in Form von Anekdoten angibt. Z.B. die berühmte Apfel-Anekdote als Ursache für die Entstehung der Newtonischen Gravitations-Theorie: „Man erzählt von *Newton*, es sei ihm, als er einst unter einer Allee von Fruchtbäumen spazierenging, ein Apfel von einem Zweige vor die Füße gefallen. Wir beide würden bei dieser *gleichgültigen* und *unbedeutenden* Erscheinung nicht viel Interessantes gedacht haben. Er aber knüpfte an die Vorstellung der Kraft, welche den Apfel zur Erde trieb, eine Menge von folgenden Vorstellungen, bis er durch eine Reihe von Schlüssen zu dem Gesetze kam, nach welchem die Weltkörper sich schwebend in dem unendlichen Raume erhalten."

76 Kleists Hang zur Bildung von tragikomischen Anekdoten, die jeweils um derartige Augenblicke kreisen, liegt hier – so unsere These – begründet. Vgl. z.B. **Unwahrscheinliche Wahrhaftigkeiten** (EZ, S.366-369), **Der neuere (glücklichere) Werther** (EZ, S.361ff); im übrigen eine köstliche und überaus geistreiche Verspottung von Goethes Werther.

77 Sie ist in diesem Gleichnis das Sinnbild für die Reflexion.

78 Dazu vgl. auch *K. H. Bohrer*, **Plötzlichkeit. Zum Augenblick des ästhetischen Scheins**, S.172: *„Die Französische Revolution aus dem Bewegungsmoment eines Augenblicks ableiten, diese Reduktion einer Idee auf ein Mienenspiel, ja die Zufälligkeit einer Geste – nichts könnte besser die Signifikanz des Kleistschen Gefühlsausdrucks im Sinne eines nicht symbolischen Zeichens, sondern eines energetischen, psychisch ambivalenten Vorgangs kommentieren.*" Was wir in unseren Überlegungen mit Polanyis Konzept von der tacit knowledge zusammenfassen, begreift Bohrer als eine Reaktion *„[...] im Sinne eines nicht symbolischen Zeichens.*" Im übrigen eine u.E. in der Tat zutreffende Einordnung, die ja insbesondere den sprachtranszendenten Grundcharakter der Situation und das damit verbundene metaphysikkritische Engagement Kleists hervorhebt. Gerade dieses Engagment wird in den nun folgenden Überlegungen – mit Blick auf Hegels Geschichtsphilosophie – von zentraler Bedeutung sein.

79 EZ, S.455

80 Vielleicht sogar im Sinne des Konzeptes von *T.S. Kuhn* bezüglich der wissenschaftlichen Revolutionen.

81 *Friedrich Cramer*, **Chaos und Ordnung**, S.290f.

82 Dies bedeutet nun, daß sich die Sinnerzeugung nur auf den Augenblick und seine kleinere zeitliche Umgebung beziehen läßt.

83 Sie zeigt sich, freilich hier im kleineren Maßstab, in der folgenden Anekdote Kleists, sie trägt den Titel **Korrespondenz-Nachricht** (EZ, S.351): „Herr Unzelmann, der, seit einiger Zeit, in Königsberg Gastrollen gibt, soll zwar, welches das Entscheidende ist, dem Publiko daselbst sehr gefallen: mit den Kritikern aber (wie man auch aus der Königsberger Zeitung ersieht) und mit der Direktion viel zu schaffen haben. Man erzählt, daß ihm die Direktion verboten, zu improvisieren. Herr Unzelmann der jede Widerspenstigkeit haßt, fügte sich diesem Befehl: als aber ein Pferd, das man, bei der Darstellung eines Stücks, auf die Bühne gebracht hatte, zur großen Bestürzung des Publikums, Mist fallen ließ: wandte er sich plötzlich, indem er die Rede unterbrach, zu dem Pferde und sprach: ‚Hat dir die Direktion nicht verboten, zu improvisieren?' – Worüber selbst die Direktion, wie man versichert, gelacht haben soll."

84 Vgl. auch *Michael Polanyi*, **Implizites Wissen**, S.24ff. Insbesondere unsere Entfaltung von Kleists zweitem Bewegungsbild wird uns freilich zeigen, daß Kleists Konzeption von der Einfühlung wesentlich radikaler als die Polanyis ist. Während Polanyi nämlich in diesem Zusammenhang noch an die „äußere Erscheinung der Dinge in praktischen Übungen" (Vgl. op. cit., S.15) glaubt, negiert Kleist zuletzt – und dies ist wahrlich eine überraschende und nicht zuletzt auch bemerkenswerte Erkenntnis – eine jede Gestalthaftigkeit dieses Prozesses. Im Gegenteil, je unbewußter und gestaltloser („unendlicher"), desto graziöser präsentiert sich uns schlußendlich das Bewegungsbild!

85 EZ, S.453

86 In der Bewertung dieses zentralen Kapitels der **Phänomenologie des Geistes** folgt der Verfasser den Ausführungen des Kapitels **Sittliche Substanz** (= Kap. XIV) in: *Charles Taylor*, **Hegel**, S.477 – 508.

87 *G.F.W. Hegel*, **Phänomenologie des Geistes**, in: GEW 9, S.240f.
Dazu einige Erläuterungen: Der Geist enthält also eine aktive und eine passive Komponente, die in der Praxis jeweils „auseinanderschlagen", oder anders formuliert: Ich sehe mich in den Reflexionen (d.h. in der ersten bzw. passiven Komponente) als notwendigerweise handelnden, d.h. mithin ins Geschehen involvierten Menschen, der, so Hegel ferner, „Substanzen" – gleichsam als feste Resultate der Handlung – produziert, die sowohl Zweck und wesentliche Eigenschaften („Wesen", z.B. als Ethik einer Handlung) besitzen müssen. Die aktive Komponente ist dabei die Handlung selbst, sie ist vom Bewußtsein der Handlung – so die Voraussetzung hier – zunächst noch streng getrennt. Die „Substanz" folgt nämlich ihrem „Wesen" gleichsam auf den Fuß. Sie ist also gegenüber dem Bewußtsein, von dem her gehandelt wird, immer „verspätet". Beide Komponenten finden ihre Einheit nun – und zwar ganz spontan – im Selbstbewußtsein, das sozusagen über seine „Bewußtseine" (also über Subjekte im Sinne von Untertanen) thront, und – über alle Gegensätze hinweg – stets vermittelnd eingreift – und zwar wie ein absoluter Fürst, der sich ein konstitutionelles Scheinparlament aus willfährigen Untertanen hält, in dem zunächst noch die wildesten Gegensätze vorherrschen. Da dies eine geradezu ungeheure Fülle von konkreten (d.h. sowohl theoretischen wie praktischen) Akten in ein und demselben Augenblick erfordert, ist dieses Selbstbewußtsein in einem positiven Sinne unendlich (Sieht man diese Konstruktion nur von der Oberfläche her, dann besteht in der Tat eine auffallende Ähnlichkeit zu Kleists Schlußfolgerungen am Ende des Marionettentheater-Aufsatzes). Es muß stets an das Scheinparlament appellieren, damit es ihm den „Kleinkram" abnimmt Dazu vgl. op. cit., S.320: *„Das Gemeinwesen, das obere und offenbar an der Sonne geltende Gesetz, hat seine wirkliche Lebendigkeit in der Regierung, als worin es Individuum ist. Sie ist der in sich reflektierte wirkliche Geist, das einfache Selbst der ganzen sittlichen Substanz."*. Das vorerst chaotische Parlament (bzw. die „Regierung", um mit Hegel selbst zu sprechen) wird nunmehr sofort zu einer produktiven Sitzung angehalten (Es *"[...]schlägt gleichsam seine Momente auseinander[...]"*), der Ruf nach einer strengen Geschäftsordnung (d.h. mithin nach der Vernunft) wird laut, das Parlament verliert dann immer mehr den Ruf, Scheinparlament bzw. Inbegriff des Chaotischen und Indifferenten zu sein. Es gehorcht – um seinen Sachzwängen gegenüber Lösungen zu finden –, ferner auch im Auftrag seines Königs, streng der instrumentellen Vernunft, die ja immer auch das Interesse der einzelnen Parteien mit einschließt. Auf diese Weise konstituiert es dann die Wirklichkeit als seine eigene Praxis.

88 Vgl. *Charles Taylor*, **Hegel**, Kap. XV („Vernunft und Geschichte"). Auf S. 510 charakterisiert Taylor diese Geschichtsbilder: „Was am Ende der Geschichte sich herausgebildet haben wird, ist keine Gemeinschaft schlechthin, sondern eine Gemeinschaft, die dem Begriff der Freiheit und der Vernunft **vollkommen** (Hervorheb. d. d. Verf.) angemessen ist."

89 Vgl. *Charles Taylor*, **Hegel**, S. 510: „Der Lauf der Geschichte kann somit als die Aufeinanderfolge solcher Gemeinschaften (die den Begriff der Freiheit und der Vernunft verkörpern/Der Verf.) betrachtet werden, wobei die ersten sehr unvollkommen ausdrücken, was die späteren immer angemessener verkörpern. Hegel nennt die konkreten historischen Gemeinschaften oder Völker, die (mehr oder weniger angemessene) Verkörperungen des Volksgeistes sind, *Volksgeister*."

90 Vgl. Charles Taylor, **Hegel**, S.513: „Die Vernunft wird in diesem Bild so vorgestellt, als ‚gebrauche' sie die Leidenschaften der Menschen, um ihre eigenen Zwecke zu erfüllen."

91 *Curt Hohoff*, **Heinrich von Kleist mit Selbstzeugnissen und Bilddokumenten**, S.71

92 Brief an Adolfine von Werdeck, datiert mit 30.Oktober 1807.

93 Genau die entgegengesetzte Auffassung vertritt allerdings Erich Heller in: **Die Demolierung eines Marionettentheaters oder: Psychoanalyse und der Missbrauch der Literatur,** in: **Kleists Aktualität. Neue Aufsätze und Essays 1966-1978**, S.261-280. Im Zusammenhang mit der Bärenkampf-Episode, die Heller u.a. durchaus in Hegelschem Sinne interpretiert, lesen wir (a.a.O., S.266f): „und Hegel war es auch, der zu diesem Ende (d.h. zum Sündenfall des Menschen/Der Verf.) den imposantesten und – nach der Meinung vieler – unzulänglichsten Denkbau konstruierte, eine Art komplizierter und kostspieliger Heilanstalt des Geistes, wo den Menschen die Einsicht in das Wie und Was ihrer Leiden und Prüfungen zuteil werden soll und der gesund machende Prospekt eines glücklichen Ausgangs. Des menschlichen Bewußtseins Entfremdung von jener höchsten Intelligenz, die Plage, unentwegt gegen eine undurchdringliche Realität anrennen zu müssen, die sich dem Verlangen, sie ganz zu begreifen, verschließt – all diese ‚Negativität' eilt, nach Hegel, mit dialektischen Sprüngen auf eine endliche Versöhnung zu: Geist wird Welt sein, und Welt Geist. [...] In dieser Endzeit der Geschichte, die nach der Revolution anbricht, wird der Bär seinen ebenbürtigen Fechtbruder finden: einen Tänzer, dessen Rapier-Geschicklichkeit eins ist mit der Instinktsicherheit seiner Perzeption. [...] Mit diesem Versprechen endet auch Kleists ‚Marionettentheater': Hat der Mensch erst einmal sein Bewußtsein unendlich erweitert, wird er auch wieder besitzen, was bislang nur dem Unbewußtsein eignete: – Anmut, Grazie (die ja sprachlich mit der Gottesgnade verwandt ist)." Diese Art der Deutung der Bärenkampf-Episode bzw., damit zusammenhängend, der Konklusion des Marionettentheater-Aufsatzes läßt sich u.E. nicht wirklich halten; insbesondere Kleists diskontinuierliches Geschichtsverständnis, wie auch K. H. Bohrer bemerkt, spricht gegen eine streng dialektische Interpretation (im Sinne Hegels und Marx'). Auch verlöre dann zuletzt – wie im folgenden noch dargelegt werden soll – z.B. das „Geradenbeispiel" (d.h. allgemeiner: das zweite Kleistsche Bewegungsbild), in dessen Mitte ja par excellence eine Diskontinuität auftritt, seine tiefere Bedeutung. Das höchste Moment einer jeden Reflexion – und damit auch der geschichtlichen – ist für Kleist per definitionem unbewußt oder göttlich (was für ihn, wie noch zu zeigen sein wird, im Prinzip dasselbe ist).

94 Allerdings wäre der Nachweis, daß Kleist die **Phänomenologie des Geistes** studiert hat, sehr reizvoll. Er deutet allerdings, so der augenblickliche Eindruck des Verfassers, nichts darauf hin, daß Kleist jemals irgendein Werk Hegels gelesen hätte. Zum Zeitpunkt der Abfassung der **Phänomenologie des Geistes** war Hegel im übrigen noch relativ unbekannt und galt in der Fachwelt als subalterner Schüler Schellings. Vielleicht wußte Kleist indirekt von Hegel – wenn ja, dann vermutlich über den Staatsphilosophen Adam Müller.

95 BR, S.385

96 Die geschichtsphilosophische Systematik Fichtes lag ja bereits vor, sie ähnelt der Hegels in vielen, wichtigen Punkten. Dazu vgl. Fichtes 1804/1805, unter dem Titel **Grundzüge des gegenwärtigen Zeitalters**, gehaltene Berliner Privatvorlesungen; in ihnen entwickelte er einen geschichtsphilosophischen Ansatz, demzufolge sich die Geschichte der Menschheit in fünf Epochen untergliedern läßt. Am Anfang der Fichteschen Geschichtsphilosophie steht der „Zustand der Unschuld des Menschengeschlechtes" (verkörpert durch die Vorherrschaft der Sinne und des Instinkts), zuletzt erreicht die Geschichte dann das Zeitalter des Selbstbewußtseins. Fichtes Privatvorlesung übte im übrigen einen großen Einfluß auf die preußische Reformpartei (Frh. v. Stein, Hardenberg) aus.

97 Abgesehen davon, daß es aus physikalischen Gründen sehr gefährlich ist, bei einem Gewitter überhaupt unter einem Baum Schutz zu suchen (entsprechend dem modifizierten Sprichwort: Vor der Eiche weiche, die Buche verfluche [statt früher: suche]!), lebt die Anekdote von der auch heute noch mehr oder minder gängigen Auffassung, daß es gewiß gefährlich ist, bei Gewitter unter einem Baum zu stehen; noch unvernünftiger ist es freilich, sich im freiem Feld aufzuhalten. Daher war der Baum-Wechsel des Kapitäns vom damaligen Verständnis der Blitzgefahr her gesehen tatsächlich unvernünftig; umso paradoxer ist daher das Faktum, daß in diesem Beispiel von den (ganz offensichtlich personalisierten) Naturgewalten her gerade am Vernünftigen (bzw. am verlogenen und egoistischen Vernünftler) ein tödliches Exempel statuiert wird. Kleist nennt diesen Sachverhalt lakonisch **Tagesbegebenheit**. Ein grandioses vernunftkritisches understatement also!

98 EZ, S.341

[99] EZ, S.341

[100] In diesem Zusammenhang fungiert der geschichtliche Augenblick gleichsam als Kondensator oder als Leydener Flasche, in der ein Potential angespeichert ist. Kleist selbst schreibt in **Über die allmähliche Verfertigung des Gedankens beim Reden** (EZ, S.456) im Zusammenhang mit seinem Donnerkeil-Beispiel: *„Denn dadurch, daß er sich, einer Kleistischen Flasche gleich, entladen hatte, war er nun wieder neutral geworden, [...] Dies ist eine merkwürdige Übereinstimmung zwischen den Erscheinungen der physischen und moralischen Welt, welche sich, wenn man sie verfolgen wollte, auch noch in den Nebenumständen bewähren würde."* Bei der „Kleistischen Flasche" handelt es sich um jenen großen Kondensator, der gewöhnlich Leydener Flasche genannt wird. Dazu vgl. auch *Eberhard Siebert* (Hrsg.), **Heinrich von Kleist. Leben und Werk im Bild**, S.20f: Dort findet sich Daniel Gralaths Beschreibung der von Ewald Jürgen von Kleist im Jahre 1745 erfundenen „Kleistschen Flasche": „Es war der Herr von Kleist Decanus des Dom=Capituls in Camin den 11ten October des Jahres 1745 auf den Versuch gekommen, da die electrische Funken ungemein verstärket werden, und in dem menschlichen Körper eine gewaltige Erschütterung verursachen. Er hat nemlich einen eisernen Nagel in ein enghälsiges Arzney=Gläschen, worinn ein wenig Quecksilber oder ein paar Tropfen Spiritus vini gewesen, gestecket, und alsdenn den Nagel in dem Gläschen electrisiren lassen; wenn er während dem Electrisiren den Finger an den Nagel oder an die blechene Röhre, woran der Nagel gehalten worden, gebracht, so ist der Funke ungmein stark gewesen."

[101] EZ, S.463

[102] Dazu vgl. auch *Herminio Schmidt*, **Heinrich von Kleist's Poetic Technique: Is It based on the Principle of Electricity?**, in: HKS, S. 203-213. Hier S.206: „It is the principle of the Kleistsche Flasche, as originally invented by Ewald Georg von Kleist in Camin in 1745. It consisted of a jar filled with liquid and held in the hand. The hand represents one pole and the liquid in the bottle the other." Ferner, auf op. cit., S.207: „As soon as the Kleistsche Flasche has been discharged of the excess electricity, it needs a certain amount of time until the natural tension or the natural polarity between the inside and the outside of the jar has been regained. Regaining equilibrium is a natural process. We have a detailed technical explanation of this phenomenon in Kleist's story ‚Allerneuerster Erziehungsplan.'"

[103] Der Werdegang der meisten Romantiker (z.B. Friedrich Schlegels Engagement im Metternichschen Österreich) zeigt, daß sie viel lieber nach Synthesen suchen wollten, denen zuletzt immer auch ein gesellschaftspolitisches Element in den spätfeudalen, reaktionären Systemen des Vormärz entsprach.

[104] Die andere Tendenz hat Friedrich Hölderlin eingeleitet, sie besteht in der kritischen Verfeinerung des Sprachempfindens in Richtung einer impliziten (d.h. sprachbetonten) Sprachkultur, die die praktische Ethik den Baugesetzen einer stark idealisierten Sprach-Verfügung ablesen will (vgl. z.B. den Bauplan der Parataxe in Hölderlins Hymnen und Oden). Vgl. dazu z.B. Rainer Nägele, **Friedrich Hölderlin: Die F(V)erse des Achilles**, in: **Fragment und Totalität**. Hrsg. von Lucien Dällenbach und Christiaan L. Hart Nibbrig, S. 200-211. Auf S.202 findet sich eine wichtige Charakteristik der Grundkonzeption: *„Hölderlin will das Paradox von Ganzheit, reinem Gesetz und Trennung, Scheidung, Vereinzelung, Zerstückelung nicht nur im poetischen Prozeß zur Darstellung und zur ‚fühlbar' gemachten Lösung bringen, sondern auch im poetologischen Begriff erfassen."* Ohne daß hier der Platz ist, dies näher zu erörtern, soll hier doch der Hinweis angebracht werden, daß F. Hölderlin auf diese Weise zum Ahnen einer Sprach-Konzeption wird, die im Kern eines „tonalen" Phänomens steht, das man mit dem Terminus zweite österreichische Moderne (à la L. Wittgenstein, G. Trakl, A. Loos, A. Webern, R. M. Rilke, F. Kafka) – gegenüber einer (ersten österreichischen Moderne (à la E. Mach, H. Bahr, H. v. Hofmannsthal, O. Wagner, G. Mahler) kennzeichnen könnte: „Hölderlins Poetik ist durchgehend bestimmt von musikalischer Terminologie. Er spricht selten von Gedichten, eher von Lied und Gesang, deren Einheiten die ‚Töne' sind. Nun ist es aber merkwürdig, daß die poetologische Reflexion zunächst mit einer Charaktertypologie beginnt (Vgl. *Ein Wort über die Iliade, Über die verschiedenen Arten zu dichten*), aus deren drei Charaktertypen die drei Grundtöne – naiv, heroisch, idealisch – hervorgehen. Die Substanz der Charaktere löst sich gewissermaßen auf im Ton, [...]" (A.a.O., S.203) Mit vielen Einschränkungen, über die sich hier freilich auch nichts Näheres berichten läßt, könnte man demgegenüber Kleist als einen „präexpressionistischen" Expressionisten bezeichnen.

[105] Der gerade in dieser Hinsicht ein Kleist vergleichbares, zutiefst humanistisches Anliegen verficht.

[106] Schließlich handelt es sich ja im Falle von Kleists Aufsatz sogar ganz offensichtlich um ein schäbiges Marionettentheater, *[...]das auf dem Markte zusammengezimmert worden war, und den Pöbel, durch kleine Burlesken, mit Gesang und Tanz durchwebt, belustigte.*" (EZ, S.473) Die Erwähnung dieser – für den Marionettentheater-Aufsatz sehr wichtigen – Szene könnte, so *Eberhart Siebert* in **Heinrich von Kleist. Leben und Werk im Bild** (S.180) durch Teniers Gemälde ‚Die lustige Hahnreyschaft ' (in der Dresdner Gemäldegalerie) angeregt sein. Zur Bekanntschaft Kleists mit Tenier vgl. auch den Brief vom 25.4.1811 an Friedrich de la Motte Fouquè, i.e: BR, S.466.

[107] BR, S. 153f

[108] BR, S.163

[109] Gleichsam die Entladung der „Kleistischen Flasche" durch Erdung.

[110] Ein gutes Beispiel ist die nationale Begeisterung der Deutschen gegen Napoleon, die, nachdem Napoleon einmal besiegt worden war, u.a. mit den von Metternich veranlaßten Karlsbader Beschlüssen, wieder radikal gedämpft wurde. Im Hegelschen System wäre der nationale Flächenbrand gleichsam eine List der Vernunft, mit deren Hilfe Napoleon besiegt wurde, die aber zuletzt selbst abgestellt werden muß. In ihr überwiegt nämlich die Antithese einer sperrigen nationalliberalen Bewegung gegenüber der These einer reaktionären Vormärz-Ordnung, mit der sich gut verfahren läßt.

[111] Es kann sich hierbei z.B. um eine Reihe von Explosionen, oder aber auch um einen kontrollierten Brennvorgang handeln.

[112] TLP, 6.45

[113] Vgl. EZ, S.477

[114] Es handelt sich daher, wie man leicht ersehen kann, durchaus um eine Fragestellung im Sinne von Kants transzendentaler Ästhetik, denn im Hintergrund steht ja die Untersuchung einer transzendentalen Anschauungsform bzw. die Analyse des sinnlichen Vermögens in Relation zur Bewegungskultur. Dies ist, wie bereits angedeutet, auch eine wichtige Frage in Kants **Kritik der reinen Vernunft**, vornehmlich im Abschnitt der transzendentalen Dialektik (Vgl. z.B. KrV, A 384ff)

[115] Und zwar eben von unserer Feststellung her, daß dieses wichtige Thema – mit Blick auf den naturphilosophischen Zeitgeist – wirklich nur in Kleists Aufsatz anzutreffen ist. Seine Zeitgenossen hatten demgegenüber, wie ebenfalls bereits angedeutet, kein besonderes Verständnis für ein allzu empirisches Eingehen in diese Problematik zwischen Können und Wissen, die sich ja, was Kleists Konzeption betrifft, streng an einer künstlerischen Praxis mißt. Dies ist, und zwar jetzt speziell von unserem Erkenntnis-Interesse her gesehen, ein wichtiger Vorzug des Aufsatzes, der sofort einen Anschluß an systematische Fragestellungen des 20. Jahrhunderts möglich macht. Diese Intention richtet sich zuletzt noch gegen alle möglichen Formen der Verzettelung in Hypothesen und Annahmen (bzw. Zuordnungen), die rein textimmanenten Charakter besitzen.

[116] Allerdings sind auch manch andere systematische Zuordnungen moderner, deutlich komplizierterer Theorien – so wie z.B. der modernen Chaostheorie – möglich. So erwähnt der Biochemiker *Friedrich Cramer* den Kleistschen Aufsatz **Über das Marionettentheater** in seinem Werk **Chaos und Ordnung. Die komplexe Struktur des Lebendigen** am Beginn seines Kapitels (Vgl. op. cit., S.178ff) über die Harmonie-Bildung bei komplexen, weitgehend chaotischen, wiewohl dennoch streng geordneten organischen Prozessen – und zwar auf der Basis von komplizierten Feed-back-Regulatoren. Der Grundgedanke Friedrich Cramers ist auch für unser Anliegen wichtig: Das Kleistsche Bewegungsbild läßt sich nämlich, wie wir im folgenden noch sehen werden, durchaus als Antizipation eines streng regulierten Feed-back-Prozesses begreifen. Und zwar insbesondere im Zusammenhang mit der zu diesem Modell gehörigen Bewußtseinstheorie, derzufolge das Bewußtsein ein unendliches Phänomen ist, dessen Unendlichkeit sich eben als **die** (hochkomprimierte und damit zuletzt auch alles entscheidende) Station jener Bewegungen ausdrücken läßt, die sowohl im Bereich der Imagination als auch in dem der Motorik des Bewegungsapparates verwurzelt sind – und einander daher stets stören. Analoge Prozesse sind, so Friedrich Cramer (op. cit., S.185ff), die Entstehung von Fraktalen (auf der Basis von Julia-Mengen), ferner die Bewegungskurven stark gestörter

Kleinplaneten, weiters die inhibitorischen Wachstumsprozesse (S.188f) im Rahmen von Fibonacci-Reihen, und schließlich auch die Verhulstsche Wachstumsgleichung (zur Dynamik von chaotischen Wachstumsprozessen). Insgesamt spricht Cramer in diesem Zusammenhang von sogenannten „Mischsystemen“ (op.cit., S.186). Im Falle von Kleists zweitem Bewegungsbild haben es wir tatsächlich mit einem derartigen Mischsystem zu tun, in das Imagination und Bewegungs-Mechanismus involviert sind. Derartige Systeme sind in jedem Fall chaotisch, was *Kleist* – freilich in **seiner** ihm eigenen Terminologie –, wie wir noch sehen werden, ganz klar erkannt hat. Hinter dieser Einsicht verbirgt sich auch eine radikale Kritik an der Kantischen Transzendentalphilosophie, die auch Friedrich Cramer in seinem Buch ausdrücklich anspricht: „Oder ist die Welt von ihrer inhaltlichen Struktur her harmonisch, so daß wir nicht anders können als Harmonien zu entdecken, da unser Geist **ebenfalls ein Teil** (Hervorheb. d. d. Verf.) der Welt ist und unsere Erkenntnisweisen der Struktur der Welt entsprechen? Oder anders ausgedrückt: Ist Erkennen ein spezifisches Herausfiltern der (vielleicht nur wenigen) Harmonien oder ein der Struktur der Welt korrespondierender Akt? Diese Frage der Transzendentalphilosophie wird sich nicht objektiv lösen lassen.“ (op. cit., S.184) Dazu vgl. Kleist Brief an Wilhelmine von Zenge vom 22.März 1801: *“Wie können nicht entscheiden, ob das, was wir Wahrheit nennen, wahrhaft Wahrheit ist, oder ob es uns nur so scheint.*“ (BR, S.200)

117 Vgl. EZ, S.473f

118 Freilich wird diese These dann später mehr und mehr in den Hintergrund treten müssen, um eben den aufgezeigten Text-Strukturen selbst Platz zu machen. Die biographischen Konstanten müssen also als Einstiegshilfen verstanden werden, die den Text auf systematischer Ebene zugänglich machen. So z.B. sind Kleists Physikstudium in Potsdam (1799; vgl. den Brief vom 12.11.1799 an Ulrike von Kleist, namentlich BR, S.48) und seine Lektüre von Kästners mathematischen Kompendien wichtige biographische Voraussetzungen, um den Bewegungsbegriff des Marionettentheater-Aufsatzes von seinen Voraussetzungen her näher faßbar zu machen. Wie wir später noch deutlicher sehen werden, ging es Kleist zeitlebens um Pläne, die den Bewegungsbildern sozusagen übergeordnet sind; die Bewegung hat bei ihm sehr viel mit der Planung eines Bewegungsablaufes zu tun; so gesehen, drückt die „Grazie“ bei ihm – und zwar über das traditionelle Verständnis, das sich ja von Winckelmann ableitet, hinaus – auch einen Bewegungszustand aus, der als Integration aller beweglichen Elemente eines Plans (bzw., näher erläutert, sogar eines „Lebensplans“) gelten muß. Diese Disposition Kleists zeigt sich somit als das Zusammenspiel biographischer mit rezeptionsgeschichtlichen Konstanten. Sie widerspiegelt im Prinzip Kleists Rousseau- und Leibnizrezeption.

119 Vgl. EZ, S.477f

120 Vgl. EZ, S.479f

121 Ebenso gut könnte man von dieser Methodologie her zeigen, daß – einer persönlichen Anregung meines Lehrers und Freunds *Walter Methlagl* zufolge – Goethes Aufsatz **Granit** tatsächlich selbst eine granitene Struktur hat, was sich insbesondere genau dann zeigt, wenn man das quasi-geologische Bild (d.h. das motivische Gefüge) des Aufsatzes mit der geologischen Gefüge-Struktur des in diesem Aufsatz behandelten Urgesteins Granit in eine produktive hermeneutische Beziehung bringt, die auf der Wechselwirkung zwischen Form und Inhalt des Goetheschen Aufsatzes beruht.

122 Das wichtigste Beispiel für eine derartigen schöpferischen Sackgasse sei schon hier vorweggenommen: Gemeint ist die im zweiten Kleistschen Bewegungsbild auftretende Singularität, d.h. das Auftreten eines Unendlichen mitten im Bewegungsbild, das ja zum einen dieses Bild – und zwar in Hinsicht auf seine Gestaltung – „zerstört“ (womit es, so sei nebenbei erwähnt, indirekt auch den Anschaulichkeitsbegriff der ganzen postkantianischen Epoche radikal in Frage stellt). Andererseits eröffnet uns gerade dieses ge- bzw. zerstörte Bild aber völlig neue systematische Inhalte, die allerdings erst im 20. Jahrhundert so richtig bedeutsam werden konnten. Darin liegt auch der tiefere Sinn unseres Rückbezugs auf *Polanyi*. Er gründet in der offensichtlichen Dualität des Kleistschen Bewegungsbildes.

123 Als Feuilleton in den **Berliner Abendblättern** erschienen, und zwar in vier Fortsetzungen vom 12. bis 15. Dezember 1810.

124 Siehe EZ, S.473f und vor allem auch EZ, S.479f

125 Vgl. z.B. EZ, S.480

126 Vgl. EZ, S.473ff

[127] EZ, S.473
[128] Dazu vgl. *Friedrich Cramer*, **Gratwanderungen. Das Chaos der Künste und die Ordnung der Zeit**, S.42ff
[129] EZ, S.474; Hervorhebungen durch den Verfasser.
[130] Kleist selbst spricht vom „Maschinisten" (EZ, S.473)
[131] EZ, S.474
[132] Dieser Anspruch zeigt sich insbesondere in der Dornauszieher-Episode (Vgl. EZ, S.478f)
[133] Vgl. EZ, S.473f: „Jede Bewegung, sagte er, hätte einen Schwerpunkt; es wäre genug, diesen, in dem Inneren der Figur, zu regieren."
[134] EZ, S.474
[135] Diesen Sachverhalt kommentiert der Marionettist *Wolfgang Kurock* in seinem außerordentlich informativen Aufsatz **Heinrich von Kleist und die Marionette** (in: HKS, S.103-106) aus der Sicht seiner langjährigen Spielpraxis mit Marionetten, wie folgt (a.a.O., S.104):"Merkwürdig mutet jedoch Kleists Formulierung vom ‚Weg der Seele des Tänzers' an, der identisch sein soll mit der Bewegung des Schwerpunktes der Figur, und daß der Maschinist sich selbst in diesen Schwerpunkt der Tanzmarionette versetzen, d.h. selber tanzen müsse.
Die Erklärung ist naheliegend: Der Marionettist muß die Kontrolle seiner Figur solange üben, bis er sie aus dem Gefühl heraus ‚blind' beherrscht. Das läßt sich am praktischen Beispiel zeigen und erklären."
[136] EZ, S.474f
[137] Dazu vgl. Wolfgang Kurock, op. cit., in : HKS, S.104: „Kleist erwähnt ferner, daß es möglich sein müsse, Marionetten durch eine Kurbel zu spielen. Solche Techniken sind der Fachwelt seit Jahrhunderten bekannt, und sie erlauben eine besonders einfache, dabei aber elegante Steuerung der Tanzfigur. Diese sogenannte Kurbelführung erläutert auf sehr eindrucksvolle Weise die Relationen zwischen den Bewegungen des Spielers und den davon abhängenden der Figur [...]"
[138] EZ, S.475
[139] EZ, S.474
[140] Dieses Aufeinanderbezogensein beider Komponenten verwandelt also *Kleists* Analyse in einen Iterator. Er hat also zur Lösung des Problems eine Vorannahme zu treffen, die in zahlreichen, verbessernden Schritten mehr und mehr präzisiert – bzw. in Teilen jedoch auch ad absurdum – geführt wird.

Anmerkungen zu den Kapiteln 4, 5 und 6

1 Wolfgang Kurock, **Heinrich von Kleist und die Marionette**, in: HKS, S. 103-108. Hier: S.103
2 Dazu vgl. Wolfgang Kurock, op.cit., S.104ff
3 Dazu vgl. auch Günter Blöcker, **Heinrich von Kleist oder das absolute Ich**, zu diesem von uns im Zusammenhang mit dem Bewegungsbewußtsein angesprochenen Komplex der Entzweiung und Selbstentfremdung stellt er auf op. cit., S.191, und zwar ganz allgemein, fest: *„Indem das Ich seiner selbst innewird, tritt es auseinander.*" Diese pointierte Feststellung kann tatsächlich, so wie im folgenden noch zu zeigen sein wird, als **das** Grund-Axiom der Kleistschen Erkenntnistheorie verstanden werden.
4 Vgl. *I. Kant*, **Prolegomena zu einer jeden künftigen Metaphysik**, A 72 (= § 14)
5 Im Zusammenhang mit dem dramatischen Aufbau des **Prinz von Homburg** läßt sich dies sogar auf poetologischer Ebene ganz deutlich zeigen.
6 An anderer Stelle, d.h. in einem Brief an Adolfine von Werdeck (vom 28. und 29. Juli 1801, verfaßt in Paris), ironisiert er das einseitige Beharren auf mechanistischen Deutungsmodellen mit den folgenden, herrlich spottenden Worten: *„Ich glaube, daß Newton an dem Busen eines Mädchens nichts anderes sah, als seine krumme Linie, und daß ihm an ihrem Herzen nichts merkwürdig war, als sein Kubikinhalt."* (BR, S.250). Dies zeigt mehr als deutlich, daß Kleist – und zwar auch hier ganz im Sinne der Kantkrise – ein äußerst ambivalentes Verhältnis zur eigenen naturwissenschaftlichen Bildung hatte. Er fühlte er sich nämlich auch als Wissenschaftskritiker, der unter allen Umständen Widerstand zu leisten hatte gegen die Banalisierung

allen Wissens in einer einseitigen Form der Aufklärung. Zum adäquaten Verständnis der physikalischen Inhalte des Marionettentheater-Aufsatzes muß diese Einstellung berücksichtigt werden. Sie gilt, wie der Brief weiters noch zum Ausdruck bringt, prinzipiell – und ist daher nicht bloß eine spöttische Attitüde, sondern vielmehr tatsächlich Wissenschaftskritik als Aufklärungskritik.

7 Auch auf diese Tatsache – freilich allein mit Blick auf die Marionettenspielkunst – verweist *Wolfgang Kurock*. Vgl. op. cit., S.105: „Es ist erstaunlich, daß anderthalb Jahrhunderte vergehen mußten, bis man Kleist beim Wort genommen und seine Gedanken in die Praxis umgesetzt hat, denn diese Grundsätze decken in ihrer fast selbstversträndlichen Einfachheit und Klarheit tatsächlich jedes Problem ab, so wie dies in der Mathematik für die Axiome zutrifft. Natürlich hat Kleist damit nur das Ziel gesteckt und es den Handwerkern überlassen, den Weg dorthin zu finden – das Ziel aber war gegeben, und niemand hat es erkannt."

8 Vgl. *Friedrich Cramer*, **Gratwanderungen. Das Chaos der Künste und die Ordnung der Zeit**, S.49ff

9 Friedrich Cramer, **Chaos und Ordnung. Die komplexe Struktur des Lebendigen**, S.188f.

10 EZ, S.473

11 EZ, S.477

12 EZ, S.477f

13 EZ, S.474

14 Dies zeigt z.B. die Analyse der Fluglinie eines Schispringers, der sich beim Absprung optimal strömungsdynamisch verhalten muß. Das Zusammenspiel von Luftströmung und Körperhaltung bildet hier das Bewegungsbild. Die entscheidenden Bewegungselemente sind Luftströmung und freier Fall, die Achsenzentrierung zeigt sich in der Körperhaltung. Das optimale Verhalten beruht nun auf der – wie beim Marionettenspiel – unbewußt vollzogenen Zentrierung und Justierung des zum Flugkörper gewordenen Körpers. Dies wiederum geschieht von den Gelenken und Muskeln her und muß im Augenblick des Absprungs tatsächlich in voller Komprimiertheit eines unbewußten Wissens gekonnt werden. Eine jede Simulation – z.B. in Zeitlupe – zeigt nachträglich die große Komplexität dieses Bewegungsphänomens, das von einer chaotischen Vielzahl von diskreten Bewegungsmomenten bestimmt wird, die augenblicklich beherrscht werden müssen, ohne daß eine bewußte Abstimmung möglich ist.

15 EZ, S.477

16 Dazu vgl. *Bernulf Kanitscheider*, **Philosophische Reflexionen über Chaos und Ordnung**, in: *Heinz-Otto Peitgen, Hartmut Jürgens und Dietmar Saupe*, **Chaos. Bausteine der Ordnung**, S.22. Dort ist von sogenannten „Moden" die Rede, die Ordnung im Zuge von synergetischen Selbstorganisations-Prozessen erzeugen, so wie sie *Hermann Haken* eingeführt hat: „*Ein dynamisches System kann nun viele Konfigurationen oder Verhaltensmuster, auch Moden genannt, einnehmen. Unter ihnen existiert eine Art Wettbewerbssituation. Wenn sich nun die äußeren Parameter des Systems, die die Randbedingungen vorgeben, ändern, springt das System in einen neuen kollektiven Modus. Größen, die kollektive Moden beschreiben, werden Ordnungsparameter oder Ordner genannt. Sie ‚versklaven' die mikroskopischen Untersysteme, wobei dieser Terminus wertneutral zu denken ist. Versklavung bedeutet nur eine bestimmte Beziehung zwischen einer gegebenen makroskopischen Ordnung und dem Verhalten des Individuums.*" Angewandt auf das Kleistsche Bewegungsbild besagt dies, daß eine vorgegebene makroskopische Struktur, d.h. die Bewegungselemente des Bewegungsbildes, das bewegte Individuum „versklaven"; dieser Sachverhalt führt uns zur Frage nach der „Grazie" als einem Modus, z.B. in Gestalt einer Tanz-Kultur; jetzt umgekehrt gesehen, zeigt sich uns aber diese „Grazie" dann auch als ein Phänomen, das erst durch die Bewegung des Individuums wirklich werden kann. Vor der eigentlichen Bewegung ist also keine „Grazie" – etwa als einzuhaltende Vorgabe – denkbar. Somit bringt der Puppen-Tänzer eine neue Realität (die „Grazie" der Tanz-Kultur) hervor, die ihn ihrerseits ständig „versklavt". Hier treffen wir also auf eine abstrakte Ausdrucksmöglichkeit zur Umschreibung der Zirkelgleichnisse Kleists (Vgl. z.B. EZ, S.477: „*[...] und hier sei der Punkt, wo die beiden Enden der ringförmigen Welt in einander griffen.*") Die biophysikalischen Gesetze der Bewegung geben dabei jene Ordnungsparameter vor, die die „Grazie" von der mechanischen Seite her als ein geordnetes System zeigen, das wiederum seinen Träger (d.h. den Tänzer bzw. den Puppenspieler) versklavt. So entsteht eine zyklisch organisierte Abhängigkeitsstruktur, die auf wechselweise funktionalen Bewegungselementen

aufbaut. *B. Kanitscheider* beschreibt diesen Zusammenhang folgendermaßen: *„Ordnungsparameter und das Verhalten der Individuen bedingen sich gegenseitig.*" (A.a.O.) Sieht man nun diesen Zusammenhang als einen Iterator an, dann kommt sofort auch das Chaotische hinzu. Auch *Herbert Plügge* bezieht sich in seinem Aufsatz **Grazie und Anmut. Ein biologischer Exkurs über das Marionettentheater von Heinrich von Kleist** (KAM, S.65f) auf ein zyklisches Modell zur Deutung von Kleists Bewegungsbegriff, das ebenfalls auf Wechselwirkungen aufbaut: Er verweist dabei auf den „Gestaltkreis" von *V. v. Weizsäcker*: *„Organismus und Umwelt sind beide von Anfang an da. Und zwar in einem Verhältnis, das kausal nicht beschrieben werden kann; denn indem O auf U einwirkt, beeinflußt U auch O. Weder O noch U machen hier den Anfang; [...] Diese Wechselwirkung ohne prius und posterius nennt V. v. Weizsäcker ‚Koinzidenz'. Organismus und Umwelt sind in ein Bewegungsbild eingebaut, wie Einzeltöne in eine Melodie. Entfernt man auch nur einen Ton, so ist die Gestalt, das Gesamt, unter Umständen bis zur Unkenntlichkeit verstümmelt.*"

17 Dazu. vgl. *Wolfgang Kurock*, op. cit., S. 105f. Dort liest man – und zwar mit Bezug auf das Kunstturnen – Folgendes: „Im Kunstturnen. Hier finden wir alles das wieder, was Kleist fordert, und das in einer Präzision, einer unbewußten Anmut, einer ungezierten Grazie, die man in ihrer Vollendung als atemberaubend bezeichnen kann. Hier scheinen die Naturgesetze aufgehoben, aber nur dann, wenn der Turner sich ihnen blind unterwirft, wo es notwendig ist, und nur dann selber eingreift, wo es nötig ist, durch Manipulation des Schwerpunktes und Veränderung der Pendel und Hebel optimale Effekte zu erzielen. Hier werden Kleists Postulate nicht nur dem Wort, sondern auch dem Sinne nach bestätigt."

18 Was mit ein Grund für die bemerkenswerte Tatsache ist, daß sich auch heute noch zahlreiche bedeutende Forscher (wie z.B. der Molekular-Biologe *Friedrich Cramer*) für den Marionettentheater-Aufsatz interessieren. Dazu vgl. Friedrich Cramer, **Chaos und Ordnung**, S.178ff

19 Dazu *Friedrich Cramer*, **Gratwanderungen. Das Chaos der Künste und die Ordnung der Zeit**, S.14ff. Vgl. auch die Bemerkungen über Marionette und Doppelpendel in Friedrich Cramers **Vorwort** zur vorliegenden Arbeit.

20 Zur allgemeinen Bedeutung des von Kleist angesprochenen Konzeptes vom Maschinisten – und zwar im Zusammenhang mit der rationalistischen Psychologie seit dem 17. Jahrhundert – vgl. z.B. die folgenden Bemerkungen des dänischen Anatomen *Nicolaus Steno*: *„Da aber das Gehirn eine Maschine ist, darf man nicht hoffen, auf anderem Wege seinen künstlichen Aufbau zu verstehen als bei anderen Maschinen*" (zit. nach O.J.Grüsser, **Vom Ort der Seele**, in: **Aus Forschung und Medizin 5/1** (1990), S.85). Noch Kleists Zeitgenossen sahen – ganz im Sinne *Descartes'* und *Nicolaus Stenos* – im Gehirn eine Maschine, die gleichsam von einem Maschinisten gespielt wird. Dieser Maschinist ist die Seele. Von dieser Auffassung her erklärt sich die folgende Feststellung Kleists in seinem Marionettentheater-Aufsatz: „Dagegen wäre diese Linie wieder, von einer andern Seite, etwas sehr Geheimnisvolles. Denn sie wäre nichts anderes, als der *Weg der Seele des Tänzers*; und er zweifle, daß sie anders gefunden werden könne, als dadurch, daß sich der Maschinist in den Schwerpunkt der Marionette versetzt, d.h. mit andern Worten, *tanzt*." (EZ,S.474)

21 Er könnte in diesem Zusammenhang einen meisterlichen Marionettenspieler nach dessen Vorstellung bitten, ihn probieren zu lassen, wie weit er selbst mit dem Seilzug der Marionette zurecht kommt. Dabei handelt es sich freilich um eine Sache, die trotz annähernd richtiger Einschätzung und Simulation des Beobachteten seitens des Bittstellers (und zwar im Sinne eines common sense) zumeist schief geht, so wie sich der Verfasser in einem Marionettentheater selbst vergewissern konnte, als er selbst mit einer Puppe einfache Bewegungsabläufe zu spielen versuchte und kläglich scheiterte.

22 Immerhin stellt *Wolfgang Kurock* zu diesem Punkt folgendes fest (vgl. op. cit., S.106f): „All das wäre jedoch noch nicht so bemerkenswert, wenn Kleist sich über längere Zeit in Praxis und Theorie mit der Marionette beschäftigt, wenn er das Marionettenspiel selbst beherrscht hätte. Ich habe dazu bisher auch nicht den geringsten Anhalt gefunden und wäre für einen entsprechenden Hinweis dankbar.
Es gibt aber in seinem Aufsatz Indizien dafür, daß er mit großer Wahrscheinlichkeit niemals eine Marionette in den Händen gehalten, ja sogar nicht einmal die Gelegenheit gefunden hat, dem Maschinisten hinter der Bühne bei seiner Arbeit zuzusehen."

23 EZ, S.474

[24] *Friedrich Cramer*, **Chaos und Ordnung**, S.167ff

[25] Friedrich Cramer, op. cit., S.167

[26] Dazu vgl. auch *Heinz-Otto Peitgen, Hartmut Jürgens und Dietmar Saupe*, **Chaos. Bausteine der Ordnung**, S.35ff. Die Autoren beschreiben in diesem Kapitel die wesentlichen Eigenschaften einiger chaotischer Iteratoren unter der Überschrift: *„Deterministisches Chaos: Sensitivität, Mischen und periodische Punkte.*“ Im Zentrum steht u.a. auch die bereits vom französischen Mathematiker *Henry Poincarè* gestellte Frage, wie und warum Chaos in der Natur vorkommt? Auf unser Erkenntnisinteresse bezogen, wäre der dort verwendete Begriff „Sensitivität“ von einiger Bedeutung, zumal er ausdrückt, wieviele und welche „numerischen Phänomene“ in einem System auftreten, um dieses zuletzt unstabil und chaotisch zu machen. Es wird zu zeigen sein, daß Kleist bereits ahnte, daß die Beschreibung des Zusammenhangs von Bewußtsein und Bewegung auf eine Betrachtungsweise hinführt, die „Mischsysteme“ voraussetzt; am deutlichsten zeigt sich dies in seinem Konzept von der „Grazie“, die sich, wie die Konklusion des Marionettentheater-Aufsatzes ja ausdrücklich feststellt, zwischen göttlichem und bewußtlosem Zustand hin- und herbewegt. Hier bringt Kleist, wie wir noch sehen werden, u.a. auch periodisch auftretende mathematische Singularitäten ($f(x) \Rightarrow \infty$) ins Spiel. Dazu vgl. auch den Essay: *„Der dynamische Begriff der Schönheit*“, in: *Friedrich Cramer*, **Gratwanderungen. Das Chaos der Künste und die Ordnung der Zeit**, S.42ff.

[27] Vgl. *Emilio Segrè*, **Die großen Physiker und ihre Entdeckungen**, S. 256ff

[28] Friedrich Cramer, **Chaos und Ordnung**, S. 167

[29] EZ, S.474

[30] Wolfgang Kurock, op.cit., S.103f

[31] Im Gespräch vom 12.9.1997 erklärte mir Frau *Andrea Engl*, Marionettenspielerin und Ausbildnerin am Salzburger Marionettentheater, daß die Beherrschung der Federdynamik beim Umgang mit den Marionettenpuppen eine sehr wichtige Rolle spielt. Der entsprechende Fachbegriff heißt *„Einstellung der Höhe*“. Die Puppe muß mittels Seilzug (der in Salzburg immerhin durchschnittlich 2m20cm lang ist) so eingestellt werden, daß sie gleichmäßig die richtige Höhe behält. Dies geschieht mit Hilfe der Federkraft des Seilzugs vom Kreuz der Marionette her. Diese Einstellung ist **eine** grundlegende Voraussetzung zur fachgerechten Durchführung elementarer Bewegungen, wie z.B. Gehen, Schreiten.

[32] Gleiches gilt, so Frau Andrea Engl, auch für die Pendeldynamik: Der Fachbegriff heißt in diesem Falle *„Einstellung der Mitte*“. Voraussetzung ist hier die Pendelfunktion bzw. Doppelpendelfunktion der Marionette. Der Seilzug samt Kreuz muß von der Brücke des Theaters aus so eingestellt werden, daß sich das Kreuz ständig über dem Kopf der Marionette befindet; auf diese Weise kann der Spieler den „Weg des Schwerpunkts“ optimal kontrollieren und alle elementaren Bewegungen bequem und von einer stabilen Einstellung her ausführen.
Daß die Anwendung der Pendeldynamik auf die Federdynamik einen iterativen Prozeß zur Folge hat, zeigte die Demonstration von Frau Prof. Aicher, der Leiterin des Salzburger Marionettentheaters, (am 12.9.1997) ganz deutlich: Um bestimmte Effekte zu erzielen, müssen diese beiden Dynamiken konzertant aufeinander abgestimmt werden, wobei der geübte Spieler eine ganze Reihe von „Effets“ (Bewegungsabläufe) einzusetzen hat, die sich bei eingehender Analyse allesamt als virtuoses Zusammenspiel von Pendel- und Federdynamik zeigen.

[33] EZ, S.473f

[34] Friedrich Cramer, op.cit., S.169

[35] A.a.O.

[36] Tatsächlich ist, so Frau *Andrea Engl*, das stabilste Zusammenspiel von Pendeldynamik („Spiel der Mitte“) und Federdynamik („Spiel der Höhe“) eine elliptische Bewegung, die die Marionette in Form einer auch für Laien gut erkennbaren Enveloppe ausführt. Ist sie einmal erreicht, dann „spielt die Marionette wie von selbst“. Nach wenigen Handgriffen gelang es Frau Engl bei ihrer Demonstration am 12.9.1997, diese Einstellung der höchsten Stabilität zu erreichen und es zeigte sich deutlich und eindrucksvoll ad oculos, daß diese Bewegung (am deutlichsten am Oberkörper der Puppe sichtbar) tatsächlich eine Ellipse ist. Kleine Störungen in dieser Bewegung führen augenblicklich dazu, daß die elliptische Enveloppe zu einer hyperbolischen aufgerissen wird. Es entstehen dann unstabile und schwer dirigierbare Schleuderbewegungen.

[37] Dabei gilt: je kleiner der Reibungswiderstand der Marionette ist, umso katastrophaler werden die Störungen im Spiel. Im Idealfall würde bei völliger Reibungslosigkeit sogar eine sogenannte „Resonanzkatastrophe“ eintreten. Die Amplitude geht dann gegen unendlich.

[38] Friedrich Cramer, op. cit., S.168.

[39] Allerdings konzediert *Wolfgang Kurock* durchaus die Möglichkeit einer sogenannten „Schüttelmarionette“. Vgl. op. cit., S.104: „Auch läßt sich am Objekt deutlich machen, daß Kleist mit seiner Behauptung recht hatte, durch bloße Erschütterung der Marionette sei eine tanzähnliche Bewegung zu erzielen. Es gibt sogenannte Schüttelmarionetten.“

[40] Wolfgang Kurock, op.cit., S.104 und EZ, S.474: *„[...] und daß oft, auf eine bloß zufällige Weise erschüttert, das Ganze schon in eine Art von rhythmische Bewegung käme, [...]“*

[41] Dazu vgl. *Hermann Haken*, **Synergetik. Eine Einführung**, ferner vgl. auch *Hermann Haken*, **Synergetik und die Einheit der Wissenschaft**, in: *W. Saltzer (Hrsg.)*, **Zur Einheit der Naturwissenschaft**, S.61ff. Weiters noch: *Hermann Haken*, **Information und Bedeutung aus Sicht der Synergetik**, in: **Die Erfindung des Universums**, S.168-177. Am Beispiel der Entstehung des Laserlichts erörtert *Hermann Haken* sein Konzept eines Zusammenwirkens heterogener Teile in einem physikalischen System „Laserlicht“, das von voneinander unabhängigen Teilen bzw. Randbedingungen (exakt justierte Spiegel, ausreichend große Energiezufuhr) organisiert und determiniert wird. Das Ergebnis des Zusammenwirkens (bzw. der Synergetik) dieser Teile ist, so Haken, ein monochromatischer Wellenzug, in dem die gesamte Energie des elektrischen Feldes steckt. Von grundlegender Bedeutung in diesem Theoriensystem ist dabei allerdings das Moment der Selbstorganisation des Systems. Sie erfolgt auf der Basis der Synergetik. Im Falle von Hakens Theorie des Laserlichts bedeutet dies konkret, daß die Koordination der heterogenen Randbedingungen des Systems nicht von außen geleistet wird, sondern vielmehr durch den Laser selbst. Der sich generell im System durchsetzende „Schwingungsmodus“ versklavt zuletzt die Atome und zwingt sie gleichsam zur Kooperation. Jetzt sinngemäß auf das im vorhergehenden erörterte Kleistsche Bewegungsbild angewandt, wären die Pendel- und die Feder-Dynamik passive, ferner die gänzlich heterogenen Dynamiken der Imaginationskraft des Spielers aktive Moden; das Spiel zeigte sich uns dann sinngemäß als die Versklavung der aktiven und passiven Spiel-Komponenten durch einen sich zuletzt durchsetzenden Spiel-Modus, Kleist kennzeichnet diesen Spielmodus an mehreren Stellen des Aufsatzes durch den ästhetischen Terminus „Grazie“. Ein Bewegungsbild, das sich aus derartigen Bewegungselementen zusammensetzt, wäre also im Sinne H. Hakens ein System, das einer „Synergetik“ von unabhängigen Teilen unterliegt, wobei sich der letzte, d.h. der alles entscheidende Modus, d.h. die „Grazie“, alle übrigen unterwirft. Als Produkt erhält man dann ein sich selbst organisierendes Bewegungsbild, das ständig eine „Musterbildung“ sichtbar macht, die in polymorphen Voraussetzungen gründet.

[42] Vgl. *Hermann Haken*, **Information und Bedeutung aus Sicht der Synergetik**, in: **Die Erfindung des Universums**, S.172

[43] Dazu vgl. die Konklusion des Marionettentheater-Aufsatzes (EZ, S.480), ferner unsere Überlegungen zum Geraden- und Hohlspiegelbeispiel im zehnten Kapitel der vorliegenden Abhandlung.

[44] Vgl. EZ, S.480

[45] EZ, S.478

[46] EZ, S.477f

[47] EZ, S.476

[48] Vgl. EZ, S.475ff

[49] EZ, S.474

[50] In einer Anmerkung in seinem Aufsatz **Heinrich von Kleist und die Marionette** spricht Wolfgang Kurock (in op. cit., S.108) in diesem engeren Zusammenhang von einem „psychischen Schwerpunkt“, der dem physikalischen gleichsam in ein und demselben Bewegungsbild korrespondiert.

[51] EZ, S.473

[52] In populärer Fassung: Entia non sunt multiplicanda praeter necessitatem. (= Die Begriffe dürfen nicht vermehrt werden, es sei denn, es ist unbedingt nötig)

[53] Wolfgang Kurock, op. cit., S.103

[54] Wobei, wie Wolfgang Kurock feststellt, insbesondere das Schreitenlassen der Marionette – selbst für Könner – mit großen Anstrengungen verbunden ist. Vgl. op. cit., S.104 f: „Die Qua-

lität einer Marionette wird – neben ihrer Gestalt – vor allem nach ihrer Funktionalität beurteilt, und unter den Bewegungsfunktionen ist es die Gehbewegung, der besondere Bedeutung zugeschrieben wird, die auch seit je den Mechanikern besondere Schwierigkeiten bereitet hat. Da die Gehbewegung stets rhythmisch ist, so muß man sie auch dem Tanz zurechnen, also ist auch für sie Kleists ‚Schwerpunkt der Bewegung' von besonderer Bedeutung, ja geradezu der Schlüssel zum Erfolg."

55 Vgl. Insel-Ausg., S.17-22

56 Dieser Konflikt ist im übrigen ein zentrales Gesprächsthema im Aufsatz. Der „Weg der Seele des Tänzers" ist zum einen mechanische, zum anderen aber imaginative Bewegung. Vgl. EZ, S.474f

57 Vgl. den berühmten Brief zur Kantkrise an Wilhelmine von Zenge vom 22.März 1801, d.i.: BR, S.196 ff, besonders auch: BR, S.200f.

58 Vgl. BR, S.200

59 Bereits hier zeigt sich nämlich der Konflikt zwischen kausaler und teleologischer (also harmonischer) Darstellung des Bewegungsbildes ganz deutlich. Handelte es sich hinsichtlich der Anschaulichkeit bloß um kausale Strukturen (also um eine einseitige Verursachung durch das Sinnesorgan und seinen sensorischen Apparat), so würden sie nur die Erscheinungswelt betreffen, und damit indirekt die Frage nach der Anschaulichkeit auf die Frage nach der Erzeugung des Bewegungsphänomens als Erscheinung zurückführen (im übrigen eine äußerst wichtige Fragestellung im Zusammenhang mit Kleists dramatischem Œuvre; z.B. in Hinsicht auf die formale dramatische Konzeption des **Prinz von Homburg**). Im bereits erwähnten Brief an Wilhelmine von Zenge, datiert mit 22. 3. 1801, erwähnt *Kleist* diese Frage noch ganz allgemein, d.h. im Zusammenhang mit dem Problem eines absoluten Wahrheitskriteriums: „Wenn alle Menschen statt der Augen grüne Gläser hätten, so würden sie urteilen müssen, die Gegenstände, welche sie dadurch erblicken, *sind* grün – und nie würden sie entscheiden können, ob ihr Auge ihnen die Dinge zeigt, wie sie sind, oder ob es nicht etwas zu ihnen hinzutut, was nicht ihnen, sondern dem Auge gehört. So ist es mit dem Verstande. Wir können nicht entscheiden, ob das, was wir Wahrheit nennen, wahrhaft Wahrheit ist, oder ob es uns nur so scheint. Ist das letzte, so ist die Wahrheit, die wir hier sammeln, nach dem Tode nicht mehr – und alles Bestreben, ein Eigentum sich zu erwerben, das uns such in das Grab folgt, ist vergeblich – „ (BR, S.200). Die Konzeption der transzendentalen Ästhetik, konsequent auf das Bewegungsphänomen (z.B. in Gestalt der „Bildung") angewandt, führt also, wie Kleist zurecht feststellt, in die Sackgasse eines subjektivistischen Dilemmas, dem man nur mit Hilfe der Einführung eines Bewegungsbildes entgehen kann. Jenes ist dann aber in einem strengen Sinne (und keineswegs bloß im Sinne einer Ersatzvorstellung) auf die organische Natur zu beziehen – diese bildet ja gegenüber der subjektiven Erscheinung eine eigenständige Welt; einmal so dargestellt, zeigt das Bewegungsbild dann folglich das Verhältnis des Erkenntnisorgans zum Bewegungsorgan auf, wobei das Optimum an Erreichbarem durch den Begriff „Grazie" gekennzeichnet wird. Die „Grazie" des Marionettentheateraufsatzes ist also, was ihren ureigensten Spielboden betrifft, streng auf das Organische hin ausgerichtet, was auch ganz dem naturphilosophischen Zeitgeist – so wie er namentlich vom Schelling der naturphilosophischen Programmschriften geprägt wurde – entspricht: *"Wir sehen, daß in dem Maße, als in der organischen Welt, die Reflexion dunkler und schwächer wird, die Grazie darin immer strahlender und herrschender hervortritt."* (EZ, S.480). Zur teleologischen Variante dieser fundamentalen Fragestellung vgl. die **Einleitung** zu Immanuel Kants, **Kritik der Urteilskraft**. Hrsg. von Wilhelm Weischedel, S.48ff.

60 EZ, S.734

61 Immanuel Kant, **Anthropologie in pragmatischer Hinsicht**, A 318f

62 EZ, S.489

63 EZ, S.480

64 Freilich spielt sie, wie im folgenden noch zu zeigen sein wird, im **Prinz von Homburg** eine äußerst wichtige Rolle.

65 Dazu vgl. z.B. TLP 2.0131. Hier entwickelt *Wittgenstein* die Grundlagen einer logischen Theorie der Anschaulichkeit: *„Der räumliche Gegenstand muß im unendlichen Raume liegen. (Der Raumpunkt ist eine Argumentstelle.)Der Fleck im Gesichtsfeld muß zwar nicht rot sein, aber eine Farbe muß er haben: er hat sozusagen den Farbenraum um sich. Der Ton muß eine*

Höhe haben, der Gegenstand des Tastsinnes eine Härte haben usw.“ Das, was sich uns zeigt, zeigt sich uns also, so verstanden, in einem strengen Sinne als die Besetzung einer logischen Argumentstelle. Hinter aller Anschaulichkeit steht daher zuletzt das „logische Bild“; es verbindet gleichsam alle möglichen Abbildungen, indem in ihm Variablen mit – hier anschaulicher – Bedeutung erfüllt werden. Was für die Farbe, für die Tonhöhe, ferner für die Härte des Tasteindrucks gilt, muß daher sinngemäß auch für das Bewegungsbild gelten.

66 EZ, S.474

67 Unsere Abkürzung für **Über die allmähliche Verfertigung der Gedanken beim Reden** (d.i.: EZ, S.453-458)

68 Vgl. EZ, S.480. Dort ist sogar von der „organischen Welt“ die Rede.

69 Vgl. EZ, S. 480: „Mithin, sagte ich ein wenig zerstreut, müßten wir wieder von dem Baum der Erkenntnis essen, um in den Stand der Unschuld zurückzufallen?“

70 Dazu vgl. EZ, S.474

71 Dazu vgl. insbesondere *Josef Kunz*, **Die Thematik der Daseinsstufen in Kleists dichterischem Werk**, in: **Heinrich von Kleist. Aufsätze und Essays**. Hrsg. von Walter Müller-Seidel, S.682

72 EZ, S.477f

73 Vgl. diesbezüglich die Ausführungen am Beginn von Kap. 9 der vorliegenden Abhandlung.

74 Dies ist mithin ein zentraler Gehalt von **Über die allmähliche Verfertigung der Gedanken beim Reden**. Schon in diesem, vermutlich 1805/1806 in Königsberg verfertigten Aufsatz, hat Kleist ganz offensichtlich die Thematik des Sprechens untrennbar mit der Thematik der Bewegung verknüpft. Hinter dieser Verknüpfung, die in diesem Aufsatz freilich weniger deutlich als etwa im dialogisch strukturierten Marionettentheater-Aufsatz zur Erscheinung gelangt, steht zuletzt der geniale Hintergedanke, daß Sprechen überhaupt Bewegung – und nicht bloß bewegte (d.h. mithin reflektierte und reflektiert-potenzierte) Imagination sei, die sich im Sprachbild entfaltet (es handelt sich daher möglicherweise sogar um eine kongeniale Antizipation des Wittgensteinschen Sprachspiel-Gedankens, somit um einen Gedanken, der seiner Zeit in jedem Falle weit voraus gewesen ist). Der Kleist-Biograph *Curt Hohoff* sah in diesem Zusammenhang sogar einen einschlägig biographischen Hintergrund (und zwar Kleists Sprachfehler, er war offensichtlich zeitweilig ein Stotterer), den er folgendermaßen beschreibt: *„Kleist ging, als Preußen niedergeworfen, die letzte Schlacht bei Preußisch-Eylau verloren war, tief bedrückt nach Berlin und wurde beim Betreten der Stadt, da er sich nur durch ein militärisches Abschiedspatent, nicht jedoch durch den Paß des Bürgers auswies, von den Franzosen verhaftet.* [Dazu in Fußnote: *Bei der Verhaftung erregte Kleist durch sein Stammeln den ersten Verdacht. Auch sprach er französisch, das wirkte belastend. Die Spionenfurcht der napoleonischen Gewaltherrschaft war berüchtigt. – Kleists Stammeln und Stottern wird von Zeitgenossen oft bestätigt. Sein Aufsatz Über die allmähliche Verfertigung der Gedanken beim Reden hat hier einen Grund.*“ (Curt Hohoff, **Heinrich von Kleist mit Selbstzeugnissen und Bilddokumenten**, S.70f.)] Vgl. ferner auch *Joachim Maass*, **Kleist. Die Geschichte seines Lebens**, S.24f

Nun weiß man aus der modernen Logopädie, daß hinter jedem konkreten, d.h. praktisch vollzogenen Sprechakt die Sprachmotorik steht. Schon aus diesem Grund kann das motorische Sprechen nur mit Hilfe eines Kleistschen Bewegungsbildes beschrieben werden, dessen wichtiger Spezialfall z.B. das Zusammenspiel von Sprachimagination und Sprachmotorik bei einem Stotterer ist. Beim Stottern spielt nämlich die Eigendynamik der Sprachmotorik der Dynamik der Sprach-Imagination ständig einen üblen Streich. Als potentiellem Stotterer mußte daher Kleist klar sein, daß Sprechakt und Sprechbewegung tatsächlich in einem fundamentalen Zusammenhang stehen müssen, der dann folgerichtig im Diskurs des Marionettentheater-Aufsatzes thematisiert wird. Der Sprech-Apparat wäre dabei in diesem Kontext des Problems die widerspenstige „Motorik-Marionette“, die sich ihrem Sprecher gegenüber manchmal etwas sperrig zeigt, so daß er in der Folge stottern muß.

75 Dies zeigt insbesondere die von Kleist sehr genau angelegte Gliederung in Episoden.

76 Und zwar im Sinne der Bärenkampf-Episode. Vgl. EZ, S.479f

77 Kleist bevorzugt, wie wir später noch deutlich sehen wollen, nicht eigentlich das Sprachbild im sprachphilosophischen Sinne, sondern vielmehr das Zusammenspiel von mathematisch-physikalischen Formeln mit sinngemäß dazupassenden Metaphern, die sich auf die Bewegung – im weitesten Sinne des Wortes – beziehen lassen.

78 Vgl. z.B. EZ, S.473: *„Er antwortete, daß ich mir nicht vorstellen müsse, als ob jedes Glied einzeln, während der verschiedenen Momente des Tanzes, von dem Maschinisten gestellt und gezogen würde.“* Obwohl hier zum Ausdruck kommt, daß der Tanz in verschiedene Momente zerlegt werden muß, die immer auch ein Bild eines Vereinfachungsschritts sein müssen, sieht Kleist hier noch nicht eigentlich die Marionette im Zentrum; er sieht dieses Geschehen vielmehr in der Auffassungsgabe jenes „Maschinisten“ begründet, für den das Spiel aus einer Reihe von rational steuerbaren Effekten besteht. Der Maschinist „bewegt“ also seine Ideen – im Rahmen seines Spielkönnens. Er stellt die zunächst noch als völlig passiv eingestufte Marionette in seinem Sinne ein.

79 Und zwar durchaus im Sinne dessen, was Winckelmann und Lessing mit dem Begriff „Nachahmung“ verbanden!

80 Sie wird also gleichsam nach außen – d.h. in die Marionette hinein – verlagert. Vgl. EZ, S.474f

81 *Hermann Hesse*, **Das Glasperlenspiel**, S. 32f (Hervorheb. d. d. Verf.)

82 Und zwar im direkten Zusammenhang mit seinen Auffassungen zu mathematischen Formeln und dichterischen Metaphern. Vgl. dazu auch EZ, S.472: „Man könnte die Menschen in zwei Klassen abteilen; in solche, die sich auf eine Metapher und 2) in solche, die sich auf eine Formel verstehn. Deren, die sich auf beides verstehn, sind zu wenige, sie machen keine Klasse aus.“

83 Und zwar durchaus im Sinne des **Entwurfs der geometrischen Charakteristik**, den *Leibniz* in seinem Brief an *Huyghens* vom 8. September 1679 darlegt. In diesem Aufsatz ist das erste Mal in der Geschichte von einer analytischen Anpassung, so wie sie auch die moderne Analysis kennt, die Rede; man sucht charakteristische Strukturen, um sie an die zu untersuchende Vorgabe – in Art einer mathematischen Simulation – optimal anzupassen, z.B. das berühmte Leibnizsche charakteristische Dreieck, das – seiner beliebigen Kleinheit wegen – an alle Kurven angepaßt werden kann, so daß die Aufsummierung zur beliebig genau dargestellten Verlaufsstruktur führt. In seinen Illustrationen entwickelt Schlemmer derartige Charakteristiken, insbesondere Nr. 4 (Insel-Ausg., S.20) und Nr. 5 (Insel-Ausg., S.21) zeigen dies ganz genau. Während Nr. 4 die Bewegung der frei beweglichen Extremitäten in einen dynamischen Bewegungszustand darstellt, zeigt Nr. 5 die instinktiv möglichen Spielräume. In beiden Fällen präsentiert sich uns die Darstellung als Anpassungsvorgang. Das Bewegungsbild zeigt daher eine Annäherung an Bewegungsmomente des Bewegungsphänomens.

84 Es gibt sogar eine biographische Quelle, in der dieses harmonisierende – seinem tieferen Wesen nach existenzielle – Interesse Kleists direkt als prästabilierte Harmonie angesprochen wird. Nach den Erschütterungen, die Kleist im Zusammenhang mit seiner Auseinandersetzung mit dem Kabinett Hardenberg (wegen der Zensur der **Abendblätter**) erfuhr, wandte er sich in diesem Sinne (am 15.August 1811) – und zwar unter ausdrücklicher Erwähnung von Leibniz' Konzept einer prästabilierten Harmonie – an seinen Freund *Friedrich de la Motte Fouquè*: *„Geschäfte, der unangenehmsten und verwickeltsten Art, haben mich für diesen Sommer abgehalten, Ihnen in Nennhausen meine Aufwartung zu machen; inzwischen kommt es mir vor, als ob eine Verwandtschaft zwischen uns* <u>*prästabilitiert*</u> Hervorheb. d. d. Verf.) *wäre, die sich in kurzer Zeit gar wunderbar entwickeln müßte, und es gehört zu meinen liebsten Wünschen, dies noch im Lauf dieses Herbstes zu versuchen.“* (BR, S.483)

85 Hier könnte es sich um das Lehrgedicht Wielands **Die Natur der Dinge oder Die vollkommenste Welt** gehandelt haben.

86 BR, S.199

87 Dies ist ja mithin ein Indiz, daß Kleist in Wirklichkeit gar nicht mehr an diese Konzeption glauben konnte, was sich ja dann im selben Brief – und zwar namentlich im Zusammenhang mit dem berühmten Kant-Erlebnis – recht deutlich und vor allem auch drastisch zeigt, wenn er dort den Glauben an die „Wahrheiten“ à la Leibniz sofort wieder in Frage stellt – und zwar radikal.

88 Dazu vgl. den ersten Teil der Leibnizschen **Theodizee**, mit Titel: *„Versuche über die göttliche Gerechtigkeit, die Freiheit des Menschen und den Ursprung des Übels.“*, in: *Gottfried Wilhelm Leibniz*, **Die Theodizee**. Übers. von Artur Buchenau, S.95 -165. Von daher erklärt sich dann auch die folgende bemerkenswerte Wendung Kleists am Schluß seines Marionettentheater-Aufsatzes: *„so findet sich auch, wenn die Erkenntnis gleichsam durch ein Unendliches gegan-*

gen ist, die Grazie wieder ein; so, daß sie, zu gleicher Zeit, in demjenigen menschlichen Körperbau am reinsten erscheint, der entweder gar keins, oder ein unendliches Bewußtsein hat, d.h. in dem Gliedermann, oder in dem Gott." (EZ, S.480) Während sich nämlich die Bewußtlosigkeit jenes menschlichen Körperbaus, der im Moment der größten Anmut kein Bewußtsein von sich besitzt, motivgeschichtlich u.a. auf die negative Erziehung Rousseaus beziehen läßt, gilt demgegenüber für das unendliche Bewußtsein die Option der Leibnizschen Vernunftwahrheit. In diesem Falle müßte das didaktische Bewegungsbild auf einer unendlichen Einsicht in die Bewegungsvorgänge aufbauen, so daß von dieser Einsicht her keine Zufälle mehr möglich wären. Die Bewegung würde dann in jedem Falle unendlich vollkommen – und in diesem Sinne „Grazie" des ersten Kleistschen Bewegungsbildes – sein, sie würde ferner, konsequent nach Leibniz interpretiert, in eine streng gegliederte analytische Reihe zerfallen, deren letzte Ursache – im Sinne vom Satz vom Grund – Gott selbst ist. Dazu vgl. die Aphorismen 31 bis 39 der **Monadologie**.

89 So heißt es in Aphorismus 41 der **Monadologie** ausdrücklich: „*Vollkommenheit* ist nämlich nichts anderes als die Größe der *positiven* (Hervorheb. d. d. Verf.) Realität als solcher, die man erhält, wenn man die Grenzen oder Schranken der Dinge, die solche haben, beiseite läßt. Und dort, wo es keine Schranken gibt, d.h. in Gott, ist die Vollkommenheit absolut unendlich." (Monadologie, Übers. A. Buchenau, S.45)

90 Ihr steht die negative Rousseaus (in: **Emile oder über die Erziehung**) gegenüber, die ihrer Hauptsache nach den Zögling sich selber bzw. seiner Natur überläßt. Hier wird die „Vollkommenheit" gleichsam der Natur übertragen, indem Gott und die Natur – in einer pantheistischen Identifikation – miteinander gleichgesetzt werden. Dazu vgl. auch *J. J. Rousseaus* **Profession de foi du Vicaire Savoyard** im vierten Buch des **Emile**.

91 Dazu vgl. auch die nun folgende Bemerkung *Josef Kunz*' in seinem Aufsatz **Die Thematik der Daseinsstufen in Kleists dichterischem Werk**:"*Wenn für eine Dichtung unserer klassisch-romantischen Epoche die Pascalsche Leidenschaft des Absoluten am Werke ist, dann für die Kleists. Daran ist zunächst festzuhalten, wenn man über diesen Dichter ins Reine kommen will.*" (in: **Heinrich von Kleist. Aufsätze und Essays**. Hrsg. von Walter Müller-Seidel, S.672f)

92 Vgl. die Fragmente Nr. 1 – Nr. 6 über den „*Geist der Geometrie*" und den"*Geist des Feinsinns*" in: *Blaise Pascal*, **Über die Religion und über einige andere Gegenstände** (= **Pensées**). Hrsg. u. übers. von Ewald Wasmuth, S. 19 -23.

93 Vgl. Aphorismus 33: In Bezug auf die Tatsachenwahrheiten heißt es dort: „*die Tatsachenwahrheiten sind kontingent (= zufällig/Der Verf.), und ihr Gegenteil ist möglich.*" (G. W. Leibniz, Schr 1, S.453)

94 *Hans Heinz Holz*, **Gottfried Wilhelm Leibniz**, S.64

95 Mit Blick auf die analytische Reihe (und mit Blick auf den Satz vom Grund) ist die Analysis im Zusammenhang mit den Tatsachenwahrheiten freilich ein unendliches Projekt, dem das „unendliche Bewußtsein" durchaus entspricht, von dem am Schluß des Marionettentheater-Aufsatzes die Rede ist (Vgl. EZ, S.480). Kleist hat im Zuge des Diskurses im Marionettentheater-Aufsatz genau erkannt, was Leibniz unter dem zureichenden Grund einer Tatsachenwahrheit verstanden hat. In dieser Einsicht liegt dann auch ein wichtiges und sachlich völlig richtiges Motiv zur Destruktion des ersten Kleistschen Bewegungsbildes, das sich ja u.a. wegen seiner Unendlichkeit didaktisch gar nicht einlösen ließe. Am Schluß entpuppt sich dann diese Variante des Bewegungsbilds als eine bloß hypothetisch, ja ironisch verstandene Möglichkeit. Dies durchaus parallel zur von uns zitierten Stelle des Briefes vom März 1801 an Wilhelmine von Zenge, wo ja dann die Leibniz-Welt zuletzt vom Kant-Erlebnis her radikal in Frage gestellt wird. Es ist allerdings völlig gleichgültig, ob er sich zur Erlangung dieser Einsicht direkt auf Leibniz bezogen hat oder nicht. Jedenfalls sind die nun folgenden, bereits zitierten Zeilen am Schluß des Aufsatzes Beweis genug, daß er mit der Leibnizschen Problematik durchaus vertraut war: "*so findet sich auch, wenn die Erkenntnis gleichsam durch ein Unendliches gegangen ist, die Grazie wieder ein; so, daß sie, zu gleicher Zeit, in demjenigen menschlichen Körperbau am reinsten erscheint, der entweder gar keins, oder ein unendliches Bewußtsein hat, d.h. in dem Gliedermann, oder in dem Gott.*" Dazu auch der Aphorismus 36 der **Monadologie**: „*Hier könnte die Auflösung in einzelne Gründe schrankenlos weitergehen, wegen der ungeheuren Mannigfaltigkeit der Naturdinge und der ins Unendliche gehenden Tei-*

lung der Körper. Es gibt unendlich viele Figuren und Bewegungen, gegenwärtige und vergangene, welche die Wirkursache meiner gegenwärtigen Schrift ausmachen, und es sind unendlich viele gegenwärtige und vergangene kleine Neigungen und Dispositionen meiner Seele, die ihre Zweckursache bilden." (Monadologie, Übers. Buchenau, S.43)

96 In seinem Brief an Wilhelmine von Zenge vom 3.6.1801 (abgefaßt in Göttingen) berichtet Kleist, daß er in Leipzig Platner (Siehe BR, S.225) aufgesucht habe. Es handelt sich dabei, wie der Einzelstellen-Kommentar zu dieser Briefstelle vermerkt, um den Leipziger Professor für Medizin und Philosophie *Ernst Platner* (1744-1818), einem Schüler der Leibniz-Wolffschen Schule (Vgl. BR, S.692), der in seinen 1793-1800 publizierten **Philosophischen Aphorismen** die Kantische Philosophie noch einmal vom dogmatischen Standpunkt Leibniz' und Christian Wolffs kritisierte. Es darf nach allem angenommen werden, daß Kleist mit Platner ein ausführliches Gespräch über die Leibnizsche Naturphilosophie geführt haben muß, das sich nicht zuletzt noch im Marionettentheater-Aufsatz des Jahres 1810 deutlich wiederspiegelt. Vgl. z.B. den von Kleist verwendeten Begriff „vis motrix", hierbei handelt es sich ganz eindeutig um einen Schulbegriff der Leibniz-Wolffschen Schule. Auch der frühe Kant hat diesen Leibniz-Wolffschen Begriff an zahlreichen Stellen seines vorkritischen Œuvres verwendet. Vgl. z.B. die folgende Stelle in der **Monadologia Physica** (i.e.: Scholion des neunten Lehrsatzes): „**Vis motrix** vero e puncto dato exserta aut repellit alia ab eodem aut trahit. Utra actio in contactu intelligenda sit, facile patescit. Corpus enim corpori propius propiusque admovendo tum dicimus invicem se contingere, cum sentitur vis impenetrabilitatis h. e. repulsionis" (*Immanuel Kant*, **Vorkritische Schriften bis 1768. Werkausgabe Bd. 2**. Hrsg. von Wilhelm Weischedel, S.546).

97 Es kann als sicher gelten, daß Kleist, der ja Wieland auch persönlich kannte, das 1752 erstmals (und 1752 in einer dritten Auflage) erschienene Lehrgedicht Wielands **Die Natur der Dinge oder Die vollkommenste Welt** gekannt und sorgfältig gelesen hat. Dieses Lehrgedicht greift direkt auf die Vollkommenheits-Konzeption und auf den Wahrheitsbegriff Leibniz', so wie sie vornehmlich in seiner **Theodizee**-Schrift dargelegt sind, zurück. Vgl. dazu auch den berühmten Brief vom 22.3.1801 an Wilhelmine von Zenge (in dem Kleist seine sogenannte Kantkrise im Umkreis zur Frage nach der Vollkommenheit und der Wahrheit darlegt)

98 Insbesondere nach seiner Beförderung zum Leutnant im Jahre 1797. Damals beschäftigte sich Kleist mit höherer Mathematik und analytischer Geometrie.

99 in: *G. W. Leibniz*, **Hauptschriften zur Philosophie**. Übers. von A. Buchenau. Bd.1, S. 30-38

100 A.a.O., S.39-50

101 A.a.O., S.69-76

102 **Hauptschriften I**, S.35

103 Dazu vgl. auch *Elena Dabcovich* in ihrem Aufsatz **Die Marionette. Die Lösung eines künstlerischen und moralischen Problems durch einen technischen Gedanken**, in: KAM, S.95, ferner auch *Hilda M. Brown*, **Diderot and Kleist**, in: HKS, S.142

104 Wie wirksam dieses Leibnizsche wissenschaftstheoretische Konzept in der Folge geworden ist, beweist nicht zuletzt die Tatsache, daß selbst *Goethe* (obwohl mathematisch unbeschlagen und weitgehend desinteressiert), und zwar noch im Jahre 1829, seine wissenschaftstheoretischen Basiskonzepte in einem kleinen Aufsatz mit dem Titel **Analyse und Synthese** sehr pointiert zusammenfaßte (erstmals veröffentlicht in der Ausgabe letzter Hand, Bd. 50 [1833]). Dort lesen wir u.a.: „Was ist eine höhere Synthese als ein lebendiges Wesen? Und was haben wir uns mit Anatomie, Physiologie und Psychologie zu quälen, als um uns von dem Komplex nur einigermaßen einen Begriff zu machen, welcher sich immerfort herstellt, wir mögen ihn in noch so viele Teile zerfleischt haben! Eine große Gefahr, in welche der Analytiker gerät, ist deshalb die, *wenn er seine Methode da anwendet, wo keine Synthese zum Grunde liegt.*" (**Goethes sämtliche Werke** [Cotta'sche Ausgabe] Bd.33, S.224f) Aber noch die Frühromantiker waren von Leibniz' Konzept der Analysis und Synthesis beeinflußt. In *Friedrich Schlegels* Werk **Literarische Notizen 1797-1801** findet sich z.B. ein kleiner mit „Leibniz" überschriebener Absatz, in dem folgende Charakteristik zur „wahre(n) Analysis" zu lesen ist (und zwar op. cit., S.195):" Die wahre Analysis ist die, welche das Universum aus dem Universum entwickelt. Eine *echte* Idee von Staat ist wohl anwendbar aufs Universum – so wie eine vom Kunstwerk auf die Natur. Man sollte die Philos[ophie] durchaus *rückwärts* studiren, nicht genetisch wie die Poesie, sondern *palingenetisch*. – Palingenesie aller Systeme ist der Geist der historischen Philos[ophie]. – Ein Ideal des besten Chaos hat Leibnitz einigermaßen gegeben."

[105] **Hauptschriften** Bd. I, S.35

[106] EZ, S.476. Hier zeigt sich das von Leibniz inaugurierte Zusammenspiel von Mechanismus und Metaphysik ganz besonders deutlich, wenn Kleist das Zentrum der Bewegung als die „Seele" der Bewegung begreift. Hier bieten sich eindeutige Rückbezüge auf das Leibnizsche Konzept von der Seele an. Dazu vgl. **Monadologie**, Aphorismus Nr. 19: *„Wollen wir alles, was in dem von mir oben erklärten allgemeinen Sinne Perzeptionen und Strebungen hat, ‚Seele' nennen, dann könnten alle einfachen Substanzen oder geschaffenen Monaden Seelen genannt werden."* (Monadologie, Übers. A. Buchenau, S.35) In diesem Sinne ist also die Kleistsche vis motrix eigentlich ein Aspekt der Monade, deren **appetition** sich in Art einer Bewegung in einem kontinuierlichen Bewegungsbild ausdrückt.

[107] In diesem Problem wird die Frage gestellt, wie die kürzest mögliche analytische Kurve eines Massenpunktes aussieht, der frei gravitierend von der Ebene A auf die Ebene B fällt. Im Zusammenhang mit dem Marionettentheateraufsatz vgl. EZ, S.474.

[108] **Hauptschriften I**, S.48

[109] **Hauptschriften I**, S.49

[110] Man betrachte nur, daß man im 18. Jahrhundert in fast allen Fällen sogar die architektonischen Konzepte der Städteplanung im Sinne der analytischen Geometrie festlegte; z.B. das auch heute noch gebräuchliche Quadranten-System des barocken Stadtkerns der Stadt Karlsruhe, das von einem italienischen Baumeister konzipiert wurde. Oder man bedenke den Einfluß der Leibnizschen analytischen Geometrie auf die barocke Gartenkultur des 18. Jahrhunderts (z.B. die Gärten der Leibniz-Stadt Hannover). Dazu vgl. das Kapitel „Der französische Garten" in: *Hartmut Böhme, Gernot Böhme*, **Das Andere der Vernunft**, S.36ff. Dort ist sogar die Rede von der Natur-Aneignung der höfischen Kultur des Barock auf der Basis der Geometrisierung im Sinne der Geometrie der Lage, die in ihren Grundzügen auf Descartes und Leibniz zurückgeht.

[111] Vgl. **Hauptschriften I**, S.68f

[112] In Hinkunft einfach **Sprachaufsatz** bezeichnet.

[113] EZ, S.453

[114] Dazu vgl. Monadologie, Aphorismus 21, und zwar namentlich die Konzeption von den *„petites perceptions"*, die Leibniz durchaus im Sinne von „dunklen Vorstellungen begreift", ferner auch noch den Aphorismus 23: *„da man sich ferner beim Erwachen aus der Betäubung seiner Perzeptionen bewußt wird, so muß man offenbar unmittelbar davor schon welche gehabt haben, obwohl man sich ihrer nicht bewußt war. Denn eine Perzeption kann natürlicherweise nur aus einer anderen Perzeption entstehen, wie eine Bewegung natürlicherweise nur aus einer Bewegung entstehen kann."* (Monadologie, Übers. A. Buchenau, S.35

[115] Vgl. Leibniz' **Betrachtungen über die Erkenntnis, die Wahrheit und die Ideen**, in: **Hauptschriften I**, S.22-29. Insbesondere auf S. 22 liest man: „*Dunkel* ist eine Vorstellung, wenn sie nicht genügt, um die vorgestellte Sache wiederzuerkennen [...]", ferner, auf S.23: *Klar* hingegen ist eine Erkenntnis, wenn sie es mir ermöglicht, die vorgestellte Sache wiederzuerkennen, und eine solche Erkenntnis ist wiederum verworren oder deutlich. *Verworren* ist sie, sobald ich nicht imstande bin, die Merkmale einzeln aufzuzählen, welche hinreichen, die Sache von anderen zu unterscheiden, [...]"

[116] EZ, S.454

[117] Merkwürdigerweise zeigt sich auch diesbezüglich eine enge Wahlverwandtschaft zu Leibniz, von dem wir ja einen **Dialog über die Verknüpfung zwischen Dingen und Worten**, und zwar aus dem Jahre 1677 besitzen (in: **Hauptschriften I**, S.15 -21). Es ist freilich sehr unwahrscheinlich, daß Kleist diesen Dialog, obwohl er ja seinem Wesen nach dem Sprach-Aufsatz Kleists von der „allmählichen Verfertigung" tatsächlich sehr nahe kommt, gelesen haben könnte. Trotzdem zeigt sich hier deutlich, wie sehr Kleist u.a. auch Leibnizisch gedacht hat. Im übrigen verwendet auch Leibniz als Gleichnis die Auflösung einer algebraischen Gleichung (Vgl. a.a.O., S.20f), um seine Gedankenbewegung näher zu charakterisieren.

[118] Brief an C. E. Martini, vom 19.3. 1799, in: BR, S.26

[119] BR, S.27. Es handelt sich dabei, wie *Ludwig Muth* in seinem Aufsatz **Kleist und Kant** (und zwar S.25ff) feststellt, um eine Auseinandersetzung mit dem 22. Lehrsatz (vgl. a.a.O., S.24) der Abteilung Geometrie in *Kästners* Lehrbuch **Mathematische Anfangsgründe**, dessen indirekten Beweis Kleist allerdings nicht verstanden hat. Muth benützt diese Stelle in Kleists

Brief freilich, um seine zentrale These einzuführen, Kleists Kant-Krise beruhe auf der Lektüre der **Kritik der Urteilskraft**. Er versucht dahingehend zu zeigen, daß Kleist die Verknüpfung von Philosophie und Mathematik als Ausdruck eines Erziehungsplanes verstand (Vgl. a.a.O., S.25), dessen Hintergrund eine teleologische Bildungskonzeption sei, so wie man sie aus Kants dritter Kritik gewinnen könne, insofern man dieses Werk in rein didaktischer Absicht liest. Diese These ist, so die Auffassung des Verfassers der vorliegenden Abhandlung, insbesondere in der einseitigen Form, wie sie Muth in seinem Aufsatz präsentiert, nicht zu halten, zumal ja auch eindeutig gezeigt werden kann, daß Kleist – und zwar bis zuletzt – eher die Leibnizsche Konzeption der Mathematik in petto hatte (und von der Kantschen, so wie sie sich vor allem in den **Prolegomena** konzentriert zeigt, keine tieferen Kenntnisse besaß). Auch gibt es keine deutlich verifizierbaren Hinweise, daß Kleist die **Kritik der Urteilskraft** etwa von einem dezidiert didaktischen Interesse her gelesen hat. Andererseits läßt sich aber deutlich eine tiefere Kenntnis der Leibnizschen Mathematik-Konzeption anhand von zahlreichen biographischen Quellen aufweisen – freilich zumeist bloß indirekt. Für Leibniz – und dies ist der Kern seiner epistemologischen Konzeption – lassen sich nämlich Philosophie und Mathematik per definitionem nicht voneinander trennen – und zwar nicht zuletzt wegen der bei ihm getätigten Voraussetzung einer mathesis universalis, d.h. einer universellen Ordnungswissenschaft.

120 Diese Arbeit befindet sich in **Hauptschriften I**, S.101-104.

121 In seinem Brief vom 3.Juni 1801 an Wilhelmine von Zenge schreibt Kleist: „Ich will Dich doch von Leipzig nach Göttingen führen, aber ein wenig schneller, als wir reiseten. Denn wir wandern, wie die alten Ritter, von Burg zu Burg, halten uns auf und wechseln gern ein freundliches Wort mit den Leuten. Wir suchen uns in jeder Stadt immer die Würdigsten auf, in Leipzig Platner, *Hindenburg*, in Halle Klügel, in Göttingen Blumenbach, Wrisberg etc. etc." (BR, S.225)

122 Vgl. BR, S. 58ff. Diese sogenannten „Denkübungen", d.h. Fragestellungen zu bestimmten Problemen der Erziehung und der philosophischen Ethik, verweisen freilich, was die Inhalte betrifft, eher auf Kleists damalige, sehr intensive – und vor allem auch ambivalente – Beschäftigung mit Rousseaus Erziehungsroman **Emile**. So z.B. der Verweis auf das Rousseaus Konzeption einer negativen Erziehung, freilich hier in einer ironisch-dialektischen Grundabsicht, und zwar Zusammenhang mit der merkwürdigen Frage: „Wodurch erwirbt und erhält sich nun wohl eine Frau das *Interesse* ihres Mannes?" In Kleists Antwort findet sich eine direkt auf die intensive Rousseau-Lektüre verweisende Formulierung: „Interesse erwecken, und es sich selbst überlassen, heißt einem Kinde das Leben geben, und es sich selbst überlassen. Das eine stirbt wie das andere dahin, nicht, weil man ihm etwas Schädliches zufügt, sondern weil man ihm nichts zufügt." Was nun aber die Form betrifft, so können die Fragen an Wilhelmine von Zenge ein gewisses Maß eines mos geometricus à la Spinoza bzw. à la Leibniz nicht verleugnen. Noch der vorkritische Kant bediente sich derartig starrer Argumentationsformen in seinen Dissertationen und seinen akademischen Abhandlungen. Vgl. z.B. **Untersuchung über die Deutlichkeit der Grundsätze der natürlichen Theologie und der Moral** aus dem Jahre 1764, die Überschrift zur ersten Betrachtung: „Allgemeine Vergleichung der Art, zur Gewissheit im mathematischen Erkenntnisse zu gelangen, mit der im philosophischen"; ferner: „§1. Die Mathematik gelangt zu allen ihren Definitionen synthetisch, die Philosophie aber analytisch." (findet sich in: *Immanuel Kant*, **Vorkritische Schriften bis 1768. Werkausgabe Bd. 2**. Hrsg. von Wilhelm Weischedel, S.744). Die Moralphilosophie verfährt also prinzipiell im Sinne der Analysis. Ihre für unsere heutige Auffassung äußerst merkwürdige Gelehrsamkeit deutet freilich direkt auf Leibniz' Konzeption einer Analysis zurück und ihre uneingeschränkte Benützung im Bereich der praktischen Ethik war noch am Ende des 18. Jahrhunderts akademischer Brauch. Er widerspiegelt sich somit auch in Kleists eher traditionell moralphilosophisch getönten Fragen an Wilhelmine von Zenge. Die Inhalte sind allerdings nicht mehr wirklich traditioneller Provenienz.

123 Ob direkt oder indirekt, ist freilich auch in diesem Zusammenhang nicht mehr zu eruieren. Bezüge zur Frage nach der Vollkommenheit, die sich hier anbieten sind: **Theodizee** § 167, **Theodizee** § 377 und § 380. In einem 1949 publizierten Aufsatz zur Problematik des Tragischen interpretiert *Benno von Wiese* Kleists Marionettentheater-Aufsatz u.a auch unter dem Gesichtspunkt einer Theodizee, die freilich nicht mehr eigentlich mit der Leibniz' überein-

stimmt. Vielmehr ist in *Benno von Wieses* Aufsatz **Der Tragiker Heinrich von Kleist und sein Jahrhundert** von einer „*[...] erneuten Theodizee, die im Grunde zu einer Rechtfertigung des Menschen [wird] [...]*“ (op.cit., in: **Heinrich von Kleist. Aufsätze und Essays**. Hrsg. von Walter Müller-Seidel, S.206) die Rede, die den Komplex des Tragischen umschreibt, ohne freilich, so wie wir dies im folgenden zu tun beabsichtigen, auf den Begriff der Bewegung zurückzukommen.

124 BR, S.122

125 EZ, S.474

126 Vgl. auch *Hans Heinz Holz*, **Gottfried Wilhelm Leibniz**, S.65

127 Hans Heinz Holz, op. cit., S.98

128 Dazu ders.: „Gäbe es aber einen unendlichen Verstand, der das Ganze simultan und gleichmäßig deutlich reflektieren und damit eine adäquate Repräsentation von ihm geben könnte, so müßte dieser außerhalb der Welt ihr gegenüberstehen; dann aber wäre die Welt nicht mehr das Ganze, zu welchem, wenn es wahrhaft *das Ganze* ist, der außerweltliche unendliche Verstand ja auch gehören würde.“ (a.a.O., S.74)

129 Und zwar durchaus im Sinne der Kleistschen Schlußbemerkung im Marionettentheater-Aufsatz: *„ so findet sich auch, wenn die Erkenntnis gleichsam durch ein Unendliches gegangen ist, die Grazie wieder ein; so, daß sie, zu gleicher Zeit, in demjenigen menschlichen Körperbau am reinsten erscheint, der entweder gar keins, oder ein unendliches Bewußtsein hat, d.h. in dem Gliedermann, oder in dem Gott.“* (EZ, S.480)

130 **Aphorismus Nr. 41**.

131 EZ, S.477

132 So wie wir sie z.B. von Nicolas Malebranche her kennen. Dazu vgl. *Wolfgang Röd*, **Geschichte der Philosophie** Bd. VII, S. 141: „Wenn wir willkürlich eine körperliche Bewegung ausführen, wissen wir im allgemeinen nicht, welche physiologischen Prozesse hierbei ablaufen, wie umgekehrt ein Reiz im Sensorium eine Empfindung nach sich zieht, ohne daß der Empfindende von den Vorgängen im Nervensystem wüßte.
Nichtsdestoweniger ist am Leib-Seele-Zusammenhang nicht zu zweifeln. Wenn er nicht als Zusammenhang auf Grund von Wechselwirkungsbeziehungen aufzufassen ist, dann bleibt nach Malebranche nur die Möglichkeit, ihn als Zusammenhang auf Grund gesetzmäßiger Zuordnung von psychischen und physischen Vorgängen zu begreifen. Diese Zuordnung ist auf Gott zurückzuführen, der als der Gesetzgeber der Schöpfung auch die Gesetze des psychophysischen Zusammenhangs festgesetzt hat. [...] Streng genommen verhält es sich nach Malebranche nicht so, als transportierte Gott einen Körper von einem Ort an einen anderen. Vielmehr muß seiner Ansicht nach angenommen werden, daß Gott, der die Dinge erhält, indem er sie in jedem Augenblick neu schafft, einen Körper, den wir ‚bewegt‘ nennen, in aufeinanderfolgenden Momenten an benachbarten Raumstellen neu erschafft.“

133 **Monadologie**, Aphorismus 42.

134 EZ, S.477

135 Folgende Belegstellen zeigen, daß sie stattgefunden hat: Brief an Ulrike von Kleist vom 12.11.1799 (Vgl. BR, S.46), sehr ausführlich im Brief an Wilhelmine von Zenge vom 22.März 1801 (Vgl. BR, S.197ff), dann im Brief vom 4.Mai 1801 an Wilhelmine von Zenge (Vgl. BR, S.215: „*Gewinne Deinen Rousseau so lieb wie es Dir immer möglich ist, auf diesen Nebenbuhler werde ich nie zürnen.*“, ferner im Brief vom 3.Juni 1801 an Wilhelmine von Zenge: „*Rousseau ist mir der liebste durch den ich Dich bilden lassen mag, da ich es selbst nicht mehr unmittelbar, wie sonst, kann.*“ (BR, S.224), weiters in einem Brief vom 18.Juli1801 an Karoline von Schlieben (bereits aus Paris, vgl. BR, S.235), und schließlich sehr ausführlich in seinem Brief aus Paris (vom 15.August 1801)an Wilhelmine von Zenge (Vgl. BR, S.254ff). Wann Kleist das erste Mal Rousseau gelesen bzw. sogar genauer studiert hat, läßt sich freilich nicht mehr mit Sicherheit eruieren. Daß nun aber das Jahr 1801 – insbesondere aber sein Paris-Aufenthalt – u.a. auch ein Höhepunkt seiner Rousseau-Rezeption und -Kritik gewesen sein muß, zeigt die Fülle der Erwähnungen recht deutlich. Ferner ist wohl auch anzunehmen, daß Kleist Rousseau im französischen Original gelesen hat, da er ja diese Sprache ausreichend gut beherrschte und später sogar Übersetzungen französischer Texte verfertigte. Der Kleist-Biograph *Curt Hohoff* stellt in seiner Biographie die These auf, daß Kleist seine Rousseau-Lektüre gleichzeitig mit der Kant-Lektüre begonnen hätte – und zwar bereits während seines Jus- und

Kameralia-Studiums in Frankfurt a. d. Oder (also, grob gesagt, seit März 1799):"Damals las Kleist Kant, schon in Frankfurt an der Oder hatte er sich mit ihm beschäftigt. Doch lassen die Briefe dieser Monate noch deutlicher den Einfluß eines anderen großen Autors erkennen, des Jean-Jacques Rousseau. Parallel mit seiner Lösung von der populären Aufklärungsphilosophie und dem Ideal der Wissenschaft (eine praktische Anwendung sollte sein, den Franzosen die kritische deutsche Philosophie zu vermitteln) ist Kleists Entdeckung des Gefühls, des Gemüts, des Herzens als Grundwert der Seele. Dafür ist Rousseau Kleists Gewährsmann geworden. Sonderbar genug, denn Rousseau predigt zwar Natur und Liebe, den vorgesellschaftlichen Zustand und die völlige Freiheit des Ich, aber er hat das Ideal als Wunschbild in die blaue Luft hinein gebaut." (**Heinrich von Kleist mit Selbstzeugnissen und Bilddokumenten**, S.26)

136 Nimmt man die Aufeinanderbezogenheit von Mathematik und Metaphysik bei Leibniz ernst, dann kann man den Zustand einer Monade (hier und jetzt) durchaus als das Differential der Möglichkeiten der ganzen Monade begreifen; der Theorie des substanziellen Bandes gemäß wäre dann auf der nächst höheren Ebene des Repräsentationssystems – so verstanden – die einzelne Monade konsequent das Differential der Welt insgesamt. In ihrer Leibniz-Biographie (**Gottfried Wilhelm Leibniz mit Selbstzeugnissen und Bilddokumenten**, S.115) rekurrieren Reinhard Finster und Gerd van den Heuvel auf eine derartige mathematisch-geometrische Interpretation der Monadologie, indem sie diesbezüglich auf den bedeutenden Leibniz-Forscher *Aron Gurwitsch* verweisen. Diese Interpretation wird an zahlreichen Stellen in dessen Hauptwerk **Leibniz. Philosophie des Panlogismus**. (Berlin, New York 1974) dargelegt, sie kann als seine wichtigste Voraussetzung (mit Blick auf die Konzeption eines Panlogismus) gelten.

137 EZ, S.477f

138 Daß sich Kleist mit dem Erziehungsroman **Emile** intensiv auseinandergesetzt hat – und zwar durchaus wieder im didaktischen Interesse-, zeigt nicht zuletzt die folgende Stelle in seinem Brief an Wilhelmine von Zenge vom 22.3.1801: „Es hätte sich nicht leicht ein Umstand ereignen können, der imstande wäre, Dich so schnell auf eine höhere Stufe zu führen, als Deine Neigung für Rousseau. Ich finde in Deinem ganzen Briefe schon etwas von seinem Geiste – das zweite Geschenk, das ich Dir, von heute an gerechnet, machen werde, wird das Geschenk von Rousseaus sämtlichen Werken sein. Ich werde Dir dann auch die Ordnung seiner Lesung bezeichnen – für jetzt laß Dich nicht stören, den ‚Emil' ganz zu beendigen." (BR, S.198)

139 *J. J. Rousseau*, **Emile oder über die Erziehung**, S.112 (= **Emile**, S.112)

140 Vgl. *Aron Gurwitsch*, **Leibniz. Philosophie des Panlogismus**, S.249f.

141 **Emile**, S.553

142 **Emile**, S.563

143 **Emile**, S. 557

144 Wie der folgende Aphorismus 47 der **Monadologie** deutlich zeigt, verstand auch Leibniz den Ursprung der Wirklichkeit als ein spontanes Prinzip: „Demnach ist Gott allein die ursprüngliche Einheit oder die ursprüngliche einfache Substanz; alle erschaffenen oder abgeleiteten Monaden sind seine Erzeugnisse und entstehen sozusagen von Augenblick zu Augenblick durch ständige blitzartige Ausstrahlungen („Fulgurations") der Gottheit – beschränkt durch die Aufnahmefähigkeit des Geschöpfes, das ja seinem Wesen nach begrenzt ist." (Monadologie, Übers. A. Buchenau, S.47) Wir können von daher ersehen, daß sich Kleists Konzept von der „Plötzlichkeit" im Sprach-Aufsatz sowohl auf Leibniz als auch auf Rousseau zurückführen läßt. In beiden Fällen ist der Ursprung der Bewegung ein spontanes Ereignis, bei Rousseau ist der Ursprung freilich die „innere Natur", bei Leibniz dagegen die – in jedem Fall – äußere Gottheit. Dieses Konzept der „Plötzlichkeit" verlangt nämlich zuletzt immer auch eine Bewegungsmitte, und damit zugleich eine prinzipielle Identifikation seiner Quelle.

145 *Günter Blöcker* sieht diese wichtige Episode im Marionettentheater-Aufsatz, freilich u.E. eher einseitig, im Zusammenhang mit Kleists früher Subjekttheorie (im Umfeld der Kant-Krise), wenn er in **Heinrich von Kleist oder das absolute Ich** folgendes schreibt: *„Der Einzelne ruht nicht mehr im Ich, sondern steht seinem Ich urteilend gegenüber – ganz so wie jener junge Mann in Kleists Aufsatz, der vor dem Spiegel die Pose des Dornausziehers nachzuahmen versucht. Der Spiegel entreißt ihm die Unbefangenheit, stößt ihn aus seiner Unschuld. Das ist – in schlichtester Anschaulichkeit – die Situation des zum Selbstbewußtsein und damit auch zum Zweifel an sich selbst verurteilten Menschen.*" Obwohl an sich nichts Grundsätzliches gegen

die Hervorhebung des abstrakten, d.h. erkenntnistheoretischen Anspruchs dieser Episode (im Sinne einer exemplarischen Darlegung von Kleists Reflexionsbegriff) spricht, scheint u.E. hier der ästhetische Aspekt allerdings weitaus erhellender, da er ja auch eine biographische Konstante ist. Diese Tatsache schließt damit eine einseitige Bezugnahme auf die nachkantischen Bewußtseinstheorien von vorneherein aus. An dieser Stelle seines Aufsatzes ging es Kleist vielmehr wieder ganz zentral um das zuletzt im Brief an O. A. Rühle (vom 31.8.1806) angesprochene Motiv einer Kritik der rein verstandesmäßig bestimmten Reflexion im Zusammenhang mit allen Arten des künstlerischen Handelns (und nicht etwa um eine voll ausgearbeitete Bewußtseinstheorie, in deren Zentrum ein Entzweiungsmotiv steht). Eben dieses kritische Motiv läßt sich nun aber auch direkt auf seine Rousseau-Kritik zurückbeziehen (vgl. diesbezüglich insbesondere den in Paris verfaßten Brief an Wilhelmine von Zenge vom 15.8.1801 [BR, S.252-258]). Damals betrachtete Kleist auch verschiedene andere antike, aber auch moderne Kunstwerke im Louvre (vgl. BR, S.250), und zwar im Kontext der Rousseauschen Zivilisationskritik, und berichtete darüber in einem Brief an Adolfine von Werdeck.

146 Es handelt sich bei dieser Statue um die antike Bronzestatue des „Dornausziehers". Sie befindet sich heute in der Sala dei Trionfi im römischen Konservatorenpalast, war freilich zu Kleists Zeit im Zuge des großen Napoleonischen Kunstraubs für einige Zeit in Paris. Die Bronzestatue ist eine Kopie eines frühhellenistischen Originals (und stammt aus der Stiftung von Papst Sixtus IV aus dem Jahre 1471). Nach einer Legende soll es sich um den römischen Botengänger Marcius handeln, der auch wegen eines Dorns, den er sich in den Fuß getreten hatte, seinen Eillauf nicht unterbrach. Freilich drückt die Statue im Konservatorenpalast eigentlich das genaue Gegenteil aus, denn der etwa zehnjährige Knabe ist ja genau im Moment der konzentriertesten Beschäftigung, den Dorn aus der Fußsohle zu entfernen, abgebildet. So gesehen, hat auch Kleist das Bild – und zwar durchaus auf Rousseauistische Weise – mißverstanden, weil nämlich sein Ausdruck – d.h. in unserem Sinne sein Bewegungsbild – nicht, wie Kleist in seinem Aufsatz meinte, durch die Geste der Anhebung des linken Fußes über das Knie erzeugt wird, sondern durch die gleichsam wie schwerelos herabfließende Bewegung der linken Hand, die den verwundeten Fuß des Dornausziehers umfaßt, während die rechte nach dem Dorn sucht.

147 EZ, S.478

148 EZ, S.477

149 EZ, S.478

150 A.a.O.

151 Es gibt ja, wie wir bereits sehen konnten, deutliche Hinweise, daß Kleist den Kantischen Kritizismus als einen subjektiven Idealismus mißverstand (und zwar im Sinne Fichtes)

152 EZ, S.473

Anmerkungen zu Kapitel 7

1 Vgl. **Kritik der praktischen Vernunft** (= KpV), A 174

2 Die Kritik ihrer wichtigsten Grundlagen, so wird sich uns in den folgenden Gedankengängen deutlich zeigen, führt dann zu einer tieferen Begründung, warum Kleist zuletzt eher die Rousseausche Variante des ersten Kleistschen Bewegungsbildes in eine ästhetische Praxis umgesetzt hat.

3 In dem aus dem Jahre 1687 stammenden Aufsatz **Über das Kontinuitätsprinzip** (in: **Hauptschriften I**, S.84-93) definiert Leibniz dieses Kontinuum ausdrücklich als Parallelismus: *„Wenn in der Reihe der gegebenen Größen zwei Fälle sich stetig einander nähern, sodaß schließlich der eine in den andern übergeht, so muß notwendig in der entsprechenden Reihe der abgeleiteten oder abhängigen Größen, die gesucht werden, dasselbe eintreten.*" Im Zusammenhang mit Kleists erstem Bewegungsbild bedeutet dies, daß im Sinne des Kontinuitätsprinzips einer jeden durchführbaren Bewegung genau ein entsprechendes Bewegungsbild entsprechen muß. Dieser Zusammenhang gleicht einem völlig in sich geschlossenen Band. In Bezug auf die Didaktik der Bewegungsabläufe ist dieses Prinzip besonders wichtig, denn es besagt ja ausdrücklich auch, daß wir alles, was wir im Zusammenhang mit motorischen Leistungen vollbringen, auch im selben Zusammenhang in der selben Geschlossenheit denken

und weitervermitteln können. In der Formulierung Leibniz' ist in diesem Zusammenhang vom Verhältnis der gegebenen zu den abgeleiteten Größen die Rede. Daß Leibniz dies auch in physikalischer Hinsicht verstanden wissen wollte, zeigen die anschließenden Erörterungen ganz deutlich (Vgl. a.a.O., S.86: „Übertragen wir jetzt dasselbe Prinzip auf die *Physik*, [...] usf."). Dieses Prinzip hat nun Leibniz noch, wie folgt, verallgemeinert: *„Einer geregelten Ordnung im Gegebenen entspricht eine geregelte Ordnung im Gesuchten."* (A.a.O., S.84)

4 Vgl. KpV, A 174

5 EZ, S.474

6 Vgl. EZ, S.474

7 Dazu vgl. EZ, S.478ff

8 Hier handelt es sich um eine Vorstufe der Monadologie; im folgenden jeweils in der Übersetzung von Hans Heinz Holz zitiert: **Prinzipien der Natur und Gnade**, in: G. W. Leibniz, Schr 1, S.414-438

9 G. W. Leibniz, Schr 1, S.417f

10 Vgl. BR, S.196ff

11 Vgl. BR, S.199

12 Vgl. BR, S.199

13 BR, S. 200

14 Allerdings hatte ja auch Kant selbst die größten Schwierigkeiten, über dieses Dilemma, das Kleist in seinem berühmten Brief an Wilhelmine von Zenge (vom 22.3.1801) anspricht, hinauszukommen. In B 82 ff der **Kritik der reinen Vernunft** lesen wir: „Die alte und berühmte Frage, womit man die Logiker in die Enge zu treiben vermeinte, und sie dahin zu bringen suchte, daß sie sich entweder auf einer elenden *Dialexe* mußten betreffen lassen, oder ihre Unwissenheit, mithin die Eitelkeit ihrer ganzen Kunst bekennen sollte, ist diese: *Was ist Wahrheit?* Die Namenerklärung der Wahrheit, daß sie nämlich die Übereinstimmung der Erkenntnis mit ihrem Gegenstande sei, wird hier geschenkt, und vorausgesetzt; man verlangt aber zu wissen, welches das allgemeinste und sichere Kriterium der Wahrheit einer jeden Erkenntnis sei. Es ist schon ein großer und nötiger Beweis der Klugheit oder Einsicht, zu wissen, was man vernünftiger Weise fragen solle. Denn, wenn die Frage an sich ungereimt ist, und unnötige Antworten verlangt, so hat sie, außer der Beschämung dessen, der sie aufwirft, bisweilen noch den Nachteil, den unbehutsamen Anhörer derselben zu ungereimten Antworten zu verleiten, und den belachenswerten Anblick zu geben, daß einer (wie die Alten sagen) den Bock melkt, der andre ein Sieb unterhält.

Wenn Wahrheit in der Übereinstimmung einer Erkenntnis mit ihrem Gegenstande besteht, so muß dadurch dieser Gegenstand von andern unterschieden werden; denn eine Erkenntnis ist falsch, wenn sie mit dem Gegenstandes, worauf sie bezogen wird, nicht übereinstimmt, ob sie gleich etwas enthält, was wohl von andern Gegenständen gelten könnte. Nun würde ein allgemeines Kriterium der Wahrheit dasjenige sein, welches von allen Erkenntnissen, ohne Unterschied ihrer Gegenstände, gültig wäre. Es ist aber klar, daß, da man bei demselben von allem Inhalt der Erkenntnis(Beziehung auf ihr Objekt) abstrahiert, und Wahrheit gerade diesen Inhalt angeht, es unmöglich und ungereimt sei, nach einem Merkmale der Wahrheit dieses Inhalts der Erkenntnisse zu fragen, und daß also ein hinreichendes, und doch zugleich allgemeines Kennzeichen der Wahrheit unmöglich angegeben werden könne."

Dazu vgl. auch *Arsenij Gulyga*, **Immanuel Kant**, S.120ff. Er bezeichnet diese Stelle in Kants Kritik als „gereizte Stellungnahme". Wenn nun aber bereits Kant selbst dieses Gefahrenpotential eines Rückfalls in einen phänomenalistischen Skeptizismus anspricht, wie erst hätte Kleist diesem Dilemma ausweichen können? Dies gilt nicht zuletzt von der Tatsache her, daß die Dualität von Erscheinungswelt und Ding an sich, die inhaltliche Frage nach der Wahrheit tatsächlich in ein unauflösbares Dilemma führt. Dies bedeutet zugleich, daß sich Wahrheiten nur in Bezug auf die Form der Erscheinungswelt finden lassen, so gesehen, sind sie dann – als Resultate – direkt vom Erkenntnisvermögen – wenigstens formal – abhängig. Freilich hat Kleist die einzig mögliche Konsequenz (mithin die Konsequenz Kants selbst), diesem Dilemma zu entkommen, in seinem Brief an Wilhelmine von Zenge nicht wirklich gezogen, sondern das Dilemma als ein schlechthin existenzielles begriffen. Der Kantische Lösungsansatz besagt nun, daß die Frage nach der Wahrheit nur in formaler, keinesfalls aber in inhaltlicher Hinsicht gestellt werden darf: „So verhält es sich auch mit dem Wahrheitsproblem. Kant verwarf den

Gedanken eines allgemein gültigen Kriteriums nur hinsichtlich des Inhalts der Erkenntnis. Was nun deren Form angeht, so kennt er sehr wohl ein solches Kriterium: die Widerspruchslosigkeit von Aussagen." (a.a.O., S.122)

15 Wörtlich heißt es dort: *„Wir können nicht entscheiden, ob das, was wir Wahrheit nennen, wahrhaft Wahrheit ist, oder ob es uns nur so scheint."* (BR, S.200) Dazu vgl. auch KrV, A 61.

16 KpV, A 174

17 Im Sinne der von *Ernst Cassirer* in seinem Werk **Heinrich von Kleist und die Kantische Philosophie**. (Berlin 1919) vorgetragenen These, daß Kleist eigentlich Fichte-Leser – und nicht etwa Leser von den klassischen Primär-Texten Kants – gewesen sei (und zwar Leser von Fichtes eher popular-philosophischem Werk **Bestimmung des Menschen**). Dazu vgl. insbesondere auch Ludwig Muth, **Kleist und Kant**. Köln 1954 (= Kantstudien Nr.68), S.10ff. Cassirers These, betrachtet man sie von unserem jetzigen Standpunkt aus, hat sehr viel für sich, denn tatsächlich läßt sich in Kleists Œuvre nirgends eine völlig authentische, argumentativ in sich geschlossene Kenntnis der wichtigsten erkenntnismetaphysischen Thesen der theoretischen Philosophie Kants nachweisen, freilich besteht aber andererseits der dringende Verdacht, Kleist könnte eine der Fichte-Moden der neunziger Jahre rezipiert haben. Freilich gibt es diesbezüglich keine wirklich aussagekräftigen, d.h. eindeutigen biographischen Zeugnisse. Anders steht die Sache, wie wir im folgenden noch sehen werden, mit den Arbeiten Kants zur praktischen Philosophie (zur Ethik und Anthropologie). Freilich lehnt Ludwig Muth Cassirers These im obgenannten Werk mit Nachdruck ab (Vgl. a.a.O., S.11)

18 BR, S.122

19 Eine ähnlich gelagerte Stelle befindet sich übrigens bereits in einer Beilage zum Brief Kleists an Wilhelmine von Zenge vom 13.9.1800. Eine leicht abgewandelte Form dieser Beilage trägt den Titel: **Über die Aufklärung des Weibes** (und zwar zu finden in EZ, S.449 – 452). Dort schreibt Kleist folgende wichtige Gedanken nieder, die sich direkt an eine Stelle in Kants **Kritik der praktischen Vernunft** anschließen lassen: „[...] aber zuweilen, wenn ich meine Pflicht erfüllt habe, erlaube ich mir, mit stiller Hoffnung an einen Gott zu denken, der mich sieht, und an eine frohe Ewigkeit, die meiner wartet; denn zu beiden fühle ich mich doch mit meinem Glauben hingezogen, den mein Herz mir ganz zusichert und mein Verstand mehr bestätigt, als widerspricht." (EZ, S.451). Diese Stelle läßt sich direkt (und vor allem auch zwanglos) auf den Abschnitt **Die Unsterblichkeit der Seele, als ein Postulat der reinen praktischen Vernunft** in der **Kritik der praktischen Vernunft** beziehen, und zwar namentlich auf die Anmerkung zu KpV, A 222. Dort heißt es dann auch sinngemäß: „Aber auch natürlicher Weise darf derjenige, der sich bewußt ist, einen langen Teil seines Lebens bis zu Ende desselben, im Fortschritte zum Bessern, und zwar aus echten moralischen Bewegungsgründen, angehalten zu haben, sich wohl die tröstende Hoffnung, wenn gleich nicht Gewißheit, machen, daß er, auch in einer über dieses Leben hinaus fortgesetzten Existenz, bei diesen Grundsätzen beharren werde [...]". Im Originaltext Kants wird Gott als ein Postulat der reinen praktischen Vernunft begriffen, was, konkret bzw. praktisch verstanden, zugleich auch bedeutet, daß Gott das Ziel eines „unendlichen Progresses" sein muß, für den es freilich keinerlei Fundierung im Bereich einer theoretischen Metaphysik mehr geben kann. Die sehr bewußte Bezugnahme Kleists auf dieses wichtige Lehrstück der praktischen Vernunft zeigt nun deutlich seine Ambivalenz: Zum einen führt uns ja die Kritik der theoretischen Vernunft (als Grenzsetzungs-Unternehmen) auf die Scheinwahrheit der Kant-Krise, besagt, daß es – inhaltlich – nur uns betreffende, freilich aber keine von uns losgelösten Wahrheiten geben kann. Andererseits fordern die Postulate der praktischen Vernunft gerade das Gegenteil, ohne allerdings, wie Kant ja selbst sagt, letztgültige Gewißheit für sich beanspruchen zu können. Damit ist u.E. in einem auch gezeigt, daß Kleists Kant-Rezeption eher in Aspekten der praktischen Philosophie Kants gründet.

20 BR, S.122

21 In seinem Aufsatz **Kleist und Kant** zeigt Ludwig Muth, daß Kleist mit Sicherheit Kants **Anthropologie in pragmatischer Hinsicht** gelesen hat. Hierbei handelt es sich – aus heutiger Sicht –, was die Frage nach der zeitgenösssischen Rezeption betrifft, freilich um ein eher abgelegenes Werk des Königsberger Philosophen (zuerst publiziert Königsberg 1798, eine zweite, verbesserte Auflage erschien im Jahre 1800). Muth will ferner plausibel machen, daß Kleist erzieherisches Interesse im Zusammenhang mit dem *„[...]Bemühen um die Bildung seiner Braut [...]"* (a.a.O., S.31) u.a. von diesem Werk Kants her stark geprägt wurde. Belege für die-

se These sind, so Muth, u.a. Stellen aus Kleists Brief vom 30. Mai 1800 (an Wilhelmine von Zenge), in denen von den *„[...] drei höheren Seelenvermögen (Verstand, Urteilskraft, Vernunft)[...] „* (a.a.O., S.31) die Rede ist. Die Abhandlung dieser drei Vermögen ist ja tatsächlich ein zentrales Lehrstück in Kants **Anthropologie**. Dazu vgl. auch *Arsenij Gulyga*, **Immanuel Kant**. Aus d. Russ. übers. von Sigrun Bielfeldt, S.301: „Schon ein erster Blick in die ‚Anthropologie' überzeugt, daß die Struktur dieses Einzelwerks der Gesamtstruktur der kritischen Philosophie entspricht. Der Hauptteil des Werks gliedert sich in drei Teilabschnitte, die die drei Vermögen des Gemüts zum Thema haben: Erkenntnis, Gefühl der Lust und Begehrungsvermögen. Gerade diese drei Vermögen machten jeweils den Inhalt der drei ‚Kritiken' aus.
In der ‚Anthropologie, sind die Grundvorstellungen der kritischen Philosophie auf die unmittelbare Welt des Menschen bezogen: sein Erleben, Trachten und Verhalten."

22 Vgl. BR, S.122

23 Vgl. **Emile**, S. 557

24 Dazu vgl. den Sprachaufsatz (EZ, S.456): Kleist faßt seine Donnerkeil-Episode mit folgenden Worten zusammen: „Dies ist eine merkwürdige Übereinstimmung zwischen den Erscheinungen der physischen und moralischen Welt, welche sich, wenn man sie verfolgen wollte, auch noch in den Nebenumständen bewähren würde." Ferner auch die Kernaussagen zur Übertragung physikalischer Gleichnisse auf die moralisch-ästhetische Welt in **Allerneuester Erziehungsplan**, d.i: EZ, S.462ff.

25 Vgl. EZ, S.473ff

26 Vgl. EZ, S.477: *„Nur ein Gott könne sich, auf diesem Felde, mit der Materie messen"*, ferner auch auf EZ, S.480: *„so, daß sie (* Die Grazie /Der Verf.*), zu gleicher Zeit,in demjenigen menschlichen Körperbau am reinsten erscheint, der entweder gar keins, oder ein unendliches Bewußtsein hat, d.h. in dem Gliedermann, oder in dem Gott.*" Diese Wendung Kleists zeigt nun ganz deutlich, daß als Zwischenglied der Körper des Tänzers fungiert, der zum einen durch die Gesetze der Marionette, und zum anderen durch das Bewegungsbild der Grazie beschrieben werden kann.

27 Josef Kunz, **Kleists Gespräch ‚Über das Marionettentheater'** , in: KAM, S.78

28 Auf diese Tatsache hat insbesondere Josef Kunz in seinem Aufsatz **Kleists Gespräch ‚Über das Marionettentheater'** verwiesen; er spricht dort in diesem Zusammenhang (vgl. op.cit., in: KAM, S.77) von einem „Moment der Gebundenheit" und sinngemäß auch von einem Moment der Freiheit, ohne freilich zu erwähnen, daß diese u.E. völlig zurecht getroffene Unterscheidung auf Kleists Verküpfung der Leibnizschen Frage nach der Vollkommenheit mit der Kantischen Frage der „Pflicht" zurückgeht; erstes greifbares Zeugnis für diese aus damaliger Sicht einzigartige und ungewöhnliche Verküpfung ist der berühmte Brief Kleists mit der Kant-Krise; dort nimmt sie im übrigen sogar eine dezidiert anthropologische bzw. – enger formuliert – eine didaktische Gestalt an.

29 Vgl. z.B. KpV, A 174ff

30 Das ist im übrigen sogar ein wichtiges argumentatives Ziel des Marionettentheater-Aufsatzes!

31 BR, S.122

32 Zumal ja der Fichte der neunziger Jahre auch den Kant der praktischen Vernunft verstärkt in seine theoretischen Spekulationen miteinbezog, um ein einheitliches Grundprinzip zu finden, von dem aus sich sowohl die theoretische als auch die praktische Vernunft ableiten lassen.

33 vgl. EZ, S.473ff

34 Vgl. EZ, S.474f

35 Vgl. EZ, S.473ff

36 EZ, S.480

37 Vgl. KpV, A 171 ff

38 Vgl. z.B. die Antithetik der Fechter- und der Bärenkampf-Episode. Dazu: EZ, S.479f

39 Der Verfasser der vorliegenden Abhandlung geht mit der Auffassung Ludwig Muths (vorgetragen in dessen Aufsatz **Kleist und Kant**) konform (vgl. a.a.O., S.70), daß hierbei nicht an die authentische Rezeption dieser wichtigen Dualität Kants gedacht werden kann, da ja Kleists Kant-Krise vermutlich, so wie Muth fernerhin noch feststellt, nicht auf eine eindringliche Lektüre von Kants **Kritik der reinen Vernunft** zurückzuführen ist, sondern vielmehr auf eine, freilich eher kursorische Lektüre der **Kritik der Urteilskraft** (Vgl. a.a.O., S.54ff). Muth diskutiert im übrigen (und zwar ganz speziell im Zusammenhang mit der Frage nach dem Stel-

lenwert der teleologischen Erkenntnis bei Kleist) einen möglichen Hinweis auf Kleists nähere Kenntnis der Problematik vom **Ding an sich**, freilich in dezidiert ablehnender Einstellung. Wichtig ist in diesem Zusammenhang vor allem die (sich im Kant-Brief vom 22.3.1801) befindende Konstruktion *„[...] ob ihr Auge ihnen die Dinge zeigt, wie sie sind [...]“* (BR, S.200). Anders als Ludwig Muth ist nun aber der Verfasser der vorliegenden Abhandlung der Auffassung, daß es sich hier tatsächlich um einen deutlichen Verweis auf die Fragestellung vom **Ding an sich** handelt, allerdings nicht im engeren Kontext der **Kritik der reinen Vernunft**. Vielmehr steht, so unsere These, die Kenntnis einiger wichtigen Gedankengänge der **Kritik der praktischen Vernunft** im Hintergrund, auf die Kleist, wie bereits von uns angedeutet, eine existenzielle Interpretation der Wahrheitsproblematik aufbaut.

40 Obwohl sich gerade hinter diesem Anspruch ein wichtiger Impetus Kleists verbirgt, der eben gerade darin besteht, daß er sich mit dem Instrument der Rousseauschen Zivilisationskritik ganz pointiert gegen die Vollkommenheits-Spekulationen Leibniz’ und Wolffs richtet. Ähnliches gilt mithin aber auch im Zusammenhang mit der Rezeption *„[...]der neueren sogenannten Kantischen Philosophie [...]“* (vgl. BR, S.200), und zwar ungeachtet der nicht zu übersehenden Tatsache, daß es sich hier, wie im folgenden noch zu zeigen sein wird, durchaus weniger um eine authentische als vielmehr um eine modische Rezeption von Kants praktischer Philosophie handeln dürfte. Auch die sogenannte Kant-Krise zeigt Kleists Grundabsicht ganz deutlich, sich mit einem (freilich eher populär vorgetragenen) Kantischen Argument gegen die traditionelle, weitgehend spekulativ-dogmatische Philosophie der Leibniz-Wolffschen Schule, d.h. sich mithin gegen sein intellektuelles Herkommen zu wenden (Zu Kleists intellektuellem Herkommen vgl. auch Curt Hohoff, **Kleist mit Selbstzeugnissen und Bilddokumenten**, S. 21: *„Der Bräutigam bewegte sich als Denker auf den Spuren von Wolff, Mendelssohn, Abbt, Iselin und Lessing.“*) Auf diese für unsere Argumentation äußerst wichtigen Zusammenhänge (einer von Kleist vollzogenen Leibniz- und Wolff-Kritik) wies erstmals *Eugen Kühnemann* in seinem Aufsatz **Kleist und Kant** (in: **Jahrbuch der Kleist-Gesellschaft 1922**, S.1ff) hin. Vgl. insbesondere a.a.O., S.13.

41 BR, S.199

42 BR, S.200

43 BR, S.200

44 G. W. Leibniz, Schr 1, S.417

45 Kleist selbst spricht in seinem Aufsatz von der „vis motrix“, sie ist eine Seele, d.h. um mit Leibniz zu reden, eine Monade bzw. ein beseeltes Kraftzentrum.

46 G. W. Leibniz, Schr 1, S.415

47 A.a.O.

48 Sie sind allerdings nicht mit den „Vorstellungen“ zu verwechseln, sondern drücken insgesamt Einstellungen, ja umfassende Perspektiven aus.

49 G. W. Leibniz, Schr 1, S. 417

50 Auch *Friedrich Schlegel* begreift in seinen **Literarischen Notizen 1797-1801** derartige Gedankenspiele als „schöpferische Gedanken“, versteht sie daher – und zwar im direkten Bezug auf Leibniz – als „Monaden“:“Vielleicht ist jeder schöpferischer Gedanke ein System für sich und ist da nicht an einen andern künstlichen Zusammenhang zu denken. Es giebt Princ[ipien] unter den Gedanken; es sind aber immer *Monaden*.-“ (op.cit., S.195) Der schöpferische Gedanke ist also – aus der Sicht Schlegels – kein einzelnes Moment bzw. Element einer Kette von Gedanken, sondern enthält vielmehr einen „künstlichen Zusammenhang“ bzw. drückt sich immer als System aus. Diese wichtige Umschreibung des monadologischen Prinzips findet sich, wie im folgenden noch zu zeigen ist, auch bei Kleist. Freilich wird sie zum entscheidenden Ausgangspunkt einer kritischen Polemik gegen Leibniz und Rousseau, wie insbesondere der Brief (mit der Kant-Krise) vom 22.März 1801 an Wilhelmine von Zenge ganz deutlich zeigt (vgl. insbesondere BR, S.199ff). Von nun an nähert sich Kleist stetig seinem Konzept einer „allmählichen Verfertigung“, das dem monadologischen Prinzip prinzipiell widerspricht.

51 G. W. Leibniz, Schr 1, S.417

52 G. W. Leibniz, Schr 1, S.417f

53 Sie ist allerdings in der Praxis nur ein Teil der Realität. Nur ein Gott könnte den gesamten bzw. universellen Zusammenhang der Zweckursachen überblicken. Dazu vgl. auch EZ, S.477: „Nur ein Gott könne sich, auf diesem Felde, mit der Materie messen;“

[54] EZ, S.473
[55] EZ, S.473
[56] Dies geschieht z.B. in der Fechter- bzw. in der Bärenkampf-Episode. Vgl. EZ, S. 479f
[57] Dazu vgl. KpV, A 178: Hinsichtlich der Bestimmbarkeit von Handlungen – sie sind ja im weitesten Sinne des Wortes verstanden – auch Bewegungen, stellt Kant in der zweiten Kritik prinzipiell fest, daß *„[...] wir doch inne werden, daß diese ganze Kette von Erscheinungen in Ansehung dessen, was nur immer das moralische Gesetz angehen kann, von der Spontaneität des Subjekts, als Dinges an sich selbst, abhängt, von deren Bestimmung sich gar keine physische Erklärung geben läßt.*"
[58] Vgl. KpV, A 180
[59] Vgl. auch Josef Kunz, op. cit., in: KAM, S.77f
[60] Josef Kunz spricht diesbezüglich ausdrücklich von den *„[...]metaphysischen Erörterungen und Hinweisen in dem ‚Gespräch' [...]*" (op.cit., in: KAM, S.76)
[61] KpV, A180f
[62] KpV, A 180
[63] Vgl. EZ, S.480
[64] Josef Kunz, op. cit., in: KAM, S.78
[65] Wie recht Kunz mit seinem existenziellen Deutungsmuster der „Stufen" hat, zeigt nicht zuletzt ein kleiner biographischer Hinweis, der uns deutlich bewußt machen kann, daß Kleist fast alle für sein Denken wesentlichen philosophischen Konzepte, die er während seines Lebens zumeist von den verschiedensten Seiten her in sich aufnahm, in der Hauptsache existenziell (d.h. in „Stufen") deutete und aus diesem Grunde auch in einschlägig existenziellen Kontexten benützte. In seinem Brief vom 15.8.1811 an *Friedrich de la Motte Fouquè* sah er seine Freundschaft mit dem Genannten u.a. auch unter dem Gesichtspunkt einer Leibnizschen „prästabilierten Harmonie", die er ganz offensichtlich als existenzielle Qualität verstand:"Geschäfte, der unangenehmsten und verwickeltsten Art, haben mich für diesen Sommer abgehalten, Ihnen in Nennhausen meine Aufwartung zu machen; inzwischen kommt es mir vor, als ob eine Verwandtschaft zwischen uns prästabilitiert wäre, die sich in kurzer Zeit gar wunderbar entwickeln müßte, und es gehört zu meinen liebsten Wünschen, dies noch im Lauf dieses Herbstes zu versuchen." (BR, S.483) Hier wird die Freundschaft zum Adressaten gleichsam als eine vorgegebene Einstellung bzw. Gebundenheit verstanden, deren Entfaltung, und zwar Stufe um Stufe, sich als Bewegung und Entwicklungsprozeß – d.h., kurz gesagt, als Bewegungsbild – zeigt. Selbst in seinen Briefen verwendet Kleist also intellektuelle Vorstellungen seines ersten Bewegungsbildes, so wie es im Marionettentheater-Aufsatz als eine wichtige Schicht des gedanklichen Reliefs angelegt ist. Auch der Adressat hielt diese Stelle in Kleists Brief immerhin für so wichtig, daß er sie in seiner 1840 verfaßten **Lebensgeschichte** ausführlich kommentierte, indem er von sich aus ein Stufen-Modell als Deutungsmuster von Kleists Harmoniebegriff entwickelte; in diesem Zusammenhang merkte er insbesondere auch an, daß Kleists Selbstmord – sinngemäß – die letzte Stufe seiner „Idiosynkrasie" gewesen sei, die von ihrer Wurzel her in einer „prästabilierten Harmonie" gründet (Vgl. dazu *Helmut Sembdner* (Hrsg.), **Heinrich von Kleists Lebensspuren. Dokumente und Berichte von Zeitgenossen**, S.443f).
[66] Josef Kunz, op.cit., in: KAM, S.77
[67] Josef Kunz, op.cit., in: KAM. S.77f
[68] EZ, S.473f
[69] Dazu vgl. auch *Christian Gottlieb Hölders* Bericht über sein Gespräch mit Kleist am Thunersee im Jahre 1801. Dort merkt Kleist anhand einer Kerbgraphik folgendes zur Konzeption der „Gesetze des Trauerspiels" (a.a.O.) an: „Die Linie [...] welche den Charakter des des Helden andeutet, ist grav (gravidiert [...]), das Schicksal, welches den Helden verfolgt, ist antigrav (erhebt den Helden über die Linie [...]). Wäre der antigrave Druck [...] gleich stark mit der Gravidative [sic!] [...], d.h. kämpften das Schicksal und die intellektuelle Kraft des Helden mit gleicher Stärke gegen einander, so würde der Held notwendig auf der Linie [...] fortgehen müssen." (in: *Helmut Sembdner* [Hrsg.], **Heinrich von Kleists Lebensspuren. Dokumente und Berichte von Zeitgenossen**, S.68).
[70] EZ, S.474
[71] EZ, S.475

72 Josef Kunz charakterisiert diesen Spannungsbogen in Kleists Betrachtung so: „Bei vielen Gelegenheiten wird die störende Funktion des Bewußtseins erwähnt. Wo Bewußtsein und Reflexion gegeben sind, da sei die Grazie gefährdet, da beginne die Ziererei." (op.cit., in: KAM, S.82)

73 Bereits in seinem Gespräch mit Hölder über die „Gesetze des Trauerspiels" merkt Kleist an, daß die charakteristische „Annähernde" des Trauerspiels – zwischen „gravem" und „antigravem" Druck die Parabel – und zwar als ideale Linie des Falls – sei. „Der Gang des (tragischen/ Der Verf.) Helden muß also in parabolischen Linien fortlaufen – [...]" (Helmut Sembdner [Hrsg.], op.cit., S.69)

74 Josef Kunz, op.cit., in: KAM, S.77

75 Josef Kunz, op.cit., in: KAM, S.78

76 Vgl. EZ, S.478f

77 EZ, S.479

78 EZ, S.478

79 Josef Kunz, op.cit., in: KAM, S.84

80 Vgl. EZ, S.475f

81 Vgl. Josef Kunz, op.cit., in: KAM, S.78

82 Denn hier wird Konstruktion ganz anders als im Sinne Kants verstanden, der ja in der **Kritik der reinen Vernunft** von den Körpern als jenen idealen, wenn nicht überhaupt zuletzt bloß mathematischen (Vgl. KrV, A 357) Dingen spricht, die *„bloße Erscheinungen unseres äußeren Sinns und nicht Dinge an sich selbst"* sind (KrV, B 469). Für Kleist ist der Körper, wie sich uns später noch deutlicher zeigen wird, freilich nicht allein Konstruktion, sondern vielmehr Widerstand bzw. Wirkung von einem opponierenden „Ding an sich" her, er ist somit mehr als bloß Produktion von anschaulicher Bewegung in geschlossenen Oberflächen, sondern vielmehr das in sich selbst bewegte Zusammenspiel von Bewegungskonstruktion und Bewegungsgefühl. So verstanden, wäre der Begriff „Tanz" durchaus eine passende Metapher für „Reflexion". Welche Ironie – auch das Konstruierte gehorcht zuletzt jenen Gesetzen, die sich nicht konstruieren lassen! Dies zu zeigen dient das Gleichnis mit den Prothesen. Es richtet sich u.a. also, freilich mit Sicherheit indirekt, gegen die berühmte Äußerung in A 383 der **Kritik der reinen Vernunft**, wo es heißt: „[...]daß, wenn ich das denkende Subjekt wegnehme, *die ganze Körperwelt wegfallen muß*, als die nichts ist, als die Erscheinung in der Sinnlichkeit unseres Subjekts und eine Art Vorstellungen desselben."

83 EZ, S.475f

84 Vgl. Josef Kunz, op.cit., in: KAM, S.78

85 Dazu vgl. EZ, S.480: Dort wird dieses völlig paradoxe Bewußtsein, daß die Marionette von der „organischen Welt" hat, von Kleist auch als „Grazie" bezeichnet. Die „Grazie" ist damit – welch geniale Zweideutigkeit dieses Bezugs – gleichsam die Perspektive, die die Marionette von uns, d.h. von ihrem Spieler hat. Sie zeigt sich direkt in ihrer Bewegung. Der Mensch muß sich ihr also auch von sich aus anpassen, andernfalls erscheint das bzw. sein Spiel mit ihr schlechthin als „Ziererei".

86 Dazu vgl. insbesondere *Josef Kunz*, **Die Thematik der Daseinsstufen in Kleists dichterischem Werk**, in: **Heinrich von Kleist. Aufsätze und Essays**. Hrsg. von Walter Müller-Seidel, S.676f.

87 Vgl. EZ, S.478ff

88 Vgl. EZ, S.474

89 Vgl. Josef Kunz, op.cit., in: KAM, S.77ff

90 Diese Auffassung prägte auch schon früh Kleists Verständnis von der Tragödie, wie u.a. eine Erinnerung *Christian Gottlieb Hölders* an einen Abend mit Kleist (im Jahr 1801) deutlich machen kann. In seinem Buch **Meine Reise über den Gotthard im Sommer 1801** beschreibt Hölder, wie bereits zuvor angedeutet, sein damals erfolgtes Zusammentreffen mit Kleist am Thunersee. Im Zuge eines längeren Gesprächs mit Hölder in"*[...] dem Kaufhause zu Unterseen*" entwickelte Kleist eine Theorie der Tragödie, die auf dem Zusammenspiel von „gravem" und „antigravem" Druck in einem Bewegungsbild beruht. Kleist schnitt zur Veranschaulichung seiner Theorie mit dem Kerbmesser eine Graphik in den Tisch, in der zum einen die „grave" Komponente der Schwerkraft und zum anderen die „antigrave" Komponente des Schicksals in einem streng mechanistisch verstandenen Gleichnis bzw. Beispiel zusammenspielen, um als

ganzes ein dramatisches Bewegungsbild zu konstituieren. In diesem Bewegungsbild, das im wesentlichen bereits mit dem ersten Kleistschen Bild des Marionettentheater-Aufsatzes übereinstimmt, übernimmt das Schicksal die Rolle der Imagination, während der „Charakter des Helden" die Rolle des gravitierenden Schwerpunkts übernimmt. Dazu vgl. *Helmut Sembdner* (Hrsg.), **Heinrich von Kleists Lebensspuren. Dokumente und Berichte von Zeitgenossen**, S.68ff (Sembdner zitiert den Bericht Hölders und gibt auch die in den Tisch eingekerbte Graphik Kleists wieder).

91 Zu diesem Themenkomplex gibt es zahlreiche biographische Quellen, vornehmlich in den von Kleist hinterlassenen Briefen. Obwohl Kleist zunächst Anhänger der zivilisationskritischen Theorien Rousseaus war und zugleich den Naturwissenschaften eine große gesellschaftspolitische Bedeutung zumaß, war er aber auch ein radikaler Aufklärungskritiker, ohne freilich in diesem Zusammenhang die romantische Variante einer Aufklärungskritik zu praktizieren. Ein wichtiges biographisches Zeugnis für diesen Komplex ist ein Brief an Wilhelmine von Zenge, am 15.8.1801 in Paris verfaßt, er drückt bereits die große Enttäuschung an den „Errungenschaften" der französischen Aufklärung aus – und zwar stellvertretend für die Enttäuschung an der Französischen Revolution: „O ich kann Dir nicht beschreiben, welchen Eindruck der erste Anblick dieser höchsten Sittenlosigkeit bei der höchsten Wissenschaft auf mich machte. Wohin das Schicksal diese Nation führen wird – ? Gott weiß es. Sie ist reifer zum Untergange als irgendeine andere europäische Nation. Zuweilen, wenn ich die Bibliotheken ansehe, wo in prächtigen Sälen und in prächtigen Bänden die Werke Rousseaus, Helvetius', Voltaires stehen, so denke ich, was haben sie genutzt? Hat ein einziges seinen Zweck erreicht? Haben sie das Rad aufhalten können; das unaufhaltsam stürzend seinem Abgrund entgegeneilt? O hätten alle, die guten Werke *geschrieben* haben, die Hälfte von diesem Guten getan, es stünde besser um die Welt." (BR, S.254)

92 Dazu vgl. auch *Siegfried Streller*, **H.v. Kleist und J.J. Rousseau**, in: **Heinrich von Kleist. Aufsätze und Essays**. Hrsg. von Walter Müller-Seidel, S. 637ff. Streller kritisiert in seinem Aufsatz u.a. auch *Georg Lukacs'* eklatantes Mißverständnis dieser – u.E. nach keinesfalls reaktionären und bloß antibürgerlichen – Ambivalenz Kleists.

93 Weiters heißt in demselben Brief noch: „Und doch – gesetzt Rousseau hätte in der Beantwortung der Frage, ob die Wissenschaften den Menschen glücklicher gemacht haben, recht, wenn er sie mit *Nein* beantwortet, welche seltsamen Widersprüche würden aus dieser Wahrheit folgen! *Denn es mußten viele Jahrtausende vergehen, ehe so viele Kenntnisse gesammelt werden konnten, wie nötig waren, einzusehen, daß man keine haben müßte* (Hervorheb. d. d. Verf.)."

94 Das somit ganz genau den Zeitgeist der napoleonischen Ära widerspiegelt!

Anmerkungen zum Kapitel 8

1 Und zwar in der Art, daß mit Hilfe derartiger Motiviken prinzipiell jeweils zwei Positionen bzw. Thesen einer Struktur vorgegeben werden, die sich zuletzt als Parallelismus bzw. als Identitätspostulat erweisen muß. In den vorhergehenden Kapiteln haben wir derartige Parallelismen und Gleichsetzungen im Zusammenhang mit Kleists Leibniz- und Rousseau-Rezeption aufgezeigt. Das Bewegungskontinuum des ersten Bewegungsbildes beruht, um hier noch einmal die wichtigsten Beispiele anzugeben, – erstens – auf dem Parallelismus von Imagination und Bewegung (im Sinne Leibniz'), zweitens aber auch auf der Identität von Bewegung (als Produkt einer Motorik) und „Gefühl" (im Sinne Rousseaus). Beide Motivgruppen formieren daher, und zwar gemessen an Kleists späterem intellektuellem Verständnis dieser Phänomene, so etwas wie eine vorkritische Einstellung zum Komplex „Bewegungsbild".

2 So entwickelt ja z.B. der Brief mit der Kant-Krise (vom 22.3.1801; vgl. BR, S.199ff) ganz ausdrücklich eine derartige Kontraposition. Sie zeigt sich zum einen in Gestalt einer mehr oder minder eindimensionalen, weitgehend didaktisch gehaltenen Leibniz-Rezeption und zum anderen in einer – auf den Kant der transzendentalen Ästhetik bezogenen – Gegenposition, die wiederum auch nur Rezeption (d.h. in vielem sogar Vulgärrezeption) des damals vorherrschenden Zeitgeists zu Kant ist. Dieses Spiel der Kontrapositionen ist im Brief an *Wilhelmine von Zenge* freilich ganz bewußt – d.h. in einer dezidiert didaktischen Absicht – gesetzt; in ihm ereignet sich dann aber auch etwas, und zwar vom damaligen Zeitgeist her verstanden, bislang

Unbekanntes: Es werden nämlich Versatzstücke der Kantischen Philosophie in einen weitgehend heterogenen, stark existenziell getönten Kontext eingebettet, den man mit *Josef Kunz* (bei diesem freilich im Zusammenhang mit dem Begriff „Grazie") als „*Wesensbestimmung eines Lebensausschnittes*" (vgl. KAM, S.79) bezeichnen könnte. So gesehen, wurzelt also die Frage nach der „Grazie" bereits in Kleists existenzieller Selbstinterpretation seiner Kant-Krise. Sie erhebt sich damit, wie bereits angedeutet, aus einer Kontraposition, deren Paradigma, so unsere These, das zweite Kleistsche Bewegungsbild ist; von diesem Bewegungsbild her wird damit zugleich auch eine neue Betrachtungsweise bzw. sogar eine neue literarische Gattung begründet (So verstanden, könnte man z.B. Kleists **Prinz von Homburg** als ein „dramatisches Bewegungsbild" bezeichnen).

3 Man muß daher Josef Kunz zustimmen, wenn er in seinem Kleist-Aufsatz einseitige Hervorhebungen dieser sicherlich auch geschichtsphilosophisch angelegten Fragestellung scharf kritisiert, und demgegenüber eine Darstellung des „Ganzen" des Marionettentheater-Aufsatzes im Sinne der Darstellung einer „Lebensverfassung" fordert (Vgl. op.cit., S.76).

4 Dies zeigt sich z.B. nicht zuletzt auch im Zusammenhang mit der Bärenkampf-Episode des Marionettentheater-Aufsatzes. Wie nämlich *Horst Häker* (und zwar in: **Neue Quellen zu Beiträgen Heinrich von Kleists in seinen ‚Berliner Abendblättern'**, in: **Jahrbuch der Deutschen Schillergesellschaft** Jg 25 (1981), S.41ff) annimmt, ist die Vorlage zur Bärenkampf-Episode im Marionettentheater-Aufsatz sehr wahrscheinlich eine kurze Geschichte mit Titel: **Der Bärentreiber. Eine wahre Anekdote**, publiziert in: **Brennus. Eine Zeitschrift für das nördliche Deutschland** (März 1802). Kleist hat die eher anspruchslose Vorlage zu einer tiefgreifenden philosophischen Parabel umgewandelt, ohne dabei freilich, wie ja der Publikationsmodus des Marionettentheater-Aufsatzes mehr als deutlich zeigt, den journalistischen Anspruch gänzlich aufzugeben. Er bildet vielmehr – und zwar tatsächlich sehr subtil eingeflochten – den Hintergrund einer motivischen Verwandlung. Somit wird die Umformung einer Anekdote zuletzt zur Basis eines von einer Diskontinuität her gezeichneten Bewegungsbildes. Dies geschieht im übrigen auch durch die Einführung von Kontrapositionen im Zusammenhang mit den Bewegungen des Fechtkünstlers und des Bären, so z.B. über die motivische Entwicklung des Gegensatzes von tacit knowledge und rational entwickeltem Bewegungskönnen, über die in den folgenden Kapiteln noch ausführlicher zu sprechen sein wird. Das Paradigma, das jene Kontrapositionen im Marionettentheater-Aufsatz am deutlichsten zum Ausdruck bringt, ist, wie ferner auch zu zeigen ist, das zweite Kleistsche Bewegungsbild. Von diesem speziellen Erkenntnisinteresse her ist es dann also sehr wichtig, die Übergänge zwischen journalistischem und metaphysischem Bild minutiös darzulegen; von ihnen her ergibt sich nämlich zuletzt eine Poetik des Kleistschen Bewegungsbildes, und zwar als Beziehungssystem zwischen literarischem und philosophischem Anspruch des Textes, das ja stets auch empirisch greifbar ist.

5 Er zeigt sich uns, um in zwei Begriffen von *Josef Kunz* zu sprechen, in einem Übergang vom rationalistischen bzw. empfindsamen „Motiv der Marionette" (vgl. **Kleists Gespräch ‚Über das Marionettentheater'**, in: KAM, S.76) zur diskontinuierlich angelegten „Lebensverfassung der Grazie" (A.a.O.) – und zwar, jetzt in unserem Sinne ausgedrückt, als ein Bewegungsbild, das das Motiv der Marionette vielseitig einsetzt, wobei diese Vielseitigkeit – durchaus auch im Sinne eines deterministischen Chaos – direkt dem Alltag abgelesen wird. Vom journalistischen Hintergrund aus beabsichtigt Kleist die Überschreitung des anekdotischen Grundanspruchs zu einer Poetik der Bewegung hin, indem er den Bewegungsbegriff zwischen alltäglicher Praxis und metaphysischem Anspruch variiert. Sein erklärtes Ziel ist es nämlich, ein Bewegungsbild zu skizzieren, das die Stufe der „organischen Lebensverfassung" (vgl. Josef Kunz, op. cit., S.81) in Gestalt eines vielschichtigen Diskurses über alltägliche Bewegungsphänomene erreichen und ausdrücken will. Dabei geht es ihm aber auch ganz offensichtlich um die Darstellung einer zyklischen Annäherung an den Phänomenkomplex, die den Leser in eine argumentative Kreisbewegung versetzt. Sie zeigt sich in den Zirkel-Motiven des Marionettentheater-Aufsatzes, allerdings eher in allegorischer Hinsicht (vgl. EZ, S.476f, S.477 und S.480): ihr Zweck ist die Zusammenknüpfung jener wichtigen Probleme, die im Aufsatz zunächst einmal nur im journalistischen Interesse angesprochen werden, zu einer übergeordneten Poetik der Bewegungskultur. Es geht dabei in der Hauptsache um folgende Ebenen (jeweils zwischen journalistischem und physikalisch/metaphysischem Anspruch dargestellt), die

nunmehr zu erzählerischen bzw. dramatischen Gattungen werden: *Organische Bewegung* (vgl. die Fechter-Episode), *Bewegungs-Bewußtsein* (vgl. die Bärenkampfepisode), *Bipolarität des Bewußtseins* (vgl. die Konklusion des Aufsatzes). So verstanden, drückt also das (von uns postulierte) zweite Bewegungsbild ein Zusammenspiel diverser Bewegungselemente aus, die sich üblicherweise, was ihre Praxis betrifft, in diskreten und unzusammenhängenden Niveaus abspielen. Eine Kontinuität des Entwurfs darf also – anders als im Falle des ersten Bewegungsbildes – hier nicht mehr vorausgesetzt werden. Das zweite Bewegungsbild verrät daher – als Gattungswesen rekonstruiert – eher ungewöhnliche und überraschende Zugänge zum alltäglichen Bewegungsphänomen, das jetzt direkt in einer diskontinuierlichen, fragmentierten und brüchigen Bewegungspraxis gründet (vgl. z.B. die Traumszene im **Prinz von Homburg**). Der Übergang von der organischen Stufe zur „Lebensverfassung der Grazie" steht daher dem Menschen nicht gänzlich offen, was zugleich bedeutet, daß Kleist in dieser Argumentationsstufe seines Aufsatzes die Leibnizsche und Rousseausche Betrachtungsweise endgültig verläßt.

6 Diese Absicht Kleists hat vor allem *Clemens Heselhaus* in seinem Aufsatz **Das Kleistsche Paradox** herausgearbeitet. Heselhaus zeigt, daß Kleist zur Verwirklichung dieses didaktischen Anspruchs einen komplizierten Bewegungsvorgang ins Werk gesetzt hat, der sich am deutlichsten auf der Ebene des Zusammenspiels von Form und Inhalt des Aufsatzes zeigt. Dieses Zusammenspiel führt zuletzt zum „Kleistschen Paradox" (Vgl. besonders op. cit., in: KAM, S.113ff)

7 Vgl. Clemens Hesselhaus, op. cit., in: KAM, S. 114.

8 Dazu vgl. Josef Kunz, op.cit., S. 78ff

9 Dazu vgl. auch *Clemens Heselhaus*, **Das Kleistsche Paradox**, in: KAM, S.112ff. Am Beginn seines Aufsatzes versucht Heselhaus eine vorläufige Gattungsbestimmung des Marionettentheater-Aufsatzes, indem er das Moment einer Bewegung einführt, die zum einen reiner, argumentativer Inhalt ist, die aber als solcher auch ständig und destruktiv auf die Diskursform selbst zurückwirkt; die dabei entstehenden Reflexionsfiguren verweisen daher immer – und vor allem auch provokant – über den immanenten Charakter des Bewegungsvorganges hinaus, wobei es ein wichtiges argumentatives Ziel sein muß, so etwas wie ein „Kleistsches Paradox" zu erreichen. Tatsächlich zeigt sich, wie Heselhaus im übrigen richtig feststellt, daß der derart journalistische Tenor des Textes ganz offensichtlich ständig im Widerspruch zur kolportierten ästhetischen Theorie steht, indem sie sich ihrer auf paradox bewegte Art bedient – und zwar bewußt von Brüchen und Fragmenten her. Dem ersten Eindruck nach handelt es sich also tatsächlich um eine Annäherung an das Prinzip des Schlegelschen Fragments (vgl. a.a.O., S.112f). In der vorliegenden Abhandlung soll dagegen gezeigt werden (und zwar im übernächsten Kapitel), daß Kleist im Zuge des argumentativen Übergangs vom ersten zum zweiten Bewegungsbild u.a. auch eine radikale Romantikkritik vollzogen hat. Dabei ist das erste Bewegungsbild gleichsam die ästhetische Theorie, die im Zuge der Darstellung des zweiten Bewegungsbildes in Bruchstücke gelegt wird. Die Bewegung vom ersten zum zweiten Bewegungsbild ist daher gleichsam ein oszillierendes Geschehen, drückt also die von Heselhaus angesprochene Beziehung zwischen Inhalt und Form des Gesprächs als einen Fragmentierungsvorgang aus.

10 Clemens Heselhaus, op.cit., S.113

11 Auf diese sehr wichtige, von der neueren Kleistforschung bislang kaum gewürdigte Zweckbestimmung des Marionettentheater-Aufsatzes weist insbesondere *Elena Dabcovich* in ihrem Aufsatz **Die Marionette. Die Lösung eines künstlerischen und moralischen Problems durch einen technischen Gedanken** (Vgl. KAM, S.95) hin. Sie geht dabei von der zentralen These aus, daß der Marionettentheater-Aufsatz Kleists ein künstlerisches bzw. damit im Zusammenhang auch ein ethisch-ästhetisches Problem (d.h. die „Grazie") durch eine rein technische Bewegungsanalyse der Marionetten-Bewegung umschreiben will. Dabcovich verweist in diesem Zusammenhang auf mögliche Bezüge zu Diderots berühmten Aufsatz **Paradoxe du Comédien**, in dem das Verständnis vom Schauspieler in der klassischen französischen Theaterkunst einer technischen Kritik (im Sinne des materialistischen Bewegungsverständnisses der französischen Aufklärung) unterzogen wird. Der Hauptgedanke dieser Kritik richtet sich dabei gegen das klassische Verständnis von der Rolle des Schauspielers, der, nach Diderots Auffassung, immer bemüht ist, seine Sensibilität im Medium des Schauspiels umzusetzen, und dem es daher weniger um das Stück an sich geht, in dem er spielt. Dieser Einstellung wird von Di-

derots Seite her ein neues Bild vom Schauspieler entgegengestellt, von dem her der Akteur bemüht sein muß, nicht sich selbst in den Mittelpunkt zu stellen, sondern vielmehr Medium der Bewegung, ja selbst „Bewegung zu sein". Seine Subjektivität ist daher, so verstanden, Nebensache, vielmehr soll der existenzielle Standpunkt im Zuge einer technischen Gestaltung zum Ausdruck kommen, die nicht bloß vom Schauspieler selbst, sondern vielmehr vom Zusammenspiel Schauspieler/Drama her festgelegt wird. Auf diese Weise spielt aber sofort auch ein Moment des Unbewußten bzw. des Bewußtlosen in das Bewegungsbild hinein, das sich gegen die „Ziererei" des Allzubewußten, und um mit Diderot selbst zu reden, gegen die narzißtische *sensibilité* des Schauspielers richtet (Vgl. op.cit., S.91). Es geht also nicht zuletzt auch darum, gegen das Leitbild eines *comédien de la vie* zu arbeiten, dem es nur um persönlichen Ruhm und nicht etwa hauptsächlich um die Sache des Theaters als Bewegungskultur geht. Daß Kleist diese, ihrem tieferen Wesen nach pointiert aufklärerische Kritik Diderots im Prinzip sinngemäß nachvollzogen hat (wobei freilich gleichgültig bleibt, ob bewußt, d.h. als Diderot-Leser und -Kenner, oder eher unbewußt – im Sinne des Zeitgeists der Spätaufklärung), liegt, wie wir im folgenden minutiös zeigen werden, auf der Hand. In diesem Zusammenhang hat *Elena Dabcovich* tatsächlich ein sehr wichtiges Basis-Modell (und zwar direkt vom Marionettentheater-Aufsatz her) skizziert, das es uns zuletzt möglich macht, Kleists profunde Romantik-Kritik (sie spiegelt sich insbesondere in den Schluß-Episoden und -Motiven des Aufsatzes) besser verstehen zu lernen. Anstatt einer Hervorhebung des „sensiblen", ja narzißtischen Subjekts (vgl. die Rolle des Jünglings in der Dornauszieher- Episode) ging es nämlich Kleist, so Dabcovich, um eine Umschreibung des existenziellen Standpunkts des Spielers im Medium eines technischen Diskurses über das Spiel. Kleist folgte in diesem Punkt den wesentlichen Postulaten der französischen Aufklärung, freilich bereits auf einem höheren Niveau, das die romantische Aufklärungskritik à la Schlegel bereits weitgehend überwunden hat. In ihrem Zentrum steht ein neuer Begriff von der künstlerischen Existenz, der sich u.a. direkt gegen die romantische Sensibilität richtet; vgl. dazu u.a. op.cit.; S.95.

12 Dazu vgl. Walter Benjamin, **Der Begriff der Kunstkritik in der deutschen Romantik**, in: **Gesammelte Schriften**. Bd. I.1, S. 29ff.

13 Dies zeigt sich insbesondere im fragmentierten, traumwandlerischen Bewegungsbegriff des **Prinz von Homburg**. Dieses Moment des Diskontinuierlichen und, äußerlich gesehen, Fragmentierten im Bogen einer in sich abschlossenen motivischen Bewegung, nähert Kleist in seinem – etwa zeitgleich mit dem Marionettentheater-Aufsatz – entstandenen, letzten Drama durch die Einführung einer Traum-Motivik an. Auf diese, für das tiefere Verständnis des zweiten Bewegungsbildes äußerst wichtige Tatsache verweist insbesondere der Kleist-Biograph *Hans Dietrich Zimmermann*, und zwar im Zusammenhang mit einem Hinweis auf den romantischen Naturphilosophen und Schelling-Schüler *Gotthilf Heinrich Schubert*(1780-1860), den Kleist im Jahre 1807 über den Philosophen *Adam Müller* in Dresden kennenlernte (Vgl. *Hans Dietrich Zimmermann*, **Heinrich von Kleist. Eine Biographie**., S.253).

14 Bedenkt man nur, daß es sich hier ja um Militärs handelt, und überlegt man sich die Situation nicht zuletzt mit Blick auf die Tatsache, daß Kleist ja selbst zeitweilig Soldat war, und daher um die Strenge des Reglements sehr wohl Bescheid wußte!

15 D 2, S.354

16 Vgl. auch Hans Dietrich Zimmermann, op.cit., S.331f

17 Vgl. insbesondere § 275 der **Psychologie**

18 Vgl. Carl August Eschenmayer, **Psychologie**, S. 248

19 Vgl. dazu die wichtigen und grundlegenden Forschungen und Entdeckungen des dänischen Schelling-Schülers *Christian Örsted* im Bereich der elektromagnetischen Induktion. Dazu vgl. *Emilio Segrè*, **Die großen Physiker und ihre Entdeckungen**, S.203f, ferner: *Jochen Kirchhoff*, **Schelling in Selbstzeugnissen und Bilddokumenten**, S.102f

20 Vgl. dazu EZ, S.475

21 Indes darf man aber, soviel sei schon jetzt hervorgehoben, nicht der irrtümlichen Auffassung verfallen, daß Kleist sich schlußendlich, und zwar völlig eindeutig, für das zweite Bewegungsbild entschieden hat, vielmehr überläßt er die endgültige Entscheidung eigentlich seinem Leser und dessen Einfühlungsvermögen (Dazu vgl. auch *Clemens Heselhaus*, op.cit., S.113). Ihm ist im übrigen auch eine Schwebe wichtig, die gewissermaßen, freilich nur äußerlich, einer romantischen Ironie gleichkommt, und deren letzter Zweck es u.a. ist, den Ausgang des

Gesprächs nicht endgültig festzulegen, um sich zuletzt die Vielfalt der Möglichkeiten – und zwar innerhalb des Spielraums zweier eher enger gefaßten Paradigmen – offenzuhalten. Er selbst skizziert nämlich auf der Basis eines ungezwungenen Dialogs die möglichen Optionen, als wären sie die Bewegungselemente einer Schwebe-Konstruktion, die alle ironischen Möglichkeiten der Deutung und Selbstdeutung offenlegen will. Diesen Bauplan, so werden wir am Schluß der vorliegenden Abhandlung noch deutlicher erkennen, legte er auch der dramatischen Basis-Konzeption im **Prinz von Homburg** zugrunde. Freilich betont er zuletzt dennoch das kritische Moment in der Konzeption des zweiten Bewegungsbildes, ohne freilich zu einer letzten Entscheidung zu gelangen, ob die Kritik umfassende theoretische Bedeutung erlangen kann. Partikuläre Bedeutung hat sie immerhin! Es wird vielmehr auch angedeutet, daß dies nur die Praxis entscheiden kann (und die wiederum kann nicht Gegenstand eines Aufsatzes sein).

22 EZ, S.480

23 EZ, S.479

24 EZ, S.479f

25 EZ, S.479

26 EZ, S.480

27 EZ, S.480

28 Es handelt sich hierbei um jenes „Gefühl", das auch. im Zentrum des bereits in Kap. 1 beschriebenen Alkmene-Motivs steht. In **Heinrich von Kleist oder das absolute Ich** spricht Günter Blöcker von „Das erkennende Gefühl" (vgl. op.cit., S.160-196)

29 Dazu vgl. auch Günter Blöcker, op.cit., S.191.

30 Die erste Stelle (EZ, S.476): „Doch das Paradies ist verriegelt und der Cherub hinter uns; wir müssen die Reise um die Welt machen, und sehen, ob es vielleicht hinten irgendwo wieder offen ist." Ferner die zweite Stelle (EZ, S.477): „Nur ein Gott könne sich, auf diesem Felde, mit der Materie messen; und hier sei der Punkt, wo die beiden Enden der ringförmigen Welt ineinander griffen." und schließlich die dritte Stelle (EZ, S.480): „- Doch so, wie sich der Durchschnitt zweier Linien, auf der *einen Seite* eines Punkts, nach dem Durchgang durch das Unendliche, plötzlich wieder auf der *andern Seite* einfindet, [...]" (Hervorheb. d.d.Verf.). Diese drei Varianten des Zirkelgleichnisses beziehen sich jeweils direkt auf eine Episode des Aufsatzes (freilich im eher lockeren, jedoch stets auch kritischen Kontext). Nr. 1 bezieht sich dabei auf die Episode vom Puppen-Tänzer (und dem Spiel des Schwerpunkts des „Gliedermanns"), Nr. 2 gehört u.a. zur Episode vom Dornauszieher (und zwar als kritischer Kontrapunkt zu den Überlegungen zum reflektierenden Bewegungsbild des „Gliedermanns"), Nr. 3 bildet schließlich das inhaltliche Kernmotiv der Konklusion (und zwar direkt im Kontext des Geraden- und des Spiegelbeispiels).

31 *Immanuel Kant*, **Vorkritische Schriften bis 1768.** Bd. 2. Hrsg. von Wilhelm Weischedel, S.535.

32 *Wolfgang Kurock*, **Heinrich von Kleist und die Marionette**, in: HKS, S. 104

33 Wolfgang Kurock, op. cit., S.103

34 Genau hier setzt Kleist dann auch zu einer radikalen Kritik an, indem er seine Konzeption vom „Gefühl" ins Spiel bringt, die u.a. zum Ausdruck bringen will, daß – im Kontext des zweiten Bewegungsbildes Geist und Materie eine untrennbare Einheit bilden, die freilich unbewußt bzw. – was in der Praxis dasselbe ist – göttlich ist. Dazu vgl. in diesem Zusammenhang insbesondere folgende Passage in der Konklusion des Marionettentheater-Aufsatzes (EZ, S.480): *„so, daß sie (die Grazie/Der Verf.), zu gleicher Zeit, in demjenigen menschlichen Körperbau am reinsten erscheint, der entweder gar keins, oder ein unendliches Bewußtsein hat, d.h. in dem Gliedermann, oder in dem Gott."* Über den Transit durch das Unendliche hinweg werden in dieser Konzeption sowohl das Leibnizsche als auch das Rousseausche Bewegungsbild wieder in den Blickpunkt gerückt, freilich nicht mehr im Kontext des ersten Bewegungsbildes.

35 EZ, S.474f

36 Die fragmentierte Aufeinanderfolge der Argumente, so wie sie Kleist über den gesamten Dialog des Aufsatzes hinweg – zumeist situativ – entwickelt, zeigt nun, insbesondere an dieser Stelle, daß es ihm nicht wirklich um die lineare Entwicklung von Argumentationssträngen ging, sondern vielmehr um ein antithetisch angelegtes Bild, dessen Pole sich freilich nicht in krassem Gegensatz gegenüberstehen, so wie dies in einem streng philosophischen Dialog der Fall sein müßte. Vielmehr läßt sich eine komplexe, in sich verschlungene Spiralbewegung er-

kennen, die ihrerseits auf genau abgrenzbaren Bewegungselementen beruht. Ihr wollen wir in unserem Deutungs- und Erschließungsversuch nachfolgen. Im obigen Falle handelt es sich dabei um das Zusammenspiel von Behauptung und Gegenbehauptung in ein und demselben Bewegungsbild, d.h. mithin von einer scheinbaren Übereinstimmung der Gesprächspartner her (die in vielen z.B. den dramatischen Dialogen in **Amphitryon** gleicht). Zuletzt wird das erste Kleistsche Bewegungsbild allerdings Schritt für Schritt, d.h. „allmählich" zerstört, ohne daß dabei die Bewegungselemente selbst radikal in Frage gestellt werden. Poetologisch gesehen, treffen wir daher auf eine komplizierte Collage, die sich nur in den wichtigsten Grundzügen systematisch paraphrasieren läßt. Die Poetik dieses Textes ist daher selbst Marionettentheater (ist daher in diesem Sinne selbstbezügliche Darstellung einer argumentativen Bewegung).

[37] Vgl. z.B. im Zusammenhang mit dem Zusammenspiel von „Gefühl" und „Bewegung" Ludwig Wittgenstein, **Werke** Bd. 1 (= **Philosophische Untersuchungen**), S.502f:

[38] EZ, S.474

[39] EZ, S.475

[40] Diese Bemerkung Kleists wird, und zwar was den technischen Aspekt des Marionettenspiels betrifft, von Wolfgang Kurock, wie folgt, kritisiert: *„So behauptet Kleist gleich an zwei Stellen, die Fäden der Marionette seien direkt an den Fingern des Maschinisten befestigt. Dies ist zwar eine landläufige Meinung, hält aber keiner fachlichen Prüfung stand; solche Figuren hat es in der Praxis nicht gegeben, zum mindesten nicht zu Kleists Zeit.*" (HKS, S.107)

[41] Dem, und dies sei hier schon vorweggenommen, die bereits angesprochene chaotische Unendlichkeit des zweiten Kleistschen Bewegungsbildes, die aus Abstürzen, Brüchen und Rissen besteht, dezidiert widerstreitet.

[42] In seinem Aufsatz **Kleists Gespräch ‚Über das Marionettentheater'** spricht *Josef Kunz* – und zwar mit Blick auf jene Konzeption der „Grazie", die wir in der vorliegenden Abhandlung in einem strengen Sinne dem ersten Kleistschen Bewegungsbild zugeordnet haben – von der „Lebensstufe des Organischen" (op.cit., in: KAM, S.78). Für Kunz ist der bewegte Organismus (im Verständnis von Kleists Marionettentheater-Aufsatz) nicht allein ein hier und jetzt bewegtes Objekt (im Ablauf eines Marionettenspiels), sondern vielmehr überhaupt „Lebensstufe" bzw. Interpretation des Zusammenhangs von Lebensvollzug und Bewegung (im Sinne einer vorgegebenen Idee von der „Grazie"): *„Nun ist eine zweite Frage zu erörtern, nämlich die nach dem Lebenskreis dessen, was ausgezeichnet ist durch den Vorzug der Grazie. In welcher Richtung diese Frage zu beantworten ist, ergibt sich schon aus der Tatsache, daß in dem ‚Gespräch' das Wort von der natürlichen Grazie geprägt wurde. Gemeint ist also vor allem die Lebensstufe des Organischen, die die Auszeichnungen der Grazie genießt. Daß es auch noch eine andere Verwirklichungsmöglichkeit der Grazie gibt, wird am Ende der Abhandlung angedeutet; es ist jene, die ermöglicht ist durch das unendliche Bewußtsein Gottes.*" (a.a.O.). Kunz unterscheidet also zwischen der „organischen" und der „göttlichen" Grazie. In unserem Verständnis ist letztere auf das Bewegungsbild der Annäherung zu beziehen, erstere dagegen Kernaussage des Leibniz-Rousseauschen Bewegungsbildes. Zwischen diesen beiden Momenten in Kleists Argumentation steht, entsprechend dem Stufenmodell Kunz', die Bewegungsfunktion – z.B., wie im folgenden noch zu zeigen ist, ausgedrückt durch das „Geradenbeispiel".

[43] In seinem Aufsatz **Grazie und Anmut. Ein biologischer Exkurs über das Marionettentheater von Heinrich von Kleist** (i.e. KAM, S.64ff) spricht *Herbert Plügge* – und zwar ganz vom Voraussetzungssystem der Biologie Jacob von Uexkülls her –, ferner V.v. Weizsäcker zitierend, von einer *„Formbeziehung zwischen einem Organismus und seiner Umgebung*" und meint damit den Zusammenhang zwischen dem Ganzen der Bewegung und seinen, vornehmlich das Individuum betreffenden Teilen. In unserem Verständnis bezieht sich diese zyklische Gruppierung insbesondere auf das Verhältnis von Bewegungsbild und Bewegungselementen, das sich gemäß unserem Schema als ein Feed-back-Prozeß ausdrückt, der – freilich bloß im Sinne eines Interpretaments – als eine „Formbeziehung" verstanden werden kann. Dieser Aspekt ist insbesondere auch für die Zusammenhänge zwischen dem Bewegungsbild als Diskursform (in einem Gespräch) und dem Bewegungsbild als physikalisch-biologisches Phänomen von großer Bedeutung. Plügge verweist auf S.65 seines Aufsatzes auf den „Gestaltkreis" *V.v. Weizsäckers*, der in der zyklisch abgeschlossenen Beziehung zwischen Subjekt, biologisch faßbarem Ich und Umwelt ein in sich geschlossenes Bewegungsbild sieht, das er auf Kleists Marionette und ihren Spieler anwendet. Auf unsere Konzeption bezogen, würde

dies bedeuten, daß der Gestaltkreis Weizsäckers die Struktur des ersten Kleistschen Bewegungsbildes wiedergibt, indem Gestaltung immer auch symbolische Form inmitten eines Bewegungsbildes ist (im Sinne der „Zirkelmotivik" des Aufsatzes). Tatsächlich ist dieser Aspekt in Kleists Marionettentheateraufsatz von großer Bedeutung, gleichwohl wäre eine Überbetonung dieses gestaltspsychologischen Modells u.E. ein einseitiger Zugang zum Ganzen des Marionettentheater-Aufsatzes. Dies zeigt sich insbesondere in der Tatsache, daß ja die Schlußmotive von Kleists Aufsatz den in sich geschlossenen Kreisprozeß ausdrücklich durchbrechen. Es gibt nämlich nach Kleists Auffassung ein Stadium des Bewegungsvorganges, wo weder die Umwelt noch das biologische (d.h. das empirische) Subjekt vermittelnd wirken können zwischen dem Organismus und seinem Bewußtsein. Vielmehr entsteht Gestaltung – d.h. „Grazie" – durch einen Transit durch ein Unendliches, das eher metaphysischen denn biologisch-psychologischen Charakter trägt.

44 EZ, S.474

45 EZ, S.474

46 EZ, S.478

47 EZ, S.473

48 EZ, S.478

49 EZ, S.473f

50 BR, S.255

51 Zum Motiv der Doppeldeutigkeit im erzählerischen Œuvre Kleists: *Klaus Müller-Salget*, **Das Prinzip der Doppeldeutigkeit in Kleists Erzählungen** (1973), in: **Kleists Aktualität**. Neue Aufsätze und Essays 1966-1978. Hrsg. von Walter Müller-Seidel, S.166-199. Besonders S.175ff.

52 Günter Blöcker charakterisiert diese Sichtweise Kleists recht treffend in einer Kapitelüberschrift seines Buches **Heinrich von Kleist oder das absolute Ich**, die da lautet: „Die Welt im Verhör" (op.cit., S.140ff): „So werden aus blinden Schickungen sinnreiche Erprobungen. Der Dichter tastet sich durch das Labyrinth der Welt. Er ist genötigt, die Welt zu erfragen, die bizarren Vermummungen des Seins forschend zu durchdringen. Das Leben wird zum ‚Fall', es nimmt Prozeßcharakter an." (op. cit., S.140) Dieses wichtige Prinzip verbirgt sich auch noch hinter dem Bewegungsgesetz des Zwiegesprächs im Marionettentheater-Aufsatz, betrachtet man z.B. die Bärenkampf-Episode.

53 Z.B. im Zusammenhang mit den Novellen **Michael Kohlhaas**, **Der Zweikampf**, ferner besonders auch in den dramatischen Arbeiten **Das Käthchen von Heilbronn**, **Der zerbrochene Krug** und nicht zuletzt auch im **Prinz von Homburg**. Immer steht ein mehr oder minder rational ausgeprägter Rechtsfall hinter den Bewegungen der Protagonisten und nicht etwa eine prästabilierte Harmonie, oder eine Übereinstimmung von Natur und Geist. Freilich tragen diese Rechtsfälle stets auch einen metaphysischen Charakter, und zwar in – gerade diese Tatsache verbindet Kleist mit Kafka. Bewegung ist also, so verstanden, Annäherung an eine Gewißheit, die freilich zuletzt unerreichbar bleiben muß.

54 EZ, S.480

55 EZ, S.480

56 Dazu vgl. auch *Günter Blöcker*, **Heinrich von Kleist oder das absolute Ich**, S.124ff. Am Beginn seines Kapitels „In einer unbegreiflichen Welt" schreibt Günter Blöcker: „Kleists Menschen leben im Rätsel. Das ist der Daseinsraum, den ihnen der Dichter nach der Kant-Krise zuweist – ihnen wie sich selbst." (op. cit., S.124)

57 Im 1789 entstandenen programmatischen Artikel Goethes **Einfache Nachahmung der Natur, Manier, Stil** ruht der „Stil" (und zwar als Ausdruck bzw. als Bild einer ästhetischen Komponente der Welt) *„[...]auf den tiefsten Grundfesten der Erkenntnis, auf dem Wesen der Dinge, insofern uns erlaubt ist, es in sichtbaren und greiflichen Gestalten zu erkennen.*"(*J. W. Goethe*, **Werke. Bd XII.** München 1982, S.31f)

58 Dazu vgl. folgende Szene:"*Doch die Marquise, welcher die Tränen häufig flossen, versicherte, daß sie sehr gesund wäre, und daß ihr gar nichts fehle, außer jenem sonderbaren und unbegreiflichen Zustand. – Zustand! rief die Mutter wieder; welch ein Zustand? Wenn dein Gedächtnis über die Vergangenheit so sicher ist, welch ein Wahnsinn der Furcht ergriff dich? Kann ein innerliches Gefühl denn, das doch nur dunkel sich regt, nicht trügen? Nein Nein! sagte die Marquise, es trügt mich nicht! Und wenn Sie die Hebamme rufen lassen wollen, so werden sie hören, daß das Entsetzliche, mich vernichtende, wahr ist. -*" (EZ, S.134)

[59] BR, S.309
[60] EZ, S.480
[61] BR, S.355
[62] Hier handelt es sich ganz offensichtlich um eine Paraphrase zu Rousseaus Bewegungsbegriff, so wie er in **Emile** zum Ausdruck kommt: *„Bei den Körpern bemerke ich zwei Arten von Bewegungen, nämlich übertragene Bewegung und spontane oder aus eigenem Antrieb erfolgende Bewegung. Bei der ersteren ist die treibende Ursache dem bewegten Körper fremd, bei der zweiten liegt sie in ihm selbst.*" (**Emile**, S. 557)
[63] EZ, S.480
[64] Der Terminus „Cursor" – aus der Computer-Terminologie entlehnt – soll hier das punktuelle Zusammenspiel von Hand und Fäden der Marionette umschreiben, ohne daß hier näher auf technische Einzelheiten eingegangen werden kann und soll. Wir gehen vielmehr in unseren Überlegungen davon aus, daß der Spieler (in den nun folgenden fiktiven Beispielen) diese Zusammenhänge bereits weitgehend beherrscht, und versuchen von daher eine Bewegungsanalyse, die im strengen Sinne nur auf die Begrifflichkeiten und Gedankengänge Kleists aufbaut.
[65] Dazu vgl. Elena Dabcovich, **Die Marionette. Die Lösung eines künstlerischen und moralischen Problems durch einen technischen Gedanken**, in: KAM, S.88-98. Hier: S.88: *„Alle ‚körperlichen' Bestimmungen des ‚Marionettentheaters' sind von vornherein zugleich seelische und geistige.*"
[66] Diese wichtige Einschränkung muß daher in jeder Phase der nun folgenden Argumentationsgänge streng beachtet werden. Es gibt nämlich durchaus Kritiker, die Kleists Kompetenz, über das Marionettentheater zu sprechen, gelegentlich kritisch in Frage stellen (wie z.B. Wolfgang Kurock); in unserem Falle spielen aber derartige, u.a. rein technische Einwände keine Rolle, da wir ja hier zunächst einmal immanent interpretieren.
[67] Wobei im Sinne der Argumentationen in Diderots Aufsatz **Paradoxe du Comédien** die Person des X (als Individuum) zunächst einmal überhaupt keine Rolle spielt, allein sein Können und seine spieltechnische Begabung zählen hier. Vgl. dazu *Elena Dabcovich* in **Die Marionette. Die Lösung eines künstlerischen und moralischen Problems durch einen technischen Gedanken**, in: KAM, S.95. Daher soll nicht irgendein Name eines berühmten Spielers (deren es einige gibt) eingeführt werden, sondern vielmehr der allgemeine Charakter einer Spiel-Variable (mit Namen „Marionettenspieler") hervorgehoben werden, der einer Puppe zunächst einmal ganz anonym gegenübersteht, die momentan – so verstanden, gleichsam zufällig – eben den Namen Don Giovanni trägt und eine Rolle in einer Oper Mozarts spielt. Im Prinzip gelten derlei Überlegungen ja – und zwar durchaus im Sinne Kleists – ganz allgemein.
[68] Und zwar im Sinne der Korrespondenz von ästhetischem Bild und technischem Aspekt, so wie sie von *Elena Dabcovich* in **Die Marionette. Die Lösung eines künstlerischen und moralischen Problems durch einen technischen Gedanken** diskutiert wird (Vgl. insbesondere, op.cit., S.88ff). Dabei ist der „technische Gedanke" hier die Beschreibung des Zusammenspiels von Marionette und Marionettenspieler als ein ästhetisches Bild, wobei hinter diesem Zusammenspiel immer auch ein bestimmter kosmologischer Aspekt, d.h. eine Art der Welterfahrung steht. Diese Erfahrung wird durch die Bewegungselemente des Bildes näher umschrieben: So dient die „Prothese" als mechanischer Ausdruck für die Autonomie eines Bewegungsvorgangs, der gleichwohl in ein Ganzes eingebettet ist, ohne von ihm gänzlich abhängig zu sein; oder so dient z.B. das Gleichnis vom *„Weg der Seele des Tänzers*" als Ausdruck für eine bevorzugte Perspektive innerhalb des Bewegungsvorgangs usf.
[69] Wolfgang Kurock, op.cit., S.104f
[70] Dazu vgl. auch Elena Dabcovich, **Die Marionette. Die Lösung eines künstlerischen und moralischen Problems durch einen technischen Gedanken**, in: KAM, S.95
[71] Friedrich Cramer, **Chaos und Ordnung. Die komplexe Struktur des Lebendigen**, S.186f.
[72] Wolfgang Kurock deutet in seinem Aufsatz freilich auch die Möglichkeit der dritten Lösung des Cramerschen Iterators (mit im wesentlichen unvorhersehbaren Ausgang) an, wenn er im Zusammenhang mit der „Ein-Faden-Führung" von sogenannten „Schleuderfiguren" spricht: „Wie aber ist das mit der Kontrolle der Marionette durch einen Faden? Diese Bemerkung Kleists wurde ihm stets von Fachleuten besonders angekreidet. Ich selbst habe eine solche ‚Ein-Faden-Führung' ebenfalls früher für unmöglich gehalten, wurde aber durch eigene Experimente eines besseren belehrt. Die Kontrolle der Figur wird dadurch sicher schwieriger, aber

nicht unmöglich. Wieweit diese Technik eine Entwicklung zuläßt wie bei den vorhin gezeigten Schleuderfiguren, muß abgewartet werden." (HKS, S.104)

73 EZ, S.476

74 EZ, S.477

75 EZ, S.480

76 In diesem, übetragenen Sinne wurde der Begriff „Grazie" erstmals im Jahr 1759 in die deutsche ästhetische Diskussion eingeführt, und zwar von *Johann Joachim Winckelmann.*

77 Dazu vgl. *Hella Röper*, **Grazie und Bewußtsein bei Heinrich von Kleist**, S.25ff. Dort interpretiert Hella Röper das Verhältnis von Sprache und Bewegung bei Kleist als ein einschlägig sprachphilosophisches Problem, wobei der technische Aspekt der Bewegung (d.h. in unserem Sinne das Bewegungsbild) das Manko der „*[...] Unfähigkeit der Sprache, das einmalig Subjektive mitzuteilen [...]*" (op.cit., S.25) wettmachen will, indem Gefühle als dramatische und erzählerische Bewegungen (und freilich auch vice versa) interpretiert werden. Aus diesem Wechselspiel erhebt sich, so Hella Röper, die Gattung bei Kleist: „*Aus der Dialektik von Leistung und Versagen der Sprache leitet Kleist die ihm eigenen Dichtungsformen von Drama und Erzählung ab. Für Kleist ist – wie für keinen anderen Dichter deutscher Sprache – das Versagen der Sprache gegenüber der Subjektivität des Menschen bestimmend.*" (op. cit., S.26)

78 Vgl. EZ, S.473

79 A.a.O.

80 EZ, S.474f

81 Die Beispiele 1, 2, 3 und 4, 5 stehen, wie im übrigen auch *Josef Kunz* in seinem Aufsatz **Kleists Gespräch über das ‚Marionettentheater'** besonders hervorhebt, für Kleist – jedenfalls im Kontext des Marionettentheater-Aufsatzes – überhaupt als zwei mögliche allgemeine Betrachtungsweisen des Problems zueinander in Kontraposition. Alle fünf Beispiele nämlich, die Kleist heranzieht, umschreiben mehr oder minder ausdrücklich (und beispielhaft) seinen Begriff der „Grazie", und zwar von einer übergeordneten Bipolarität her, die Kunz im genannten Aufsatz, wie folgt, erläutert: „Welcher Art ist die Bewegung, die in dieser Gebärde (d.h. in der „Anmut"/Der Verf.) zum Ausdruck kommt? Hierbei müssen wir einsetzen. ‚Grazie', so wird bedeutet sei ausgezeichnet einmal durch die Ruhe, dann aber auch durch die Beweglichkeit, weil bestimmt durch das Gesetz der Schwere." (op.cit., in: KAM, S.77)

82 Hierzu gibt es auch einen biographisch fixierbaren Kontext. Vgl. dazu insbesondere Kleists Brief (i.e.: BR, S.250) aus Paris an *Adolfine von Werdeck* (vom 29.Juli 1801). Kleist hat im Pariser Louvre den „Dornauszieher" (Vgl. dazu die entsprechende Episode im Marionettentheater-Aufsatz), den „Apollo von Belvedere", und die „Mediceische Venus" mit Sicherheit sehr aufmerksam studiert. Diese berühmten antiken Kunstwerke befanden sich übrigens zum damaligen Zeitpunkt (und zwar im Zusammenhang mit dem kurz zuvor erfolgten Napoleonischen Kunstraub) vorübergehend in Paris. Kleist hat sie, so unsere These hier, in zweierlei Hinsicht betrachtet: Einmal im Kontext mit seiner in etwa zur gleichen Zeit erfolgten Rousseau-Rezeption und -Kritik (Vgl. dazu z.B. den Brief vom 15. August 1801 an Wilhelmine von Zenge, ebenso in Paris verfaßt [BR, S.254f]), und schließlich auch im Sinne des Lessingschen **Laokoon**-Aufsatzes (Vgl. dazu z.B. die Ausführungen über den „Augenblick" im **XVIII. Abschnitt** des Aufsatzes, i.e.: **Laokoon**, in: Lessing, W 6, S.115-123). Es ist indes für unser jetziges Anliegen eher gleichgültig, wie und wann diese Lessing-Rezeption erfolgt ist. Einzig interessant ist zunächst vielmehr der strukturanalytische Aspekt, der klar zum Ausdruck bringt, daß sie erfolgt ist. Wie im folgenden noch zu zeigen sein wird, hat nämlich Kleist im Marionettentheater-Aufsatz eine Konzeption entwickelt, die – ganz analog zu Lessings Intentionen im **Laokoon** – den „Augenblick" im Bewegungsvorgang besonders hervorhebt. Für Kleist ist die Bewegung nämlich als Ganzes gesehen ein Prozeß, der sich aus vielen diskreten Bildmengen zusammensetzt, die ihrerseits jeweils ein diskretes Moment der „Grazie" ausdrücken, als sei die „Grazie" gerade aus dem Unendlichen zurückgekehrt (vgl. dazu die Konklusion des Marionettentheater-Aufsatzes). Daher darf die „Grazie" weder zu lange in der Vergangenheit verweilen, noch zulange auf das Zukünftige hin ausgerichtet (also utopisch) sein. Vergangenheit und Zukunft müssen vielmehr im Nahfeld des „Augenblicks" zur Ruhe kommen, in sich zum „Gemälde" (Vgl. **Laokoon** Abschn. XVIII, in: Lessing, W 6, S.115-123) verdichtet werden; das Bewegungsbild darf demzufolge nur eine äußerst kleine zeitliche Umgebung besitzen, um nicht zuletzt bizarr bzw. ungraziös zu werden; darf also in keinem Fall zum Bild einer

Reflexionskette im Sinne der Frühromantiker werden, sondern muß vielmehr in einem strengen Sinne Sprachbild als momentanes, stark komprimiertes Bewegungsbild bleiben; dies ist die zentrale Bestimmung der „Grazie" – und zwar durchaus analog zum berühmten Postulat Lessings: „Der Poet will nicht bloß verständlich werden, seine Vorstellungen sollen nicht bloß klar und deutlich sein; hiermit begnügt sich der Prosaist. Sondern er will die Ideen, die er in uns erwecket, so lebhaft (im Sinne Kleists also „graziös"/Der Verf.) machen, daß wir in der Geschwindigkeit die wahren sinnlichen Eindrücke ihrer Gegenstände zu empfinden glauben, und in diesem Augenblicke der Täuschung uns der Mittel, die er dazu anwendet, seiner Worte, bewußt zu sein aufhören. Hierauf lief oben die Erklärung des poetischen Gemäldes hinaus. *Aber der Dichter soll immer malen* (Hervorheb. d.d. Verf.)." (**Laokoon**, in: Lessing, W 6, S.110) Trotz des vordergründigen Gegensatzes dieser Konzeption zu Rousseaus Ansatz von der „einfachen" und der „abgeleiteten Bewegung" (im vierten Buch des **Emile**), verbindet beide Betrachtungsweisen – und zwar über alle partikulären Gegensätze hinweg – die für unsere Argumentation einzig und allein entscheidende Tatsache, daß es sich bei beiden Sichtweisen jeweils um „Bewegungsbilder" handelt, deren wichtigste Intention es ist, eine Bewegungskonzeption in diskreten, gattungsbegründenden Bild-Momenten (Lessing spricht ja ausdrücklich von der Rolle des Poeten!) sichtbar zu machen.

83 Lessing formuliert dieses Prinzip der Kompression der Bewegung (auf das Notwendigste hin) in seinem **Laokoon**- Aufsatz sogar ausdrücklich; im Hintergrund steht wiederum die These, daß sich in jedem Falle **nur** der Maler – und dies gilt, so Lessing, sogar für den Historienmaler – am stärksten und adäquatesten diesem metaphysischen „Augenblick" im Zentrum des Bewegungsbildes annähern kann: *"Ich will in dieser Absicht nicht anführen, daß in großen historischen Gemälden, der einzige Augenblick fast immer um etwas erweitert ist, und daß sich vielleicht kein einziges an Figuren sehr reiches Stück findet, in welchem jede Figur vollkommen die Bewegung und Stellung hat, die sie in dem Augenblicke der Haupthandlung haben sollte; die eine hat eine etwas frühere, die andere eine etwas spätere.*" (Lessing, W 6, S.116). Der authentische Augenblick ist also, folgt man Lessing konsequent, in einem gemalten Bild immer nur als ein komprimiertes Bewegungsbild darstellbar, dessen Mitte, d.h. dessen eigentlicher Augenblick, allerdings unerreichbar bleibt: er wird – und zwar ganz analog zu Kleists Konzeption vom zweiten Bewegungsbild – durch ein Bewegungsbild lediglich umschrieben und nicht etwa erreicht. Man kann daher das Bewegungsbild gleichsam – d.h. hier durchaus mit Bezug auf die Mathematik des Infinitesimalen – als eine Art von ε-Umgebung um einen Punkt herum auffassen. Sie darf allerdings, um die „Grazie" nicht zu verlieren, nur sehr klein sein. In dieser Auffassung treffen sich also Kleist und Lessing ganz offensichtlich.

84 Vgl. EZ, S.478f

85 Vgl. EZ, S.134:

86 EZ, S.478

87 Dies wäre im übrigen gleichsam eine psychologische Erklärung für das im vorhergehenden angesprochene Lessingsche Bewegungsbild im **Laokoon**, das Kleist in seinem Marionettentheater-Aufsatz, freilich eher unterschwellig, benützt und vor allem auch in seinem Sinne weiterentwickelt hat. Während bei Lessing nämlich der Augenblick stets endlich ist, und – wenngleich sehr eingeschränkt – sogar noch eine historische Größenordnung (d.h. mathematisch gesehen, eine meßbare ε-Umgebung) besitzt, also bis zuletzt ein „sinnlicher Eindruck" in Raum und Zeit – mithin noch ein Sprachgemälde – ist (vgl. dazu **Laokoon**, in: Lessing, W 6, S.109ff), ist der „Augenblick" im Marionettentheater-Aufsatz dagegen – und man betrachte zu diesem Zweck vornehmlich Kleists Konklusion – eine unendliche Größenordnung (d.h. eine Vernichtung des Bildinhalts), die sich somit selbstredend allen poetischen Betrachtungen par excellence entziehen muß. Die „Grazie" des zweiten Bewegungsbildes ist daher jener alles entscheidende Moment, da das Bild im Unendlichen – und damit aus Raum und Zeit – verschwindet, und zugleich aber im selben Augenblick die höchstmögliche Schönheit und Klarheit erreicht.

88 EZ, S.480

89 Vgl. EZ, S.479

90 Vgl. EZ, S.479f

91 Vgl. EZ, S.480. Diese Umschreibung eines Gedankens, der in dieser Form ganz offensichtlich von Fichte stammt, könnte ein weiterer Beleg für die von Ernst Cassirer (in seinem Werk

Heinrich von Kleist und die Kantische Philosophie. Berlin 1919) – im Zusammenhang mit Kleists Kant-Erlebnis im Brief vom 22.3.1801 an *Wilhelmine von Zenge* – geäußerte These sein, daß *Kleist* eigentlich nur Fichtes **Wissenschaftslehre (1794)** selbst gelesen habe, und Kants kritisches Werk nur aus zweiter Hand (d.h. über Fichte) kenne. Das Transit-Motiv ist nämlich ein zentraler Gedanke Fichtes, der freilich – anders als der viel realistischere Kleist – vom „Schweben" des Ichs zwischen Endlichem und Unendlichem spricht. In ihrem u.a. auch aufklärungskritischen Werk **Das Andere der Vernunft. Zur Entwicklung von Rationalitätsstrukturen am Beispiel Kants** (Frankfurt/Main 1985) schreiben die Autoren *Hartmut* und *Gernot Böhme* folgendes zu diesem Fichteschen Motiv des „Schwebens" (S.226): *„In der Tat hatte Fichte schon in seiner Wissenschaftslehre von 1794 die Einbildungskraft bestimmt als ‚Schweben' zwischen Endlichem und Unendlichem, als perennierendes Streben des Ich ins Unendliche hinaus, in welchem Ich und Nicht-Ich absolut zusammenfielen.*" Dazu vgl. auch *Hella Röpers* These vom „Satz in der Schwebe", in: *Hella Röper*, **Grazie und Bewußtsein bei Heinrich von Kleist.**, S.27.

Anmerkungen zu Kapitel 9

1 Dazu vgl. *Herminio Schmidt* in **Heinrich von Kleist. Naturwissenschaft als Dichtungsprinzip**, S. 63f.

2 Jener von uns hier angesprochene, wichtige Aspekt, daß es sich bei den wichtigsten Dramen und Novellen im Prinzip immer auch um „dramatische Bewegungsbilder" handelt, denen jeweils eine streng gesetzte Poetik zwischen Metapher und Formel zukommt, wurde von der deutschen Kleist-Forschung bislang kaum beachtet. Unsere Aufgabe ist es daher u.a. zu zeigen, daß „Bewegung" – und zwar durchaus als Bewegungsbild im von uns erörterten Sinne – eine sehr wichtige, wenn nicht sogar überhaupt die zentrale Basis der Kleistschen Poetik ist, und zwar so bedeutsam, daß von ihr her immerhin sogar triviale und vordergründig wenig bedeutende Fabeln und Motive in einen völlig neuen, unerwarteten, und vor allem auch tiefsinnigen Zusammenhang kommen; erst jener Grundbezug zum Bewegungsbild macht also, so unsere These, das dramatische und erzählerische Sujet, u.a. auch zwischen Formel und Metaphorisierung, wirksam und ermöglicht die Darstellung der wichtigsten Gedanken und Eigenarten Kleists, ermöglicht und erzeugt also, kurz gesagt, eine Poetik des dramatischen und erzählerischen Bewegungsbilds. Von diesem Erkenntnisinteresse her lassen sich dann auch eindeutige Beziehungen zwischen dem Marionettentheater-Aufsatz und dem dramatischen bzw. erzählerischen Œuvre Kleists aufzeigen. In diesem Zusammenhang sei auch kurz auf *Claude Davids* Aufsatz **Heinrich von Kleist und das Geheimnis** verwiesen. Mit Blick auf Kleists Komödie **Der zerbrochene Krug** schreibt *David*: „Zunächst scheint es sich beim *Zerbrochenen Krug* nur um eine Posse im holländischen Geschmack zu handeln, um eine Skizze in der Art Teniers': dargestellt wird ein burlesker Prozeß um einen zerbrochenen Krug, der vor dem Schiedsgericht eines Dorfes verhandelt wird. Und daß am Ende der lächerliche Dorfrichter als der Täter entdeckt wird, erscheint nur mäßig originell. Der entlarvte Anwalt, der gerichtete Richter – das sind wohlbekannte Motive. Der Reiz des Stückes beruht auf etwas anderem, auf der mitreißenden Bewegung, die das ganze Stück trägt, es unaufhaltsam weitertreibt und ihm erst seinen Sinn verleiht." (op.cit., in: **Heinrich von Kleist. Aufsätze und Essays**. Hrsg. von Walter Müller-Seidel, S.214). In diesem Sinne verstanden, können wir also die im folgenden noch näher aufzuzeigende These formulieren, daß es sich in Kleists Œuvre in erster Linie um Bewegungs- und Annäherungsmotive handelt, die auf einfache Sujets und Fabeln angewendet werden. Dies geschieht in strengen Konstruktionsprozessen, die ihrerseits stets einen sehr genau angelegten Bauplan aufweisen. Die praktische Anwendung bzw. Entfaltung des jeweiligen Bauplans generiert also gleichsam die dramatische bzw. die erzählerische Handlung – sie gehorcht, wie insbesondere *Herminio Schmidt* in **Heinrich von Kleist. Naturwissenschaft als Dichtungsprinzip** gezeigt hat, immer auch einer „Formel", die dem Bauplan – und zwar häufig sogar einschlägig mathematisch – zugrundeliegt. Wir treffen also, so verstanden, bei Kleist häufig auf einen klar erkennbaren gattungsbildenden Zusammenhang zwischen Formel und Metapher (so auch im **Zerbrochenen Krug**).

3 Dies geschieht freilich erst im Kap. 9.2. der vorliegenden Abhandlung.

4 In dieser Hinsicht unterscheiden sich z.B. Kleists mathematische Gleichnisse, wie im folgenden noch näher gezeigt werden wird, radikal von denen Friedrich Schlegels. Vgl. dazu die Anmerkungen über Schlegel in Kap. 9.4. der vorliegenden Arbeit.

5 EZ, S.472

6 BR, S.29

7 Im Sinne der ursprünglichen Konzeption Leibniz' gibt es hier nämlich tatsächlich keinen grundlegenden Unterschied.

8 Herbert Herring, in: **G.W. Leibniz Schriften zur Logik und zur philosophischen Grundlegung von Mathematik und Naturwissenschaft**, in: **Philosophische Schriften** Bd. 4, S.41

9 Hilda M. Brown, **Diderot and Kleist**, in: HKS, S.142.

10 Vgl. Hilda M. Brown, a.a.O.

11 EZ, S.474

12 *Christian Gottlieb Hölder*, zit. nach Helmut Sembdner (Hrsg.), in: **Heinrich von Kleists Lebensspuren. Dokumente und Berichte der Zeitgenossen**, S.67ff

13 Eine völlig analoge Bipolarität besteht auch im Marionettentheater-Aufsatz – und zwar mit Blick auf den Puppen-Tänzer als bewegten „Schwerpunkt" und als bewegte „Seele des Tänzers". Kleist gibt für den Weg des Schwerpunkts die Ellipse an, zur Darstellung des Wegs des Tänzers bedient er sich, wie bereits ausführlich erörtert, Leibnizscher und Rousseauscher Gedankengänge.

14 *Christian Gottlob Hölder*, op.cit., in: **Heinrich von Kleists Lebensspuren. Dokumente und Berichte der Zeitgenossen**, S.68f
Dazu vgl. auch: *Hilda M. Brown*, **Kleists Theorie der Tragödie – im Lichte neuer Funde**, in: *Dirk Grathoff*, **Heinrich von Kleist. Studien zu Werk und Wirkung**, S.117-132. Die Graphik in Hölders Bericht stellt eine schiefe Ebene dar, so wie man sie seit dem 17. Jahrhundert für Fallexperimente in physikalischen Kabinetten verwendet hat.

15 Vgl. dazu die Graphik in Hölders Bericht.

16 *Christian Gottlob Hölder*, op.cit., in: **Heinrich von Kleists Lebensspuren. Dokumente und Berichte der Zeitgenossen**, S.68.

17 *Carl August Eschenmayer*, **Psychologie**, S.258

18 A.a.O.

19 A.a.O.

20 Carl August Eschenmayer, **Psychologie**, S.257f

21 *Christian Gottlob Hölder*, op.cit., in: **Heinrich von Kleists Lebensspuren. Dokumente und Berichte der Zeitgenossen**, S.68

22 A.a.O.

23 Seine grundlegendenen Vorstellungen zur Analogie zwischen Realität und Idealität entwickelt *Carl August Eschenmayer* im § 411 seiner **Psychologie** unter dem Titel *„Erstes Problem. Realität der Idee der Wahrheit*". Dort heißt es am Beginn: „Die Idee der Wahrheit, wenn sie vom nothwendigen Prinzip differenzirt und getrübt wird, stellt sich in der physischen Weltordnung oder dem vor uns liegenden Universum dar, in welchem *alle Geseze des Denkens in den Gesezen der Bewegung* sich reflectiren." (Carl August Eschenmayer, **Psychologie**, S.426)

24 Carl August Eschenmayer, **Psychologie**, S.258

25 Dazu vgl. Benno von Wiese, **Der Tragiker Heinrich von Kleist und sein Jahrhundert**, in: **Heinrich von Kleist. Aufsätze und Essays**. Hrsg. von Walter Müller-Seidel, S. 204 ff.

26 EZ, S.454

27 EZ, S.453f

28 Das wäre vielmehr noch das erste Kleistsche Bewegungsbild, so wie es Oskar Schlemmer in seiner Graphik *„Die Zeichen im Menschen"* anschaulich gemacht hat. Sie drückt den Aspekt der totalen Zentrierung auf eine Achsensymmetrie hin aus, die zugleich den Mittelpunkt des Geschehens lokalisiert. Eben dieses statische Verfahren wird durch das zweite Kleistsche Bewegungsbild radikal kritisiert und zuletzt durchbrochen.

29 Vgl. *Michael Polanyi*, **Implizites Wissen**, S.15ff.

30 Der Unterschied ist in der Tat fundamental: „spontan" würde zugleich bedeuten, daß es nur von uns her kommt, „augenblicklich" bedeutet demgegenüber, daß es „von außen" kommt, um sich „in uns" zu zeigen.

[31] In ihrem Buch **Chaos. Bausteine der Ordnung** (vgl. S.25) führen *Heinz-Otto Peitgen, Hartmut Jürgens und Dietmar Saupe* für diesen speziellen Effekt den Begriff „spontane Ordnung" ein.

[32] Vgl. G.E. Lessing, W 6, S.115f

[33] Vgl. EZ, S.454f

[34] Carl August Eschenmayer, **Psychologie**, S.345

[35] Folgende „Gefühle" werden der Reihe nach aufgezählt, ihnen entsprechen ex analogia spezifische Bewegungen in der Realität: Das „sinnliche Gefühl", das „intellectuelle Gefühl", das „moralische Gefühl", das „religiöse Gefühl" (Dazu vgl. C.A. Eschenmayer, **Psychologie**, S.343ff). Umgesetzt in Kleists Begrifflichkeit (im Marionettentheater-Aufsatz) ließen sich alle diese Gefühle gleichsam als Derivate der „Grazie" verstehen; im übrigen ist es ja ein Zweck der von Kleist im Aufsatz entwickelten Abfolge der Episoden und Gleichnisse, genau diesen, sehr wichtigen, auf die romantische Naturphilosophie verweisenden Grundanspruch eines kritischen Bewegungsbildes in poetischen Motiven darzustellen. Das Zentrum dieser Entwicklungen, d.h. mithin das Zentrum des Bewegungsbildes, ist die „Grazie" im Sinne der Konklusion des Aufsatzes (d.h. als Bild des Bewegungsmittelpunkts). Freilich in eigenwilliger Weise und vor allem auch in der Absicht, u.a. eine radikale Romantikkritik zu konzipieren, die die Form beibehält, um mit ihr die romantischen Inhalte zu kritisieren (Dazu vgl. die Bärenkampf-Episode).

[36] Gemeint ist **Über die allmähliche Verfertigung der Gedanken beim Reden** (= EZ, S.453-459)

[37] EZ, S.455

[38] Dazu vgl. noch einmal die bereits erörterte Passage zu *Christian Gottlieb Hölders* Treffen mit Heinrich von Kleist (im Jahre 1801), wiedergegeben: in *Christian Gottlieb Hölder*, **Meine Reise über den Gotthard im Sommer 1801** (in: Helmut Sembdner [Hrsg.], **Heinrich von Kleists Lebensspuren**. Dokumente und Berichte der Zeitgenossen, S.67ff). Dort ist im Zusammenhang mit Kleists Konzeption des Trauerspieles von einer strengen Achsenbildung zwischen „gravem" und „antigravem" Bewegungsmoment die Rede. Der Held ist von diesem Bewegungsbild her gesehen gleichsam der bewegte Achsenmittelpunkt in einem von innen und von außen gesteuerten Bewegungsvorgang, der sehr genau erfaßbaren Bewegungsfunktionen unterliegt.

[39] Vgl. EZ, S.474f; aus diesem Grund haben wir daher eine Epizyklenfunktion zur Veranschaulichung gewählt. Kleist selbst bezieht sich, wie ja bereits erörtert wurde, auf eine Hyperbel bzw. eine logarithmische Funktion.

[40] Kleists Vorliebe, mathematische Gleichnisse zu wählen, ist wie schon erwähnt, sowohl auf den damals vorherrschenden Zeitgeist als auch auf seine einschlägig mathematische Ausbildung in Potsdam (1799) zurückzuführen. An mehreren Stellen des Marionettentheater-Aufsatzes tritt man auf mathematisch physikalische Gleichnisse, die – jetzt als Metaphern verstanden – jeweils zu dreiteiligen Deutungsmustern führen. So z.B. der folgende Gesprächsteil: „Die Linie, die der Schwerpunkt zu beschreiben hat, wäre zwar sehr einfach, und, wie er glaube, in den meisten Fällen, gerad. In Fällen, wo sie krumm sei, scheine das Gesetz ihrer Krümmung wenigstens von der ersten oder höchstens zweiten Ordnung; und auch in diesem Fall nur elliptisch, welche Form der Bewegungen den Spitzen des menschlichen Körpers (wegen der Gelenke) überhaupt die natürliche sei, und also dem Maschinisten keine große Kunst koste, zu verzeichnen." (EZ, S.474f) Diese Explikationen gestatten jeweils eine Dreiteilung des Bewegungsbildes, und zwar folgendermaßen: 1) Die Linie der Bewegung, d.h. der Graph (gerade, krumm, elliptisch, d.h. in sich geschlossen), ferner 2) Die Position des Schwerpunkts auf der Linie („Der Weg der Seele des Tänzers" bzw. das erste Bewegungsbild) und 3) Die Perspektive des „Maschinisten", der die Bewegung nachvollzieht. In unserem Falle lassen sich diese drei Regionen des Bewegungsbildes zunächst noch von einem Graphen her ableiten und strukturieren. Entscheidend ist aber dann im Zusammenhang mit der Poetik die Deutung dieser dreiteiligen Struktur. Im Prinzip ist nun in unserem Falle (freilich nur dem ersten Anschein nach) eine Deutung im Sinne des ersten, aber auch eine Deutung im Sinne des zweiten Kleistschen Bewegungsbildes möglich. Die Entscheidung, welche Deutung schließlich zutrifft, hängt davon ab, ob uns das geometrische Beispiel – wie im Falle der Konklusion des Marionettentheater-Aufsatzes – zu einer Singularität (i.e. $f(x) \Rightarrow \infty$) führt. Kleists Beispiele (z.B. die

Asymptote bzw. der negative Logarithmen-Ast) legen z.B. auch nahe, in die Poetik des Bewegungsbildes ein Annäherungsmotiv einzuführen.

41 Sei z.B. $P_i[x(phi), y(phi)]$ ein *cartesianisches* Werte-Paar, dann existieren z.B. die Punkte P1 (0,0), P2(2,0) in dieser Funktion tatsächlich nicht.

42 In seinem Aufsatz **Grazie und Anmut. Ein biologischer Exkurs über das Marionettentheater von Heinrich von Kleist** verweist auch *Herbert Plügge* auf diesen gestaltlosen bzw. opaken Bereich im zweiten *Kleistschen* Bewegungsbild und versucht eine neurophysiologische Lokalisation bzw. Identifikation. Er verweist auf die Experimente *W. R. Hess* im Bereich der Hirnphysiologie, in deren Zusammenhang von sogenannten **subkortikal** und **kortikal** ausgelösten „Bewegungseffekten" die Rede ist. Hierbei handelt es sich, jetzt anatomisch gesehen, um anatomische Schichten des Gehirns, die im Zuge eines Experiments gereizt wurden. Folgendes konnte, so *Plügge*, beobachtet werden (KAM, S.70f): „Subkortikale Bewegungen umfassen fast immer eine Extremität,[...] sie imponieren dem unbefangenen Beobachter sofort als ‚sinnvoll', als gültiges Glied eines Bewegungsablaufs [...] Kortikal ausgelöste Effekte stellen sich dagegen meist als unvollständige, gleichsam willkürlich herausgerissene ‚sinnlose' Anteile [...] dar, also etwa lediglich als explosive Beugung oder Streckung eines Armes oder Beines. Sie sind räumlich meist überschießend und auch in ihrem Ablauf sehr deformiert – in diesem Sinne also gestaltlos.(Hervorheb. d.d. Verf.)" In unser Modell zwischen Metapher und Formel umgelegt, wären also die „subkortikalen" Effekte den kontinuierlichen Bereichen (d.h. dem „Netz") des Bewegungsbildes, die „kortikalen" Effekte dagegen dem diskontinuierlichen Bereich des Bewegungsbildes zuzuordnen, das freilich in unserer Darstellung nicht derart gestaltlos ist.

43 Jetzt rein mathematisch gesehen, würde man den Graphen dann überinterpretieren und Aussagen treffen, die nicht eigentlich zu seinem Bauplan gehören. Moderne Mathematiker könnten für Kleists Sichtweise und Anwendung eines mathematischen Modells auf reale Phänomene vermutlich kein Verständnis aufbringen.

44 Teilweise sogar als Palimpseste, deren Schichtungen und Überlagerungsstrukturen verschiedene Epochen von Kleists gedanklicher Arbeit an seinem Aufsatz zum Ausdruck bringen. Somit wird auch die Interaktion von Text und Biographie zum Bewegungsbild.

45 Dazu vgl. auch Günter Blöcker, **Heinrich von Kleist oder das absolute Ich**, S.165f: „Der Mathematiker Kleist scheut sich nicht, dem Emotionalen mathematische Qualität zuzuerkennen. Es ist bezeichnend für ihn, daß er – schon Heinrich Heine wies darauf hin – im Menschengeist ‚Gesetze der Natur, Magnetismus, Elektrizität, anziehende und abstoßende Pole' wiedererkennt. [...] Schon in dem Aufsatz ‚Über die allmähliche Verfertigung der Gedanken beim Reden'(1805) hatte Kleist von einer ‚merkwürdigen Übereinstimmung zwischen den Erscheinungen der physischen und moralischen Welt' gesprochen; und gerade dieser Essay ist ja nichts anderes als die Verherrlichung eines Denkens aus den ‚Erregungen des Gemüts'

46 Insbesondere Herminio Schmidt betont diesen Aspekt. Vgl. dazu: *Herminio Schmidt* **Heinrich von Kleist. Naturwissenschaft als Dichtungsprinzip**, S. 63: „In jedem Fall ist eine Formel eine in kurze Form gebrachte Begriffsbestimmung, die man auch durch Buchstaben für mathematische oder naturwissenschaftliche Beziehungen setzen kann. Mit Kleist gesprochen hieße das: „In dem Masse, wie auf der einen Seite etwas anwächst, muss es sich auf der anderen verringern."

47 EZ, S.480. Die erste Hervorhebung im Zitat kennzeichnet dabei das Homogenitätspostulat, die zweite dagegen das Korrespondenzprinzip.

48 EZ, S.480

49 So heißt es in *Ch. Gerthsen, H.K. Kneser, H. Vogel*, **Physik. Ein Lehrbuch zum Gebrauch neben Vorlesungen**, S. 474: „Parallele Strahlen kommen gewissermaßen von einem unendlich weit entfernten leuchtenden Punkt. Der Brennpunkt ist das Bild dieses Punktes, [...] Der Brennpunkt des Konkavspiegels ist das *reelle* Bild des unendlich fernen Punktes. In ihm werden die vom Gegenstand ausgehenden Strahlen wirklich zum Schnitt gebracht: ein Schirm vermag das Bild aufzufangen."

50 *Ch. Gerthsen, H.K. Kneser, H. Vogel*, **Physik. Ein Lehrbuch zum Gebrauch neben Vorlesungen**, S. 475f.

51 Dies gilt freilich nur für Gegenstandsweiten, die größer sind als der Krümmungsradius des Hohlspiegels. Steht der Gegenstand genau im Krümmungsmittelpunkt, dann ist das Bild ge-

nauso groß wie der Gegenstand (vgl. die Graphik); verschiebt man den Gegenstand hinter den Krümmungsmittelpunkt des Spiegels, dann wird das Bild vergrößert, bis es im Brennpunkt verschwindet. Bis zum Brennpunkt hin ist es reell und verkehrt.

52 In der klassischen Physik, z.B. im Bereich der klassischen Hydrodynamik, trifft man auf Singularitäten häufig im Zusammenhang mit Strömungsfeldern, in denen es – im wesentlichen analog zum zweiten Kleistschen Bewegungsbild – auch Punkte gibt, an denen die Strömungsgeschwindigkeit unendlich groß wird (Dort ist die Strömung dann scheinbar unterbrochen). Man spricht in diesem Zusammenhang von sogenannten „Singularitäten" in Strömungen. Im Falle der klassischen Mechanik gibt es auch eine andere erwähnenswerte, weil u.a. für die Brückenstatik wichtige Singularität, und zwar die sogenannte „Resonanzkatastrophe" bei erzwungenen Schwingungen, die dann eintritt, wenn der Augenblick der Resonanz bei erzwungenen und völlig reibungsfreien Schwingungsvorgängen erreicht wird. In diesem idealisierten – d.h. so in der Praxis allerdings unrealistischen Fall – enthält die Resonanzkurve (und zwar als allgemeine Lösung einer inhomogenen Differentialgleichung, des sogenannten Oszillators) eine Singularität bezüglich der Schwingungs-Amplitude (diese wird nämlich bei Eintreten der Resonanz unendlich). Tritt dieser Fall (auch nur näherungsweise) ein, dann wird das derart schwingende Medium sofort zerstört (z.B. der Einsturz von reibungsarm gelagerten Brücken bei Infraschall-Resonanz).

53 Dazu vgl. auch die Anmerkungen Hans Eichners, des Herausgebers der **Literarischen Notizen 1797-1801**, in op.cit., S.17f.

54 Im übrigen benutzt Schlegel eine Reihe mathematischer Symbole, um damit u.a. auch poetologische Gedanken beispielhaft zum Ausdruck zu bringen. So heißt es z.B. in Aphorismus 1274 der **Literarischen Notizen** (in einem Beispiel, das dem Spiegelgleichnis Kleists von der „Grazie", formal verstanden, recht ähnlich ist) zum Thema „*Fantasie*": „Fantasie ist eine Auflösung von Construction und Reflexion. – Ironie nur im Geselligen darstellbar, ist indirekter Enthusiasmus. – Innre Construction = $\sqrt[\frac{1}{0}]{\frac{\text{Veget (abilisch)}^{\frac{1}{0}}}{0}}$ – Vielleicht als $\frac{\Phi\upsilon \text{ Transc}}{0}$ – sehr sichtbar das der Charakter der phy[sikalischen] Tätigkeit – Magn[etismus] – Elektr[izität] – Galv[anismus]." (**Literarische Notizen** 1797 -1801, S.138). Diese Darstellung Schlegels deutet auf eine starke Auseinandersetzung mit Schellings naturphilosophischer Darstellungsweise hin, die längst Zeitgeist (bzw., betrachtet man die Art wie Schlegel sie benützt, gewissermaßen sogar Ungeist) wurde. In Schlegels Darstellung von Triaden kommt häufig das Symbol $\frac{X}{0}$ vor, um den Übergang vom ± X in das Absolute jeweils als einen Übergang ins Unendliche zu symbolisieren. Die „innre Construktion" ist daher, und zwar jetzt in Worte gesetzt, die unendliche Wurzel aus der unendlich hoch potenzierten (d.i. gesteigerten) Vegetabilität, die ihrerseits unendlich groß ist, da sie zum X im Singularitäts-Term $\frac{X}{0}$ wird. Die Abkürzung $\frac{\Phi\upsilon \text{ Transc}}{0}$ bedeutet dabei die unendliche „physische Transzendenz", signalisiert also gewissermaßen den Übergang eines Körpers in einen unendlichen Bereich der Überschreitung seiner körperlichen Möglichkeiten. Schlegel sieht diesen Übergang zum „Enthusiasmus" – so wie auch Kleist im Zusammenhang mit der „Grazie" – von einem dreiteiligen Bewegungsbild her: Zwischen den beiden Bereichen der „Construction und der Reflexion" gibt es für ihn ein – drittes, seinem Wesen nach singuläres – Moment der Auflösung ins Unendliche (z.B. in den „Enthusiasmus"), das dem Verständnis der „Grazie" in Kleists Geradenbeispiel durchaus ähnelt. Es ist freilich nicht uninteressant, dennoch auf den Unterschied zu Kleists symbolischem Gebrauch der Mathematik hinzuweisen: Während nämlich Schlegel in seinem Beispiel die mathematische Symbolik – trotz der gegenteiligen Behauptung seines Herausgebers Hans Eichner (vgl. op.cit., S.18) – völlig sachfremd benutzt, besitzt Kleist dagegen ein weitgehend sachkundiges physikalisches bzw. mathematisches Verständnis bei der Wahl seiner Beispiele, namentlich um, wie beim Geradenbeispiel ja der Fall, z.B. eine Singularität auszudrücken. Kurz gesagt, Kleist war

der genauere Denker. Nicht zuletzt diese Tatsache zeigt damit auch die große Distanz zum Darstellungs- und Konstruktions-"Enthusiasmus" der Romantiker. Andererseits zeigt unser Vergleich aber auch sehr deutlich, daß Kleist in diesem Punkte durchaus dem Zeitgeist huldigte, und zwar ohne jeden Vorbehalt, freilich sachrichtiger als viele seiner intellektuellen Zeitgenossen.

55 Die Annahme, daß Kleist 1801 – also bereits neun Jahre vor der Abfassung des Marionettentheater-Aufsatzes – solche Experimente tatsächlich, und zwar in einem zeitgenössischen physikalischen Labor durchgeführt haben könnte, wird insbesondere durch den Brief an die Halbschwester *Ulrike von Kleist* (am 5.2.1801 in Berlin verfaßt) erhärtet: *„An dem Juden Cohen habe ich eine interessante Bekanntschaft gemacht, nicht sowohl seinetwillen, als wegen seines prächtigen Cabinets von physikalischen Instrumenten,das er mir zu benutzen erlaubt."* (BR, S.193) Ferner finden wir im selben Brief die Spiegel sogar ausdrücklich erwähnt: „Ach, liebe Ulrike, ich passe mich nicht unter die Menschen, es ist eine traurige Wahrheit, aber eine Wahrheit [...] ich weiß wohl, daß es bei dem Menschen, wie bei dem Spiegel, eigentlich auf die eigne Beschaffenheit beider ankommt; wie die äußern Gegenstände darauf einwirken sollen; und mancher würde aufhören über die Verderbtheit der Sitten zu schelten, wenn ihm der Gedanke einfiele, ob nicht vielleicht bloß der Spiegel, in welchen das Bild der Welt fällt, schief und schmutzig ist." Das ist freilich die Sprache eines Menschen, der gerade von den Experimenten auf der optischen Bank kommt, bei denen es sehr darauf ankommt, daß die Hohlspiegel genau entlang der optischen Achse zentriert sind.

56 Sie ist sogar so etwas wie ein kinematographischer Effekt, der sich auf der optischen Bank anhand der Bildumkehr tatsächlich als Transitbewegung eines Bildes sichtbar macht. Dieser Effekt liegt u.a. auch den Bewegungsstudien von Marcel Duchamps zugrunde.

57 Wir können davon ausgehen, daß Kleist *Euklids* **Elemente** gekannt und vermutlich bereits in Potsdam ausgiebig studiert hat. Als kleines Indiz zu dieser Feststellung bietet sich z.B. wieder das bereits ausführlich erörterte Gespräch mit *Hölder* aus dem Jahre 1801 an. In der Konklusion findet sich folgende Bemerkung: „Wenigstens kann man dieser Konstruktion Originalität nicht absprechen. Ich (Hölder/ Der Verf.) sagte ihm, daß ich viel Wahres darin fände; als er aber behauptete, man könne das Verhältnis der verschiedenen Teile des Dramas mathematisch bestimmen, und diesen Satz ebensogut beweisen, *als irgend einen aus dem Euclid* (Hervorheb. d. d. Verf.), so antwortete ich ihm, dies könne ich nur alsdann zugeben, wenn er mir die vierte Proportional-Zahl zu folgenden drei Gliedern finden könne [...]" (*Christian Gottlieb Hölder*, zit. nach Helmut Sembdner (Hrsg.), in: **Heinrich von Kleists Lebensspuren. Dokumente und Berichte der Zeitgenossen**, S.69f)

58 Kleist hat das Euklidische Parallelen-Postulat, wie bereits erörtert, gleichsam in Bewegung gesetzt, indem er es – als Gleichnis – in sein zweites Bewegungsbild exemplarisch einbettete. Diese Implementierung eines mathematisch-geometrischen Beispiels muß daher zugleich als ein wichtiges, wenn nicht überhaupt als das zentrale Deutungsmuster bzw. Interpretament verstanden werden. Welche Rolle die sachliche Bedeutung des Beispiels, ferner welche Rolle das Beispiel in poetologischer Hinsicht in Kleists Aufsatz spielt, ist die zentrale Fragestellung des nächsten Kapitels der vorliegenden Abhandlung.

59 Sydna Stern Weiss, **Kleist and Mathematics: The Non-Euclidean Idea in the Conclusion of the *Marionettentheater Essay***, (in: HKS, S.117-126), hier: S.122

60 Dazu vgl. auch Sydna Stern Weiss, HKS, S.120: „For a sensitive intellectual, searching for a point of orientation, contact with studies in mathematics as they were being carried on by Hindenburg, Klügel. Monge, and others was like a second exposure to Kantian philosophy. Expanding on the basic work done by Sacchieri, Lambert, and Kästner, these mathematicians and their contemporaries were seeking a possible proof for Euclid's Parallel Postulate."

61 Man trifft auf beide Bezeichnungen in der Literatur. Euklid selbst sprach freilich von einem „Postulat".

62 Dazu vgl. Oskar Becker, **Grundlagen der Mathematik in geschichtlicher Entwicklung** [= Becker (1990)], S.173ff. Auf S.178ff erörtert Becker die erste explizite, problemorientierte bzw. systematische Entdeckung der nichteuklidischen Geometrie durch *Karl Friedrich Gauß*. Er bezieht sich in diesem Zusammenhang insbesondere auf die Briefwechsel Gauß/Bessel und Gauß/Schumacher, in denen u.a auch Lamberts bahnbrechende Arbeit im Zusammenhang mit der Frage nach nicht-euklidischen Formen der Geometrie diskutiert wird. Die erste explizite

Studie zur Theorie der Parallel-Linien nach der Studie Lamberts (freilich aber wieder dezidiert im Sinne des Euklidischen Raums) stammt dagegen von *F. A. Taurinus* (1794 -1874), sie trägt den Titel **Theorie der Parallelinien** (Köln 1825). In ihr wird das Geraden-Beispiel ausführlich diskutiert, und zwar durchaus im Sinne einer Interpretation als Bewegungsbild. Wie Kleist beharrt Taurinus strikt auf dem Postulat der Anschaulichkeit. Vgl. dazu Becker (1990), S.183ff

63 So schreibt sie: „There is no proof that Kleist actually studied non-Euclidean geometry per se. However, the circumstances suggest that he came into contact with scholars who were refuting the Euclidean tradition and saying ‚no' to a basic tenet of geometry, namely, Euclid's Parallel Postulate." (HKS, S.121) Dazu sei folgendes angemerkt: Die Tatsache, daß sich das fünfte Postulat nicht zeigen läßt, besagt nicht, daß es falsch ist. Es ist vielmehr ein Spezialfall. Es wäre also unvernünftig, ‚no' zum Postulat zu sagen, vielmehr läßt sich die Behauptung nicht halten, daß es sich hier um ein Axiom handle. Es lassen sich nämlich Geometrien widerspruchsfrei denken, in denen dieses Postulat nicht gilt. Vgl. z.B. Felix Klein, **Über die sogenannte Nicht-euklidische Geometrie** (Vorläufige Mitteilung) [1871] und Becker (1990), S.194ff.

64 Dazu vgl. Becker (1990), S.178ff

65 Vgl. Sydna Stern Weiss, in: HKS, S.120; Die am selben Ort von der Autorin aufgestellte Behauptung, die euklidische Geometrie sei, jetzt Kantisch gesprochen, sozusagen *„[...[a geometry perceived with a particular set of glasses, one which arbitrarily made parallel lines be everywhere equidistant [...]"* ist insoferne unhaltbar, als ja eine Geometrie im Sinne Kants nicht als ein mögliches, beobachtbares Objekt gelten kann, sondern vielmehr eine Voraussetzung aller Beobachtung überhaupt sein muß. Es gilt also genau das Umgekehrte. Dazu vgl. Becker (1990), S.177f, ferner: Immanuel Kant, **Metaphysische Anfangsgründe der Naturwissenschaft** (1786), A51ff. An dieser Stelle dieses wichtigen naturphilosophischen Werks aus der kritischen Phase Kants wird die Behauptung Weiss' sogar ausdrücklich und vor allem auch schärfstens kritisiert.

66 Becker (1990), S.176

67 Dem Brief an C. E. Martini vom 19.3.1799 (verfaßt aus Potsdam) läßt sich entnehmen, daß Kleist insbesondere Kästners **Anfangsgründe der Arithmetik, Geometrie, ebenen und sphärischen Trigonometrie und Perspektiv** (5.Auflage) ausgiebig studiert hat (und bis zum Teil „Geometrie" vorgedrungen ist, dessen 22. Lehrsatz er in seinem Brief anspricht).

68 *Abraham Gotthelf Kästner*, **Anfangsgründe der Arithmetik, Geometrie, ebenen und sphärischen Trigonometrie und Perspektiv** (6. Auflage), S.202

69 Dieser Teil der Ebene soll aus Gründen, die weiter unten sofort einsichtig werden, „positiver" Teil der Ebene ε heißen; er wird durch die Normale von P auf g vom „negativen" Teil der Ebene ε getrennt.

70 So schreibt *Heinrich Tietze* in seinem Werk **Gelöste und ungelöste mathematische Probleme** aus alter und neuer Zeit. 2 Bde. [München 1982] auf S.153. „Erinnern wir uns [...] an das, was wir früher über das euklidische Parallelenaxiom, gesagt haben. Es besagt: Wenn man in einer Ebene eine Gerade g und einen Punkt P außerhalb der Geraden annimmt, dann gibt es stets genau eine zweite Gerade – sie möge etwa h heißen – mit folgenden Eigenschaften: 1. es liegt h ebenfalls in der betrachteten Ebene, 2. es geht h durch P, 3. die Gerade h trifft niemals die erste Gerade g, wie weit man auf h auch nach der einen oder anderen Seite wandern mag. [...] Im euklidischen Parallelenaxiom liegt [...] eine jener Idealisierungen, wie sie der Theorie eigen sind, und es wird in einer ganz besonderen Weise hinausgegangen über das, was einer Nachprüfung zugänglich ist. Da also hierin der Rahmen dessen, was erfahrungsmäßig kontrollierbar ist, überschritten wird, so konnte dies zum Anlaß genommen werden, das euklidische Parallelenaxiom durch eine inhaltlich andere Grundaussage zu ersetzen, die darauf hinausläuft, daß es in einer Ebene, die den Punkt P und die nicht durch P gehende Gerade g enthält, **nicht nur eine einzige Gerade durch P gibt, die die Gerade g nicht trifft, sondern eine ganze Menge solcher nicht-treffender Geraden**. (Hervorheb. d. d. Verf.)". Umgelegt auf das Kleistsche Beispiel würde dies also bedeuten, daß auf so einer Fläche viele Transite durch ein Unendliches (in der Art, wie er sie am Schluß seines Essays andeutet) möglich wären, betrachtet man das Beispiel – wie er das ja tut – als ein dynamisches Bewegungsbild (innerhalb der Konstruktion des klassischen Axioms bzw. Postulats). Dies wäre – jetzt mit Blick auf die sehr spezielle Anwendung des Beispiels – freilich im wesentlichen wohl nur ei-

ne theoretische Option, denn derartige Geometrien sind – anders als der idealisierte Euklidische Fall – im Prinzip weitgehend unanschaulich. Das Grundprinzip Kleists – sieht man es jetzt nur in Hinsicht auf seine mathematische Explikation – bleibt trotzdem weiterhin noch erhalten, wie Heinrich Tietze anhand eines klug gewählten Beispiels im Anhang seines Buches (Vgl. a.a.O., S.262) doch noch einigermaßen anschaulich zeigen kann. Freilich gäbe es aber dann für die eine „Grazie" wohl die Möglichkeiten zahlreicher Transite durch , denn es gäbe ja auch dann ausdrücklich mehrere parallele Geraden zu g. Wir sehen, daß der nichteuklidische Fall zuletzt das Beispiel Kleists doch noch zerstören müßte, weil es in diesem Fall in ästhetischer Hinsicht unanschaulich – und eben deswegen sofort wertlos – würde. Man würde nämlich – jetzt streng vom poetischen Blickwinkel der Kleistschen Prämisse eines Bewegungsbildes her gesehen – nicht verstehen, was eine Vielfalt von Transiten in diesem Zusammenhang bedeutete, wo doch wegen des direkten Zusammenhangs mit dem viel anschaulicheren Beispiel vom Hohlspiegel **ausdrücklich** nur von einer derartigen Singularität (nämlich als Mitte des Bewegungsbildes) die Rede sein kann. Ganz zu schweigen von den Komplikationen, die dann auftreten würden, wenn man die geschichtsphilosophische Bedeutung des Beispiels in Betracht zieht. Dies geschieht ja ausdrücklich im nächsten Kapitel der vorliegenden Abhandlung.

71 Zu diesem Fall merkt Heinrich Tietze (und zwar a.a.O., S.156) folgendes an:"Unter diesen anderen Theorien ist nun eine besonders bemerkenswert, die wir hier, um eine kurze Bezeichnung für sie zu haben, vorübergehend die ‚*romantische*' nennen wollen. In dieser Theorie gibt es zu einer Geraden g durch einen außerhalb liegenden Punkt P überhaupt keine Parallele. Außerdem haben in dieser Theorie die geraden Linien *nich*t eine unendliche, sondern eine endliche Länge." (a.a.O., S.156), ferner: „Und wie steht es mit [...] der ‚romantischen' nichteuklidischen Geometrie? Hier ist es noch viel leichter – allerdings wieder mit entsprechenden Vorbehalten – Modellflächen für die nichteuklidische ebene Geometrie anzugeben: es sind einfach die Kugelflächen bzw. nicht zu große Bezirke von Kugelflächen, wobei wiederum die Rolle der Geraden übernommen wird von geodätischen Linien, das sind also jetzt die als ‚Hauptkreise' oder ‚Großkreise' bezeichneten Kreise." (a.a.O., S.162). Selbstverständlich läßt sich auf der Basis einer derartigen nichteuklidischen Geometrie der Kugeloberfläche das Gleichnis Kleists ebensowenig darlegen wie auf der vorhergehenden, zumal ja in ihr **keine** unendlich langen Strecken vorkommen können. Dieser Typus kennt also keine Singularitäten, daher gibt es auch keine zueinander parallelen Geraden. Alle „Geraden" h schneiden sich vielmehr in einem endlichen Abstand, der freilich sehr groß sein kann. „Romantisch" nennt Heinrich Tietze diese Geometrie, weil sie zur Zeit der deutschen Romantik, u.a. von *Carl Friedrich Gauß*, angeregt wurde; dieser geniale und vor allem auch sehr kunstsinnige Mathematiker war im übrigen Zeitgenosse Kleists und nachmals Professor in Göttingen. Es ist durchaus möglich, daß der mathematisch interessierte Kleist von ihm gewußt haben könnte (Freilich liegen keine konkreten Quellen und Zeugnisse vor). Diese sogenannte „romantische" nicht-euklidische Geometrie wurde allerdings erst vom russischen Mathematiker *Ivanowitsch Lobatschefskij* (1793-1860) erstmals systematisch und zusammenhängend dargelegt.

72 Vgl. dazu auch: *Herminio Schmidt* **Heinrich von Kleist. Naturwissenschaft als Dichtungsprinzip**; Schmidt weist auf Kleists Vorliebe für solche mathematische Gleichnisse und Formeln hin, die eine bipolare Beziehung des Anwachsens bei gleichzeitigem Abnehmen der anderen Seite zum Ausdruck bringen.

73 Abraham Gotthelf Kästner, op.cit., S.203

74 Die Tatsache, daß sich Kästner in vielen Fällen indirekter Beweise bediente, erschwerte Kleist das Verständnis seiner Sätze außerordentlich. Dazu vgl. BR, S.26f.

75 Im Falle einer hyperbolisch nichteuklidischen Geometrie ergäben sich nach der Drehung um α abweichende Konsequenzen, so daß wohl auch aus diesem Grund (der ja in einem gewissen Grenzbereich noch prinzipiell anschaulich explizierbar wäre) eine Adaptierung des nichteuklidischen Falls an Kleists Ausgangs-Beispiel unmöglich wird: Im euklidischen Fall würde, wie wir bereits wissen, die Gerade h_i nach der Drehung um α_i (d.h. nach dem Transit durch das ∞) nur ihr Vorzeichen (d.h. mithin nur ihre Richtung) ändern, sie würde allerdings – und dies gilt prinzipiell – dieselbe Gerade h bleiben (d.h. streng: es gibt nur **eine** derartige Gerade im Sinne des *Euklidischen* Postulats), wenn sie, um wieder mit Kleist zu sprechen, „auf der anderen Seite" wieder auftaucht. Bezeichnet man nämlich die Geraden h_i auf der „einen Seite" mit $h1_i$,

und sinngemäß auf der anderen Seite also mit $h2_i$, dann muß im euklidischen Fall – bei entgegengesetztem Vorzeichen – streng gelten:
Sei $\alpha 1$ (<90) = φ, ferner sei $\alpha 2 = 180\text{-}\varphi \Rightarrow h2_i\,(\alpha 1) = \text{-}h1_i\,(\alpha 2)$;
Dies würde dann sofort auch bedeuten, daß die beiden Geraden im Grenzfall $\varphi = 90°$ zusammenfallen müssen (beide Geraden fallen dann sogar notwendigerweise zu h zusammen, weil es ja nach Euklid nur eine Parallele zu g geben darf). Genau diese Bedingung gilt aber im Falle der von Heinrich Tietze in seinem Beispiel (Vgl. a.a. O., S.262) wiedergegebenen nichteuklidischen Uminterpretation des euklidischen Ausgangs-Modells nicht mehr notwendigerweise, sondern h1 und h2 würden in diesem Falle eben nicht mehr unbedingt zusammenfallen, und unter Umständen (wenn P nicht sehr weit von g entfernt liegt) einen überaus kleinen Winkel miteinander bilden, so daß weder h1 noch h2 die Gerade g zuletzt treffen. Es gäbe dann wenigstens zwei zueinander parallele Geraden h (sogenannte Hyperparallelen) zu g. Verallgemeinert bedeutet dies dann, daß alle Geraden durch P, die in genau jenem Winkel liegen, eben diese Bedingung miterfüllen müßten.

76 Abraham Gotthelf Kästner, op.cit., S.203

77 Sydna Stern Weiss, HKS, S.123

78 Dazu vgl. auch Josef Kunz, **Kleists Gespräch ‚Über das Marionettentheater'**, in: KAM, S. 84

79 BR, S.309

80 BR, S.355

81 Vgl. dazu auch: Walter Benjamin, **Der Begriff der Kunstkritik in der deutschen Romantik**, in: **Gesammelte Schriften I.1**, S.19: *„Das im Selbstbewußtsein über sich selbst reflektierende Denken ist die Grundtatsache, von der Friedrich Schlegels und größtenteils auch Novalis' erkenntnistheoretische Überlegungen ausgehen. Die in der Reflexion vorliegende Beziehung des Denkens auf sich selbst wird als die dem Denken überhaupt nächstliegende angesehen, aus ihr werden alle anderen entwickelt."* Gerade Letzteres ist freilich, wie bereits sehen konnten, bei Kleist nicht der Fall. Wir treffen vielmehr – und zwar im Zusammenhang mit dem zweiten Kleistschen Bewegungsbild – auf eine profunde Kritik derartiger, in sich geschlosssener Reflexionsbegriffe. Dabei spielt auch das Geradenbeispiel eine wichtige Rolle.

82 Vgl. Walter Benjamin, op. cit., S.21: *„Die Romantik gründete ihre Erkenntnistheorie auf den Reflexionsbegriff nicht allein, weil er die Unmittelbarkeit der Erkenntnis, sondern ebensosehr, weil er eine eigentümliche Unendlichkeit ihres Prozesses garantierte. Das reflektierende Denken gewann für sie vermöge seiner Unabschließbarkeit, in der es jede frühere Reflexion zum Gegenstand einer folgenden macht, eine besondere systematische Bedeutung."*

83 Ferner vgl. a.a.O., S.30: *„Es wird demgemäß das Denken des Denkens zum Denken des Denkens (und so fort), und es ist damit die dritte Reflexionsstufe erreicht."* Die erste Stufe ist zunächst einmal das unreflektierte Denken, gemeint ist hier die unmittelbare Anschauung. Ihr folgt die Reflexion über das unmittelbar Geschaute, und zwar indem sich das Ich diese erste Reflexion als seinen „Reflexionsgegenstand" in Form einer intellektuellen Anschauung gegenüberstellt, schließlich schaut das Ich diese Gegenüberstellung selbst an, und erkennt damit zuletzt die Form seines eigenen Denkens (wird, um also jetzt mit Kleist zu reden, der „Grazie" der gedanklichen Bewegung, d.h. des Bewegungsbildes inne).

84 So heißt es in **Fragmente und Studien bis 1797**, Nr.35: „Hang – Trieb./ Der Mensch kann alles werden, worauf er reflektieren, oder was er sich vorsetzen kann/" (Novalis, Werke, S.304)

85 Vgl. Walter Benjamin, op.cit., S.30: *„Die intellektuelle Anschauung ist Denken, das seinen Gegenstand, die Reflexion im Sinne der Romantiker Denken, das seine Form erzeugt."*

86 Auch in Fichtes **Wissenschaftslehre** (1794) gibt es derartige Gleichnisse, wie im Schlußkapitel unserer Arbeit noch kurz gezeigt werden soll.

87 Dazu Walter Benjamin, op. cit., S.19: „Schon in seiner ersten Fassung der Wissenschaftslehre (‚Ueber den Begriff der Wisssenschaftslehre oder der sogenannten Philosophie' Weimar 1794) dringt Fichte auf das wechselseitige Durch-Einander-Gegebensein von reflexivem Denken und unmittelbarer Erkenntnis. Er tut es mit voller Deutlichkeit der Sache nach [...] Für den romantischen Reflexionsbegriff ist dies von großer Wichtigkeit."

88 EZ, S.480

89 EZ, S.476

[90] Dazu vgl. auch *Erich Heller* in: **Die Demolierung eines Marionettentheaters oder: Psychoanalyse und der Missbrauch der Literatur, in: Kleists Aktualität. Neue Aufsätze und Essays 1966-1978**, S.261-280, und zwar: S.266ff.

[91] Wobei s in Diagramm A durch den Funktionswert y(x) und in Diagramm B durch den Wert z(p) ausgedrückt wird.

[92] Daß Kleist auch die wichtigsten Konzeptionen seines dramatischen Œuvres in ähnlichen Reflexionsfiguren entwickelt und dargestellt hat, zeigt *Herminio Schmidt* in **Heinrich von Kleist. Naturwissenschaft als Dichtungsprinzip** insbesondere im Zusammenhang mit dem Stellenwert der elektrischen Polarität in Kleists **Penthesilea**. Im Abschnitt „Die Formel in der Metapher" führt H. Schmidt ein mathematisches Modell (vgl. op.cit., S.63ff) ein, von dem aus er u.a. den Aufbau der Penthesilea (vgl. op.cit., S.78ff) als elektrisches Phänomen interpretiert – und zwar auf der Basis von Quantitäten, die das jeweils aktivierte elektrische Potential zum Ausdruck bringen sollen. Er bezieht sich dabei z.B. auf den Schwamm-Vergleich von Benjamin Franklin (op.cit., S.78f), wenn er das Potential zwischen Achilleus (– 4 Einheiten) und den Trojanern (+8 Einheiten) zur Darstellung bringt. Naturgemäß ist in diesem Falle die Potentialdifferenz ein **endlicher** Wert, der sich über eine sichtbare Entladung (Siehe Diagramm op.cit., S.79) ausgleicht. Im Falle des Kleistschen Geradenbeispieles ist dagegen zwischen dem „einen" (dem +) und dem „anderen" (dem –) Bereich des Bewegungsbildes eine Singularität, die sowohl + als auch - unendlich ist. Unser Diagramm zeigt daher zunächst einen Anstieg ins positiv Unendliche, dem schließlich eine Wiederkehr vom negativ Unendlichen her korrespondiert, dem dann die Bewegung der „Grazie" unterliegt, ohne daß hier freilich irgendeine eine Balance denkbar wäre. Dieser Befund zeigt insbesondere auch, daß die Kleistsche Konzeption von der Polarität im Bewegungsbild seit der Entstehung der **Penthesilea** (um 1805) eine signifikante Radikalisierung durchgemacht hat, die ihren Kulminationspunkt im Marionettentheater-Aufsatz findet.

Anmerkungen zu den Kapiteln 10, 11 und zu Zusammenfassung und Ausblicke

[1] Daß sich diese Zweiteilung der Realität nicht allein auf den Bereich der Elektrizität bezog, sondern vielmehr überhaupt wissenschaftlicher Zeitgeist am Beginn des 19. Jahrhunderts war, zeigt *Marie-Luise Heuser* in ihrem Aufsatz **Creatio ex zero. Ursprungs-Konzepte in der mathematischen Naturphilosophie des 19. Jahrhunderts**, in: **Die Erfindung des Universums? Neue Überlegungen zur philosophischen Kosmologie**, S.295ff. Am Beginn des 19. Jahrhunderts gab es eine dynamistische Naturphilosophie, die von den naturphilosophischen Programmschriften des frühen Schelling stark beeinflußt, eine Zweiteilung des Bewegungsphänomens in positive und negative Effekte forderte. Eine gewisse Rolle spielt hier auch *Kants* Schrift **Versuch den Begriff der negativen Größen in die Weltweisheit einzuführen**, in: **Werkausgabe Bd. 2** (Hrsg. v. Wilhelm Weischedel), S.777-819. Neben seiner Erwähnung im Sprachaufsatz Kleists findet sich dieses naturphilosophische Konzept einer Polarität ausdrücklich auch noch in **Allerneuerster Erziehungsplan** (d.i.: EZ, S.462-467)

[2] Vgl. EZ, S.453-459 (Sprachaufsatz)

[3] Vgl. die Konklusion, EZ, S.480

[4] Dieser bereits sehr spezielle Aspekt des zweiten Kleistschen Bewegungsbildes wird das zentrale Thema unserer Schlußbetrachtung sein!

[5] Dazu die folgenden bemerkenswerten Worte *Goethes* aus **Polarität**: „*Was in Erscheinung tritt, muß sich trennen, um nur zu erscheinen. Das Getrennte sucht sich wieder, und es kann sich wieder finden und vereinigen; im niedern Sinne, indem es sich nur mit seinem Entgegengestellten vermischt, mit demselben zusammentritt, wobei die Erscheinung Null oder wenigstens gleichgültig wird. Die Vereinigung kann aber auch im höhern Sinne geschehen, indem das Getrennte sich zuerst steigert und durch die Verbindung der gesteigerten seiten ein Drittes, Neues, Höheres, Unerwartetes hervorbringt.*" (Schriften zur Naturwissenschaft, S.148).

[6] EZ, S.480

[7] D 2, S.354

8 A.a.O.
9 D 2, S.354f
10 D 2, S.355
11 A.a.O.
12 A.a.O.
Diesem singulären Moment der dramatischen Exposition entspricht im übrigen der zehnte Auftritt des fünften Akts, wo der Prinz von Homburg – mit verbundenen Augen – zur Schein-Erschießung abgeführt wird. Auch hier treffen wir wieder auf das Transit-Motiv, das auch hier die Grazie symbolisch zum Ausdruck bringen will – freilich nunmehr in einem Monolog: „Nun, o Unsterblichkeit, bist du ganz mein!/Du strahlst mir, durch die Binde meiner Augen,/ Mit Glanz der tausendfachen Sonne zu!/Es wachsen Flügel mir an beiden Schultern,/Durch stille Ätherräume schwingt mein Geist;/Und wie ein Schiff, vom Hauch des Winds entführt,/Die muntre Hafenstadt versinken sieht,/So geht mir dämmernd alles Leben unter:/ Jetzt unterscheid ich Farben noch und Formen,/Und jetzt liegt Nebel alles unter mir." (D 2, S.439)
13 D 2, S.355
14 Hier bietet sich im übrigen – fast zwanglos – ein Rückbezug zur Dornauszieher-Episode im Marionettentheater-Aufsatz an.
15 D 2, S.356
16 Was zugleich bedeutet, daß man dann die strenge Zweiteiligkeit bei den beobachtbaren Größen des Bewegungsablaufs akzeptiert. Dazu vgl. Kap. 9.6
17 Dazu vgl. auch Josef Kunz, **Kleists Gespräch ‚Über das Marionettentheater'**, in: KAM, S.84: „Aber wie es auch im einzelnen ist, die Art, wie bei der Deutung des Bewußtseins, des Erkenntnisvorgangs und bei dem Verständnis des Geistes die Akzente verteilt werden, zeigt an, daß sich der Dichter hier zu einer neuen Stufe der Existenz vortastet, zu einer Stufe, die zu erreichen notwendig ist, sobald die Lebensform des Organischen zersetzt ist.
Bezeichnend dafür ist, und als Bedingung dieses Übergangs erscheint die Notwendigkeit, daß der so aus den Bindungen Ausgestoßne den Widerspruch auf sich nehmen und durchleiden muß: den Widerspruch und die Gebrochenheit, die bestimmend sind für das, was wir Geist nennen [...]"
18 EZ, S.480 (Hervorheb. d. d. Verf.)
19 *Benno von Wiese*, **Der Tragiker H. v. Kleist**, in: **Heinrich von Kleist**. **Aufsätze und Essays**. hrsg. von Walter Müller-Seidel, S.206
20 Benno von Wiese, op. cit., S. 206
21 Benno von Wiese, op.cit., S. 206
22 Wie schon ausführlich erörtert, hat ja Kleist, und zwar über sein ganzes Œuvre hinweg, alle zeitgenössischen Formen eines einseitigen Idealismus – freilich vermutlich eher unbewußt – einer radikalen und vor allem auch impliziten Kritik unterzogen. Das Ergebnis der Bewegung der „Grazie" kann also u.E. nicht eigentlich einer *„[...] schwerelosen Übereinstimmung der Einzelseele mit sich selber[...]"* gleichkommen, so wie *B. v. Wiese* meint, sondern ist vielmehr wirklich, d.h. mithin physikalisches bzw. mathematisch erfaßbares, „graves" (reelles) bzw. „antigraves" („virtuelles") Bewegungsphänomen – und zwar auch ganz im Sinne des bereits mehrmals zitierten Berichts von *Christian Gottlieb Hölder* über Kleists Konzeption vom Trauerspiel. B. v. Wieses Einschätzung trifft indessen eher auf Friedrich Schillers Dramen-Konzeption zu, was freilich hier nicht näher gezeigt werden kann. Der Subjekt-Begriff der Kant-Krise des Jahres 1801 ist ja z.B. – und dies hat die Kleist-Forschung bislang nicht ausreichend deutlich hervorgehoben – bloß **eine** mögliche Position in einem sonst bipolar bzw. zumeist sogar polymorph angelegten Bewegungsbild.
23 Von diesem Widerspiel her läßt sich dann das Tragische immer als die „gehemmte", das Erlösende dagegen aber immer als die „grave" Bewegung in einer vielgliedrigen Bewegung deuten. Vgl. dazu auch *Benno von Wiese*, op. cit., S. 205.
24 Hier widerspiegelt sich indes, wie bereits ausführlich erörtert, Kleists Rousseau-Rezeption.
25 D 1, S.331
26 D 1, S. 333f
27 Dazu Christiaan L. Hart Nibbrig, **Rhetorik des Schweigens.** Versuch über den Schatten literarischer Rede. Vgl. das Kap. IV: „Kleists ‚Unsägliches Gefühl', a.a.O., S.101-110.

[28] Dazu vgl. auch Günter Blöcker, **Heinrich von Kleist oder das absolute Ich**, S.191: „Der Einzelne ruht nicht mehr im Ich, sondern steht seinem Ich urteilend gegenüber – ganz so wie jener junge Mann in Kleists Aufsatz, der vor dem Spiegel die Pose des Dornausziehers nachzuahmen versucht. Der Spiegel entreißt ihm die Unbefangenheit, stößt ihn aus seiner Unschuld. Das ist – in schlichtester Anschaulichkeit – die Situation des zum Selbstbewußtsein und damit auch zum Zweifel an sich selbst verurteilten Menschen. Indem das Ich seiner selbst innewird, tritt es auseinander."

[29] Dazu vgl. *Wolfgang Hübener*, **Der dreifache Tod des modernen Subjekts**, in: **Die Frage nach dem Subjekt**. Hrsg. von Manfred Frank u.a., S.101-127. Im Zusammenhang mit der Unhaltbarkeit der Kantischen Konzeption eines synthetischen Subjektbegriffs greift Hübener – freilich in einer äußerst elaborierten, und pointierten terminologischen Einfassung – auf Einsichten zurück, die bereits Kleist ganz offensichtlich erkannt hat: „Auch bei Kant wird ein beharrliches Erkenntnissubjekt niemals erreicht. [...] Ich ‚glaube das Substantiale in mir als das transzendentale Subjekt zu erkennen' und habe doch bloß die objektive Einheit des Bewußtseins in Gedanken. Wir haben in der inneren Anschauung ‚gar nichts Beharrliches'. Die an Inhalt gänzlich leere Vorstellung ‚Ich' ist keine ‚stehende und bleibende Anschauung', sondern bloß das alle Begriffe begleitende Bewußtsein meines Denkens." (a.a.O., S.120) Genau dieses Defizit hat auch Kleist erkannt – freilich eher instinktiv und nicht wirklich im Zuge einer kritischen Reflexion.
Die im folgenden wiedergegebene Episode aus **Amphitryon** macht nun indirekt deutlich, daß das Fundament der Subjektivität keine Vorstellung sein kann, vielmehr treibt Merkur dem Sosias ein derartiges Fundament sogar mit Schlägen aus. Sosias antwortet folglich dann auf Merkurs quaestio juris: „Ich bin jetzt, was du willst" und deutet damit eine Tiefendimension der Subjektivität an, die Kant nicht kennt, weil bei ihm der „Schein" einer Einheit die wirkliche Einheit – gemeint ist das Selbstgefühl – übertönt. Das zuletzt wirklich konsistente ‚principium individuationis' ist nämlich, wie als erster Schopenhauer erkannte, völlig unanschaulich. Es ist reine Dynamik, so wie Kleist sie in Amphitryon zum Ausdruck bringt.

[30] D 1, S.335

[31] **Maximen und Reflexionen** (Ed. Hecker), Nr. 266

[32] *Erich Schmidt* bezeichnet diesen Zustand der höchsten Anspannung in seiner Gestaltlosigkeit sogar ausdrücklich als „ideenlos" (Dazu vgl. **Heinrich von Kleist als Dramatiker**, in: **Heinrich von Kleist. Aufsätze und Essays**. Hrsg. von Walter Müller-Seidel, S.4)

[33] EZ, S.477f

[34] In diesem Punkt gleicht es in manchem dem „Gegengott" in Schellings **Freiheits-Schrift**. Ist gleichsam die vom Zentrum unseres Bewußtseins weitgehend unabhängige innere Natur des Bewußtseins. Dazu vgl. *Ryôsuke Ohashi*, **Der Ungrund und das System**, in: **F. W. J. Schelling. Über das Wesen der menschlichen Freiheit** (= Klassiker Auslegen Bd. 3), S.246f

[35] EZ, S.462

[36] Im Kleist-Kapitel seiner Studie **Plötzlichkeit. Zum Augenblick des ästhetischen Scheins**. Frankfurt 1981, und zwar auf S. 171, spricht *K. H. Bohrer* von der „Umschlägigkeit": „So wie ein unelektrischer Körper in der Atmosphäre eines elektrischen Körpers ebenfalls elektrisch werde und zwar ‚die entgegengesetzte Elektrizität' annehme, so reagiere auch der Mensch. Kleist betont dabei die Umschlägigkeit." Vgl. ferner *Herminio Schmidt*, **Heinrich von Kleist's Poetic Technique: Is It Based on the Principle of Electricity?** (in: HKS, S.203-213), hier S.205: „Kleist's basic concept is that all things in nature are built up in the same polar way. Kleist becomes quite specific about the relationship between electricity and human disease."

[37] So verstanden, wäre dieses Beispiel ein gutes Gleichnis für das erste Kleistsche Bewegungsbild, denn hier gibt es ja immer die kontinuierliche Tendenz zur Erreichung eines Gleichgewichtszustands im Sinne eines Feed-back-Prozesses. Dieser kann per definitionem keine Singularität sein. Hier ist ein Querverweis auf Goethes naturphilosophischen Essay **Der Versuch als Vermittler von Objekt und Subjekt** durchaus nicht unangebracht. So heißt es dort in diesem Zusammenhang: „Sobald wir einen Gegenstand in Beziehung auf sich selbst und in Verhältnis mit andern betrachten und denselben nicht unmittelbar entweder begehren oder verabscheuen, so werden wir mit einer ruhigen Aufmerksamkeit uns bald von ihm, seinen Teilen, seinen Verhältnissen einen ziemlich deutlichen Begriff machen können. Je weiter wir diese Betrachtungen fortsetzen, je mehr wir Gegenstände untereinander verknüpfen, desto mehr üben

wir die Beobachtungsgabe, die in uns ist. Wissen wir in Handlungen diese Erkenntnisse auf uns zu beziehen, so verdienen wir klug genannt zu werden. Für einen jeden wohl organisierten Menschen, der entweder von Natur mäßig ist oder durch die Umstände mäßig eingeschränkt wird, ist die Klugheit keine schwere Sache: denn das Leben weist uns bei jedem Schritte zurecht. [...]" (Schriften zur Naturwissenschaft, S.133f), ferner noch: *„In der lebendigen Natur geschieht nichts, was nicht in einer Verbindung mit dem Ganzen stehe, und wenn uns die Erfahrungen nur isoliert erscheinen, wenn wir die Versuch nur als isolierte Fakta anzusehen haben, so wird dadurch nicht gesagt, daß sie isoliert seien, es ist nur die Frage: wie finden wir die Verbindung dieser Phänomene, dieser Begebenheiten?*" (a.a.O., S.140)

38 *Friedrich Schlegel*, **Literarische Notizen 1797-1801**, S.72

39 Im Aphorismus Nr. 835 (d.i: op. cit., S.99) spricht Schlegel im Zusammenhang mit der Konstruktion der Gattung Roman von „indifferent F[antatstisch]" bzw. „indifferent S[entimental]"; beide Charakteristika bezeichnen einen – gegenüber der „streng(en) romantischen Form" (a.a.O.) – noch unvollkommenen Urzustand des Erzählerischen, d.h. einen Indifferenzpunkt, der noch weit (z.B. in der Epik) vor der strengen poetischen Form steht. Schlegel begreift also hier die Gattungskategorien als Bewegungselemente eines Bewegungsbildes, das seinen Ausgang von einem indifferenten Zustand nimmt, und immer mehr einer poetischen Absolutheit entgegeneilt.

40 Vgl. Friedrich Schlegel, op.cit., S.86f

41 Vgl. Friedrich Schlegels Gedanken „Zur Grundlage der Kunstlehre", op. cit., S.40f

42 So heißt es diesbezüglich in der Athenäumsfassung der **fünften Hymne** Novalis' über das erste (d.i. das paradiesische) und über das zweite (d.i. das aufklärerische bzw. naturwissenschaftlich dominierte) Stadium dieser geschichtsphilosophischen Triade: „Zu Ende neigte sich die alte Welt sich. *Des jungen Geschlechts Lustgarten* (Hervorheb. d. d. Verf.) verwelkte – hinauf in den freyeren, wüsten Raum strebten die unkindlichen, wachsenden Menschen. Die Götter verschwanden mit ihrem Gefolge – Einsam und leblos stand die Natur. Mit eiserner Kette band sie die dürre Zahl [...]" und am Schluß das dritte (das utopische) Stadium, ganz in messianisch-religiöser Motivik: „Im Volk, das vor allen verachtet zu früh reif und der seligen Unschuld der Jugend *trotzig fremd* (i.e. die Französische Revolution/Der Verf.) geworden war, erschien mit nie gesehenem Angesicht die neue Welt – In der Armuth dichterischer Hütte – Ein Sohn der ersten Jungfrau und Mutter – Geheimnißvoller Umarmung unendliche Frucht." (Novalis. Werke in einem Band. Hrsg. von Hans-Joachim Mähl und Richard Samuel. München 1995. Hier: S.165)

43 EZ, S.476.

44 EZ, S.480

45 Das wiederum ist ja gerade das zentrale Motiv des dialektischen Scheins im Lustspiel **Amphitryon** (und zwar durchaus im Sinne des triadischen Ensembles: Jupiter-Amphitryon -Alkmene).

46 EZ, S.477

47 Dazu vgl. Wilfried Malsch. ***Europa*. Poetische Rede des Novalis. Deutung der französischen Revolution und Reflexion auf die Poesie in der Geschichte**, in: Romantikforschung seit 1945, S. 198 -202.

48 Ein weiterer wichtiger Unterschied zwischen Kleist und Novalis besteht nun z.B darin., daß man Kleist in keinem Falle als einen „Schwärmer" im Sinne von Novalis' (im Revolutionsjahr 1789) entstandener **Apologie der Schwärmerey** ansehen kann. Im Grunde blieb Kleist ein – freilich überkritischer und überaus skeptischer – Kantianer. Auch die von *Ralf R. Nicolai* in **Schwerpunkt Kleist: Motive des Marionettentheaters im 20. Jahrhundert** [in: HKS, S. 128] ausgesprochene These, Kleist wolle in der Mitte seines Bewegungsbildes zunächst primär jenen Zustand ausdrücken, den die Romantiker ‚Verwirrung' bezeichnet haben, ist u.A. nach nicht wirklich zutreffend. Es ist vielmehr genau umgekehrt, denn im Zentrum der Kleistschen Triade steht ja, und zwar ganz anders als bei den Romantikern, die Gewißheit (im Sinne der tacit knowledge des Alkmene-Motivs), deren (nachträgliche) sprachliche Explikation indes weitgehend scheitern muß, weil sie ja „unaussprechlich" ist (Vgl. auch die Bemerkung im Brief vom 13.3.1803 an Ulrike von Kleist: „Ich weiß nicht, was ich Dir über mich *unaussprechlichen* Menschen sagen soll." [BR, S.309]). Es bleiben dann nur noch Andeutungen, Gleichnisse und vor allem auch Anekdoten, die das historische Kontinuum indessen bloß umschreiben,

freilich aber nie wirklich (d.h. im Sinne einer geschichtsphilosophischen Thetik) erreichen können.

49 Diese ist ja ein weitgehend literarisches Sujet ohne tiefere systematische Bedeutung. Schon Schelling hat dies erkannt! Dazu vgl. allerdings auch *Ralf R. Nicolais* psychologisierende Gegenthese: „Der Konflikt zwischen der unterdrückten Natur und dem kontrollierenden Bewußtsein, der romantischen ‚Verwirrung' nicht unähnlich, schlug sich in Sigmund Freuds Begriff der ‚Ambivalenz' nieder. Von Interesse bei einem derartigen Deutungsvorgang ist das Beispiel des fechtenden Bären." (HKS, S.128) Unserer Auffassung nach ist der Zustand des Bären ein Phänomen der höchsten Konzentration und Adäquatheit der Elemente des Bewegungsbildes. Hinter diesem Zustand steht kein Konflikt. Denn die diskontinuierliche „Mitte" des zweiten Kleistschen Bewegungsbildes ist ja, so wie wir im vorhergehenden bereits aufweisen konnten, keine Erfahrung eines ambivalenten Zustandes, sondern eine genau umrissene Struktur innerhalb eines hoch aktivierten Bewußtseinszustandes. Daß Kleist mit dieser Struktur, wie noch deutlicher zu zeigen sein wird, eine geschichtsphilosophische und eine poetologische Explikation verknüpft, hat keinen psychologischen, sondern vielmehr einen dezidiert epistemologischen Grund.

50 **Maximen und Reflexionen**, Ed. Hecker, Nr. 266

51 Dazu vgl. insbesondere *Werner Kohlschmidt*, **Nihilismus der Romantik**, in: Romantikforschung seit 1945, S.53 – 66. Hier: S.55ff unter dem Titel „Der spekulative Nihilismus der Frühromantik")

52 Dazu vgl. unsere Ausführungen in Kap. 10.1

53 Diesbezüglich besonders hervorzuheben ist die Tatsache, daß der **Prinz von Homburg** und der Marionettentheater-Aufsatz in etwa zeitgleich entstanden sind. Unsere zentrale These in diesem Zusammenhang besagt daher, daß der Marionettentheater-Aufsatz gewissermaßen als eine Poetik des **Prinz von Homburg** aufzufassen ist. In den zuvor dargelegten Erörterungen zu diesem Schauspiel – sie betreffen vor allem den vierten Auftritt des ersten Akts – wurde nämlich bereits angedeutet, daß es sich bei diesem Schauspiel um ein dramatisches Bewegungsbild handelt, das der Kleistschen Bewußtseinstheorie eine dramatische Gestaltung verleiht; im folgenden soll noch darauf hingewiesen werden, daß es sich bei jener Variante des Insubordinationsmotivs, die Kleist in seinem Schauspiel zur Darstellung gelangen läßt, um eine Transformation eines vorgegebenen Sujets handelt. Kleist verdankt dieses Sujet mit größter Wahrscheinlichkeit der Lektüre von **Mémoires pour servir á l'histoire de la maison de Brandebourg** – einem 1751 verfaßten Werk *Friedrichs des Großen*. In diesem weitgehend panegyrischen Werk des preußischen Königs wird das Insubordinationsmotiv im Zusammenhang mit dem historischen Prinzen Friedrich von Homburg und der Schlacht von Fehrbellin erstmals in der Literatur greifbar – freilich ohne jede sachliche Berechtigung. Denn der historische Prinz hat, was insbesondere *Theodor Fontane* in seinen **Wanderungen durch die Mark Brandenburg Bd.1** – und zwar durchaus mit direktem Blick auf Kleists Drama – gezeigt hat, alle Befehle der Heeresleitung peinlichst genau ausgeführt. [Dazu vgl. *Theodor Fontane*, op.cit., S.409ff] Für unser Erkenntnisinteresse ist dabei vor allem Kleists Umwandlung des Sujets in ein dramatisches Bewegungsbild wichtig.

54 Und zwar derart, daß es jeweils eine genau festgelegte (bzw. berechenbare) Stelle gibt, wo sich die Bewegung in ein Unendliches verliert, wo also gilt: $f(x) \Rightarrow \infty$

55 Vgl. EZ, S.476f

56 *Horst Häker*, op. cit., in: **Jahrbuch der deutschen Schillergesellschaft**. Hrsg. von Fritz Martini, Walter Müller-Seidel u. Bernhard Zeller. 25.Jg. (1981), S.41-46

57 Horst Häker geht davon aus, daß die Anekdote **Der Bärentreiber** (publiziert in **Brennus. Zeitschrift für das nördliche Deutschland**. März 1802, S.303-305) Kleists Vorlage gewesen sein muß und erhärtet dies durch 10 Thesen, die jeweils auf Textvergleichen beruhen. Mit Blick auf diese Textvergleiche scheint Häkers Argumentation u.E. in sich schlüssig zu sein; im übrigen wird sie ja auch durch unsere Transformations-These gestützt, da ja tatsächlich gezeigt werden kann, daß hinter Kleists Umwandlung der Episode eine klare Absicht zur Gattungsbildung im von uns dargelegten Verständnis besteht: Der recht anspruchslose Text der Vorlage, der freilich zwei wichtige Ansatzmöglichkeiten zu einem Kleistschen Bewegungsbild enthält, wurde von Kleist in ein zweites Kleistsches Bewegungsbild verwandelt, das zum ersten Kleistschen Bewegungsbild der Fechter-Episode in einem klaren Kontrast steht. Wichtig für unser

Erkenntnisinteresse sind vor allem Häkers Thesen Nr. 9 und Nr. 10 (Vgl. op. cit., S.44). In These 9 hebt er hervor, daß in beiden Texten (d.h. also in der Vorlage und in der Kleistschen Transformation) der Bär als Kampfpartner ernstgenommen wird. Freilich aber – und zwar in beiden Fällen – jeweils im Zuge eines Mißverständnisses! Der Dieb bzw. der Fechter setzen – und zwar ganz im Sinne der prästabilierten Harmonie des ersten Kleistschen Bewegungsbildes – voraus, daß sich mit dem Bären kämpfen läßt, als wäre er ein Mensch, der eine genau abgestimmte bzw. harmonisierte Spielart des Kampfes praktiziert. In These 10 betont Häker dann im weiteren, daß sowohl in der Vorlage als auch in der Kleistschen Episode ein Vertrauensverhältnis des Bären zum Menschen vorausgesetzt wird, das dann in beiden Texten, und zwar vom Ablauf und vom Resultat des Kampfes her, wieder implizit kritisiert wird. Die besondere Plausibilität dieser beiden Thesen Häkers – jetzt von unserem Standpunkt aus betrachtet – legt – trotz vieler Einwände von seiten der Kleist-Philologie – nahe, daß es sich bei der Anekdote „Der Bärentreiber“ tatsächlich um die von Kleist umgewandelte Vorlage handeln muß.

58 Zit. nach *Horst Häker*, op. cit., in: **Jahrbuch der deutschen Schillergesellschaft**. Hrsg. von Fritz Martini, Walter Müller-Seidel u. Bernhard Zeller. 25.Jg. (1981), S.43

59 In Wirklichkeit ist aber der Bär – am Fechter gemessen – blind; der Fechter interpretiert sein Verhalten zuletzt anthropomorph, was im Prinzip allerdings unzulässig ist.

60 EZ, S.479f

61 Horst Häker, op.cit., S.44

62 A.a.O.

63 EZ, S.480

64 Wichtig ist in diesem Zusammenhang auch ein letzter, zusammenfassender Hinweis auf die kritizistische Funktion dieses Motivs vom Transit durch ein Unendliches. In Kleists Auffassung entsprechen nämlich dem Transit keine lokalisierbaren psychologischen bzw. transzendentalen Vermögen. Beim Durchgang durch das Unendliche verschwindet das Bewußtsein völlig, nicht aber die Bewegung, sie bleibt auf paradoxe Weise bewußt, sie wird erst jetzt gewiß, insoferne sie nunmehr auch zur „Grazie“ wird. In diesem Sinne wirkt sie dann auf den Betrachter – dies ist der Kern von Kleists Konzept der „Grazie“- umso konzentrierter, je mehr das Bewußtsein von der Bewegung abgekoppelt ist und daher von ihr nichts weiß. Es tritt also im konzentriertesten Augenblick des Bewegungsvorganges so etwas wie eine metaphysische Schwebe bzw. Doppeldeutigkeit ein. Kleists Vorstellung von einer Grazie als Schwebe (bzw. Schwebung) ist daher, mißt man ihn am Zeitgeist, tatsächlich einzigartig. Sie läßt die wichtigsten, damals bekannten Zuordnungsweisen (von Bewegung zu Imagination und umgekehrt) in radikaler Weise hinter sich.

65 Eine ähnliche Denkweise findet sich z.B. schon beim frühen Fichte. Vgl. dazu die Fußnote zur Konzeption der Existenz- „Stuffen“ im zweiten Abschnitt von Fichtes erstem philosophischen Hauptwerk **Über den Begriff der Wissenschaftslehre (1794)**. Dort liest man: „Die eigentlichen Aufgaben des menschlichen Geistes sind freilich, so wohl ihrer Anzahl, als ihrer Ausdehnung nach unendlich; ihre Auflösung wäre nur durch eine vollendete Annäherung zum Unendlichen möglich, welche an sich unmöglich ist [...]“ (J. G. Fichte, W 1793-1795, S.130). In dieser Formulierung treffen wir also auf den idealistischen Kontrapunkt zu Kleists Bild von einem Transit durch ein Unendliches. Im übrigen verwendet auch Fichte ein geometrisches Modell, um, wie Kleist, eine Singularität zu konstruieren – freilich nicht als Unendliches selbst, sondern vielmehr als Idee des Unendlichen. In diesem Zusammenhang (a.a.O) liest man: *„Es sind unendlich viele Radien eines unendlichen Zirkels, dessen Mittelpunkt gegeben ist; und so, wie der Mittelpunkt gegeben ist, ist ja wohl der ganze unendliche Zirkel, und die unendlich vielen Radien desselben gegeben. Der eine Endpunkt derselben liegt freilich in der Unendlichkeit; aber der andere liegt im Mittelpunkte, und derselbe ist allen gemein. [...] Das menschliche Wissen ist den Graden nach unendlich, aber der Art nach ist es durch seine Gesetze vollständig bestimmt.“* Hier zeigt sich deutlich dasselbe Ergebnis wie in Kleists zweitem Bewegungsbild: Obwohl das Wissen keine Gestalt mehr hat, weil es unendlich bzw. eine Singularität ist, ist es aber in der Praxis weiterhin faßbar – und zwar über das Gefühl.

66 Ein tragisches Beispiel für diese Disposition sind die Auseinandersetzungen mit Hardenbergs Administration im Umfeld der **Berliner Abendblätter**.

67 Diesen Anspruch zeigen z.B. seine zahlreichen Anekdoten.

[68] Dazu vgl. Josef Kunz, **Die Thematik der Daseinsstufen in Kleists Dichterischem Werk**, in: Heinrich von Kleist. Aufsätze und Essays. Hrsg. von Walter Müller-Seidel Darmstadt 1973, S.672-706.

[69] Von dieser Sicht der Dinge her verbietet sich daher jeder Rückbezug des Spiegelgleichnisses auf derlei Inhalte wie z.B. das **klassische Narkissos-Motiv**, so wie dies *Josef Kunz* einmal in **Kleists Gespräch ‚Über das Marionettentheater'**, und zwar KAM, S.84 tut: *„Er erinnert an das optische Gesetz des Hohlspiegels. Findet sich der Mensch im Brennpunkt, so begegnet ihm sein Spiegelbild. Überschreitet er diesen Punkt, dann entschwindet das Bild. Tritt er näher an den Spiegel heran, dann erscheint das Bild, ‚nachdem es sich in das Unendliche entfernt hat, plötzlich wieder dicht vor uns.' [...] Ich möchte versuchen, dieses Gleichnis in die bisherige Deutung des ‚Gesprächs' einzubeziehen. Das Motiv des Spiegelbilds fand sich schon in der Narzissus-Anekdote und wird hier wieder aufgenommen.*" Abgesehen davon, daß Kunz' Wiedergabe des Spiegel-Beispiels sachlich, d.h. physikalisch gesehen, falsch ist (genau das Umgekehrte ist nämlich der Fall: Ist der Gegenstand im Brennpunkt, dann verschwindet das Bild im ∞), kann von einem Gleichnis (im allegorisch-mythologischen Sinne) keine Rede sein. Vielmehr geht es Kleist, wie ja bereits ausführlich erörtert, um einen Spannungsbogen zwischen Realität und Virtualität, der auf tatsächlich gültigen mathematisch-physikalischen Gesetzmäßigkeiten beruht. Nicht das Bild als Bild steht also im Zentrum von Kleists Betrachtung (bzw. Gedankenexperiment), sondern vielmehr seine Bewegung als Bewegungsbild (in Abhängigkeit von einem bewegten Bild-Gegenstand). Was dabei abgebildet wird, spielt daher in diesem Zusammenhang überhaupt keine Rolle. Es handelt sich ja, wie bereits erörtert, um eine Reflexionsfigur (bzw. um eine Gattung), auf die im Prinzip beliebige Inhalte angewendet werden können.

[70] Dazu vgl. auch *Elena Dabcovichs* Gedanken zum Stellenwert des Stummfilms in: **Die Marionette. Die Lösung eines künstlerischen und moralischen Problems durch einen technischen Gedanken** , in: KAM, S.95f

Literatur

Kleist, Heinrich v.: Erzählungen. Hrsg. von Siegfried Streller u. a. Frankfurt/Main 1986 (= EZ)

Briefe. Briefe von und an Kleist. Hrsg. von Siegfried Streller u.a. Frankfurt/Main 1986 (= BR)

Dramen 1. Hrsg. von Siegfried Streller u. a. Frankfurt/Main 1986 (= D 1)

Dramen 2. Hrsg. von Siegfried Streller u. a. Frankfurt/Main 1986(= D 2)

Sämtliche Werke und Briefe in zwei Bänden. Hrsg. von Helmut Sembdner. München 1974 (2. Aufl.)

Über das Marionettentheater. Hrsg. von Helmut Sembdner. Frankfurt/Main 1995 (9. Aufl. = Insel-Ausg.)

Becker, Oscar: Grundlagen der Mathematik in geschichtlicher Entwicklung. Frankfurt/Main 1990

Benjamin, Walter: Der Begriff der Kunstkritik in der deutschen Romantik, in: Gesammelte Schriften. Bd. I. 1. Frankfurt/Main 1991

Blöcker, Günter: Heinrich von Kleist oder das absolute Ich. Berlin 1960

Böhme, Hartmut;

Böhme, Gernot: Das Andere der Vernunft. Frankfurt/Main 1985

Bohrer, Karl Heinz: Plötzlichkeit. Zum Augenblick der ästhetischen Scheins. Frankfurt/Main 1981.

Boyle, Nicholas: Goethe. Der Dichter in seiner Zeit. Bd. I : 1749-1790. München 1995

Brown, Hilda: Diderot and Kleist, in: Heinrich von Kleist-Studien. Hrsg. von Alexej Ugrinsky. Berlin 1980 (= HKS), S. 139-146

Kleists Theorie der Tragödie – im Lichte neuer Funde, in: Heinrich von Kleist. Studien zu Werk und Wirkung. Hrsg. von Dirk Grathoff. Opladen 1988, S. 117-132

Cassirer, Ernst: Heinrich von Kleist und die Kantische Philosophie. Berlin 1919

Cramer, Friedrich: Chaos und Ordnung. Die komplexe Struktur des Lebendigen. Frankfurt/Main 1993

Der Zeitbaum. Grundlegung einer allgemeinen Zeittheorie. Frankfurt/Main 1996

Gratwanderungen. Das Chaos der Künste und die Ordnung der Zeit. Frankfurt/Main 1995

Symphonie des Lebendigen. Versuch einer allgemeinen Resonanztheorie. Frankfurt/Main 1996

Dabkovich, Elena: Die Marionette. Die Lösung eines künstlerischen und moralischen Problems durch einen technischen Gedanken, in: Kleists Aufsatz über das Marionettentheater. Hrsg. von Walter Müller-Seidel. Berlin 1967 (= KAM), S. 88-98

David, Claude: Heinrich von Kleist und das Geheimnis, in: Heinrich von Kleist. Aufsätze und Essays. Hrsg. von W. Müller-Seidel. Darmstadt 1980, S. 213-229

Eschenmayer, Carl August: Psychologie. Hrsg. von Peter Krumme. Frankfurt/Main, Berlin, Wien 1982

Fichte, Johann Gottlieb: Ueber den Begriff der Wissenschaftslehre oder der sogenannten Philosophie, in: Werke 1793-1795. Hrsg. von Reinhard Lauth u. a. Stuttgart, Bad Cannstatt 1965, S. 108-154

Finster, Reinhard; Heuvel, Gerd van den: Gottfried Leibniz mit Selbstzeugnissen und Bilddokumenten. Reinbek 1990

Florey, Ernst: Franz Anton Mesmers magische Wissenschaft, in: Franz Anton Mesmer und der Mesmerismus. Wissenschaft, Scharlatanerie, Poesie. Hrsg. von Gereon Wolters. Konstanz 1988 (= Konstanzer Bibliothek Bd. 12), S. 7 -10

Fontane, Theodor: Wanderungen durch die Mark Brandenburg. 3 Bde. München 1994

Gall, Ulrich: Philosophie bei Heinrich von Kleist. Bonn 1977

Gerthsen, Ch.; Kneser, H. K.; Vogel, H.: Physik. Ein Lehrbuch zum Gebrauch neben Vorlesungen. Berlin, Heidelberg, New York 1974 (12. Aufl.)

Gnam, Andrea: Die Rede über den Körper. Zum Körperdiskurs in Kleists Texten ‚Die Marquise von O.' und ‚Über das Marionettentheater', in: Text und Kritik: Heinrich von Kleist. Hrsg. von Heinz Ludwig Arnold. München 1993, S. 170-176

Goethe, Johann Wolfgang v.:Goethes sämtliche Werke in 36 Bden. Hrsg. von Karl Goedeke [= Cotta'sche Ausgabe]. Stuttgart o. J.

Maximen und Reflexionen. Hrsg. von Max Hecker. Franfurt/Main 1976

Sämtliche Werke. Hrsg. von D. Borchmeyer. Frankfurt/Main 1985ff

Schriften zur Biologie. Hrsg. von Konrad Dietzfelbinger. München, Wien 1982

Schriften zur Naturwissenschaft. Hrsg. von Michael Böhler. Stuttgart 1977

Schriften zur Naturwissenschaft. Hrsg. von Horst Günther. Frankfurt/Main 1981

Werke [= Hamburger Ausgabe]. Hrsg. von E. Trunz. München 1988

Grenz, Henning: Gestalt und Bewegung in der Quantenmechanik, in: Was heißt , Darstellen'. Hrsg. von Christiaan L. Hart Nibbrig. Frankfurt/Main 1994, S. 483-510

Grüsser, O. J.:Vom Ort der Seele, in: Forschung und Medizin 5/1 (1990), S. 75-96

Gulyga, Arsenij:Immanuel Kant. Aus dem Russ. übers. von Sigrun Bielfeldt. Frankfurt/Main 1981

Gurwitsch, Aron:Leibniz. Philosophie des Panlogismus. Berlin, New York 1974

Häker, Horst:Neue Quellen zu Beiträgen Heinrich von Kleists in seinen ‚Berliner Abendblättern', in: Jahrbuch der Deutschen Schillergesellschaft Jg. 25 (1981), S. 41-46

Hagner, Michael:Homo cerebralis. Der Wandel vom *Seelenorgan* zum Gehirn. Berlin 1997

Haken, Hermann: Information und Bedeutung aus Sicht der Synergetik, in: Die Erfindung des Universums. Hrsg. von Walter Saltzer u. a. Frankfurt/Main 1997

Synergetik. Eine Einführung. Berlin 1983

Synergetik und Einheit der Wissenschaft, in: W. Saltzer (Hrsg.), Zur Einheit der Naturwissenschaft. Darmstadt 1990, S. 61ff

Hart Nibbrig, Christiaan L.: Rhetorik des Schweigens. Versuch über den Schatten literarischer Rede. Frankfurt/Main 1981

Hegel, Georg Friedrich Wilhelm: Phänomenologie des Geistes. Hrsg. von Wolfgang Bousiepen und Reinhard Heede. Hamburg 1980 (= GEW 9)

Heller, Erich: Die Demolierung eines Marionettentheaters oder: Psychoanalyse und der Mißbrauch der Literatur, in: Kleists Aktualität. Neue Aufsätze und Essays 1966-1978. Hrsg. von Walter Müller-Seidel. Darmstadt 1981, S. 261-280

Heselhaus, Clemens: Das Kleistsche Paradox, in: Kleists Aufsatz über das Marionettentheater. Hrsg. von Walter Müller-Seidel. Berlin 1967 (= KAM) S. 112-131

Hesse, Hermann: Das Glasperlenspiel. Frankfurt/Main 1972

Heuser, Marie Luise: Creatio ex zero. Ursprungs-Konzepte in der mathematischen Naturphilosophie des 19. Jahrhunderts, in: Die Erfindung des Universums? Neue Überlegungen zur philosophischen Kosmologie. Frankfurt/Main 1997, S. 294-306

Heuvel, Gerd von den: <u>Siehe</u>: Reinhard Finster

Hilbert, David: Geometry and the Imagination. New York, Chelsea 1983

Hölder, Christian Gottlieb: Meine Reise über den Gotthard im Sommer 1801, in: Heinrich von Kleists Lebensspuren. Hrsg. von Helmut Sembdner. München 1996, S. 68ff
Hohoff, Curt: Heinrich von Kleist mit Selbstzeugnissen und Bilddokumenten. Reinbek 1995 (29. Aufl.)
Holz, Hans Heinz: Gottfried Wilhelm Leibniz. Frankfurt/Main, New York 1992
Hübener, Wolfgang: Der dreifache Tod des modernen Subjekts, in: Die Frage nach dem Subjekt. Hrsg. von Manfred Frank u. a. Frankfurt/Main 1988, S. 101-127
Jürgen, Hartmut: Siehe: Heinz-Otto Peitgen
Kästner, Abraham Gotthelf: Anfangsgründe der Arithmetik, Geometrie, ebenen und sphärischen Trigonometrie und Perspektiv. Göttingen 1800 (6. Aufl.)
Kanitscheider, Bernulf: Philosophische Reflexionen über Chaos und Ordnung, in: Heinz-Otto Peitgen, Hartmut Jürgens und Dietmar Saupe, Chaos. Bausteine der Ordnung. Stuttgart 1994, S. 1-33
Kant, Immanuel: Werkausgabe in 12 Bden. Hrsg. von Wilhelm Weischedel. Frankfurt/Main 1977
Kirchhoff, Jochen: Schelling in Selbstzeugnissen und Bilddokumenten. Reinbek 1982
Koch, Friedrich: Heinrich von Kleist. Bewußtsein und Wirklichkeit. Stuttgart 1958
Kohlschmidt, Werner: Nihilismus der Romantik, in: Romantikforschung seit 1945. Hrsg. von Klaus Peter. Königstein/Taunus 1980, S. 53-66
Kühnemann, Eugen: Kleist und Kant, in: Jahrbuch der Kleist-Gesellschaft. Berlin 1939, S. 1ff
Kneser, H. K.: Siehe: Ch. Gerthsen
Kunz, Josef: Die Thematik der Daseinsstufen in Kleists dichterischem Werk, in: Heinrich von Kleist, Ausätze und Essays. Hrsg. von Walter Müller-Seidel. Darmstadt 1980, S. 672-706
Kleists Gespräch ‚Über das Marionettentheater', in: Kleists Aufsatz über das Marionettentheater. Hrsg. von Walter Müller-Seidel. Berlin 1967 (= KAM) S. 76-87
Kurock, Wolfgang: Heinrich von Kleist und die Marionette, in: Heinrich von Kleist-Studien. Hrsg. von Alexej Ugrinsky. Berlin 1980 (= HKS), S.103-108
Leibniz, Gottfried Wilhelm: Die Theodizee. Aus d. Französ. übers. von Artur Buchenau. Hamburg 1968 (2. Aufl. = Übers. Buchenau)
Hauptschriften zur Philosophie Bd. 1. Übers. von Artur Buchenau. Hamburg 1966 (3. Aufl. = Hauptschriften I)
Lehrsätze der Philosophie. Monadologie. Eingel. und komm. von J. C. Horn. Regensburg 1985
Philosophische Schriften in 4 Bdn. Hrsg. und übers. von Herbert Herring, Hans Heinz Holz u. a. Frankfurt/Main 1996 (= Schr 1-4)
Vernunftprinzipien der Natur und der Gnade. Monadologie. Aus d. Französ. übers. von Artur Buchenau. Hamburg 1982 (= Übers. Buchenau)
Lessing, Gotthold Ephraim: Laokoon oder über die Grenzen der Malerei und Poesie, in: Werke Bd. 6. Hrsg. von Herbert G. Göfert u. a. München 1974, S. 7-188 (= Lessing, W 6)
Lupi, Sergio: Conscienza e inconscio nell'arte di Heinrich von Kleist. Firenze 1969
Maass, Joachim: Kleist. Die Geschichte seines Lebens. Zürich 1978
Malsch, Wilfried: Europa. Poetische Rede des Novalis. Deutung der französischen Revolution und Reflexion auf die Poesie in der Geschichte, in: Romantikforschung seit 1945. Hrsg. von Klaus Peter. Königstein/Taunus 1980, S. 198-202
Mayer, Hans: Heinrich von Kleist. Der geschichtliche Augenblick. Pfullingen 1962
Müller, Götz: Modelle der Literarisierung des Mesmerismus. Mesmers Versuche, das Unbekannte zu erklären, in: Franz Anton Mesmer und der Mesmerismus. Wissen-

schaft, Scharlatanerie, Poesie. Hrsg. von Gereon Wolters. Konstanz 1988 (= Konstanzer Bibliothek Bd. 12), S.71 -86
Müller-Salget, Klaus: Das Prinzip der Doppeldeutigkeit in Kleists Erzählungen, in: Kleists Aktualität. Neue Aufsätze und Essays 1966-1978. Hrsg. von Walter Müller-Seidel. Darmstadt 1981, S. 166-199
Muth, Ludwig: Kleist und Kant. Versuch einer neuen Interpretation. Köln 1954 (= Kantstudien Bd. 68)
Nägele, Rainer: Friedrich Hölderlin: Die F(V)erse des Achilles, in: Fragment und Totalität. Hrsg. von Lucien Dällenbach und Christiaan L. Hart Nibbrig. Frankfurt/Main 1984 S. 200-211
Nakamura, Shiro: Marionette und Gewölbe. Zur Differenzierung der Sinnbilder bei Kleist, in: Heinrich von Kleist-Studien. Hrsg. von Alexej Ugrinsky. Berlin 1980 (= HKS), S. 109-111
Nehring, Wolfgang: Kleists Prinz von Homburg – Die Marionette auf dem Weg zu Gott, in: Kleists Aktualität. Neue Aufsätze und Essays 1966-1978. Hrsg. von Walter Müller-Seidel. Darmstadt 1981, S. 151-165
Nicolai, Ralf R.: Schwerpunkt Kleist: Motive des Marionettentheaters im 20. Jahrhundert, in: Heinrich von Kleist-Studien. Hrsg. von Alexej Ugrinsky. Berlin 1980 (= HKS), S. 127-135
Novalis: Werke in einem Band. Hrsg. von Hans-Joachim Mähl und Richard Samuel. München 1995
Werke. Studienausgabe. Hrsg. von Gerhard Schulz. München o.J. (2. Aufl.)
Ohoshi, Ryôsuke: Der Ungrund und das System, in: F. W. J. Schelling: Über das Wesen der menschlichen Freiheit (= Klassiker Auslegen Bd. 3) Berlin 1995, S. 235-154
Pascal, Blaise: Über die Religion und über einige andere Gegenstände (= Pensées). Hrsg. u. übers. von Ewald Wasmuth. Frankfurt/Main 1987
Peitgen, Heinz-Otto; Jürgens, Hartmut; Saupe, Dietmar: Chaos. Bausteine der Ordnung. Stuttgart 1994
Peterson, Ivars: Was Newton nicht wußte. Chaos im Sonnensystem. Basel, Boston, Berlin 1994
Plügge, Herbert: Grazie und Anmut. Ein biologischer Exkurs über das Marionettentheater von Heinrich von Kleist, in: Heinrich von Kleist. Aufsätze und Essays. Hrsg. von Walter Müller-Seidel. Darmstadt 1980, S. 54-75
Polanyi, Michael: Implizites Wissen. Aus d. Amerik. übers. von Horst Brühmann. Frankfurt/Main 1985
Personal Knowledge. London 1958
The Creative Imagination, in: Chemical and Engeneering News vol. 44/17 (1966)
Richter, Karl: Wissenschaft und Poesie ‚Auf höherer Stelle‘ vereint. Goethes Elegie ‚Die Metamorphose der Pflanzen‘, in: Gedichte und Interpretationen. Klassik und Romantik. Stuttgart 1994, S. 156-168
Röd, Wolfgang: Geschichte der Philosophie. Bd. VIII. München 1978
Röper, Hella: Grazie und Bewußtsein bei Heinrich von Kleist. Aachen 1990
Rousseau, Jean-Jacques: Emile ou de l'éducation. Publié par F. und P. Richard. Paris 1961
Emile oder über die Erziehung. Hrsg. von Martin Rang. Aus d. Französ. übers. von Eleonore Sckommodau u. M. Rang. Stuttgart 1983 (= Emile)
Ryan, Lawrence: Die Marionette und das ‚unendliche Bewußtsein‘ bei Heinrich von Kleist, in: Kleists Aufsatz über das Marionettentheater. Hrsg. von Walter Müller-Seidel. Berlin 1967 (= KAM), S. 171-195)
Saupe, Dietmar: Siehe Peitgen

Schelling, Friedrich Wilhelm Joseph:Ausgewählte Schriften in 6 Bden. Hrsg. von Manfred Frank. Frankfurt/Main 1985

Schiller, Friedrich: Über naive und sentimentalische Dichtung, in: Werke (Nationalausgabe) Bd. 20. Hrsg. von Benno von Wiese u. a. Weimar 1962, S. 413-503

Schlegel, Friedrich: Literarische Notitzen 1797-1801. Hrsg. von Hans Eichner. Frankfurt/Main, Berlin, Wien 1980

Schlemmer, Oskar: Figurinen zum Triadischen Ballett, 1920-1922, in: Peter Beye, Staatsgalerie Stuttgart. Stuttgart 1984

Mensch und Kunstfigur, in: Neue Bauhausbücher. Neue Folge der von W. Gropius und Laszlo Moholy-Nagy begründeten Bauhausbücher. Mainz, Berlin 1965, S. 8

Schmidt, Erich: Heinrich von Kleist als Dramatiker, in: Heinrich von Kleist. Aufsätze und Essays. Hrsg. von Walter Müller-Seidel. Darmstadt 1973, S. 4f

Schmidt, Herminio: Heinrich von Kleist. Naturwissenschaft als Dichtungsprinzip. Bern, Stuttgart 1978

Heinrich von Kleist's Poetic Technique: Is It Based On The Principle of Electricity?, in: Heinrich von Kleist-Studien. Hrsg. von Alexej Ugrinsky. Berlin 1980 (= HKS), S. 203-213

Schöne, Günter: Wegleitung. Die neue Sammlung München. Oskar Schlemmer und die abstrakte Bühne. München 1962

Schubert, Gotthilf Heinrich: Selbstbiographie in 2 Bden. Erlangen 1855

Segrè, Emilio: Die großen Physiker und ihre Entdeckungen. Aus d. Amerikan. übers. von Hainer Kober. München 1997

Sembdner, Helmut: Die Berliner Abendblätter. H. v. Kleists, ihre Quellen und ihre Redaktion. Schriften der Kleistgesellschaft. Berlin 1939, S. 8f

(Hrsg.)Heinrich von Kleists Lebensspuren. Dokumente und Berichte von Zeitgenossen. München 1996

(Hrsg.)Heinrich von Kleists Nachruhm. Eine Wirkungsgeschichte in Dokumenten. München 1997

Schauspieler interpretieren Kleists ‚Prinz von Homburg', in: Sammeln und Sichten. Festschrift für Oskar Fambach. Bonn 1982, S. 246-266

Siebert, Eberhard (Hrsg): Heinrich von Kleist. Leben und Werk. Frankfut/Main 1980

Stern Weiss, Sydna: Kleist and Mathematics: The Non-Euclidean Idea in the Conclusion of the Marionettentheater-Essay, in: Heinrich von Kleist-Studien. Hrsg. von Alexej Ugrinsky. Berlin 1980 (= HKS), S. 117-126

Stockum, Theodorus G. van: Heinrich von Kleist und die Kant-Krise, in: Heinrich von Kleist. Aufsätze und Essay. Hrsg. von Walter Müller-Seidel. Darmstadt 1980, S. 269-271

Streller, Sigfried: Heinrich von Kleist und Jean-Jacques Rousseau, in: Heinrich von Kleist. Aufsätze und Essays. Hrsg. von Walter Müller-Seidel. Darmstadt 1980, S. 635-671

Taylor, Charles: Hegel. Aus d. Engl. übers. von Gerhard Fehn. Frankfurt/Main 1983

Tietze, Heinrich: Gelöste und ungelöste mathematische Probleme aus alter und neuer Zeit. 2 Bde. München 1982

Treichler, Hans Peter: Die magnetische Zeit. Alltag und Lebensgefühl im frühen 19. Jahrhundert. Zürich 1988

Vogel, H. : Siehe Gerthsen Ch.

Wellbery, David, E.: Das Gesetz der Schönheit. Lessings Ästhetik der Repräsentation, in: Was heißt ‚Darstellen'. Hrsg. von Christiaan L. Haart-Nibbrig. Frankfurt/Main 1994, S. 175-204

Wiese, Benno v.: Das verlorene und wiederzufindende Paradies. Eine Studie über den Begriff der Anmut bei Goethe, Kleist und Schiller, in: Kleists Aufsatz über das Marionettentheater. Hrsg. von Helmut Sembdner. Berlin 1967 (= KAM), S. 76-78

Der Tragiker Heinrich von Kleist und sein Jahrhundert, in: Heinrich von Kleist. Aufsätze und Essays. Hrsg. von Walter Müller-Seidel. Darmstadt 1980, S. 186-212

Wittgenstein, Ludwig: Vermischte Bemerkungen. Hrsg. von Georg Henrik von Wright. Neubearb. von Alois Pichler. Frankfurt/Main 1994

Werkausgabe in 8 Bden. Frankfurt/Main 1984

Wolters, Gereon: Mesmer und sein Problem: Wissenschaftliche Rationalität, in: Franz Anton Mesmer und der Mesmerismus. Wissenschaft, Scharlatanerie, Poesie. Hrsg. von Gereon Wolters. Konstanz 1988 (= Konstanzer Bibliothek Bd. 12), S. 121-138

Zimmermann, Heinrich: Heinrich von Kleist. Eine Biographie. Reinbek 1991

Namensregister

Verzeichnis der Abbildungen

Abb.1: *Christoph Michel* (Hrsg.): Goethe. Sein Leben in Bildern und Texten. Frankfurt/Main, Leipzig 1998, S.249
Abb. 2: *Vatikanisches Museum*. Foto des Verfassers
Abb.3: *Garry Hunt, Patrick Moore*: Ein Atlas des Saturns. Freiburg, Basel, Wien 1982, S.36f
Abb.4: *Ivars Peterson*: Was Newton nicht wußte. Chaos im Sonnensystem. Basel, Boston, Berlin 1994, S.179
Abb.5: *Eberhard Siebert* (Hrsg.): Heinrich von Kleist. Leben und Werk. Frankfurt/Main 1980, S.21
Abb.6: *Eberhard Siebert* (1980), S.178
Abb.7: *Museum für Wissenschaftsgeschichte*/Florenz
Abb.8: *Ivars Peterson*(1994), S.190
Abb.9: *Ivars Peterson*(1994), S.191
Abb.10: *Helmut Sembdner* (Hrsg.): Heinrich von Kleist, Über das Marionettentheater. Frankfurt/Main 1995 (9. Aufl.), S.22
Abb. 11: *Helmut Sembdner* (1995), S.20
Abb.12: *Helmut Sembdner* (1995), S.21
Abb.13: *Konservatorenpalast Rom*/ Home Page
Abb.14: *Dipl. Ing. Günter Gehring*/ Satteins
Abb.16: *Museum für Wissenschaftsgeschichte*/Florenz
Abb.17: *Dipl. Ing. Günter Gehring*/ Satteins
Abb. 18: *Eberhard Siebert* (1980), S.57
Abb. 19, 20, 21, 22: *Verfasser*
Abb. 23: *Dipl. Ing. Günter Gehring*/ Satteins
Abb.24: *Universitätsbibliothek Innsbruck*
Abb.25: *Verfasser*
Abb.26: *Universitätsbibliothek Innsbruck*
Abb. 27, 28, 29: *Verfasser*
Abb.30,31: *Dipl. Ing. Günter Gehring*/ Satteins
Abb.32: Verfasser